Müselbe

Der Herr der Welt, Fortsetzung des Grafen von Monte-Christo

1. Band

Müselberg, Adolf

Der Herr der Welt, Fortsetzung des Grafen von Monte-Christo

1. Band

Inktank publishing, 2018

www.inktank-publishing.com

ISBN/EAN: 9783747767092

Der Herr der Welt.

Fortsetzung des Grafen von Monte-Christo.

Roman

von

Adolf Mützelburg.

Erster Band.

Vierte Auflage.

Berlin.

Druck und Verlag von Albert Sacco,

Zimmerstraße Nr. 94.

Don Lotario.

— Noch einen guten Satz, meine wackere Rosinante,
und wir sind hinüber! Dann kannst du auf der Ebene da-
hinfliegen, wie der Pfeil eines Indianers! Nun wacker!

Und dabei schlug der junge Reiter, der mit der Linken
die Zügel seines Rosses gefaßt hatte, mit der Rechten ermun-
ternd auf den Nacken des stolzen Thiers, das ihn trug.

Aber es war ein Wagestück, und Rosinante schien sich
zu scheuen, über die Felsenspalte zu setzen, die vor ihr gähnte.
Sie hob sich zum Sprunge, wich dann aber zurück und
bäumte sich.

— Was fällt dir ein? Willst du die Sporen fühlen?
rief der junge Reiter zornig und ohne daran zu denken, daß
ein Fehlsprung des Pferdes ihn unrettbar verderben mußte,
denn der Spalt war mehr als dreißig Fuß tief. Noch weißt
du nicht, wie die Sporen schmecken, du wirst daran denken!

Und er preßte die Absätze seiner Stiefel, an denen die
langen blanken spanischen Sporen glänzten, tief in die Weichen des Pferdes, das vor Schmerz hoch aufbäumte, einen
wilden Seitensprung machte, als wolle es den Reiter von
sich schleudern, dann aber mit einem mächtigen Satz vorwärts sprang und über die Felsenspalte hinwegsetzte.

Auf der anderen Seite derselben stand es zitternd still
und schnaufte ängstlich, als wisse es, daß es einer großen

1*

6

Gefahr entronnen sei. Der Reiter aber schlug ein helles und fröhliches Gelächter auf.

— Sagt' ich's dir nicht, du albernes Thier? rief er, als ob ihn das Pferd verstände. Nun sind wir doch hinüber und dein edles Blut klebt an meinen Sporen. An solche Säße mußt du dich gewöhnen, Rosinante, das geht nicht anders. Der kürzeste Weg ist der beste, und führte er auch über hundert solche Felsenspalten!

Es war ein stattlicher junger Mann, der das rief, ein Jüngling, wohl wenig über zwanzig Jahre alt, ein ächter Spanier vom Scheitel bis zur Sohle, von so reinem Blute, wie sein Roß, das mit jener stelzbeinigen Rosinante Don Quirote's nichts weiter gemein hatte, als den süßen Namen. Dunkelbraune Locken flatterten unter dem Panama=Strohhut, dunkel und feurig blißten die Augen über der gebogenen Nase, und der starke Schnurrbart hätte nicht sorgfältiger gekräuselt sein können, wenn Don Lotario einen Ritt durch die Puerta del Sol in Madrid gemacht hätte, anstatt über die Felsen von Ober=Kalifornien. Selbst in seinem Anzuge lag etwas von der stolzen Koketterie der Spanier, obschon er nicht ganz nach dem Schnitt des Mutterlandes geformt und mehr den Bedürfnissen des tropischen Klima's angepaßt war. Uebrigens war der Reiter ein schöner junger Mann, sein Gesicht ausdrucksvoll, seine Gestalt kräftig und muskulös. Wie seine Brüder auf der pyrenäischen Halbinsel war er bereits ein Mann in jenem Alter, in dem die Kinder der kälteren nordischen Sonne noch zu den Knaben und Jünglingen zählen.

Voll unbewußten siegreichen Troßes schaute er eine Minute, nachdem er jenes frohe Gelächter ausgestoßen, auf das schöne Thal zu seinen Füßen und schien dem Pferde eine kurze Rast gönnen zu wollen.

— Vorwärts! rief er dann. Aber jetzt hübsch langsam, sonst brechen wir doch noch den Hals!

Es war eine Aufgabe, vor der die Pferde und noch

mehr die Reiter eines Cirkus zurückgeschreckt wären. Es galt, über Felsenvorsprünge und wild verworrene Gesteinmassen in das Thal hinabzusteigen. Da war aber keine Spur von einer Straße, und ein vernünftiger Mensch würde Todesangst aus= gestanden haben, auf seinen zwei Beinen ein solches Unter= nehmen zu wagen. Nur eine so wild verwegene Natur wie die Don Lotario's konnte sich hier den Füßen eines Rosses anvertrauen. Aber unbekümmert, wohin dieses seine Hufe setzte, schaute er nach dem Thal, und war eben im Begriff, ein Liedchen anzustimmen, als das Pferd abermals still stand.

— Caramba, Rosinante! rief er. Wir sind die längste Zeit Freunde gewesen, wenn du so zaghaft bist! Was hat das Thier, weshalb streckt es die Nüstern in den Wind! Ah so! Dieses Mal hast du Recht gehabt, Rosinante.

Bei diesen Worten ließ er den Zügel fallen und griff schnell mit beiden Händen nach den Pistolenholstern, die an den Seiten des Sattels angebracht waren. Einen Augenblick darauf glänzten die Doppelläufe in jeder Hand.

Diese Vorsicht schien nicht ungerechtfertigt. Denn wie Geister des Gebirges, wie Gnomen der Felsen waren fünf dunkle Gestalten vor dem Reiter aufgetaucht, als kämen sie unmittelbar aus der Erde. Es waren Indianer, Eingeborne von Ober=Kalifornien, Kinder jenes häßlichen Stammes, der mit den stolzen schönen Gestalten der nordamerikanischen In= dianer nichts gemein hat, als die Schlauheit und Tücke — dunkelfarbige Gespenster mit unheimlichen Blicken und abge= magerten Gliedern, die nur spärlich durch zerrissene baum= wollene Lappen oder durch ein übergeworfenes Pantherfell verhüllt waren. Zwei trugen Lanzen und Bogen, zwei waren nur mit Messern bewaffnet, der Fünfte aber hatte eine alte Jagdflinte über die Schulter geworfen.

— Keinen Schritt weiter! rief Don Lotario, als dieser Letztere sich näherte. Was wollt Ihr Hunde? Keinen Schritt weiter, sage ich Euch! Oder ich jage Vieren von Euch meine

Kugeln durch den Kopf und gegen den Letzten wird mein Machete ausreichen.

Dabei warf er einen Blick auf die linke Seite seines Gürtels, in der das spanische Messer, das Machete, steckte, von dem sich selten ein Spanier trennt. Der Reiter sah mit Zufriedenheit, daß es sich auch jetzt noch dort befand, und streckte dann den rechten Arm gegen den Indianer aus, zugleich die beiden Hähne des einen Doppelpistols spannend.

— O Gnade, Sennor! rief der eine Indianer, der mit der Flinte. Wir nicht tödten wollen den Sennor, beim großen Geist! Wir fragen wollen den Sennor und demüthig bitten um Antwort.

— Ah, Ihr Hunde, Ihr denkt, ich kenne Eure Schurkerei nicht? fragte Lotario, die Hand noch immer erhoben und das Auge auf die Indianer gerichtet, die jetzt eine demüthige und bittende Stellung annahmen.

— Gnade, Herr! Beim großen Geist, wir wollen Dich nur fragen! gurgelte der Indianer in seinen rauhen Kehllauten und im schlechtesten Spanisch.

— Nun dann heraus mit der Sprache, Ihr Hunde! rief Don Lotario, streckte aber, als ob er jetzt um so sicherer einen Angriff erwarte, aufs Neue beide Arme den Indianern entgegen.

— Wir fragen wollen den Sennor, ob er die fremden Männer da drüben kennt? sagte der Indianer mit der Flinte und streckte die Hand nach der gegenüberliegenden Seite des Thales aus.

Don Lotario schien überrascht und warf einen fragenden und mißtrauischen Blick auf die Rothhäute.

— Ihr meint die fremden Männer, die vor einem halben Jahre plötzlich gekommen sind? fragte er dann.

Der Indianer gab durch einen Laut zu verstehen, daß er diese Männer meine.

— Die sich auf dem Berge der Wünsche niedergelassen

und ihre Wohnungen in so viel Wochen gebaut haben, als
Andere Jahre brauchen? Und was für Wohnungen! fuhr
der junge Spanier fort.

Die Indianer gaben abermals ein Zeichen, daß sie diese
Fremden und nur diese meinten.

— Die das ganze Thal in einen Garten umgewandelt
und das Unmögliche möglich gemacht haben? fragte Don
Lotario weiter und schien sich an der steigenden Unruhe der
Indianer zu ergötzen. Die sogar Kanonen mitgebracht haben
und in deren Kellern mehr Pulver liegt, als der Bach dort
Sand mit sich führt?

— Ja, ja, ja! antworteten die Indianer zu gleicher
Zeit, und ihre Augen leuchteten wie Kohlen.

— Also den meint Ihr? fragte Lotario beinahe spöt=
tisch. Und was wollt Ihr über ihn wissen?

— Was er in unserem Lande will? Weshalb er diese
Festung aufgerichtet? fragte der erste Indianer.

— In Eurem Lande? rief Lotario lachend. Caramba!
das ist nicht übel! Nennt dieser gottvergessene Heide Kali=
fornien sein Land! Also Ihr wollt wissen, was der Lord
hier will? Gut, das kann ich Euch nicht sagen. Ich weiß
es selber nicht. Ich könnte nicht einmal einem rechtschaffenen
Christen Auskunft geben, wenn er mich danach fragte, noch
viel weniger also Euch heidnischen Hunden!

Die Indianer nahmen diese schmeichelhaften Bezeich=
nungen ruhig hin. Thatsachen galten bei ihnen mehr, als
Worte. Sie wollten die Beleidigungen gern hinnehmen,
wenn sie nur ihren Zweck erreichten. Uebrigens sind die
Indianer daran gewöhnt, von den Weißen als Thiere, als
Hunde betrachtet zu werden.

— Sennor weiß es nicht? fragte der Indianer mit der
Flinte wieder. Sennor ist doch ein Freund des Fremden?

— Ein Freund? sagte Don Lotario kopfschüttelnd. Das
könnte ich wirklich nicht behaupten. Ich bin drei Mal bei

ihm gewesen und er hat mich so freundschaftlich aufgenommen, wie es nur ein kalter Engländer thun kann. Aber sein Freund? Nein, das bin ich noch nicht und werde es wahrscheinlich auch niemals werden. Ich kann Euch also keine Auskunft geben. Wendet Euch an Lord Hope selbst, ihr Kuyoten!

— Sennor will uns nicht sagen, was er weiß! gurgelte der Indianer, einen mißtrauischen Blick auf den jungen Spanier werfend, der noch immer die Vorsicht nicht vergaß und die Pistolen in den Händen hielt.

— Caramba, Du Ungeziefer, kann ich Dir etwas sagen, was ich nicht weiß? rief Don Lotario ärgerlich.

— Sennor glaubt nicht, daß der Fremde die rothen Männer zu Sklaven machen will? fragte der Indianer.

— Was ich glaube? Bei meiner armen Seele, ich glaube Alles von diesem Fremden, denn er hat Unglaubliches geleistet! rief der Spanier. Und nun aus dem Wege, Gesindel!

— Noch eine Frage, Sennor! rief der Indianer. Weshalb läßt er die weißen Männer aus der Fremde kommen? Hat er nicht Leute genug? Er will der Herr des Landes werden.

— Weiße Männer? Ich weiß nichts von weißen Männern, antwortete Lotario. Was soll das?

— Sennor weiß nicht, daß eine Schaar von weißen Männern und Frauen dort drüben hinter den spitzen Bergen lagert und hierher nach dem Thal zieht, dem Fremden zu Hülfe? fragte der Indianer mißtrauisch.

— Meine arme Seele soll ewig im Fegefeuer braten, wenn ich das weiß! antwortete Don Lotario lustig. Und was geht es Euch und mich an, wenn er die Zahl seiner Diener vergrößert?

Der Indianer gab auf diese Frage keine Antwort. Er warf nur einen blitzschnellen Blick auf seine Genossen, die ihm ebenfalls nur durch einen Blick antworteten. Der Spanier hielt das für ein Zeichen, daß man ihn angreifen wolle, und seine rechte Hand hob sich höher. Aber er hatte sich geirrt. Jener Blick war nur eine Frage gewesen, ob man dem Spanier trauen könne, und die Antwort war bejahend ausgefallen.

— Also Sennor glaubt nicht, daß der Anführer der Weißen Böses gegen die rothen Männer im Schilde führt? fragte dann der Indianer. Er richtet seine Festung nicht auf, um uns zu Sklaven zu machen?

— Caramba! ich glaube, daß er sich wenig um Euch rothhäutiges Gesindel kümmert, antwortete Don Lotario. Und wenn Ihr mir nun nicht Platz macht, so schieße ich Euch nieder wie Prairiehühner!

Ehe er jedoch seine Drohung zur Wahrheit machen konnte, waren die Indianer verschwunden. Lotario blieb noch eine Zeit lang auf derselben Stelle, um sich zu überzeugen, daß sie sich wirklich von ihm entfernt. Dann sah er sie auf einem benachbarten Felsrücken. Sie eilten nach einer entgegengesetzten Richtung.

— Dieses Mal habe ich mein Pulver gespart! sagte der Spanier ruhig, während er die Pistolen wieder in die Holster steckte. Aber sie haben es auf den Lord abgesehen, das steht fest. Vielleicht kann ich ihm eine Warnung geben, und er ist aus Dankbarkeit ein wenig offener gegen mich. Vorwärts, Rosinante, du hast jetzt lange genug Ruhe gehabt. In zehn Minuten müssen wir drüben sein.

Das Pferd stieg jetzt bedächtig die Felsen hinab. Wer von der Tiefe des Thales aus diesem Unternehmen zugeschaut hätte, der würde darauf geschworen haben, Roß und Reiter müßten den Hals brechen. Und dennoch waren Beide nach wenigen Minuten wohlbehalten auf dem grünen Wiesengrunde, der das ganze Thal bedeckte. Der Spanier schlug seinem Pferde mit der flachen Hand auf den Nacken, schnalzte mit der Zunge und das Roß flog dahin, schnell wie eine Schwalbe und fast ebenso lautlos, wie der Segler der Lüfte, denn der

weiche, grüne Grund dämpfte die Hufschläge des Rosses, wie
ein dreifacher Teppich.

Noch waren keine zehn Minuten seit jenem Zusammen=
treffen mit den Indianern vergangen, als Don Lotario bereits
die funkelnagelneue Brücke passirt hatte, die über einen kleinen
krystallklaren Fluß führte, und am Fuße jenes Berges hielt,
den er vorher als den „Berg der Wünsche" bezeichnet hatte.

Er sah empor und schüttelte den Kopf. Weshalb? das
würde ein Fremder schwer errathen haben. Wer aber wußte,
daß dieser Berg noch vor einem halben Jahre nichts trug,
als einige armselige Fichten, verkrüppelte Cedern und Sträu=
cher, und wer jetzt die zum Theil hölzernen, zum Theil sogar
steinernen Gebäude erblickte, die den Gipfel desselben krönten,
der würde ebenfalls den Kopf geschüttelt haben. Wie durch
Zauber waren diese Gebäude emporgestiegen. Der Gipfel des
Felsens war vollständig umgestaltet worden. Einzelne Blöcke
waren mit Pulver gesprengt, andere waren durch Backsteine
mit einander verbunden worden, so daß sich jetzt ein fester
Gürtel, ein Kranz rings um die Spitze des Felsens zog, eine
Mauer, die eine ganz achtungswerthe Befestigungslinie bildete
und deren Schießscharten darauf hindeuteten, daß sie aller=
dings zu einem solchen Zwecke dienen sollte. Ueber diese
Mauer hinweg sah man die Dächer der Häuser ragen. So
war der Berg der Wünsche in wenigen Monaten in eine
Stadt und Festung umgewandelt worden.

Aber nicht das allein — der Berg, früher unzugänglich
wie der Horst eines Adlers, hatte seine ganze Gestalt geändert.
Vom Fuße desselben zog sich im Zickzack eine Kunststraße,
breit und nach allen Regeln gebaut, den Berg hinan, so daß
jetzt ein Greis mit seinen Krücken bequem die Spitze des Fel=
sens erreichen konnte, die früher nur den kühnsten Jägern zu=
gänglich gewesen. Felsblöcke von gigantischer Größe hatten
zu diesem Zwecke gesprengt, Abgründe hatten ausgefüllt wer=
den müssen. Und Lord Hope hatte das mit einer Handvoll

Leute gethan — Don Lotario war im Recht, wenn er den Kopf schüttelte!

Er ließ seine Rosinante gemüthlich die bequeme Straße hinauftraben. Oben angelangt, sah er eine neue Veränderung. Statt des einfachen Gitters bildete jetzt ein festes, steinernes Thor mit mächtigen Flügeln von Eichenholz den Eingang.

— Wer da? fragte die Stimme der Wache durch das Thorfenster.

— Don Lotario, antwortete der junge Mann. Meldet mich dem Lord. Er ist doch zu sprechen?

Es erfolgte weiter keine Antwort, aber nach drei Minuten ritt der Spanier durch das geöffnete Thor.

Lord Hope.

Ein kräftiger, frischer Bursche im leichten Matrosenanzuge, mit lackirtem Hut, nahm das Pferd Don Lotario's in Empfang und der Spanier schritt auf ein steinernes Gebäude zu, dessen Mauern fußdick waren und dessen Aeußeres eine gewisse einfache Schönheit zeigte. Bevor er aber in die Thür desselben trat, stand er noch einmal bewundernd still und warf einen Blick auf den freien Raum zwischen den einzelnen Häusern.

Was war hier Alles aufgestapelt, Schätze, als gälte es, eine Kolonie von Tausenden zu gründen! Da lagen Fässer, Balken, Wirthschafts- und Hausgeräthe; da standen Kisten und Kasten, Karren und Wagen; dort waren Ballen aufgeschichtet, deren Inhalt man nicht errathen konnte, und über denen sich ein Zeltdach erhob, um sie vor einem plötzlichen Regenguß zu schützen. Dazwischen liefen rüstige Männer beschäftigt hin und her, Alle in leichten Anzügen, denen der

Matrosen ähnlich. Zwischen ihnen, auf einer großen Kiste, stand ein kräftiger, untersetzter Mann, mit einem entschlossenen Gesicht, der seine Befehle kurz und bündig ertheilte und zu= weilen nach einem Fenster des großen steinernen Hauses hin= überblickte, wahrscheinlich um von dort Andeutungen zu em= pfangen, ob er die Arbeit zur Zufriedenheit seines Herrn leite.

Abermals schüttelte Don Lotario den Kopf und mur= melte ein Caramba! — den Lieblingsfluch der Spanier — zwischen den Zähnen. Dann trat er durch die Thür in das Hauptgebäude.

Aber hier empfingen ihn neue Ueberraschungen. Die Fußböden waren mit Teppichen bedeckt, Alabastervasen stan= den in den Nischen, Marmor=Statuen an den Wänden, Blumengewinde zogen sich an der Treppe hinauf, prächtige Schlösser glänzten an den Thüren. Der Spanier glaubte zu träumen. Eine solche Herrlichkeit hatte er noch nie gesehen. Sie würde ihn überall entzückt haben. Hier machte sie ihn schweigsam, sie betäubte ihn. Noch vor vierzehn Tagen, bei seinem letzten Besuche, war das Alles kahl und leer gewesen. Jetzt befand er sich in einem Feenpalast.

— Das ist ein Zauberer, dieser Lord Hope! Gott sei meiner armen Seele gnädig! murmelte er halb lachend und bekreuzte sich.

— Don Lotario will auf der Treppe empfangen sein, wie es scheint! rief jetzt eine klare, sonore Stimme dem Spa= nier entgegen. Verzeihen Sie, ich kenne die Sitten Ihres Landes nicht.

Der Spanier griff unwillkürlich nach seinem Hut und behielt ihn in den Händen. Dann machte er eine tiefe Ver= beugung. Er stand dem Herrn des Hauses, dem Schöpfer dieses Palastes, dem Zauberer gegenüber.

Hatte Lord Hope auch in seinem Aeußeren etwas vom Zauberer? Vielleicht! Er war ein Mann von mehr als Mittel= größe, breitschultrig, mit einer kräftig gewölbten Brust. Sein

Haar war dunkelschwarz, wie sein Auge und sein Bart, sein
Gesicht fein und blaß, beinahe bleich. Niemand hätte in ihm
den Engländer vermuthet. Aber jedenfalls war er ein feiner,
vornehmer Herr. Wie er so ungezwungen dastand, leicht mit
der Hand, noch leichter mit dem Kopf grüßend, ein flüchtiges,
verbindliches Lächeln auf den Lippen — da gestand sich der
adelsstolze Spanier, der trotzige Jüngling zum vierten Male,
daß er sich einem überlegenen Wesen gegenüber befinde. Er
wiederholte seine Verbeugung, beinahe verlegen, und ging dem
Lord befangen entgegen.

    — Mylord, ich glaube zu träumen! sagte er verwirrt,
Diese Pracht, diese Herrlichkeit! Und noch vor vierzehn Tagen
bemerkte ich nichts davon. Wie ist das möglich gewesen?
Wo ist das Alles her?

    — Sie fragen zu viel, sagte der Lord, mit demselben
kaum bemerkbaren Lächeln, das seinem bleichen Gesicht einen
eigenthümlichen und schwer zu enträthselnden Ausdruck verlieh, aber doch ein gewisses Zutrauen erweckte. Aber wollen
Sie denn auf dem Korridor bleiben, Don Lotario?

    Der Spanier stieg die kleine Treppe hinan, vorsichtig,
als fürchte er sich, auf die Sammetteppiche zu treten, die auch
das leiseste Geräusch seiner Schritte erstickten, und trat in die
Thür, die der Lord geöffnet hatte. Es war nur ein einfaches
Vorzimmer. Dem Spanier dünkte es zu gut für die Wohnung
eines Prinzen. Dann trat er durch eine andere Thür. Dieselbe einfache, stolze Pracht, die schönsten Teppiche, die herr-
lichsten Tapeten, Gemälde an den Wänden, Möbel von den
feinsten, zartesten, elegantesten Formen, und dabei überall ein
Hauch der Wohnlichkeit, Nichts überladen, Alles bequem und
freundlich — das war dem jungen Spanier zu viel. Er
war einer der reichsten Landbesitzer Kaliforniens, aber gegen
dieses Zauberschloß war seine Hacienda ärmlich, wie die Hütte
eines Indianers! Er stammelte einige Worte der höchsten
Ueberraschung — dann ließ er sich in einen Sessel fallen und

saß mit weit geöffneten Augen da, während der Lord ruhig an das Fenster trat und durch ein Zeichen mit dem Finger seinem Intendanten draußen einen neuen Befehl zu geben schien.

— Was fehlt Ihnen, Don Lotario? Sind Sie unwohl? wandte er sich dann an den Spanier.

Dieser machte eine abwehrende Bewegung, deutete mit der Hand rings um sich, als wollte er zu verstehen geben, daß ihm dieser Anblick die Sprache geraubt und machte eine gewaltige Anstrengung, sich zu erheben.

Das gelang. Lotario schien sogar zu fühlen, daß er zu weit gegangen. Sein angeborener Stolz sagte ihm, daß er sich schämen müsse, einem Fremden diese Bewunderung gezollt zu haben. Er wollte deßhalb seinen Fehler sogleich wieder gut machen.

— Caramba! rief er und versuchte spöttisch zu lächeln. Das muß Ihnen schönes Geld gekostet haben?

— Die Einrichtung? fragte der Lord ruhig. Ich weiß nicht, was Sie hier zu Lande viel Geld nennen. Sind viermalhunderttausend Dollars viel oder wenig hier in Kalifornien?

— Viermalhunderttausend Dollars? Ei, zum Teufel, wenig nicht! rief Don Lotario fast erschrocken.

— Also eine Mittelsumme, meinte der Lord ruhig. Nun, das dachte ich. Das kostet die Einrichtung.

Der Spanier hatte einen neuen Ruf der Ueberraschung auf den Lippen, aber er unterdrückte ihn, denn der Lord hatte so ruhig und gleichgültig gesprochen, als handle es sich um eine neue Fensterscheibe. Viermalhunderttausend Dollars! Die ganze Besitzung Don Lotario's war kaum so viel werth!

— Aber ich bitte Sie um Himmelswillen, wie haben Sie das Alles hierherschaffen können? fragte er dann. Hier in dieser Wildniß, wo nichts zu finden ist, als eine verkrüppelte Staude und ein Stück Felsen. Das müssen Sie doch aus New-York haben, selbst in New-Orleans findet man solche Schätze nicht.

— Lieber Freund, sagte der Lord bescheiden, ich liebe den amerikanischen Geschmack nicht. Außerdem findet man nicht alle Schönheiten beisammen. Diese Teppiche sind aus Paris, die Meubles ebenfalls, die Tapeten sind aus London, auch diese Kamine — ich glaube, im Winter kann man sie brauchen. Was die Gemälde und die Statuen anbetrifft, so hatte ich sie zum Theil schon früher.

— Aus London! aus Paris! sagte der Spanier kopfschüttelnd. Doch das Alles muß mehr als eine Schiffsladung ausgemacht haben! Ich bitte Sie, wie haben Sie das Alles hierherbringen können? Und seit vierzehn Tagen das zu ordnen! Es ist unglaublich! Mylord, ich bewundere nicht Ihren Reichthum, es giebt wahrscheinlich Leute, die noch reicher sind — aber ich erstaune über die Zauberkraft, mit der Sie diese Schätze zu ordnen wissen, über die Schnelligkeit, mit der Alles dieses seinen rechten Platz gefunden hat.

Der Lord schien das Letztere überhört zu haben. Er gab inzwischen seinem Intendanten vom Fenster aus ein Zeichen.

— Eine ganze Schiffsladung, meinen Sie? Allerdings! sagte er dann. Da liegt mein Dampfer!

— Ein Dampfer? rief der Spanier emporschnellend, wie von einer Feder getrieben. Wo? Wo?

Er sprang an das Fenster, denn der Lord hatte nach dieser Richtung hingedeutet.

Von dort aus hatte man einen weiten freien Blick nach Westen. Man übersah die Gipfel der Felsen, die sich bis nach dem Meere hin erstreckten, man sah auch hier und dort durch eine Oeffnung das blaue Meer selbst herüberschimmern. Bis ungefähr tausend Schritt vom Fuß des „Berges der Wünsche" aber zog sich ein ganz schmaler Meerbusen, kaum breiter, als ein Fluß, zwischen den Felsen hindurch, ähnlich den Scheeren an der norwegischen Küste — ein kleiner Meerbusen, wie geschaffen zum Ankerplatz für eine kleine Flotille. In diesem Meerbusen lag eine leicht und schön gebaute Yacht, die schon früher die Bewunderung Don Lotario's erregt hatte. Neben ihr aber lag jetzt ein Dampfboot mittlerer Größe regungslos auf den Wellen.

— Das ist der Dampfer? rief der Spanier, bleich vor Erstaunen. Und das ist Ihr Dampfer?

— Allerdings, antwortete der Lord mit seiner unerschütterlichen Gelassenheit. Ist denn das so etwas Wunderbares? Giebt es nicht in New-York Leute, die fünf, sechs und mehr solcher Dinger auf dem Meere haben?

— Freilich wohl, stammelte der Spanier, seines Erstaunens immer noch nicht Herr. Aber das sind Kaufleute, die aus diesen Schiffen Gewinn ziehen. Wer so etwas zu seinem Vergnügen bauen kann, der muß reich, sehr reich sein.

— Das ist möglich! sagte Lord Hope leichthin. Ich weiß wirklich nicht mehr, was dieser Dampfer gekostet hat. Eine schöne Erfindung, nicht wahr? Konträre Winde braucht man nicht mehr zu fürchten.

— Eine sehr schöne Erfindung, ja wohl! sagte der Spanier, mehr zu sich selbst, als zum Lord. Dann schien er nachzudenken und endlich, als hätte er das Rechte gefunden, warf er einen schnellen Blick auf den Lord.

— Was haben Sie? fragte dieser, der abwechselnd nach dem Hofe und nach dem Spanier gesehen hatte.

— Hoheit, erlauben Sie mir, Ihnen meine tiefste Ehrfurcht zu bezeigen! sagte Don Lotario, sich tief verbeugend.

— Hoheit? Was soll das heißen? rief der Lord lächelnd. Glauben Sie vielleicht, in mir einen fremden Prinzen entdeckt zu haben?

— In der That, ja! antwortete der Spanier, noch immer so ehrerbietig. Ich zweifle nicht länger daran, daß ich die Ehre habe, das Mitglied einer erhabenen Herrscherfamilie vor mir zu sehen, das jetzt in Amerika einen neuen Staat gründen will, nachdem das Unglück ihm den Weg zum Throne seiner Väter versperrt.

— Dann halten Sie mich am Ende gar für den Prätendenten Don Carlos, der hierher gekommen sei, um Meriko, das einst seinen Vätern gehörte, zurückzuerobern? fragte der Lord mit einem leichten Anfluge von Spott.

— Caramba! Das wäre nicht unmöglich! rief der Spanier, einen erschreckten und mißtrauischen Blick auf den Lord werfend.

— Mein Liebster, Sie faseln! sagte dieser so kalt und ruhig, daß Don Lotario zusammenfuhr. Ich habe nicht das Glück oder das Unglück, ein Prätendent zu sein. Ich bin das, was ich bin, und weiter nichts. Sie kennen meinen Namen. Begnügen Sie sich damit, denn er sagt Ihnen die Wahrheit. Entschuldigen Sie mich einen Augenblick.

Damit verließ der Lord das Zimmer. Der junge Spanier blieb bestürzt und verlegen zurück.

— Ich will ewig verdammt sein, wenn es dieser Kerl nicht meisterhaft versteht, die Leute in Respekt zu halten! murmelte er vor sich hin. Und ich Narr! Mich von einem bißchen Reichthum und Glanz so verblenden zu lassen! Was ist er? Ein Lord, ein simpler Lord, weiter nichts. Und meine Ahnen waren Granden von Spanien. Ich dächte, Don Lotario de Toledo könnte es mit solchen Lords immer noch aufnehmen. Muth! Es ist das letzte Mal, daß er mich so schwach gesehen hat. Ich werde ihm zeigen, daß ich seinen Reichthum bewundere, aber weiter nichts.

Dennoch war seine Miene nicht so fest, wie seine Worte, und sein vertraulich forschender Blick, als der Lord wieder eintrat, senkte sich bald, als er die ruhige, kalte und vornehme Miene desselben bemerkte.

— Pardon! sagte der Lord. Wollen Sie frühstücken, Don Lotario? Aechten Malaga, Xeres, Porto, Alicante?

— Xeres, wenn es denn einmal sein soll! antwortete
der Spanier. Selbst mit all diesen Kleinigkeiten sind Sie
versehen, es ist bewundernswerth! Ich kam her, Mylord,
um Sie zu bitten, auch mir in meiner Hacienda einmal
einen Besuch zu gönnen. Aber mir schwindet der Muth.
Was kann Ihnen meine Hütte bieten?

— Sagen Sie das nicht, vielleicht kann ich dort Man=
ches kennen lernen, erwiederte der Lord ruhig. Jetzt freilich
bin ich noch zu sehr beschäftigt, um Ihre Einladung annehm=
men zu können. Doch nehmen Sie!

Der Lord deutete auf einen Tisch, den ein Neger, mit
allem Nöthigen versehen, geräuschlos ins Zimmer gesetzt hatte.

— Wie, Sie haben auch Sklaven? rief der Spanier.
Wissen Sie, daß unsere Gesetze das nicht erlauben?

— Es ist mein Diener, kein Sklave! antwortete der
Lord. Sie sehen noch immer nach dem Schiffe?

— In der That, ja! Es trägt nicht die englischen
Farben! sagte Lotario. Weiß, roth, grün —

— Sind die Farben Italiens, die ich den englischen
vorziehe und die ich mit vollem Rechte führen darf, da ich
auch Besitzungen in Italien habe und Bürger von Toskana
bin, antwortete der Lord ruhig. Uebrigens ist es ganz gleich=
gültig, welche Farbe man trägt, vorausgesetzt, daß diese
Farbe ächt ist.

Don Lotario mußte sich unwillkürlich verbeugen, so ernst
und stolz waren diese einfachen Worte gesagt.

— Und Sie fürchten sich nicht, diese prächtigen Schiffe
dort unten liegen zu lassen? fragte er dann.

— Fürchten? Weshalb?

— O, Sie kennen dieses Land noch nicht! rief der
Spanier, sichtlich erfreut, seinem Wirth endlich einen guten
Rath geben zu können. Wir leben hier mehr oder weniger
in einem Zustande vollständiger Gesetzlosigkeit. Der schwache
Arm der mexikanischen Regierung reicht nicht bis hierher.

— Gut, eben deshalb bin ich hierher gekommen, sagte der Lord mit einem ruhigen Lächeln.

— Aber so angenehm das auch in manchen Fällen ist, so unangenehm kann es in anderen werden, fuhr der Spanier fort. Unsere Spanier und noch mehr die Nordamerikaner würden sich nicht im Geringsten bedenken, Ihnen diese schönen Schiffe fortzukapern, und ich fürchte, wenn Sie eines Morgens erwachen, so werden Sie die Ankerplätze leer finden. Die Entfernung vom Meere ist groß genug. Die Räuber können das Meer erreichen, noch ehe Sie den Raub gewahr worden sind.

— Möglich! Aber auch dafür ist gesorgt!

— Vielleicht haben Sie eine starke Besatzung auf dem Dampfer? meinte Don Lotario.

— Das nicht. Es sind nur sechs Mann auf dem Schiffe. Sie reichen für den Nothfall hin. Und sollte man wirklich wagen, mir mein Eigenthum nehmen zu wollen, so kenne ich noch andere Mittel, mir dasselbe zu sichern. Haben Sie je etwas von elektrischen Telegraphen gehört?

— Ich glaube, antwortete der Spanier etwas befangen. Eine ganz neue Erfindung, wenn ich nicht irre.

— Ganz neu, sagte der Lord mit einer leichten und zufriedenen Neigung des Kopfes. Ich habe hier einen ersten Versuch gemacht, der zu meiner Zufriedenheit ausgefallen ist. In dem Augenblick, in dem ein Fremder das Schiff besteigt, bin ich davon benachrichtigt, und die Erfindung giebt mir zugleich die Möglichkeit, dasselbe in die Luft zu sprengen, wenn es in den Besitz von Fremden gelangen sollte.

— Sie denken wirklich an Alles! sagte der junge Spanier kleinlaut und ertränkte die Verlegenheit, die ihn wider seinen Willen abermals überkam, in einem Glase Xeres. Doch, Mylord, ich habe Sie noch auf etwas Anderes aufmerksam zu machen. Sie erwarten Zuzug, nicht wahr? Von Osten her?

2*

— Zuzug? Was meinen Sie damit?

— Nun, Leute, die Sie wahrscheinlich angeworben ha=
ben, um Ihnen bei Ihren riesigen Plänen zu helfen.

— Nein, erwiederte der Lord. Meine Leute genügen
mir und meine Pläne sind durchaus nicht großartig.

— In der That? fragte der Spanier zweifelnd. Also
Sie erwarten wirklich keinen Zuzug?

— Dam! erwiederte der Lord mit einem beinahe ver=
ächtlichen Lächeln. Ich sagte es Ihnen schon.

— Nun, dann weiß ich nicht, was das für Fremde sein
sollen, von denen die Indianer sprachen, sagte der Spanier
kopfschüttelnd. Nehmen Sie sich übrigens vor den Indianern
in Acht, Mylord. Sie wittern in Ihnen einen Feind, einen
Unterjocher, und ich glaube, daß sie Ihnen nächstens einen
bewaffneten Besuch abstatten werden.

— Wird mir sehr angenehm sein! sagte der Lord ruhig.
Ich wünsche diese Race kennen zu lernen.

— O, sprechen Sie nicht so leicht darüber! rief Don
Lotario. Es sind hinterlistige Burschen. Sie haben hier
allerdings ein Kastell errichtet, das selbst einer regelrechten
Belagerung ein Jahr lang widerstehen könnte, aber gegen
einen plötzlichen Ueberfall ist es doch nicht gesichert. Neh=
men Sie sich in Acht, Mylord.

— Ich danke Ihnen, Don Lotario! erwiederte der Lord
so kühl und ruhig, daß sich der junge Spanier vor Aerger
auf die Lippen biß.

— Sie trinken nichts von diesem Wein? fragte er dann.

— Nein, Xeres sagt mir nicht zu, auch trinke ich wenig
Wein, erwiederte der Lord. Aber lassen Sie sich dadurch nicht
abhalten. Ich glaube, der Wein ist gut. Mein Intendant
versteht sich darauf und muß sich darauf verstehen, weil er
mehr davon trinkt, als ich selbst. Wie finden Sie den Wein?

— Vortrefflich! rief Don Lotario, der froh zu sein schien,
daß das Gespräch eine Wendung genommen hatte, die ihm

erlaubte, frei aufzuathmen, und deſſen Wangen ſich bereits
höher färbten. Also ich kann mich darauf verlaſſen, Mylord,
daß Sie meinen Beſuch einſt erwiedern?

— Ich glaube, wir haben bereits davon geſprochen,
ſagte der Lord mit einer leichten Verbeugung.

— Ja, es iſt wahr! erwiederte der Spanier etwas
piquirt über dieſe neue Niederlage. Aber, entſchuldigen Sie
meine Indiskretion, Mylord — wenn ich einen Blick auf
dieſes Zimmer werfe, ſo ſcheint es mir faſt unmöglich, daß
eine männliche Hand allein im Stande geweſen, dies Alles
ſo geſchmackvoll zu ordnen.

— Sie meinen, daß Frauenhülfe dazu nöthig geweſen
ſei? fragte der Lord gleichgültig.

— Ja, das meine ich, erwiederte Lotario. Und doch
habe ich noch nie eine —

— Mein Intendant kann ja wohl verheirathet ſein!
unterbrach ihn der Lord lächelnd, noch ehe der junge Mann
ſeinen Satz vollendet. Wollen Sie vielleicht einen Blick auf
die anderen Zimmer werfen?

— Mit Vergnügen! antwortete Lotario, der auch dieſen
Gegenſtand wohl oder übel fallen laſſen mußte.

Der Lord ging voran. Der Spanier folgte ihm durch
eine Reihe von Zimmern. Abermals blendete ihn die Pracht
der Ausſtattung, abermals erfüllte ihn die geſchmackvolle An-
ordnung der einzelnen Gegenſtände mit Entzücken und Bewunderung. Da war ein Speiſeſaal, überwältigend durch
ſeine einfache, edle Pracht, dort eine Reihe von Wohn- und
Fremdenzimmern, ſo einladend und freundlich, daß man ſie
nie hätte verlaſſen mögen, denn das Bibliothekzimmer, mit
den prachtvollſten Kupferwerken — aber nirgends entdeckte
Don Lotario eine Spur von dem Aufenthalt eines weiblichen
Weſens. Der Spanier hatte es übrigens bereits wieder
aufgegeben, kalt zu ſcheinen. Er war verwirrt, betäubt. Er
fühlte, daß er dem Herrn dieſer Schätze, dem Geiſte, der

das Alles geschaffen, nicht gleich sei, und in seiner Seele dämmerte der Gedanke auf, daß er sich ihm nur durch unbedingte Hingebung nähern könne.

Jetzt standen sie vor einer kunstvoll aus Eisen gegossenen Wendeltreppe.

— Wollen Sie einen Blick auf meine kleine Sternwarte werfen? fragte der Lord. Sie ist noch nicht ganz in Ordnung. Die Instrumente sind erst gestern hinauf geschafft worden.

— Eine Sternwarte? Ich habe noch nie eine gesehen! rief Don Lotario verwundert. Herrlich, herrlich!

Der Lord stieg voran, Lotario folgte ihm. Ein viereckiger, eleganter Bau mit breiten Fenstern im maurischen Styl krönte das steinerne Gebäude und war für die Sternwarte eingerichtet. Die glänzenden schönen Instrumente entlockten dem Spanier, der von der Astronomie nicht viel mehr wußte, als von der chinesischen Reichsverfassung, einen Ruf des Staunens. Aber er war wißbegierig, und da der Lord selbst — so viel man wenigstens aus seiner Bereitwilligkeit schließen konnte — Gefallen daran zu finden schien, dem jungen Manne den Hauptzweck der Instrumente zu erklären, so verging eine halbe Stunde in rascher Belehrung. Der Lord sprach rasch, wußte aber Alles kurz und erschöpfend zu erklären.

— Hören Sie auf! rief Don Lotario endlich. Mir schwindelt der Kopf. Mein Gott, ich glaube, daß ich noch sehr dumm bin. Und Sie wissen das Alles, Sie, der Sie mindestens zehnmal reicher sind, als ich!

— Sie glauben also, daß der Reichthum gewissermaßen die Bildung ausschließt? fragte der Lord ruhig.

— Das nicht, erwiederte Lotario. Aber leider sagt man uns gewöhnlich, wir hätten nicht nöthig, viel zu lernen.

— Nur Thoren können Ihnen das sagen! rief der Lord, etwas weniger kalt, als gewöhnlich. Wo haben Sie studirt?

— Ich? erwiederte Don Lotario. Bei meiner armen Seele, ich hatte einen Schulmeister zu Hause, und war dann zwei Jahr in Mexiko und ein halb Jahr in New-Orleans. Das ist Alles!

— Sie sollten einige Jahre nach London und Paris gehen! meinte der Lord.

— Ja, ja, das hätte ich thun sollen! sagte Don Lotario seufzend. Aber jetzt ist es zu spät.

— Zu spät? Wie alt sind Sie denn? fragte Lord Hope.

— Einundzwanzig Jahr.

— Und das nennen Sie zu spät? rief der Lord. Liebster Freund, als ich einundzwanzig Jahr alt war, war ich noch viel dummer, als Sie, aber ich bedachte, daß noch ein ganzes Leben vor mir lag, und ich lernte.

Das war eine scharfe Lektion und Don Lotario sah unmuthig vor sich nieder. Aber er fühlte, daß der Lord Recht hatte, und von einem solchen Manne konnte er schon eine kleine Lektion annehmen.

— Sie geben mir damit einen Wink, Mylord! Aber ich kann ihn leider nicht mehr befolgen, sagte er seufzend.

— Weshalb nicht? Sind Sie denn an Ihre Hacienda gefesselt? Sind Sie unentbehrlich? fragte der Lord.

— Das nicht — aber ich liebe und ich werde mich bald verheirathen, antwortete Don Lotario verlegen und erröthend.

War es diese Schüchternheit, dieses Erröthen, das dem sonst so kalten und gleichgültigen Lord einen wärmeren Blick, einen Ausdruck der Theilnahme entlockte? Genug, er betrachtete den jungen Spanier aufmerksamer.

— Einundzwanzig Jahr erst — und Sie wollen das schon wagen? sagte er. Freilich, hier verheirathet man sich früher.

— Ja, und — Mylord, verzeihen Sie mir, was ich jetzt sagen werde? fragte Don Lotario schüchtern.

— Ich verzeihe es, sprechen Sie! sagte der Lord — dieses Mal sanfter und herzlicher.

— Mylord, ich habe so großes Zutrauen zu Ihnen gefaßt, rief der Spanier, ich bin so sehr überzeugt davon, daß Sie das Leben und die Welt nach allen Seiten kennen, daß ich gerade mit Ihnen über diese Frage meiner Verheirathung sprechen, daß ich Sie um Ihr Urtheil bitten wollte. Es ist eine eigenthümliche Angelegenheit und ich bin mit mir selbst nicht recht im Reinen. Auch weiß ich, daß ich noch sehr jung bin, und seitdem ich Sie gesehen, kommt es mir vor, als sei ich nur ein Schulknabe, und als sei ich ebenso thöricht, als ich mich früher klug gedünkt. Darf ich mit Ihnen darüber sprechen, Mylord?

— Ja, mein Freund, antwortete der Lord. Aber nicht jetzt. Ueberlegen Sie noch einmal selbst, und sprechen wir dann darüber, wenn ich Ihnen meinen Besuch mache.

— Also Sie werden kommen? rief Don Lotario sichtlich erfreut.

— Lieber Freund, fragte der Lord ernst, gehört es auch zu den Sitten dieses Landes, daß man an dem Worte eines Mannes zweifelt? •

— Nein, antwortete Don Lotario beschämt. Aber ich glaubte kaum, daß Sie mir diese Freude gönnen würden.

— Also verschieben wir dieses Gespräch, sagte der Lord. Nur Eines will ich Ihnen sagen. Auch ich stand im Begriff, mich zu verheirathen, als ich einundzwanzig Jahr alt war. Auch mich machte es namenlos unglücklich, daß damals meine Wünsche nicht in Erfüllung gingen. Und dennoch wäre ich das nicht geworden, was ich bin, wenn damals der Priester den Segen über mich und meine Geliebte gesprochen hätte.

— Und Sie sind zufrieden damit, daß es damals nicht so weit gekommen? fragte Lotario fast ängstlich.

— Das weiß ich nicht, antwortete der Lord kurz, und

der plötzliche Uebergang in seinen Mienen zeigte, daß er jetzt
von etwas Anderem sprechen wolle.

— Sie haben die schöne Aussicht, die man von hier
hat, noch keines Blickes gewürdigt, sagte er dann.

— Das ist wahr. Prächtig! rief Don Lotario, einen
Blick durch die breiten Fenster werfend. Man sieht über die
Felsen fort, bis an das Meer. Ah, man kann den Lauf
dieses kleinen Meerbusens ganz deutlich verfolgen. Und das
ganze Thal liegt klar vor meinen Blicken. Ein schönes Thal,
nicht wahr, Mylord? Ackerland, wie man es um Missouri
und Ohio nicht schöner finden kann. Und Sie haben tüchtig
arbeiten lassen. Es ist eine Freude, das zu sehen! Dort die
abgegrenzten Felder. Das ist Reis wahrscheinlich? Und das
Getreide? Was sehe ich? Dort drüben haben Sie sogar
Weinreben pflanzen lassen! Eine glückliche Idee! Nun, ich
zweifle nicht daran, in zwei Jahren ist das ganze Thal be=
baut und Sie haben gethan, was ein Anderer nicht in zehn
Jahren vollendet. Aber was ist denn das?

— Sie meinen das große Gerüst dort unten? fragte
der Lord lächelnd. Nun, rathen Sie einmal!

— Das weiß ich wahrlich nicht, antwortete Don Lo=
tario erstaunt. Wozu diese starken Balken, diese Gewinde?
Sie wollen doch nicht etwa ein Bergwerk anlegen?

— Ich dachte mir, daß Sie darauf fallen würden, sagte
der Lord. Nein, das nicht.

— Nun, dann könnte es nur ein Brunnen werden sol=
len, sagte Don Lotario. Aber Sie haben doch Wasser die
Fülle. Dort drüben ist der Fluß, hier, nicht weit von dem
Brunnen, ein Bach mit dem klarsten Wasser! Gehen Sie,
Mylord! Sie wollen ein Bergwerk anlegen, nicht wahr?

— Nein, nein! Wie nun, wenn ich warmes Wasser
haben wollte?

— Ah, das ist etwas anderes! rief der Spanier über=
rascht. Glauben Sie eine warme Quelle entdeckt zu haben?

— Ich glaube, antwortete der Lord. Ich kann mich indessen irren, denn es ist bereits ziemlich tief gebohrt, ohne daß meine Hoffnung in Erfüllung gegangen. Einzelne Anzeichen ließen mich hoffen, eine warme Quelle zu finden, wie es deren mehrere in diesem Lande giebt.

— Und was läge Ihnen daran, wenn Sie dieselbe gefunden? fragte der Spanier.

— O, mir persönlich nichts, antwortete der Lord. Es wäre nur eine Pflicht gegen die leidende Menschheit, die ich dadurch erfüllte. Ich würde sie den Kranken zur freien Benutzung übergeben.

— Bravo! rief Don Lotario. Aber Caramba! Mylord, wo haben Sie das Holz hergeholt, aus dem diese Gerüste gebaut sind? Auf vierzig Meilen im Umkreise findet man nicht fünf solcher Stämme, wie sie nöthig sind, um so starke Balken daraus zu zimmern. Das ist wieder eines von Ihren Wundern und nicht das kleinste.

— Da mögen Sie Recht haben, antwortete der Lord lachend. Der Holzmangel ist eine unangenehme Eigenschaft dieser Gegend. Aber mit Hülfe meines Dampfers kann ich ihn leicht überwinden. Sobald derselbe angekommen war, schickte ich ihn hinauf nach einer amerikanischen Station im Oregon, wo bereits zwei Flöße für mich bereit lagen. Er hat sie herunter schleppen müssen, die Küste entlang. Es war eine unwürdige Arbeit für ein so schönes Boot. Aber was hilfts? Noth bricht Eisen, und hier in diesen Gegenden, wie Sie selbst am besten wissen, muß auch ein Hidalgo manchmal Hand anlegen. Genug, ich habe das Holz, und sehen Sie, dort hinten in der Bucht liegt das zweite Floß, das noch nicht angerührt ist und dessen Hölzer ich später einmal brauchen werde.

— Sie sind ein Zauberer, oder Sie stehen mit hülfreichen Geistern im Bunde! sagte Don Lotario lächelnd und kopfschüttelnd.

— Das kann sein, erwiederte der Lord. Aber meine
guten Geister sind ein schneller Ueberblick, Kraft und Thä=
tigkeit. Indessen auch darüber sprechen wir ein ander Mal
mehr. Ich glaube, ich kann Ihnen noch manche gute Lehre
geben, Don Lotario. Darf ich hoffen, Sie zum Mittag bei
mir zu sehen?

— Ah, ich danke! rief der Spanier sichtlich erfreut.
Doch wann essen Sie?

— Wann Sie befehlen, sagte der Lord verbindlich. Sie
haben einen weiten Weg zurück, nicht wahr?

— Zwei gute Stunden, wenn ich über die Berge reite,
antwortete Lotario. Doch kann ich das nur bei hellem
Tageslicht wagen. Des Nachts brauche ich beinahe vier
Stunden, und es ist ein langweiliger Weg. Doch wenn es
Ihnen Recht ist, Mylord, darf ich den Brunnen einmal sehen,
oder vielleicht das Dampfboot?

— Ja wohl, erwiederte der Lord, im Begriff, die Treppe
hinabzusteigen. Aber erlauben Sie, Don Lotario, sind das
nicht Indianer?

Der Spanier warf einen Blick um sich und schien über=
rascht, sogar bestürzt zu sein.

— Mylord, rief er hastig, das sind nicht nur Indianer,
sondern sogar Indianer auf dem Kriegspfad. Man will Sie
angreifen, ich zweifle nicht daran. In drei Minuten werden
sie am Fuße des Berges sein.

— Ah, meinen Sie wirklich? sagte der Lord und lehnte
sich kaltblütig an das eiserne Gitter, das sich rings um die
Fenster zog, die Indianer aufmerksam betrachtend. Sollten
sie wohl so kühn sein?

— Ich zweifle nicht daran, rief Don Lotario unruhig.
Er erzählte hastig dem Lord seine Zusammenkunft mit den
Indianern und die Fragen, die sie an ihn gerichtet hatten.

Der Lord schien nur mit halbem Ohr hinzuhören. Die
tollen Sprünge, mit denen die Indianer — eine Schaar von

ungefähr zweihundert Mann — über die Felsen setzten, schie=
nen ihm Spaß zu machen und er lächelte.

Während dessen kam die Horde immer näher. Die
Mehrzahl war mit Lanzen, Bogen und Pfeilen bewaffnet.
Viele trugen Beile, den Tomahawks der nördlichen Indianer
ähnlich, nur Wenige waren mit Flinten versehen. Wie Don
Lotario vorausgesagt, waren sie in drei Minuten am Fuße
des Berges; dort sammelten sie sich und schienen haftig das
Weitere zu berathschlagen.

— Also Sie glauben wirklich, daß dieser Besuch kein
friedlicher sein soll? fragte der Lord gleichgültig.

— Ich beschwöre Sie, Mylord, treffen Sie Vorkehrun=
gen, rief der junge Mann. Ich kenne die Indianer. In fünf
Minuten werden sie wie Katzen den Berg emporklettern, und
es ist eine mehr als zehnfache Uebermacht.

Der Lord warf einen Blick auf den Hof. Dort schien
man bereits von dem Anrücken der Indianer benachrichtigt
zu sein und einzelne Arbeiter traten an die Schießscharten,
um einen Blick auf die Rothhäute zu werfen.

— Lassen Sie die Männer sich bewaffnen! rief der
Spanier. Nehmen Sie die Sache nicht leicht, Mylord.

— O, das thue ich nicht, sagte dieser kaltblütig. Ich
denke soeben daran, daß ich hier vielleicht eine prächtige Ge=
legenheit haben werde, eine neue Erfindung zu probiren.
Herr Intendant — fügte er dann lauter hinzu — Herr In=
tendant, bringen Sie mir das Blechkästchen, das in meinem
Arbeitszimmer neben dem Bureau steht. Sämmtliche Leute
mögen sich in den inneren Hof zurückziehen!

— Unbewaffnet? rief Don Lotario beinahe erschreckt.

— Ja wohl, erwiederte der Lord. Im Nothfall bleibt
uns immer noch Zeit, während diese Kinder Kaliforniens an
den Mauern emporklettern, zu den Waffen zu greifen. Vor=
her will ich meine Erfindung probiren. Ich glaubte nicht,
eine so gute Gelegenheit zu finden. Da ist das Kästchen!

Der Intendant brachte es selbst und sah seinen Herrn einen Augenblick fragend an.

— Es ist gut, sagte dieser mit einer Handbewegung. Ich werde allein mit den Indianern fertig werden.

Der Intendant ging, und der Lord öffnete das Blech=kästchen. Don Lotario, der seine Unruhe kaum zu bemeistern im Stande war, sah, daß dasselbe mit einer Menge kleiner bräunlicher Kugeln, ungefähr von der Größe einer Hand=granate, angefüllt war.

— Ah! rief er, das sind Handgranaten. Ja so, das lasse ich mir gefallen!

— Sie irren, sagte der Lord ruhig, aber es ist etwas Aehnliches. Sie werden schon sehen.

— Mylord, es ist hohe Zeit! rief Don Lotario erschreckt. Da sind sie schon!

In der That kletterten die Indianer wie Katzen an dem Felsen empor. Sie vermieden die breite Kunststraße, weil sie glaubten, dort den Kugeln mehr ausgesetzt zu sein, und alle Winkel und Ecken benutzend, die ihnen der Felsen darbot, waren sie der äußeren Ringmauer bereits bis auf ungefähr achtzig Schritte nahe gekommen. Sie hatten sich in mehrere Haufen vertheilt, von denen jeder vielleicht fünfzig Mann stark war.

Der Lord hatte zehn Kugeln aus dem Kästchen genom=men. Jetzt nahm er die erste, träufelte aus einer Flasche, die sich ebenfalls in dem Kästchen befand, einige Tropfen von einer gelbbraunen Flüssigkeit darauf und warf die Kugel ge=schickt und kräftig unter den ersten Haufen. Don Lotario be=merkte dabei, daß die Kugel ziemlich weich war. Sie mußte sich also breit schlagen, wenn sie auf den Felsen fiel, und konnte nicht den Berg hinabkollern. Dann nahm der Lord die zweite Kugel, befeuchtete sie ebenfalls mit einigen Tropfen jener Flüssigkeit und warf sie in einen anderen Haufen der Indianer. So warf er noch fünf Kugeln und zwar auf eine

so geschickte Weise, daß sie in fast gleichen Zwischenräumen
auf den Felsen fielen.

Die Indianer bemerkten die Kugeln und wichen scheu
vor ihnen zurück. Sie mochten, wie Don Lotario, glauben,
daß sie platzen und eine tödtliche Ladung ausstreuen würden.
Auch der Spanier erwartete unruhig und ängstlich den Erfolg dieses räthselhaften Manövers. Nur der Lord sah gleichgültig und mit seinem gewöhnlichen beobachtenden Lächeln
auf die Indianer, die jetzt still standen und nicht zu wissen
schienen, ob sie weiter vordringen sollten.

Gleich darauf sah Don Lotario von den einzelnen Stellen, an denen die Kugeln lagen, einen leichten, gelblichen
Dampf aufsteigen, der schnell zu einer Art von Nebel wurde
und sich über den ganzen Raum verbreitete, den die Indianer
einnahmen. Sein Erstaunen wuchs, als er bemerkte, daß
die Indianer gräßliche Gesichter schnitten, die Arme verzweifelnd um sich warfen und dann in ein kurzes, wimmerndes
Geheul ausbrachen. Dann sah er einen nach dem anderen
von den Indianern verschwinden. Eine Minute später zer-
theilte ein frischer Windstoß den Dampf und Lotario sah
sämmtliche Indianer regungslos auf der Erde liegen.

— Halten Sie ein Tuch vor den Mund! rief jetzt der
Lord. Der Wind treibt etwas von dem Dampf hierher.

Don Lotario that schnell, was der Lord befahl. Aber
schon hatte er etwas von einer eigenthümlichen Luft einge-
athmet und brach in einen kurzen, trockenen Husten aus.
Der Anfall war stark, ging jedoch schnell vorüber. Auch
der Lord hustete ein wenig, lachte jedoch dabei und machte
ein zufriedenes Gesicht.

— Bravo! sagte er dann. Meine Kunst hat mich nicht
im Stich gelassen. Was meinen Sie dazu?

— Die Indianer sind todt, sämmtlich todt? rief Lotario
erschreckt. Caramba, das ist ein entsetzliches Mittel!

— Was wollen Sie? fragte der Lord gleichgültig.

Trachteten die Leute nicht nach meinem Leben? Doch ob sie todt sind, werden wir bald sehen. Sieben Kugeln also genügten!

· Dabei legte er die drei letzten Kugeln wieder in das Kästchen und verschloß daselbe vorsichtig.

Don Lotario konnte sich eines Schauders nicht erwehren. Er war erschreckt gewesen, als er die Indianer anrücken sah, er hatte sich auf einen entsetzlichen Kampf gefaßt gemacht. Aber in dieser Aufregung und Unruhe hatte etwas gelegen, was den jungen Mann ehrt. Jetzt nun durch ein einfaches, fast lächerliches Mittel sah er diese Schaar von Indianern mit einem Schlage getödtet; lautlos, ohne einen Lärm von Schüssen, ohne das Geschrei von Kämpfenden, ohne das Geklirr der Messer und Aerte, darniedergestreckt, wie durch den Arm einer höheren Macht, wie durch einen Wink des Todesengels, wie angehaucht von einem tödtlichen Athem. Und der Lord, dieser seltsame Mensch, der durch sieben Bewegungen seines Armes, durch sieben geschickte Würfe dieses gräßliche Wunder bewirkt, stand ruhig dabei — keine Miene verzog sich in seinem beobachtenden Gesicht, und noch immer schwebte ein Lächeln um seine Lippen, das Lächeln des Todesengels! Don Lotario fühlte sein Blut erstarren. Es fröstelte ihn. War das ein Wesen von Fleisch und Bein, oder war es eine jener dämonischen Erscheinungen, an welche die heiße Phantasie der Südländer trotz aller modernen Aufklärung immer noch glaubt?

Jetzt zog der Lord seine Uhr aus der Tasche, warf einen flüchtigen Blick auf dieselbe und sah dann wieder nach den Indianern.

— Sechs Minuten, sagte er ruhig. Jetzt passen Sie auf, Don Lotario, Sie werden ein Wunder sehen.

Und wirklich! Der Kopf eines Indianers erhob sich. Verwundert, entsetzt, mit starr geöffneten Augen schaute er um sich und richtete sich dann empor. Das Haar des rothen

Mannes sträubte sich, als er die Leichen seiner Genossen er=
blickte. Er stieß einen klagenden, schrillen Laut aus, warf
einen Blick namenloser Angst auf die kleine Festung, sprang
dann, wie von einer unsichtbaren Macht getrieben, auf, faßte
sich an den Kopf und rannte den Berg hinab, pfeilschnell,
in Sprüngen, wie sie kaum ein wildes Thier gewagt hätte.

— Caramba! Der Mann war nicht todt? murmelte
Don Lotario. Aber halt, da ist noch Einer!

In der That erhob sich jetzt ein anderer Kopf, ganz
auf dieselbe Weise, zehn Schritte davon ein dritter, dann an
einer anderen Stelle ein vierter. Jeder von diesen erwachen=
den Indianern wiederholte genau die Bewegungen des ersten.
Alle warfen entsetzte Blicke auf die starren Körper ihrer
Genossen und auf die Festung des Lords. Dann sprangen
auch sie in tollen Sätzen und mit klagendem Geheul den
Berg hinab.

Nun aber wurde der ganze Fels lebendig. Ueberall
erhoben sich die hageren rothen Gesichter, überall leuchteten
dieselben starren, entsetzten Blicke, überall richteten sich die=
selben Gestalten erst langsam, dann blitzschnell empor. Es
war ein seltsames Schauspiel. Diese Angst, dieses Entsetzen,
dieses Verdrehen der Augen, diese tollen Sprünge den Berg
hinab — selbst der Lord lachte und Don Lotario brach in
ein tolles Gelächter aus.

Noch fünf Minuten, und der Fels war leer. Nach allen
Richtungen stoben die Indianer aus einander. Die Meisten
warfen ihre Waffen von sich, ein klagendes Geheul erfüllte
die Luft. Unten im Thale angelangt, dachten sie nicht daran,
sich zu sammeln. Jeder Einzelne suchte Rettung in einer Fels=
spalte, hinter einem Gebüsch. Viele überstürzten sich in ihrem
hastigen Lauf und kollerten die Abhänge hinab. Hinter ihnen
her schallte das Gelächter Don Lotario's und das der Leute
des Lords, die an die Schießscharten geeilt waren und von
dort das räthselhafte Schauspiel mit ansahen. Wie dämonisch,

wie teuflisch mußte dieses Lachen in die Ohren der armen
Indianer klingen!

— Aber, Mylord, zum Teufel, was ist denn das? rief
der Spanier, der sich die Seiten hielt — denn er konnte
nicht mehr lachen. Ich glaubte im Ernst, Sie hätten das
ganze Gesindel getödtet.

— Ei, haben Sie mich für so blutdürstig gehalten?
sagte der Lord lächelnd. Lieber Freund — fuhr er dann
fort und berührte in flüchtiger Vertraulichkeit die Schulter
des Spaniers — Sie sehen hierin einen Sieg der Intelligenz
über die rohe Kraft, einen Sieg der Wissenschaft über die
rohe Materie. Als ich den Entschluß faßte, mich in diesem
Lande anzukaufen und mir hier ein Haus zu bauen, wußte
ich recht gut, daß ich früher oder später mit den Indianern
in eine wahrscheinlich nicht angenehme Berührung kommen
würde. Ich hörte damals von einer neuen Erfindung, lernte
sie genau kennen, verbesserte sie, und beschloß, sie im Nothfall
anzuwenden. Die Gelegenheit hat sich mir heut auf eine
vortreffliche Weise dargeboten. Glauben Sie, daß ich mich
gefürchtet, einen offnen Kampf, Mann gegen Mann, mit den
Indianern anzunehmen? Gewiß nicht. Dort stehen meine
Kanonen, bis an die Mündung mit Kartätschen gefüllt, dort
sind meine Leute, rüstige Männer, eingeübt auf Flinte, Pistol
und Säbel, und bewaffnet mit Mordwerkzeugen, die es jedem
Einzelnen möglich machen, in einer Minute zehn Indianer zu
tödten. Ich sage Ihnen, in fünf Minuten würden Sie hun=
dertundfünfzig Indianerleichen auf dem Felsen, am Fuße der
Mauer gesehen haben. Aber was hätte mir das genützt?
Ich dürste nicht nach dem Blute dieser Menschen, die vielleicht
ganz Recht haben, wenn sie mich als einen Eindringling, einen
Eroberer betrachten und sich meiner entledigen wollen. Hätte
ich heut hundertundfünfzig getödtet, so würden nach acht
Tagen tausend zurückgekehrt sein und das Gemetzel hätte von

Neuem angefangen. Ich wäre ein Mörder, ein Schlächter
geworden, wie Ihre Ahnen glorreichen Andenkens, wie Cortez
und Pizarro. Statt dessen habe ich diesen Rothhäuten einige
kleine Kugeln zugeworfen, die mit einer chemischen Mischung
gefüllt sind und beim Platzen eine Luft verbreiten, die der
menschlichen Lunge die Fähigkeit des Athmens raubt und den
Körper auf sechs bis sieben Minuten in eine Art von Schein=
tod versetzt, wie sie soeben gesehen haben. Durch dieses un=
schuldige Manöver habe ich einen doppelten Zweck erreicht:
der Angriff ist auf eine unblutige Weise abgeschlagen und
ich habe diese armen Seelen nicht auf meinem Gewissen.
Aber sie werden auch nicht zurückkehren. Ich gehe die höchste
Wette mit Ihnen ein, daß im Umkreise einer Stunde sich
kein Indianer anders sehen lassen wird, als zitternd und
bebend. Jetzt bin ich ihnen kein gewöhnlicher Mensch mehr,
dessen Pläne verhindert werden können. Nein, in den Augen
dieser verschmitzten aber unkultivirten Kinder der Natur bin
ich jetzt ein Dämon, ein Herr über Tod und Leben.
Es hängt jetzt mich von ihnen anbeten zu
lassen. Sie werden folgen, und kein Mensch wird
im Stande sein, sie zu einem zweiten Angriff zu bewegen.
Ich glaube, das ist ein ziemlich gutes Resultat, Don Lotario,
um so mehr, da es durch eine einfache Mischung von Schwefel,
Chlor und einigen anderen Ingredienzien erreicht ist.

— Ich bewundere Sie, Mylord! sagte der junge Spa=
nier, der mit der Miene der tiefsten Ergebenheit zugehört
hatte. Ich weiß jetzt, daß Sie keine übernatürlichen Mittel
in Anwendung bringen. Aber meine Bewunderung für Sie
ist deshalb nur um so größer. Sie stehen in jeder Bezie=
hung auf der Höhe der Entwickelung unserer Zeit. Wollte
Gott, ich könnte wenigstens einen Theil Ihres Wesens be=
greifen, anstatt staunend zu Ihnen aufzuschauen. Wollte
Gott, Sie könnten mein Lehrer sein!

— Lieber Freund, sagte der Lord, dessen Gesicht beinahe

finster geworden; lieber Freund, es giebt Dinge, die man nicht anders lernen kann, als durch eine Schule von Leiden. Möchten Sie das Paradies Ihres ruhigen Herzens verlieren, nur um den Preis der Erkenntniß? Ich glaube kaum. Doch wollten Sie nicht das Dampfboot sehen?

Don Lotario kannte seinen seltsamen Freund bereits gut genug, um zu wissen, daß nun jedes weitere Gespräch über diesen Gegenstand abgebrochen sei. Er verließ mit dem Lord den kleinen Thurm, der als Sternwarte dienen sollte, und folgte demselben auf den Hof.

Die Arbeiter waren bereits wieder bei ihrer Beschäftigung, konnten aber ein beifälliges Gemurmel nicht unterdrücken, als der Lord durch ihre Reihen ging. Doch auch diese schlichten Leute schienen von dem Einflusse seiner räthselhaften Persönlichkeit beherrscht zu werden. Sie wagten es nicht, ein lautes Wort zu sprechen, und der Lord seinerseits achtete nicht im mindesten auf ihre beifälligen Blicke. Kühl und ruhig schritt er hindurch und wandte sich zu einer Pforte, die nicht weit von dem großen steinernen Hause in der Mauer angebracht war. Man mußte, um zu ihr zu gelangen, die eine Seite des Hauses der Länge nach passiren.

Don Lotario warf einen flüchtigen Blick auf dieses Haus, das in sehr schönen und regelmäßigen Verhältnissen gebaut war. Plötzlich blieb sein Blick auf einem Fenster haften und er stand still.

Der Lord, der voranging, wandte sich zu ihm zurück und sah dann ebenfalls nach dem Fenster.

— Wer ist das? fragte Don Lotario zitternd und entsetzt. Ist das ein menschliches Gesicht?

Er konnte so fragen. Das Gesicht, das er hinter dem vergitterten Fenster sah, hatte fast nichts Menschliches. Es war nicht blaß, wohl aber fahl und erdfarben. Die Augen lagen so tief in ihren Höhlungen, daß man das gelbliche

3*

Weiß derselben kaum erkennen konnte. Das Haar war struppicht, beinahe borstig. Entsetzlich aber war vor Allem der starre, geisterhafte Ausdruck dieses Gesichtes. Keine menschliche Empfindung lag auf demselben. Es schien der Kopf einer Leiche, eines Gespenstes zu sein.

— Es ist ein Wahnsinniger, sagte der Lord, und ein leichter Schauder schien über seine Glieder zu fliegen.

— Ein Wahnsinniger, wiederholte der Spanier, sich schüttelnd.

Aber er hatte den Schauder des Lords bemerkt, er hatte gesehen, daß dieser kalte Mensch tief ergriffen war.

— Mein Gott, fügte er hinzu, doch nicht ein Verwandter von Ihnen? Vielleicht Ihr Vater?

— Nein, antwortete der Lord mit einem abermaligen Schauder. Aber vielleicht der Mörder meines Vaters!

— Der Mörder! rief Don Lotario entsetzt. Und Sie haben den Mörder Ihres Vaters in Ihrem Hause?

Der Lord antwortete nicht. Fast zitternd glitt sein Blick von dem Fenster fort und suchte die Erde. Dann senkte er den Kopf und schritt langsam voran, um die Pforte zu öffnen, hinter der ein Fußsteig sich den Felsen hinabschlängelte und zu dem Meerbusen führte.

Als die beiden Männer nach anderthalb Stunden denselben Weg zurückkehrten, warf der Spanier abermals einen scheuen Blick auf das Fenster. Das Gesicht war verschwunden. Ob der Lord dorthin geblickt, hatte Don Lotario nicht bemerkt. Er sprach über gleichgültige Dinge.

Das Diner erwartete die Beiden. Es war nur für zwei Personen servirt worden. Niemals hatte der junge Spanier an einer so reich besetzten Tafel gesessen. Die wenigsten von den Herrlichkeiten, die vor ihm standen, kannte er. Der Lord selbst aß sehr wenig und goß nur wenige Tropfen Wein in die Gläser mit Wasser, die er sich reichen ließ. Don Lotario jedoch hielt eine prächtige Mahlzeit, um

so mehr, da sich das Gespräch jetzt ausschließlich um Dinge
drehte, bei denen er auch ein Wort mit einfließen laffen konnte.
Der Lord verlangte nämlich von ihm Auskunft über ver=
schiedene Verhältniffe Kaliforniens. Freilich hatte Don Lotario
auch jetzt Gelegenheit genug, zu bemerken, daß der Lord über
diese Verhältniffe schon von früher her sehr gut unterrichtet
war, und hätte er ein schärferes Auge gehabt, so würde ihm
kein Zweifel darüber geblieben sein, daß Lord Hope ihn
manchmal nur sprechen ließ, um nicht das Wort allein zu
führen. Halb berauscht von den feurigen Weinen und dem
Eindruck, den sein seltsamer Wirth auf ihn gemacht, erhob
sich endlich der junge Mann, um Abschied zu nehmen.

— Zögern Sie nicht zu lange mit Ihrem Besuche, My=
lord, wenn ich Sie bitten darf! sagte er. Sie wissen jetzt,
daß es sich dabei für mich noch um eine andere wichtige
Angelegenheit, um eine Herzenssache handelt.

— Ich glaube, daß noch ungefähr acht Tage darüber
hingehen werden, sagte der Lord ruhig.

— Und vergessen Sie nicht, daß ich den Vorrang vor
allen Anderen habe! fügte Don Lotario hinzu.

— Wie meinen Sie das? fragte der Lord. Außer Ihnen
kenne ich noch Niemand in diesem Lande.

— O, Sie werden innerhalb vierzehn Tagen Bekannt=
schaften genug machen! rief der junge Mann. Nicht nur
ganz Kalifornien, ganz Merifo wird zu Ihnen strömen, um
Ihre Einrichtungen zu bewundern.

— Das würde mir nicht eben lieb sein, sagte der Lord
mit einem Anflug von Mißbehagen. Ich werde es freilich
nicht verhindern können, daß man mich besucht. Aber ich
werde schwerlich für jeden Neugierigen zu sprechen sein; meine
Zeit ist mir zu lieb. Mit Ihnen, Don Lotario, habe ich
eine Ausnahme gemacht. Ich liebe die jungen Leute, und
von Ihnen weiß ich, daß kein eigennütziges Interesse Sie
hierher führt. Wenn Sie mir also einen Gefallen thun

wollen, so erregen Sie nicht die Neugier Ihrer Freunde, und
wenn Sie mich sprechen wollen, so kommen Sie, so oft es
Ihnen gut dünkt, doch kommen sie allein!

— Sie sind ein seltsamer Mann! rief der Spanier.
Doch Ihr Wille geschehe.

Dabei reichte er dem Lord die Hand, die dieser flüchtig
berührte, und schwang sich auf seine Rosinante.

— Einundzwanzig Jahre! flüsterte der Lord, als der
junge Spanier munter den Berg hinunter trabte. So un=
befangen war auch ich, so fröhlich und so heiter. Und auch
ich glaubte damals an der Schwelle des Glücks zu stehen.

Er sah gedankenvoll in die blaue Ferne hinein, dann
wandte er sich zu den Arbeitern, gab flüchtig einige Befehle
und sagte dem Intendanten, sich in einigen Minuten für einen
Spazierritt bereit zu halten. Darauf ging er in das Innere
des Hauses und kehrte bald mit einem Strohhut auf dem
Kopfe und einem Stock in der Hand zurück. An dem Hand=
griff dieses Stockes befand sich eine Art von stählernem
Hammer.

Ein Diener hielt bereits das Roß des Lords am Zügel,
ein edles Thier, ein Araber von untadelhafter Schönheit.
Sobald das Thor geöffnet, sprengte er hinaus; der Intendant
hatte Mühe, zu folgen. Das Roß flog im Galopp den Berg
hinab; der Lord aber saß so ruhig auf dem Rücken des
stolzen Thieres, als ritte er in der Manège, lenkte es dann
nach dem Ufer des Baches und ritt an diesem entlang.

Dann wandte er sich, stets von seinem Intendanten ge=
folgt, zurück nach dem Berge der Wünsche und sprengte nach
dem Gerüst, das, wie er dem Spanier gesagt, dazu dienen
sollte, eine warme Quelle zu finden.

Es war ein mächtiges Gerüst, aus starken Balken ge=
zimmert, und diente dazu, eine Maschine zum Bohren zu
tragen, die sich, wie immer, auch jetzt in Thätigkeit befand,
und bei der vier Menschen beschäftigt waren.

Der Eine, welcher der Aufseher zu sein schien, grüßte mit etwas verlegener Miene.

— Nun, fragte der Lord, dicht heranreitend, immer noch nichts gefunden?

— Nein, Mylord. Und wir werden auch wohl nichts finden, lautete die wenig tröstende Antwort.

— Dann müßte ich mich sehr geirrt haben, meinte der Lord kopfschüttelnd. Wie tief seid Ihr?

— Einhundert und dreiundachtzig Fuß, nach meiner Berechnung, antwortete der Aufseher.

— So tief? Dann ist wenig Hoffnung, meinte der Lord achselzuckend. Wir wollen an einer anderen Stelle wieder anfangen. Es muß hier warmes Wasser geben. Kann man das Loch sonst zu etwas gebrauchen?

— Daß ich nicht wüßte, meinte der Mann, sich besinnend. Vielleicht als Cisterne in trockener Zeit.

— Gut, so mag die Grube offen bleiben, sagte der Lord. Für heut ist es genug. Geht hinauf nach dem Fort.

Die Arbeiter ließen sich das nicht zweimal sagen, zogen ihre Jacken an und wandten sich nach dem Berge.

— Ich will doch einmal das Erdreich untersuchen, sagte der Lord, gleichsam zu sich selbst und ohne sich um den Intendanten zu kümmern. Nimm die Zügel, Hakey. Ich will hinabsteigen.

Er sprang vom Pferde, behielt den Stock in der Hand und kletterte mit großer Geschicklichkeit an der Ausfüllung des Gerüstes hinab in die Grube. Dort blieb er wohl eine gute Viertelstunde, ohne daß der Intendant etwas von ihm hörte oder sah. Als er zurückkehrte, war ein leichter Schimmer von Röthe auf dem Gesicht des Lords — wahrscheinlich von der Anstrengung.

Die Beiden sprengten nun zurück nach dem Berge und trabten die breite Straße hinauf. Oben an dem Thor angelangt, warf der Lord noch einen Blick auf das Thal, das

jetzt bereits in die blauen Schatten der Dämmerung gehüllt
war, aber einer durchsichtigen, azurnen Dämmerung.

— Hm! Was ist das? meinte er, seinen Blick in die
Ferne richtend. Siehst Du ebenfalls den Zug, Hakey?

— Ja wohl, Herr Graf —

— Hast Du vergessen, daß ich hier nicht Herr Graf,
sondern Mylord heiße; unterbrach ihn der Lord in einem so
scharfen und strengen Tone, daß der Intendant bestürzt die
Augen senkte. Nun also, siehst Du den Zug?

— Ja wohl, Mylord, ungefähr dreihundert Personen.
Es sind keine Indianer.

— So scheint es mir auch, sagte der Lord. Wahrscheinlich der Zug, von dem Don Lotario sprach. Wachsamkeit, Herr Intendant! Die Weißen sind hier schlimmer, als
die Indianer. Doppelte Wachen die Nacht!

Das Thor war bereits geöffnet, der Lord sprengte hinein und war nach einer Minute in seinem Hause. Nach
einer zweiten Minute stand er oben auf der Sternwarte,
durch ein Fernrohr nach jenem Zuge hinüberblickend.

Es waren ungefähr dreihundert Personen, wie der Intendant gesagt. Durch das herrliche Rohr sah sie der Lord
fast deutlich vor sich und seine Aufmerksamkeit schien durch
das, was er sah, in einem ziemlich hohen Grade erregt zu
werden. Es war ein langer Zug, ungefähr zur Hälfte aus
Männern und Frauen bestehend. Einzelne gingen, Andere
ritten, Andere saßen und lagen auf großen Karren, die von
Pferden oder Ochsen gezogen wurden. Die Männer waren
sämmtlich bewaffnet, und zwar gut bewaffnet, wie es dem
Lord schien. Der Zug passirte jetzt bereits die Brücke und
nahm seine Richtung gerade auf den Berg zu.

— Wahrscheinlich Auswanderer! flüsterte der Lord vor
sich hin. Ziemlich zahlreich. Wohin mögen sie wollen?

Er beobachtete den Zug noch eine Zeit lang durch das
Fernrohr. Er sah denselben Halt machen, er sah die Zelte

von den Karren nehmen, er sah die emsige Beschäftigung
einer Auswandererschaar, die ihr Nachtlager aufschlägt. Die
Karren wurden rings um die Zelte aufgestellt, zum Schutz
gegen einen nächtlichen Ueberfall. Feuer wurden angezündet,
Wasser aus dem Flusse geholt. Das Alles geschah unge=
fähr tausend Schritt vom Fuße des Berges entfernt.

— Mylord! rief jetzt eine Stimme von unten. Drei
von den fremden Männern wünschen Sie zu sprechen.

— Ah so, ja, ich sah sie kommen! sagte der Lord.
Führt sie in die Vorhalle und zündet die Lampen an. Ich
komme!

Er schob sein Fernrohr zusammen, stieg langsam hinab,
ging nach seinem Zimmer und blieb dort einige Minuten, wie
ein großer Herr, der diejenigen, die ihn sprechen wollen, ab=
sichtlich warten läßt. Wenigstens mußte Jeder das glauben,
der nicht wußte, daß der Lord bereits durch eine geheime
Oeffnung einen Blick auf die drei Männer geworfen und ihr
leises Gespräch belauscht hatte — aber Niemand wußte das.

Es waren drei Männer von ganz verschiedenem Aus=
sehen. Der Erste war ein alter Mann, beinahe ein Greis,
klein, mit grauem Haar, grauem kurzen Bart und einem Ge=
sicht, das seine Furchen eher in dem Studirzimmer, als bei
der mühsamen Arbeit des freien Feldes erlangt haben mochte.
Er trug einen langen schäbigen Rock und einen niedrigen
Quäkerhut. Seine Augen waren klug, wohl auch verschmitzt,
seine Lippen schmal, seine Wangen eingefallen. In der Hand
trug er einen langen Stock. Was er sein mochte, ließ sich
schwer errathen. Jedenfalls aber war es ein Mann der
Städte und Stuben, kein Mann der Wälder und Prärien.

Der Zweite war ein Herkules, breitschultrig, mit einem
zerknitterten Strohhut und einem starrenden Backenbart, einer
jener wilden Gesellen der amerikanischen Urwälder. Trotz
und Gutmüthigkeit lagen auf seinem Gesicht. Er trug einen
kurzen Kittel, lederne Beinkleider, hohe Stiefel und im Gürtel

ein Messer. Gewöhnlich hatte er die beiden großen Hände in diesem Gürtel stecken und stand da auf seinen gewaltigen Beinen, wie ein Koloß, der nichts weiter verlangt, als daß Jemand den Versuch machen soll, ihn umzustoßen.

Der Dritte wieder war ganz verschieden von diesen Beiden. Er war beinahe so groß, wie der Zweite, aber schlank und gut gebaut. Sein Anzug war jetzt nachlässig und durch Wind und Wetter verdorben, mochte aber einst gewählt gewesen sein — wenigstens was man für einen Auswanderer gewählt nennen konnte. Er trug einen Strohhut mit schwarzem Bande, ein lose geschlungenes Halstuch um den weiten Hemdkragen, Weste, Rock und Beinkleid von demselben festen grauen Stoff und modisch geschnitten. Auch er hatte im Gürtel ein Messer sitzen. Sein Gesicht war etwas gelb, von der Sonne verbrannt, sonst aber fein und edel geformt. Das dunkelbraune Haar trug er lang, so daß es beinahe auf die Schultern niederfiel. Der Lord beobachtete ihn am längsten. Das schöne dunkle Auge, seine ruhige, wenn auch etwas lässige Haltung war ihm aufgefallen. Er mischte sich nicht in das Gespräch der Anderen, die in einem Yankee-Englisch sprachen, von dem der Lord nur wenig verstand.

Diese drei Personen, die mit einer gewissen herausfordernden Ruhe die Ankunft des Herrn vom Hause erwarteten, fuhren doch ein wenig zusammen, als der Lord die Treppe zum Vorsaal hinunterstieg.

Der Lord hatte nie kühler und ruhiger, aber auch nie vornehmer und stolzer ausgesehen.

Der Robuste machte eine ungelenke Verbeugung, der Alte nahm seinen Hut ab, nur der junge Mann schien seine Fassung am meisten bewahrt zu haben und griff mechanisch an seinen Strohhut.

Auch der Lord hielt seinen Hut in der Hand. Jetzt setzte er ihn auf, mit einer Bewegung und einem Blicke, der sagen wollte: Ich gelte hier in diesem Hause wenigstens eben so viel, als Ihr!

— Sie haben nach mir verlangt, meine Herren, sagte er, in einiger Entfernung von ihnen stehen bleibend und in englischer Sprache. Mein Name ist Hope. Was wünschen Sie von mir?

— Lord Hope also, sagte der Aelteste, mit einem raschen und schlauen Blicke den Lord musternd. Wer von uns soll sprechen? wandte er sich dann zu seinen Kameraden. Sprich Du, Hillow!

— Das ist nicht meine Sache, ich weiß nicht mit Worten umzugehen, dam! antwortete der Robuste, der also Hillow hieß.

— Sprich Du doch lieber, Wipky! sagte der junge Mann zu dem Aeltesten. Es ist ja Dein Amt.

— Ja, für die Brüder! antwortete Wipky mit einem Lächeln auf seinen schmalen Lippen und einem zweiten Seitenblick auf den Lord. Mit einem so feinen Herrn wirst Du besser fertig werden, Wolfram.

— Nun, mir ist's recht, sagte dieser gleichgültig. Also, Mylord, ich trage Ihnen im Namen meiner Brüder den Entschluß vor, den wir gefaßt haben, Sie um eine Lieferung an Nahrungsmitteln zu bitten.

— Wer sind diese Brüder, wenn ich fragen darf? warf der Lord leicht hin.

— Wir gehören zur Kirche Jesu, wir sind die Heiligen der letzten Tage, antwortete Wolfram. Man nennt uns auch gewöhnlich Mormonen.

— Ah so, ich habe davon gehört, sagte der Lord und sah den jungen Mann so gleichgültig an, als wisse er noch immer nicht, um was es sich handle.

— Sind Sie Willens, unser Anliegen zu erfüllen? fragte der junge Mormone, der ebenfalls entschlossen schien, sich durch die Kälte des Lords nicht außer Fassung bringen zu lassen.

Einige Scheffel Reis oder Getreide, einige Fässer Wein oder
Bier würden uns genügen. Was verlangen Sie dafür?

— Was ich dafür verlange? wiederholte der Lord bei=
nahe verächtlich. Mein Haus ist kein Wirthshaus.

— Nun, wir sind Auswanderer, wir wandern in die=
sen Einöden herum, sagte der Mormone beinahe mürrisch.
Wir sind vom Wege abgekommen, denn unser Ziel ist das
Utah=Gebiet und der Salzsee.

— Also Sie sind hülfsbedürftig, Sie entbehren der
nothwendigsten Nahrungsmittel? fragte der Lord.

— Das gerade nicht, erwiederte Wolfram finster. Wir
brauchen einen Zuschuß zu unseren Lebensmitteln, und den
sollten Sie uns liefern, Sie können doch nicht mehr verlan=
gen, als daß wir denselben bezahlen?

— Vielleicht, antwortete der Lord mit der größten
Ruhe. Ich verkaufe nichts. Ich brauche meine Vorräthe
für mich selbst.

— Gut! sagte Wolfram und schien das Gespräch ab=
brechen zu wollen. Ihr habt es gehört, Wipky und Hillow!

Die Beiden, die aufmerksam zugehört hatten — der ro=
buste Hillow etwas verdutzt und der kleine Wipky mit einer
sichtbaren Unruhe — sahen jetzt den jungen Mann groß an
und schienen nicht zu wissen, was sie sagen sollten.

— Es war noch die Rede unten von etwas gutem
Wein für die Kranken, murmelte Hillow.

— Ja richtig! sagte Wolfram, sich nachlässig zu dem
Lord wendend. Wir haben einige kranke Männer und Frauen
in unserem Zuge. Unsere Weinvorräthe sind uns ausgegan=
gen. Wollen Sie uns ein Dutzend Flaschen ablassen?

— Ablassen! rief der Lord zwar ruhig, aber mit einem
aufflammenden Blick. Herr, ich habe Ihnen gesagt, daß ich
kein Krämer bin. Und nebenbei möchte ich Ihnen rathen,
andere Manieren gegen mich anzunehmen, wenn Sie nicht
zum Hause hinausgeworfen sein wollen.

— Oho! rief Wolfram, sich auf seinem Absatz um=
drehend und sich vor dem Lord aufrichtend. Was soll das
heißen?

— Das soll heißen, daß ich hier Herr bin, rief der
Lord, und daß wer etwas von mir verlangt, mich in Güte
und in der gebührenden Art und Weise darum anspricht.
Wenn ich Ihren Kranken Wein schicke, so thue ich es nicht
Ihretwegen, das sagen Sie Ihren Genossen, sondern um der
Kranken willen. Wenn Sie irgend etwas nöthig haben, was
ich Ihnen vielleicht liefern kann, warum bitten Sie mich nicht
in der geziemenden Weise darum?

— Sie sind wohl ein Europäer? fragte Wolfram kalt
und verächtlich, obgleich ihm das Blut ins Gesicht gestie=
gen war.

— Ich habe die Ehre, antwortete der Lord kurz.

— Das dachte ich mir, sagte Wolfram lächelnd. Wahr=
scheinlich sind Sie noch nicht lange hier! Das sieht Alles
noch so neu aus. Sie wissen also auch wahrscheinlich nicht,
daß man sich hier in Amerika das nimmt, was Einem nicht
freiwillig gegeben wird. Sie wollen es nicht geben, das
ist klar.

— Nein, das ist nicht klar, sagte der Lord, den jungen
Mann mit seinem durchdringenden Blicke fixirend. Hülfsbe=
dürftigen würde ich Alles geben, was sie verlangen. Aber
so unverschämte Burschen lasse ich hinauswerfen.

Der junge Mann, der jetzt blutroth geworden war,
schien eine gewaltige Anstrengung zu machen, um ruhig zu
bleiben. Seine beiden Genossen erwarteten mit sichtbarer
Spannung den Ausgang dieses Wortwechsels.

— Wir sind dreihundert Mann, das heißt ungefähr
hundertundfünfzig waffenfähige Männer, sagte Wolfram spöt=
tisch. Was hindert uns, Sie hier von diesem Berge zu ver=
jagen, der sehr hübsch liegt, und uns an Ihre Stelle zu setzen,
oder Ihnen wenigstens das abzunehmen, was wir brauchen?

— Was Sie hindert? fragte der Lord, näher an den jungen Mormonen herantretend. Erstens hindert Sie Ihr Pflichtgefühl, wenn Sie ein solches haben. Zweitens aber hindert Sie der traurige Umstand, daß ich gegen dergleichen Angriffe gerüstet bin. Sie und Ihre hundertfünfzig Mann würden sich den Kopf an diesen Mauern zerschellen. Nun ist mein Gespräch mit Ihnen zu Ende, junger Mann. Gehen Sie, wenn Sie nicht wollen, daß ich um Ihretwillen auch Ihre Genossen leiden lasse und ihnen verbiete, auf meinem Grund und Boden zu lagern.

— Haha, verbieten können Sie es, aber wie es mit der Ausführung stehen würde, das ist die Frage! rief Wolfram lachend.

— John! Jack! rief der Lord, sich von dem Unverschämten abwendend.

Zwei baumstarke Männer standen in demselben Augenblick neben dem Lord. Sie schienen plötzlich aus der Erde hervorgeschossen zu sein.

— Werft diesen Menschen aus dem Hause und schafft ihn vor das Thor! rief der Lord, auf Wolfram deutend.

Im nächsten Augenblick, noch ehe Wolfram daran hatte denken können, sich zu vertheidigen, war er bereits ergriffen und aus der Vorhalle verschwunden. Man hörte einen Fluch von ihm — das war Alles.

Hillow und Wipky waren so bestürzt, daß sie es nicht wagten, ihm zu Hülfe zu kommen. Es wäre auch vergebens gewesen. Nur Hillow zuckte mechanisch nach dem Messer in seinem Gürtel. Vielleicht glaubte er, daß die Reihe auch an ihn kommen werde.

— Meine Herren, sagte der Lord jetzt beinahe höflich, Sie haben gesehen, wie ich Unverschämte in meinem Hause behandle. Wollen Sie ebenso sprechen, so werden Sie dasselbe Schicksal haben. Sprechen Sie aber vernünftig, so werden Sie mich bereit finden, Ihnen Gehör zu schenken.

— Wolfram war etwas grob, das ist wohl wahr! sagte Hillow mürrisch. Aber Sie hätten auch feiner sein können, Mylord!

— Wollen Sie mir Lektionen darüber geben, wie ich mich in meinem Hause zu benehmen habe?

Der Lord sagte diese Worte sehr ruhig und fast leise. Aber sie machten einen solchen Eindruck auf den riesigen Mormonen, daß er verwirrt die Augen niederschlug und an seiner Jacke zupfte.

— Mylord, nahm jetzt der geschmeidige Wipky das Wort, lassen Sie uns und unsere Brüder nicht entgelten, was der junge Mann gethan. Wir sind wirklich in einiger Verlegenheit und gebrauchen die Lebensmittel nothwendiger, als Wolfram eingestehen wollte. Seit zwölf Wochen sind wir auf einer mühsamen Wanderung durch Wald und Ge= birg. In einem Kampfe mit den Indianern verloren wir viel von unseren Geräthschaften, auch unseren Kompaß. So sind wir weit vom rechten Wege abgerathen und haben nun noch eine Wanderung von drei Wochen vor uns. Wenn Sie also die Gefälligkeit haben wollen, Mylord, uns einen Theil Ihrer Vorräthe abzulassen, gleichviel, unter welchen Bedin= gungen, so werden Sie der Kirche Jesu, die in uns reprä= sentirt ist, einen großen Gefallen thun. Wir sind bereits stark, Mylord, und es ist nicht zu verachten, zu unseren Freunden zu gehören.

— Gut! sagte der Lord, der sich wenig um diese gnä= dige Versicherung zu kümmern schien. Sie werden das Ge= wünschte erhalten. Sind Sie vielleicht der Führer der Mor= monen?

— Nein, Mylord, unser Führer ist krank, er kann nicht gehen. Er liegt unten in einem Zelte. Ich bin nur der Schriftführer, mein Name ist Wipky, Dr. Wipky.

Dabei machte er eine Verbeugung. Es fiel dem Lord nicht ein, sie zu erwiedern.

— Die Vorräthe werden fast mit Ihnen zugleich unten sein, sagte er dann. Adieu, meine Herren!

Damit ging er langsam die Treppe wieder hinauf, fast ohne mit dem Kopfe zu nicken.

— Höllisch kurz angebunden! murmelte der robuste Hillow, als die Beiden zurückgingen.

— Aber ein sehr vornehmer Herr, wie es scheint! meinte Wiply. Dem Wolfram ist es schon recht. Er denkt immer, daß Alles nach seiner Pfeife tanzen muß. Aber hier hat er seinen Mann gefunden.

— Ruhig! sagte Hillow. Wolfram ist ein braver Junge und er wird es ihm nicht vergessen!

Als die Beiden durch das Thor traten, sahen sie Wolfram im Dunkel der Nacht auf einem Steine sitzen. Er stand auf, als die Beiden erschienen, und ging langsam, den Kopf trotzig emporgeworfen, voran.

— Habt Ihr's gekriegt? wandte er sich einmal um.

— Ja wohl.

— Dacht' ich's doch! rief Wolfram höhnisch. Aber Hillow, ich werd' es Dir gedenken, daß Du mich im Stich ließest!

— Bah, rief der Mormone. Dagegen ließ sich nichts machen, das kam zu rasch.

Sie gingen schweigend den Berg hinab, auf die Feuer zu, die von unten aus dem Dunkel der Nacht emporleuchteten. Sie waren kaum fünf Minuten im Lager, als die Wachen drei Männer meldeten, die einen großen Karren mit Lebensmitteln brachten. Es waren Leute des Lords. Der Karren brachte einige große Säcke mit Mehl, Brod, Wein, auch einen Theil frischer Früchte. Die Männer ladeten die Vorräthe ab und kehrten ebenso schnell zurück, wie sie gekommen waren.

Eine halbe Stunde später erschien ein einzelner Mann bei der Wache. Er trug einen dunklen Hut mit breiter

Krempe und einen langen Mantel. Die Wache fragte nach seinem Begehr.

— Führt mich zu Eurem Führer, sagte der Mann.

— Er ist krank.

— Ich weiß es, aber ich will ihn dennoch sprechen. Ich bin der Lord Hope.

— Derselbe, der uns die Lebensmittel geschickt hat?

— Derselbe.

— Dann passiren Sie frei, Mylord. Das Zelt, auf dem die Fahne steckt, ist das Zelt unseres Führers.

Der Lord ging langsam durch das Lager. Ein reich bewegtes Bild bot sich seinen Blicken. Noch war Alles damit beschäftigt, das Abendbrod zu bereiten oder zu verzehren. Große Feuer brannten überall. Ueber ihnen hingen Kessel, um sie herum waren Männer und Frauen beschäftigt. Die Männer waren der Mehrzahl nach rüstige Leute, viel junge unter ihnen. Die Frauen waren einfach gekleidet und der Mehrzahl nach nicht schön, auch wenige unter ihnen, die nicht schon das dreißigste Jahr überschritten haben mochten. Kinder waren in Menge vorhanden. Im Ganzen war der Anblick kein erfreulicher, doch erfüllte eine angenehme Rüstigkeit und Lebendigkeit das ganze Lager. Einzelne sangen, Andere plauderten und lachten. Der Lord hörte zuweilen derbe amerikanische Worte. Aber im Ganzen schien Zucht und Ordnung unter diesen Leuten zu herrschen.

Er kam unaufgehalten bis an das große Zelt mit der Fahne, und gerade, als er eintreten wollte, kam Wipky aus demselben und vertrat ihm den Weg.

— Sie, Mylord? rief der Alte. Was verschafft uns die Ehre?

— Ich will Ihren Anführer sprechen.

— Ah, er wird sehr erfreut sein, er findet Ihren Wein vortrefflich. Und Sie kommen allein?

Der Herr der Welt. I.   4

— Ganz allein.

— Sie fürchten sich nicht?

— Wovor?

— Nun, zum Beispiel vor Wolfram?

— Wer ist Wolfram?

— Der junge Mann, den Sie hinauswerfen ließen.

— Ah so! Ich fürchte mich vor Niemand, antwortete der Lord ruhig. Darf ich eintreten?

— Ich werde Sie selbst hineinführen, Mylord.

Wipky ging voran. Der Lord trat in das Innere eines Zeltes, das den Umständen nach gut genug eingerichtet war. Ein Mann in mittleren Jahren, mit einem blassen Gesicht und lebhaften, unruhigen Augen lag auf dem Feld-bett. Vor ihm stand eine von den Weinflaschen, die der Lord geschickt. Drei Frauen, von denen die jüngste fünfundzwanzig, die älteste vierzig Jahre alt sein mochte, saßen in einiger Ent-fernung vor einer Kiste, die als Tisch diente, und näheten. Sie waren nicht hübsch.

Wipky stellte den Lord vor, und der Führer der Mor-monen schien angenehm überrascht. Wenn aber Dr. Wipky glaubte, daß die Unterredung zwischen Beiden — auf die er ziemlich gespannt war — in seiner Gegenwart geführt werden würde, so irrte er sich. Der Mormonenführer gab ihm einen Auftrag, der deutlich errathen ließ, daß er mit dem Lord allein sein wolle. Auch die Frauen mußten sich entfernen.

Lord Hope blieb beinahe eine Stunde bei dem Führer der Mormonen. Was sie zusammen gesprochen, erfuhr da-mals Niemand. Eine der Frauen jedoch verrieth dem Dr. Wipky, sie habe von der Unterredung freilich nichts verstan-den, aber gesehen, daß der Lord dem Anführer eine Anzahl Billets überreicht habe. Das hatte seine Richtigkeit. Der Lord hatte dem Mormonen hunderttausend Dollars in Bank-billets gegeben und sich darüber eine Bescheinigung ausstellen lassen. Von den Mormonen erfuhr dies aber Niemand.

Der Führer sagte nur, er habe sich tausend Dollars von dem Lord vorschießen lassen.

Als Lord Hope das Zelt verließ, stand Wipky vor dem Eingang desselben und suchte in den Mienen desselben zu lesen. Vergebens! Dieser Mann hatte seine Gesichtszüge zu sehr in seiner Gewalt.

— Wenn Ihnen etwas daran liegt, Ihren Führer zu erhalten — und er scheint ein tüchtiger Mann zu sein — so lassen Sie ihn auf der Reise nicht viel Wasser trinken, sagte der Lord zu Wipky, als sie Beide durch das Lager gingen. Für seine Natur taugt Wasser nicht. Geben Sie ihm zuweilen Chinin.

— Sie sind ein halber Doktor? fragte Wipky, der aufmerksam zuhörte. Ich bin nur Doktor der Theologie.

— Ich glaube mehr zu wissen, als mancher Arzt, warf der Lord hin. Also hören Sie, wenig Wasser und zuweilen Chinin. Dagegen darf er keinen Rhabarber nehmen.

— Das hat er bis jetzt gethan, sagte Wipky, immer noch sehr aufmerksam.

— Gut, er muß es jetzt lassen. Das würde ihn in vier Wochen tödten.

Dabei warf er einen flüchtigen Blick auf Wipky, der seinerseits mit einem eigenthümlichen Blick vor sich hinsah. Las der Lord in der Seele dieses Menschen? Wahrscheinlich. Sonst hätte er seinen Rath nicht gegeben. Was nöthig war, den kranken Führer zu retten, das war viel Wasser und viel Rhabarber. Der Lord schien zu wissen, daß Wipky dem Führer beides in Ueberfluß geben würde, gerade weil er davon abgerathen.

Die Beiden waren jetzt an ein großes Feuer gelangt, neben welchem mehrere Männer und Frauen lagerten.

— Lord Hope, wenn ich nicht irre, sagte ein Mann, auf den Lord zutretend.

4*

— Das bin ich, antwortete dieser, der mit der größten Ruhe den jungen Wolfram erkannte.

— Mylord, sagte der junge Mormone mit unterdrückter und leiser Stimme, Sie haben mich tödtlich beleidigt. Diese Beleidigung fordert Blut. Wir werden uns schlagen, noch in dieser Nacht oder morgen früh.

— Das werden wir nicht, antwortete der Lord kalt= blütig.

— Nicht? rief Wolfram drohend. Sie sind also feig und verlassen sich nur auf Ihre Diener?

— Lieber Freund, sagte der Lord mit tödtlicher Kälte, wenn Sie einen Versuch machen wollen, meine Kraft und Geschicklichkeit zu erproben, so werden Sie sicher auf dem Platze bleiben. Aber es liegt mir nichts daran, Sie zu tödten. Ich lehne Ihre Herausforderung ab, ganz einfach ab. Sie haben mich provozirt, indem Sie mich in meinem Hause beleidigten, und ich habe Sie hinauswerfen lassen. Das ist sehr einfach.

Während er das sagte, flog sein Blick über die Per= sonen, die am Feuer saßen, und blieb auf einer weiblichen Gestalt haften, die so vollständig verhüllt war, daß man — ähnlich wie bei den türkischen Frauen — nur ihre Augen sah. Aber diese Augen waren sehr schön, und obgleich es schwer ist, nur in den Augen zu lesen, so glaubte der Lord doch zu erkennen, daß der Ausdruck derselben ein sehr trau= riger und schmerzlicher sei.

Jetzt wandte er sich kurz von Wolfram fort, der leichen= blaß geworden war, und ging ruhig weiter, den jungen Mor= monen stehen lassend. Aber, als ob er sehen könne, was hinter ihm geschah, oder als ob er genau die Zeit abmessen könne, die dem Mormonen dazu nöthig war, das zu thun, was er — wie der Lord errieth — thun würde, sprang er nach sechs Schritten bei Seite. In demselben Augenblicke fiel ein Schuß. Die Kugel flog zwischen ihm und Wipky hinburch, in die Stange eines Zeltes. Sie würde den Lord unfehlbar getroffen haben, wäre er nicht bei Seite gesprungen.

· Als er sich ruhig umwandte, sah er, daß die verhüllte Frauengestalt ihren Sitz verlassen hatte und Wolfram in den Arm gefallen war. Dieser aber riß sich wüthend los, schleuderte das Pistol fort, riß sein Messer aus dem Gürtel und sprang wie ein Tiger mit einem Satz auf den Lord zu.

Kaltblütig erhob dieser die Hand, wartete, bis der junge Mormone in seiner unmittelbaren Nähe war, und ließ dann seine Hand auf das Gesicht desselben fallen. Der Schlag war nicht stark, es war nur eine Berührung. Aber — mochte es vielleicht eine magnetische Kraft gewesen sein, die der Lord in diesem Augenblick auf den Mormonen wirken ließ, oder mochte er seine Hand mit irgend einem plötzlich betäubenden Mittel bestrichen haben — genug, Wolfram stürzte wie todt nieder, ohne ein Glied zu regen, ohne einen Schrei auszustoßen.

Selbst Wipky erbleichte vor dieser unerklärlichen Macht und zog sich scheu zurück, um seinem leblosen jungen Freunde zu Hülfe zu springen. Auch die übrigen Mormonen eilten auf Wolfram zu, nur jene verhüllte Frauengestalt war ruhig auf ihrem Platze geblieben.

Als die Mormonen daran dachten, nach dem Lord zu sehen, war dieser verschwunden.

Edmond Dantes, Graf von Monte-Christo.

Zwei Stunden später stand der Lord in einem Zimmer, das er selbst eingerichtet und das noch Niemand außer ihm betreten hatte. Auf den ersten Blick ließ sich die Bestimmung dieses Zimmers erkennen. Es war ein Laboratorium. Der Schmelzofen, Tiegel, Retorten, Gläser, Phiolen, Lampen, hunderte von Büchsen, mit den verschiedenfarbigsten Stoffen angefüllt — Nichts fehlte.

Ein Tiegel stand über dem rothglühenden Feuer und in demselben brodelte und sickerte eine gelbliche Masse, auf der sich von Zeit zu Zeit eine schmutzige Schlacke bildete, die der Lord abschöpfte und in ein anderes Gefäß that. Auf dem Heerde lagen einige Klumpen von der ähnlichen gelben Masse, zum Theil mit Erde überzogen, zum Theil blitzend, wie ein edles Metall.

Der Lord, dessen Wangen von der Gluth des Feuers ein wenig geröthet waren, nahm jetzt den Tiegel vom Feuer und goß den Inhalt in eine längliche Form. Dann that er einen Klumpen in den Tiegel und setzte denselben wieder auf das Feuer, das er zu stärkerer Gluth anschürte.

Dann, als die Masse in der Form erkaltet war, öffnete er die Form. Ein glänzend gelber Körper leuchtete ihm entgegen. Vermittelst einer ungemein feinen Säge schnitt er den länglichen Streif in eine Menge kleiner Theile, sammelte den Staub des Metalls und warf nur je ein Stückchen in eines von den Gläsern, die auf dem Tische standen, welche mit Flüssigkeiten von verschiedener Farbe gefüllt und sorgfältig verschlossen waren. Er befestigte die Stöpfel ebenso vorsichtig wieder und wandte sich dann nach dem Tiegel.

In diesem war das zweite Stück Metall während der Zeit flüssig geworden. Der Lord wiederholte nun dasselbe Verfahren, das er bei dem ersten angewendet, reinigte die flüssige Masse von der Schlacke, die diesmal sehr gering war, goß sie in eine andere Form, zerschnitt den Streifen, nachdem er fest geworden, und warf die einzelnen Stückchen in andere Gläser mit anderen Flüssigkeiten.

Dasselbe Verfahren wiederholte er drei Mal. Er hatte jetzt dreißig Stückchen Metall in dreißig verschiedene Flüssigkeiten geworfen. Jetzt sah er jedes einzelne Glas nach, nahm die Metallstückchen mit einer Zange heraus und beobachtete sie genau durch eine Lupe. Einzelne Stückchen hatten eine andere Färbung angenommen, waren röthlicher oder grünlich geworden. Die meisten aber hatten ihre gelbe Farbe unverändert beibehalten.

So untersuchte der Lord der Reihe nach sämmtliche dreißig Stückchen. Ueberall dasselbe Resultat.

— Hier kann kein Irrthum mehr obwalten! sagte er dann vor sich hin. Es ist Gold, reines Gold!

Und gleichsam ermüdet, als ob ihn das Gewicht dieser Entdeckung zu Boden drücke, setzte er sich auf einen Stuhl und betrachtete gedankenvoll die hellen, glänzenden Goldstückchen, die vor ihm lagen.

— Wirklich reines Gold, Edmond? sagte eine sanfte und wohlklingende Stimme und eine weiche Hand legte sich auf seine Schulter.

— Du, Haydee? sagte er, sich umwendend, ohne überrascht zu sein. Hast Du die Thür gefunden?

— O ja, Herr, antwortete sie. Und Du bist mir nicht böse, daß ich Dir gefolgt bin? Als wir in dies Haus eintraten, sagtest Du, daß mir alle Thüren offen ständen und daß ich Dich sprechen könne zu jeder Zeit.

— Ja, Haydee, das sagte ich, erwiederte der Lord mit einem so sanften Lächeln, wie man es bei ihm fast für unmöglich gehalten hätte. Und ich sage es noch jetzt.

— Also, Edmond, fuhr sie fort, als Du den ganzen Tag, von heut Morgen an, Dich nicht bei mir sehen ließest —

— Das ist wahr! unterbrach sie der Lord überrascht. Ich war nicht bei Dir.

— Da dachte ich, Du mußt wissen, was ihn beschäftigt und was er treibt, fuhr Haydee fort, und ich kam zu Dir.

— Ich danke Dir, sagte der Lord innig und drückte einen Kuß auf ihre Hand. Ich wäre noch gekommen. Der junge Spanier nahm heut den größten Theil meiner Zeit in Anspruch.

— Und Du haſt ſie ihm auch gern gewidmet? fragte Haydee.

— Ja, ich glaube mich nicht in ihm getäuſcht zu ha= ben, antwortete der Lord. Er iſt jung, unternehmungsluſtig, feurig, und was mehr iſt, er iſt brav, ſein Herz ſchlägt für das Edle und Gute.

— Und was haſt Du mit ihm vor? fragte Haydee.

— Noch weiß ich es ſelbſt nicht, antwortete der Lord, der jetzt ebenſo ſanft und herzlich ſprach, wie er den ganzen Tag über hart, kalt und gebieteriſch geſprochen. Ich werde ihn nächſtens in ſeinem eigenen Hauſe ſehen und dann einen Entſchluß faſſen. Jetzt, Haydee, habe ich Dir eine andere Mittheilung zu machen. Du ſiehſt dieſes Gold?'

— Ich ſehe es, mein Herr und Geliebter, ſagte ſie lächelnd. Biſt Du zum Alchymiſten geworden?

— Ja und nein, dieſes hier mußte ich thun, ſagte der Lord. Ich habe dieſes Gold nicht gemacht, nicht einmal ent= deckt, ich habe es nur an das Licht des Tages gezogen. Und es wird mehr folgen.

— Der Brunnen alſo, den Du graben ließeſt, führte Dich zu einer goldenen Quelle? fragte Haydee.

— Er war nur ein Vorwand, antwortete der Lord. Doch laß Dir erzählen. Erinnerſt Du Dich jenes Tages, als wir, mitten in den ſteinichten Einöden auf unſerem Wege von New=Orleans hierher, jenen Mann trafen, mehr eine Leiche ſchon, als Menſch? Die Sonne brannte heiß auf den Kalkfelſen, nirgends ein grüner Halm, nirgends eine Quelle, nirgends ein ſchützendes Geſträuch. Mir bangte um Dich, und ſelbſt mein ſo kaltes Blut begann zu ſieden in dieſem Gluthofen. Da hörten wir ein Wimmern hinter einem Stein. Ich ſelbſt ſprang vom Wagen, um nur eine Abwechſelung zu haben in dieſer tödlich langweiligen Wüſte. Ich ſah einen Mann, ein Skelett. Sein Auge brannte düſter in den Höhlen, ſeine Haut war zuſammengetrocknet, wie die einer

Mumie, man sah seine spitzen Knochen durch die durchsichtige, gelbliche Haut schimmern. Als er mich erblickte, flog ein Strahl von Freude über sein Gesicht.

— Ach, Herr, sagte er, indem er sich bemühte, sich emporzuraffen. Ihr seid ein Bote des Himmels. Gebt mir einen Trunk Wasser.

— Wasser? erwiederte ich. In dieser Wüste? Wißt Ihr, daß Wasser hier mehr gilt, als flüssiges Gold?

— Ich weiß es, antwortete er und sah mich mit einem unbeschreiblichen Blicke an. Für jeden Trunk Wasser gebe ich einen Eimer flüssigen Goldes. Aber eilt, das Feuer verbrennt meine Eingeweide.

Ich ging und gab ihm einen Becher Wasser, der mit Wein gemischt war. Er nahm ihn, wie ein Ertrinkender nach dem Strohhalm greift, und sog ihn gierig hinunter.

— O Gott! seufzte er dann aus tiefer Brust. Willst Du mich wirklich noch leben lassen, mich, den glücklichsten und elendesten aller Menschen auf dieser Welt?

Seine Worte und der Ton, in dem er sie sagte, fielen mir auf. Ich ließ ihn auf den Wagen tragen und gab ihm eins von meinen Mitteln, in der Ueberzeugung, daß er noch zu retten sei. Aber nach einer halben Stunde rief er mich.

— Ich sterbe, sagte er mit verzweifelnder Stimme; ich weiß, daß ich sterbe. Ihr seid der Einzige gewesen, der sich meiner angenommen hat, ich will es Euch lohnen, ich will Euch danken, mehr als ein König es könnte. Denn ich bin reicher, als die meisten Könige auf dieser Welt, reicher als die Herrscher Indiens.

Ein leichter Schauder ergriff mich. Ich glaubte, der Wahnsinn spräche aus ihm. Und doch wieder erinnerte ich mich jenes Mannes, des Abbé Faria, von dem ich Dir erzählte, Haydee, dem Schöpfer meines Glückes.

— Ich erinnere mich, sagte Haydee und neigte ihr Haupt zum Zeichen, daß sie aufmerksam zuhöre.

— Auch er hatte so gesprochen, auch ihn hatte man
für wahnsinnig gehalten. Armer Faria! fuhr der Lord seufzend fort. Genug, ich lächelte nicht, ich mißtraute ihm auch
nicht. Ich fragte ihn nur, wie es komme, daß er trotz seines Reichthums einsam in dieser Wüste verschmachte müsse.
Er seufzte.

— Herr, sagte er dann, das sind die Wege Gottes!
Ich bin ein Deutscher, mein Name ist Büchting. Ich hatte
Frau und Kind, Amt und Brod; aber der Teufel blendete
mich, ich liebte meines Bruders Weib und erschlug ihn. Dann
entfloh ich. Mein Gewissen trieb mich über das Meer nach
Amerika. Jahre lang lebte ich im Osten, aber ich konnte die
Menschen nicht mehr sehen, ich konnte es nicht mehr sehen,
wenn Mann und Frau glücklich waren. Wie Johannes Par-
ricida trieb es mich in die Oede, in die Einsamkeit. Ich
wanderte nach Kalifornien und lebte dort an den Küsten,
mir als Arbeiter mein Brod verdienend. Da ließ mich der
Zufall einst, als ich ein Loch grub, um einen kleinen Beutel
mit Geld darin zu verbergen, etwas entdecken, was mich zum
Herrn der Welt machen würde, wenn ich lebte. Ich fand
Gold, gediegenes Gold. Ich grub weiter und überall fand
ich Gold, reines Gold. Da ergriff mich noch einmal eine
wahnsinnige Lust zum Leben. Ich war reicher als Krösus,
reicher, als die Gebieter dieser Erde. Die Qualen meines
Gewissens verstummten vor dem Glanz des Goldes. Meine
Reue hat mir den Himmel erkauft, dieses Gold sollte mir
die irdische Gerechtigkeit erkaufen. Ich konnte zurückkehren
zu meinem Weibe, meinen Kindern, ich konnte Alle glücklich
machen. Zugleich aber ergriff mich eine wahnsinnige Angst,
daß Jemand mein Geheimniß entdecken, es mit mir theilen
könne. Wollte ich diese Schätze heben, so mußte ich mich an
Menschen wenden, ich mußte sie verwenden, ich mußte dort
wohnen, mich einrichten. Wer schon reich war, konnte das;
ein armer Landstreicher, wie ich, mußte Verdacht erregen,

wenn er dort in der Erde grub. Schnell entschloß ich mich.
Ich nahm sechs Stücke von meinem Golde, ich wollte nach
New-Orleans, dort das Gold verkaufen, mich mit Allem
ausrüsten, dessen ich bedurfte, jenes Stück Land kaufen und
dann in Ruhe und Frieden meine Schätze heben. Noch an
demselben Tage machte ich mich auf den Weg. Die Hoff=
nung, die Erwartung, das Gefühl, ein Krösus zu sein, ho=
ben meine Kräfte, aber sie rieben mich auch auf. Der Gram
hatte mein Herz zerfressen, keine Hoffnung konnte es mehr
beleben. Ich kam glücklich bis in diese Wüste. Ich hatte
nicht daran gedacht, daß ich sie in einer Jahreszeit durch=
wandern mußte, in der es hier weder eine Quelle, noch einen
Menschen giebt. An andere Wanderer hatte ich mich nicht
anschließen wollen, weil ich weiß, daß ich im Schlaf spreche,
und weil ich fürchtete, mein Geheimniß zu verrathen. Ich
glaubte, meine Aufregung würde mich alle Hindernisse über=
winden lassen, aber ich irrte mich. Vor fünf Tagen schon
fühlte ich den Durst und den Hunger in meinen Eingewei=
den wühlen. Dennoch schleppte ich mich weiter. Bei jenem
Stein endlich, wo Sie mich fanden, blieb ich heut Morgen
liegen. Meine Kraft war gebrochen, ich weiß, daß ich ster=
ben muß, sterben als der reichste Mensch dieser Erde. Aber
es ist die Rache des Himmels, ich weiß es!

Er fiel zurück. Ich hatte Scenen gesehen, trauriger
als diese, und dennoch überrieselte es mich kalt.

— Halt! rief er dann, wieder auffahrend. Mein Ge=
heimniß darf nicht mit mir sterben. Sie sind mein Retter
gewesen, Sie wollten es wenigstens sein. Der Himmel hat
Sie mir zugeführt. Gehen Sie nach Kalifornien. Es ist
ein Berg dort, der Berg der Wünsche genannt, weil Jeder,
der auf jenem Berge steht und in das Thal zu seinen Füßen
sieht, wünscht, es zu besitzen. Vom östlichen Punkt des Ber=
ges aus schreiten Sie hundert Schritte nach Norden; dort
werden Sie vier Steine finden, gleichsam zufällig dort so

hingelegt, daß sie ein Viereck bilden. Zwischen ihnen graben
Sie nach und Sie werden Gold finden, mehr Gold, als irgend ein König in seiner Schatzkammer hat. Nur Eines versprechen Sie mir: Erkundigen Sie sich nach meinem Weibe
und meinen Kindern. Leben Sie noch, so lassen Sie ihnen
einen Theil der Schätze zufließen. Ich habe Papiere bei mir,
aus denen Sie ersehen werden, woher ich stamme, wer ich bin.

Seine Stimme wurde jetzt unklar, seine Gedanken verwirrten sich und er brach in Phantasien aus, die jene Schätze
zum Gegenstand hatten. Eine Viertelstunde darauf war er
todt. Du weißt, daß wir ihn dort begraben ließen, in der
Wüste, Haydee. Ein einfacher Stein bezeichnet die Stelle,
wo er ruht.

Ich kam nach Kalifornien, ich fand den Berg der Wünsche
und fand die vier Steine. Ich der Nacht grub ich nach und
fand Gold. Ich grub an anderen Stellen und überall fand
ich Gold. Ich sah ein, daß dieser Mann Recht gehabt, daß
er reicher geworden wäre, als irgend ein Mensch in dieser
Welt, wenn die Vorsehung es ihm gestattet hätte, diese
Schätze zu besitzen. Aber auch ich fürchte die scharfen Augen
meiner Leute, und um mich nicht zu verrathen, ließ ich jenen
Brunnen anlegen. In die innere, hölzerne Bekleidung desselben brach ich ein Loch und von dort arbeitete ich mich hindurch nach jenen unterirdischen Schätzen, die kaum tiefer liegen, als ein Mann hoch ist. Noch hatte ich das Metall
nicht geprüft, obgleich ich es beim ersten Anblick für Gold
hielt. Erst heut habe ich einige Stücke davon mit mir genommen und sie untersucht. Es ist Gold, reines Gold, und
so viel ich ermessen kann, bin ich jetzt zwei-, vielleicht drei-
mal so reich, als früher.

— Und doch hielt man Dich für einen der reichsten
Männer der Welt! sagte Haydee.

— Ja, und mit Recht, erwiederte der Lord. Ich habe
bereits an einen meiner Bekannten in Deutschland geschrieben,

um die Familie jenes Mannes zu ermitteln. Ich muß in kurzer Zeit Nachricht haben. Seinen Papieren nach war er ungefähr fünfzig Jahre alt, und seine Kinder, ein Sohn und eine Tochter, müssen jetzt erwachsen sein. Gelingt es mir, sie zu finden, so will ich ihnen so viel von diesem Golde geben, als gewöhnliche Menschen ertragen können, aber nach und nach, sonst würde dieses Gold sie unglücklich, anstatt glücklich machen.

— Und Du selbst, Edmond, Du schienst bewegt, als Du sahst, daß dies Gold rein und ächt sei.

— Ja, sagte der Lord, ich war es und ich bin es noch!

Dabei ergriff er die Hand Haydee's und sah ihr in die Augen. Sein Gesicht war sehr ernst, fast feierlich geworden. Haydee sah ihn fragend an. So, wie sie vor ihm stand mit ihrer schönen, schlanken Gestalt, im weißen Anzuge, Blumen in dem dunkeln Haar, mit dem antik regelmäßigen Gesicht, das die griechische Abkunft verkündete, und dem sanften Ausdruck ihrer weichen Züge — er, vor ihr sitzend, bleich, ernst, mit der festen, hohen Stirn; jeder Zug, jeder Ausdruck ein Charakter — bildeten sie die schönste Vereinigung von Mann und Weib, ein Bild des Schönsten und Heiligsten im Leben: er ganz Kraft, Stärke und Ueberlegung, sie ganz Weichheit, Hingebung und Liebe.

— Ja, Haydee, sagte er, ich bin bewegt, und Dir will ich es sagen. Du kennst mein Leben, Du weißt, was ich erduldet, welche Verbrechen ich zu rächen gehabt habe. Mir, dem ohnmächtigen, unwissenden und verlorenen Menschen, mir gab die Vorsehung Mittel und Wege, aus der Dunkelheit des Kerkers, aus der Nacht meiner Unwissenheit emporzusteigen, mir führte die rächende Nemesis jenen Abbé Faria entgegen, der aus dem armen, thörichten Edmond Dantes den gewaltigen, Alles beherrschenden Grafen Monte-Christo schuf. Was ich später geworden und gethan, es war Alles mehr oder weniger sein Werk. Und doch hatte ich damals nur einen Gedanken. Die Schätze, die mir der Abbé hinterließ, als er im Kerker starb, sie sollten nur dazu dienen, mich selbst zu rächen, den Tod meines Vaters, den der Hunger in das Grab gedrängt, zu sühnen. Du weißt, was aus jenem Ferdinand geworden, der mich verrieth, weil er mir meine Geliebte mißgönnte, der mich verleumdete, wie er Deinen armen Vater verrathen. Er hat sich selbst den Tod gegeben, nachdem sein Weib und sein Sohn sich von ihm gewandt; ihn seiner Schmach überlassen. Du weißt, wie ich mich an Danglars gerächt, der ihm jenen teuflischen Plan eingegeben, mich als einen Anhänger der Bonapartisten zu verdächtigen. Er ist arm in Rom, nachdem er in Paris einer der reichsten Banquiers gewesen. Seine Gattin hat ihn verlassen, seine Tochter ist ihm entflohen, nachdem sie beinahe die Frau eines Galeerensträflings geworden wäre. Jener Villefort aber, der mich auf ewig in die unterirdischen Kerker des Schlosses d'If werfen ließ, damit ich niemals verrathen könne, daß sein Vater ein Anhänger Napoleons gewesen — jener Villefort, nun, Du weißt es, er ist jetzt wahnsinnig in unserem Hause, sein Weib, sein Sohn sind todt. Nur Valentine, seine Tochter, ist gerettet, ohne daß er es weiß. Alle meine Feinde, emporgestiegen zu den höchsten Ehren, liegen jetzt im Staube. Ich wurde das Werkzeug der Vorsehung. Ich habe triumphirt. Vielleicht, vielleicht bin ich zu weit gegangen. Dann aber werde ich mein Unrecht wieder gut zu machen suchen, ich werde es, ich weiß, daß ich es kann.

Nun, Haydee, das Alles that ich, weil ich mir selbst geschworen, das Unrecht, das man mir angethan, zu rächen. Meine Schätze reichten aus für meine persönliche Rache. Aber in den zehn Jahren, in denen ich nach meiner Befreiung aus dem Kerker die Welt durchstrich, während meines Aufenthalts unter jenen Leuten, die sich für die Klügsten und Besten der Erde halten, in Paris, in diesem Brennpunkt der sogenannten civilisirten Welt, habe ich begriffen und einsehen

gelernt, daß es noch anderes Unrecht zu fühnen giebt, als
das meine, daß Tausende so elend sind, wie ich war. Nicht,
daß ich sie rächen, nicht, daß ich die Ordnung der Welt, wie
sie besteht, umwerfen könnte — ich bin nur ein Mensch, kein
Gott! Aber ich habe meine Pflicht gegen die Menschheit,
und zuweilen bedünkt es mich, als sei es von mir kleinlich
gedacht gewesen, über meinem eigenen Unglück das der Anderen zu vergessen, und meine Schätze nur dazu anzuwenden,
meine eigenen Pläne auszuführen. Haydee, es muß etwas
Neues, etwas Anderes in die Welt! Neues Blut in diese
alten, zusammengeschrumpften Adern, neues Leben in diesen
sichen Körper! Als ich von Europa schied, wußte ich es bereits, und das Herz war mir schwer, denn ich glaubte, meine
Kräfte seien zu gering, das auszuführen, was mir damals
vorschwebte. Nicht der Zufall führte mich mit jenem Sterbenden zusammen — die Vorsehung war es, die meine schlummernden Gedanken kannte! Jetzt, glaube ich, kann ich das
thun, was ich damals für zu schwer hielt, wozu meine Mittel nicht ausreichten. Wie ich es thue, was ich thun will,
um die Schuld an die Menschheit abzutragen, die jeder Mächtige ihr schuldet — noch weiß ich es nicht. Es schwebt mir
nur vor, wie die Dämpfe meines Schmelztiegels. Aber diese
Gedanken werden sich krystallisiren, sie werden eine Form
annehmen. Haydee, als Graf von Monte-Christo rächte ich,
was man mir und meinem Vater gethan, als Lord Hope
will ich meinen Namen zur Wahrheit machen, will ich der
Welt die Hoffnung wiedergeben, will ich die Leidenden erfreuen, die Kranken trösten und heilen, die Muthlosen ermun-
tern, die Schwachen kräftigen. Was der Welt fehlt, das ist
die Gerechtigkeit. Ich will versuchen, den Altar wieder auf-
zurichten, den die Begierden, die Schwäche und der Eigennutz der Menschen umgestürzt — den Altar der irdischen
Gerechtigkeit! Möge mir die himmlische gnädig sein und
möge sie mich in meinem Beginnen unterstützen!

Haydee sah ihn fast zitternd an. Seine Stimme war stark und dröhnend geworden.

— Und deshalb wähltest Du die Hoffnung zu Deinem Namen? fragte sie leise. Deshalb nanntest Du Dich Lord Hope?

— Zum Theil deshalb, ja! erwiederte er. Es giebt nur eine Macht auf dieser Erde, die Macht des Geldes. Tugend, Liebe, Gerechtigkeit sind verschwunden, über Alles triumphirt das Geld. Mit der Macht meiner eigenen Schätze will ich versuchen, die Gewalt dieses Mammons zu brechen. Gewalt gegen Gewalt, Gift gegen Gift. Wie ich Valentine rettete vor ihrer Mutter, der Giftmischerin, indem ich ihr ein anderes Gift einflößte, das ihr den Scheintod gab — so will ich mit meinen Schätzen die Welt vor der Herrschaft eines Götzen retten, der zuletzt Alles, Ehre, Tugend und Glück, unter den Tritten seiner ehernen, kollossalen Glieder zermalmen wird. Ja, das Gold ist ein Balsam, eine Arznei, aber nicht für die verdorbenen Säfte unserer Zeit. Ich will es einflößen in die Adern, die noch frisch und rein geblieben sind. Ob es mir gelingen wird — nur der dort oben weiß es, der mich zum Werkzeug seiner Rache ausersah und mich in Flammenschrift lesen ließ, daß es auch eine Vergeltung auf Erden giebt!

Der Lord schwieg. Haydee war zitternd und blaß vor ihm auf die Kniee gesunken.

— O, mein Herr und Gebieter, flüsterte sie, das Gewicht Deiner Worte drückt mich zu Boden. Wie soll ein schwaches Weib bestehen neben einem Manne, dessen Haupt in die Wolken, in den Himmel reicht, und dessen Herz mit einem Schlage die ganze Welt umfaßt?

— Steh auf, Haydee, sagte der Lord sanfter. Du, Du schwaches Weib sollst meine Stütze sein. Du sollst der Born des Glückes und der Beruhigung sein, aus dem ich immer wieder schöpfe, wenn der Flug meines Geistes ermattet, und

meine Pläne für das Glück dieser Welt sich wie Meeres=
wogen an den Felsenherzen der Menschen brechen. Du, Hay=
dee, sollst das Ideal sein, zu dem ich immer wieder aufblicke,
wenn der Haß der Menschen, die Gewalt der Leidenschaften
mein Gemüth umfloren. Du, das schönste Gebilde, das je
aus Gottes Hand hervorging, Du sollst die Verkörperung
der Menschheit sein, wie sie meinen Blicken vorschwebt. Rein,
edel, ohne Fehl, gut und schön schuf Gott den Menschen,
und so bist Du. Nach Deinem Ebenbilde will ich die
Menschheit umwandeln. Hat nicht der Maler sein Modell,
der Bildhauer sein Ideal? Wohl mir, daß ich in Dir mein
Ideal fand. Wenn ich Deine Seele der Menschheit einflößen
könnte, dann wäre ich mehr als ein Mensch, ein Gott,
Haydee! Aber streben kann ich danach, streben wie jeder
Mensch. Ein Fünkchen Deiner Seele in jeder Menschenbrust,
Haydee, und die Welt wäre ein Paradies!

Er legte den Arm um die Schulter der Knieenden und
preßte seine Lippen auf ihre bleiche Stirn. So blieben sie
Beide lange. Sie wußten, daß dieser Moment nicht wieder=
kehren werde. Es war für Haydee die Offenbarung eines
Geistes, der beinahe über die Grenzen hinausstreifte, die der
Menschheit gesetzt sind.

Ein leiser, feiner, klingender Ton an der Decke weckte
den Lord aus seiner seligen Ruhe.

— Steh auf, Haydee, sagte er, das holde Weib zu sich
emporziehend. Ali will mich sprechen. Er klopft an meine
Thür. Laß uns jetzt die Träume der Zukunft vergessen und
an die Wirklichkeit denken. Sieh, in jenem Zimmer ist eine
kleine Glocke, die mit einer Feder an meiner Thür in Ver=
bindung steht, wo ich auch sein mag, ich höre stets, wenn
Ali klopft.

— Du bist groß, selbst im Kleinen! sagte Haydee mit
einem sanften Lächeln und trocknete die Thräne in ihrem

Der Herr der Welt. I.   5

Auge. Ach, Edmond, Du haſt aus mir das glücklichſte Weib auf dieſer Welt gemacht; und was bin ich Dir?

— Alles, Alles! rief der Lord. Und nun komm.

Er zog ſie mit ſich fort, nicht wie ein Jüngling ſtür=miſch ſeine Geliebte — wie ein Mann, der es weiß, daß der größte Schatz der Welt an ſeinem Herzen ruht.

Die Mormonenbraut.

— Willſt Du zu mir, Ali? fragte der Lord, als er nach ſeinem Schlafzimmer zurückgekehrt war.

Ein zweites Klopfen bejahte die Frage. Ali konnte nicht anders antworten. Er war ſtumm.

Der Lord öffnete. Ali fragte durch ein Zeichen, ob der Intendant vor dem Herrn erſcheinen dürfe.

Edmond bejahte es. Es mußte etwas Außerordentliches vorgefallen ſein. Derartige nächtliche Störungen kamen nur ſelten vor. In Kalifornien war es das erſte Mal.

Der Intendant, früher Signor Bertuccio, jetzt Maſter Hatey genannt, erſchien.

— Mylord, ſagte er, ein Klopfen am Thor benachrich=tigte die Wache, daß Jemand draußen ſei. Es iſt eine Frau, ſie ſagt, daß ſie aus dem Lager der Mormonen komme und Sie dringend zu ſprechen wünſche.

— Führe ſie herein, ſagte der Lord. Einen Augenblick durchzuckte ihn der Gedanke, es könne Wolfram ſein, der in Frauenkleidung komme, um ſich zu rächen. Aber er ſteckte keine Waffe zu ſich und blieb ganz ruhig.

Eine weibliche Geſtalt, ganz verhüllt in ein helles Ge=wand, trat ein. Lord Hope erkannte auf den erſten Blick dieſelbe Geſtalt, die er unten im Lager der Mormonen an dem Feuer geſehen, an dem auch Wolfram ſaß, und die dem

Rafenden in den Arm gefallen war, als er das Piftol auf
ihn abfchoß.

Sobald fie den Lord erblickte, fchlug fie den Schleier
zurück und warf fich ihm mit einer haftigen und leidenfchaftlichen Geberde zu Füßen.

— Mylord! rief fie in englifcher Sprache. Was Sie
auch über mein Schickfal beftimmen mögen — lebend verlaffe
ich diefes Schloß nicht. Sie müffen mir hier ein Afyl gewähren, oder ich tödte mich!

Der Lord behielt äußerlich feine Ruhe, obgleich ihn diefe
Anrede überrafchen mußte. Er fchwieg und fein Blick fenkte
fich lange und fcharf beobachtend auf die Fremde. Was
mochte er in ihrem Zügen gelefen haben? Sie waren fchön,
unbeftreitbar fchön, aber Gram und Kummer hatten in ihnen
fchärfere Linien gezogen, als es ihre Jugend fonft erlaubt
hätte. Gewiß war fie noch fehr jung. Ihre Farbe war faft
marmorweiß, ihr Auge vom fchönften, reinften Blau, ihr Haar
goldenlockig. Sie glich einer jungen, frifch erblühten Lilie,
welche die heiße Junifonne ein wenig geknickt und die erft im
Abendthau wieder frifch und klar das Köpfchen hebt. Jetzt
glänzten ihre Augen im feuchten Glanz hervorquellender Thränen, ihre Lippen zuckten fchmerzlich und ihre gefalteten Hände
erhoben fich flehend zu dem Lord.

Was er in ihren Augen, in ihren Zügen gelefen hatte
— fein Geficht verrieth es nicht. Aber er fagte:

— Sie follen mein Haus nicht verlaffen, wenn es Ihnen Schutz bieten kann. Stehen Sie auf, Mylady!

— O Dank, taufend Dank! rief fie und beugte den
Kopf auf ihre gefalteten Hände.

Der Lord hatte einen Seffel neben fie gerückt. Sie
bemerkte ihn jetzt und richtete fich mit der Hand an dem-
felben empor, als ob fie fehr fchwach fei. Dann fank fie
auf denfelben nieder.

— Ich habe Ihren Wunfch erfüllt. Aber er ift felt-

5*

fam. Sie werden es natürlich finden, daß ich Sie um eine Erklärung bitte.

— Eine Erklärung! seufzte sie, und ihre Augen senkten sich und füllten sich stärker mit Thränen. O, Mylord, es bricht mir das Herz, vor Ihnen als eine Schuldige, eine Strafbare erscheinen zu müssen! Sie werden mich verachten, wenn ich gesprochen habe.

— Verachten? das wäre hart! sagte der Lord ruhig. Doch sprechen Sie zuerst!

— Sie werden mich verachten, mich hassen, ja, schon wenn ich Ihnen sage, daß ich in Verbindung stand mit jenem Elenden, der die Hand gegen Sie erhoben hat und nach Ihrem Leben trachtete! rief die Dame.

— Nein, denn ich sah, daß Sie ihn daran hindern wollten, erwiederte der Lord. Doch ich höre, daß Sie das Englische mit französischem Accent sprechen. Sprechen Sie französisch, es ist gewiß Ihre Muttersprache.

— Sie hören es? rief die Dame. Ja, ich bin eine Französin. O, Mylord, das Bekenntniß meiner Schuld wird mir entsetzlich schwer, aber es soll meine Sühne sein. So hören Sie mich an und halten Sie Ihr Urtheil nicht zurück. Ich bin die Tochter eines französischen Generals, die natür- liche Tochter. Er war bereits verheirathet, wie man mir sagte, mit einer schönen und liebenswürdigen Frau, als er meine Mutter kennen lernte. Sie war eine Deutsche, so viel ich weiß, die Tochter eines deutschen Generals, der während der Kriege des Kaiserreichs in französische Dienste getreten. Doch weiß ich das nur aus einigen Andeutungen meines Vaters. Ich selbst habe meine Mutter nie gesehen. Wahr- scheinlich war sie arm und die Noth zwang sie, eine Ver- bindung einzugehen, die durch die Ehe niemals geheiligt wer- den konnte. Dieser Verbindung verdanke ich mein Dasein. Meine Mutter, glaube ich, starb bald nach meiner Geburt. Vielleicht, daß mein Vater sie wirklich geliebt hatte, oder daß

er mich liebte — genug, er ließ mir eine Erziehung ange=
deihen, als wäre ich seine rechtmäßige Tochter. Ich wurde
in einem Kloster bei Paris erzogen, mitten unter den Töch=
tern der ersten Familien des Landes. So wurde ich siebzehn
Jahr. Es war die Rede davon, daß ich das Kloster ver=
lassen sollte, und ich freute mich darauf. Denn ich gestehe,
daß ich durch den Umgang mit Freundinnen, die mehr von
der Welt gesehen hatten, sehr begierig geworden war, eben=
falls in diese Welt einzutreten. Auch sehnte ich mich nach
dem Umgang mit Männern. Ich hatte nur alte Leute ge=
sehen, junge Männer kannte ich nur aus Büchern und Ge=
mälden, und sie waren dort verführerisch genug dargestellt,
um meine Phantasie zu reizen. Acht Tage vor meiner Ent=
lassung aus dem Kloster glaubte ich zu bemerken, daß die
Oberin mich halb traurig, halb scheu betrachtete. Aber ich
achtete nicht darauf. Erst beim Abschied fiel es mir auf, daß
sie zu mir sagte: Ich wünsche Ihnen Gottes Segen, Made=
moiselle! Ihr Weg durch das Leben wird kein leichter sein!
Doch legte ich auch auf diese Worte kein besonderes Gewicht.
Aber kaum in Paris angekommen, erfuhr ich, daß die Dinge
für mich eine furchtbare Wendung genommen hatten. Mein
Vater hatte mir vor vierzehn Tagen geschrieben, ich solle in
einem Hotel absteigen, er wolle mich dort selbst empfangen,
oder empfangen lassen und dann weiter für mich sorgen. Ich
stieg in dem Hause, das mir bezeichnet worden, ab. Die
Besitzerin desselben maß meinen Anzug, als sie ihn sah, mit
einigem Erstaunen. — Mademoiselle, sagte sie, Sie lachen
und sind so heiter? Sie tragen helle Kleider? — Und wes=
halb nicht, Madame? fragte ich bestürzt. Sie sah mich groß
an; dann, da sie glauben mochte, daß ein Wesen, wie ich,
seinen Vater nicht lieben könne, wie andere Leute, brachte sie
mir mit einem einzigen Schlage die ganze Nachricht bei.
— Ihr Vater hat sich vor acht Tagen getödtet! sagte sie.
Die Pairskammer hat ihn für ehrlos erklärt, weil er früher

den Pascha von Janina verrathen haben soll. — Ich stand eine Minute lang starr, dann fiel ich in Ohnmacht. Aber was haben Sie, Mylord?

Der Lord war in der That noch bleicher geworden, als gewöhnlich. Unwillkürlich richtete er seine Augen zum Himmel und Jeder konnte in diesem Blick die Worte lesen: Gott, Du bist gerecht!

— Ich kannte Ihren Vater, sagte der Lord dann. Es war der General von Morcerf.

— Sie kannten ihn, Sie wissen von seiner Schmach? O, mein Gott! rief das junge Mädchen, ihr Gesicht verhüllend.

— Ich hörte wenigstens davon. Aber fahren Sie fort, ich bitte Sie darum, sagte der Lord.

— Die Geschichte meiner Leiden ist jetzt beinahe zu errathen, schluchzte die Französin. Ich war vernichtet, zu Boden geschmettert. Ich stand allein in der Welt, ohne den geringsten Halt. An die Gattin, an den Sohn des Verstorbenen durfte ich mich nicht wenden. Sie kannten den Fehltritt meines Vaters wahrscheinlich nicht. Früher war die Rede davon gewesen, daß mich mein Vater adoptiren wolle, wenn seine Frau gestorben wäre. Nun war ich die Tochter eines ehrlosen Todten. Die ganze Welt war mir verschlossen.

Dennoch verzweifelte ich nicht. Ich fand das Leben außerhalb des Klosters zu schön, trotz meiner Trauer, die Töne der Freude klangen mir überall so verführerisch ins Ohr, daß ich es für unmöglich hielt, ich solle ewig von dieser Freude ausgeschlossen sein. Das Hotel, in dem ich wohnte, gehörte einer Frau, die es einzeln an Herrschaften vermiethete. Ich gab ihr Alles, was ich an Geld und Kostbarkeiten bei mir hatte, und hatte dadurch das Recht gewonnen, drei Monate bei ihr zu wohnen. Drei Monate! Eine lange Zeit für mich, da ich die Welt nicht kannte. Ich hoffte, daß sich in dieser Zeit mein Schicksal auf eine glückliche Weise entscheiden würde. Ich machte einen Versuch, meinen Bruder,

den Sohn des Generals von Morcerf, zu sprechen; ich glaubte,
er würde Mitleid mit mir haben, mir seine Unterstützung
angedeihen lassen. Aber, als ich nähere Nachrichten einzog,
fand ich mich bitter getäuscht. Die Gemahlin und der Sohn
des Generals hatten den heldenmüthigen Entschluß gefaßt,
nichts von den Gütern, die ihnen der General hinterlassen,
zu behalten. Sie hatten Alles verkauft und den Armen über=
lassen. Dann war die Generalin von Morcerf mit ihrem
Sohne Albert nach Marseille gereist, und mit ihnen war
meine letzte Hoffnung verschwunden.

Doch nicht meine letzte, nein! Schon während der Zeit
hatte ich jenen Mann kennen gelernt, mit dem auch Sie,
Mylord, in eine Berührung getreten sind, die Ihnen beinahe
tödtlich geworden wäre, ich meine Wolfram. Er wohnte in
dem Hotel der Dame, bei der ich eine Zuflucht gefunden. Wie
sie mir sagte, war er ein Deutscher und nach Paris gekom=
men, um die neuesten Entdeckungen und Erfindungen auf dem
Gebiete der Technik zu studiren. Von seinem Studiren merkte
ich nicht viel. Es hieß, er sei ein lockerer Patron; aber Sie
haben gesehen, es liegt etwas in ihm, was Jeden trotz seiner
Rauhheit fesselt, und was mich, die ich nie einen anderen
jungen Mann gesehen, bald vollständig unterjochte. Ich sah
ihn täglich bei Tische, auch er bemerkte mich, und die Wir=
thin, die wahrscheinlich glaubte, mir so am besten zu helfen,
begünstigte unseren gegenseitigen Wunsch, uns zu sehen. Nach
vier Wochen hatte mir Wolfram seine Liebe gestanden, ich
ihm erwiedert, daß ich sie theile.

Unterdessen waren die drei Monate abgelaufen. Ich
theilte in einer vertrauten Stunde Wolfram meine Bedenken
für die Zukunft mit. Er hörte mir aufmerksam zu. Dann
fragte er mich, ob ich schweigen könne. Ich bejahte es. In
einem Kloster lernen die Mädchen Schweigen und Verhehlen.
Darauf entdeckte er mir rasch und hastig, daß er weder nach
Deutschland zurückkehren dürfe, noch länger in Paris bleiben

könne. Er sei überall viel Geld schuldig. Er könne nicht
einmal seine Wirthin bezahlen. Es bleibe ihm kein anderer
Ausweg, als nach Amerika zu gehen, und er würde sich
glücklich schätzen, wenn ich ihn begleiten wolle.

Ich erschrak ein wenig, aber nicht viel. Die Liebe ließ
mich Alles in einem helleren Lichte sehen. Er drang in mich,
er beschwor mich, er sagte mir, er müsse in den nächsten Ta=
gen fliehen, und mir schien der Gedanke unerträglich, auch
von ihm verlassen zu werden. Ich gelobte, mit ihm zu fliehen,
mit ihm nach Amerika zu gehen. Mir war ja die Welt
überall gleich fremd. Paris war für mich nicht besser, als
Amerika. Nur Eines erbat ich von Wolfram. Ehe uns in
Amerika das Band der Ehe vereinte, sollte er mich wie eine
Schwester behandeln. Er versprach es.

Wir flohen. Wolfram hatte Pässe für uns Beide. In
Havre bestiegen wir ein Dampfboot, das nach New=York
fuhr. Wolfram hielt während der Ueberfahrt sein Versprechen.
Er behandelte mich wie seine Schwester. Nur mißfiel es mir,
daß er auf dem Dampfboot viel Karten spielte, viel trank
und viel thörichtes Zeug schwatzte. Ich erkannte bald sein
innerstes Wesen. Er ist gut, edel vielleicht von Natur, er ist
gebildet, talentvoll, ein genialer Architekt, wie man sagt. Aber
es scheint ihm etwas zu fehlen, die Zufriedenheit, die Ruhe
des Gewissens. Es lastet etwas auf ihm, was ihn nie von
Herzen heiter und fröhlich werden läßt. Ist es eine Schuld,
ist es der Gedanke eines verfehlten Lebens? Ich weiß es
nicht. Aber er ist zuweilen entsetzlich düster und abstoßend,
ich fürchtete mich schon damals oft vor ihm und leise Zwei=
fel begannen in mir aufzusteigen, ob ich mit diesem Manne
wirklich glücklich werden könne.

Wir landeten in New=York. Der Erste dem Wolfram
begegnete, war jener Dr. Wipky, der mit Ihnen heut Abend
durch das Lager ging. Er war ein Apostel, ein Sendbote
der Mormonen. Er schien glücklich darüber zu sein, einen

Mann, wie Wolfram, zu treffen. Er versprach ihm goldene
Berge, fortwährende und reich lohnende Beschäftigung, wenn
er zu den Mormonen übertreten wolle. Was wußte Wolfram
von den Mormonen? Ich glaube, wenig. Wenn er etwas
wußte, so verschwieg er es mir. Ich kannte die Sekte kaum
dem Namen nach. Wipky gab uns Reisegeld. Wir reisten
nach Nauvoo, der Hauptstadt der Mormonen.

Die schnelle Abreise von New-York, die Eile, die Wolfram hatte, an den Ort seiner Bestimmung zu gelangen, ver-
hinderten unsern Plan, uns trauen zu lassen, und ich danke
dem Himmel dafür. Mylord, ich schwöre Ihnen, Wolfram
hatte bis dahin immer nur die Schwester in mir gesehen,
und trotz meiner Unbekanntschaft mit der Welt wußte ich
meine weibliche Ehre zu wahren. Mylord, denken Sie nicht
schlecht von mir, ich schwöre Ihnen, daß ich frei und rein
in jedes Menschen Auge blicken kann!

Sie streckte die Hand wie schwörend aus und sah den
Lord mit einem ergreifenden Blicke an.

— Ich glaube es, ich weiß es, sagte der Lord ruhig.
Fahren Sie fort. Ich ahne bereits den Ausgang.

— Mein Schicksal entschied sich, als wir nach Nauvoo
kamen, fuhr die Französin düster fort. Ich sah bereits mein
Unglück voraus. Wir trafen die Mormonen-Kolonie in der
Auflösung begriffen. Smith, der Stifter und das Oberhaupt
der Sekte, war getödtet, man hatte beschlossen, die Kolonie
weiter nach Westen in das Gebiet von Oregon oder Utah
zu verlegen. Einzelne Züge waren bereits vorausgegangen.
Auch wir sollten folgen. Wipky organisirte bereits einen Zug,
an den wir uns anschließen sollten.

Welch ein Leben unter diesen Mormonen! Ich kann sie
nicht tadeln, ich bewundere ihren Eifer, ihren Fleiß, ihre
Anhänglichkeit an diese seltsame Lehre; ich gestehe, daß viele
kräftige Naturen unter ihnen sind, große Geister — aber
Alles, was ich von ihrem Familienleben sah, ekelte mich an

und stieß mich ab. Diese Freiheit, die beinahe in Zügel=
losigkeit ausartete, diese Verächtlichkeit, mit der man die
Frauen gleichsam zur Waare umwandelt, die Rohheit des
gesellschaftlichen Verkehrs, dieser Mangel an Allem, was ich
seit meiner frühesten Kindheit in den Mauern eines Klosters,
in dem Umgang mit den liebenswürdigsten Mädchen gelernt
— das Alles ließ mich empfinden, daß ich unter diesen Men=
schen niemals glücklich sein könne! Ja, wenn Wolfram noch
mein Einziges und Alles gewesen wäre! Aber er hatte längst
aufgehört, es zu sein. So widerlich und unangenehm mir
diese meine Gesellschaft war, so angenehm schien sie ihm zu
sein. Für ihn schienen diese wilden Menschen zu passen, die
nicht schlecht, aber aller Kultur und Sitte abgeneigt sind.
Er saß und trank mit ihnen, spielte Karten, fluchte und stritt
sich. Oft sah ich ihn schon bei Tage halb trunken durch die
Gassen taumeln. Ihm Vorwürfe machen konnte ich nicht,
hatte ich denn ein Recht dazu? Und das Schlimmste war,
daß ihm dieses Leben zu gefallen schien. Die Mormonen
erkannten seine Bildung, seine Ueberlegenheit an. Wolfram
sank mit jedem Tage tiefer.

Was ich in jener Zeit erduldete, Mylord — ich kann
es nicht beschreiben. Ich sah es klar und deutlich ein, daß
mein erster Schritt in die Welt ein Fehltritt gewesen sei.
Aber wohin sollte ich mich wenden? Wo Schutz und Hülfe
suchen? Diese neue Welt war mir nicht fremder, als mein
Vaterland, aber sie war mir doch auch fremd! Fliehen? Wo=
hin? Ich sah keinen Ausweg?

In dieser Zeit machte mir Wolfram den Vorschlag, daß
wir uns verheirathen wollten, ehe der Zug nach dem Westen
aufbreche. Ich hatte diesen Antrag mit Zittern erwartet. Ich
fragte ihn, wie wir getraut werden sollten, da die Mormo=
nen doch nichts von katholischen Priestern und von einer Ein=
segnung der Ehe wüßten? Er sah mich groß an. — Wir
werden nach der Sitte der Mormonen getraut werden. Ist

Dir das nicht genug? sagte er dann. — Nein! erwiederte
ich ihm unter einem Strom von Thränen. Das Einzige, was
ich aus jener alten Welt mir mit herübergebracht habe, ist
meine Religion. Ich werde sie mir nicht nehmen lassen. Und
denkst Du, Wolfram, ich würde mich in die Gebräuche die=
ser Menschen fügen? Denkst Du, ich wüßte nicht, daß es
unter den Mormonen, wenn auch nicht Gesetz, doch wenig=
stens Sitte ist, zwei, drei und mehr Frauen zugleich zu lie=
ben, zugleich zu heirathen? Glaubst Du, ich würde jemals
darin willigen, eine Andere neben mir an dem Herzen mei=
nes Mannes zu wissen? Nein, Wolfram, ich werde nie Dein
Weib, wenn Du Dich nicht mit mir von einem katholischen
Priester einsegnen läßt, und wenn Du mir nicht schwörst,
so lange ich lebe, nie eine Andere zu lieben, als mich.

— Aber Du verlangst das Unmögliche, Amelie! sagte
er lachend zu mir. Wenn ich Dir das auch verspreche —
und ich würde es gern thun — was hälfe es mir? Wir sind
bei den Mormonen, wir müssen uns ihren Sitten fügen. Man
würde mich vielleicht zwingen, noch eine Frau zu nehmen.

— Du gehörst zu den Mormonen, nicht ich! antwortete
ich ihm. Ich werde nie zu ihnen gehören!

— Und Du willst nicht mein Weib sein, auch wenn
kein Priester uns einsegnet? fragte er mich düster. Ich hätte
nicht geglaubt, daß Du mich so wenig liebtest und daß Du
so an den alten Vorurtheilen hingest.

— Vorurtheile? antwortete ich ihm bitter. Wolfram,
laß uns offen sein. Ich habe Dich geliebt, ja, aber ich werde
Dich nicht mehr lieben, wenn Du fortfährst, ein solches Le=
ben mit den Mormonen zu führen. Und ich werde nie an=
ders Deine rechtmäßige Frau, als vor dem Altar einer ka=
tholischen Kirche. Nie!

Er zuckte die Achseln und ging fort, ohne sich weiter um
mich zu kümmern. Ich blieb in meiner Angst und Verzweif=
lung. Meine einzige Hoffnung war noch, daß Wolfram die=

ses Lebens überdrüssig werden und sich selbst von den Mor=
monen trennen werde. Vergebene Hoffnung! Er lebte sich
mit jedem Tage mehr in die Sitten dieser Menschen hinein,
er wurde immer beliebter. Er wurde ein Held der Mor=
monen.

Wir verließen Nauvoo und traten unseren Zug an. Ein
entsetzlicher Zug! Nicht, daß wir viel mit Entbehrungen zu
kämpfen gehabt hätten — aber was litt mein Herz unter
dieser fortwährenden und unvermeidlichen Berührung mit
Menschen, die alle zarte Sitte mit Füßen treten. Und im=
mer noch keine Aussicht zu fliehen! In dieser Wüste, in
diesen unwirthlichen Gegenden sich von dem Zuge trennen,
hieß den gewissen Tod aufsuchen. Und doch hielt ich mich
noch für zu jung, um zu sterben. Den Tod konnte ich im=
mer noch wählen, wenn mir Schlimmeres bevorstand. Und
ich mußte mich darauf vorbereiten.

Wolfram hatte während des Zuges nie mehr mit mir
über unsere Verbindung gesprochen. Er hatte mich sogar
vernachlässigt und es existirte kaum mehr eine andere Be=
ziehung zwischen uns Beiden, als daß ich zu der Abtheilung
gehörte, die er anführte. Aber ich erfuhr durch eine Frau,
die meine Vertraute geworden war, weil ein ähnlicher Kum=
mer sie drückte, daß mir am Salzsee — dem Ziel der Reise
— die Entscheidung bevorstand. Dort wollte man über die
Mormonenbraut — so nannte man mich — Gericht halten
und meine Hand Wolfram zusprechen. Ich sah diesem Tage
mit Entsetzen entgegen. Ich wußte, daß ich ihn nicht über=
leben würde. Ich wurde immer verschlossener, immer düste=
rer. Im ganzen Lager betrachtete man mich zum Theil mit
Mißtrauen, zum Theil mit Scheu. Meine Entschlossenheit
hatte diesen Menschen, und namentlich den Frauen, eine Art
von Achtung abgezwungen.

Heut endlich, als ich dieses Schloß sah, als ich von
Ihrer Mildthätigkeit hörte, als ich Sie durch das Lager

wandeln sah und Gelegenheit hatte, die Kraft und Mäßigung
zu beobachten, mit der Sie gegen Wolfram auftraten, den
ich jetzt von ganzer Seele verachte — heut endlich reifte der
Entschluß in mir, zu fliehen, Ihnen mein Schicksal anzuver=
trauen. Es war, als sagte mir eine Stimme, daß Sie ein
Mittel finden würden, mich aus diesem Elend zu retten.
Mylord, es muß Ihnen eine Kleinigkeit sein, mir Schutz zu
gewähren. Entfernen Sie mich noch in dieser Nacht aus
Ihrem Hause, wenn Sie die Nachforschungen der Mormonen
fürchten. Aber verlassen Sie mich nicht. Hören Sie auf
den Verzweiflungsschrei einer armen Seele, die von Allem in
der Welt verlassen ist. Schicken Sie mich, wohin Sie wol=
len, bestimmen Sie über mich — nur lassen Sie mich nicht
zu den Mormonen zurückkehren.

— Sie werden in diesem Hause bleiben, Mademoiselle!
sagte der Lord. Ich fürchte weder die Mormonen, noch ihre
Nachforschungen. Aber zuerst müssen Sie wissen, bei wem
Sie sind, Mademoiselle!

— O, ich weiß es! rief die Französin. Bei dem groß=
herzigsten, dem edelmüthigsten Manne.

— Vielleicht irren Sie sich, sagte der Lord mit einem
so düstern Gesichte, daß Amelie beinahe erschrak. Doch hö=
ren Sie mich ruhig an. Ehe Sie in diesem Hause bleiben
können, müssen Sie wissen, wessen Haus es ist.

Vor beinahe dreißig Jahren — doch die Zeit thut nicht
viel zur Sache — befand sich in Marseille ein ganz junger
Mann, hoffnungsvoll, lebenslustig. Er hatte Glück gehabt.
Der Herr seines Schiffes — denn dieser junge Mann war
ein Seemann — zufrieden mit seiner Führung, wollte ihn
zum Kapitän ernennen. Mehr noch, der junge Mann stand
im Begriff, sich zu verheirathen mit einem schönen, jungen
Mädchen, das ihn über Alles liebte. Es gab wenige Men=
schen, die ihm dieses Glück beneideten. Zu diesen gehörte ein
gewisser Danglars, der Rechnungsführer auf dem Schiffe,

der ihn um die Kapitänsstelle beneidete, und ein gewisser
Ferdinand, der Vetter seiner Braut, der das schöne Mädchen
selbst liebte und es dem Seemann nicht gönnte. Die Beiden
verabredeten ein Komplot. Danglars schrieb eine Denun=
ziation, in welcher der junge Mann für einen Agenten der
bonapartistischen Partei ausgegeben wurde, Ferdinand über=
gab die Denunziation an die Behörde. Der junge Seemann
wurde in dem Augenblick verhaftet, in welchem er mit seiner
Braut, Mercedes hieß sie, zum Altar schreiten wollte. Un=
glücklicher Weise trug er wirklich einen Brief bei sich, der an
einen Anhänger Napoleons in Paris gerichtet war, an einen
gewissen Noirtier. Er kannte weder den Inhalt, noch die
Bestimmung dieses Briefes; er erfüllte, indem er die Besor=
gung desselben übernahm, nur ein Versprechen, das er sei=
nem sterbenden Kapitän gegeben. Der Anwalt des Staates,
Herr von Villefort, aus Klugheit ein Anhänger der Bour=
bonen, schien auch geneigt, dem jungen Manne Glauben zu
schenken. Aber jener Noirtier, ein alter und zäher Anhänger
Napoleons, war sein Vater. Kam der Brief zu den Akten,
so war die Carrière des jungen Staatsmannes vernichtet.
Er zerriß also den Brief, und um jedes Zeugniß davon zu
vernichten, daß sein Vater noch immer für Napoleon kon=
spirire, schickte er den jungen Seemann in die unterirdischen
Kerker des Schlosses d'If bei Marseille und befahl, ihn dort
für ewig festzuhalten. In der That blieb der junge Seemann
dort vierzehn Jahre. Er kostete alle Qualen der Verzweiflung,
er schwur seinen Feinden Rache. Endlich gelang es ihm, zu
fliehen und durch einen Zufall mit fast unermeßlichen Schätzen
versehen in der Welt wiederzuerscheinen. Er fand seine Feinde
in hohen Ehren. Jener Danglars war ein reicher Banquier
geworden, jener Ferdinand war der Gemahl der Mercedes,
der einstigen Braut des jungen Seemannes geworden, nach=
dem er sich zum General aufgeschwungen und durch den Ver=
rath, den er am Pascha von Janina geübt, Reichthümer ge=

sammelt hatte. Als Graf von Monte=Christo trat der junge
Seemann damals wieder auf und es gelang ihm, sich an
seinen Feinden zu rächen. Jener Danglars ist jetzt ein Bettler
in Rom, der Herr von Villefort ist wahnsinnig, Ferdinand
hat sich selbst den Tod gegeben, nachdem Mercedes und sein
Sohn Albert ihn verlassen. Mademoiselle — jener Seemann
bin ich selbst, jener Ferdinand war der General von Morcerf,
Ihr Vater!

Amelie, die in banger Spannung gelauscht, stieß einen
Schrei aus und verhüllte ihr Gesicht. Es trat eine lange
Pause ein. Selbst der Lord schien bewegt zu sein und schritt
hastig durch das Zimmer.

— Mylord! weckte ihn eine sanfte, bittende Stimme.

Er sah auf. Vor ihm auf den Knieen lag die junge
Französin.

— Mylord! sagte sie mit einem unbeschreiblichen Aus=
druck ihrer Züge, in denen sich Schmerz und Hingebung
paarten — Mylord, es ist nicht meines Amtes, Richter zu
sein über die Ereignisse voller Grausen, die Sie mir mitge=
theilt. Ich ahne, ich glaube es, daß mein Vater schuldig
war. Sein Herz muß kalt gewesen sein, sonst hätte er meine
Mutter nicht verlassen. Aber ich bin seine Tochter, Mylord.
Darf ich Ihnen mein ganzes Leben widmen? Darf ich es
versuchen, einen Theil jener entsetzlichen Schuld zu sühnen,
die mein Vater auf sich geladen? Bestimmen Sie über mich,
Mylord, und wenn Sie glauben, daß ich irgend etwas thun
kann, um die Erinnerung an die Schuld meines Vaters in
Ihrem Herzen auszulöschen, o so sagen Sie es mir. Ich
will mein Leben, Alles hingeben, um den Schatten zu ver=
scheuchen, der zwischen uns Beiden schwebt. Fordern Sie,
Mylord, fordern Sie, was Sie wollen!

— Stehen Sie auf, Amelie! sagte der Lord. Setzen
Sie sich! Lassen Sie mich einen Augenblick über diese Sache
nachdenken!

Er ging durch das Zimmer. Dann stand er plötzlich vor der jungen Französin still.

— Sie glauben also, daß Ihr Vater schuldig war?

— Ja, Mylord! antwortete sie. Ich glaube es.

— Sie wollen seine Schuld sühnen?

— Ja, Mylord.

— Auch wenn diese Sühne eine schwere ist?

— Auch dann, Mylord!

— Wohlan! rief der Lord und sah ihr fest ins Auge — so kehren Sie zu den Mormonen zurück!

— O mein Gott! rief Amelie erbleichend — das war es — das ist es — das Einzige, was ich nicht —

— Es ist zu schwer, ich dachte es! sagte der Lord ruhig. Bleiben Sie hier, Mademoiselle.

Amelie sah ihn einen Augenblick lang groß an. Es lag etwas Fremdes, Kaltes in dem Ton seiner Worte.

— Ich gehe! rief sie entschlossen und stand auf. Ich gehe, Mylord, es wird mir nicht zu schwer sein!

— Verlangen Sie Gründe, weshalb ich diese Forderung an Sie gestellt habe? fragte der Lord.

— Nein, erwiederte sie. Ich frage nicht nach Gründen, ich habe es versprochen — ich gehe, und sollte es mein Leben kosten!

— Noch einen Augenblick, Mademoiselle! rief der Lord, sie zurückhaltend. Ich habe Ihnen noch etwas zu sagen!

Und er ergriff ihre Hand und sah ihr eine Minute lang ernst und innig ins Auge.

— Amelie, sagte er, ich habe Gründe, Sie zu einem solchen Schritt aufzufordern. Ihnen kann ich sie nicht sagen, Sie würden mich kaum verstehen. Aber halten Sie mich nicht für einen Tyrannen! Halten Sie mich nicht für einen unbarmherzigen Beichtvater, der es für seine Pflicht hält, Ihnen eine schwere Absolution aufzulegen. Amelie, was können Sie für die Schuld Ihres Vaters? Nein, was ich jetzt

von Ihnen verlange, ist keine Buße, es ist ein Freundschafts=
dienst. Kehren Sie zurück zu den Mormonen, Amelie, aber
nicht wie früher, Verzweiflung und Gram im Herzen, son=
dern voller Muth und Hoffnung. Mein Arm wird über
Sie wachen und Sie schützen überall. Weder Wolfram, noch
irgend ein anderer Mensch wird Ihnen ein Leid anthun, wird
es wagen, Sie zu irgend etwas zu zwingen. Was auch
geschehen möge, wie nah auch die Gefahr sein möge, ver=
trauen Sie auf mich! Schon morgen wird Ihnen Jemand
einen Brief von mir überbringen. Es ist ein Freund. Ver=
trauen Sie auf ihn unter allen Umständen. Und geben Sie
Wolfram noch nicht auf. Vielleicht ist er noch nicht verlo=
ren. Seien Sie überhaupt voller Muth und Hoffnung! Die
Tochter Morcerfs soll das nicht entgelten, was der Vater
gethan. Gehen Sie mit Gott, Amelie. Und wenn schwere
Stunden kommen, so denken Sie, daß Sie für Ihren Vater
leiden, und daß Alles, was Sie für mich thun, auch für
ihn gethan ist!

Er reichte ihr noch einmal die Hand. Sie nahm sie
ruhig und fest.

— Jetzt, da ich meine Pflicht zu tragen habe, ist mir
leicht! sagte sie. Ich ahne, daß Sie die Wahrheit sprechen,
Mylord. Das Leben unter den Mormonen scheint mir nicht
mehr entsetzlich. Nur Eines, Mylord, ich willige niemals
in eine Heirath mit Wolfram, wenigstens nicht unter den
Bedingungen, die die Mormonen stellen.

— Es wird nicht zum Aeußersten kommen! sagte der
Lord lächelnd. Aengstigen Sie sich nicht!

Die Französin ging. Der Lord begleitete sie selbst bis
an das Thor. Die Nacht war schön und still, wie fast alle
Sommernächte des tropischen Klima's. Gedankenvoll sah der
Lord der verhüllten Gestalt nach, die allmählich im Dunkel
der Nacht verschwand.

— Die körperlichen Fehler und Vorzüge der Eltern er=

ben fort auf die Kinder, sagt man! flüsterte der Lord vor
sich hin. Großer Gott, es ist ein Glück, daß es nicht mit
den Fehlern der Seele so ist. O, Ferdinand, Ferdinand,
hätteft Du nur einen Theil des Edelmuthes in Dir gefühlt,
den dieses Mädchen befitzt, Du hätteft mich und Dich nicht.
elend gemacht!

Am anderen Morgen war das Mormonenlager abge=
brochen und der Zug wandte sich nach Norden.

Don Lotario reist nach Berlin.

Ungefähr acht Tage darauf war Don Lotario damit
beschäftigt, ein Stück Acker einzäunen zu laffen, das erft in
diesem Jahre urbar gemacht worden. Es war auf einem
Hügel, unfern der Hacienda, die man von hier aus ganz
überblicken konnte.

Wenn Don Lotario in seiner Bewunderung der Schätze
des Lords geäußert, daß seine Hacienda nur eine Indianer=
hütte sei, so war er etwas zu weit gegangen. Seine Ha=
cienda war eine ganz imposante Anhäufung von großen stei=
nernen Gebäuden, ein Besitzthum, deffen sich kein merikani=
scher Edelmann geschämt haben würde, um so mehr, da der
Boden rings herum vom schönsten war, den man in Kali=
fornien finden konnte. Don Lotario war ein Mann von
fünfmalhunderttausend Dollars, und in Meriko ist das sehr
viel. In Kalifornien war er der reichfte junge Mann.

Jetzt ließ es sich Don Lotario nicht verdrießen, seine
Arbeiter mit einigen Flüchen zu regaliren, da sie ihm zu
langsam arbeiteten. Wahrscheinlich hatte er sich den Lord
zum Beispiel genommen und den Entschluß gefaßt, mit we=
nigen Menschen viel zu leiften. Seine Arbeiter waren jedoch
damit nicht zufrieden. Sie keuchten und schwitzten in der

heißen Sonne und Mancher murmelte eine Verwünschung‚
gegen den jungen Mann.

Don Lotario war zu Pferde und dirigirte mit seiner
Reitgerte. Jetzt fehlten große Nägel.

— Caramba! rief er verzweifelnd. Holt sie aus der
Hacienda! Das ist wieder eine Viertelstunde Verlust. Nein,
mit solchen Menschen könnte auch der Lord nichts anfangen.
Hier ist alles vergebens!

· Und er trocknete sich den Schweiß von der Stirn, denn
er war in Aufregung gerathen. Da fiel sein Blick auf einen
Reiter, der ungefähr hundert Schritt von ihm hielt und ent=
weder die Arbeiter oder die Hacienda betrachtete. Er war
ganz in einen langen mattgelben Mantel gehüllt, trug einen
Strohhut und ritt auf einem Pferde, daß Don Lotario auch
auf den flüchtigsten Blick für einen Araber erkannte.

— He! Wer ist das? fragte sich der junge Mann halb=
laut. Caramba, der Lord!

Er sprengte zu dem fremden Reiter. Es war in der
That der Lord, der ihn mit einem Lächeln empfing.

— Wirklich gekommen? rief Don Lotario. O, tausend
Dank. Und tausend Mal willkommen!

— Ein recht stattliches Gebäude! sagte der Lord, auf
die Hacienda deutend. Ihre Wohnung?

— Ja wohl, ein altes, räucheriges Nest! antwortete
der junge Spanier. Da ich indessen nichts weiter habe, so
liebe ich es, wie jeder seine Heimath liebt. Kommen Sie,
Mylord, Sie werden müde sein.

— O nein, antwortete Lord Hope. Der Weg über die
Felsen ist nicht so schlimm, wie ich glaubte.

— Sie sind über die Felsen geritten? rief Don Lotario.
Aber Sie kennen ja weder Weg noch Steg!

— Dennoch sehen Sie mich wohlbehalten hier, erwie=
derte der Lord ruhig. Vielleicht bedarf mein Pferd einer
Erquickung, ich nicht. Worin bestände der Vorzug der Men=

6*

86

schen über die Thiere, wenn wir nicht mehr ertragen könn=
ten? Ein schönes Stück Land! Dort der Fluß, dort das
kleine Wäldchen und davor Ihre Hacienda — ein freund=
licher Anblick! Indessen, wenn man bedenkt, daß Sie ein=
undzwanzig Jahr alt sind und recht gut vier Mal so alt
werden können, so hat es doch sein Eigenes, zu wissen, daß
man hier noch sechszig Jahre wohnen soll.

Das sagte der Lord leichthin, während Beide langsam
nach der Hacienda ritten.

— Freilich, manchmal ist mir der Gedanke auch schon
gekommen! sagte Lotario mit einem Seufzer. Indessen, My=
lord, wenn man ein gutes, braves Weib und eine zahlreiche
Familie hat, so läßt sich hier schon wohnen.

— O gewiß, das will ich nicht leugnen! sagte der Lord.
Und Sie sind auf dem Wege dazu?

— So Gott will, ja! antwortete Lotario. Ich werde
mir erlauben, Ihnen meine Braut vorzustellen, Mylord.

— Sehr verbunden, antwortete der Lord. Wohnt sie
bei Ihnen in der Hacienda?

— O nein, Mylord, wo denken Sie hin? rief der Spa=
nier. Drüben hinter jenem Berge, eine Viertelstunde von
hier. Ich werde dorthin schicken und Donna Rosalba zum
Mittagessen einladen lassen, mit ihrem Vater.

— Wie Sie wollen, sagte der Lord, sonst hätten wir
auch nach Tisch hinüberreiten können.

— Um so besser! rief Lotario. Es würde ohnehin kaum
möglich zu machen gewesen sein. Sie wissen, Mylord, Frauen
werfen sich immer in große Toilette, wenn sie mit einem
Fremden diniren sollen. Rosalba ist zwar sehr einfach. Besser
also, ich schicke hinüber und lasse Don Ramirez vorbereiten.

— Wer ist Don Ramirez?

— Der Vater Donna Rosalba's.

— Also ein Nachbar von Ihnen?

— Ja, Mylord, ein entfernter Verwandter.

— Deffen Güter an die Ihrigen ſtoßen?

— Ja, mein Großvater gab ihm ein Stück von unſeren Ländereien, das er mit muſterhaftem Fleiße vervollkommnet hat, antwortete Don Lotario. Er hat nur die eine Tochter, Donna Roſalba.

— Laſſen Sie Don Ramirez nicht benachrichtigen, wenn ich Sie bitten darf, ſagte der Lord.

— O, wenn Sie es wünſchen, ſehr gern. Aber weshalb nicht, Mylord?

— Nun, wiſſen Sie, weil ich Donna Roſalba gern en négligée ſehen möchte! ſagte dieſer lächelnd.

— Sehr gut! rief Lotario erfreut. Sie haben Recht, Mylord. Wenn Sie urtheilen ſollen, müſſen Sie den Gegenſtand Ihres Urtheils unvorbereitet finden, nicht wahr?

— Sie ſprechen das aus, was ich dachte! ſagte der Lord, der heut ſehr freundlich geſtimmt ſchien.

Sie waren jetzt an dem großen Thor, das in die Hacienda führte. Don Lotario beſtellte ein ſolennes Mittagsmahl und ſtellte dem Lord ſeine beiden Verwalter vor, zwei Männer im mittleren Alter mit ſo pfiffigen Geſichtern, daß der Lord zu glauben geneigt war, ſie arbeiteten mehr für ihre, als für ihres Herrn Taſchen.

— Sind dieſe Leute damit zufrieden, daß Sie ſich verheirathen? fragte der Lord, als die Beiden fort waren.

— Nicht ganz! antwortete Don Lotario lächelnd. Doch weshalb fragen Sie? Haben Sie auf ihren Geſichtern geleſen?

— Vielleicht! ſagte der Lord. Die Zeiten pflegen ſich zu ändern, wenn man verheirathet iſt.

Jetzt begann die unvermeidliche Beſichtigung der Hacienda. Don Lotario machte den Führer und entwickelte ſeine ganze Liebenswürdigkeit. Er war entzückt über die Aufmerkſamkeit des Lords, der Alles mit der größten Genauigkeit betrachtete und dem jungen Spanier wiederholt die Verſiche-

rung gab, er habe hier noch Manches gelernt. Die Ha=
cienda war übrigens in ziemlich gutem Stande — wenigstens
für die Ansprüche, die man in Kalifornien machen konnte.
Don Lotario schwamm in Entzücken.

— Und wie viel werde ich noch von Ihnen lernen! rief
er zuweilen. Ah, es fehlt mir ein solcher Lehrmeister.

— Sie haben also wirklich noch nicht mit dem Lernen
und also auch nicht mit der Welt abgeschlossen? fragte Lord
Hope.

— Im Gegentheil, ich werde jetzt erst anfangen, zu
lernen und zu leben! rief Don Lotario.

Der Lord machte ein Zeichen, daß er damit zufrieden
sei, und folgte seinem Wirth in den Speisesaal. Die Tafel
beugte sich unter der Last der aufgetragenen Speisen. Die
Küche hatte ihr Möglichstes gethan. Leider vergebens! Don
Lotario konnte vor Freude und Ungeduld nicht viel essen, und
der Lord war weder durch Bitten, noch durch scherzhafte
Drohungen dazu zu bewegen, etwas Anderes zu genießen,
als einige einfache Gerichte und ein Glas Wein mit Wasser.

— Und nun zur Hauptsache! sagte der Lord, als die
Tafel aufgehoben war. Sie wollten mit mir über irgend
etwas sprechen, wenn ich nicht irre, über Ihre Verheirathung.

— Ja, Mylord, das wollte ich, antwortete der Spa=
nier. Doch das können wir, während wir hinüberreiten.

— Ah, Sie sind ungeduldig, Donna Rosalba zu sehen!
sagte der Lord und stand auf. Wie Sie wollen!

Don Lotario lächelte und zwei Minuten darauf trabten
Beide nach der benachbarten Hacienda.

— Ja, Mylord, sagte der junge Mann, ich wollte mit
Ihnen darüber sprechen. Ich bewundere Sie, ich verehre Sie.
Ich habe nicht viel mehr Liebe für meinen Vater empfunden,
als für Sie, und wenn Sie mich zum Sohne annehmen woll=
ten, so würde ich stolz darauf sein. Ich weiß, daß Sie mir
an Einsicht, an Erfahrung weit überlegen sind. Ich weiß

auch, daß Sie Menschen und Verhältnisse zu durchschauen
verstehen. Deshalb wollte ich Sie um Rath fragen in dieser Angelegenheit. Ich bin noch sehr jung, ich habe wenig
von der Welt gesehen.

— Nun, so sprechen Sie! sagte der Lord mit etwas
wärmerem Tone, als gewöhnlich. Ich gebe Ihnen mein
Wort, daß ich Ihr Bestes im Auge habe.

— Ich danke Ihnen, Mylord. Nun, sehen Sie, Donna
Rosalba ist älter, als ich, und zweitens verstehe ich mich
nicht auf Frauen. Das sind die beiden Punkte, die mir
achtenswerth scheinen.

— Das Erste ist kein Unglück, sagte der Lord ruhig.
Oft sind Männer durch ältere Frauen glückliche Gatten geworden. Der zweite Punkt ist Ihre eigene Schuld, Sie hätten reisen und die Welt kennen lernen müssen.

— Wohl wahr! meinte Don Lotario. Aber Don Ramirez betrachtet diese Verbindung als nothwendig und sich
von selbst verstehend. Ich habe nie einen anderen Gedanken
gehabt, als daß Donna Rosalba meine Frau werden müsse.

— Nun, dann ist die Sache ja so gut wie erledigt,
sagte der Lord. Was kann Ihnen mein Urtheil nützen? Sie
würden mir nur böse sein, wenn ich mich nicht beistimmend
ausspräche.

— O nein, nein, rief Don Lotario. Sie müssen mir
Ihre offene Meinung sagen.

— Und wenn diese nicht zu Gunsten der Donna Rosalba ausfällt? fragte der Lord.

— Nun dann — ja dann werde ich mich besinnen!
antwortete der junge Spanier mit einem leichten Zögern.

Der Lord lächelte unmerklich. Wie wenig kannte Don
Lotario sein Herz! Bei ihm stand es schon fest, daß Donna
Rosalba ein Engel, ein Musterbild aller Frauen sei, und er
wollte noch ein Urtheil über sie hören?

Don Lotario hatte während dessen seine Rosinante in

Galopp gefeßt, und auch der Lord ließ feinen Araber aus=
greifen. So waren fie denn in wenigen Minuten vor dem
Thor der Hacienda des Don Ramirez.

Es war nur ein kleines Gehöft, erft feit ungefähr drei=
ßig oder vierzig Jahren erbaut, aber in gutem Stande. Die
Ländereien rings herum waren fehr gut und fogar vortreff=
lich bearbeitet.

Der junge Spanier fprengte in feiner Ungeduld ohne
Weiteres bis auf den Hof und vor die Eingangsthür.

Ein alter Spanier, mit einem fchlauen Gefichte und
fcharfen Zügen, fteckte feinen grauen Kopf durch diefe Thür.
  — Ah, Du bift es, Lotario! rief er ihm entgegen. Und
nicht allein? Rofalba wird fehr überrafcht fein.
  — Das foll fie auch! rief der junge Mann mit freu=
digem Lachen, während er vom Pferde fprang.

Ein Mulatte eilte herbei und nahm das Pferd des
Lords. Die beiden Männer traten in die Thür und folgten
dem ftolz voranfchreitenden Don Ramirez in das große, kahle
Empfangszimmer.
  — Don Ramirez — Lord Hope! der Zauberer, von
dem ich Dir erzählt, Onkel! fagte Don Lotario.

Die beiden Männer gaben fich die Verficherung, daß
fie erfreut feien, einander kennen zu lernen — der Lord ziem=
lich kühl und mit feinem gewöhnlichen gleichgültigen Wefen
— der Spanier mit einem Geficht voller Neugierde.
  — Und Donna Rofalba —? fragte der ungeduldige
Liebhaber.
  — Wird wahrfcheinlich die Herren bemerkt haben und
erft ein wenig Toilette machen, ergänzte Don Ramirez.

Diefes Toilettemachen währte eine volle Viertelftunde,
während deren Don Lotario auf Kohlen ftand und der Lord
fich angelegentlich mit dem älteren Spanier über einige meri=
kanifche Verhältniffe unterhielt.

Endlich erfchien die fehnlich Erwartete. Der Lord wid=

mete ihr eine Verbeugung, die faſt zu tief war, um für auf=
richtig zu gelten. Dann drückte Don Lotario einen Kuß
auf ihre Hand. Der Lord hatte bereits genug geſehen.

Donna Roſalba war mindeſtens dreißig Jahre alt; wie
faſt alle Spanierinnen mochte ſie einſt ſehr ſchön geweſen ſein,
aber die Blüthezeit ihrer Schönheit war vorüber. In Paris,
in London, ſelbſt in New=York würde ſie es verſtanden haben,
durch die Künſte der Toilette noch ſchön zu erſcheinen. Aber
hier in den Einöden Kaliforniens war das nicht möglich, ob=
gleich Donna Roſalba das Ihrige gethan hatte, um die Reize
einer entſchwundenen Jugend zurückzuzaubern. Sie war von
kleiner Figur, ſchlank, ächt ſpaniſch, und nur ihre Augen
waren noch ·ſchön, dunkel und feurig — aber zugleich auch
ſtechend und durchdringend. Sie gaben ihrem Geſicht den
Ausdruck einer beſtängigen Wachſamkeit, eines fortwährenden
Lauerns und Ueberlegens.

— Armer Lotario! dachte der Lord bei ſich. Was willſt
Du Taube gegenüber dieſer Schlange?

Der junge Spanier war ganz Zärtlichkeit. Nur zuwei=
len ſchweifte ſein Blick ſchüchtern und fragend zu dem Lord
hinüber, der ſogleich in ſpaniſcher Sprache eine flüchtige
Unterhaltung mit Donna Roſalba anknüpfte und der ſo höf=
lich, ſo artig war, daß ihm Don Lotario zwei Mal im Vor=
übergehen vor Freude die Hand drückte.

Das Geſpräch drehte ſich um alltägliche Angelegenheiten.
Die Augen der Spanierin waren faſt nur auf den Lord ge=
richtet. Bald wußte ſie durch eine geſchickte Wendung das
Geſpräch auf ſeine Verhältniſſe zu bringen.

— Sie ſind unſer Nachbar, ſagte Donna Roſalba, we=
nigſtens der nächſte Europäer. O, Sie ſind uns kein Frem=
der mehr; Lotario hat uns Wunderdinge von Ihrem Reich=
thum und Ihrer Klugh.it erzählt.

— Er hat übertrieben, das iſt das Vorrecht der Ju=
gend, ſagte der Lord beſcheiden.

— O, gewiß nicht, rief Donna Rosalba; und wann wird man diese Wunderdinge einmal sehen können?

— Wann es Ihnen beliebt, antwortete der Lord. Aber Sie werden nichts als Stückwerk finden.

— Und Sie sind nicht verheirathet, Mylord?

Es lag etwas in der Frage und in dem Blick, der sie begleitete, das dem Lord auffiel.

— Nein, Sennora, sagte er.

— Und weshalb nicht, wenn man so unbescheiden sein darf, Mylord?

— Nicht Jeder ist so glücklich, wie mein Freund Lotario, eine Donna Rosalba zu finden! erwiederte der Lord.

— O, Sie scherzen! rief der junge Spanier. Ein Mann wie Sie — aber Sie sind ein Frauenhasser!

— Und Sie wollen sich auch nicht verheirathen? fragte Donna Rosalba weiter.

— Gewiß, aber nur, wenn ich so glücklich sein kann, wie Don Lotario, antwortete der Lord.

Unwillkürlich schweifte der Blick der Spanierin von dem Lord auf Don Lotario und von diesem zurück auf den Engländer. Gewiß war der junge Spanier ein schöner Mann, ein Jüngling in seiner ersten Kraft und Blüthe — aber der Lord vermochte es mit ihm aufzunehmen. Wer mehr als Aeußeres verlangte, dem mußte sein sicherer, überlegener Blick, sein ausdrucksvolles, blasses Gesicht imponiren. Es lag etwas Fesselndes in seiner Erscheinung. Man mußte den Blick immer wieder auf ihn zurücklenken. Er überragte Alle, obwohl er wenig über mittelgroß war. Er schien geboren zum Herrschen, zum Erobern.

— Nun, dann wünsche ich unseren Damen Glück! sagte Donna Rosalba mit einem tieferen Athmen, das beinahe wie ein Seufzer klang. Sie werden unter ihnen Viele finden, die mich weit überragen, Mylord.

— Ich zweifle daran, sagte der Lord und schien es nicht

zu bemerken, daß Donna Rosalba die Augen senkte, aber
erst, nachdem sie ihm einen Blick zugeworfen, der mehr sagte,
als tausend Worte.

— Wenn Mylord mich entschuldigen und meiner Tochter
auf fünf Minuten Gesellschaft leisten wollen, so möchte ich
gern mit meinem Schwiegersohn einige Worte allein sprechen,
sagte Don Ramirez jetzt. Sie können sich denken, Mylord,
daß so kurz vor der Hochzeit noch immer einige Kleinigkeiten
im Geheimen zu besprechen sind.

— Gewiß, erwiederte der Lord lächelnd. Und wenn
Don Lotario nicht eifersüchtig ist —

— O, auf Sie, Mylord! rief der junge Spanier, ent=
zückt über diesen Scherz. Habe ich Ihnen nicht gesagt, daß
ich Sie als meinen besten Freund, als meinen Vater be=
trachte?

Und bezaubert von dem Lord, den er nie so liebens=
würdig gesehen, verließ er mit Don Ramirez das Zimmer.

— Lotario ist ein wenig vorschnell, sagte Donna Ro=
salba, die jetzt das Feuer ihrer Blicke auf den Lord konzen=
triren konnte. Sie seinen Vater zu nennen! Sie sind doch
nur wenige Jahre älter?

— Nun, ein ganz Theil, meinte der Lord. Ich freue
mich über seine Anhänglichkeit. Also Sie werden bald seine
Gattin sein? Ich wünsche Ihnen Glück dazu. Don Lotario
ist ein vortrefflicher Mensch.

— Ohne Zweifel, ich liebe ihn von ganzer Seele! sagte
Donna Rosalba. Ich bin mit ihm zusammen aufgewachsen.
Wir sind gleich alt. O, er hat ein so reines, unschuldiges
Gemüth, er ist ein Juwel! Ich weiß wohl, daß ich glücklich
bin. Aber selbst, wenn er nicht so wäre, wie er ist — was
sollen wir armen Kinder der Wüste anfangen, Mylord? Un=
sere Wahl ist nicht schwer. Wir heirathen einen Nachbar,
einen Verwandten, die Eltern bestimmen es. Und es kommen
nicht so viel liebenswürdige Fremde nach Kalifornien, um

uns die Wahl schwer zu machen und Vergleiche anstellen zu
lassen. Nur über Eines habe ich Bedenken in Bezug auf
Lotario.

— Wirklich? fragte der Lord, dem es bei seiner Selbst=
beherrschungskraft nicht schwer wurde, den Widerwillen zu
verbergen, den ihm diese sehr klaren Andeutungen einflößten.
Ich halte ihn für ein Musterbild in allen Stücken.

— Das ist er auch, sagte Donna Rosalba. Aber ich
fürchte, Mylord, er ist zu jung für mich. Sie staunen? Sie
lächeln? Nein, im Ernst, ich habe stets eine Vorliebe für
ältere Männer gehabt. Sie kennen das Leben, ja, ich be=
haupte, nur sie wissen den Werth einer Frau wahrhaft zu
schätzen, weil sie Gelegenheit gehabt haben, zu prüfen.

— Das ist wahr, sagte der Lord und sah gedankenvoll
vor sich nieder. Nun, Don Lotario wird auch älter werden.

— Aber ich werde nicht so jung bleiben! warf Donna
Rosalba hin. Bei Gott, es ist ein Wagestück, einen so jun=
gen Mann zu heirathen. Man frägt sich immer: wie wird
sich sein Charakter entwickeln? Wird er so bleiben, wie er
ist? Da lobe ich mir die älteren Männer, die festen, ab=
geschlossenen Charaktere!

— Sie haben nicht Unrecht, meinte der Lord. Nun,
Sie werden seine Schutzgöttin sein, nicht wahr?

— Wenn er mich dafür annehmen will, von Herzen
gern! sagte Donna Rosalba. Indessen, verrathen Sie es
ihm nicht.

— O! rief der Lord und legte die Hand aufs Herz.
Um so mehr, da ich Ihnen Recht gebe. Und Don Lotario
ist nicht so sehr mein Freund, daß ich, wenn es sich um eine
Dame handelt, wie Sie —

Er vollendete den Satz nicht, schon deshalb, weil Don
Ramirez und Lotario wieder eintraten.

Der Besuch hatte nicht von langer Dauer sein sollen.
Es war nur eine Vorstellungsvisite. Man trank den Kaffee,

dann verabschiedete man sich auf baldiges Wiedersehn. Wem galt der lange Blick, den Donna Rosalba den beiden Reitern nachsendete? Dem Lord oder dem künftigen Gatten? —

Die Beiden trabten zurück. Don Lotario warf unruhige Seitenblicke auf den schweigsamen Lord.

— Nun, was zögern Sie? fragte dieser lächelnd. Sie wollen fragen, wie mir Donna Rosalba gefallen hat?

— Das wollte ich allerdings, sagte Don Lotario erröthend. Aber Ihre offene und wahre Meinung?

— Nun, die geht dahin, daß Donna Rosalba in ihrer Weise ein ganz vollendetes Frauenzimmer ist, sagte der Lord.

— Wirklich? rief Don Lotario, der den Doppelsinn dieser Worte nicht ahnte. Ist das Ihr Ernst, Mylord?

— Mein voller Ernst. Ich bin überrascht gewesen, ich fand mehr, als ich erwartet hatte.

— Sie machen mich zum Glücklichsten der Sterblichen! rief der Spanier und ließ seine Rosinante tanzen.

— O, da könnte ja Donna Rosalba eifersüchtig werden, antwortete der Lord. Und nun Abio, Sennor!

— Wie, Sie wollen schon fort? Sie wollen nicht mehr in die Hacienda eintreten?

— Nein, lieber Freund. Die Sonne steht schon tief und zu Hause erwarten mich noch einige Arbeiten. Ich werde quer über das Feld reiten, vielleicht nachher über den Bergrücken. Auf Wiedersehen! Wann kommen Sie?

— O, sobald ich kann, sobald Sie es erlauben! rief Don Lotario. Tausend Dank, Mylord.

— Keine Umstände! antwortete dieser, und leicht grüßend gab er dem Araber die Sporen und flog über das Feld, ohne darauf zu hören, daß der Spanier ihm nachrief, er wolle ihn begleiten, bis auf den Weg bringen.

Der Lord schlug nicht den Weg über das Gebirge ein, sondern ritt durch ein tiefes Thal, eine Art von Felsschlucht. Einer seiner Leute hatte diesen Weg entdeckt. Er war sicherer, näher und bequemer. Das Bett eines Gebirgsflusses, im Sommer trocken, bildete die Straße.

Der Lord ritt jetzt zwei Stunden lang. Dann, nicht mehr fern von dem Thal, das jetzt seine Besitzung war, hielt er sein Roß an und ließ einen langen und gellenden Pfiff erschallen. Er wiederholte ihn zwei Mal und sah sich während dessen nach allen Seiten um. Jetzt endlich erblickte er das rothe, kupferbraune Gesicht eines Indianers, der sich bis in die Nähe des Reiters vorgeschlichen hatte.

— Komm her, was zögerst Du? rief der Lord in der Sprache der kalifornischen Indianer. Rasch!

Er begleitete diese Worte mit einer Erhebung des Armes und einem gebieterischen Blick.

Der Indianer, als schwebe er unter dem betäubenden Zauber des Blickes einer Klapperschlange, kam langsam und in allen möglichen Windungen näher gekrochen. Es war, als müsse er gehorchen.

— Wo ist der Anführer der rothen Männer? fragte der Lord. Ist er fern oder in der Nähe?

— Er ist drüben in der Hütte eines rothen Mannes, nicht weit von hier, antwortete der Indianer.

— So eile zu ihm, aber so schnell Du kannst, und sage ihm, der Weiße vom Berge der Wünsche wolle ihn sprechen! befahl der Lord.

Der Indianer verschwand wie der Blitz, als sei er froh, den Augen des Lords zu entrinnen.

Dieser hielt ruhig und gleichgültig zehn Minuten auf seinem Pferde. Nur einmal lächelte er. Er dachte an die Wirkung, die seine Kugeln hervorgebracht hatten.

Jetzt tauchte die Gestalt eines Indianers, der sich durch einen stärkeren und größeren Wuchs von seinen Brüdern kalifornischer Race unterschied, hinter einem Felsen auf. Der Lord erkannte aus seiner Tätowirung und dem Schmuck, den er um den Kopf trug, daß er der Häuptling sei.

— Komm näher! sagte der Lord, ihm halb gebieterisch, halb vertraulich seine Hand entgegenstreckend.

Der Indianer kam, nicht ohne eine gewisse Bangigkeit. Zugleich sah der Lord, daß hinter allen Sträuchern und Felsen eine Menge Indianergestalten hockten, die wahrscheinlich die Neugierde oder die Furcht herbeigeführt.

— Entferne Deine Brüder! sagte der Lord ruhig und bestimmt. Was ich hier mit Dir zu sprechen habe, gilt Dir allein.

Der Indianer schien zu zögern und warf einen mißtrauischen und verwirrten Blick auf den Lord.

— Feiger Thor, rief der Lord unwillig. Siehst Du nicht, daß ich allein und ohne Waffen bin?

Der Häuptling stieß einen Schrei aus und die Gestalten der andern Indianer verschwanden.

— Gut, nun komm näher, sagte der Lord mit einem eisernen Ernst und sein Auge fortwährend mit einer beinahe dämonischen Starrheit auf den Indianer heftend. Weißt Du, wer ich bin?

— Der fremde Sennor vom Berge der Wünsche, antwortete der Indianer beinahe zitternd.

— Und Du weißt, daß ich Macht über Leben und Tod habe? fragte der Lord weiter.

— Sennor hat das Leben von zweihundert unserer besten Krieger in seiner Hand gehabt, antwortete der Indianer unterwürfig.

— Wohlan, die rothen Männer werden also thun, was ich von Ihnen verlange? sagte der Lord.

Der Indianer betrachtete den Europäer mit einer immer steigenden Angst. Der Lord sah selbst aus dem Zucken seiner Arme, aus dem Blinken seiner Augen, daß er sich vollständig überwunden fühlte.

— Was verlangt Sennor von den rothen Männern? fragte er kaum hörbar. Es soll geschehen.

— Gut, sagte der Lord. Nun höre an. Morgen Abend, um Mitternacht, wenn jener Stern, der dort aufgeht, hier oben über meinem Haupte steht, wirst Du so viel von Deinen Kriegern zusammenrufen, als Du finden kannst. Dann werdet Ihr nach Mittag ziehen, nach der Hacienda des Don Lotario. Du kennst sie.

Der Häuptling machte ein stummes Zeichen, daß er sie kenne, und war ganz Ohr.

— Du wirst die Hacienda angreifen, überfallen, fuhr der Lord fort. Niemand wird sich zur Wehre setzen, und wenn es geschieht, so werdet Ihr die Menschenleben schonen. Hörst Du? Für jeden Weißen, der fällt, tödte ich hundert von den rothen Männern. Wehe Dir aber, wenn Don Lotario selbst getödtet, oder auch nur verwundet wird. Ich vertilge Euer ganzes Geschlecht von dem Erdboden, wenn das geschieht. Sorge also dafür, daß er nur gefesselt wird. Nicht einmal seine Haut soll geritzt werden. Sonst thut, was Ihr wollt. Plündert die Hacienda, nehmt Alles mit fort, die Heerden, die Schätze, die Getreidevorräthe, verwüstet die Aecker, die Ackergeräthe und zündet die Hacienda an, so daß sie am anderen Morgen nur ein Schutthaufen ist. Hast Du mich verstanden?

— Ja, Sennor, antwortete der Indianer, dessen Augen jetzt vor unheimlicher Freude leuchteten.

— Aber Du wirst schweigen, schweigen wie ein Todter! sagte der Lord drohend. Wehe Dir, wenn Du es verräthst!

— Die rothen Männer sprechen nie mit den bleichen Gesichtern, antwortete der Indianer. Aber die bleichen Männer werden hören, was wir gethan, und sie werden uns verfolgen und tödten.

— Das werden sie nicht, denn sobald Ihr gethan, was ich Dir geheißen, werdet Ihr nach Norden ziehen, auf das Gebiet der Blaßgesichter, die von einem Meere bis zum anderen herrschen, und werdet dort bleiben, bis die That ver-

geſſen iſt. Ihr habt dann Vorräthe und Schätze genug, um
Jahre lang dort zu bleiben.

— Gut, murmelte der Indianer. Und Sennor wird
ſein Auge in Gnade auf uns lenken und vergeſſen, daß wir
die Streitart gegen ihn erhoben?

— Ich werde es vergeſſen und Euch gnädig ſein, wenn
Ihr thut, was ich befohlen, ſagte der Lord.

Und ſein Roß anſpornend, ſprengte er davon. Der In=
dianer, der vor ihm ſtand, mußte mit einem gewaltigen Satz
bei Seite ſpringen, ſonſt hätte ihn der Araber unter ſeinen
Hufen zermalmt.

— Heut iſt Dienſtag, flüſterte der Lord, als er durch
das Thor ſeiner Feſtung ritt. Am Freitag wird Don Lo=
tario bei mir ſein! — — — — — — — — —

Es war ſo. Am Freitag, ungefähr um die Mittagszeit,
ſprengte ein Reiter die Straße hinauf, die nach dem Gipfel
des Berges führte. Sein Pferd — nicht Roſinante, ſondern
ein anderes, fremdes — war mit Schaum bedeckt, der Reiter
war ohne Hut, ſein Geſicht leichenblaß, ſein ſchönes Haar
flatterte im Winde. Er ſchlug ſein ermattetes Pferd mit der
flachen Hand, um es zur Eile anzutreiben.

Es war Don Lotario. Das Thor öffnete ſich vor ſei=
nem gellenden Rufe und eine Minute darauf ſank er erſchöpft
und zitternd in einen Seſſel, den ihm der Lord eilig hinſchob.

— Entſetzlich, Mylord! rief er mit verſagender Stimme.
Gräßlich! Ich bin ein Bettler, ich bin verloren!

— Was iſt, Don Lotario? fragte der Lord ruhig und
ſtudirte jede Miene, jede Muskel in dem aufgeregten Geſicht
des Spaniers. Was iſt Ihnen geſchehen? Sie ſind ein Bett=
ler, was heißt das?

— O, Mylord, Rache, Rache! rief der junge Mann.
Dieſe Indianer, dieſe Schurken, dieſe Hunde! Ah, und Don
Ramirez und Donna Roſalba! O, die Hölle auf ſie Alle!
Ich werde toll, wahnſinnig! Verflucht!

Der Herr der Welt. IV.   7

— Aber Lotario, mein Freund, Mäßigung! rief der
Lord. Was hat Donna Rosalba mit den Indianern zu
schaffen?

— O, Sie werden es hören! rief der Spanier mit einem
gellenden Lachen. Hören Sie es und verwünschen Sie mit
mit die Welt und dieses Frauengezücht. Und selbst Sie, My=
lord, selbst Sie! Ich wäre nicht zu Ihnen gekommen, nein,
wenn ich nicht dächte, daß sie gelogen hat, gelogen, wie
immer!

— Aber, Don Lotario, wie soll ich das Alles verstehen?
fragte der Lord und legte die Hand auf die Schulter des
jungen Mannes.

Es war, als ob ihm diese Berührung einige Erleichte=
rung, einige Ruhe verschaffe. Er athmete weniger heftig, er
trocknete sich den Schweiß von der Stirn, er versuchte, seine
Gedanken zu sammeln.

— So hören Sie, Lord! sagte er dann. Vorgestern
Nacht — ich schlief sanft und süß — ich war bei ihr, bei
Donna Rosalba gewesen — weckt mich plötzlich heller Feuer=
schein und ein wildes Getöse. Ich springe auf, greife nach
meinen Waffen, ich denke an einen Angriff — aber noch ehe
ich mich ermannen kann, schlägt es die Fenster ein, eine Rotte
rother Teufel springt in mein Zimmer, ich bin gebunden, ge=
fesselt, in einem Augenblick. Man schleppt mich fort. Ich
schreie wie ein Rasender nach Hülfe, nach Rettung, fordere
meine Leute auf, mich zu rächen. Alles vergebens. Man
trägt mich weiter, wirft mich auf die Erde und läßt mich
liegen. O, Mylord, Sie haben keine Ahnung von dem, was
in meiner Brust vorging. Da, vor mir lag meine Hacienda,
das Erbe meiner Väter, die Stätte, auf der ich so glücklich
zu sein hoffte, da schlugen die Flammen prasselnd aus allen
Fenstern, da sah ich die rothen Teufel überall wüthen, wie
rasend Alles zerstören, plündern, fortschleppen — und ich lag
ohnmächtig auf der Erde, mein Wuthgeschrei verklang im

Prasseln der Flammen, im Dröhnen der einstürzenden Mauern, im Jubelgeheul der Räuber! ▓▓▓▓ Alles, Mylord, zerstörten sie. Es war nicht blos die Absicht dieser Hunde gewesen, mich zu plündern, zu bestehlen — sie wollten mich vernichten, für immer ruiniren. Keinen Stein ließen sie auf dem andern, kein Geräth verschonten sie, Pflug, Hacke und Spaten wurden fortgetragen, oder ins Feuer geworfen, das Vieh, dessen sie nicht habhaft werden konnten, getödtet, die Vorräthe, die sie nicht mitnehmen konnten, in den Fluß oder in das Feuer geworfen. Eine Schande! Eine Schande! Und ich sah das Alles mit gebundenen Händen und Füßen, und als der Morgen kam, lag meine schöne Hacienda in Trümmern, ich war ein armer, elender, ruinirter Mann, ich hatte nichts gerettet, als das nackte Leben, als diese armseligen Kleider!

— Entsetzlich! sagte der Lord theilnehmend. Und Ihre Leute waren getödtet, nicht wahr?

— Nein, Niemand hatte man verletzt, es ist unbegreiflich! rief Don Lotario außer sich. Es ist, als wären diese Teufel nur darauf ausgegangen, mich zu ruiniren. O, warum haben sie mir das Leben gelassen, ich hätte es gern geopfert, nur um diese Schande nicht zu kennen. Nein, man hatte Niemand verwundet, als einen jungen Burschen, der sich zur Wehre setzte. Es ist nur eine Rauberei gewesen. Meine Leute fanden mich und befreiten mich von meinen Fesseln. Die Indianer waren längst entflohen. Wir hätten sie auch nicht verfolgen können. Alle meine Pferde, meine Ochsen, mein Zugvieh, Alles hatten sie mit fortgenommen. Ich war nahe daran, rasend zu werden. Nur der Gedanke an Donna Rosalba hielt mich noch aufrecht, nur an sie dachte ich noch — oh!

Er drückte die Hände auf das Herz und stöhnte schmerzlich.

— Don Ramirez kannte mein Unglück bereits, er mußte das Feuer gesehen haben, fuhr Don Lotario dann fort. Ich warf mich an seine Brust, ich sagte ihm Alles, ich weinte,

7*

wie ein Kind, denn ich dachte an Rosalba, an die zerstörten Träume unseres Glücks. Ich wollte sie sehen, sie allein konnte mich trösten, mich aufrichten. Endlich kam sie. O, hätte ich sie nie wiedergesehen! Sie war nicht blaß und erschreckt, sie war ruhig und kalt.

— Ich habe mit Bedauern gehört, daß Sie in einer einzigen Nacht zum armen Manne geworden sind, Don Lotario, sagte sie.

O, wie kalt und schneidend drang das in mein Herz. Sie nannte mich Sie und wir hatten uns immer Du genannt!

— Nein, Rosalba! rief ich. Ich bin noch nicht arm, so lange ich Dich besitze! Ich bin noch der reichste Mensch auf der Erde!

— Sei vernünftig, sagte Don Ramirez und trat zwischen mich und seine Tochter — denn ich eilte auf Rosalba zu — sei vernünftig, Lotario. Wir müssen erst Alles in Ordnung bringen. Jetzt kannst Du nicht ans Heirathen denken, das ist wahr. Ich bin jetzt ein Krösus gegen Dich. Du wirst einsehen, daß Du der Don Lotario von früher nicht mehr bist. Was meine Tochter thun will, das mag sie thun, aber meine Pflicht, ihres Vaters Pflicht ist es, sie daran zu erinnern, daß es ein armer Hildalgo ist, dem sie ihre Hand reichen will.

— Und umgekehrt, Don Lotario muß sich jetzt eine reiche Braut suchen, rief Donna Rosalba.

Mir schwindelte. Mein Gehirn brannte. Ich verstand das nicht. Ich war fast ohnmächtig.

— Das heißt also, daß Donna Rosalba mir mein Wort zurückgiebt? fragte ich stammelnd.

— Allerdings, und zu Ihrem eigenen Besten, Don Lotario, sagte Rosalba. Es wird Ihnen ein Leichtes sein, in Merito eine reiche Braut zu finden, denn Ihr Unglück ist nicht überall bekannt. Und was mich anbetrifft, so ist mir nicht bange. Meine Zukunft ist gesichert. Zur Frau eines armen

Hidalgo tauge ich nicht, dazu bin ich zu hochmüthig und ver=
wöhnt. Aber es giebt hier in der Nähe Leute, die auch
Augen haben. Zum Beispiel, ich führe es nur an, der Lord,
Ihr Freund, sagte mir Manches —

Sie unterbrach sich, mein aufflammender Zorn mochte
ihr Schrecken einflößen. Sie stieß einen Schrei aus und ver=
schwand. Ja, Mylord, ich wäre im Stande gewesen, sie zu
tödten. Ist das Liebe, ist das weibliche Ehre? Sind das
Menschen? Von Jugend auf, von Kindheit an mit einander
verbunden, versprochen — und nun das, dieser kalte Ernst,
diese Zurückweisung! Früher warst Du mir recht, ja, denn
Du warst ein reicher Mann. Jetzt packe Dich und suche Dir
ein Weib unter den Ansiedlern. Da sind sie gut genug für
Dich!

Die hellen Thränen stürzten über die Wangen des jun=
gen Spaniers. Er schluchzte schwer und heftig.

— Ich hatte das vorausgesehen, sagte der Lord ruhig,
aber theilnehmend. Als ich Ihnen sagte, Don Lotario, daß
Donna Rosalba in ihrer Art vollendet sei, verstand ich nichts
darunter, als daß sie nichts weiter auf der Welt kenne, als
Berechnung. Berechnung war es, die sie Ihre Braut werden
ließ, Berechnung, daß sie mir Dinge sagte, die ich gewiß nicht
angehört hätte, wäre es mir nicht darum zu thun gewesen,
sie zu studiren, Berechnung, daß sie jetzt so kalt gegen sie ist
— denn sie denkt an mich, diese Thörin! Trösten Sie sich,
Lotario, es ist ein Glück für Sie, dieses Mädchen verloren
zu haben. Sie wären unglücklich mit ihr geworden!

— O Gott, Gott, es ist doch immer schwer, der Schlag
war zu hart! stöhnte der Spanier.

— Sie werden ruhiger werden mit der Zeit! tröstete der
Lord. Aber fahren Sie fort, mein Freund.

— Was habe ich noch zu erzählen? rief Don Lotario.
Ihr Vater, Don Ramirez, wollte mir nicht alle Hoffnung
nehmen. Er erbat sich Bedenkzeit — einen Tag, vierund=

zwanzig Stunden! Ich kehrte nach meiner zerstörten Hacienda
zurück, irrte auf der Brandstätte umher, weinte, verwünschte
das Leben, Alles — ach, Mylord, ich begreife noch heute
nicht, daß ich nicht wahnsinnig geworden bin. Der Abend
kam, ich warf mich auf die Erde, ich hatte nicht einmal ein
Obdach. Meine Leute waren in der Hacienda des Don Ramirez, aber ich wollte, ich konnte keine Nacht mehr in diesem
Hause zubringen. Ich lag auf der Erde im feuchten Thau,
und erwartete wachend den Morgen. Er kam. Ich schleppte
mich zu Don Ramirez. Noch hoffte ich, noch hielt ich es für
unmöglich, daß man mich fortjagen könnte, wie einen alt ge-
wordenen Hund. Ja, ich dachte sogar noch daran, daß Rosalba vielleicht nur aus Edelmuth so handle, daß sie wirklich
überzeugt sei, ich müsse jetzt eine reiche Frau heirathen. Genug, ich ging zu Don Ramirez. Er empfing mich kalt und
ruhig, sagte mir, daß Rosalba ein wenig unruhig sei, mir
aber viel Glück für die Zukunft wünschen lasse, und daß er
mir den Rath gebe, nach Meriko zu gehen, um dort meine
Besitzung zu verkaufen. Im Uebrigen sei auch er bereit, sie
für dreißigtausend Dollars anzunehmen.

Jetzt wußte ich genug, Mylord. Aber ich bezwang mich,
ich blieb ruhig. Ich fragte ihn nur, ob er mir nicht ein
Pferd leihen könne, und er machte mir eins zum Geschenk,
das älteste und schlechteste. Ich dachte nur noch an Sie,
Mylord. Wir sind nicht lange bekannt, und dennoch war es
mir, als müßte ich zuerst zu Ihnen eilen. Sie sagten mir
ja erst jüngst, daß Sie nur mein Bestes im Auge hätten.

— Und ich spreche heut noch ebenso, Lotario, sagte der
Lord, seine Hand abermals auf die Schulter Don Lotario's
legend. Betrachten Sie Alles, was vorgefallen, als eine
Schickung der Vorsehung.

— Der Vorsehung? rief der Spanier erstaunt. Das
kann ich kaum. Welchen Zweck —

— Lieber Freund, forschen Sie auch schon nach den

Zwecken der Vorsehung? unterbrach ihn der Lord. Wohlan? Hier liegt vielleicht ein klarer Zweck zu Tage. Sie selbst beklagten sich darüber, daß Sie in dieser Wildniß leben müßten, daß Sie nichts Rechtes gelernt hätten. Jetzt steht Ihnen die ganze Welt offen, Don Lotario.

— Ja, aber ich war früher ein selbstständiger, ein reicher Mann, und was bin ich jetzt? seufzte Don Lotario.

— Werden Sie mein Schüler, mein Sohn! sagte der Lord.

— Ach, rief der junge Mann mit einem tiefen Athemzuge, das wäre noch das Einzige, das mich trösten könnte!

— Also Sie willigen ein? Gut, abgemacht! Werfen Sie die ganze Vergangenheit fort. Denken Sie nicht mehr an Ihr Hacienda=Leben, in dem ein so junger Mann wie Sie untergehen mußte, denken Sie nicht mehr an diese Donna Rosalba, die Sie unglücklich gemacht hätte. Blicken Sie in die Zukunft. Sie sagen, Sie sind ein armer Mann. Was war Ihr Gut früher werth, Lotario, aber aufrichtig.

— Viermalhundert und fünfzigtausend Dollars unter Brüdern! sagte der Spanier mit einem Seufzer.

— Gut, ich gebe Ihnen viermalhunderttausend dafür. Sind Sie zufrieden damit?

— Mylord, wenn ich nicht wüßte, daß Sie der kaltblütigste Mensch von der Welt wären, so würde ich glauben, daß Sie phantasiren, oder daß Sie mich zum Besten haben wollen! rief Don Lotario beinahe erschrocken. Ich bitte Sie, eine Hacienda, die nicht mehr fünfzigtausend werth ist — nein, nimmermehr.

— Aber es handelt sich ja nur darum, was mir das Grundstück werth ist, sagte der Lord mit der größten Ruhe. Vielleicht habe ich dort Spuren von alten, werthvollen Bergwerken entdeckt.

— Wirklich? rief der Spanier zweifelnd. Aber nein, nein, Sie wollen mich absichtlich täuschen. Die Großmuth rührt mich tief. Ich werde Ihnen immer dankbar sein. Aber annehmen kann ich sie nicht.

— Goddam! sagte der Lord. Ich bin durchaus nicht großmüthig. Wollen Sie mir den Gefallen thun, mir Ihr Besitzthum für viermalhunderttausend Dollars zu verkaufen, oder nicht?

— Mein Gott, wenn Sie so sprechen, dann muß ich wohl einwilligen! stammelte Don Lotario verwirrt.

— Also abgemacht! Ich werde Ihnen sogleich den Schuldschein ausstellen, denn ich setze voraus, daß Sie nicht das ganze Geld baar ausgezahlt haben wollen. Indessen, wie Sie wünschen! Also vielleicht zwanzigtausend Dollars baar? Sie werden ausreichen, für Ihren Unterhalt zu sorgen, bis Sie eine günstige Gelegenheit gefunden haben, Ihr Vermögen zu placiren. Hier sind fürs Erste zwanzigtausend Dollars.

— Ich glaube zu träumen, murmelte Lotario und nahm mechanisch die zwanzig Bankbillets, jedes zu tausend Dollars, die ihm der Lord reichte. Ist so etwas dagewesen? Ich bin noch ein reicher Mann!

Während dessen schrieb der Lord flüchtig einige Zeilen auf ein großes Stück Papier.

— Hier, Don Lotario, sagte er dann, ist eine Schuldverschreibung über dreimalhundert achtzigtausend Dollars. Ich habe mir diese Papiere ausstellen lassen. Die Gebrüder Rothschild in London, Paris und Wien bürgen für die Schuldsumme, die ich hier auf meinen Namen niedergeschrieben habe. Nehmen Sie dieses Papier in Acht, es ist ein Schatz. Daß die Unterschrift Rothschild ächt ist, dafür bürgt Ihnen mein Wort.

Don Lotario war für den Augenblick nicht im Stande, über das Außergewöhnliche dieser Schuldverschreibung nachzudenken. Er starrte einen Augenblick auf die Unterschrift, dann nahm er das Papier, rollte es zusammen und steckte

es in die Tasche. Der Lord hatte sich unterdessen neben ihn
gesetzt.

— Das wäre im Reinen! sagte er mit einem leichten
Lächeln. Sie sind jetzt immer noch ein Mann, der sich in
der Welt sehen lassen kann. Was wollen Sie nun anfan=
gen, lieber Freund?

— Anfangen? rief der Spanier ganz betäubt. O, sa=
gen Sie es mir! Haben Sie mir nicht versprochen, mein
Lehrer, mein Vater zu sein. Halten Sie Wort! Sagen Sie
mir, was ich thun soll.

— Also Sie sind entschlossen, meinen Rathschlägen zu
folgen?

— Auf jeden Fall. Ich kenne keinen anderen Willen
mehr, als den Ihrigen.

— Gut! sagte der Lord. Dann schlage ich Ihnen vor,
zu reisen. Sie müssen die Welt und das Leben kennen ler=
nen. Sie sind zu jung, um müssig zu sein. Sie müssen
fremde Länder, andere Gebräuche und Sitten sehen, Erfah=
rungen einsammeln und sich zu etwas Tüchtigem bilden.

— Wohl, wohl, das ist mein Wunsch, rief Don Lotario.
Und wohin soll ich reisen. Nach New=York, nach Paris?

— Nein, nach Berlin! sagte der Lord ruhig.

— Nach Berlin? rief Don Lotario und öffnete verwun=
dert die Augen. Caramba, ich kenne den Ort kaum dem
Namen nach. Ist das nicht die Hauptstadt des — des —

— Königreichs Preußen! ergänzte der Lord. Ja, dort=
hin möchte ich Sie schicken. Sie werden zuerst nach New=
York reisen und sich dort sechs Wochen aufhalten, dann nach
Paris, wo Sie ein Vierteljahr bleiben werden, dann nach
London, wo Sie sich eben so lange aufhalten können, dann
nach Berlin. In Paris und London werden Sie die Cen=
tralpunkte der civilisirten Welt kennen lernen und die Sitten
der jetzigen Menschheit beobachten. In Berlin sollen Sie
studiren. Sie können es dort am ruhigsten. Als ich in

Aſien, in Calcutta war, lernte ich dort einen jungen Mann
kennen, dem ich eine Gefälligkeit erwies. Wie ich aus den
Zeitungen erſehen habe, iſt er jetzt Profeſſor, ich hoffe, daß
er noch lebt. Er wird in Berlin Ihr Führer ſein.

— Ich werde Alles thun, was Sie mir befehlen! ſagte
Don Lotario, ergeben wie ein Kind.

— Außerdem habe ich in Berlin noch einen anderen
Auftrag für Sie, ſagte der Lord. Hier, nehmen Sie dieſes
Papier. Es enthält die Daten, die Ihnen zu wiſſen noth=
wendig ſind. Es handelt ſich um eine Familie Büchting.
Suchen Sie dieſelbe ausfindig zu machen. Der Vater iſt
ſchon ſeit längerer Zeit nach Amerika ausgewandert und hat
dort eine Frau und zwei Kinder, einen Sohn und eine Toch=
ter zurückgelaſſen. Sie werden mir ſogleich Nachricht geben,
in welchem Zuſtande Sie dieſe Familie gefunden haben —
wenn Sie dieſelbe finden. Ich habe zwar einen Agenten in
Berlin, aber ich mag ihn mit dieſer Angelegenheit nicht be=
helligen. Iſt die Familie arm, ſo werden Sie derſelben von
Zeit zu Zeit eine Unterſtützung zukommen laſſen. Jedenfalls
werden Sie mir mittheilen, in welcher Lage ſich dieſelbe be=
findet. Das iſt Ihre ſpezielle Aufgabe, die andere kennen
Sie. Und hier noch ein Papier. Ich habe in demſelben
die Grundſätze aufgezeichnet, die, wie ich wünſche, Ihr Leben
leiten ſollen. Vergeſſen Sie nicht, täglich einen Blick auf
dieſes Papier zu werfen.

Don Lotario nahm das Papier, als ſei es ein Heilig=
thum, und ſteckte es zu dem Schuldſchein.

— Ah, ſagte der Lord, dabei fällt mir noch ein — in
welchem Verhältniß ſteht Don Ramirez zu Ihnen, das heißt,
in welchem Verhältniß ſteht ſeine Beſitzung zu der Ihrigen,
jetzt zu der meinigen? Iſt dieſelbe wirklich ein Geſchenk ge=
weſen und hat Don Ramirez vielleicht ein Dokument dar=
über erhalten?

— Nein, antwortete der junge Spanier. Mein Groß=

vater schenkte ihm das Stück Land, mein Vater und ich haben die Schenkung stillschweigend bestätigt.

— Auf diese Weise könnte ich also Don Ramirez und seine saubere Tochter täglich davon jagen? fragte der Lord und sah den jungen Mann scharf an.

— Das könnten Sie, stammelte dieser. Aber ich wünschte nicht — nein, Mylord, das wäre zu grausam!

— Gut, ich werde Ihre Wünsche respektiren! sagte der Lord und auf seinem Gesicht zeigte sich ein Strahl aufrichtigen Wohlwollens. Jetzt noch Eins! Sie werden mit den zwanzigtausend Dollars, wenn Sie sparsam sind, wohl ein oder anderthalb Jahr ausreichen. Ist das nicht der Fall, so brauchen Sie nur mit jenem Schuldschein zu irgend einem größeren Banquier zu gehen. Er wird Ihnen darauf jede beliebige Summe vorstrecken. Lassen Sie diese Summen notiren. Weiter wird nichts nöthig sein.

— Und Sie, Sie haben kein Dokument von mir in Händen, daß die Besitzung jetzt Ihnen gehört? rief Lotario.

— Das ist nicht nöthig, Sie können es mir zu jeder beliebigen Zeit ausstellen, sagte der Lord.

— Gut! murmelte Don Lotario, aber er schüttelte unwillkürlich den Kopf. Und wann soll ich reisen?

— Sogleich, noch heute!

— Sogleich? rief der Spanier erschrocken. Aber, Mylord —

— Nun? Ich weiß nicht, was Sie hier noch fesseln kann. Die Zerstreuung wird Ihnen gut thun. Aus meiner Garderobe können Sie nehmen, was Ihnen paßt und gutdünkt. Mein Dampfer wird schon geheizt. In einer Stunde dampft er nach New-York, um von dort Einiges zu holen, dessen ich bedarf. Er legt in Callao, dem Hafen von Lima an, dort können Sie Ihre Einkäufe besorgen. Vergessen Sie nicht, ein wenig Seekunde bei dem Steuermann zu studiren. Man kann Alles brauchen. Habe ich Briefe an Sie zu sen-

den, so werden Sie dieselben bei den Gebrüdern Rothschild
und in Berlin bei meinem Agenten finden, der sich Ihnen
präsentiren wird, sobald Sie dort eingetroffen sind. Also
Alles in Ordnung?

— Alles! antwortete Don Lotario.

Nach einer Stunde befand er sich auf dem Dampfschiff,
das den Meerbusen verließ. Er glaubte immer noch zu
träumen.

Während dessen stand ein einzelner Mann auf der höch=
sten Spitze des Felsens und sah hinaus auf das Meer. Es
war der Lord. Sein gedankenvolles, ernstes Auge folgte dem
Dampfboote, das lustig seine weißen Rauchwolken in die
klare Luft emporwirbelte und eine lange silberne Furche in
die blaue Fluth zog. Schon blinkte es nur noch wie ein
kleines Boot herüber.

— Wieder ein Wesen losgerissen von der Scholle, an
der es klebte, wie die Muschel am Felsen! sagte er vor sich
hin. Wird es ihm Segen bringen? Wird er das werden,
wozu ich ihn machen will, oder wird er untergehen in dem
Strome des Lebens, der ihn jetzt auf seinen Weg mit fort=
reißt? Wer kann es wissen, ob ich recht oder unrecht ge=
than? Aber mein Wille ist gut und Du stehe mir bei, himm=
lische Vorsehung! Laß dieses Wesen, das jetzt mit Weh und
Schmerz ein neues Dasein aus sich herausgebiert, laß es
ehrenvoll bestehen und laß es einen meiner Apostel werden.
Herr der Welt, laß mich Dein Werkzeug sein und verzeihe
mir, was ich gethan in Deinem Namen!

Und der Lord beugte seine Knie. So kniete er lange
auf dem einsamen Felsen, vor ihm in unermeßlicher Weite
der Ozean, über ihm der blaue Himmel, um ihn herum die
kahlen Spitzen der Felsen.

Als er sich erhob, war das Boot seinen Blicken ent=
schwunden.

Albert Herrera.

— Abieu, Lieutenant Herrera! Auf Wiederfehen!

— Abieu, Herzensfreund! Muth auf den Weg!

— Tod den Kabylen! Es lebe Frankreich!

— Und er wird mindestens Oberst, wenn er zurück=
kehrt!

— Hurrah! Ein Wagestück! Aber er ist der Mann dazu!

— Grüße die schwarzäugigen Kabylenweiber und bring'
uns ein Dutzend mit!

— Und wenn Du stirbst — 's ist für das Vaterland,
Herrera!

— Ei was sterben! Er wird leben! Mit Gott, Ka=
merad!

So lärmte und schwirrte es durcheinander und die
Gläser streckten sich dem Scheidenden entgegen. Der Wein
blinkte, die Sonne lachte und die Augen der Krieger leuch=
teten. Welche trotzigen Gestalten, welche Muskeln, welche
sonnenverbrannten Züge! Jeder ein Held und Jeder ein Her=
kules, erstarkt im Kampfe mit den Söhnen der Wüste, mit
den Kabylen — Alle würdige Söhne Frankreichs, Zöglinge
Bedeau's, Cavaignac's und Lamoricière's, Kämpfer der Ci=
vilisation in den Wüsten Algiers!

Und wem gelten diese Scheidegrüße? Doch nicht einem
Kabylen selbst? Man hätte es beinahe glauben können, denn
der, dem alle Hände sich entgegenstreckten, war ein junger
Mann im weißen Burnus, dessen Zipfel bis über den Kopf
emporgezogen war, mit einem Gürtel um das Unterkleid, dem
gebogenen Yagatan an der Seite und einer langen Beduinen=
flinte in der Hand. Sein Gesicht war gebräunt, sein Haar
und Bart dunkel, sein Auge ernst und sinnend. Aber daß

er trotz seiner Tracht ein Sohn Frankreichs war, hatten ja schon die Begrüßungen der Freunde verrathen.

Der junge Mann dankte Allen herzlich: er lächelte zuweilen, aber er blieb ernst. Zuweilen warf er einen gedankenvollen Blick auf das Zelt des Kommandeurs, das hell im Sonnenschein leuchtete und von dem die Farben Frankreichs niederflatterten. Nicht weit von ihm scharrte ein prächtiges Pferd, nach Kabylensitte gezäumt und geschmückt, den gelben Sand mit seinem Hufe.

Gleich darauf theilte sich die Gruppe. Die Kameraden sprangen bei Seite und bildeten eine Gasse, militärisch grüßend. Ein Offizier höheren Grades kam vom Zelt des Kommandeurs. Er war groß und stattlich und kräftig gebaut, Schnurr- und Knebelbart gaben ihm eine ächt martialische Haltung. Wie bekannt ist das Gesicht dieses Mannes seitdem geworden! Es war Oberst Pelissier, damals Kommandeur einer Abtheilung der Division von Mostaganem.

Auch Albert Herrera nahm sogleich eine militärische Haltung an und erwartete den Kommandeur.

— Also bereit, mein junger Freund? fragte dieser. Parbleu! Es ist gut, daß wir Ihnen nicht eine Stunde von hier zwischen den Felsen begegnen. Wir würden Sie ohne Zweifel für einen Kabylen halten und kurzen Prozeß mit Ihnen machen. Um so besser. Sie werden selbst die schlauesten Augen täuschen. Und verstehen Sie wirklich die Sprache der Kabylen so vollständig, Lieutenant Herrera, daß man Ihnen nicht mißtrauen wird?

— Ich glaube es, Herr Oberst! erwiederte Albert. So lange ich die Ehre habe, unter den Fahnen meines Vaterlandes gegen die Söhne der Wüste zu kämpfen, habe ich die Sprache unserer Feinde studirt und ich glaube, ich kenne sie vollkommen.

— Sie waren einmal ein Vierteljahr gefangen? sagte der Oberst, da hatten Sie allerdings Gelegenheit, die Sitten und die Sprache dieser Heiden kennen zu lernen. Also Sie hoffen auf guten Erfolg?

— Ich muß es hoffen und ich hoffe es, antwortete der Lieutenant.

— Dann steht Ihrer Abreise nichts mehr entgegen, sagte der Oberst. Mit Gott! Lieutenant Herrera! Das Vaterland wird Ihre Dienste nicht vergessen, wenn Sie glücklich zurückkehren!

— Ich danke Ihnen, mon colonel! Aber ich habe noch eine Bitte. Darf ich einige Worte mit Ihnen allein sprechen?

— Mit Vergnügen! erwiederte Oberst Pelissier und kehrte nach seinem Zelt zurück. Der Lieutenant folgte ihm.

— Herr Oberst, sagte der junge Mann, als die Bei= den allein waren, ich bedarf eines Mannes, dem ich eine letzte Bitte anvertrauen kann, und wen dürfte ich eher um eine Gunst bitten, als meinen Oberst. Ich weiß, daß ich zu einem Unternehmen gehe, von dem ich nur im günstigsten Falle lebend zurückkehren kann. Nicht, daß ich zaghaft wäre, Herr Oberst — ich freue mich über die Gunst, die mir zu Theil geworden ist, ich bin stolz auf diese Auszeichnung. Ich wollte Sie nur bitten, im Fall ich nicht lebend zurückkehre, diesen Brief meiner Mutter zu übersenden: Mercedes Her= rera in Marseille. Die Adresse steht auf dem Briefe.

— Gewiß werde ich das thun, sagte der Oberst. Aber weshalb diese Todesgedanken, Herrera?

— Man muß an Alles denken, Herr Oberst, erwiederte der junge Mann ernst, aber ruhig. Und nun noch Eines. Ich lege ein Geheimniß in Ihre Hände, Herr Oberst. Mein Name ist nicht Herrera, es ist der Name meiner Mutter. Ich bin der Sohn eines Mannes, den auch Sie gekannt haben, der Sohn eines Mannes, dessen Andenken ich nicht reinigen kann von der Schmach, die auf ihm lastet, der aber einst eine ehrenvolle Stelle in der Welt einnahm, und meine

Pflicht ist, den Namen des Todten wieder zur Geltung zu
bringen. Kehre ich glücklich zurück, Herr Oberst, so vertraue
ich darauf, daß Sie mein Geheimniß bewahren werden, denn
es ist noch lange nicht meine Absicht, den Namen meines
Vaters wieder anzunehmen. Sterbe ich aber für das Vater=
land, dann, Herr Oberst, mögen Sie demjenigen, der nach
meinem Namen fragt, sagen, daß es der Sohn des unglück=
lichen Generals von Morcerf gewesen, der seinem Vaterlande
diesen Dienst erwiesen.

— Wie? rief der Oberst erstaunt. Sie wären Albert
von Morcerf, der Sohn des Generals? Und Sie sind ein
einfacher Lieutenant bei uns? Sie sind sogar, wenn ich mich
recht erinnere, als Stellvertreter für einen Anderen bei uns
eingetreten und haben vom untersten Grade auf gedient?

— Das Alles hat seine Richtigkeit, antwortete Albert
traurig, aber mit Ruhe und Würde. Es hat gewiß viele
Leute gegeben, die meine Mutter und mich wegen unserer
Handlungsweise tadelten. Aber wir konnten nicht anders.
Wir konnten ein Erbe nicht behalten, auf dem der Verrath
und außerdem noch eine frühere, den Meisten unbekannte
Schuld ruhte. Meine Mutter verkaufte Alles und überließ
es den Armen. Ich selbst aber faßte den Entschluß, das,
was ich einst würde, nur durch mein eigenes Verdienst zu
werden. Selbst der Name meines Vaters sollte mir weder
nützlich noch hinderlich sein. Ich nahm den Familiennamen
meiner Mutter an. Das Glück ist mir günstiger gewesen,
als ich dachte. Ich bin Lieutenant. Meine Kameraden lie=
ben mich, meine Vorgesetzten haben mir wiederholt ihr Wohl=
wollen gezeigt. Selbst dieser Auftrag ehrt mich und ist eine
Bevorzugung. Man schickt mich in die Gefahr, weil in ihr
auch der Ruhm liegt. Und ich selbst bin zufrieden mit mei=
nem Loose. Ich fühle, daß ich jetzt ein Anderer, daß ich
besser bin, als ich jemals geworden wäre, wenn ich meinen
Namen, meinen Titel, meinen Reichthum behalten hätte.

— Das ist brav! rief der Oberst. Und ich habe Sie nicht wiedererkannt, obgleich ich Sie oft genug in Paris ge= sehen.

— Das glaube ich, sagte Albert mit einem trüben Lächeln. Mein Gesicht hat sich seitdem sehr verändert. Es ist braun geworden, früher war es bleich. Aber nicht das allein. Ich glaube, Herr Oberst, daß das Leben auch die Züge des Menschen ändert. Ich selbst erkenne mich nicht wieder, wenn ich in einen Spiegel blicke. Damals war mein Gesicht charakterlos, nichtssagend, wie ich selbst. Jetzt haben der Ernst, die Sorgen, das Nachdenken und die Gefahr ihre Linien in mein Gesicht eingegraben, so gut wie in meine Seele.

— Gut denn! sagte Oberst Pelissier. Es bleibt dabei. Sterben Sie, was ich aber nicht glaube, so wird das Va= terland erfahren, welches Blut für Frankreich geflossen. Kom= men Sie aber zurück, dann —

— Dann, Herr Oberst, unterbrach Albert rasch den Kommandeur — dann, ich wiederhole es noch einmal, bin ich nichts, weder für Sie, noch für die Welt, als der Lieu= tenant Herrera. Ich will selbst nicht, daß mein Unglück mir günstig sei und mir Freunde und Gönner erwerbe. Adieu, Herr Oberst, ich danke Ihnen!

— Adieu, Lieutenant Herrera! sagte Pelissier und reichte ihm seine Hand. Und es soll mir lieber sein, unseren alten Freund wiederzusehen, als der Welt den Tod Albert de Mor= cerfs anzukündigen!

Der junge Mann dankte ihm mit einem Blicke und ver= ließ das Zelt.

Das Roß stampfte ungeduldiger den sandigen Boden, die Kameraden drängten sich noch einmal dichter heran. Wie= der tönten die Abschiedsgrüße, die Wünsche für den glück= lichen Erfolg von allen Seiten. Bereits saß Albert Herrera im Sattel. Sein weißer Burnus umhüllte ihn, wie eine Wolke.

Der Herr der Welt I.   8

— Abieu, Freunde, rief er jetzt. Macht mir Platz!
Abieu! Tod den Kabylen! Es lebe Frankreich!

— Es lebe Frankreich! schallte es donnernd von allen
Seiten.

Das Pferd bäumte sich stolz, dann stürmte es vorwärts.
Albert grüßte mit der Hand. Noch einmal tönte der don=
nernde Ruf, der Burnus des Reiters flatterte im Winde,
dann hüllte ihn eine Sandwolke ein, und nach fünf Minu=
ten war er hinter dem niedrigen Gebüsch verschwunden, das
die Ebene bedeckte und sich bis zu den Vorbergen des Atlas
hinzog, die bläulich herüberschimmerten.

Eine Stunde später war der Galopp des Pferdes zu
einem gemäßigten Trabe geworden, und Albert befand sich
allein auf der weiten Fläche, allein mit seinem gefährlichen
Unternehmen, allein mit seiner Flinte, seinem Yagatan, seinen
Pistolen, seinem treuen Roß und seinem Herzen voller Muth
und Zuversicht, allein unter dem dunkelblauen Himmel, der
heißen Sonne und zwischen niedrigem Gesträuch, aus welchem
hier und da die Spitze eines Felsens hervorguckte, als Vor=
bote der blauen Gesteinmassen im Süden.

Er war nachdenkend geworden und ließ sein Pferd sorg=
los auf einem Wege dahintraben, den fast nichts weiter be=
zeichnete, als eine schmale Lichtung im Gesträuch. Er dachte
an die letzte Unterredung, die er mit dem Oberst gehabt, er
dachte an seinen Vater und an die schwere Aufgabe, die ihm
derselbe überlassen, er dachte an seine Mutter, die gewiß in
Todesängsten schwebte, wenn sie eine Ahnung von den Ge=
fahren hatte, denen ihr Sohn entgegenging, er dachte an die
Möglichkeit, daß er nie wieder zurückkehren, nie seine Freunde,
sein Vaterland und seine Mutter wiedersehen könne — er
dachte auch an den seltsamen Mann, an Edmond Dantes,
Grafen von Monte=Christo, der jene entsetzliche Entscheidung,
den Tod des Generals herbeigeführt hatte, und dem Albert
doch nicht zürnen konnte, denn im Innersten seines Herzens

mußte er ihm Recht geben — genug, er dachte an Alles,
nur nicht an den Weg, den das Pferd nahm, und daran
lag auch wenig; denn alle Wege führten den jungen Krie=
ger seiner Aufgabe entgegen, alle Wege führten ihn in die
Mitte jener wilden, kriegerischen Nomadenstämme, die den
Franzosen die Herrschaft Algiers streitig machten, und die in
den letzten zwei Jahrzehnten unter dem Namen der Bedui=
nen und Araber, richtiger aber der Kabylen bekannt gewor=
den sind.

Und welches war die Aufgabe des jungen Soldaten?
Er sollte die Schlupfwinkel entdecken, in welche sich die Ka=
bylen stets zurückzogen, wenn sie einen mörderischen Angriff
auf die Franzosen gemacht hatten und von diesen verfolgt
wurden. Auf freiem Felde waren die Franzosen stets Sieger.
Aber was halfen ihnen ihre Siege, wenn die geschlagenen
Feinde mit ihren flüchtigen Rossen davoneilten und sich in die
Gebirge flüchteten, aus denen sie in jedem Augenblick wieder
hervorbrechen konnten? In wie vielen Schlachten und Gefech=
ten waren die Kabylen nun schon besiegt worden, wie viele
Heldenthaten hatten die Franzosen unter der Führung Valée's,
Bugeaud's, Cavaignac's, Changarnier's, Bedeau's und La=
moricière's vollbracht! Und dennoch war der Feind immer
wieder kampfbereit, kaum geschwächt. Immer wieder kreuz=
ten die Schaaren der Kabylen die Wege der Franzosen, ho=
ben ihre Transporte auf und metzelten kleine Detachements
nieder. Die Erbitterung der Franzosen war aufs Höchste
gestiegen. Abd=el=Kader selbst befand sich, wie es hieß, jetzt
in der Provinz Oran, Bu=Maza war jedenfalls dort. Es
hieß, daß ein allgemeiner Angriff gegen die Franzosen vor=
bereitet werde. Die Kühnheit der Kabylen stieg mit jedem
Tage, immer weiter dehnten sie ihre Züge aus — und den=
noch war es unmöglich, eine bedeutende Schaar von ihnen
beisammen zu treffen. Die Vorberge des Atlas mit ihren
Schluchten, Höhlen, unzugänglichen Gipfeln boten den flüch=

8*

tigen Söhnen der Wüste stets ein sicheres Asyl. Die Berge dienten als Sammelplätze, als Festungen, als Depots, und das Eindringen in dieselben war so lange nutzlos und thöricht, als man nicht mit Bestimmtheit wußte, wo die Kabylen zu finden seien. Tausende konnten bei einem planlosen Zuge durch diese Berge zwecklos geopfert werden.

Deshalb ritt Albert Herrera jetzt jenen Bergen zu. Er sollte auskundschaften, wohin sich die Kabylen zurückzogen, er sollte sich allein unter diese Tausende verschmitzter und blutdürstiger Feinde wagen. Der Auftrag war so gefährlich, daß fast Tollkühnheit dazu gehörte, ihn anzunehmen. Aber Albert hatte sich freiwillig dazu erboten, als die Rede von einem solchen Kundschafter gewesen war, und der Oberst Pelissier, verwegen und nicht wählerisch in seinen Mitteln, hatte das Anerbieten des jungen, talentvollen Offiziers angenommen, das jeder andere Kommandeur wahrscheinlich abgewiesen hätte. Denn es ließ sich mit Gewißheit voraussehen, daß der Lieutenant nie zurückkehren werde. Daher auch die Bewunderung, der Enthusiasmus und das Bedauern, mit dem seine Kameraden ihn scheiden sahen. Albert Herrera war dem Tode geweiht für das Vaterland.

Das Pferd stolperte über eine Baumwurzel. Albert erwachte aus seinem Sinnen und blickte auf. Nichts weiter rings, als tiefe Stille und Gebüsch, halb verdorrte Blätter, spärliches Gras und Kies und Gestein. Oben in der Luft zog ein Geier seine Kreise. Wahrscheinlich witterte er ein junges Wild unten im Gebüsch. Der Lieutenant aber dachte daran, daß die Geier einst so über ihm ihre Kreise ziehen würden, wenn sein Leichnam auf den Felsen läge. Er seufzte ein wenig, denn noch einmal dachte er an seine Mutter. Dann aber gab er energisch dem Roß die Sporen und sprengte über die Ebene.

Aber plötzlich hemmte ein kleiner Fluß seinen Ritt. Es schien fast unmöglich, wie sich in dieser steinigen Einöde ein

Bach bilden und erhalten könne. Aber dennoch war dem so. Selbst die Hitze des Sommers hatte das Flüßchen, das wahrscheinlich in den Schelif mündete, nicht auszutrocknen vermocht. Er ließ sein klares Wasser lustig über das Gestein rieseln, und Albert beschloß, hier ein wenig zu rasten, sein Pferd zu tränken und während dessen eine geeignete Stelle zum Uebersetzen aufzufinden. Aber das war nicht so leicht, als er anfangs vermuthete. Die Ufer des Baches waren sehr hoch und sehr steil. Irgendwo mochte es wohl einen bequemen Uebergang geben, aber Albert bemerkte ihn nicht. Er beschloß also, nachdem er eine Viertelstunde vergeblich gesucht, den Fluß hinauf zu reiten, bis er eine Stelle fände, an der das Ufer weniger steil und hoch sei.

Da bemerkte er auf der anderen Seite einen Reiter. Er war nicht in der Tracht der Kabylen, sondern, wie der Lieutenant auf den ersten Blick bemerkte, in der Tracht der Juden von Algier. Auch er ritt am anderen Ufer entlang, wahrscheinlich, um ebenfalls eine Fuhrt zu suchen. Noch hatte der Jude den Franzosen nicht bemerkt. Albert konnte ihn also ungestört beobachten.

Es war ein hagerer Mann von Mittelgröße, mit einem grauschwarzen Bart, und er ritt gebückt auf einem elenden Maulthier. Zuweilen warf er scheue Blicke nach Süden, nach dem Gebirge, als ob er dort Feinde vermuthe. Das fiel dem Lieutenant auf. Er war viel zu gut mit den Verhältnissen Algiers bekannt, um nicht zu wissen, daß die Juden fast sämmtlich Freunde der Franzosen seien und sich oft zu Spions- und Verrätherdiensten hergäben. Vielleicht war auch dieser Jude ein Spion, der jetzt die Franzosen aufsuchen wollte.

Schon hier also begann Alberts schwierige Aufgabe. Er war in der Tracht der Kabylen und wollte auch für einen solchen gehalten werden. Der Jude mußte ihm also mißtrauen, und doch hätte er gern erfahren, wo die nächsten

Kabylen sich befänden und auf welchen Stamm er treffen müsse. Das hätte ihm seine Aufgabe erleichtert.

Jetzt hatte der Jude eine Fuhrt gefunden und ritt in dieselbe hinein. Albert war entschlossen, ihm zu begegnen. Erstens wollte er mit dem Juden sprechen und ihn ausforschen, und zweitens wollte er die erste Probe bestehen und sich überzeugen, ob ihn wirklich Jeder in seiner Verkleidung für einen Kabylen halte.

Scharf sprengte er das Ufer entlang. Der Jude war gerade im Fluß, als er ihn bemerkte, und Albert sah deutlich, wie der arme Israelit erschrak und sein Thier anhielt. Ein Ausweichen war nicht möglich.

— Heraus aus der Fuhrt oder zurück! rief Albert gebieterisch. Ich muß hinüber! Mach mir Platz!

Der Jude trieb sein Maulthier an, stieg dann ab und zog es mühsam das diesseitige Ufer hinauf.

— Woher kommst Du? fragte Albert, ihn scharf musternd und die stolze Haltung annehmend, die den Eingebornen und Muhamedanern den Juden gegenüber eigen ist. Kommst Du aus dem Lager der Gläubigen?

Der Jude schien noch nicht zu wissen, was er antworten sollte. Er warf scheue und musternde Blicke auf den Lieutenant, so daß dieser schon glaubte, er durchschaue die Verkleidung. Zugleich schien es Albert, als sei das hagere Gesicht des Juden kränklich und blaß, wie das eines Menschen, der viele Leiden überstanden hat.

— Ich komme wohl aus dem Gebirge, aber nicht aus dem Lager der Gläubigen, antwortete der Jude schüchtern und verlegen.

— Aber Du hast vielleicht gehört, wo Bu-Maza ist? fragte Albert. Gieb mir Antwort, ich will zu ihm.

Der Jude schien doch zu überlegen, ob er mit der Antwort heraus solle. Er befand sich auf einem Terrain, das zwei streitende Parteien trennte. Fragen und Antworten über

einen so berühmten Führer, wie Bu=Maza, mußten mit Vor=
ficht aufgenommen werden.

— Ich habe von ihm gehört, antwortete der Jude. Er
zog durch die Berge. Er hatte, so viel ich weiß, keinen be=
stimmten Aufenthalt.

— Und wohin willst Du, ungläubiger Hund? rief Al=
bert. Du kommst aus den Bergen und willst die Schlupf=
winkel der Gläubigen den Franken verrathen! Zeige mir
Deinen Ferman.

Der Jude, der durch großen Kummer niedergedrückt zu
sein schien, zog langsam und traurig ein Stück Papier aus
der Tasche, das mit arabischen Schriftzeichen bemalt war.
Es vertrat die Stelle eines Passes. Der französische Paß
allein reichte nicht aus für Jemand, der auch die Gebirge
bereisen wollte.

Albert las das Schriftstück, nur um den Juden fürs
Erste in dem Glauben zu lassen, er sei wirklich ein Kabyle.
Es war von einem der Stellvertreter Abd=el=Kaders aus=
gefertigt, und schon nach der ersten Zeile wurde der Lieute=
nant aufmerksamer, denn er hatte den Namen des Besitzers
schon gehört. Der Paß lautete auf Eli Baruch Manasse,
Kaufmann aus Oran, der in das Gebirge reisen wollte, um
dort seine Tochter aufzusuchen. Eli Baruch Manasse, das
wußte Albert von Oran her, war der reichste Kaufmann je=
ner Stadt und seine einzige Tochter war wegen ihrer Schön=
heit berühmt. Der junge Offizier befand sich also keiner ganz
gewöhnlichen Persönlichkeit gegenüber. Er hatte auch davon
gehört, daß der Jude ein Freund der Franzosen sei. Die
meisten Offiziere kannten ihn, schon wegen der Geldverbin=
dungen, die sie mit ihm hatten.

— Eli Baruch Manasse? sagte Albert und runzelte die
Stirn. Du bist ein Freund der Franken, wie ich weiß.

— Mehr noch ein Freund der Gläubigen, antwortete
der Jude schüchtern. Obwohl Gott mir gnädig sein würde,

wenn ich es mit den Franken hielte, denn die Gläubigen ha=
ben mir viel Leids gethan.

— Was willst Du damit sagen, Giaur? herrschte ihn
Albert an. Was bedeuten diese verrätherischen Worte?

— So Gott mir soll gnädig sein, ich bin kein Verräther!
rief der Jude. Aber ich bin ein armer, elender Mensch, dem
sie haben genommen und gestohlen sein Kind, wider alles
Recht und Gesetz! Mein armes, liebes Kind, meine Judith!
Schön war sie, wie eine Tochter Zions, und klug, wie die
Königin von Saba! Ich bin ein armer, geschlagener Mann!

Die Thränen stürzten ihm aus den Augen. Dieser Aus=
bruch des Schmerzes war kein erkünstelter.

— Beim Barte des Propheten! sprich, Hund, was ist
Dir geschehen? rief Albert, den diese Angelegenheit zu in=
teressiren anfing.

— Was soll ich sprechen? rief der Jude. Ich habe ge=
sprochen genug. Ich habe geweint und geklagt und getrauert
in Sack und Asche. Was soll ich sprechen Worte in den
Wind? Ich will geben mein halbes Vermögen dem, der mir
wiederbringt meine Tochter! Aber was soll ich sprechen? Ich
habe gejammert und auf den Knieen gelegen, ich habe mir
gerauft mein graues Haar, und sie haben mich mit Füßen
getreten. Ich — ich —

Er drückte die Worte hinunter, aber es war klar, daß
er eine Verwünschung auf den Lippen hatte.

— Erzähle mir, wie das gekommen! Ich will es hö=
ren, rief der Lieutenant. Was ist mit Deinem Kinde?

— Geraubt ist es, gestohlen! rief der alte Jude mit
erhobener Stimme. Ach, meine arme Judith! War sie nicht
das schönste Mädchen? Haben nicht selbst die Herren Offi=
ziere von den Franken Tag und Nacht unter meinem Fenster
gestanden, nur um einmal zu fangen einen Blick ihrer schwar=
zen Augen? Aber sie war stolz, sie war keusch, sie hielt zu=
rück mit ihren Blicken. — Vater, sagte sie mir oft, bring

mir keinen Mann, weder von unseren Leuten, noch von den
Fremden, denn ich will mir selbst aussuchen einen, der mir
gefällt! — Und ich hab's gethan. Gott, es war mein ein=
ziges Kind! Ich hab' ihr nicht wollen machen Qual und
Angst. Und was hab' ich Alles gethan für sie! Was nur
ein Baron oder ein Prinz kann thun für seine Tochter!
Spricht sie nicht Französisch und Englisch, spielt sie nicht das
Klavier und singt wie eine Nachtigall? Ach, wenn ich sie
hätte führen wollen in die Salons, meine Judith — würde
sie haben überstrahlt alle die französischen Damen und hätte
können heirathen einen General — denn ich habe doch Geld!
Aber sie wollte nicht, sie wollte bleiben für sich allein — und
ich habe Alles gethan, was sie wollte, denn sie war meine
einzige Tochter und mein einziges Kind. Da hat sie geplagt
der böse Geist und sie hat mich gebeten, ich solle sie schicken
auf vier Wochen zur Rebecca, was da ist ihre Tante, die
Frau von meinem Bruder. Und ich habe gesagt: Judith,
was willst Du in dem Nest, in Mascara, wo Du nichts
siehst, als die vier Wände, und keine Offiziere, wo Du hast
kein Klavier und kein Vergnügen? — Vater, hat sie gesagt,
ich kümmere mich nicht um die französischen Offiziere und
um das Klavier. Die Tante hat geschrieben, daß sie krank
ist und will mich sehen. Ich werde reisen. Laß mir satteln
mein Pferd und sage es den Dienern. — Darauf hab' ich
sie gefragt, ob sie nicht wolle warten vierzehn Tage, bis ich
zurück wäre von Algier — denn ich mußte nach Algier —
und könnte sie begleiten selbst. — Vater, sagte sie, was willst
Du Dir machen die Mühe? Die Wege sind sicher und
Mascara ist nicht weit. Ich kann reisen allein! Und sie ist
gereist.

Der Jude hielt inne, denn ein krampfhaftes Schluchzen
unterbrach seine Worte. Es war hier schwer für Albert,
nicht aus der Rolle zu fallen. Das Schicksal des unglück=
lichen Vaters fesselte seine Theilnahme. Aber er mußte über=

legen, wie wohl ein Kabyle, ein Muhamedaner diese Mit=
theilung aufnehmen könne.

— Wie ich zurückkomme von Algier, fuhr Manasse fort,
will ich besuchen mein Kind in Mascara. Aber sie ist nicht
angekommen. Ich denke, sie ist geblieben in Oran und bin
ganz vergnügt. Wie ich komme nach Oran, stürzen mir die
Weibsleute mit Geschrei und Geheul entgegen, und ich denke,
ich soll sterben vor Schreck, wie sie mir sagen, daß mein ein=
ziges Kind ist gefallen in die Hände von — von Räubern,
ja, denn Räuber sind es gewesen, schändliche Räuber! Ich
denke, ich soll sein ein Kind des Todes! Und nun erzählten
sie mir, daß sie seien gekommen sicher bis dicht vor Mascara,
da kommt aus dem Busch ein Trupp Reiter. Husch, fallen
sie über den Zug her, plündern, schießen zwei Diener todt,
und wie sich die Weibsleute umsehen nach der Judith, meiner
Tochter, ist sie fort, und einer von den Reitern hat sie hinter
sich auf seinem Roß und jagt mit ihr davon, hinein ins Land
nach den Bergen. Ach, meine Judith, meine arme Tochter!

— Und Du glaubst, daß es Gläubige gewesen seien?
fragte Albert.

— Ob ich's glaube — ich weiß es! rief der Jude. Ich
bin gelaufen, ich habe gefragt, ich habe nicht geschlafen Tag
und Nacht, bis ich habe erfahren, daß es Einer ist gewesen
von den Gläubigen in den Bergen. Darauf bin ich gerannt
ins Lager und habe mir ausstellen lassen einen Ferman, und
bin gegangen mitten unter die wilden Leute, bin gefallen auf
die Knie und habe geweint und geschrieen um meine Tochter.
Aber Keiner hat mir wollen sagen, wo sie ist, und sie haben
mich mit Füßen gestoßen und geschlagen und gesagt, das sei
mir recht, weshalb sei ich ein verfluchter Jude und handle
mit den Franken. Und ich habe meine Judith nicht gesehen
und ihre Stimme nicht gehört, ich bin fortgeritten aus dem
Lager — ich bin ein elender Mensch, ich mag nicht leben
ohne meine Tochter — ich will sterben!

Er zerraufte verzweifelnd seinen grauen Bart und die Thränen stürzten ihm in Strömen aus den Augen.

— Und nun willst Du zu den Franken gehen? fragte Albert finster. Du willst ihnen verrathen, wo die Gläubigen sind, und willst sie bitten, daß sie Dir zu Deiner Tochter verhelfen, nicht wahr, Giaur?

— Ich weiß nicht, was ich thue! rief der Jude verzweifelnd. Aber ich werde das Unrecht und die Gewalt ausschreien in alle Welt, und wer mir wiedergiebt meine Tochter, dem werde ich dienen, wie ein Sklav', wie ein Hund — ob es nun ist ein Franke, ein Gläubiger oder ein Jude!

Dabei warf er einen fast grimmigen Blick auf den Offizier. Der Schmerz schien über seine Furcht zu siegen.

— Höre, Giaur, sagte Albert, ich will hinüber zu den Gläubigen. Finde ich den, der Deine Tochter geraubt hat, so werde ich ihm sagen, daß er Unrecht gethan, denn ein Gläubiger soll sich nicht wegwerfen mit der Tochter eines ungläubigen Hundes. Auch Abd=el=Kader und Bu=Maza, wenn sie das hören, werden es nicht billigen.

Der Jude schüttelte traurig den Kopf. Das schien ihm ein schwacher Trost und unwillkürlich wandte er seinen Blick nach Norden, als ob er von den Franzosen bessere Hülfe erwarte. Albert überlegte.

— Und weshalb sahst Du vorhin so scheu hinüber nach den Bergen? fragte er dann. Wen fürchtest Du?

— Soll ich mich nicht fürchten? rief der Jude. Soll ich nicht Angst haben, daß die — die Gläubigen mich tödten, damit ich still sei und nicht um Rache schreien kann? Und was liegt mir am Leben? Ich will nicht leben, wenn ich meine Tochter, meine Judith nicht habe. Aber versuchen will ich es — noch Eins will ich wagen!

— Haben Sie das Ereigniß schon den französischen Kommandeurs mitgetheilt? fragte Albert jetzt.

Der Jude fuhr zusammen, als er plötzlich die franzö=

fischen Worte hörte und warf einen erschreckten Blick auf den
jungen Mann.

— Noch nicht? Gut denn, sagte Albert. Gehen Sie
zum Obersten Pelissier und bleiben Sie ruhig acht Tage bei
ihm. Warten Sie das Weitere ab. Wenn es möglich ist,
Ihre Tochter zu retten, so wird es geschehen. Und nun sa=
gen Sie mir ohne Umschweife, wo Sie die Kabylen getroffen,
ich erspare mir vielleicht einen Umweg.

— Gottes Wunder! rief der Jude ganz außer sich. Der
Herr ist ein Franzose?

— Was ich bin, kann Ihnen jetzt gleichgültig sein, er=
wiederte Albert kurz. Wo also sind die Kabylen?

— Kennen Sie die Berge der Dahara? Wissen Sie,
wo sie liegen? fragte der Jude.

— Ungefähr, ja, antwortete Albert. Also dort? Gut,
ich werde meinen Weg dorthin nehmen. Und nun, Freund,
kein Aufhebens weiter. Reiten Sie unverzüglich nach dem
Lager und bleiben Sie dort. Sagen Sie Niemand weiter,
daß Sie mich getroffen, als dem Oberst Pelissier. Und noch
Eins! Sie haben mich für einen Kabylen gehalten, nicht
wahr? Sie würden es selbst jetzt noch glauben?

— So Gott mir soll helfen, ja! rief Manasse. Ich
glaubte, ich hätte einen von diesen Hunden vor mir.

— Abieu denn! rief Albert, und den Juden voller Er=
staunen zurücklassend, ritt er durch die Fuhrt.

Die Kabylen.

Die Sonne stand schon tief. Albert war bereits im La=
ger der Kabylen. Die Wachen hatten ihn angehalten und
vor einen Führer gebracht, mit dem er bereits eine län=
gere Unterredung gehabt. Jetzt stand er, gelehnt auf den

Bug seines Rosses in jener stolzen und doch nachlässigen
Stellung, welche die Araber anzunehmen wissen, und musterte
mit ruhigem aber aufmerksamen Gesicht das Lager der Ka=
bylen.

Es befand sich in einem Gebirgsthale im Süden der
Provinz Oran, in jener schluchtenreichen Gegend, die unter
dem Namen der Dahara bekannt ist. Ein eigenthümlicher
und verworrener Anblick! Alles bunt durcheinander gewür=
felt, streitbare Männer, Greise, Kinder und verschleierte Wei=
ber, Menschen aus allen Ständen der verschiedenen Pro=
vinzen Algiers. Die Männer waren ein rüstiges, streitbares
Geschlecht, hagere, muskulöse Gestalten, entweder im einfa=
chen wollenen Burnus, nackten Füßen und Sandalen, oder
in gewählter Tracht, mit reichen Gürteln und weiten orien=
talischen Beinkleidern, je nach den verschiedenen Graden und
verschiedener Herkunft. Niedrige Zelte, kaum vier Fuß hoch,
dienten als Obdach gegen die Sonnenhitze. Die Pferde stan=
den zusammengekoppelt in der Nähe eines Brunnes, und
Alles schien zu einem Aufbruch gerüstet. Wachsamkeit und
Vorsicht waren allerdings nöthig, denn jeder Augenblick konnte
einen Angriff der Franzosen bringen.

Woran dachte der junge Mann? Daran, daß er sich
allein im Lager der Feinde befand, daß er im Falle eines
Verrathes rettungslos verloren war, denn keiner dieser Men=
schen, die ihn mit scheuen Blicken beobachteten, würde gezö=
gert haben, ihm den Dolch ins Herz zu stoßen? Seltsamer
Weise dachte Albert daran nicht. Er dachte an den armen
Juden, der seine schöne Tochter verloren, und überlegte bei
sich selbst, was er wohl thun könne, dieselbe zu retten, wenn
der Zufall sie ihm entgegenführe.

Vom Zelt des Anführers schien sich jetzt ein Gerücht
weiter verbreitet zu haben. Die Männer liefen zusammen
und flüsterten. Alle Blicke richteten sich auf Albert. Die
Kabylen drängten sich näher an ihn und betrachteten ihn jetzt

mehr mit Verwunderung und beifälliger Neugierde als mit Scheu.

Im Zelte des Scheifs mußten also Alberts Aussagen mit mehr Glauben aufgenommen worden sein, als der junge Mann selbst erwartet hatte. Der Anfang seiner Sendung schien geglückt.

— Dich sendet Achmet, der Bey von Konstantine, der Vertheidiger der Gläubigen? fragte ein alter Araber, würde= voll an Albert herantretend.

Der Lieutenant antwortete mit einem schweigenden Kopf= nicken.

— Er ist nicht todt, wie die Unglücksvögel krächzen? fragte der Araber weiter.

— Er lebt, antwortete Albert mit der größten Unbe= fangenheit und Ruhe. Er lebt, und beim Barte des Pro= pheten! er wird den Franken zeigen, daß noch Kraft in sei= nen Armen ist!

— Und er sendet Dich, um uns zu melden, daß er kommt? fragte der Araber.

— Er sendet mich, um zu hören, ob die Gläubigen seiner bedürfen, erwiederte Albert mit Würde.

— Leider, leider ja, seufzte der Araber. Es ist nicht besser mit uns geworden, immer schlechter. Die Franken drin= gen weiter vor. Kann uns Achmet=Bey Hülfe und Streiter bringen?

— Zweitausend Reiter, Söhne des Dattellandes, ant= wortete der Lieutenant.

— So sei er uns willkommen! rief der Araber fröhlich. Und Du sei unser Gast!

Die Kabylen rings im Kreise murmelten beifällig. Al= bert war eine bedeutende Persönlichkeit geworden.

Leicht läßt sich errathen, auf welchen Plan der junge Franzose das glückliche Gelingen seines Unternehmes gesetzt hatte. Er kam als ein Abgesandter jenes Bey's Achmet, der

Konstantine tapfer gegen die Franzosen vertheidigt und sich dann, wie es hieß, nach dem Süden, nach Biledulgerid, dem Dattellande, am Rande der Wüste Sahara, zurückgezogen hatte. Man glaubte ihn längst gestorben, vielleicht war er auch schon todt. Um so willkommener mußte den bedrängten Kabylen die Nachricht sein, daß der alte Vorkämpfer des Islam sich entschloffen habe, wieder auf dem Kampfplatze aufzutreten und den Gläubigen eine Schaar frischer Truppen zuzuführen, wenn es Albert glückte, die Rolle eines Abge= sandten Achmet=Bey's aufrecht zu erhalten — und es schien so — dann war der schwierigste Theil seines Unternehmens gelöst, und er durfte hoffen, sich so lange bei den Kabylen aufhalten zu können, bis er die geheimen Schlupfwinkel der= selben ausgekundschaftet.

Das Gespräch wurde jetzt durch den Scheik unterbrochen, der selbst kam, um vor der versammelten Menge noch einige Fragen an Albert zu stellen. Man glaubt, was man wünscht. Es war den Kabylen eine angenehme Botschaft, zu hören, daß Achmet sich ihrer erinnere und sie glaubten deshalb sei= nem angeblichen Boten. Die Fragen, die der Scheik an Al= bert richtete, waren leicht zu beantworten; der junge Mann war darauf vorbereitet. Er antwortete mit Ruhe und Würde und man glaubte ihm jedes Wort. Wie hätte auch ein Ka= byle glauben sollen, daß ein Franke seine Sitten und seine Sprache so genau erlernt haben könne!

Albert, der sich für einen Verwandten Achmet=Bey's aus= gab, erhielt nun drei Diener angewiesen, die für ihn und sein Roß sorgen sollten. Ein eigenes Zelt wurde für ihn aufge= schlagen. Am Abend des folgenden Tages erwartete man Bu= Maza. Mit diesem sollte Albert sprechen und dann zu Achmet zurückkehren, um ihm zu melden, daß man den Bey erwarte.

Zufrieden mit dem bisherigen Verlaufe der Dinge, streckte sich der junge Offizier auf das Löwenfell nieder, das ihm zum Lager diente, und bald versank er in Träumerei. Die

Nacht war still. Nichts hörte man, als hin und wieder das
Wiehern eines Pferdes, oder den Ruf des Wächters, der die
Stunde verkündete, eine Gewohnheit, welche die Kabylen selbst
in ihrem Lager befolgten. Wie war Albert verändert seit
den letzten Jahren, seit schwere Schicksalsschläge ihn getroffen!
Er dachte an Paris zurück. Was war er dort gewesen?
Einer von den Tausenden, die ihr Leben fast als eine Last
betrachteten und sich so gut als möglich über die Langeweile
ihrer Tage hinwegzuschleppen suchten. Womit hatte er sich
damals beschäftigt? Mit Dingen, für die ein vernünftiger
Mensch keinen Pfennig gegeben hätte, mit Tänzerinnen, Schau=
spielerinnen zweiten und dritten Ranges, mit Pferden, Hun=
den, albernen Tagesneuigkeiten, mit Spiel, Diners und Sou=
pers. Wie eintönig war jetzt sein Leben, und doch wie reich
an Thaten und Abwechselungen! War seine Lage jetzt nicht
romanhafter, als irgend eine, die er sich in Paris jemals
geträumt? Und wie hatte er das Leben kennen gelernt! Wie
ganz anders erschien ihm jetzt die Welt, seit er kämpfen
mußte, um eine würdige Stellung in derselben zu erringen.
Wie viele Dinge hatten jetzt Reiz und Werth für ihn, um
die er sich früher nie gekümmert, die er vielleicht verachtet!
Wie sehr hatte sich der Kreis seiner Gedanken und seiner
Anschauungen erweitert, wie ganz anders war sein Streben
geworden! Ja, in der That, das traurige Ende des Vaters
hatte dem Sohn ein neues, reicheres Leben erschlossen.

So mochte es denn auch kommen, daß ihn jetzt das
phantastische Bild der armen Judentochter mehr beschäftigte,
als jemals eine seiner Liaisons in Paris. Er dachte sich
den Jammer, die Bestürzung des armen Mädchens, er sah
sie ringen mit dem kühnen Araber, der sie geraubt. Vielleicht
gewöhnte sie sich auch an ihre neue Lage, vielleicht schlossen
der Muhamedaner und die Jüdin einen Bund, den Allah und
Jehovah segneten. Dann dachte er daran, daß es ihm viel=
leicht vergönnt sein würde, sie zu retten, und nicht ohne eine

kleine Beimischung von Eitelkeit malte er sich das Aufsehen
aus, das die That verursachen würde — denn Judith mußte
sehr schön sein, er besann sich mit Bestimmtheit darauf, in
Oran viel von ihr gehört zu haben. Er sah ihre schwar=
zen, glänzenden Augen, er hörte ihre Seufzer — und sanft
schlummerte er ein.

Als er am andern Morgen erwachte und den Kopf aus
seinem niedrigen Zelte hervorsteckte, sah er nicht ohne Ver=
wunderung, daß seine Lage sich verändert zu haben schien.
Drei Kabylen, mit ihren langen Flinten im Arm, kauerten
vor seinem Zelt, die andern standen in Gruppen beisammen
und flüsterten mit einander. Es schien eine gewisse Auf=
regung im Lager zu herrschen. Albert dachte an die Nähe
oder an einen Angriff der Franzosen. Aber als er den Kopf
weiter hinaussteckte, hoben seine drei Wächter a tempo ihre
Flinten und legten sie so drohend auf ihn an, daß Albert
schnell seinen Kopf zurückzog. Eine Ehrenwache war das
also nicht. Es mußte etwas vorgefallen sein, man mußte
Verdacht geschöpft haben.

Albert zerbrach sich den Kopf. Die einzige Möglichkeit
war, daß man erfahren, Achmet=Bey lebe nicht mehr. Das
war möglich. Denn bei den Franzosen wußte man gar
nichts über das Schicksal des einstigen Vertheidigers von
Konstantine, und Albert hatte vorausgesetzt, daß man auch
bei den Arabern nicht genau über das Schicksal des Bey's
unterrichtet sein würde. Uebrigens konnte auch ein anderer
Zufall diese Wachsamkeit hervorgerufen haben. Albert mußte
es abwarten.

Nach einiger Zeit sah er abermals aus dem Zelte.
Dieses Mal erhoben sich die Flinten der Kabylen nicht und
Albert verließ das Zelt mit der größten Ruhe und Würde.
Er richtete seine Schritte nach dem Zelt des Scheifs. Vor=
gefallen mußte etwas sein. Die Kabylen wichen ihm aus,
warfen mißtrauische und forschende Blicke auf ihn, flüsterten

Der Herr der Welt. I.   9

unter einander und folgten ihm gruppenweise nach dem Zelt
des Scheiks.

Gerade, als Albert anfragen lassen wollte, ob er vor
dem Scheik erscheinen dürfe, trat dieser aus dem Zelt.

Er maß den Franzosen mit einem verächtlichen und
spöttischen Blick. Dann gab er ein Zeichen und die Ka=
bylen drängten sich von allen Seiten näher herbei. Albert
fühlte sein Herz stärker schlagen, aber er blieb äußerlich voll=
kommen ruhig.

— Du hast uns betrogen, Du Hund! sagte der Scheik
mit erhobener Stimme.

Albert antwortete nicht darauf. Seine Stirn verfin=
sterte sich und er sah den Führer fragend an.

— Du hast uns betrogen, Du Hund! wiederholte die=
ser noch lauter. Allahs Rache auf Dein Haupt!

— Wen meinst Du? fragte Albert ruhig, und sah sich
um, als ob vielleicht Jemand hinter ihm stände, an den diese
Worte gerichtet wären. Wen soll Allahs Rache treffen?

— Dich! rief der Scheik. Du hast uns betrogen. Du
bist ein Franke, ein Giaur, ein Hund, nicht der Abgesandte
Achmet=Bey's.

— Du sprichst viel, mehr, als Du beweisen kannst!
sagte Albert ganz ruhig. Ich begreife Dich nicht. Wes=
halb zweifelst Du heut an dem, was Du gestern glaubtest.
Ich bin über Nacht kein anderer geworden.

— Nein, denn Du warst immer ein ungläubiger Hund,
ein Spion! rief der Scheik. Leugne nicht!

— Das ist zu viel! rief Albert und wandte sich ab
von dem Scheik. Ich werde zurückkehren zu Achmet=Bey, ich
werde ihm sagen, daß die Gläubigen seinen Abgesandten als
einen Giaur behandelt haben und er wird dann überlegen,
ob er denen seine Hülfe sendet, die ihn in der Person sei=
nes Gesandten beschimpft haben.

— Du bist ein schlauer und verstockter Lügner! rief der

Scheif. Aber Allah hat uns ein Mittel gegeben, Deine Lü=
gen zu entlarven. Bald wird Dein Blut die Felsen der Da=
hara röthen. Kennst Du diesen Mann?

Und er zeigte auf ein Zelt, an dessen Eingang ein blas=
ses, gelbes Gesicht mit einem grauschwarzen Barte sichtbar
war. Albert erkannte auf den ersten Blick die ängstlichen,
erschreckten Züge des Juden von Oran.

Das also war es! Das Blut des jungen Mannes
wallte heftig nach seinem Herzen. Also dieser Jude hatte
ihn verrathen. Der Mann, dem er versprochen, sein Kind
zu befreien, wenn es möglich sei — dieser Mann war in
das Lager der Kabylen zurückgekehrt, um dort zu melden,
daß der Fremde ein Franke sei.

Und weshalb? Diese Frage schoß durch das Hirn des
jungen Mannes. Die Antwort war einfach. Der Jude hatte
geglaubt, daß seine Botschaft, der Verrath ihm dazu nützen
könnten, sein Kind zu befreien. Die Liebe zu seiner Tochter
hatte ihn zum Verräther gemacht. Ein Blick auf das ängst=
liche, auch jetzt noch schmerzerfüllte Gesicht des Juden ge=
nügte dem jungen Offizier, das zu errathen.

Sein Plan war dadurch beinahe vereitelt — das sah
Albert ein. Er konnte den Juden Lügen strafen, um so
mehr, da dieser nicht im Stande war, Beweise gegen ihn
vorzubringen. Aber das Vertrauen, das die Kabylen bis
dahin in ihn gesetzt, war für immer verschwunden. Es war
vorauszusehen, daß man ihn so lange als einen Gefangenen
behandeln würde, bis man erfahren, ob Achmet=Bey wirk=
lich lebe und ihn abgesendet — dann war sein Tod unver=
meidlich. An eine Flucht war kaum zu denken.

Albert schleuderte in seinem Innern eine Verwünschung
gegen diesen Menschen, den eines der edelsten Gefühle der
Natur zum Verbrecher gemacht. Dann zwang er sich zu
einer eisigen Ruhe.

9*

— Welchen Mann? fragte er. Der dort im Zelt? Ich glaube, ich habe dieses Judengesicht schon gesehen.

— Ja freilich hast Du ihn gesehen! rief der Scheik, erbittert durch die Ruhe des Franzosen. Erst gestern!

— Ganz richtig, erst gestern, sagte Albert. Ich traf diesen Menschen an der Fuhrt eines Flusses und er erzählte mir eine Geschichte von seiner geraubten Tochter. Ich war vom Wege abgekommen, und da er mir sagte, daß er wisse, wo die Gläubigen seien, so fragte ich ihn nach dem Wege. Ich hielt ihn anfangs für einen Spion, und ich glaube mich nicht zu täuschen, wenn ich sage, daß er in das Lager der Franken wollte.

— Und Du hast ihm nicht gesagt, daß Du ein Franke seiest? Du hast ihm keine Hülfe versprochen? fragte der Scheik.

— Nein, antwortete Albert ruhig. Wie hätte ich das sagen können, da ich ein Gläubiger bin und mich nicht mehr um seine Tochter kümmere, als um eine Hündin. Ist dieser Giaur gekommen, um mich zu verleumden, so soll er im Lager bleiben, bis Ihr Boten an Achmet-Bey gesendet habt, und wenn sie zurückgekehrt sind und Euch sagen, daß ich die Wahrheit gesprochen, so werde ich diesem Giaur mit eigener Hand den Kopf vom Rumpfe trennen!

— Barmherzigkeit, Gnade! Er ist ein Franke! rief der Jude hervorstürzend und auf die Knie fallend. Er hat mir gesagt, ich solle gehen zum französischen General, der würde mir helfen. Er hat gesprochen in der Sprache der Franzosen mit mir. So wahr ich lebe, ich glaube, er ist ein Franke, ein Spion! Und der Scheik der Gläubigen wird Wort halten, denn er ist ein Mann von Ehre und wird mir wiedergeben meine Tochter, weil ich ihm habe verrathen ein wichtiges Geheimniß. Gott soll mich strafen, wenn ich nicht sage, was ist die Wahrheit!

— Also diesem Giaur glaubt Ihr, fragte Albert, sich

beinahe spöttisch zu dem Scheik und den Kabylen wendend.
Ihm glaubt Ihr mehr, als den Worten eines Gläubigen?
Seid Ihr thöricht genug, nicht einzusehen, weshalb er ge=
kommen? Weil ich ihm sagte, daß ich aus der Ferne käme,
daß ich ein Frembling sei unter den Eingebornen dieses Lan=
des, deshalb hat der verschmitzte Jude geglaubt, daß er mich
für einen Franken ausgeben, daß er die Gläubigen täuschen
und mich verderben könne, um seine Tochter zu retten! Und
Ihr begreift das nicht?

Albert sprach so ruhig, seine Stimme war so sicher, sein
Blick so verächtlich, daß seine Worte ihren Eindruck nicht
verfehlten. Die Juden sind den Mohamedanern noch mehr
verhaßt, als die Franken. Jeder Kabyle mochte also bei
sich denken, daß Albert möglicher Weise unschuldig, daß der
Verrath des Juden ein falscher sei. Schon die imponirende
Haltung des jungen Mannes gegenüber dem sich im Staube
krümmenden Juden sprach zu Gunsten Alberts. Die Kabylen
wurden nachdenklich. Sie blickten auf den Scheik.

— Ach, gnädigster Herr Offizier, rief der Jude jetzt,
sich mit gefalteten Händen an Albert wendend, ich bitte Sie
tausendmal um Verzeihung. Bedenken Sie, daß ich ein ar=
mer, verlorener Mensch bin, daß ich nicht leben kann ohne
meine Tochter. Die Herren Franzosen werden Sie nicht im
Stich lassen, sie werden kommen, um Sie zu befreien. Dann
hat es Ihnen nicht geschadet und ich habe meine Tochter ge=
rettet. Seien Sie ein Mann von Mitleid. Haben Sie Er=
barmen mit mir! Sagen Sie — Gott, freilich, Sie können
nicht sagen selbst, daß Sie sind ein Franzose, sonst schlagen
diese Menschen Sie todt! Ach, ich armer, elender Mann!

— Er verlangt vielleicht von mir, ich soll mich für ihn
aufopfern! dachte Albert bei sich, aber er sagte es nicht. Er
blieb kalt und ruhig und blickte verächtlich auf den Juden
nieder, von dessen französischer Rede er kein Wort zu ver=
stehen schien.

— So schwöre auf den Koran, daß Du ein Abgesandter Achmet-Bey's bist! rief jetzt der Scheik.

— Schwören? Nein! rief Albert stolz und zuversichtlich. Ich würde geschworen haben, warum nicht, wenn Du es gestern verlangt hättest. Heut thue ich es nicht. Wie? Gilt das Wort eines Gläubigen nicht mehr, als hundert Schwüre dieses elenden Giaur? Verlangst Du, daß ein braver Musel=mann seine Hand auf den Koran legen soll, um diese giftige Zunge zu widerlegen? Nein, glaubst Du nicht meinem Worte, Scheik der Gläubigen, so glaubst Du auch nicht meinem Schwure. Schicke zu Achmet-Bey. Ich selbst will den Gläu=bigen den Weg zeigen, ich bin bereit. Aber ich schwöre nicht. Und nun laßt mich gehen. Jedes Wort ist verschwendet, so lange Ihr mich für einen Lügner haltet!

— Allah il Allah! murmelten die Kabylen. Es ist ein wahrer Gläubiger! Fluch über den Juden!

Albert hatte seine Absicht erreicht. Möglicher Weise glaubte er, daß seine Kriegslist sich nicht so weit erstrecken dürfe, einen Schwur auf das heiligste Gebetbuch, die Bibel der Mohamedaner zu leisten. Möglicher Weise gebrauchte er diese Ausrede auch nur, um den Kabylen noch mehr zu imponiren. Genug, sein Zweck war erreicht. Selbst der Jude schien zu zweifeln und sah mit der jämmerlichsten Miene zu ihm auf.

— Wir werden warten, bis Bu-Maza kommt! sagte der Scheik weniger hart. Er mag entscheiden, ob es der Mühe lohnt, zu Achmet-Bey zu schicken und die Wahrheit Deiner Worte zu erforschen. Bis dahin bleibst Du in un=serem Lager, und wehe Dir, wenn Du Miene machst, es zu verlassen. Die Kugel —

— Es ist genug, sprich nicht mehr davon! unterbrach Albert den Scheik, und stolz schritt er fort, während die Reihen der Kabylen sich ihm ehrerbietig öffneten. Der Offi=zier kannte die Sitten dieser Menschen. Er wußte, daß sie ihn jetzt für unschuldig hielten, und obgleich ihm das jetzt wenig nutzte, denn an eine Flucht war nicht zu denken, so blieb ihm doch immer der gewichtige Trost, nicht ein augenblickliches Opfer ihrer Rache geworden zu sein.

Langsam wandelte er durch das ganze Lager, überschaute alle Stellungen, prägte die einzelnen Oertlichkeiten seinem Gedächtnisse genau ein und kehrte dann nach seinem Zelte zurück. Die Wachen waren von demselben entfernt worden, und man brachte Albert das Beste, was das Lager nur bieten konnte: Reis und Fleisch, Datteln, Feigen, Honig — aber er war doch ein Gefangener, seine Expedition war gescheitert.

Den Juden sah er nicht, dachte auch nicht weiter an ihn. Er konnte ihn kaum anklagen. Was galt dem Kaufmann aus Oran das Leben eines Franzosen, wenn er seine Tochter retten konnte? Jedenfalls war sein Verrath ohne den gehofften Erfolg geblieben. Der Jude war jetzt, wie Albert dachte, eben so gut ein Gefangener, wie der Lieutenant selbst, und machte sich wahrscheinlich die bittersten Vorwürfe.

An Eines dachte Albert noch.. Es war möglich, daß man ihn beim Worte nahm und ihn zwang, den Kabylen den Weg zu Achmet-Bey zu zeigen. Dann galt es einen langen und unfruchtbaren Zug nach B(l)edulgerieb. Gelang es Albert nicht, auf diesem Zuge zu entfliehen, so war er verloren. Denn, wo sollte er Achmet-Bey finden, und wenn er ihn fand, wie sollte er beweisen, daß er ein Abgesandter dieses Mannes sei?

Die Grotte der Dahara.

Es war Nachmittag an demselben Tage. Albert hatte Tabak und Pfeife verlangt, man hatte sie ihm gebracht. Er rauchte, die Ankunft Bu-Maza's erwartend, die für den

Abend verkündet war. Er war neugierig, den gefürchteten Führer der Kabylen, der in der letzten Zeit so berüchtigt geworden und Abd-el-Kader beinahe den Rang streitig gemacht, von Angesicht zu Angesicht zu sehen. Von Zeit zu Zeit sah er durch ein kleines Loch in der Leinwand des Zeltes hinaus auf das Lager. Die Hitze war drückend. Es war ein afrikanischer Sommertag.

Jetzt bemerkte Albert Bewegung im Lager. Die Kabylen rannten hin und her. War Bu-Maza gekommen, oder hatte sich etwas anderes ereignet? Albert stand auf und verließ das Zelt.

Schon sah er, wie die Weiber sich ordneten, wie die Maulthiere herbeigeführt und bepackt wurden. Wollte man das Lager abbrechen? Und weshalb? Da unterschied das geübte Ohr des Lieutenants Flintenschüsse in weiter Ferne. Sie waren nur spärlich, vielleicht trieb auch der Wind nur den Schall von einzelnen Schüssen herüber. Die Franzosen mußten in der Nähe sein. Sollte Oberst Pelissier schon jetzt einen Angriff wagen? Sollte er Nachrichten über den Aufenthalt der Kabylen erhalten haben? Es konnte auch ein anderes Korps sein. Albert lauschte den Schüssen mit geheimem Wohlgefallen. Seine Stellung bei den Kabylen war eine sehr unbehagliche geworden. Er wünschte nichts sehnlicher, als in einem Handgemenge eine Gelegenheit zur Flucht zu finden.

Unterdessen wurde das Lager mit rasender Schnelle abgebrochen. Nach einer Viertelstunde war der ganze Kabylenstamm zum Abmarsch gerüstet. Auch Albert hatte sein Pferd erhalten. Es war ihm bedeutet worden, sich in der Nähe des Scheiks zu halten, und er that es. Dort hörte er aus einzelnen Aeußerungen, daß die Franzosen gegen das Gebirge anrückten, wahrscheinlich, weil sie die Lagerstelle der Kabylen kannten. Sie mußten stark sein, denn die Kabylen fühlten sich nicht aufgelegt, den Kampf anzunehmen.

Jetzt ging es vorwärts, so rasch als möglich, quer durch das Gebirge. Da die Kabylen hier zu Hause waren, so konnte sich Albert nicht darüber wundern, daß sie die besten und bequemsten Wege kannten und daß der Zug ohne allen Aufenthalt vorrückte. Er war neugierig, wohin man ziehen würde.

Drei Stunden dauerte der Marsch, man befand sich in dem wildesten Theil des Gebirges. Der Zug bewegte sich in eine Schlucht hinab, und Albert sah zu seiner Verwunderung den vorderen Theil des Zuges in eine Art von Felsenthor verschwinden. Bald jedoch errieth er das Geheimniß. Die Felsen bildeten hier eine mächtige Grotte, die Tausende von Menschen fassen konnte, und die so abgelegen lag, daß nur ein eingeweihter Führer sie zu finden vermochte.

Albert hatte bereits gehört, daß solche Grotten sich in der Dahara befänden, aber er hatte nicht geglaubt, daß sie so geräumig seien. Die Höhle bildete ein enormes Gewölbe, so breit und lang, wie das Innere eines majestätischen Domes, nur nicht so hoch. Einzelne Fortsetzungen derselben schienen sich sogar noch tiefer in das Innere des Gebirges hineinzuziehen und sich dort zu verzweigen.

Die Anordnungen für den Fall, daß das Lager in einer solchen Grotte aufgeschlagen werde, schienen bereits früher gegeben zu sein, denn mit musterhafter Schnelligkeit ordnete sich Alles an bestimmten Plätzen. Die Frauen, Kinder und Thiere wurden nach dem hintersten Theil der Grotte beordert, die Kabylen schlugen in der Mitte derselben ihr Lager auf, während der vordere Theil nach dem Eingang zu ganz leer blieb.

Diese Vorsicht war ganz gerechtfertigt. Wenn Niemand vorn zu sehen war, so konnte kein Fremder auf den Gedanken kommen, daß sich Leute in diesen Höhlen befänden, und diejenigen, die zufällig eindrangen, konnte man festnehmen und tödten. Außerdem schien es sehr wahrscheinlich, daß die

Franzosen sich in diesen Theil des Gebirges vorwagen wür=
den. Selbst Albert zweifelte daran.

Wie auf dem ganzen Zuge, so blieb Albert auch jetzt
noch in der Nähe des Scheiks. Zu entfliehen war jetzt noch
weniger möglich, als vorher; der junge Lieutenant hielt es
also für das Beste, in der Nähe des Führers zu bleiben.
Dort war er wenigstens stets am Besten unterrichtet von
allem, was vorgenommen wurde.

In der Höhle hatte man Fackeln und Feuer angezündet,
denn es herrschte eine vollkommene Dunkelheit in derselben,
schon deshalb, weil auch draußen bereits finstere Nacht war.
Alles bereitete sich zur nächtlichen Ruhe vor, und Albert folgte
dem Beispiel der Kabylen, die sich fester in ihre Burnus
wickelten und auf die Erde legten.

Es war die zweite Nacht, die der junge Franzose unter
den Kabylen zubrachte. Wenn nicht irgend ein glücklicher
oder unglücklicher Zufall dazwischen kam, so mußten ihr noch
mehrere folgen. Albert dachte daran, während er einschlief,
und abermals dachte er an die schöne Jüdin, wie am Abend
vorher. Seltsam! Er war bereits in ihr Schicksal verwickelt.
Ihretwegen war er ein Gefangener, ihretwegen war seine
mühevolle Expedition so gut wie gescheitert. Es gab bereits
Beziehungen zwischen ihm und ihr, und er lächelte darüber,
während er einschlief. Uebrigens hatte er während des Zu=
ges nichts bemerkt, was auf eine Anwesenheit der schönen
Judith bei diesem Kabylenstamme hätte schließen lassen. Es
waren im Ganzen genommen nur wenige Frauen bei den
Kabylen, und die Mehrzahl derselben schien älter zu sein.

Einmal in der Nacht wachte Albert auf und hörte, wie
ein Kabyle mit dem Scheik sprach und ihm die Nachricht
brachte, daß man noch immer einzelne Schüsse gehört habe.
Dann schlief er wieder ein, wachte jedoch abermals auf, als
das erste Licht des grauenden Morgens durch die Oeffnung
der Grotte hereinschimmerte.

Er war ganz munter und richtete sich auf. Sonderbar! War es eine Täuschung der Sinne, war es Wirklichkeit? — er hörte die französischen Signalhörner in der Ferne tönen. Es kostete ihm Mühe nicht aufzuspringen, er mußte an sich halten. Jetzt hörte er dieselben Töne — es war Wirklichkeit, die Franzosen mußten in der Nähe sein. Er legte sich wieder auf die Erde, aber er hörte mit der ge= spanntesten Aufmerksamkeit.

Bald wurde es auch unter den Kabylen rege; Boten stürzten zum Scheik, die nächtliche Stille in der Grotte machte einer geräuschvollen Unruhe Platz. Der Scheik erhob sich und ging nach dem Ausgang der Grotte. Die Signalhörner der Franzosen ertönten immer näher. Dazwischen fiel hin und wieder ein Schuß.

Die Kabylen schienen bestürzt zu sein. Albert hörte ein lautes Durcheinandersprechen. Er vernahm daraus, daß sich auf allen Anhöhen Franzosen zeigten, wie es schien in be= deutender Anzahl. Auch mußte ihnen die Grotte bekannt sein, denn ihre Operationen deuteten darauf hin, daß sie dieselbe umzingeln wollten.

Der Scheik berieth mit den Aeltesten der Kabylen. Al= bert stand in der Nähe und hörte jedes Wort. Ausgänge hatte die Höhle weiter nicht, wenigstens nicht solche, die von der ganzen Schaar benutzt werden konnten. Durch den vor= deren Ausgang die Grotte zu verlassen, war unmöglich, wenn man nicht von den Franzosen aufgerieben werden wollte. Was war also zu thun? Es ließ sich annehmen, daß die Franzosen Parlamentäre mit der Aufforderung zur Ergebung abschicken würden. Eben so sicher war es aber, daß in zwei oder drei Stunden Bu=Maza in der Nähe sein mußte. Wenn sich dann auf den Bergen der Kampf entspann, so konnten die Kabylen aus der Höhle hervorbrechen. Es handelte sich also darum, die Franzosen hinzuhalten. Ohne große Vorsicht durften sie sich nicht in die Höhle wagen; sie mußten Vor=

bereitungen treffen. Vielleicht dachten sie auch daran, die Kabylen auszuhungern. Davor aber schützte sie die baldige Ankunft Bu-Maza's. Die Lage war also bei weitem nicht so verzweifelt, wie sie anfangs selbst dem Scheik geschienen hatte.

Das Erwartete geschah. Ein Parlamentär verlangte die Ergebung sämmtlicher Kabylen, die in der Grotte versammelt waren. Die Bedingungen waren annehmbar. Die Hälfte der Männer sollte als Kriegsgefangene bei den Franzosen bleiben, die andere Hälfte mit den Frauen und Kindern ohne Waffen abziehen.

Der Scheik ließ antworten, er könne auf diese Bedingungen nicht eingehen. Er verlangte für alle freien Abzug, nur die Hälfte der Männer sollte die Waffen niederlegen. Anderenfalls sei er entschlossen, sich bis aufs Aeußerste zu vertheidigen. Die Grotte sei eine Festung, die sich schwer nehmen lasse.

Der französische Kommandeur mochte die Wahrheit dieser Behauptung prüfen wollen, denn zehn Minuten später erschienen die Köpfe der Zuaven am Eingange der Höhle und Flintenschüsse knatterten.

Jetzt hielt der junge Offizier den Zeitpunkt für gekommen, indem er an seine eigene Rettung denken müsse. Während die Kabylen Vorbereitungen trafen, dem Angriff der Franzosen zu begegnen, suchte er sich dem Ausgange der Höhle zu nähern. Er wußte noch nicht bestimmt, was er thun wollte. Ohne Weiteres und auf gut Glück hinauseilen konnte er nicht, denn seine Kameraden mußten ihn für einen Araber halten, und es war Tausend gegen Eins zu wetten, daß ihn eine Kugel traf, ehe er noch ein Wort hatte sprechen können. Aber vielleicht konnte er sich gefangen nehmen lassen, wenn die Franzosen tiefer eindrangen.

Unterdessen hatten die Kabylen sehr schlaue Maßregeln getroffen, dieses Eindringen aufzuhalten. Sie blieben in der

Dunkelheit und errichteten dort Bollwerke zu beiden Seiten der Höhle, so daß die Mitte ganz frei blieb. Denn es ließ sich erwarten, daß die Franzosen vorzüglich nach der Mitte feuern würden.

Wenn der Kampf ernstlich wurde, so mußte er entsetzlich werden, das sah Albert ein. Die Kabylen hatten den großen Vortheil, die Gestalten der Franzosen zwar nur in schwarzen Umrissen, aber doch ganz deutlich am Ausgange der Höhle zu sehen, während sich den Franzosen keine andere Zielscheibe bot, als die gähnende Dunkelheit der Grotte. Aber wenn es selbst den Kameraden Alberts gelang, den Eingang der Höhle zu forciren — was enorme Opfer erforderte — so stand nur eine noch gräßlichere Fortsetzung des Kampfes bevor, denn das Handgemenge mußte in einer vollkommenen Dunkelheit geführt werden. Die Kabylen hatten schon jetzt fast alle Fackeln ausgelöscht.

Unruhig und nicht ohne Bangigkeit erwartete Albert den Beginn des Kampfes. Der Scheik hielt sich im Vordertheil der Grotte auf und gab seine Befehle. Albert, der eine Zeit lang ganz dicht bei ihm war, hörte ihn leise zu seinen Genossen sagen, daß im Nothfalle noch ein Ausgang aus der Höhle sei. Dann schlüpfte der junge Offizier weiter nach vorn. Er wollte jetzt nicht vom Scheik bemerkt und in das Innere zurückgewiesen werden.

Nun entspann sich das Gefecht. Die Kugeln der Zuaven pfiffen durch die Höhle und schlugen an die Wände derselben. Die Kabylen antworteten. Der enge, geschlossene Raum ließ jeden einzelnen Schuß wie einen Donner des jüngsten Gerichts ertönen. Die Höhle schien zusammenbrechen zu wollen. Noch waren die Schüsse einzeln, die Zuaven wagten sich noch nicht recht vor. Sie mochten wissen, daß ihre Körper treffliche Zielscheiben waren, und in der That, wo nur ein Franzose auftauchte, streckten ihn die Kugeln der Kabylen zu Boden. Albert sah mit Betrübniß die vergeblichen Bemühungen der Zuaven, sich irgend eine Schutzwehr zu verschaffen. Zuletzt erschien eine ganze Kompagnie Franzosen. Man schien zu der richtigen Einsicht gekommen zu sein, daß einzelne Tirailleurs hier nichts ausrichten könnten. Die Franzosen stürmten in die Höhle hinein. Der Kampf wurde lebhafter, allgemeiner.

Jetzt nahm Albert seine ganze Besonnenheit zusammen, jetzt war die Möglichkeit einer Flucht vorhanden. Er nahm eine Flinte, die er auf der Erde fand, und mischte sich in die vorderen Reihen der Kabylen. Ein Hagel von Kugeln prasselte an die Wände der Höhle, eine Salve der Kabylen antwortete. Die Araber brauchten nur ihre Flinten loszudrücken, die Kugeln mußten treffen. Albert sah die dunklen Gestalten der Franzosen haufenweis zu Boden stürzen. Er war entschlossen, jetzt die Flucht zu wagen, auf die Gefahr hin, getödtet zu werden. Er sprang in die vorderste Reihe. Die Kugeln pfiffen um ihn her.

— Zurück! rief eine Stimme neben ihm. Du hast hier vorn nichts zu suchen. Zurück!

Es war der Scheik. Albert blieb stehen. Er mußte fürchten, von den Kabylen erschossen zu werden, wenn er noch einen Schritt vorwärts that.

— Darf ich nicht kämpfen gegen die Giaurs, wie die anderen Gläubigen? fragte er ruhig.

— Nein! antwortete der Scheik kurz und bestimmt. Wir dürfen Dir nicht trauen, Du bist ein Gefangener.

Die Aussicht zur Flucht war für den jungen Franzosen verloren. Vielleicht zu seinem Glücke. Denn schon sah er die Franzosen sich zurückziehen. Drei Viertheile von ihnen bedeckten getödtet oder verwundet den Boden am Eingange der Höhle. Es war unmöglich gewesen, den Eingang zu forciren. Die Hörner bliesen zur Retraite.

Fünf Minuten darauf erschien abermals ein Parlamentär. Albert erwartete ebenso wie die Kabylen, daß der fran-

zöſiſche Kommandeur günſtigere Bedingungen ſtellen würde.
Er irrte.

Der Scheik der Kabylen ſollte ſich den Franzoſen über=
liefern, ſo lautete die Aufforderung. Mit ihm ſollten drei
Viertheile der Männer ſich als Kriegsgefangene ergeben.
Geſchähe das nicht im Laufe einer Viertelſtunde, ſo hätten
die Kabylen ſich auf das Aeußerſte gefaßt zu machen.

Dieſe Aufforderung wurde, wie Albert vorausſah, von
den Kabylen mit Hohnlachen aufgenommen. Der Scheik
ließ zurückantworten, daß er bei ſeinen früheren Bedingungen
verharre. Zu ſeiner Umgebung äußerte er, daß Bu=Maza
jetzt bald zum Entſatz kommen müſſe.

Albert war einigermaßen geſpannt darauf, was der
franzöſiſche Kommandeur thun würde, um ſeine Drohungen
zur Wahrheit zu machen. So ſtolz, ſo unerbittlich, ſo ſchroff
konnte ſeiner Anſicht nach nur der Oberſt Peliſſier unter=
handeln. Sollte er es wirklich ſein, der dieſen Angriff be=
fehligte?

Abermals verging eine Viertelſtunde, dieſes Mal im
tiefſten Schweigen. Die Kabylen, die einen wiederholten
Angriff erwarteten, verbarrikadirten jetzt den ganzen Eingang
der Höhle.

Dann ſah man einzelne Zuaven am Eingang erſcheinen.
Sie trugen große Reiſigbündel vor ſich, zum Schutz, wie
Albert glaubte. Ihre Zahl vermehrte ſich in einer Minute
auf mehr als dreißig. Plötzlich brannten die Bündel, welche
die Zuaven trugen, und dieſe ſchleuderten ihre Laſt ſo weit
ſie konnten, in die Höhle hinein. Eine feurige Maſſe be=
deckte den ganzen Boden am Eingang der Grotte. In den
Bündeln ſchien ſich Pulver zu befinden. Es flackerte hell
auf. Man ſah nicht mehr das Tageslicht, ſondern nur eine
Rauchwolke.

Ein entſetzlicher, allgemeiner Schrei dröhnte durch die
ganze Höhle, deren Felſenwände davon erbebten. Wie ein

Blitz fuhr Albert die Erinnerung durch den Kopf, daß er den Oberst Pelissier einst davon hatte sprechen hören, er wolle einmal ein ganzes Kabylenneft ausräuchern, wenn er es in einer Grotte beisammen fände. Gerechter Gott! Der Oberst machte sein Versprechen zur Wahrheit. Die Kabylen waren verloren und Albert mit ihnen!

Wer beschreibt das entsetzliche Geschrei, das durch die ganze Höhle ertönte, wer schildert dieses Geheul der Angst, der Verzweiflung, diese Verwirrung, diese Betäubung! Heller flackerte das Feuer auf, immer neue Bündel flogen in die flammende Mauer am Eingang der Höhle, ein erstickender Qualm drängte sich langsam in das Innere derselben, zuerst an der Decke fortziehend, dann sich tiefer senkend. Albert verlor auf einen Augenblick seine Geistesgegenwart. Auf einen solchen Tod war er nicht vorbereitet gewesen!

Da erinnerte er sich dessen, was der Scheik über einen zweiten Ausgang gesagt. Inmitten des wüthenden Jammer=geschreies, das wie das Geheul des erzürnten Meeres rings um ihn tobte, suchte er den Scheik. Es war ein großer Mann. Er glaubte ihn zu sehen, wie er nach dem Hinter=grunde der Grotte eilte, und nur noch an seine eigene Ret=tung denkend, Alles niederstoßend, was ihm in den Weg kam, folgte er dem Scheik. Schon umwirbelte ihn ein ent=setzlicher Dampf, schon erstarb der letzte Schein von Licht in dieser unheimlichen Unterwelt, er fühlte, daß er über mensch=liche Körper dahinschritt, er hörte wildes, entsetzliches Geschrei rings um sich her — aber noch sah er den Scheik, noch war er dicht bei ihm, noch flatterte das weiße Gewand des Füh=rers, um den sich einige andere Kabylen geschaart hatten, dicht vor ihm her.

Was dann mit ihm geschehen, dessen konnte sich Albert nur mit der größten Mühe erinnern, und auch nur wie eines wüsten, schrecklichen Traumes. Er erinnerte sich, daß er ge=glaubt, in der Hölle zu sein, daß er mit Kabylen und Ka=

bylenweibern gekämpft, die in der Raserei des Todeskampfes
einander zerfleischten, daß ein erstickender Qualm ihm die
Kehle zugeschnürt, und daß er endlich in einen engeren,
schmalen Gang gekommen, in dem eine vollständige Dunkel=
heit geherrscht. Nur noch wie aus weiter Ferne war das
Geräusch von Schritten und Stimmen vor ihm an sein Ohr
gedrungen und hatte ihm eine Weisung gegeben, wohin er
sich zu wenden habe. Ueberall hin hatte ihn der Dampf ver=
folgt, bis er endlich ein schwaches Licht über sich und ein
paar Ohnmächtige neben sich gesehen, dann war auch er be=
sinnungslos, auf den Tod erschöpft, niedergesunken.

Aber für einen ohnmächtigen Krieger giebt es kein bes=
seres Belebungsmittel, als den Donner von Schüssen, und
Albert hörte diesen Donner nicht weit von sich. Er schlug
die Augen auf, er stützte sich auf seinen Arm.

Jetzt erst sah er, wo er sich befand. Er war auf der
Spitze des Felsens, in dessen Innerm sich die Grotte befand,
die für die Kabylen so verhängnißvoll geworden war. Ne=
ben ihm lagen der Scheik und drei andere Kabylen, eben=
falls bis auf den Tod erschöpft. In nicht zu weiter Ent=
fernung hielt eine Schaar von Arabern kampfbereit auf ihren
Pferden. Weiterhin war eine andere beträchtliche Zahl von
Reitern und Kabylen zu Fuß mit den Franzosen im hitzigen
Gefecht. Es mußte eine Schaar sein, die zufällig herbeige=
kommen war.

Albert sollte bald Aufklärung darüber erhalten. Der
Scheik seufzte tief auf.

— Wäre Bu=Maza eine Viertelstunde früher gekom=
men, so wäre das Unglück vereitelt worden! sagte er dann.
Aber Allah ist groß und Muhamed sein Prophet. Es sollte
so sein! Fügen wir uns in Demuth!

Es war also Bu=Maza's Schaar, die um wenige Mi=
nuten zu spät eingetroffen und die jetzt mit den Franzosen
kämpfte. Schon dachte Albert nicht mehr an die gräßliche

Der Herr der Welt. 1.   10

Vergangenheit, schon richtete er seine ganze Aufmerksamkeit auf das, was vor ihm lag. Wie würde der Kampf sich entscheiden? Bot sich dem jungen Franzosen eine Gelegenheit zur Flucht? Oder mußte er nach wie vor ein Gefangener bleiben?

Mehr als jemals sehnte sich Albert nach seinen Waffengefährten. Um Alles in der Welt aber durfte er jetzt keinen unglücklichen Versuch zur Flucht wagen. Die Kabylen rasten vor Wuth. Er hörte das Rachegeschrei derjenigen, die das gräßliche Loos ihrer Brüder bereits kannten. Wenn er jetzt von den Kabylen als Franzose erkannt wurde, so war er nicht nur unrettbar verloren, sondern mußte auch erwarten, daß man ihm tausend Qualen bereiten würde. Wehe dem Franzosen, der jetzt lebendig in die Hände der Kabylen fiel.

Dieser Gedanke bestimmte ihn zur Vorsicht, zur kaltblütigsten Besonnenheit. Besser, noch vierzehn Tage in der Gewalt dieser Menschen bleiben, als jetzt sich verrathen.

— Auch Du hier? Auch Du gerettet? fragte der Scheif, der jetzt den Franzosen bemerkte, mit finsterem Blick.

— Allah il Allah! antwortete Albert wehmüthig. Er hat seinen armen Knecht gerettet.

— Ich wünschte, es wäre ein Anderer und Besserer, dem Allah das Leben geschenkt! sagte der Scheif düster.

— Weshalb sagst Du das? fragte Albert vorwurfsvoll. Mit mir schenkt Euch Allah zweitausend Krieger, die den Verlust ersetzen werden. Wer sollte Euch sonst den Weg zu Achmet-Bey nach Biledulgerid zeigen?

— Es ist gut! sagte der Scheif mißmüthig. Bu-Maza wird diese verfluchten Giaurs zurückschlagen, dann wird er mit Dir sprechen!

In der That waren die Kabylen im Vortheil gegen die Franzosen. Sie kämpften heut mit einer Erbitterung, einer Wuth, wie nie. Die Opfer in der Grotte schrieen um Rache. Es galt, die Schmach zu sühnen.

Bu=Maza kommandirte in eigener Person, wie Albert aus den Reden des Scheifs und seiner Genossen hörte. Auch waren die Franzosen in einer ungünstigen Lage. Ihre Haupt= macht befand sich im Thale, am Eingange der Grotte. Dort konnten sie vernichtet werden, denn Bu=Maza befehligte eine bedeutende Streitmacht. Die Franzosen mußten also vor al= len Dingen darauf bedacht sein, sich aus dem Thale zurück= zuziehen, und Albert konnte von seinem Standpunkte aus deutlich bemerken, daß nur dies ihre Absicht war, während die Kabylen ihrerseits ihre ganze Kraft aufboten, um diesen Rückzug zu verhindern und die Franzosen in dem Thale ein= zuschließen.

Beinahe eine Stunde lang währte der wüthende Kampf. Endlich gelang es den Franzosen, sich auf der gegenüberlie= genden Seite des Thales einen Ausweg zu bahnen und die Höhen zu erreichen. Aber sie mußten bedeutende Verluste erlitten haben, denn sie setzten den Kampf nicht fort. Sie schienen zufrieden damit, eine ähnliche Vernichtung vermieden zu haben, wie sie vorher die Kabylen in der Grotte betrof= fen. Auch Bu=Maza's Schaar war erschöpft und die beiden kämpfenden Parteien zogen sich zurück, ohne daß eine von ihnen gesiegt hätte.

Gleich darauf erschien ein französischer Parlamentär. Albert, der unterdessen mit dem Scheik und dessen Begleitern zu den Kabylen gegangen war, hörte deutlich, was er sprach. Der französische Kommandeur ließ sagen, daß er die Kabylen in der Grotte deshalb vernichtet, weil sie auf ihrem thörichten Widerstande beharrt und ihm eine Schaar seiner besten Leute getödtet. Wolle man dies die Franzosen, die gefangen wor= den, entgelten lassen, so werde er gleichfalls die gefangenen Kabylen unbarmherzig hinopfern.

Bu=Maza — Albert hatte ihn jetzt gesehen und als den Anführer erkannt — ein ächter Araber mit gelbem Gesicht und schwarzem Bart, berieth mit seinen Genossen. Anfangs

10*

schien man allerdings Willens gewesen zu sein, die gefan=
genen Franzosen zu tödten, da aber einige Häupter der Ka=
bylen gefangen worden, so stand man von dieser Rache ab.
Bu=Maza ließ dem Kommandeur sagen, er werde nachher
wegen der Auswechselung der Gefangenen mit ihm unter=
handeln. Bis dahin stehe er für die Sicherheit der Fran=
zosen.

Nun wandte sich Bu=Maza zu dem Scheif, der ehrer=
bietig und traurig auf ihn zutrat und ihm den Saum des
Mantels küßte.

— Ich habe gehört, daß Du gerettet bist, und das ist
eine Freude für mich bei diesem Unglück! sagte Bu=Maza.
Allah ist groß! Er will seine Gläubigen prüfen, ehe er
ihnen die Krone des Sieges schenkt. Wie viel hast Du
gerettet?

— Mich selbst und diese drei, sagte der Scheif. Was
Jenen anbetrifft, so werde ich nachher mit Dir über ihn
sprechen.

Bei diesen Worten deutete er auf Albert, der sich ruhig
und ehrfurchtsvoll vor Bu=Maza verneigte.

— Und wie groß war Deine Schaar? fragte der An=
führer.

— Wir zählten zwölfhundert streitbare Männer, ant=
wortete der Scheif. Außerdem waren achtzig Greise bei uns,
eben so viel Frauen und zweihundert Kinder. An Pferden
hatten wir sechshundert, dann dreihundert Maulthiere. Von
dem Allen sind nur wir vier gerettet.

— Allah ist groß! rief Bu=Maza und streckte die Hand
zum Himmel. Er wird diese Opfer rächen! Aber es ist ein
großer Verlust, er hat uns mehr gekostet, als hätten wir eine
Schlacht verloren. Indessen wollen wir nachforschen lassen,
vielleicht sind noch einige zu retten. Was meinst Du?

— Ich glaube es nicht, antwortete der Scheif, auf den
Felsen deutend. Noch immer steigt Dampf aus den Löchern.

Dennoch traf man Anordnungen, um in die Höhle ein=
zudringen. Auch Albert glaubte nicht, daß irgend Jemand
gerettet sei. Der Scheik gab ihm einen Wink, ihm zu folgen,
und Albert bemerkte, daß er auch jetzt beobachtet wurde.

Er stieg mit einer Schaar Kabylen in das Thal hinab.
Noch dampfte das Feuer am Eingange der Höhle. Man
riß die halb verkohlten Bündel heraus und verstattete der
Luft freien Eingang. Aber erst allmählig konnten die Ka=
bylen tiefer eindringen und dann zogen sie die ersten Körper
der Erstickten an das Tageslicht.

Welche Scene nun folgte — wer mag sie beschreiben!
Albert wandte sich ab, er wollte diese Gestalten, diese mensch=
lichen Formen, die durch die Todesangst bis zur Unkenntlich=
keit verzerrt waren, nicht sehen! Aber er hörte das Rache=
gebrüll der Kabylen, er hörte ihr wüthendes Geschrei, und
zuweilen zitterte er unwillkürlich, denn er fürchtete, diese Ra=
senden möchten ihm ins Herz schauen und erkennen, daß er
zu denen gehörte, die diese That vollbracht. Er schauderte.
Auch er war ein Franzose, auch er hatte oft genug die Ka=
bylen im Kampfe niedergestreckt. Aber er fragte sich dennoch,
ob die Gesetze des Krieges das erlaubten, ob der Feldherr,
der das befohlen, nicht mehr als seine Pflicht gethan?

Und so wird man noch lange fragen. Auch die Welt=
geschichte wird dieses Blatt in ihrem großen Buche mit einem
Trauerflor verhüllen, und die Einnahme Sebastopols wird
das Andenken an die Grotte der Dahara nicht verlöschen!

Als Albert schaudernd durch die Reihen der gräßlich
verzerrten Leichen schritt, die man in hohen Haufen auf=
thürmte, fiel sein Blick auch auf die französischen Gefangenen,
die inmitten dieser Scene fast unbewacht dastanden, denn die
ganze Theilnahme der Kabylen war diesen Leichen gewidmet.
Es waren ungefähr ein Dutzend Franzosen, darunter einige
Zuaven. Albert erkannte überrascht auch einen Sergeanten
von seiner eigenen Kompagnie.

So war es also wirklich der eiserne Oberst Peliffier gewesen, der diesen ganzen Kabylenstamm vernichtet!

Albert fragte sich, ob es ihm möglich sein würde, mit dem Sergeanten zu sprechen. Es war vorauszusehen, daß derselbe mit den anderen Franzosen gegen die gefangenen Kabylen ausgewechselt werden würde. Er konnte also auf diese Weise dem Oberst eine Nachricht zukommen lassen. Vorsichtig sah er um sich. Die Kabylen standen und starrten auf die Leichen. Die Franzosen waren unbewacht. Der Sergeant stand etwas seitwärts von den anderen. Albert trat gleichgültig hinter ihn und sah ruhig empor nach dem Felsen.

— Kamerad Beffier! flüsterte er dann. Erschick nicht, sieh Dich auch nicht um. Ich bin Lieutenant Herrera! Thue, als ob Du mich nicht bemerkst. Ich will nur einige Worte mit Dir sprechen. Antworte mir ganz leise!

Der Sergeant war an Subordination gewöhnt. Er zuckte zwar zusammen, stand aber starr wie eine Mauer.

— Es war Oberst Peliffier, wie ich vermuthe, der das that? sagte Albert, kaum die Lippen bewegend.

— Ja wohl, antwortete der Sergeant eben so leise. Die Kabylen werden daran denken!

— Und ich auch, sagte Albert, denn ich war in der Höhle und bin nur durch ein Wunder dem Tode entgangen. Wie ist es gekommen, daß der Oberst seinen Angriff unternahm, ehe ich zurückgekehrt war?

— Er erhielt durch einen anderen Kundschafter Nachricht von dem Aufenthalt eines Kabylenstammes, antwortete der Sergeant. Er hörte auch, daß ein Franzose von den Kabylen getödtet worden sei, und vermuthete, Sie wären es. Deshalb war er auch so rasend und sagte, er werde keine Schonung mehr kennen.

Gott verhüte, daß ich Schuld sei an diesem Unglück! flüsterte Albert mehr zu sich, als zu dem Sergeanten. Nun,

Du siehst, ich lebe noch, Kamerad. Du wirst ausgewechselt
werden. Dann gehe zu dem Obersten und melde ihm mei=
nen Gruß. Sage ihm, daß ich noch lebe und ihn wieder=
zusehen hoffe. Jedenfalls soll er mich nicht eher für todt
halten, als bis er ein halbes Jahr lang nichts von mir ge=
hört. Sage ihm auch, er möge an das Versprechen denken,
das er mir gegeben. Vergiß nicht: er soll mich nicht eher
für todt halten, als bis ein halbes Jahr vergangen. Hast
Du verstanden?

— Ja, Herr Lieutenant! antwortete der Sergeant. Ich
werde es sagen, Wort für Wort.

Jetzt kamen einige Kabylen. Albert hatte noch mehr
sprechen wollen, aber es war zu spät. Er mußte sich ruhig
abwenden und kehrte zu dem Gefolge Bu=Maza's zurück.

Eine Stunde später stand er dem Anführer der Kabylen
von Angesicht zu Angesicht gegenüber.

Es handelte sich um die eigenthümliche Stellung, die
Albert einnahm. Der Scheik erzählte Alles, was er über
Albert wußte, und betonte namentlich die Verdachtsgründe,
die gegen denselben vorlagen. Bu=Maza hörte ruhig, ernst
und aufmerksam zu. Er verließ kein Auge von Albert, und
dieser wußte zu gut, wie viel jetzt auf dem Spiele stand,
um nicht seine ruhigste und aufrichtigste Miene anzunehmen.

Als der Scheik gesprochen, sprach er seinerseits. Er
wiederholte Alles, was er schon dem Scheik gesagt, er ent=
kräftete den Verdacht, den der Jude auf ihn geworfen. Bu=
Maza hörte eben so ruhig zu.

— Wenn dieser Mann die Wahrheit spräche, sagte er
dann zum Scheik, so könnten wir den Verlust ersetzen, den
wir erlitten. Ich habe davon gehört, daß Achmet=Bey noch
lebt. Uebrigens können wir diesen Mann auf die Probe
stellen. Wie weit ist es nach Bilebulgerib, bis nach dem
Hause Achmet=Bey's?

— Ich bin zwölf Tage geritten ohne Unterlaß und auf einem guten Pferde, antwortete Albert.

— Gut, ich werde Dir fünfzig meiner Leute zur Begleitung geben, sagte Bu=Maza. Du wirst zurückkehren zu Achmet=Bey und ihm sagen, daß wir ihn und seine Krieger erwarten. Findest Du das Haus des Bey nicht, hast Du gelogen, so werden meine Leute Dich zurückführen und Du wirst Deine Strafe erleiden!

Albert hatte das erwartet, er hatte längst eingesehen, daß die Kabylen schließlich diesen Ausweg vorschlagen würden. Er war damit einverstanden. Es war für ihn das beste Mittel zur Flucht.

— Der Wille Bu=Maza's geschehe! sagte er ruhig. Ich werde die Gläubigen zu Achmet=Bey führen, er wird sie mit Freuden empfangen und an der Spitze von zweitausend Reitern hierher kommen, um zu bezeugen, daß ich die Wahrheit gesagt. Wann werden wir aufbrechen?

— Noch heut, antwortete Bu=Maza. Hast Du ein Pferd?

— Es ist in der Grotte gestorben, antwortete der Lieutenant.

— So wähle Dir ein Pferd von den meinen. In einer Stunde mußt Du bereit sein!

Albert kreuzte die Hände auf der Brust, verneigte sich und ging.

Judith.

Ein Ritt durch Algier, durch jene Gegenden, die bereits an die Wüste grenzen, nach Biledulgerid — welche Vorstellungen knüpfen sich daran! Der ewig blaue Himmel, die glühende Sonne, die weiten, öden Strecken, dann wieder hohe Felsengebirge, dazwischen liebliche Oasen, und dazu die Schaar

der schweigsamen Kabylen, eingehüllt in ihre langen, weißen
Mäntel — fürwahr, es liegt eine hohe Poesie in einem
solchen Ritt!

Um wie viel mehr Poesie noch, wenn ein solcher Ritt
mit Gefahren verknüpft ist, wie für Albert Herrera! Es
war nicht nur ein Ritt in das weite, heiße Dattelland, es
war ein Ritt in eine dunkle Zukunft, in ein düsteres Ver=
hängniß, vielleicht in den Tod! Jeder Hufschlag seines präch=
tigen Pferdes entfernte ihn weiter von seinen Kriegsgefährten,
von seinem Vaterlande, von der Civilisation, und näherte ihn
jenem Orte, den er selbst nicht kannte, an dem sich aber sein
Schicksal entscheiden sollte. Welches Wunder sollte ihn retten?
Welcher Zufall sollte ihn befreien? Welcher Zauberer schuf
ihm einen Achmet=Bey und zweitausend Reiter?

Dennoch war Albert im Ganzen unbekümmert darum.
Er hatte mit dem Leben, beinahe auch mit der Hoffnung
abgeschlossen. Was also konnte ihm Schlimmeres wider=
fahren, als die Erfüllung dessen, was er mit Zuversicht er=
wartete! Er wollte die Tage, die ihm blieben, noch genie=
ßen. Er empfand die ganze romantische Poesie dieser Reise.
Noch regte sich ein schönes Roß unter dem Drucke seiner
Schenkel, noch athmete er die reine Luft, noch leuchtete der
blaue Himmel über ihm — wie glücklich also war sein Loos
im Verhältniß zu der Qual derer, die in öder, gräßlich
einsamer Kerkernacht den Tod erwarten, und die die Zeit
nicht mehr nach dem Umlauf der Sonne, sondern nur nach
den Pulsschlägen ihres fieberhaft kreisenden Blutes zählen
können!

Längst lag die Dahara mit ihren Schrecknissen, längst
lagen die Franzosen, Bu=Maza und die Kabylen weit hinter
der Schaar. Beinahe vierzehn Tage waren vergangen. Nach
Alberts Voraussetzungen konnte man nicht mehr allzufern vom
Ziel der Reise sein. Der Weg war indessen weit und man
konnte sich um eine oder zwei Tagereisen irren. Albert konnte

auch ein wenig vom Wege abgekommen sein. Noch schöpfte Niemand Verdacht.

Wo lag denn auch eigentlich Biledulgerid? Dort, im Süden des Atlas, am nördlichen Rande der Sahara giebt es keine bestimmten, fest begrenzten Staaten, wie sie Europa kennt. Der allgemeine Name umfaßt ein unbegrenztes Land, und unter dem Namen Biledulgerid oder Dattelland versteht man jenen weiten Länderstrich von Marocco bis nach Tripolis, jene endlosen, spärlich bebauten Flächen, in denen meilenlange Sandwüsten mit schroffen Gebirgszügen und lieblichen Thälern und Oasen abwechseln — jene Landstriche, von denen man nicht einmal weiß, wem sie gehören, wem sie Tribut zahlen und von wem sie bewohnt sind.

Es war eine Reise ins Blaue, wirklich ins Blaue, denn eine duftige, unerreichbare Bläue schwebte stets vor den Reitern, und wie gedankenvoll schaute Albert manchmal hinein in diese Ferne, die seine ganze Zukunft umschloß, wie oft glaubte er ein weites, großes Grab zu sehen!

Aber selbst diese Reise hatte ihre Abwechselungen, ihre Erheiterungen und Aufregungen. Anfangs, in den ersten Tagen, war Albert, schweigsam und von Allen gemieden, in der Mitte der düsteren Araber geritten. Allmählich aber hatten sich Einzelne an ihn angeschlossen, und wie es immer der Fall ist, hatte die eine Hälfte der Schaar für ihn Partei genommen, während die andere sich gegen ihn erklärte. Die Einen trauten seinen Worten, hielten ihn wirklich für einen Abgesandten Achmet=Bey's; die Anderen sahen in ihm immer noch den Verdächtigen, den Verräther, den Spion, und beobachteten jede seiner Bewegungen mit argwöhnischen Blicken.

Jedenfalls hatten diejenigen, die sich für Albert erklärt, weit mehr Vortheil von ihrem guten Glauben. Es lag Albert daran, die Kabylen für sich zu gewinnen, und da er diesen Söhnen der Berge und Einöden geistig bei weitem überlegen war, so gelang es ihm bald, eine Art von geisti=

ger Oberherrschaft über sie zu erlangen. Er ließ einige
Worte fallen, daß er früher im Auftrage Achmet-Bey's große
Reisen gemacht habe, und die Kabylen, wie Kinder, die nie
über ihre Heimath hinausgekommen sind, brannten vor Sehn=
sucht, etwas von der fremden, fernen Welt zu erfahren. Al=
bert erzählte ihnen von Konstantinopel, wo er früher einmal
gewesen, von Aegypten, von Italien, von den Wundern der
Welt. Er verkürzte seinen Gefährten die Reise mit seinen
Erzählungen, die er genau für die Fassungskraft der Kabylen
einzurichten wußte, und fast immer umgab ihn ein Schwarm
von aufmerksamen Zuhörern. Er schilderte ihnen die Sitten
und Gebräuche fremder Völker, selbst der Ungläubigen, bei
denen er gelebt, und es gelang ihm, den Kabylen eine ge=
wisse Achtung vor jenen Christen einzuflößen, die sie bisher
als Giaur verflucht und gehaßt hatten. Ihm selbst gewähr=
ten diese Erzählungen eine Erholung. Er konnte sich der
Vergangenheit, jener schönen Tage der ersten Jugend erin=
nern, in denen er mit Franz d'Epinay und anderen Freun=
den sorglos durch die Welt streifte, in denen sein Vater noch
lebte und er noch mit Stolz den Namen Morcerf trug.
Wie ganz anders war alles seitdem geworden!

Auch die Kabylen sorgten ihrerseits für Unterhaltung.
Das Pferd ist der Abgott des Arabers, auf ihm lebt er,
auf sein Roß verwendet er mehr Sorgfalt, als auf sein Weib.
Fast alle Araber sind kühne und verwegene Reiter. Ge=
wöhnlich also wurden, bevor man eine Station machte, eine
Anzahl von Reiterspielen und Reiterkunststücken ausgeführt,
die jedem Einzelnen Gelegenheit gaben, seine Geschicklichkeit
und Kühnheit und die Stärke und Gewandtheit seines Rosses
zu zeigen. Dann jagten die Kabylen mit ihren flatternden
Mänteln durch die Ebene, dann drehten die Rosse sich im
Kreise, oder bäumten sich oder sprangen über Felsenspalten,
dann erschallte die Luft vom Jauchzen und von dem wilden
Zurufen dieser Söhne der Natur, und selbst Alberts Herz

wurde manchmal weiter, freier und freudiger, wenn die An=
strengung ihm das Blut durch die Adern jagte.

Er war überhaupt der kühnste Reiter, er wurde von
allen bewundert. Schon in Paris war er ein geschickter
Reiter gewesen und in Algier hatte er Gelegenheit genug
gehabt, diese Kunst auszubilden. Jetzt aber war es seine
eigenthümliche Lage, die ihn zu dem Verwegensten von allen
machte. Was hatte er zu fürchten, wenn sein Pferd stürzte,
was hatte er zu verlieren? Was lag ihm daran, ob er
einen Tag früher oder später starb? Eine wilde Lust glühte
oft in ihm auf, er sehnte sich nach dem Tode, er wünschte
unter seinem sich überstürzenden Rosse zu sterben, oder in
einen Abgrund geschleudert zu werden. Daher seine Ver=
wegenheit, die an Tollkühnheit, an Wahnsinn grenzte, daher
seine Wagnisse, die manchmal selbst den Kabylen einen Ruf
des Schreckens entlockten. Albert spielte mit dem Tode, denn
das Leben selbst war für ihn ein Spielzeug geworden, das
jeden Tag zerbrechen konnte.

Auch Jagden gab es, die zum Theil schon deshalb an=
gestellt werden mußten, weil es den Kabylen zuweilen an
Lebensmitteln und Fleisch fehlte. Nicht immer aber war es
das Bedürfniß, das die Kabylen hinter ein Thier der Wüste
einherhetzte. Es war die reine Lust am Jagen, die allen Na=
turkindern eigenthümlich ist. Gewöhnlich waren es Strauße,
die man jagte, auch Antilopen und Panther. Leider hatte
man noch keinen Löwen gesehen. Aber es war beschlossen,
daß man ihn jagen würde, sobald sich der König der Wüste
blicken lasse.

Albert sah diese Jagden auch aus einem andern Grunde
nicht ungern. Es war nicht zu vermeiden, daß man sich
bei diesen Streifereien oft weit von dem Wege entfernte, den
Albert bezeichnet hatte, und Niemand konnte etwas Ver=
dächtiges darin finden, wenn Albert nachher erklärte, daß
er nur noch die ungefähre Richtung des Weges kenne und

es dem Zufall überlassen müsse, das wirkliche Ziel der Reise zu finden.

Auch glaubte er zu bemerken, daß den meisten Kabylen gar nicht so viel daran lag, dies Ziel so bald zu erreichen. Selbst für diese Naturen hatte eine solche Reise einen eigenthümlichen Reiz. Sie bot ihnen mehr Abwechselung, als das Kriegsleben, der Kampf mit den Franzosen, der oft nur in langweiligen Kreuz= und Querzügen bestand. Auch herrschte bei den Kabylen eine eiserne Disziplin. Jeder Füh= rer war ein Despot im Kleinen, von dem der Einzelne oft viel zu leiden hatte. Hier aber war Jeder frei, Jeder konnte thun und lassen, was er wollte. Zwar hatte Bu=Mazg einen Führer bestimmt, dem die andern gehorchen sollten. Aber hier gab es keine Gelegenheit, Strenge zu zeigen und Disziplin zu fordern. Jeder Einzelne konnte seinem Hange folgen, und Albert glaubte sich nicht zu irren, wenn er annahm, daß die Mehrzahl der Kabylen die Reise gern noch Monate lang fortgesetzt hätte.

Trotz dieser scheinbaren Freiheit aber, in der Albert lebte, war an eine Flucht gar nicht zu denken. Wie bereits erwähnt, ritt er gewöhnlich in der Mitte eines Schwarms von Zuhörern, und schon dadurch war ihm die Möglichkeit einer Flucht abgeschnitten. Außerdem streiften stets einzelne von den Kabylen etwas entfernt von den andern neben dem Zuge her, um irgend ein Wild oder eine Quelle aufzu= stöbern. Alle diese waren aber so gut, wenn nicht besser beritten, als er selbst. Wurde aber ein Lager aufgeschlagen, so wußte man es, trotz allen Zutrauens, das die Meisten dem jungen Manne schenkten, stets so einzurichten, daß seine Lagerstätte sich in der Mitte der Uebrigen befand. An ein Entweichen in der Nacht war also ebenso wenig zu denken, um so mehr, da stets sechs oder sieben Kabylen wachten. Und selbst wenn dem jungen Manne die Flucht gelang, wo= hin sollte er sich wenden? Er wußte kaum, wo er sich be=

fand, wie weit er von den Grenzen der Civilisation entfernt war. Er mußte mit Hunger und Durst kämpfen, er war den Angriffen der wilden Thiere während der Nacht ausgesetzt — und selbst wenn er dies alles glücklich überstand, so war vorauszusetzen, daß er wieder in die Hände der Kabylen fiel, daß man ihn wieder zu irgend einem Führer brachte. Und dann? —

Noch etwas anderes jedoch, als diese Fluchtgedanken, diese Jagden, diese Reitübungen und Erzählungen, beschäftigte den jungen Mann und gab ihm manchmal viel zu denken. Es war ein einfacher und doch räthselhafter Umstand.

Am zweiten Tage, nachdem Albert mit den Kabylen das Lager Bu-Maza's verlassen und seine Reise angetreten, war in einem kleinen Kabylendorfe eine unbekannte Schaar zu den Reitern gestoßen. Sie bestand aus vier Männern, von denen der eine ohne Zweifel der Herr und die andern die Diener waren, aus drei Frauen und einigen schwer mit Gepäck beladenen Maulthieren. Der Herr schien ein stolzer Araber zu sein, die Diener behandelten ihm mit großer Unterwürfigkeit, selbst gegen die Kabylen war er kurz und abgeschlossen. Von den Frauen hatte Niemand bis jetzt das Gesicht gesehen. Sie ritten gewöhnlich mit dem Araber und seinen Dienern ungefähr hundert Schritt hinter dem Kabylenzuge her und bildeten so einen abgeschlossenen Zug für sich. Abends verschwanden die Frauen und der Herr unter einem großen Zelt, das aufgeschlagen wurde und vor dem die Diener Wache hielten. Die Frauen waren stets tief verschleiert und die Kabylen befolgten das Gesetz, sich denselben nie zu nahen. Auch Albert durfte dieses Gesetz nicht übertreten. Bei Jagden, bei schnelleren Ritten blieb der kleine Zug gewöhnlich etwas zurück, fand sich nachher aber stets wieder ein. So ging es Tag für Tag und Albert wußte am letzten Tage wenig mehr über diese Begleiter, als am ersten.

Da er hier so wenig hatte, was seine Phantasie be=
schäftigte, so erschöpfte er sich in abenteuerlichen Gedanken
über diesen Araber und seine Frauen und erkundigte sich bei
den Kabylen, die ihn am meisten befreundet waren, nach
den Gründen, die denselben bewogen, sich diesem Zuge an=
zuschließen. Aber auch die Kabylen wußten wenig darüber.
Bu=Maza hatte dem Führer gesagt, daß ein Gläubiger mit
drei Frauen und drei Dienern sich am zweiten Tage der
Schaar anschließen und sie bis zu Achmet=Bey begleiten
werde. Man solle ihm Schutz angedeihen lassen, als ob er
zum Zuge selbst gehöre. Was Bu=Maza vorausgesagt, war
eingetroffen und weiter wußte man nichts.

Albert war gerade nicht neugierig, die Gesichter ara=
bischer Frauen zu sehen. Wie oft hatte er dazu Gelegenheit
gehabt, wenn ein Kabylendorf geplündert, oder ein Stamm
gefangen genommen wurde. Ihn interessirte auch mehr die=
ser stolze, schweigsame Araber, der fast nie mit einem Ka=
bylen ein Wort wechselte und stets schweigend an der Spitze
seines kleinen Zuges einherritt, als die Frauen. Bald sollte
aber gerade er Gelegenheit finden, etwas Näheres und Wich=
tiges über ihn zu erfahren.

Albert ritt gedankenvoll mit gesenktem Kopfe. Der Zu=
fall wollte es, daß er ohne einen Begleiter war. Die grö=
ßere Zahl der Kabylen ritt eine Strecke vorweg, die kleinere
war ein wenig hinter ihm zurückgeblieben. So ritt er al=
lein in der Mitte auf dem weichen Sande, der die Huf=
schläge der Rosse weniger hören ließ, als ein Teppich. Jetzt
aber bemerkte er einen Reiter hinter sich. Er blickte auf.
Verwundert erkannte er den fremden Araber.

Eine Minute lang schauten sich die beiden Männer an.
Der ernste Araber schien in dem Gesichte Alberts forschen
zu wollen, ehe er ihn anredete. Albert seinerseits wünschte
im Voraus zu wissen, was den stolzen Mann zu ihm führe.
Er beobachtete ihn aufmerksam und bemerkte jetzt, daß er

nicht mehr ganz jung war. Sein Gesicht war ernst und düster, sein Blick mißtrauisch und forschend. Albert fühlte jetzt, da er ihn näher sah, einen Theil von dem Interesse schwinden, das er früher an dem stolzen Manne genommen.

— Du bist der Fremde, der uns zu Achmet-Bey füh- ren soll? fragte der Araber stolz und finster.

— Ob Dich, das weiß ich nicht, antwortete Albert ruhig. Aber der Schaar diene ich zum Führer.

— Du kennst also auch Achmet-Bey?

— Gewiß, er ist ein Verwandter von mir.

— Nun, wir werden bald bei ihm sein?

— Ich weiß es nicht, ich hoffe es aber.

— Du weißt es nicht und Du bist der Führer?

— Allerdings, aber ich glaube, wir sind ein Stück vom rechten Wege abgekommen, und das ist nicht meine Schuld. Weshalb jagten die Kabylen hinter jeden Strauß her, der ihnen zu Gesicht kam!

Diese Antworten Alberts waren ebenso mürrisch gewesen, wie die Fragen, die der Araber an ihn gerichtet. Jetzt schien das Gespräch zu stocken. Der junge Franzose war etwas neugierig, zu erfahren, weshalb der Fremde sich an ihn ge- wandt. Aber er hatte unter den Kabylen bereits jene Zu- rückhaltung gelernt, die einem ächten Gläubigen ziemt.

— Wo wohnt Achmet-Bey? fragte der Fremde jetzt we- niger streng. Ist er immer noch ein angesehener Scheik?

— Zweifelst Du daran? antwortete Albert mit einem stolzen Lächeln? Achmet-Bey wird es immer sein!

— Das freut mich! sagte der Araber. Ich bin ein Verwandter Achmet-Bey's. Mein Vater kämpfte mit ihm in Konstantine gegen die Franzosen. Ich will jetzt zu ihm ziehen und bei ihm wohnen.

— Sein Leben wird Dir vielleicht zu einfach sein, sagte Albert. Er lebt zurückgezogen von aller Welt.

— Gerade das ist mir lieb, sagte der Araber. Auch

ich kümmere mich nicht um die Welt und ihren Lärm. Doch
sage mir, hält Achmet-Bey noch immer streng fest an den
Regeln des Korans. Ist er noch immer ein Muster der
Gläubigen?

— Gewiß! antwortete Albert, scheinbar verwundert.
Hat je ein Mensch daran gezweifelt?

— Nein, aber man erzählte früher von ihm, daß er
Christinnen und Jüdinnen in seinem Harem habe.

— Es ist möglich, daß er in dieser Beziehung nicht
streng dem Koran folgt, meinte Albert leichthin. Das ist
kein Unglück.

— Meinst Du? sagte der Araber und warf einen forschenden Blick auf Albert. Die Gläubigen jenseits des Atlas
sind strenge. Sie dulden es nicht, daß ein Krieger eine Jüdin in seinen Harem nimmt. Sie weisen ihn von sich.

Jetzt wußte Albert mit wem er sprach. Er war überrascht, aber angenehm.

— Du bist also derjenige, der die Tochter des Juden
Eli Baruch Manasse aus Oran geraubt hat? sagte Albert
so gelassen, als handle es sich um den Ankauf eines schönen
Pferdes. Und Du willst sie nun zu Achmet-Bey führen?

— Wer sagt Dir das? fragte der Araber finster. Und
was weißt Du von der ganzen Sache?

— Willst Du sie geheim halten? fragte Albert, als sei
er erstaunt über das Benehmen des Arabers. Mir ist die
Sache sehr gleichgültig. Ich habe davon sprechen hören im
Lager der Gläubigen, und der Vater dieser Jüdin war es,
der den Verdacht gegen mich aussprach, ich sei ein Franke.
Der Thor! Er glaubte, er könne durch diese Lüge seine
Tochter retten!

— Wie? Also war der Jude noch einmal im Lager?
fragte der Araber ziemlich aufmerksam.

— Gewiß? Das weißt Du nicht? Er kehrte zurück,
um mich zu verleumden. Was hat er nun davon? Du

Der Herr der Welt. I.   11

führst seine Tochter in ein fernes Land, und er ist wahr=
scheinlich todt, erstickt in der Höhle der Dahara.

— Du glaubst, daß er todt ist? fragte der Araber
nicht ohne ein sichtbares Interesse. Hast Du Beweise da=
für? Sprich!

— Beweise? Nein! Aber er befand sich in demselben
Lager, wie ich, er nahm wahrscheinlich an demselben Zuge
Theil, und da nur fünf Menschen sich aus der Grotte ret=
teten und er nicht unter diesen war, so wird der Giaur er=
stickt sein.

— Allah il Allah! murmelte der Araber nach diesen
Worten Alberts und eine schwere Last schien ihm vom Her=
zen zu fallen.

Albert wußte jetzt, daß die Jüdin sich im Gefolge des
Arabers befand. Er sah ungefähr voraus, daß er wenig
mehr erfahren werde. Was lag ihm auch im Allgemeinen
daran? Das Bild der geraubten Jüdin hatte ihn in der
letzten Zeit nicht mehr so lebhaft beschäftigt. Es war ernsteren
Gedanken gewichen. Und jetzt — wie sollte er, der kein Mittel
wußte, sich selbst aus der Gewalt der Kabylen zu befreien,
wie sollte er jetzt daran denken, die Jüdin zu retten.

— Du glaubst also, Achmet=Bey sei nicht so streng in
diesem Punkt? begann der Araber wieder.

— Ich vermuthe es, erwiederte Albert, kann Dir aber
freilich nichts Bestimmtes sagen. Ich bin nicht in den Ha=
rem des Bey's eingedrungen, kenne seine Weiber nicht und
weiß nicht, ob Jüdinnen oder Christinnen unter ihnen sind.

— Es wäre mir unlieb, wenn ich zurückkehren müßte!
sagte der Araber mißmüthig. Bu=Maza ist ein Thor, er
hätte mich nicht in die Ferne zu schicken brauchen. Wie kann
es den Gläubigen ein Aergerniß geben, wenn ein Krieger
eine Jüdin zu sich nimmt. Sie soll ja nicht einmal mein
Weib werden.

Also Bu=Maza hatte den Räuber der Jüdin fortge=

schickt, damit sein Verhältniß zu der Tochter des Giaurs den Gläubigen kein Aergerniß gebe. Das errieth Albert aus diesen Worten. Zugleich dachte er nicht ohne eine gewisse Schadenfreude daran, daß der Räuber nun doch getäuscht sei, daß er früher oder später zurückkehren müsse. Denn wo war ein Achmet=Bey zu finden?

— Man hat mir gesagt, daß die Reise ungefähr vier= zehn Tage dauern würde! sagte der Araber dann.

— Ich hoffe es, erwiederte Albert gleichgültig. Aber es können wohl fünfzehn oder sechszehn werden. Es thut mir leid Deinetwegen — fügte er mit leichtem Spott hinzu — Du wirst Dich sehnen, mit Deiner schönen Jüdin allein zu sein.

— Vielleicht! sagte der Araber kurz, grüßte flüchtig und sprengte zu seinen Dienern zurück.

Der junge Franzose wußte nun, was es mit diesem Fremden für eine Bewandtniß hatte. Er wußte nun auch, daß er sich seit längerer Zeit in der Nähe der schönen Jüdin befunden, ohne es zu ahnen. Aber im Ganzen übte diese Entdeckung nicht mehr den Einfluß auf ihn, den sie früher vielleicht geäußert hätte. Er verzweifelte an seiner eigenen Rettung — wie sollte er jetzt noch an andere denken?

Die anderen Kabylen hatten die Unterredung der Bei= den bemerkt. Sie fanden sich bald ein, um zu hören, was der schweigsame Fremde demjenigen mitgetheilt hatte, der doch im Allgemeinen am wenigsten des Vertrauens würdig schien. Albert antwortete sehr kühl auf die Fragen, die man an ihn richtete. Er hielt es für überflüssig, das, was er selbst er= rathen, den andern zu offenbaren. Er sagte nur, der Fremde habe sich nach den Verhältnissen Achmet=Bey's erkundigt.

Wenige Minuten darauf zog ein anderer Umstand die allgemeine Aufmerksamkeit vollständig von diesem Gegen= stande ab.

— Ein Löwe! rief ein Kabyle, pfeilschnell heranspren=

11*

gend. Ein Löwe! Ein prächtiges Thier! Vorwärts! Zur
Jagd!

Wie ein elektrischer Strahl zündete diese Kunde, auf
die man so lange vergebens gehofft hatte. Ein Löwe! tönte
es jubelnd von allen Seiten, überall richteten sich die Ka=
bylen freudig in ihren Sätteln auf und erhoben ihre langen
Flinten. Selbst die Rosse wieherten freudig, als ahnten sie
die Aufgabe, die ihnen bevorstand.

— Wo ist er?

— Dort drüben in dem Gestrüpp! lautete die Antwort.

— Ein schönes Thier?

— Beim Barte des Propheten! Ein herrliches Thier!

— Allein?

— Wie es scheint allein!

So kreuzten sich Fragen und Antworten und schon hatte
sich der ganze Zug unwillkürlich nach der Seite gewendet,
nach der die Hand des Kabylen, der den Löwen zuerst er=
blickt, deutete. Auch in Albert erwachte die Jagdlust, die
Begierde nach Kampf.

— Gieb mir eine Flinte, Pulver und Blei, Freund! rief
er, zu dem Führer sprengend. Ich muß bei der Jagd sein.

— Meinetwegen! antwortete der Führer, der sich eben=
falls schon zum Kampfe rüstete. Nimm diese da, sie ist gut!

Albert ergriff die Flinte — seine eigene hatte man ihm
früher im Lager der Kabylen abgenommen. Ein Beutel mit
Pulver und Kugeln befand sich an derselben hängend. Im
Nu hatte Albert seine Flinte geladen, gab seinem Rosse die
Sporen und sprengte den Kabylen nach, die bereits im ra=
senden Galop fortflogen.

Es war ein ächtes Jagdterrain, der Boden steinigt
und sandig, hin und wieder mit Gebüsch bedeckt. Hier und
da erhoben sich auch Felsmassen, einzelne große Blöcke und
Bergrücken, die Vorläufer des Gebirges, das man im Sü=
den sah. Auf einem solchen Terrain konnte sich das gejagte

Thier lange verbergen; es konnte auch plötzlich aus einem Gebüsch hervorbrechen, es konnte auf einem Felsen Zuflucht suchen — genug, es war ein Terrain, wie geschaffen zu einer Löwenjagd.

Alberts Blicke schweiften in die Ferne, ob er das edle Thier irgendwo erkenne. In diesem Augenblick dachte er nicht daran, daß diese Jagd ihm vielleicht eine Gelegenheit zur Flucht biete. Er dachte nur an den Kampf. Er stürmte vorwärts.

Die Kabylen hatten sich zertheilt. Einzelne glaubten den Löwen hier, andere ihn dort gesehen zu haben. Albert folgte seinem eigenen Glücke und trieb sein Pferd eine Erhöhung hinauf, um von dort aus einen freien Blick zu haben.

Aber bereits hatte ein Kabyle den Löwen wirklich entdeckt. Sein Jubelruf lockte die ganze Schaar hinter ihm her. Auch Albert sah jetzt den Löwen. Er stand ruhig vor einem Gebüsch und schien abwarten zu wollen, ob dieses Toben, dieser Lärm ihm gelte. Dann schritt er langsam weiter, es verschmähend, sich in ein Gebüsch zurückzuziehen.

Schon waren ihm die Vordersten der Kabylen sehr nahe. Zwei von ihnen, getrieben von ihrem Eifer, schossen ihre Flinten ab. Die Kugeln trafen den Löwen nicht, erreichten ihn vielleicht nicht einmal. Aber er wurde scheu. Er wandte den Kopf zurück, schüttelte die Mähne und trabte davon, den Schweif einziehend, erst langsam, dann allmählich rascher.

Nun konnte sich Albert nicht mehr halten. Er gab seinem Rosse die Sporen. Er eilte den anderen voraus. Der Löwe bemerkte ihn und sprang nun in graden Sätzen vorwärts. Die wahre Jagd, die Verfolgung des Löwen schien zu beginnen. Albert legte seine Flinte vor sich über den Kopf des Pferdes und drückte seine Sporen noch tiefer in die Weichen desselben.

Zehn Minuten jagte die ganze Schaar, Albert an der

Spitze, hinter dem Löwen her. Dieser war jetzt am Fuße einer bedeutenden felsigen Erhöhung. Mit einigen mächtigen Sätzen sprang er hinauf auf die Spitze derselben, und dort, als verschmähe er eine weitere Flucht·stand er still und warf einen Blick auf seine Verfolger.

Es war wirklich ein schönes, königliches Thier. Wie stolz stand es da, schüttelte einmal unmuthig seine Mähne und schlug gewaltige Ringe mit dem Schweif. Wie blickten seine Augen herüber zu den Kabylen! Einmal schien ihm noch der Gedanke zu kommen, zu fliehen. Dann aber richtete es sich stolzer auf und bot den Feinden seine Stirn.

Albert schien nicht erwartet zu haben, daß der Löwe stehen würde. Er hatte sein Roß nicht angehalten, und im Augenblick befand er sich am Fuße des Felsens, kaum zwanzig Schritt von dem Löwen entfernt, fast unter demselben. Einen Moment überlegte er, ob er sich zurückziehen und aus dieser gefährlichen Nähe entfernen solle. Dann aber erhob er entschlossen seine Flinte. Bereits knallten hinter ihm einige Schüsse. Sie trafen nicht.

Ebenso langsam und ruhig, wie Albert seine Flinte erhob, kauerte sich der Löwe zusammen und bückte sich zum Sprunge. Beide, Mensch und Thier, starrten sich mit weit geöffneten Augen an. Es war ein entsetzlicher Augenblick. Das Pferd zitterte und schnaubte. Mehr noch, als sein Herr, schien es die ganze Gefahr zu begreifen.

Jetzt legte Albert die Flinte an die Wange. Jetzt erhob sich der Löwe. Ein Sprung, ein Knall — Albert fühlte das Gewicht einer gewaltigen Masse auf seinem Körper, er fühlte warmes Blut über sein Gesicht strömen.

— Ah, mon dieu, je suis perdu! rief er entsetzt. Dann schwanden ihm die Sinne. — — — — — — —

— — — — — — — — — — — — — — —

„Mon dieu, je suis perdu! Mein Gott, ich bin verloren!"

Diese so wenigen Worte entschieden das Schicksal des jungen Mannes. Es war nicht seine gräßliche Lage, es war auch nicht der entsetzliche und gellende Todesschrei, der sich ihm entrang, es war nicht sein Heldenmuth — Nichts von alle dem, was die Kabylen erschütterte, was an ihr Ohr drang. Es war nur dieser eine Schrei: Mon dieu, je suis perdu!

Die verschiedenen Bezeichnungen, die dem Begriff des höchsten Wesens beigelegt werden, sind fast allen Nationen bekannt. Was Gott, Jehovah, Allah bezeichnet, weiß auch der Unerfahrenste. Welcher Kabyle hätte auch nicht wissen sollen, daß der Dieu der Franzosen ihrem Allah entsprach? Und wie oft hatten sie denselben Ausruf auf dem Schlacht= felde gehört, wenn ein französischer Krieger blutend nieder= stürzte.

Kein Beweis konnte schlagender gegen Albert sprechen. Das Wort, das man im letzten, im gefährlichsten, im ent= scheidendsten Augenblicke des Lebens spricht — dieses Wort muß aus der Tiefe der Seele kommen. In solchen Lagen giebt es keine Verstellung mehr. Nur ein Franzose, ein Franke konnte in einem solchen schrecklichen Augenblicke den Dieu, den Gott der Giaurs, anstatt des Allah der Gläu= bigen anrufen.

Als Albert erwachte, umstand ihn eine finstere Schaar mit düsteren Blicken, schweigsamen Gesichtern. Er selbst wußte nicht, was geschehen, was er gesprochen. Er streckte die Hand aus, damit man ihm helfen solle. Aber Niemand rührte ihn an. Und doch war seine Lage so entsetzlich.

Der Vorderkörper des Löwen, der Kopf desselben lag auf Alberts Brust und Hals, die Klauen des Löwen hielten den jungen Mann umkrallt. Das Pferd war gestürzt und lag regungslos, scheinbar todt. Der Löwe selbst war wirk= lich todt. Alberts Kugel hatte ihn vielleicht während des Sprunges ins Herz getroffen, und es war das Blut des

Löwen gewesen, das dem jungen Manne über das Gesicht
strömte.

Albert vermochte sich nicht zu rühren. Das Gewicht
des Löwen drückte ihn zu Boden, und sein einer Fuß lag
unter dem Rosse und schmerzte ihn, er war vielleicht ge=
brochen. Deshalb streckte Albert die Hand aus, daß man
ihm helfen solle.

Aber nichts als düstere, stumme Blicke antworteten
seiner Bitte. Der Gedanke mußte ihm kommen, daß etwas
Außerordentliches geschehen sei. Erstaunt und fragend sah
er auf die Kabylen.

— Habe ich denn Unrecht gethan, den Löwen zu
tödten? fragte er zaudernd und verwirrt.

— Schafft ihn hervor und sorgt dafür, daß er in Sicher=
heit bleibe! sagte der Führer kurz und gebieterisch.

Drei von den Kabylen ergriffen den Löwen und zogen
ihn fort. Jetzt, als die ganze Last des riesigen Thieres mit
ihrem vollen Gewicht auf ihn drückte, fühlte Albert fast
noch mehr Schmerz, als früher. Aber er unterdrückte ihn.
Ihn beschäftigte jetzt nur der Gedanke an das, was voran=
gegangen sei. Er konnte sich doch auf nichts besinnen!
Diese Ungewißheit war quälend. Aber sie mußte ja bald
ein Ende nehmen.

Er achtete fast nicht darauf, daß man ihn emporrichtete
und auch dem Roß auf die Beine half. Es erhob sich
zitternd und schnaufend, hatte aber keinen ernstlichen Scha=
den genommen, so wenig, wie Albert selbst. Bald saß er
wieder im Sattel. Sein weißer Burnus war mit Blut
bedeckt, wahrscheinlich auch sein Gesicht, denn als er sich
mit der Hand nach der Stirn griff, bemerkte er das Blut
an seinen Fingern.

Noch immer sprach Niemand ein Wort mit ihm. Al=
bert sah auf den getödteten Löwen. Es schien, als wolle
man ihn unberührt liegen lassen, als wolle man nicht ein=

mal sein herrliches Fell mitnehmen. Er wollte fragen. Aber
das Schweigen der Kabylen lastete unheimlich auf ihm. Er
wagte es nicht.

Er ritt langsam vorwärts. Vor und hinter ihm hatten
sich die Kabylen zusammengeschaart. Niemand ritt an seiner
Seite. Albert sah wohl, daß man ihn absichtlich vermied.
Was war denn entdeckt worden?

So währte es eine Stunde. Nach einer kurzen Berathung, die der Führer vorn mit seiner Begleitung gepflogen,
wandte sich der Zug nach einem kleinen Palmenwäldchen in
der Nähe. Dort schien man das Lager aufschlagen zu wollen.
Man setzte also die Reise nicht fort. Weshalb? Albert sah
ein, daß er entdeckt war, es konnte nicht anders sein. Aber
wie war das gekommen? Weshalb so plötzlich?

Die Kabylen gingen mürrisch und finster an die gewöhnlichen Arbeiten, die das Aufschlagen des Lagers mit sich
bringt. Auf ihnen sogar schien diese Entdeckung schwer zu
lasten. Albert sah, daß diejenigen, die am vertrautesten mit
ihm gewesen, ihn jetzt am eifrigsten vermieden, ihm sogar
nicht einmal einen Blick schenkten.

Aber nun endlich sollte er Aufklärung erhalten. Der
Führer der Schaar kam und trat vor ihn hin.

— Nun, Freund, fragte er kalt und ruhig, aber mit
einer Beimischung von Spott, wie weit sind wir noch von
Achmet-Bey?

— Ich weiß es nicht genau, antwortete Albert ebenfalls ruhig. Aber wir müssen ihn bald finden.

— Meinst Du? rief der Araber. Verfluchter Giaur,
Du wagst es, uns noch länger zu täuschen?

Das war die volle Wahrheit. Ein Blick tödtlichen
Hasses sprühte aus den Augen des Kabylen zu Albert hinüber. Sollte er noch länger seine Rolle spielen? Aber vor
allen Dingen mußte er wissen, was diese Aenderung hervorgerufen hatte.

— Giaur? fragte er. Weshalb bin ich plötzlich ein Giaur? Taucht der alte Argwohn wieder auf.

— Haft Du je gehört, daß ein Gläubiger im Augenblick des Todes den Dieu der Franken angerufen? fragte der Kabyle höhnisch lachend.

Nun war es Licht vor Alberts Augen. Also das war es! Ja, ja, ihm selbst hallte dieser Schrei, den er ausgestoßen, jetzt wieder vor den Ohren. Er hatte seinen Gott, nicht den Allah der Moslemin angerufen.

Und was sollte er nun thun? Noch länger leugnen? Er hätte es gekonnt. Es gab noch tausend Rechtfertigungsgründe, noch tausend Entschuldigungen. Er konnte sagen, daß er während seines Lebens unter den Ungläubigen die läfterliche Sitte angenommen, bei außerordentlichen Gelegenheiten Gott auf die Weise der Franken anzurufen. Er konnte so Manches sagen, was den Kabylen neue Zweifel einflößen mußte.

Aber er wollte nicht mehr lügen. Er war seiner Rolle überdrüffig. Was nutzte es ihm auch, noch einige Tage den Gläubigen zu spielen. Achmet-Bey konnte er doch nicht finden, das vorgespiegelte Ziel doch nicht erreichen. Das traurige Spiel war nur einige Tage früher zu Ende und an der Hauptsache änderte das nichts.

— Eh bien, sagte er ruhig, ich bin ein Franke, ein Giaur, ich habe Euch getäuscht, und nun ist es gut!

Damit wandte er sich kurz ab und warf sich auf die Erde. Er war müde. Er wollte Ruhe haben.

Der Führer kehrte zu den Kabylen zurück. Albert achtete nicht einmal darauf, wie die Gewißheit, die sie nun erhielten, von den Betrogenen aufgenommen wurde. Es war ihm ganz gleichgültig, was man über ihn beschloß. Tödten konnte man ihn nicht, da Bu-Maza den Befehl gegeben hatte, daß er auf jeden Fall zu ihm zurückgeführt werden solle. Und wollte man es dennoch thun — nun,

dann verkaufte er sein Leben so theuer als möglich und
starb im Kampfe. Als Soldat war er auf einen solchen
Tod stets vorbereitet.

Später stand er auf und ging nach einem kleinen See,
der sich in dem Wäldchen befand und sich wahrscheinlich
regelmäßig während der Regenmonate bildete, um gegen das
Ende des Sommers wieder zu vertrocknen. Dort wusch er
sein Gesicht und reinigte es von den Blutspuren. Dann,
da es Abend wurde, hüllte er sich fest in seinen Burnus
und legte sich nieder, unbekümmert um die ganze Welt und
um seine Zukunft.

Es war eine finstere Nacht. Der Mond schien nicht
und die Sterne flimmerten nur spärlich durch die Kronen
der Palmen, die regungslos über dem Schläfer in den
dunklen Himmel ragten. Albert schlief ziemlich fest und
ruhig. Von Zeit zu Zeit aber wachte er auf. Es mochte
etwas von der Unruhe des vergangenen Tages in seinen
Nerven zurückgeblieben sein. Doch war es immer nur ein
augenblickliches Erwachen.

Plötzlich hörte er eine Stimme dicht neben seinem Ohr
und vernahm französische Worte. Er glaubte zu träumen.
Er wollte den Kopf emporrichten, aber eine weiche Hand
drückte denselben nieder.

— Um Gotteswillen, rühren Sie sich nicht, Sie ver=
derben uns Beide! flüsterte eine weibliche Stimme.

Albert war jetzt ganz munter geworden. Neben sich,
lang auf der Erde liegend, sah er eine Gestalt. Sie be=
fand sich fast unmittelbar neben ihm. Er glaubte den
Hauch ihres Athems zu spüren.

— Mein Gott, wer sind Sie? fragte er leise. Wer
spricht hier in den Tönen meines Vaterlandes zu mir?

— Ich bin Judith, die Tochter Eli Baruch Manasse's,
antwortete die Stimme. Ist es möglich, Sie zu retten, so will
ich es versuchen. Es ist meine Pflicht, meine Schuldigkeit.

— Mein Gott, was sagen Sie? rief Albert überrascht und erstaunt. Kehren Sie zurück, ehe man Sie entdeckt.

— Ich bin nicht gekommen, um mich so leicht abweisen zu lassen, flüsterte die Jüdin. Hören Sie mich an, aber bleiben Sie ruhig, ich beschwöre Sie im Namen Gottes. Bis heute hatte ich keine Ahnung davon, daß eine Beziehung zwischen uns Beiden bestand, ich kümmerte mich um Sie so wenig, als um die Kabylen. Heut aber, als Sie den Löwen tödteten, erfuhr ich von einem unserer Diener — während mein Räuber und Tyrann sich entfernt hatte — daß Sie ein Franzose seien. Er theilte mir ferner mit, daß man Sie nur deshalb in Verdacht gehabt, weil ein Jude, der kein Anderer als mein Vater gewesen sein kann, Sie verrathen. Ich forschte nach den näheren Umständen und erfuhr das Ganze. Von diesem Augenblicke an hatte ich nur noch einen Gedanken: denjenigen, meine Schuld an Sie abzutragen. Mein Vater ist durch seine Liebe zu mir zu einem Frevel verleitet worden. Meine Sache ist es, das wieder gut zu machen, und deshalb bin ich gekommen.

— Aber was wollen Sie? fragte Albert, immer noch aufs Höchste überrascht. Wie ist es Ihnen überhaupt möglich gewesen, sich von dem Araber zu entfernen, seine Wachsamkeit zu täuschen und zu mir zu gelangen?

— Ich werde es Ihnen erzählen, aber vorher müssen Sie mir Ihr Versprechen geben, daß Sie fliehen wollen, flüsterte die Jüdin.

— Fliehen? Weshalb nicht, wenn es eine Möglichkeit ist? antwortete Albert. Ich verspreche es.

— Nun gut, so hören Sie an! Wie ich geraubt worden bin, was ich bis jetzt erduldet, das interessirt Sie nicht. Auch muß ich eilen. Genug, ich sah bis vor Kurzem keine andere Rettung, als den Tod. Ich wußte, daß der Kabyle zu Achmet-Bey wollte, und glaubte, ich sei verloren, wenn wir einmal dort angekommen wären. Vor einigen Tagen

endlich zeigte sich mir ein schwacher Hoffnungsstern. Ich
bemerkte, daß einer von den Dienern des Kabylen mich mit
Augen betrachtete, die mir keinen Zweifel über seine Absich=
ten ließen. Es gelang mir, mit ihm allein zu sprechen, er
gestand mir, daß er mich liebe und daß er entschlossen sei,
mich zu retten, wenn ich sein Weib werden wolle. Ich ver=
abscheute ihn ebenso sehr, wie seinen Herrn. Aber ich nahm
seinen Vorschlag an. Es war das einzige Mittel, zu mei=
nem Vater, nach meiner Heimath zurückzukehren. Gestern
hatte ich mit ihm eine längere heimliche Unterredung, in der
Alles beschlossen wurde. Wir wollten nach den bewohnteren
Gegenden zurückkehren und von dort aus wollte ich meinem
Vater schreiben, daß er mich aufsuchen und mir Geld brin=
gen solle. Später wollte der Kabyle sogar zu unserer Re=
ligion übertreten, wie er mir sagte. In dieser Nacht wollten
wir fliehen, und zwar auf seinem und seines Herrn Pferde.

Da ereignete sich heut jener Vorfall, der mich zum er=
sten Male darüber aufklärte, wer Sie seien und in welche
Lage Sie durch den traurigen Verrath meines Vaters ver=
setzt worden. Mein Entschluß stand sogleich fest. Heute
Abend mischte ich, wie ich es ohnehin mit dem Kabylen ver=
abredet hatte, einen Schlaftrunk in das Wasser, das mein
Räuber jeden Abend zu trinken pflegt. Er schläft jetzt so
fest und ruhig, wie niemals. Dann nahm ich meinen wei=
testen und dichtesten Mantel, hüllte mich fest in denselben
und schlich hierher, die Dunkelheit der Nacht und die Un=
ebenheiten des Bodens benutzend. Jetzt steht es in Ihrer
Hand, sich zu retten.

— Aber noch sehe ich keine Möglichkeit dazu, flüsterte
Albert, der voller Verwunderung und Aufmerksamkeit zuge=
hört hatte.

— O, die Sache ist ganz einfach, erwiederte Judith
leise. Sie nehmen meinen Frauenmantel, hüllen sich fest in
denselben ein und entfernen sich auf dieselbe Weise, wie ich

hierher gekommen bin. Tausend Schritte hinter dem Zelte, in dem wir wohnen, hält der Kabyle mit den beiden Pfer= den. In der Dunkelheit der Nacht, eingehüllt in meinen Mantel, und wenn Sie etwas gebückt gehen, wird er Sie nicht erkennen. Sie werden mit ihm fliehen, und wenn der Morgen anbricht, so wird es Ihre Sache sein, sich Ihres Begleiters zu entledigen.

— Ich danke Ihnen, Mademoiselle, antwortete der junge Franzose. Aber Sie? Wo bleiben Sie?

— Ich? Ich bleibe hier unbeweglich an Ihrer Stelle, auf Ihrem Platze. Was liegt mir daran, wenn man mich morgen früh erkennt? Man wird mich vielleicht tödten, und was liegt mir daran? Aber ich glaube nicht, daß es zum Aeußersten kommen wird. Die Kabylen sind vielleicht froh darüber, wenn Sie ihnen entschlüpfen, und mein Tyrann wird mich nicht sterben lassen. Ich werde mit ihm weiter ziehen und hoffentlich eine andere Gelegenheit zur Flucht finden.

— Sie sind edel, Sie sind großmüthig! sagte Albert mit Wärme. Dann schwieg er eine Zeit lang.

— Wäre ich bewaffnet, so könnte ich ihren Plan an= nehmen, fuhr er dann fort. Ich würde den Kabylen, der Sie erwartet, aufsuchen, und da er ein Feind meines Vater= landes ist, so würde ich ihn tödten, ohne mie viel Skrupel darüber zu machen. Dann würden Sie mir nachfolgen und wir würden vereint fliehen. So aber kann ich Ihren Plan nicht annehmen. Ich danke Ihnen, Madmoiselle. Sie ha= ben tausendfach wieder gut gemacht, was Ihr Vater an mir verschuldet. Aber was müßten Sie von einem Manne den= ken, der ein schwaches Weib hülflos in der Gewalt dieser Menschen zurückläßt, nur um sich selbst zu retten! Was wür= den meine Kameraden sagen!

— O sprechen Sie nicht so! flüsterte die Jüdin bittend und dringend. Denken Sie nicht daran. Sie retten sich und mir wird kein Schaden geschehen, verlassen Sie sich darauf! Weisen Sie meinen Vorschlag nicht zurück.

— Es wäre noch eine Möglichkeit! sagte Albert. Wenn der Kabyle drei Pferde hätte, oder wenn er sich dazu verstände, mich auf das seinige zu nehmen, so könnten wir drei zusammen fliehen.

— Nein, nein, ich glaube nicht, daß er das thun würde! flüsterte Judith. Ich bitte, ich beschwöre Sie, verlieren Sie nicht die edle Zeit. Jede Viertelstunde ist kostbar für Sie, der Kabyle erwartet mich bereits.

— Mag es sein! sagte Albert entschlossen. Ich fliehe nicht allein, ich könnte es nicht vor meinem Gewissen verantworten. Dennoch danke ich Ihnen von ganzem Herzen. Fliehen Sie, Madmoiselle, und erreichen Sie glücklich Ihr Ziel!

— Sie weisen mich zurück! Das ist grausam! seufzte Judith. Sie verachten meinen Rath, wie Sie mein Volk verachten.

— Nein, bei Gott nein, betheuerte Albert. Aber mein Entschluß steht fest, nichts wird ihn erschüttern. Ich gehe nicht fort von hier ohne Sie. Auch ich habe noch nicht alle Hoffnung aufgegeben. Auch mir wird sich eine Gelegenheit zur Flucht bieten, wenn wir erst den Franzosen näher sind. Und ich werde nie vergessen, Mademoiselle, nie, daß Sie so freundlich an mich gedacht haben. Verzeihen Sie mir, ich kann Ihren großherzigen Vorschlag nicht annehmen. Wenn Sie ein Mann, ein Soldat wären, würden Sie ebenso fühlen, wie ich.

— Also Sie rauben mir jede Hoffnung, die Schmach meines Vaters in Ihrem Andenken verwischen zu können? seufzte Judith.

— O nein, Mademoiselle, Niemand kann dieses Gefühl in Ihrem Herzen besser beurtheilen, als ich; aber ich gebe Ihnen mein Wort darauf, daß ich Ihrem Vater verzeihe, um seiner Tochter willen. Dringen Sie nicht länger in mich. Ich gehe nicht von hier fort, es sei denn, daß ich auch Sie gerettet weiß.

— So gehe ich auch nicht! sagte Judith beinahe laut, und fest und bestimmt.

— Ich bitte Sie, opfern Sie sich nicht auf! bat Albert. Retten Sie sich. Sie werden später erfahren, daß mich mein Glücksstern nicht verlassen hat. Auch ich werde mein Vaterland wiedersehen.

— Sie wollen meinen Vorschlag nicht annehmen? fragte Judith noch einmal.

— Ich kann es nicht, unter keiner Bedingung, so tief es mich auch schmerzt! antwortete Albert.

— Dann Adieu! flüsterte die Jüdin, und rasch war sie von seiner Seite verschwunden.

Der Samum.

Mochte je eine so unheimliche Stille auf einem Zuge gelastet haben, wie auf diesem am Mittag des folgenden Tages? Mochte je eine Schaar lebendiger Wesen so gespensterähnlich, so schweigend und düster durch die Wüste gezogen sein, wie dieser Kabylenzug? Unmöglich konnte je ein Anblick düsterer und schauerlicher gewesen sein, als der, den die Karavane jetzt darbot.

Keiner von den Reitern, keines von den Thieren schien Leben in sich zu fühlen. Die Pferde schlichen dahin, fast ohne die Füße zu bewegen, und das einzige Lebenszeichen, das die Männer gaben, war ein tiefes und schweres Athmen. Sie hoben nicht einmal die Hand, um die Schweißtropfen von der Stirn zu wischen.

Und die Luft! Das war keine Luft mehr, das war eine

feste, glühende, schwere Masse, eine Art von Dampf. Diese
Luft war nicht zu athmen, es war keine Atmosphäre für
lebende Wesen. Sie schien zu zittern, zu flammen, wie die
Luft über einer brennenden Kerze. Selbst den Strahlen der
Sonne verstattete sie kaum einen Durchgang. Das Licht des
sonst so glühenden Gestirns war matt und warf nur blasse
Schatten. Ein Abergläubiger würde geglaubt haben, daß
der Lauf der Welt gestört sei und die Erde ihrem Untergang
entgegen eile.

Diese Umwandlung war nicht plötzlich gekommen. Schon
in der Nacht, als Judith ihn verlassen und als er über
seine Unterredung mit der Tochter Manasse's nachdachte,
hatte Albert eine unerträgliche Schwüle empfunden. Er
glaubte indeß, es sei die innere Gluth, die Unruhe in ihm,
und schlief endlich ein, um von schweren und bangen Träu=
men geängstigt zu werden. Als er am Morgen erwachte,
war jener eigenthümliche Zustand der Atmosphäre bereits
eingetreten, wenn auch nicht in einem so hohen Grade. Er
konnte kaum athmen, seine Kleider klebten ihm am Körper
fest, bei jeder Bewegung brach ihm der Schweiß aus allen
Poren. In der Hölle konnte es kaum unerträglicher sein,
und selbst die Kabylen, die gewiß an Gluth und Sonnen=
brand gewöhnt waren, schlichen dahin wie Gespenster.

Man hatte Albert noch nicht gestört. Die Kabylen
schienen zu berathen. Albert hörte, wie einige sich darüber
aussprachen, in dem Palmenwäldchen zu bleiben, und das
Naturereigniß abzuwarten, das diese Schwüle verkündete.
Der Führer schien jedoch dagegen zu sein. Er sagte, er wisse
aus Erfahrung, daß derartige Phänomen oft Tage lang
dauerten, und er hoffte mit Bestimmtheit, daß man eine große
nördliche Oase erreichen könne, ehe das Unwetter ausbreche
— wenn es überhaupt zum Ausbruch komme. Seine Stimme
gab den Ausschlag. Man rüstete sich zum Aufbruch und
auch Albert suchte sein Pferd auf.

Der Herr der Welt. I.   12

Zum Theil war wohl diese entsetzliche Schwüle daran
schuld, daß die Kabylen sich auch heut fast gar nicht um
ihn kümmerten. Sie warfen nur zuweilen Blicke auf ihn,
um zu sehen, was er treibe, und als alles zu Pferde saß,
theilte sich die Schaar und Albert ritt allein in der Mitte,
bewacht von den Blicken der Nachfolgenden.

Sein Auge flog hinüber zu dem kleinen Zuge, der ge=
wöhnlich den großen Zug beschloß, und bei dem sich auch
Judith befand. Wie immer, zählte Albert auch heute vier
Reiter und drei Frauen. Judith war also nicht geflohen.
Sie hatte Wort gehalten. Sie hatte eine Standhaftigkeit
bewiesen, wie sie Albert nicht erwartet.

Dem jungen Manne that das leid. Es wäre ihm lieb
gewesen, wenn Judith sich gerettet. Er konnte ihr keine
Hülfe bringen, das sah er ein. Aber er achtete sie um so
mehr. Die Jüdin schien eine Festigkeit des Charakters zu
besitzen, wie sie Albert nur bei wenigen Frauen gefunden.
Sollte sie unter dem Despotismus eines Kabylen untergehen,
der in ihr nichts sah, als das Weib, das ihn durch sinn=
liche Schönheit gereizt hatte?

Daran dachte Albert am Morgen. Allmählich aber be=
gannen seine Gedanken zu erlöschen, wie eine Flamme, der
es an Nahrung fehlt. Auch auf ihn übte die Schwüle der
Luft ihren betäubenden Einfluß. Es war ihm, als pulsire
nicht mehr Blut, sondern Feuer oder geschmolzenes Metall
in seinen Adern. Der Schweiß perlte ihm langsam und in
großen Tropfen von der Stirn nieder. Seine Muskeln wur=
den schlaff, die Hand vermochte die Zügel nicht mehr zu
halten. Er ließ sie auf den Nacken des Pferdes fallen. Er
glaubte, aus dem Sattel sinken zu müssen.

Sie waren jetzt weit von dem Palmenwäldchen entfernt,
in einer Ebene. So weit das Auge blicken konnte, sah es
nur die zitternde schwere Luft, den röthlichen Himmel, die
matte Sonnenscheibe. Selbst die Gestalten der vorderen

Reiter entschwanden beinahe den Blicken. Es war Albert,
als sehe er die ganze Natur durch ein gefärbtes dickes Glas.
Er ahnte, daß etwas Entsetzliches bevorstand, wahrscheinlich
einer jener entsetzlichen Stürme, die ganze Karavanen, hun=
derte von Reisenden zu vernichten pflegen.

Ein dumpfes Brüllen und eine Bewegung unter den
Pferden rüttelte ihn ein wenig auf. Er hörte ein dumpfes
Schlagen auf den Erdboden, wie die Sprünge eines wilden
Thieres. Er glaubte auch seitwärts einen gewaltigen Kör=
per vorüberfliegen zu sehen. Dann war Alles wieder still.

Aber nur für einige Minuten. Dieselben dumpfen Töne
wiederholten sich jetzt auf verschiedenen Seiten. Die Pferde
wurden unruhig. Bald war es ein zitternder Schrei, der
durch die Luft drang, bald ein unheimlicher, entsetzlicher,
dumpfer Ton. Eine Antilope eilte jetzt, wie von einem Dä=
mon gejagt, pfeilschnell mitten durch den Zug. Seitwärts
flogen andere Thiergestalten wie Schatten vorüber. Der
Staub wirbelte auf. Dabei wurde die Gluth mit jedem
Augenblicke gräßlicher, drückender. Wieder brachen Thiere,
Gazellen, Panther, Antilopen durch die Reihen der Reiter.
Selbst eine Giraffe jagte vorüber.

— Es ist der Samum! Es ist der Samum! tönte es
gellend, und doch so dumpf und schauerlich durch den gan=
zen Zug.

Eine Minute darauf war Alles in entsetzlicher Verwir=
rung. Alles stürzte nach den Maulthieren, welche die Was=
serschläuche trugen. Im Nu waren sie zerschnitten. Jeder
tränkte ein Tuch in der lauwarmen Flüssigkeit. Alle Ge=
sichter waren voller Entsetzen, fahl und mit Schweiß bedeckt.
Auch Albert stürzte nach einem Maulthier und tränkte sei=
nen ganzen Burnus, den er pfeilschnell herabgerissen, in der
Flüssigkeit. Noch wußte er nicht, was geschehen würde. Er
handelte, wie im Traum.

Dann plötzlich fuhr ein Windstoß über ihn hin. Aber
12*

er brachte keine Kühlung. Er schien aus einem Gluthofen
zu kommen. Ein zweiter folgte, und mit ihm fiel eine Wolke
von Staub über den Zug. Ein dumpfes Brausen zog durch
die Luft, mit jedem Augenblicke mächtiger werdend.

— Der Samum! tönte es noch einmal durch die Reihen.
Dann war der ganze Zug zerrissen.

Wie war es auch möglich, daß jetzt ein Mensch an
etwas anderes denken konnte, als an seine eigene Rettung,
an sein eigenes Leben! Albert hatte vor Kurzem das entsetzliche Ereigniß in der Grotte durchlebt. Aber dieser Aufruhr der Elemente, den die Natur sendete, den Menschen-
hände nicht hervorgerufen, erschien ihm noch gräßlicher. Was
er athmete und sah, war nicht mehr Luft. Es war ein
Meer von Sand, Staub, Hitze und Gluth. Er athmete Feuer,
selbst durch den Burnus, den er über den Kopf geworfen
und den er auf seinem Gesichte trocknen fühlte. Sein Pferd
bäumte sich und raste. Aber er dachte nicht daran, es zu
zügeln. Er wußte nicht, wohin er sich wenden sollte. Wie
in einem wüsten Traum sah er rings um sich her schatten-
hafte verzerrte Gestalten. Konnte er das überleben? Konnte
er das auch nur fünf Minuten ertragen. Es war ihm, als
brenne es in seinem Innern, als lege man ein glühendes
Eisen auf seine Zunge. Er glaubte das Mark in seinen
Gebeinen dorren zu fühlen. Zuweilen schien es ihm, als
trete sein Roß auf die Körper von Menschen und Thieren.
Dann wieder glaubte er ganz allein in dem Chaos der un-
tergehenden Welt zu sein.

Jetzt hörte er erstickte, jammernde Stimmen neben sich.
Es waren Frauenstimmen. Diese Töne riefen ihm etwas
zurück, was er in dem Aufruhr der Elemente vergessen hatte.
Er erinnerte sich der Jüdin. Und mit dieser Erinnerung
kehrte zugleich ein Theil seiner Kraft zurück. Der Mensch
ist dann am stärksten und muthigsten, wenn er für Andere
handelt.

— Judith! rief Albert laut und in französischer Sprache. Wenn Sie noch leben, so geben Sie mir ein Zeichen!

— Hier, hier bin ich! antwortete eine helle Stimme. Befreien Sie mich! Der Kabyle will mich nicht fliehen lassen.

Trotz der versengenden Gluth, trotz der Wolken heißen Sandes, die auf ihn niederstürzten und ihm den Athem raub= ten, trotz der Finsterniß, die ihm kaum gestattete, weiter als einige Schritte zu sehen — trotz Alles dessen lenkte Albert sein Pferd nach der Seite, von der die Antwort gekommen war. Mitten in dieser Auflösung der Natur kam ihm der Gedanke an die Möglichkeit einer Flucht. Er wiederholte seinen Ruf. Wieder hörte er die Antwort.

Unmöglich wäre es, das in seiner ganzen Ausführlich= keit, in seiner ganzen hastigen Wildheit zu schildern, was nun folgte. Rings um Albert nichts, als Wolken heißen San= des, eine unheimliche Dämmerung, das Rauschen des Sa= mums, das Stöhnen und Klagen von Menschen und Thie= ren — eine erstickende Atmosphäre und die Gewißheit des Todes — so arbeitete er sich vorwärts, seine Augen an= strengend, daß sie brannten wie Feuer, um etwas zu erken= nen, zu unterscheiden — während sein Pferd schnaufte und sich schüttelte und bäumte vor Entsetzen.

Da sieht er eine dunkle Masse vor sich, einen Reiter, eine andere Gestalt dicht neben ihm. Er glaubt, sie ringen zu sehen. Er zwingt sein Roß weiter vor, er drückt ihm tief die Sporen in die Weichen.

— Du sollst sterben, sterben wie ich! Du sollst nicht fliehen! hört er eine Stimme rufen, und er erkennt die Stimme des Arabers, der Judith geraubt. Du sollst mit mir in der Wüste begraben sein!

— Laß mich, Du Ungeheuer! Hülfe! Rettung! jam= mert die Tochter Manasse's. Zurück, Räuber!

Albert sieht die Beiden ringen. Der Kabyle will Ju= dith zu sich auf sein Roß hinüberziehen. Aber der junge

Franzose sieht sie nur wie Schatten. Auch er ist dicht bei ihnen, ohne daß sie ihn bemerken.

Da glänzt etwas dicht neben seiner rechten Hand. Es ist der Yagatan des Kabylen.

— Laß mich, Wahnsinniger! gellt die Stimme Judiths. Hülfe! Er tödtet, er erdrosselt mich!

Albert hat den Yagatan schon ergriffen. Er blitzt durch die Luft. Ein Schrei, ein Stöhnen. Der Kabyle sinkt zurück, mit seinen Armen noch nach Judith haschend. Dann verschwindet er unter seinem Rosse.

— Ich bin es, Judith! Her zu mir! ruft Albert. Geben Sie mir die Zügel Ihres Rosses! Hier — ich habe sie!

Mit der Linken hat er die Zügel des Pferdes ergriffen, an dessen Nacken sich Judith anklammert. Mit der Rechten hält er noch immer den blutigen Yagatan. Er spornt sein Roß vorwärts. Immer dichter werden die glühenden Sandwolken, die sich auf ihn niederstürzen. Albert denkt an den Untergang Pompeji's und seine Sinne verwirren sich.

Da erscheint eine andere Gestalt neben Judith, wie ein Schatten. Albert sieht, daß sie ihre Arme nach der Jüdin ausstreckt. Ist es der Engel des Todes? Will er nicht von seiner Beute lassen? Judith schreit auf.

— Es ist der andere Kabyle, der mit mir fliehen wollte! Fort von mir! Laß mich los, Ungeheuer! Du hast kein Recht an mich!

Wieder sieht Albert zwei Gestalten ringen, wieder fährt ein Blitz, zuckend aus seiner Hand, zwischen Beiden — wieder sinkt eine Gestalt zu Boden und verschwindet. Ein dumpfer Schrei übertönt das Brausen des Sturmes.

Und nun wohin? Der Weg ist frei — aber wohin? Albert begräbt seine lange Sporen in den Weichen seines Thieres. Er will fliehen, aber wohin? Wo tobt der Samum nicht? Doch hier kann er nicht bleiben. Er zieht das

Roß Judiths mit sich fort, die beiden Thiere selbst scheinen
zu fühlen, daß sie sich retten müssen, der Instinkt treibt sie.
Sie eilen davon auf den Flügeln des Samums.

Es heult, es schwirrt, es braust in der Luft. Die
Sonne scheint nicht mehr. Die Erde ist in eine röthlich matte
Dämmerung gehüllt, die kein Auge durchdringen kann. Der
Erdball scheint sich auflösen zu wollen in seine Atome. Es
ist keine Luft mehr, welche die Fliehenden umgiebt — es ist
eine sich bewegende, kreisende Masse, ein Theil des Bodens
unter ihnen, der sich losgelöst hat und emporfliegt. Dazwischen jagen sie hindurch.

Jetzt stürzt das Pferd Judiths. Albert will es am
Zügel emporreißen, vergebens. Aber hier hilft kein Zögern,
kein Besinnen. Er ergreift die Jüdin und reißt sie zu sich
hinüber auf sein Pferd. Mit der Linken drückt er sie an
sich, in der Rechten hält er immer noch den Yagatan. Und
nun weiter!

Es wird Nacht. Die Sandwolken scheinen Albert niederdrücken zu wollen. Das Pferd schnauft stärker. Bald
wird es stürzen. Bald wird Albert und mit ihm Judith
verloren sein. Sie hat ihre Arme um ihn geschlungen in
der Todesangst ihres Herzens. Albert sieht ihr bleiches
Gesicht, ihre geschlossenen Augen, ihr schwarzes, flatterndes
Haar. Ihre volle Brust ruht an der seinen, er fühlt ihr
Herzklopfen. Es durchzuckt ihn wie Fieberhitze, das Blut
drängt sich nach seinem Gesicht, die Stirn scheint ihm springen zu wollen — blaue, röthliche, gelbe Lichter flimmern vor
seinen Augen wie Blitze — das Pferd versinkt bis über die
Knöchel im Flugsand, aber noch schleppt es sich weiter. Wie
lange? Noch eine Minute. Und dann? Und doch schlägt
warmes, lebendiges Leben in der Brust des jungen Mannes,
doch ruht ein schönes Weib an seinem Herzen. Ist das der
Tod, der ihm das Blut so durch die Adern jagt? Ist das
ein Ritt zum Grabe? Ist er der nächtliche, gespenstische Rei-

ter, der die Geliebte zu sich in das Grab trägt? Ist das die
Leonore der deutschen Ballade? —

Ein schwerer, gewaltiger, heftiger Sturz in die Tiefe,
in die vollständigste Nacht. Ein Schrei ringt sich von den
Lippen Judiths, Albert fühlt das Pferd unter sich zucken.
Dann verläßt auch ihn die Besinnung.

— Mercedes! Meine arme Mutter! stöhnt es von sei=
nen Lippen und er sinkt in die Nacht des Todes. — —

Morrel.

Die Tribünen im großen Sitzungssaal der französischen
Pairskammer waren gefüllt, wie selten. Es war am acht=
undzwanzigsten September des Jahres 1840 und eine wich=
tige Anklage sollte verhandelt werden. Die Elite der Pariser
Gesellschaft drängte sich auf den schmalen Sitzen der Tri=
bünen. Alle Augen waren auf den Saal gerichtet — auf
denselben Saal, der einst das Verdammungsurtheil des Ge=
nerals de Morcerf, Pairs von Frankreich, gehört hatte.

Die tiefste Stille herrschte. Dort unten saß der Kanzler
Pasquier, der Vorsitzende des Pairshofes, seitwärts von ihm,
am Bureau des Parquets, der Staatsanwalt Franck=Carré
mit seinen Gehülfen, vor ihm im weiten Halbkreise eine
Schaar von ungefähr zweihundert Männern, Alle im ge=
wählten Anzuge oder in glänzender Uniform, den Mehrzahl
nach schon bejahrte Leute. Es waren die Pairs von Frank=
reich, es war die Blüthe des französischen Adels.

Auf der andern Seite des Kanzlers befand sich eine
andere, kleinere Anzahl von Männern, einige unter ihnen in
Uniform, die meisten in Civil. Es waren ihrer neunzehn.
Aber einer von ihnen zog fast aller Blicke auf sich.

Er war von mittelgroßer Gestalt, blaß, mit braunem
Haar und Bart, starker Nase, einfach gekleidet. Nachdenklich

sah er vor sich hin, fast ohne auf das zu achten, was im
Pairshofe vor sich ging. Nur zuweilen wandte er sich zu
seinem Vertheidiger, einem Manne, den ganz Paris kannte.
Es war Berryer, der berühmte Advokat. Zuweilen flüsterte
er auch einige Worte mit einem weißköpfigen Greise in Ge=
neralsuniform, der ebenfalls auf der Bank der Angeklag=
ten saß.

Jetzt erhob sich der Anwalt des Senats. Er hielt eine
lange Rede. Aber sei es, daß man die Thatsachen der An=
klage bereits kannte, sei es, daß man ihnen wenig Interesse
schenkte — der Ton seiner Worte klang kaum hinauf bis zu
den Tribünen, auf denen die Zuhörer mit einander flüsterten
und ihre Ansichten aussprachen.

Die Rede dauerte lange. Endlich aber nahm der
Staatsanwalt seinen Platz wieder ein und jener junge
Mann, der wenig über dreißig Jahre alt sein mochte, der
erste von den Angeklagten, erhob sich. Im Saale war es
still, wie in einem Grabe.

— Zum ersten Mal in meinem Leben, begann er, ist
es mir endlich erlaubt, meine Stimme in Frankreich zu er=
heben und frei zu Franzosen zu sprechen.

Trotz der Hüter, die mich umgeben, trotz der Anklagen,
die ich soeben gehört habe, kann ich — erfüllt von Erinne=
rungen aus meiner frühen Kindheit und in der Mitte dieser
Senatsversammlung, in Ihrer Mitte, meine Herren, die ich
kenne — kann ich nicht glauben, daß ich nöthig habe, mich
hier zu rechtfertigen, daß Sie meine Richter sein wollen.
Eine feierliche Gelegenheit ist mir geboten, meinen Mitbür=
gern meine Thaten, meine Absichten, meine Pläne, das, was
ich denke, was ich will, auseinanderzusetzen. —

Dann sprach er weiter, ruhig und fest, mit etwas be=
wegter Stimme. Er sprach von seinem großen Oheim, von
den Interessen Frankreichs. Jeder seiner Sätze war gewichtig
und inhaltschwer.

— Als Vertreter einer politischen Frage — so schloß
er — kann ich einen politischen Gerichtshof nicht als Richter
über meinen Willen und meine Thaten anerkennen. Ihre
Formalitäten täuschen Niemand. In dem Kampfe, der beginnt, giebt es nur einen Sieger und einen Besiegten. Sind
Sie für den Sieger, so habe ich keine Gerechtigkeit von Ihnen
zu erwarten, und Großmuth — will ich nicht! —

Er setzte sich. Es war Ludwig Napoleon Bonaparte,
Sohn des Königs von Holland. Er stand vor dem Gerichts-
hofe wegen seiner bewaffneten Landung in Boulogne, wegen
seines zweiten Versuches, das zu erlangen, was ihm später
dennoch zu Theil wurde — die Herrschaft über das Land,
dessen erster Kaiser sein Oheim gewesen war.

Darauf begannen der Prozeß und das Spezialverhör,
die tief bis in den Abend hinein dauerten. Dann leerte sich
der Saal, die Zuhörer verließen die Tribünen. Die erste
Sitzung war beendet.

Aber weder der Kanzler Pasquier, noch der Staatsanwalt Franck-Carré verließen das Palais des Luxembourg. Sie
nahmen zusammen ein kleines Souper ein und tauschten ihre
Ansichten über den Verlauf des vergangenen Tages aus. Dann
begaben sie sich nach einem der inneren Zimmer des Palastes.
Der Kanzler nahm vor einem großen grünen Tische Platz.
Der Staatsanwalt setzte sich in einiger Entfernung neben ihn.

Gleich darauf führten die Huissiers einen jungen Mann
in das Zimmer, bedeuteten ihn, daß der Sessel, der allein
mitten im Zimmer stand, für ihn bestimmt sei, und verließen
dann wieder das Gemach.

Der junge Mann grüßte die beiden Herren durch eine
stumme Verbeugung und setzte sich. Er war von großer und
stattlicher Figur und mochte ungefähr dreißig Jahre alt sein.
Sein Gesicht war regelmäßig und männlich schön, gebräunt
und ausdrucksvoll. Sein ganzes Benehmen hatte jene Festigkeit und Ruhe, die dem Soldaten eigen ist.

— Herr Marimilian Morrel, wenn ich nicht irre?
sagte der Kanzler Pasquier.

— Ja, mein Herr, erwiederte der junge Mann. Ka=
pitän Morrel.

— Also Sie sind oder Sie waren Militair? fragte der
Kanzler weiter.

— Ich diente in der afrikanischen Armee, erwiederte
der Kapitän. Aber ehe ich Ihre Fragen beantworte, erlau=
ben Sie mir meinerseits vielleicht auch eine Frage. Wie ich
gehört habe, hat heut der Prozeß der Angeklagten in der
Angelegenheit von Boulogne begonnen. Weshalb hat man
mich nicht vor den Pairshof gestellt?

— Verschiedene Gründe haben uns bewogen, mit Ihnen
eine Ausnahme zu machen, sagte der Kanzler. Sie theilen
auch nur das Loos der Mehrzahl. Wir haben nur neunzehn
Angeklagte vor den Pairshof gestellt, da es nicht unsere Ab=
sicht war, eine Menge von jungen und verblendeten Leuten
unglücklich zu machen.

— Ich danke Ihnen, sagte der Kapitän Morrel mit
einem leichten Lächeln. Aber ich bin gefangen genommen
worden, und zwar mit den Waffen in der Hand. Man hätte
auch mir diese Ehre zu Theil werden lassen können.

— Wenn Sie nach dieser Auszeichnung dürsten, so wird
sie Ihnen wahrscheinlich nicht entgehen, sagte der Kanzler
etwas mißmüthig. Für jetzt halten wir es für nothwendig,
zuvor mit Ihnen allein zu sprechen. Was weiter geschieht,
wird eine Folge dieser Unterredung sein. Ich mache Sie dar=
auf aufmerksam, Herr Kapitän, daß Sie verpflichtet sind, mir,
dem Kanzler des Pairshofes, die volle Wahrheit zu sagen.
Sie werden uns in keiner Beziehung täuschen können, denn
wir haben uns im Voraus genau von allem unterrichtet,
und es handelt sich jetzt nur um die Feststellung gewisser
Thatsachen. Versprechen Sie das?

— Ich werde die Wahrheit sagen, wie ich sie immer

gesagt habe, das heißt, was mich selbst anbetrifft, antwortete Maximilian Morrel. Sie werden nicht verlangen, daß ich andere Personen beschuldige und anklage.

— Nein, sagte der Kanzler. Also zur Sache. Ihren Namen kennen wir, auch Ihren früheren Stand. Jetzt bekleiden Sie, wie wir erfahren, keine öffentliche Stellung mehr. Sie sind Privatmann, nicht wahr?

— Ich bin Eigenthümer eines Hauses in den Champs Elisées und eines Schlosses bei Tréport.

— Sie sind also wohlhabend?

— Ich bin vermögend.

— Sie Sie verheirathet?

— Ja, Herr Kanzler.

— Mit wem?

— Mit Valentine von Villefort, Tochter des früheren Staatsanwalts.

Der Kanzler horchte auf und schien sich zu besinnen.

— Haben Sie Kinder? fuhr er dann fort.

— Ja, einen Knaben, erwiederte der Kapitän.

Jetzt flüsterte der Staatsanwalt dem Kanzler einige Worte ins Ohr und sie sprachen eine Zeit lang leise mit einander.

— Sie behaupten, mit Valentine von Villefort, der Tochter des früheren Staatsanwaltes, verheirathet zu sein, sagte der Kanzler dann.

— Mein Herr, entgegnete Morrel schnell und beinahe heftig, ich behaupte es nicht, ich bin es in der That.

— Aber es giebt keine Valentine von Villefort mehr, sie ist gestorben, sagte der Kanzler ruhig und siegesgewiß.

— Sie war gestorben, wenigstens glaubte man es, sagte der Kapitän und richtete seinen Blick nach oben, als wolle er dem Himmel danken. Man hielt sie für todt, aber sie wurde gerettet durch Jemand, den ich nächst Gott am meisten verehre. Indessen, ich glaube, Herr Kanzler, das ge=

hört nicht hierher. Meine Frau hat mit der Sache nichts
zu thun.

— Es handelt sich nur um eine Feststellung der Fa-
milienverhältnisse, sagte Pasquier, wie es schien, nicht ganz
zufriedengestellt. Fahren Sie fort. Sie waren französischer
Offizier. Hat die Regierung Sie beleidigt?

— Nicht daß ich wüßte, antwortete der Kapitän. Ich
bin nur mit meinen Vorgesetzten, nie mit der Regierung in
Berührung gekommen.

— Weshalb nahmen Sie also Ihren Abschied? Geschah es aus freiem Willen?

— Fürs Erste nahm ich Urlaub, um mich von einer
Wunde zu heilen, erwiederte Morrel. Dann hielt mich
meine Verheirathung in Frankreich fest, und später bat mich
meine Frau, den Abschied zu nehmen und nur für sie zu
leben, und das bestimmte mich.

— Aber was in aller Welt hat Sie denn bewogen,
ein Anhänger Bonaparte's zu werden? fragte der Kanzler
leichthin und beinahe vertraulich. Das war doch der thö-
richtste Streich, den Sie machen konnten!

— Verzeihung, Herr Kanzler, sagte Morrel fest und
mit Würde, Sie sind ein alter Mann, deshalb nehme ich
diesen Ausdruck von Ihnen hin. Sonst müßte ich ihn ablehnen. Ich kann Sie übrigens vollkommen über diesen
Punkt aufklären. Mein Vater war ein Anhänger Napoleons, der Großvater meiner Frau, Noirtier de Villefort,
wird Ihnen aus vergangenen Zeiten gleichfalls als Bonapartist bekannt sein. Der Bonapartismus lebt also in unserer Familie. Außerdem aber handelte ich auf den Wunsch
eines Mannes, dem mein Vater seine Rettung, dem ich das
Leben meiner Gattin verdanke, desselben Mannes, den ich
bereits erwähnte. Ich würde seinem Wunsche folgen, und
wenn er mir auch den Auftrag gäbe, Paris in Brand zu
stecken.

— Das grenzt an Wahnsinn! murmelte der Kanzler halblaut. Und wer ist dieser Mann?

— Der Graf von Monte-Christo! antwortete Maximilian Morrel mit einem gewissen Stolz.

Der Kanzler war überrascht und blickte den Staatsanwalt mit einem beinahe spöttischen Lächeln an.

— Der Graf von Monte-Christo? Wer ist das? Wo lebt er? Ich habe nie etwas von ihm gehört, sagte er dann.

— Das ist möglich, ich weiß selbst nicht, wo er jetzt lebt, sagte der Kapitän. Aber er existirt. Sollten Sie nicht von ihm gehört haben, als er vor einigen Jahren in Paris war? Man sprach allgemein von ihm.

— In der That, ich erinnere mich dunkel, sagte der Kanzler. Wahrscheinlich ein Abenteurer oder dergleichen.

— Herr Kanzler, rief der junge Mann beinahe heftig, urtheilen Sie nicht über einen Mann, den Sie nicht kennen. Es giebt auf der Welt keinen edleren Charakter, als den dieses Mannes. Er ist mehr, als ein Mensch.

— Sie scheinen von ihm eingenommen zu sein, gut! meinte Pasquier achselzuckend. Also dieser Graf von Monte-Christo gab Ihnen den Auftrag, sich den Bonapartisten anzuschließen. Weshalb that er das?

— Sie fragen mich zu viel, ich weiß es nicht, antwortete Morrel. Es würde mir nie eingefallen sein, ihn nach Gründen zu fragen. Wenn er etwas thut, so muß er von vorn herein Recht haben. Auch habe ich nicht mit ihm darüber sprechen können, denn leider habe ich ihn seit Jahren nicht gesehen und weiß nicht einmal, wo ich ihn suchen kann.

— Merkwürdig! meinte Pasquier. So hat er Ihnen also einen schriftlichen Auftrag gegeben.

— Auch das nicht, antwortete der Kapitän. Die Sache ist ganz einfach. Im Juli erschien ein Herr bei mir, den ich nicht kannte. Er brachte mir einen Gruß vom Grafen

Monte-Christo und sagte mir, daß sich derselbe meiner noch erinnere. Dann gab er mir die Weisung, im Namen des Grafen mich zu dem Banquierhause Rothschild zu begeben und dort eine Summe, die man mir ausliefern würde, wenn ich mich legitimirte, in Empfang zu nehmen. Er sagte mir auch, daß es dem Grafen angenehm sein würde, wenn ich mich der Sache anschlösse, welcher der Mann angehöre, dem ich das Geld überbringen sollte. Ich fragte, welche Sache das sei. Der Herr antwortete mir, ich würde es erfahren. Ich begab mich zu den Gebrüdern Rothschild, und nachdem ich mich legitimirt, erhielt ich eine bedeutende Summe aus= gezahlt. Ich reiste damit in Begleitung meiner Frau nach London, denn dort befand sich der Herr, dem ich das Geld auszahlen sollte. Er nahm es in Empfang und sagte mir, es sei für die Sache Ludwig Napoleons bestimmt. Darauf hielt ich es für meine Pflicht, mich ebenfalls dieser Sache anzuschließen, um so mehr, da meine Sympathie mich zu dem Prinzen hinzog. Dies ist der einfache und wahre Hergang.

— Der übrigens ziemlich unwahrscheinlich klingt! sagte Pasquier. Indessen ich glaube Ihnen! fügte er schnell hinzu, als er sah, daß Morrels Miene sich verfinsterte. Und wer war dieser Herr in London?

— Ich werde seinen Namen nicht nennen, erwiederte der Kapitän. Er befindet sich nicht unter den Angeklagten und hat keinen Theil an der Ausführung des Planes ge= nommen, er gehört nur zu den Freunden des Prinzen.

— Und wer war der andere Herr, der Ihnen den Auf= trag des Grafen Monte-Christo brachte? fragte der Kanzler.

— Ich gebe Ihnen mein Wort, daß ich ihn nicht kenne. Ich habe ihn weder vorher noch nachher gesehen.

— Merkwürdig genug! meinte Pasquier unbefriedigt. Und Sie können mir auch nicht sagen, ob jener Londoner Herr in Beziehungen zu dem Grafen stand, und in welchen?

— Nein, Herr Kanzler. Ich habe ihn nie danach ge=
fragt.

— Sie wissen auch nicht, ob der Prinz solche Be=
ziehungen zu dem Grafen hatte?

— Nein, ich weiß es eben so wenig. Wie konnte ich
mir erlauben, das erfahren zu wollen!

— Sie sind wirklich von einer seltsamen Diskretion!
sagte Pasquier spöttisch. Vielleicht können Sie uns auch
nicht einmal sagen, ob der Prinz wußte, von wem er diese
Summe erhielt?

— Ich weiß es in der That eben so wenig, erwiederte
der Kapitän. Ich habe nie mit ihm darüber gesprochen,
und zwar schon deshalb nicht, weil jener Londoner Herr mir
sagte, die Sache müsse unter uns bleiben.

— Sie werden es mir nicht übel nehmen, Herr Ka=
pitän, sagte der Kanzler, aber das Alles klingt sehr nach
einer gewissen Verabredung. Indessen können wir Sie nicht
weiter zwingen, Namen zu nennen. Wir leben im neun=
zehnten Jahrhundert und kennen keine Folter. Aber Sie
werden doch wenigstens Vermuthungen darüber haben, wes=
halb der Graf von Monte=Christo sich bewogen fühlte, den
Bonapartisten Geld zu senden.

— Ich habe darüber wirklich selten nachgedacht, ant=
wortete Morrel unbefangen. Ich glaube aber, der Graf hegt
aus seiner Jugendzeit Sympathien für Napoleon. Er litt
für die Sache des Kaisers, wenn auch ohne sein Wissen.
Ferner war der Kapitän des Schiffes, auf dem er den See=
dienst erlernte, der Kapitän Leclerc, ein Bonapartist. Mein
Vater, wie ich Ihnen schon sagte, gehörte ebenfalls zu den
Anhängern des großen Mannes. Möglich, daß diese Er=
innerungen den Grafen bewogen haben. Indessen ich er=
laube mir kein Urtheil darüber.

— Sie werden aber wenigstens die Summe nennen
können, die der Graf durch Sie nach London schickte?

— Auch das ist mir verboten. Es war jedoch eine bedeutende Summe, das kann ich sagen.

— Betrug sie über eine Million?

— Gewiß! Weit darüber.

— Dann muß der Graf von Monte-Christo ein reicher Mann sein!

— Ohne Zweifel. Ich halte ihn für einen der reichsten Männer der Erde.

— Und welche Gründe haben Sie dazu?

— Thatsachen. Der Graf gab Tausende auf dieselbe Weise aus, wie andere Leute Louisd'ors.

— Und woher stammen diese ungeheueren Schätze? Ich habe nie von einer so reichen Familie Monte-Christo gehört.

— Darüber kann ich Ihnen keine Auskunft geben, sagte der Kapitän. Ich verehre den Grafen als den besten und edelsten aller Menschen, als den Retter meiner Familie. Ich habe ihn nie gefragt, woher er seine Schätze erhalten. Außerdem, glaube ich, gehört dieser Gegenstand nicht hierher. Wenden Sie sich an den Grafen selbst.

— Wir haben große Lust dazu, sagte der Kanzler. Geben Sie uns gefälligst seine Adresse!

— Ich kenne sie nicht. Aber ich sollte meinen, daß es für eine so geübte Polizei, wie die der jetzigen Regierung, eine Kleinigkeit sein müsse, sie zu erfahren. Wenn Sie dieselbe kennen, so bitte ich um Mittheilung derselben.

— Ihr Graf Monte-Christo scheint eine fabelhafte Person zu sein, sagte der Kanzler ziemlich verächtlich. Man müßte doch von einem solchen Manne gehört haben, wenn er in Europa lebte. Wer weiß, wer sich hinter ihm versteckt!

— Vielleicht die Jesuiten! meinte der Staats-Anwalt Franck-Carré. Sie wollen vielleicht die jetzige Regierung stürzen!

Der Herr der Welt. I.   13

Pasquier sah den Anwalt lächelnd von der Seite an, als ob er meinte: Wirklich?

— Noch eine Frage! wandte er sich dann an den Kapitän. Sie sagen, ein Herr habe Ihnen den Auftrag gebracht, das Geld nach London zu schaffen. Weshalb wählte der Graf gerade Sie zu dieser Mission, die er doch vielleicht ganz einfach durch jenen Herrn selbst ausführen lassen konnte? Haben Sie darüber Vermuthungen?

— Ja, antwortete der Kapitän nach einigem Zögern. Auch mir schien dieser Auftrag unbedeutend und ich fragte jenen Herrn, weshalb der Graf keine wichtigeren Dienste von mir verlange. Darauf antwortete mir der Herr: Wahrscheinlich verlange es der Graf nicht in seinem, sondern in meinem Interesse.

— Nun, und. wieso das? fragte der Kanzler, als Morrel ein wenig zögerte.

— Er sagte, daß den Napoleoniden die Zukunft Frankreichs gehöre, und daß es deshalb in meinem Interesse liegen würde, mich offen einer Sache anzuschließen, der ich bereits meine geheimen Sympathien schenkte.

Der Kanzler sah finster vor sich hin. Auch der Staats-Anwalt senkte den Blick. Es war eine peinliche Pause.

— Ihr Graf Monte-Christo mag reich, edel, genug alles Mögliche sein! sagte Pasquier dann mit einer Beimischung von Hohn. Aber ein Prophet ist er nicht. Seine Voraussagungen sind nicht in Erfüllung gegangen, und statt Ihnen Ehre und Ruhm zu schaffen, hat Sie der Rath Ihres Freundes in einen Kerker geführt.

— Für jetzt ja! antwortete der Kapitän mit einem ruhigen Lächeln. Aber die Zukunft gehört uns. Die Napoleoniden sind in Frankreich die einzig und allein möglichen Herrscher, und Louis Napoleon selbst hat in einem seiner Werke gesagt: „Große Unternehmungen gelingen nie das erste Mal!" Qui vivra verra — meine Herren!

— Wir haben Sie nicht rufen laffen, um mit Ihnen
politifche Diskuffionen zu führen! rief der Kanzler ärgerlich.
Wahrfcheinlich werden Sie bald Muße genug haben, Ihre
Träumereien in der Ruhe eines Gefängniffes fortzufetzen.
Sie find in Boulogne mit den Waffen in der Hand gefan=
gen worden. Sie werden Ihre Strafe empfangen.

— Ich erwarte fie, fagte Morrel ruhig. Es wäre fo=
gar ungerecht, wenn man mich frei gehen ließe.

— Das ift ein übel angewandter Heroismus! fagte
der Kanzler. Wer forderte Sie denn eigentlich auf, an der
Expedition nach Boulogne Theil zu nehmen? Etwa auch
jener Herr, dem Sie das Geld brachten?

— Nein, die Thatfachen müffen Ihnen bekannt fein.
Ich lebte mit meiner Frau in London. Ich fah den Prin=
zen öfter. Wie alle feine Bekannte wurde auch ich aufge=
fordert, an einer kleinen Luftfahrt Theil zu nehmen. Meine
Frau blieb in London zurück, und auf dem Dampfboot er=
fuhren wir, daß unfere Reife nach Boulogne gehe. Ich
zweifelte an dem Gelingen des Unternehmens. Aber ich
wollte weder, noch konnte ich mich ausfchließen.

— Sie wiffen indeffen, daß man es bei Einzelnen nicht
fo ftreng genommen hat, fagte der Kanzler jetzt. Es find
nur achtzehn Angeklagte vor den Pairshof gerufen worden.
Auch Sie würden wahrfcheinlich bereits freigelaffen fein,
wenn Ihre Ausfagen nicht in einen undurchdringlichen Schleier
gehüllt wären. Sprechen Sie offener, Kapitän Morrel, und
Sie follen frei fein. Nennen Sie uns den Herrn, dem Sie
das Geld brachten.

— Auf keinen Fall! erwiederte Morrel ruhig. Auch
befindet fich diefer Herr noch in London, fo viel ich weiß.

— Wenn Sie halsftarrig find, fo werden wir ebenfalls
ftreng fein müffen, fagte der Kanzler. Sie werden Ihr Ge=
fängniß nicht eher verlaffen, als bis Sie den Namen ge=
nannt haben.

13*

— Ich hoffe, man wird mich vor das Gericht stellen
und mir dort meine Strafe zuerkennen lassen! rief Morrel.

— Auch möglich, aber diese Strafe würde vielleicht der
Tod sein! Jedenfalls ist es besser für Sie, wenn Sie den
Namen nennen. Sie lieben gewiß Ihre Gattin und Ihr
Kind?

— Welche Frage! rief der Kapitän und seine Augen
leuchteten. Meine Valentine! Mein kleiner Edmond!

— Und es würde Ihnen gewiß schwer werden, Ihre
Gattin und Ihr Kind nicht wiederzusehen? sagte der Kanz=
ler ruhig.

— O, wohl! rief Morrel. Aber man wird ihnen er=
lauben, mich wie bisher zu besuchen, mich zu sehen.

— Wahrscheinlich nicht! sagte Pasquier. Wir werden
Sie in die strengste Haft führen lassen. Dort dürfen Sie
mit Niemand sprechen — es sei denn, daß Sie uns die
Umstände angeben, die Sie bis jetzt verschwiegen haben.

Das Gesicht des jungen Mannes war glühend roth ge=
worden. Es schien ihm schwer zu werden, an sich zu halten.

— Sie scherzen, Herr Kanzler! sagte er dann. Es giebt
hoffentlich eine Gerechtigkeit in Frankreich. Man wird mich
vor den Pairshof, vor die Assisen oder vor das Polizeige=
richt stellen, wohin man will. Man wird mir dort ein Ur=
theil sprechen lassen und ich werde meine Strafe verbüßen,
unter derselben Form, wie die anderen Theilnehmer des Un=
ternehmens. Aber man wird meiner Gattin nicht verwehren,
mit mir zu sprechen und mir mein Kind zu zeigen!

— Wir werden sehen! sagte der Kanzler in einem
Tone, dessen Bedeutung sich nicht errathen ließ. Sie sind
entlassen!

Er klingelte. Die Huissiers erschienen. Morrel verließ
mit einem kalten Gruß und unruhigem Blick das Zimmer.

Als er gegangen war, sah der Kanzler den Staats=
Anwalt groß an und schüttelte den Kopf.

— Was halten Sie von alle dem? fragte er. Ist das
eine Mystifikation? Ist das die Wahrheit? Giebt es einen
solchen Grafen Monte-Christo? Spricht dieser Kapitän Morrel
die Wahrheit oder ist er ein Lügner?

— Ich habe sein Aussehen und seine Miene genau
beobachtet, sagte Franck-Carré. Er scheint die Wahrheit zu
sprechen. Und was den Grafen Monte-Christo anbetrifft,
so habe ich vor einigen Jahren viel von ihm gehört. Ich
habe ihn sogar einmal im Hause Villeforts, der damals
meine Stelle bekleidete, gesehen. Uebrigens glaube ich, giebt
es einen ziemlich einfachen und sicheren Weg, die Wahrheit
zu erfahren. Die Gattin Morrels wohnt hier in Paris, in
einem Hause, das dem Schwager Morrels gehört. Da sie
sich damals mit ihm in London befand, so wird sie auch
wissen, mit wem ihr Mann dort gesprochen, und sie wird
uns die Wahrheit sagen, wenn ich ihr das Loos, dem ihr
Mann entgegengeht, in den schwärzesten Farben male. Ich
werde morgen zu ihr gehen.

— Das ist wahr, das ist eine gute Idee! rief Pasquier. Gehen Sie zu ihr und suchen Sie auch über diesen
Grafen Monte-Christo so viel als möglich zu erfahren. Man
kann nicht wissen, wer sich hinter diesem Namen verbirgt. .

Damit stand er auf. Aber sein Gesicht war immer noch
düster. Franck-Carré fragte ihn, woran er denke.

— Wissen Sie, mir schwirrt das im Kopfe herum, was
dieser Morrel von der Zukunft der Napoleoniden sagte! erwiederte Pasquier mit einem Lächeln, das eine gewisse Unruhe verrieth.

— Ah bah! rief der Anwalt. Jetzt regiert Louis
Philipp und wird noch lange regieren. Was geht uns die
Zukunft an! Einen Pairshof wird es immer geben, auch
Staats-Anwalte! Und am Ende —

Er verschluckte die Phrase. Pasquier sah ihn fragend
an. Dann verließen sie das Palais Luxembourg.

Valentine.

Das Gesellschaftszimmer eines freundlichen Hauses in der Rue Meslay bot am Vormittag des folgenden Tages einen eben so angenehmen, als rührenden Anblick. Hier, in der Mitte von Paris, war eine jener Familien versammelt, wie man sie fast nur in den heiteren Landschaften der Provinz zu finden gewohnt ist — eine Familie, so anspruchslos, so in sich selbst zufrieden, so abgeschlossen von aller Berührung mit der Außenwelt, daß es fast unmöglich schien, eine solche Familie könne in dem Lärm und dem Strudel der Weltstadt existiren, ohne unterzugehen. Sie glich einem Rosenstrauß, der sanft auf den bewegten Wellen des Meeres schwimmt.

Julie Morrel, die Schwester des Kapitains, saß am Fenster und stickte. Ihr gegenüber saß Emanuel Herbault, ihr Mann, und las in einer Zeitung, während ein kleines Mädchen ihre Puppe auf seinem Knie tanzen ließ, und ein blondlockiger Knabe sich vergebens bemühte, die Aufmerksamkeit des Vaters auf seine unschuldigen Possen zu ziehen. Aber der Vater las heut die Zeitung aufmerksamer als je, ebenso wie eine andere junge Frau, die auf dem Sopha saß und mit dem linken Arm einen kleinen Knaben, mit der Rechten die Zeitung hielt.

Es war eine sehr schöne, junge Frau, mit einem zarten, ausdrucksvollen Gesicht, dessen Feinheit und aristokratische Anmuth noch durch das schwarze Kleid, das sie trug, gehoben wurde. Sie war etwas blaß, ohne jedoch ein kränkliches Aussehen zu haben. Indessen umflorte doch ein leichter Kummer ihr Auge, und auch ihr schwarzes Gewand warf einen leichten Schatten auf das ruhige Glück dieser Familie und dieses Hauses.

Es war Valentine, die Gattin Morrels. Während der Gefangenschaft ihres Mannes lebte sie nicht in ihrem Hause in den Champs Elysées. Es war ihr dort zu einsam, zu leer. Sie war zu Emanuel und Julie Herbault geflüchtet, mit denen sie wenigstens über Maximilian sprechen konnte und die ihren Kummer theilten. Das schwarze Kleid trug die junge, liebende Gattin, um auch äußerlich anzudeuten, wie tief sie den augenblicklichen Verlust Maximilians empfinde. Der Knabe auf ihrem Schooß war Edmond Morrel.

— Mein Gott! Welche lange Rede hat dieser Mann gehalten! rief jetzt Valentine mit einem Seufzer und legte die Zeitung aus der Hand. Mir schwindelt der Kopf. Wenn man ihm glauben sollte, so müßten ja alle Angeklagten min= destens getödtet werden. Aber er sagt nicht die Wahrheit, nicht wahr, Emanuel?

— Er ist der Anwalt des Staates, erwiederte Herbault, und muß so sprechen. Er malt die Sache in den schwärzesten Farben, er muß sogar übertreiben, um wenigstens etwas zu erreichen. Aber das Publikum kennt das schon. Aengstigen Sie sich nicht darüber, liebe Valentine. Max ist ja nicht einmal unter den Angeklagten.

— Eben das wundert mich! rief die junge Frau. Er hat doch alles das gethan, was hier in der Anklage steht. Er ist ein Freund des Prinzen gewesen, er hat bei der be= waffneten Landung in Boulogne mitgewirkt. Soll ich es nun für ein gutes oder ein böses Zeichen halten, daß man ihn nicht vor den Pairshof stellt?

— Jedenfalls für ein gutes! rief Julie mit großer Zu= versicht. Man wagt es nicht einmal, Max anzuklagen.

— Aber wenn man ihn nun in aller Stille festhält, am Ende gar tödtet? warf die junge Frau ängstlich und schüchtern ein.

— Warum nicht gar! rief Emanuel lachend. Was machen Sie sich für Phantasien, liebste Schwägerin!

— Max tödten und noch dazu heimlich? Welche Idee? rief auch Julie mit einem Tone, der andeutete, daß wohl die Welt untergehen, aber ihrem Bruder kein Schaden geschehen könne.

— Papa, rief jetzt der älteste Knabe, sprecht Ihr von dem Onkel Max? Wo ist er denn eigentlich?

— Papa, stammelte jetzt auch der kleine Edmond und streckte sein Aermchen verlangend in die Luft.

— Selbst der Kleine verlangt nach ihm! seufzte Valentine und drückte das Kind an die Brust. Es ist wirklich unrecht von dem Prinzen, daß er meinen Mann in diese Angelegenheiten verwickelt hat. Max hätte nicht dabei zu sein brauchen. Ja, wenn das Unternehmen wenigstens gelungen wäre, aber jetzt!

— Das ist ächte Frauenpolitik! rief Emanuel lachend. Sie sind für den, der ihre Männer in Ruhe läßt.

— Ich kümmere mich überhaupt nicht um Politik, ich habe mich nie darum gekümmert! rief Valentine. Und hätte mir Max nicht gesagt, daß der Graf es wünschte — ja, der Graf, wenn nur der Graf hier wäre!

— Welcher Graf? fragte Emanuel und Julie zu gleicher Zeit.

— Nun, wer sonst, als der Graf von Monte-Christo, unser Aller Retter! antwortete die junge Frau.

— Ja, der Graf von Monte-Christo! Wenn der hier wäre! seufzten Emanuel und Julie. Das ist wohl wahr! Er hätte großmüthig genug sein können, uns wissen zu lassen, wo er sich befindet.

— Damit wir seine Hülfe in Anspruch nehmen können, nicht wahr? sagte Emanuel zu seiner Gattin, die jene Aeußerung gethan hatte. Ich dächte, der Graf wäre großherzig genug gegen uns gewesen.

— Ja, aber da Max doch auf seinen Wunsch nach London gereist ist, und — sagte Julie schüchtern.

— Gut, so wird der Graf auch Mittel und Wege wiſſen, ihn zu befreien! rief Emanuel feſt und entſchieden.

— Es iſt wahr, Du haſt Recht! ſagte Julie. Der
Graf wird Max retten. Gott ſegne ihn!

— Gott ſegne ihn! flüſterte auch Valentine und ſah
frommgläubig zum Himmel empor.

Jetzt trat ein alter Diener ein. Es war Penelon, ein
alter Matroſe, der ſchon dem Vater Maximilians und Juliens
gedient hatte und einſt ein tüchtiger Seefahrer geweſen war.
Er überreichte der jungen Frau eine Karte.

— Was iſt das? rief dieſe, nachdem ſie geleſen. Herr
Franck-Carré, General-Staatsanwalt, bittet mich um eine
kurze Unterredung. Was kann der Anwalt des Staates von
mir wollen?

— Aber mein Gott, Valentine, erräthſt Du denn nicht?
Er wird Dich wegen Maximilian ſprechen wollen! rief Julie.

Die junge Frau, die ganz bleich geworden war —
vielleicht weil ihr der Name „General-Staatsanwalt" die
einſtige Stellung ihres Vaters ins Gedächtniß zurückrief —
erholte ſich jetzt und ſtand ſchnell auf.

— Dann werde ich mit ihm ſprechen müſſen, nicht
wahr? fragte ſie unſchlüſſig.

— Ohne Zweifel, gewiß, ſagte Emanuel. Penelon,
führe den Herrn in das Beſuchszimmer. Seien Sie vor-
ſichtig, Valentine, man kann nicht wiſſen, weshalb ein Staats-
anwalt kommt. Seine Abſichten können gut ſein, möglicher-
weiſe will er Sie aber auch über Max ausforſchen. Nehmen Sie ſich alſo in Acht.

— Lieber Himmel, ich weiß ſo wenig von dem, was
Max gethan, daß mir das nicht ſchwer werden wird! rief
Valentine.

— So ein Staatsanwalt ſoll manchmal Gift aus den
unſchuldigſten Redeblumen ſaugen! rief ihr Emanuel noch
nach. Gott ſei Dank, ich habe nie mit dieſen Herren zu

thun gehabt und werde hoffentlich auch nie zu dieser Ehre kommen.

Unterdessen hatte Valentine ihren kleinen Edmond den Armen Juliens anvertraut und hatte den Salon verlassen. Sie ging nach dem Besuchszimmer, wo ihr ein schwarz gekleideter Herr mit einem blassen, hageren Gesicht und mit dem Hut in der Hand entgegentrat. Sein Gesicht war nicht so abschreckend, wie Valentine geglaubt hatte. Sie vergaß, daß Herr Franck=Carré hier nicht den Beamten spielen wollte, daß er hier seine Amtsmiene ablegte.

— Madame Valentine Morrel? fragte er mit einer Verbeugung.

— Ich habe die Ehre.

— Die Tochter des Herrn von Villefort, wenn ich nicht irre?

— Ja wohl, Herr Staatsanwalt.

— Dann habe ich bereits früher das Vergnügen gehabt, Sie zu sehen.

— Vielleicht in dem Hause meines Vaters, sagte Valentine, die über diesen Gegenstand des Gespräches gern schnell hinweggehen wollte. Bitte, nehmen Sie Platz! Welchem Umstand verdanke ich das Vergnügen, Sie bei mir zu sehen? Ich vermuthe, daß es die Angelegenheiten meines Mannes sind, die Sie zu mir führen.

— In der That, Madame! sagte Herr Franck=Carré, der hier vollständig den Ton und die Manier eines unbefangenen Weltmannes annahm. Und ich hoffe, Sie werden mir aus diesem Grunde meine Kühnheit verzeihen.

— Im Gegentheil, ich bin Ihnen dankbar. Es ist mir schon ein Trost, etwas von meinem Manne zu hören. Er befindet sich nicht unter den Angeklagten, die vor den Pairshof gestellt sind, wie ich aus den Zeitungen ersehen.

— Nein, seine Theilnahme bei dem Attentat ist keine so bedeutende gewesen, sagte der Anwalt. Ich hoffe sogar, er wird zu der Zahl derjenigen gehören, die mit einer ganz leichten Haft davon kommen. Aber es hängt zum Theil von ihm selbst ab.

— Wieso? fragte Valentine halb erfreut, halb überrascht. Von ihm selbst?

— Ja, Madame! erwiederte Franck-Carré und sah die junge Frau mit dem vertraulichsten Blicke an, der ihm zu Gebote stand. Lassen Sie mich offen sprechen! Ich komme zu Ihnen nicht als ein Anwalt des Staates, nicht in meiner amtlichen Stellung, sondern als ein Freund, als ein wirklicher Freund. Der offene, biedere Charakter Ihres Gatten hat mir Achtung abgenöthigt, und was ich thun kann, um ihn von den Folgen einer kleinen Uebereilung zu befreien, das werde ich thun. Ich komme aber nicht allein Ihres Mannes wegen. Als ich erfuhr, daß Sie seine Gattin seien, Sie, die Tochter meines einstigen, unglücklichen Kollegen und Vorgesetzten, da stand der Entschluß bei mir fest, mich Ihrer und also auch Ihres Gatten anzunehmen. Ich komme deshalb, um Ihnen behülflich zu sein, um Ihnen einen guten Rath zu geben.

— Für den ich Ihnen ewig dankbar sein werde! sagte die junge Frau, bei der diese Worte ihren Eindruck nicht verfehlt hatten und die bereits anfing, den Staatsanwalt für einen vortrefflichen Menschen zu halten.

— O, es handelt sich nicht um die Dankbarkeit! sagte Franck-Carré. Indem Sie meinen Rath befolgen, erweisen Sie nicht nur Ihrem Manne, sondern auch dem Staate, den ich vertrete, einen Dienst. Hoffentlich, Madame, stimmen Sie mir darin bei, daß Ihr Mann sich übereilt hat. Er lebte ruhig und unabhängig im Schooße einer glücklichen Familie, im Besitze einer vortrefflichen und schönen Gattin. Weshalb begab er sich auf das Gebiet politischer Spekulationen, weshalb schloß er sich einem Unternehmen an, das man mindestens abenteuerlich nennen muß und das nun

.

auch vollständig und für immer mißglückt ist? Er hätte das schon um Ihretwillen nicht thun sollen.

— Sie haben nicht Unrecht! sagte Valentine, bei der diese Worte Anklang fanden. Aber mein Mann hatte gewisse heilige Verpflichtungen, die es ihm zur Nothwendigkeit machten, die Partei des Prinzen zu ergreifen.

— Ich weiß, sagte der Anwalt. Ihr Mann ist darin sehr offen gegen uns gewesen. Er folgte dem Wunsche des Grafen Monte-Christo und überbrachte eine Summe von zwei Millionen nach London. Es waren zwei Millionen, glaube ich.

— Ich weiß es wirklich nicht, antwortete die junge Frau ganz unbefangen und ohne zu ahnen, daß der freundliche Herr sie ausforschen wollte. Doch wundert es mich beinahe, daß Mar Ihnen das gesagt hat. Er pflegt seine Bekanntschaft mit dem Grafen Monte-Christo sonst vor allen Leuten geheim zu halten.

— O, er hat uns noch weit mehr gesagt! rief Franck-Carré. Und das war sehr recht von ihm, denn er weiß, daß wir es gut mit ihm meinen und daß Aufrichtigkeit immer zum Ziele führt. Um so mehr setzte es mich in Erstaunen, daß er so hartnäckig verschwiegen über einen Punkt ist, den wir durchaus kennen müssen und dem ich nicht die geringste Wichtigkeit beilege. Sie sehen, Madame, ich bin ganz offen. Ich komme dieses Punktes wegen zu Ihnen. Die Männer sind stolz, eigensinnig. Auf einer Kleinigkeit beharren sie zuweilen mit einer Hartnäckigkeit, die durchaus ungerechtfertigt ist und die schlimmsten Folgen haben kann. Andererseits haben wir unter uns Richtern Leute, die eben so hartnäckig sind und ebenso viel Gewicht auf unbedeutende Kleinigkeiten legen. Es handelt sich um die Nennung eines einzigen Namens, der noch dazu sehr unwichtig ist. Wahrscheinlich aber hat Ihr Mann sein Ehrenwort gegeben, diesen Namen nicht zu nennen und er läßt sich durch diese

Rücksicht abhalten, an sein eigenes und an das Wohl seiner
Familie zu denken. Denn ich verhehle Ihnen nicht, Ma=
dame, daß Ihr Mann nicht eher seine Freiheit wieder er=
langen wird, als bis er diesen Namen genannt hat. Ich
habe deshalb an Sie gedacht. Sie sind durch diese Rück=
sichten nicht gebunden, Sie waren die Vertraute Ihres Gatten
und wahrscheinlich kennen auch Sie diesen Herrn. Nennen
Sie mir den Namen. Ich gebe Ihnen mein Wort, daß weder
Ihr Mann, noch sonst Jemand auf der Welt erfahren wird,
daß Sie ihn genannt haben, und der Kapitän wird im
Augenblick frei sein, während im entgegengesetzten Falle bei
seiner Hartnäckigkeit zu erwarten ist, daß seine Freilassung
sich noch sehr lange verzögert.

— Aber welches ist denn dieser Name? fragte Valen=
tine ängstlich und gespannt.

— Der Name des Herrn, dem Ihr Mann die Summe
in London aushändigte, sagte Franck=Carré.

— Mein Gott, leider kenne ich ihn nicht! rief Madame
Morrel mit der aufrichtigsten Betrübniß. Wie schade!

— Ja, das ist allerdings ärgerlich! meinte der Anwalt,
der sich getäuscht sah und nur mit Mühe seine ruhige Hal=
tung beibehielt. Ich dachte, Sie kennten diese Person. Nun,
es giebt noch einen anderen Ausweg. Wenn ich nicht irre,
ist morgen der Tag, an dem Sie Ihren Mann sprechen können.
Er wird Ihnen sagen, daß man ihn um diesen Namen ge=
fragt. Wenden Sie Ihre ganze Ueberredungskunst an, Ma=
dame, um Ihren Mann zu bewegen, nicht länger bei seinem
hartnäckigen Schweigen zu beharren. Es hängt viel davon
ab. Sagen Sie ihm, daß er Sie, daß er sein Kind, daß
er das freie Licht des Tages nicht eher wiedersehen wird,
als bis er diesen Namen genannt hat.

— O mein Gott, das wäre schrecklich! rief die junge
Frau in der größten Angst. Mar ist so starrköpfig, so
eigensinnig! Und ich sollte ihn nicht wiedersehen? Er sollte

seinen Edmond nicht sehen — das würde ihn wahnsinnig machen!

— Um so mehr Grund für Sie, ihm das Thörichte seiner Weigerung klar zu machen! sagte Franck-Carré ziemlich fest und entschieden. Wenn er Sie und sein Kind liebt, so wird er einen Namen nennen, an dem uns nicht viel liegt, der nun aber einmal zur Bedingung seiner Freilassung gemacht ist. Vielleicht könnte ich selbst — da ich so viel Interesse an Ihnen nehme — diesen Namen erfahren. Aber ich müßte dann wissen, welches der Herr gewesen ist, der Ihrem Manne zuerst den Auftrag des Grafen Monte-Christo überbrachte. Kennen Sie ihn nicht?

— Lieber Gott, auch das kann ich Ihnen nicht sagen! rief die junge Frau, deren Bestürzung wuchs. Ich weiß nur, daß wir uns in unserem Schlosse an der Küste des Meeres befanden. Ich war in meinem Zimmer. Mar war bei mir. Er wurde abgerufen, weil ihn ein fremder Herr aus Paris sprechen wollte. Nach einer halben Stunde kam er zurück, um mir zu sagen, daß wir nach Paris und dann nach London reisen müßten. Es sei der Wunsch des Grafen Monte-Christo.

— Das ist fatal! sagte Franck-Carré und konnte eine Geberde des Unmuths nicht unterdrücken. Auf diese Weise giebt es also kein anderes Mittel, als dasjenige, das ich Ihnen vorgeschlagen. Suchen Sie morgen Ihren Mann zu bewegen, jenen Namen zu nennen. Bieten Sie Ihre ganze Kraft auf, nehmen Sie Ihren Sohn mit sich. Sonst, Madame, ich muß es Ihnen trotz meiner Theilnahme sagen, sonst werden Sie Ihren Mann vielleicht lange Zeit nicht wiedersehen. Aber ich hoffe, er wird vernünftig sein. Sie versprechen mir also, das Ihrige zu thun.

— Ich verspreche es von ganzer Seele! antwortete die junge Frau. Und ich bin Ihnen dankbar, sehr dankbar, Herr Anwalt.

— Gut denn! So laffen Sie uns von andern Dingen
sprechen, Madame, nicht mehr von dieser traurigen Politik!
Wiffen Sie, daß ich eine Zeit lang geglaubt habe, Sie wären
todt? Ich wollte es Ihrem Manne kaum glauben, als er mir
sagte, daß er mit Valentine von Villefort, der Tochter des
früheren Staats-Anwalts, verheirathet sei.

— Sie waren auch vollständig im Recht, sagte Valentine mit einem trüben Lächeln. Ich kann wohl sagen, daß
ich durch ein Wunder vom Tode gerettet worden bin. Ich
bin im wahren Sinne des Wortes wieder auferstanden.

— Sie setzen mich in Erstaunen! rief Franck-Carré, der
wirklich neugierig sein mochte, die näheren Umstände dieses
Wunders zu erfahren. Darf man sich die Frage erlauben,
wie das möglich gewesen ist?

— Wenn es Sie interessirt, so will ich Ihnen gern
mittheilen, was für unsere Bekannte weiter kein Geheimniß
ist, antwortete Valentine. Ich setze voraus, daß Sie in
Ihrer damaligen Stellung wußten, was in unserer Familie
vorging.

— Doch wohl nur ungenau, antwortete der Anwalt.
Ich weiß nur, daß Ihr Haus ein Haus des Todes war.

— Ja, das war es! rief Valentine und schien von
dieser Erinnerung lebhaft bewegt zu sein. Noch vor Jahr
und Tag hätte ich diese Geschichte Niemand erzählen können,
aber jetzt bin ich ruhiger geworden und ich erblicke die Hand
der Vorsehung in dem, was mir damals entsetzlich, unbegreiflich, unmenschlich erschien. Sie wissen vielleicht nicht,
daß mein Vater zweimal vermählt war. Das erste Mal in
Marseille, als er dort Staats-Anwalt war, mit Renée von
Saint-Méran. Sie war meine Mutter und starb früh.
Da sie reich gewesen war, so blieb mir von ihrer Seite ein
großes Vermögen. Mein Vater verheirathete sich wieder
mit einer jungen und schönen Frau. Er hatte einen Sohn
von ihr. Ich meinerseits hatte in ihr nie meine Mutter

wiedergefunden, und selbst mein Vater wagte mir kaum zu gestehen, daß er mich noch liebte. Ich fühlte mich überflüssig in dem Hause meines Vaters, bis endlich der Zufall mich die heimliche Bekanntschaft Maximilian Morrels machen ließ. Der junge Kapitän hatte öffentlich keinen Zutritt in unserem Hause, dennoch sahen wir uns öfter heimlich. Aber unsere Liebe war keine glückliche. Ich war versprochen mit einem jungen Manne, Franz d'Epinay. Mein Vater und meine Mutter verlangten, daß ich ihn heirathen solle. So hatte ich denn in unserem Hause keinen anderen Schutz, als meinen alten Großvater, den Vater meines Vaters, Noirtier de Villefort.

— Ich weiß, sagte der Anwalt, der sehr aufmerksam zuhörte. Er war gelähmt, so daß er nicht einmal sprechen konnte.

— Ja wohl, aber ich verständigte mich ganz gut mit ihm. Zu ihm allein hatte ich Vertrauen, aber meine Liebe wagte ich ihm nicht zu gestehen. Er war übrigens selbst von seinem Sohne und noch mehr von meiner Stiefmutter vernachlässigt, und ich fürchtete, sein Einfluß würde zu schwach sein, um mich vor einer Heirath mit dem Vicomte d'Epinay zu retten, der sonst ein braver und guter Mann war. So setzte ich denn meine letzte Hoffnung auf meine Großeltern mütterlicher Seits, auf den Marquis und die Marquise von Saint=Méran, die in Paris eintreffen sollten, um Zeuge der Aufsetzung des Kontraktes zwischen mir und Franz d'Epinay zu sein.

Kurz vorher war der Graf von Monte=Christo in Paris erschienen und auch in unsere Familie eingeführt worden. Ich hatte damals keine Ahnung davon, daß er von entscheidendem Einfluß auf mein Leben sein würde. Ich hatte ihn nur flüchtig gesprochen und auch er kümmerte sich wenig um mich. Doch hörte ich, daß er mit Max bekannt und daß Max sogar sein Freund sei.

Meine Großeltern kamen. Aber kaum hatte der Mar=
quis von St. Méran unser Haus betreten, so starb er plötz=
lich unter gräßlichen Krämpfen; wenige Tage darauf starb
die Marquise, meine Großmutter, auf dieselbe Art. Damals
wußte ich es nicht, aber jetzt weiß ich, daß sie an Gift star=
ben und daß man eine Zeit lang sogar mich für die Mör=
derin hielt, weil man glaubte, ich wolle in den Besitz mei=
nes Vermögens kommen. Kurze Zeit darauf starb Barrois,
der Kammerdiener meines Großvaters Noirtier, ebenso plötz=
lich, und ich hörte davon, daß Papa Noirtier gleichfalls krank
gewesen sei, den Anfall aber überstanden habe. Um diese
Zeit kam der Vicomte d'Epinay in Paris an und der Kon=
trakt sollte vollzogen werden. Ich sah keine Rettung mehr,
ich glaubte, daß ich ewig für Morrel verloren sei.

Ein Zufall, den Niemand erwartet hatte, veränderte
plötzlich die ganze Sachlage. Franz d'Epinay war im Be=
griffe, zu unterzeichnen, als mein Großvater Noirtier ihn zu
sich rufen ließ. Dort aber auf seinem Zimmer entdeckte er
dem jungen Mann, daß er einst, ich glaube im Jahre 1814,
den Vater d'Epinays im Duell getödtet habe. Die Enkelin
dieses Mannes konnte nie die Gattin d'Epinays werden.
Der Vicomte trat zurück.

Ich war gerettet, aber nur, um das Opfer einer plötz=
lichen und gefährlichen Krankheit zu werden. Ich lag wäh=
rend ganzer Tage und Nächte in einem Zustande des Halb=
wachens, der mit dem Fegefeuer Aehnlichkeit hatte — wie
ich es mir denke. Ich hielt mich für eine Beute des Todes.
Während einer solchen Nacht sah ich eine geheime Thür in
der Wand sich öffnen und der Graf von Monte=Christo er=
schien mir. Was er mir sagte, darauf achtete ich damals
wenig, denn ich war im Delirium. Ich weiß nur, daß er
mir sagte, ich sollte mich ruhig verhalten, möge auch gesche=
hen, was da wolle.

Ich starb, wenigstens glaubten es alle, selbst Morrel.

Ich erwachte erst wieder in unserem Erbbegräbniß, und als ich die Augen aufschlug, sah ich den Grafen von Monte=Christo vor mir. Er sprach einige tröstende Worte, dann nahm er mich in seine Arme — ich war schwach und leicht, wie ein Kind — und trug mich in's Freie. Es war Nacht. Er hob mich in einen Wagen und brachte mich nach seiner Wohnung, wo ein reizendes Wesen, ein Engel an Güte und Schönheit, mich empfing und pflegte. Dann reiste ich mit ihm zusammen nach dem Süden, nach der Insel Monte=Christo.

— Seltsam! Fürwahr! rief der Staatsanwalt kopf=schüttelnd. Und dort fanden Sie den Kapitän Morrel?

— Dort fand ich ihn, antwortete Valentine, und all=mählich erfuhr ich auch, wie Alles sich zugetragen. Mar hatte an meinen Tod geglaubt und hatte sich tödten wollen, aber der Graf hatte ihm das Versprechen abgenommen, es nicht eher zu thun, als bis ein bestimmter Zeitraum ver=gangen sei. Ich erfuhr auch, daß der Graf zuerst wenig zufrieden gewesen sei mit der Neigung Morrels für mich. Denn der Graf haßte meine ganze Familie und meinen Va=ter insbesondere. Aber das Unglück und die Verzweiflung meines Geliebten hatten ihn gerührt, und da er die ganze Sachlage schon damals kannte, so hatte er beschlossen, mich zu retten. Die Sachlage aber war folgende:

Mein Stiefmutter war die Mörderin gewesen. Sie liebte ihren verzogenen Sohn wie eine Wahnsinnige, und da er von ihrer Seite wenig Vermögen zu erwarten hatte, so wollte sie ihm das meine zuwenden. Das konnte aber nur geschehen, wenn ich und alle meine Verwandten todt waren. Deshalb vergiftete sie meine Großeltern, und das Gift, das Barrois getrunken, war für Papa Noirtier bestimmt gewe=sen. Zuletzt sollte ich selbst sterben, und der Graf rettete mich nur dadurch, daß er das Haus neben dem unseren miethete, eine Thür durchbrach und nun über Alles wachte,

was mit mir geschah. Statt des Giftes, das meine Stief=
mutter mir täglich reichte, gab er mir einen Schlaftrunk,
der mich scheinbar tödtete. Nur so gelang es ihm, mich zu
retten. Morrel aber ließ er in Ungewißheit über mein
Schicksal, um ihn auf die Probe zu stellen. Als Mar jedoch
sich wirklich den Tod geben wollte, vereinigte uns der Graf.

Später erfuhr ich auch, daß noch andere gräßliche
Dinge sich in unserem Hause zugetragen. Mein Vater ahnte,
daß seine Frau die Mörderin sei, und um nicht ihr öffent=
licher Ankläger zu werden, wozu ihn seine Stellung zwang,
gab er ihr den entsetzlichen Rath, sich selbst zu tödten. Sie
that es, aber sie tödtete auch ihren und seinen Sohn! Mein
Vater hatte an demselben Tage den Prozeß gegen jenen
Menschen zu führen, der beinahe der Gatte Eugenie Danglars'
geworden wäre.

— Ich weiß, sagte Franck=Carré. Gegen den soge=
nannten Prinzen Cavalcanti.

— Das war sein Name, ja! fuhr Valentine fort und
suchte ihre Bewegung zu verbergen. In diesem Prozeß
stellte es sich heraus, daß dieser angebliche Prinz ein ent=
flohener Galeerensträfling und Mörder sei, aber nicht das
allein — sondern auch der Sohn meines Vaters, ein außer=
ehelicher Sohn, den er sogleich nach seiner Geburt hatte
tödten wollen und der nur durch einen Zufall gerettet wor=
den. Dieser Schlag war zu hart für meinen Vater. Er
kehrte nach Hause zurück — dort fand er die Leichen seiner
Gattin und seines Sohnes. Er wurde wahnsinnig.

Valentine verhüllte ihr Gesicht. Auch der harte Staats=
anwalt sah schweigend vor sich hin. Das war die Geschichte
des Mannes, der ihm im Amte vorangegangen war! Wel=
chen Blick öffnete sie in die Sittengeschichte von Paris?

— Sie regen sich auf, Madame, sagte er dann. Das
wollte ich nicht. Ich wollte Sie nicht traurig stimmen. Lassen
Sie uns davon abbrechen. Sie sagten mir, daß der Graf

14*

Monte-Christo ein Feind Ihres Vaters gewesen? Woher vermuthen Sie das? Der Graf trat doch damals zum ersten Male in Paris auf. Kannte er Ihren Vater?

— Mein Mann hat mir das auseinandergesetzt, antwortete Valentine, die sich jetzt ein wenig beruhigt hatte. Mein Vater trug die Schuld der unversöhnlichen Feindschaft, die der Graf gegen ihn hegte. Damals, als er noch als Staatsanwalt in Marseille lebte, kam er zum ersten und einzigen Male mit dem Grafen zusammen. Der Graf war damals ein einfacher Seemann und im Begriff, sich mit einer Dame zu verheirathen, die später mit dem General von Morcerf vermählt war, demselben, der sich kurz vor der Katastrophe in unserer Familie das Leben nahm. Der Graf — er hieß damals Edmond Dantes — war angeklagt, Mitglied eines bonapartistischen Komplottes zu sein. Der Kaiser befand sich damals auf Elba. Man bereitete seine Rückkehr nach Frankreich vor. Edmond Dantes war unschuldig. Er war nur der Ueberbringer eines Briefes, dessen Inhalt er nicht kannte. Zum Unglück war der Brief an meinen Großvater Noirtier gerichtet, der von jeher ein Anhänger Napoleons gewesen war, während mein Vater sich den Bourbonen zugewendet hatte. Mein Vater fürchtete, kompromittirt zu werden, wenn etwas von diesem Brief in die Oeffentlichkeit käme. Er fürchtete, es könne ihm in seiner Carrière schaden und er ließ sich von seinem Ehrgeiz dazu hinreißen, den jungen Dantes für ewig in den Gewölben des Chateau d'If zu begraben. Daher die Feindschaft des Grafen gegen meinen Vater, als er nach langen Jahren der Gefangenschaft, dem Kerker entflohen war und unermeßliche Schätze — ich weiß nicht woher — gesammelt hatte.

— Ich begreife jetzt! sagte Franck-Carré. Also der Graf ist unermeßlich reich? In der That?

— Nach Allem, was mir mein Mann erzählt hat, muß

er es wirklich sein. Er ist einer der reichsten Männer auf
der Erde.

— Merkwürdig, daß man dann so wenig von ihm
hört! sagte der Anwalt. Wo lebt er denn jetzt? Doch nicht
in Frankreich?

Da der Name des Grafen bereits in Bezug auf Morrel
und dessen Theilnahme an der Affaire von Boulogne genannt
worden, so hätte jedem Anderen diese Frage verfänglich klin=
gen müssen. Aber die junge Frau war viel zu unerfahren
in dergleichen Dingen und viel zu bewegt von ihren trau=
rigen Erinnerungen, um darauf zu achten.

— Ich weiß es nicht, antwortete sie ebenso unbefangen
wie vorher. Wenn ich es wüßte, so würde ich mich an ihn
wenden und ihn bitten, etwas für Mar zu thun, den er so
lieb hat. Ich glaube, es würde seiner Macht gelingen, ihm
zu helfen.

— Da irren Sie doch vielleicht, verehrte Frau! sagte
Franck=Carré mit vielem Selbstbewußtsein. Gegen den Lauf
der Gerechtigkeit vermag er nichts auszuüben, und wäre er
selbst ein Krösus. Die Regierung kennt keine Bestechung.
Außerdem hoffe ich, Ihnen in dieser Beziehung die Stelle
des Grafen Monte=Christo ersetzen zu können.

— Ich danke Ihnen tausend Mal! antwortete die junge
Frau. Ich hoffe wieder. Und ich werde thun, was in mei=
ner Macht steht.

— Erlauben Sie mir noch eine Frage, sagte Franck=
Carré. Sie sind so offen gegen mich gewesen, daß ich es
wage, sie an Sie zu richten. Woher stammt die Freund=
schaft, die der Graf für Ihren Mann hegt?

— O, darauf kann ich Ihnen antworten, Max hat nie
ein Geheimniß daraus gemacht! rief die junge Frau. Der
Vater meines Mannes war Kaufmann in Marseille und
der Patron des Schiffes, auf dem jener Edmond Dantes
Seemann war. Ich wüßte nicht, daß mir Max erzählt, sein

Vater habe dem jungen Manne jemals große Wohlthaten
erwiesen. Jedenfalls aber hegte derselbe ein Gefühl des
größten Wohlwollens für seinen ehemaligen Patron und
dessen Familie. Hören Sie! Morrels Vater war im Be=
griff, Bankerott zu machen und sich zu tödten. Er hatte
Unglück gehabt. Am 5. September war ein Wechsel von
zweimalhunderttausend Francs auf ihn fällig, nur die An=
kunft des einzigen Schiffes, das Morrel noch besaß, konnte
ihn retten. Dieses Schiff war untergegangen, nur die Mann=
schaft war gerettet worden. Mein Schwiegervater verzwei=
felte. Max hat es mir oft erzählt. Er hatte die Pistolen
auf dem Tisch seines Vaters gesehen, dieser selbst hatte ihm
seinen Entschluß, sich zu tödten, mitgetheilt. Da erscheint
ein Agent des Hauses Thomson und French in Rom, das
jenen Wechsel aufgekauft hatte, und er — oder vielmehr ein
Mann giebt Julie, meiner Schwägerin, den Auftrag, nach
einem Hause zu gehen, das früher von Dantes' Vater be=
wohnt gewesen, und dort eine Börse zu nehmen, die sie fin=
den würde. Sie thut es. In dieser Börse ist der Wechsel
— aber mit der Bescheinigung, daß die Summe empfangen
sei, und zugleich signalisirt man ein Schiff im Hafen, das
den Namen des untergegangenen führt, Herrn Morrel ge=
hört und vollständig befrachtet ist. Mein Schwiegervater
war gerettet.

— Aber wie war das möglich? rief der Anwalt er=
staunt. Es war doch untergegangen.

— Der Graf von Monte=Christo — denn als solcher
trat jener Edmond Dantes auf — hatte ein neues bauen
lassen. Er selbst hatte jenen Wechsel aufgekauft und an=
nullirt. Ohne einen Dank abzuwarten, ohne sich zu erken=
nen zu geben, verschwand er. Erst in Paris hat ihn Max
wiedergesehen, nach langen Jahren, aber ohne ihn zu kennen.
Ist das nicht edel und großmüthig? Muß man es meinem
Manne nicht verzeihen, wenn er blindlings thut, was der

Graf ihm befiehlt? Ist er nicht auch mein Retter und der
Begründer unseres Glückes?

— In der That, ja! sagte Franck-Carré. Und wie
reich muß dieser Mann sein. Sprachen Sie nicht von einer
Insel Monte-Christo? Wahrscheinlich führt er von dieser
seinen Namen. Wo liegt sie? Hoffentlich in. Europa?

— Ja, in der Nähe von Elba, antwortete Valentine.
Dort hatte er eine unterirdische Grotte zu seinem Aufenthalt
gewählt und prächtig ausgestattet. Diese Grotte gehört jetzt
uns, aber wir besuchen sie selten. Es ist zu weit.

Der Staatsanwalt sah gedankenvoll vor sich hin. Sein
Gesicht nahm einen zufriedenen Ausdruck an, der aber sogleich verschwand.

— Und Ihr Großvater Noirtier? Lebt er noch? Lebt
er mit Ihnen zusammen? fragte er dann.

— Er wohnt in unserem Hause, in den Champs Elysées, antwortete Valentine. Ich wollte ihm nicht die Qual
machen, ihn hierher übersiedeln zu lassen, wo ich seit Morrels Gefangenschaft wohne. Außerdem hoffe ich, daß wir
bald Alle wieder vereinigt sein werden. Ich besuche ihn jeden Nachmittag. Er ist ein eifriger Bonapartist und ich
glaube, Max ist theilweise auch durch ihn bestimmt worden,
sich dem Prinzen anzuschließen.

— Empfängt er Besuche? fragte der Anwalt, der diese
wichtigen Mittheilungen, die ihm die junge Frau in der
Unschuld ihres Herzens machte, mit der ruhigsten Miene
hinnahm. Ich wünschte wohl, den alten Herrn einmal zu
sehen.

— Das wird unmöglich sein, sagte Valentine bedauernd.
Er kann nicht sprechen, nur mit den Augen blinken, und sieht
weiter Niemand, als Max und mich — natürlich auch den
kleinen Edmond.

— Schade! Machen Sie ihm meine Empfehlung! sagte
Franck-Carré und stand auf. Und nun, Madame, noch ein-

mal, unterlassen Sie nichts, um Ihren Gatten dazu zu be=
wegen, jenen Namen zu nennen. Die Ruhe und das Glück
Ihrer Familie hängt davon ab. Ich will nicht sagen, daß
ich mehr für Sie gethan, als die Pflicht der Nächstenliebe
erfordert. Wenn Sie es aber glauben und wenn Sie mir
danken wollen, so danken Sie mir dadurch, daß Sie Ihren
Mann bewegen, jenen Namen zu nennen. Sie thun übri=
gens sich, nicht mir, einen Gefallen damit. Im Nothfall
theilt er vielleicht Ihnen den Namen mit und dann eilen
Sie zu mir, um ihn mir zu nennen. Es handelt sich nur
um diesen unglücklichen Namen. Mein Gott, es ist nichts
daran gelegen, Niemand denkt daran, jenem Manne, der sich
wahrscheinlich in London befindet, etwas anzuhaben. Aber
der Pairshof will ihn nun einmal kennen und Ihr Mann
thut unrecht daran, so eigensinnig zu sein. Adieu, Madame!
Seien Sie versichert, daß ich stets Alles thun werde, um
Ihnen nützlich zu sein. Empfehlen Sie mich Ihren Ver=
wandten, wenn ich bitten darf.

Und der Staatsanwalt verließ die junge Frau, die so=
gleich nach dem Salon zurückeilte. Beide waren zufrieden.
Franck=Carré hatte nicht Alles erfahren, aber doch Manches,
und Valentine war so überzeugt davon, daß dieser Mann
ein wahrer Freund sei, daß selbst die Zweifel Emanuels sie
in ihrer guten Meinung nicht beirren konnten.

Aber ihre Augen waren verweint und feucht, ihr Herz
war sehr schwer, als sie am Mittag des andern Tages von
dem Besuche, den sie ihrem Manne gemacht, zurückkehrte.
Morrel war standhaft geblieben. Er hatte erklärt, weder
ihr, noch sonst Jemand den Namen nennen zu wollen. Man
solle ihn nach dem Gesetz verurtheilen, das verlange er,
weiter nichts. Er hatte seine Frau getadelt, daß sie dem
Staatsanwalt so viel gesagt. Genug, Valentine war ganz
unglücklich. Sie eilte zu dem Staatsanwalt. Er war nicht
zu sprechen.

Am dritten Tage darauf fuhr sie wieder nach dem Ge=
fängniß ihres Mannes. Man verweigerte ihr den Zutritt
zu dem Kapitän. Man sagte ihr, daß ihre ferneren Besuche
vergeblich sein würden.

Emanuel setzte eine Bittschrift an den Pairshof und an
den König auf. Aber es erfolgte keine Antwort. Die Tage
vergingen der jungen Frau in unendlicher Qual. Keine
Nachricht, kein Wort, kein Brief von ihrem Gatten!

Nur wenige Zeilen erhielt sie durch einen unbekannten
Boten. Sie lauteten:

„Aengstigen Sie sich nicht, Madame! Ihr Mann wird
binnen Kurzem frei sein! Dafür bürgt Ihnen das Wort
desjenigen, der Ihnen schon in größerer Noth ein Retter und
Tröster gewesen."

Wer konnte das anders sein, als der Graf von Monte=
Christo? Valentine hoffte wieder. Aber die Tage vergin=
gen, ohne daß Morrel zu ihr zurückkehrte. War die Macht
des Grafen wirklich so groß, daß sie der Regierung Trotz
bieten konnte?

Im Palais Royal.

Es war im Palais Royal, aber in einem der geheim=
sten Zimmer, denn die hier versammelte Gesellschaft hütete
sich wohl, einem Fremden Zutritt zu gestatten. Die Cigarren
dampften, die Gasflammen verbreiteten eine betäubende Hitze.
Auf dem einen Tische standen Weinflaschen und Gläser, auf
dem anderen lagen Karten und Geld.

Die Gesellschaft, die hier vereinigt war, gehörte zur
besten von Paris. Es waren lauter junge Leute, wenigstens
solche, die noch für jung gelten wollten. Kein Fremder
wurde hier zugelassen, Jeder mußte eingeführt sein. Es
wurde gespielt, und zwar hoch gespielt. Indessen setzte man

voraus, daß Jeder, der an diesem Spiel Theil nahm, reich
sei. Industrieritter wurden nicht zugelassen. Auf diese Weise
glichen sich die Wechselfälle des Glückes gewöhnlich wieder
aus. Das Palais Royal war übrigens deshalb gewählt,
weil keiner von den Herren die Verantwortung auf sich neh=
men wollte, bei sich zu Hause so hoch spielen zu lassen.
Einige von ihnen befanden sich in Amt und Würden und
hatten die üble Nachrede zu vermeiden. Deshalb traf man
sich hier an einem bestimmten Tage der Woche, und dieser
Abend diente zugleich zum Austausch von Neuigkeiten. Jeder
war verpflichtet an diesem Abend zu erscheinen.

Das Spiel war jetzt auf eine Zeit lang unterbrochen
worden. Einzelne Herren saßen auf den Sopha's, andere
standen in Gruppen bei einander und plauderten über die
Tagesneuigkeiten.

Eine dieser Gruppen wurde von vier Personen gebildet.
Es waren Lucien Debray, Sekretär im Ministerium des
Auswärtigen, der Graf Chateau=Renaud, der seit einiger
Zeit die diplomatische Carrière ergriffen hatte — aus Lange=
weile, wie er sagte — der Journalist Beauchamp, gefürchtet
und bekannt wegen seiner scharfen Feder, und der Vicomte
Franz d'Epinay — letzterer ein blasser, junger Mann mit
ausdrucksvollem Gesicht und einem Anflug von Melancholie,
der einstige Verlobte Valentinens. Auch die anderen Herren
hatten geistreiche und charakteristische Züge. Beauchamp's
glänzendes Auge, Debray's zurückhaltende Amtsmiene und
das feine Gesicht Chateau=Renaubs harmonirten sehr gut
miteinander. Es waren ächte Pariser.

— Wie lange waren Sie denn fort, d'Epinay? fragte
Beauchamp.

— Beinahe ein Jahr, antwortete der Vicomte.

— Der Reiseteufel scheint ihn zu plagen! sagte Debray.
So lange ich d'Epinay kenne, ist er mehr in der weiten
Welt, als in Paris gewesen.

— Welchen Theil der Erde kennen Sie nun noch nicht? fragte Beauchamp.

— Amerika, antwortete d'Epinay.

— Aber er wird nächstens dort sein! rief Chateau= Renaud.

— Nichts ist unmöglich, erwiederte der Vicomte.

— Waren Sie denn auch in Afrika? fragte der Graf.

— O wohl, ich komme von dort her, antwortete der junge Mann. Ich wollte dort einen unserer Bekannten auf= suchen. Aber ich habe ihn leider nicht gefunden.

— Wen? fragte Debray. Ich wüßte doch nicht, daß einer von unseren Bekannten nach Afrika gegangen wäre!

— Die Welt hat jetzt ein schlechtes Gedächtniß, ant= wortete der Vicomte etwas trübe. Ich meinte Morcerf.

— Ah, zum Teufel, ja, er war nach Afrika gegangen, wie man sagte! rief Chateau=Renaud. Der arme Kerl! Er that mir damals wirklich leid. Sein Vater todt, sein Ver= mögen thörichter Weise fortgegeben — was blieb ihm da noch übrig? Sie haben ihn nicht gefunden, d'Epinay? Wahr= scheinlich ist er. längst todt oder verschollen.

— Wahrscheinlich! sagte der Vicomte. Erinnern Sie sich noch, meine Herren, wie wir eines Morgens bei ihm versammelt waren, um den Grafen Monte=Christo kennen zu lernen? Es fehlte keiner von uns, außer Morcerf und Morrel.

Eine fünfte Person, ebenfalls ein junger Mann, stand, während der Vicomte das sagte, etwas seitwärts von der Gruppe, scheinbar in Gedanken versunken und unbeschäftigt, wahrscheinlich aber lauschend. Als d'Epinay den Namen des Grafen Monte=Christo nannte, schien er zu erschrecken, wandte sich kurz um, machte einige Schritte durch das Zim= mer und kehrte dann wieder beruhigt auf seinen Platz zurück, wahrscheinlich, um den weiteren Verlauf der Unterhaltung zu hören.

— Ja, Morrel, richtig! Wo ist er? Was ist aus ihm geworden? es war ein braver Junge! sagte Chateau=Renaud.

— Aber, mein Theurer, wenn man Diplomatie studirt, muß man doch auch etwas Politik kennen! sagte Debray lächelnd.

— Wieso? Was haben Morrel und meine Frage mit der Politik zu thun? fragte Chateau=Renaud.

— Nichts weiter, als daß sich Morrel bei der Affaire von Boulogne betheiligt hat und deshalb verhaftet ist, antwortete Debray.

— Wirklich? Ist er so thöricht gewesen? fragte der Diplomat. Aber es ist wahr, wenn ich mich recht erinnere, hatte er immer eine Faible für Napoleon. Wo hat er denn den Prinzen kennen gelernt? Lebte er in Paris?

— Morrel entschwand mir aus den Augen, sagte Beauchamp. Das letzte Mal sah ich ihn bei dem Leichenbegängniß jener Valentine, die er jetzt geheirathet hat.

— Wie, Valentine? rief d'Epinay erschrocken. War denn Valentine nicht todt? Was soll das heißen?

— Man sieht und hört, daß Sie nicht in Paris leben, sagte Debray. Freilich, Sie reisten damals fort. Ja, Valentine soll nur scheintodt gewesen sein und man sprach davon, der Graf Monte=Christo habe sie aus diesem Scheintode erweckt.

— Ein seltsamer Mensch, dieser Graf! sagte d'Epinay kopfschüttelnd. Wissen Sie, wo er ein Ende genommen, meine Herren?

— Nein, man hat nie wieder etwas von ihm gehört, sagte Beauchamp. Er ist verschwunden, wie er gekommen, ein Meteor, ein Phänomen. Schade; da er selbst eine so romantische Persönlichkeit war, so hatte ich die Absicht, ihn zu bitten, mir einige Feuilletons im Geschmack Alexandre Duma's zu schreiben. Er hatte gewiß Stoff genug.

— Pardon, meine Herren! sagte jetzt jener fünfte junge

Mann. Sie wollen wissen, wo der Graf Monte=Christo ein Ende genommen?

— Können Sie uns vielleicht eine Auskunft darüber ge=ben, Herr von Loupert? fragte Chateau=Renaud.

— Vielleicht ja! erwiederte der Angeredete. Ich hörte davon, daß vor einiger Zeit ein Mann auf das Kapitol in Rom gestiegen, dort eine Rede an das Volk gehalten und dann in einer Flamme zum Himmel gestiegen sei. Ohne Zweifel war das der Graf von Monte=Christo.

— Ohne Zweifel! wiederholte Beauchamp, auf diesen Scherz eingehend. Und wahrscheinlich war das ein Selbst=verbrennungs=Prozeß.

— Gewiß! erwiederte Herr von Loupert ironisch, da der ganze Graf aus lauter leuchtenden Eigenschaften zusammen=gesetzt war.

— Kannten Sie ihn denn, junger Rothschild? fragte Debray, der Sekretär.

— Ich sah ihn damals flüchtig in Paris, antwortete Loupert, in dem leichten Tone fortfahrend. Und ich begriff nicht, wie ein solcher Mensch Eindruck auf die aufgeklärten Pariser machen konnte.

— Es ist wahr, sagte Chateau=Renaud, wir sind wohl Alle damals düpirt worden.

— Ich glaube kaum, sagte d'Epinay etwas ernster. Der Graf war jedenfalls ein außerordentlicher Mann.

— Da stimme ich Ihnen bei, sagte Beauchamp. Denken Sie nur daran, wie er den alten Morcerf ruinirte. Denn ich lasse meinen Kopf zum Pfande, daß der Graf der Ur=heber jener Scene war, die im Pairshofe gespielt wurde und die Morcerfs Tod zur·Folge hatte. Und Albert, der es da=mals nicht wagte, sich mit ihm zu schießen. Es war eine merkwürdige Zeit. Erinnern Sie sich nur, meine Herren, an jene Katastrophen, die sich so rasch folgten: Der Tod Morcerfs, der Bankerott Danglars, der Ruin der Familie Villefort!

Und bei allem sollte der Graf mehr oder weniger die Hand im Spiele gehabt haben.

— Jedenfalls stehen einzelne Thatsachen fest, sagte jetzt auch Debray. Das Haus in den Champs Elisées zum Beispiel, das er damals bewohnte, steht noch. Er hat es Morrel geschenkt und Morrel wohnte dort eine Zeit lang.

— Und Morrel ist wirklich ein Gefangener? fragte d'Epinay. Er befindet sich aber nicht unter den öffentlich Angeklagten?

— Nein, man hat ihn nicht vor den Pairshof gestellt, erwiederte Beauchamp. Aber in der letzten Zeit soll seine Haft verschärft worden sein. Ich habe davon gehört, daß man nicht einmal seine Frau zu ihm läßt.

— Ich kann es bestätigen, sagte Debray. Ich habe die Eingaben gelesen, die seine Frau deshalb an den König und an den Minister richtete.

— Also Valentine nicht todt und Morrels Frau? sagte d'Epinay gedankenvoll.

— Sie interessiren sich noch immer für sie? fragte der Diplomat. Nun, seien Sie zufrieden, d'Epinay. Sie liebte damals jedenfalls schon ihren Kapitän. Sie würden niemals mit ihr glücklich gewesen sein.

— Es ist wahr, sagte der Vicomte. Villefort wurde wahnsinnig, wie ich gehört habe. Ist er gestorben?

Herr von Loupert schien die Antwort auf diese Frage begieriger zu erwarten, als der tiefsinnige Vicomte.

— Das weiß ich Ihnen nicht zu sagen, antwortete der Journalist. Er ist verschollen, ebenso, wie jener Mensch, sein Sohn, der Prinz Cavalcanti. Man hat von Beiden nichts weiter gehört.

— Wie? rief d'Epinay. Jener erbärmliche Verbrecher ist ohne Strafe ausgegangen? Es war ein entsprungener Sträfling, er hatte einen Menschen getödtet und die Gerechtigkeit hat ihn nicht zu strafen gewußt?

— Nun, ich kenne den Zusammenhang auch nicht ganz genau, nahm Debray das Wort. Aber so viel ich weiß, hat man ihm den Mord nicht beweisen können. Der Graf von Monte-Christo, der einzige Zeuge gegen ihn, war verschwunden.

— Nachdem er, wie man allen Grund zu glauben hatte, den Thäter angegeben, ergänzte Chateau-Renaud.

— Das sind verwickelte Geschichten, wie es scheint, sagte d'Epinay. Wer war denn die Mutter dieses Menschen?

Niemand antwortete. Debray wandte sich ein wenig ab und Beauchamp legte den Finger auf den Mund, wahrscheinlich, um dem Vicomte ein Zeichen zu geben; d'Epinay verstand ihn.

— Also der Name Villeforts hat hingereicht, um den Verbrecher entfliehen zu lassen? fragte er dann.

— Es scheint so, obgleich es sich wohl schwerlich mit Bestimmtheit behaupten läßt, erwiederte Beauchamp. Nur das Eine steht fest, daß der falsche Prinz Cavalcanti, der frühere Galeerensträfling Benedetto, ohne Strafe geblieben, und, wie es scheint, sogar entwischt ist. Es ist möglich, daß die Beweise mangelten.

— Immerhin! sagte Franz d'Epinay mit einem Seufzer. Mich interessirte vor allen Dingen nur Morcerfs Schicksal. Die Familie scheint ganz ausgestorben, vom Erdboden vertilgt zu sein! Ein räthselhaftes Schicksal!

Er sah sinnend vor sich hin. Auch die Anderen waren in Nachdenken versunken. Nur ein Gesicht hatte seine eisige Kälte bewahrt — das des Herrn von Loupert. Er beobachtete die Mienen der Andern. Und doch hätten Aller Blicke auf ihn gerichtet sein sollen. Denn er war jener Mörder, jener Prinz Cavalcanti, jener Benedetto! — —

Am andern Tische fing man jetzt wieder an zu spielen. Die jungen Leute gingen dorthin und nahmen an dem Spiel

Theil. Nur der Vicomte und der Journalist blieben auf ihrem Platze und betrachteten die Andern.

— Wer ist dieser Baron Loupert? fragte d'Epinay. Ich habe früher nie etwas von ihm gehört.

— Ich eben so wenig, antwortete Beauchamp. Vor ungefähr einem Jahre traf ich ihn zum ersten Mal in einigen Kreisen. Wie ich hörte, ist er ein Adliger, aus der Provinz, der hier sein Vermögen bis auf eine kleine Summe verschwendet hat. Mit diesem Rest ist er an die Börse gegangen und hat dort sein Glück versucht. Es ist ihm nicht ungünstig gewesen. Seine Verhältnisse scheinen gut zu sein. Im Uebrigen ist er ein ziemlich fader Kerl, ein langweiliger Schwätzer.

— Also ein Industrieritter, sagte d'Epinay. Er trägt eine Perrücke, obgleich er noch ziemlich jung aussieht.

— Wirklich, Sie haben Recht, ich habe noch nicht darauf geachtet! rief Beauchamp halblaut. Dieses schöne schwarze Haar ist nicht ächt. Es kontrastirt auch zu scharf mit seinem röthlichen Teint. Sehen Sie nur jenen Merikaner an. Dessen Haar ist gewiß ächt. Und was für Locken! Und welcher Teint! Das ist südliches Blut.

— Ein schöner junger Mann, wirklich! sagte d'Epinay. Wer ist das? Er spricht geläufig, aber mit einem fremden Accent.

— Ich sagte Ihnen ja, es ist ein Merikaner, aus Kalifornien. Er heißt Don Lotario de Toledo und reist jetzt, entweder um sein Geld loszuwerden, oder um sich auszubilden. Im Grunde ist es dasselbe. Er kam vor ungefähr einem Vierteljahr hierher und fand sogleich Eingang in die besten Familien. Er ist ein liebenswürdiger, naiver Mensch, dem man es bei den ersten Worten anhört, daß er zum ersten Male in Paris ist. Aber das gefällt hier. Er hat enormes Glück bei den Frauenzimmern. Auch muß er Geld haben, denn dieser Loupert hat sich an ihn herangemacht.

— Um so schlimmer! Aber was hilft es, Jeder muß lernen! sagte d'Epinay. Aber kommen Sie, Beauchamp, es ist langweilig hier.

— Ich habe Chateau-Renaud versprochen, ihn zu begleiten, erwiederte der Journalist. Ich muß Wort halten.

— Dann gehe ich allein, sagte d'Epinay. Ich langweile mich überhaupt in Paris.

— Weil Sie mit nichts zufrieden sind, weil Sie Ideale in Ihrer Brust tragen, die nicht verwirklicht werden können! warf Beauchamp ein. Gehen Sie, Sie sind ein Schwärmer. Jung, reich und schon so blasirt. Man würde Sie für einen Engländer halten. Gehen Sie zum Grafen Monte-Christo, das ist ein Mann für Sie.

— Wenn ich wüßte, wo er wäre — ich thäte es vielleicht! antwortete der Vicomte mit einem Lächeln. Es ist wahr, es gefällt mir nirgends so recht. Ich werde nach Deutschland gehen. Vielleicht ist das ein Land für mich.

— Schon wieder reisen? rief der Journalist. Nun, Gott befohlen! Warum treten Sie nicht als Courier in das auswärtige Ministerium? Da schickt man Sie in alle Welt. Tauschen Sie mit Chateau-Renaud.

Die beiden Freunde drückten sich die Hand. d'Epinay ging und Beauchamp trat an den Spieltisch.

Das Spiel war lebhaft geworden. Es standen hohe Summen. Don Lotario hatte Glück, das Geld floß ihm zu. Loupert verlor und blickte mit geheimem Neide auf den jungen Spanier. Er lieh Geld von ihm, das ihm Don Lotario mit der größten Bereitwilligkeit gab. Auch das verlor er. Jetzt wich auch Lotario's Stern und nach einer Viertelstunde saßen die Beiden mit leeren Händen und leeren Taschen vor der Bank. Chateau-Renaud und Debray waren die Gewinner gewesen.

Die Gesellschaft stand im Begriff, das Palais Royal zu verlassen. Loupert sah mißmüthig und verstimmt vor sich

Der Herr der Welt. I. 15

hin, während Don Lotario sich nicht sehr um seinen Verlust
zu kümmern schien, der übrigens nicht groß gewesen war.

— Parbleu, meine Herren, wissen Sie, daß ich keinen
Heller im Vermögen habe? rief Loupert jetzt mit einem ge-
zwungenen Lachen.

— Ah bah, Sie scherzen! Ein Mann wie Sie, der
täglich mit Tausenden an der Börse spielt! warf Chateau-
Renaud lachend ein.

— Nein, nein, im Ernst, erwiederte der Baron. Leihen
Sie mir zehntausend Francs bis morgen Abend, Graf!

Ueber das feine, ächt aristokratische Gesicht des Grafen flog ein leichtes, verächtliches Lächeln, und er zuckte die
Achseln.

— Verzeihen Sie mir, sagte er verbindlich, aber mit
unverkennbarem Spott, ich verleihe nie Geld von dem, was
ich gewonnen. Schon mein Vater, mein Großvater und
meine Ahnen thaten das nie. Es ist eine Tradition. Man
soll es am nächsten Abend verlieren.

— Eine sehr achtbare Tradition! rief Beauchamp lachend. Ich werde darin der Ahne meiner Kinder und Kindes-
kinder sein.

— Dann helfen Sie mir aus der Verlegenheit, Herr
Sekretär! wandte sich Loupert an Debray.

— Pardon! erwiederte dieser eben so verbindlich, wie
Chateau-Renaud, ich stehe Ihnen ein ander Mal gern zu
Diensten. Heut aber bin ich sehr zufrieden, meinen kleinen
Schatz nach Hause zu tragen. Ich muß morgen eine Differenz an der Börse bezahlen. Hoffentlich giebt es deshalb
keine Differenz zwischen uns Beiden. Dafür ist die Summe
doch zu gering.

Es lag ein offenbarer Spott auch in dieser Ablehnung.
Loupert schien ihn zu ahnen und biß sich auf die Lippen.
Dann warf er einen Blick auf Lotario, aber er glaubte
wahrscheinlich, daß ihm dieser sicher sei und schwieg.

Die jungen Leute verließen nun gruppenweis das Zim=
mer. Debray, Chateau=Renaud und Beauchamp gingen zu=
sammen.

— Es ist das letzte Mal, daß dieser Loupert hier ge=
wesen, sagte der Graf. Ich halte nichts von ihm.

— Das ist auch meine Meinung! bestätigte Debray.
Und dieser Don Lotario?

— Das ist ein ehrlicher und prächtiger Junge! sagte
Beauchamp. Wir müssen ihn vor Loupert warnen. Was
kann er dafür, daß sich der Mensch an ihn heranmacht.
Er ist fremd, ein Neuling in Paris, Loupert wird ihn rui=
niren!

— Hatte nicht Don Lotario auch eine Empfehlung an
den Abbé Laguidais? fragte Chateau=Renaud.

— Wohl, das ist sogar seine Hauptempfehlung, erwie=
derte Beauchamp. Deshalb kann man eben für ihn bürgen.
Ich habe noch nie gehört, daß der Abbé Laguidais einen
verdächtigen Menschen protegirt hätte.

— Das ist wahr, sagte Debray. Und wie ich höre,
besucht der Spanier den Abbé häufig. Wir wollen es dem
Abbé sagen, daß er ihn vor Loupert und ähnlichen Leuten
warnt. Er kann darüber zu Grunde gehen.

Während dessen gingen die beiden jungen Männer, um
die sich diese Unterhaltung drehte, schweigend neben einander
nach dem linken Seine=Ufer, auf dem sich Don Lotario's
Wohnung befand. Mitternacht war vorüber. Die Straßen
waren schon ziemlich leer und wurden mit jeder Minute ein=
samer. Don Lotario pfiff eine Melodie und rauchte eine
Cigarre. Loupert ging düster und mit gesenktem Kopfe neben
ihm. Seine Hände waren geballt.

— Lotario, unterbrach er das Schweigen, Sie müssen
mir bis morgen Abend zehntausend Francs leihen.

— Ich glaube, ich werde es wirklich nicht können, ant=
wortete der Spanier offenherzig und gutmüthig.

15*

— Zum Teufel, auch Sie machen Ausflüchte! rief der
Baron aufbrausend. Sie müssen es, ich kann Ihnen nicht
helfen.

— Aber, liebster Freund, lassen Sie mich erst überlegen,
ob ich es kann! erwiederte der Spanier etwas gereizt. Ich
habe heute das Geld verloren, das bis zu Ende dieses Mo-
nats reichen sollte. Zu Hause habe ich noch ungefähr vier-
tausend Francs. Die sollen für meinen Aufenthalt in Paris
hinreichen. Ich mag nicht noch einmal zu meinem Banquier
gehen. Ohnehin habe ich in Paris schon weit mehr Geld
ausgegeben, als ich wollte. Ich müßte meinen Entschlüssen
Ihretwegen untreu werden und abermals Geld fordern. Und
offen gestanden, das wird mir schwer.

— Gut! Ich will Sie nicht weiter darum bitten. Wir
sind geschiedene Leute. Gute Nacht, Don Lotario!

Aber der wegwerfende Ton, in dem Loupert dies sprach,
verfehlte dieses Mal seine Wirkung, so gut, wie die paar
Schritte, die er machte, um sich von ihm zu entfernen. Don
Lotario's Stolz erwachte.

— Herr Baron, rief er, wenn Sie deshalb meine Bekanntschaft aufgeben wollen, so wird es mir nur lieb sein
und ich freue mich, Sie von dieser Seite kennen gelernt zu
haben. Bon soir! —

Loupert schien etwas entgegnen zu wollen. Da der
Spanier aber bereits seinen Weg fortsetzte, so machte auch
er einige Schritte in die entgegengesetzte Richtung. Dann
stand er still.

— Verflucht! murmelte er vor sich hin. Ich bin ohne
einen Heller Geld. Ich könnte diesen hochnasigen Spanier
schröpfen, aber dazu ist es noch immer Zeit. Ei was! Ich
muß es wagen. Einmal muß ich es doch thun. Und ich
brauche jetzt Geld, viel Geld. Nur sie kann mir das geben.
Muth!

Er ging entschlossen weiter durch die Straßen auf dem

rechten Seine = Ufer und stand endlich auf dem Boulevard
des Italiens still. Er blickte nach den Fenstern eines schö=
nen Hauses empor. Sie waren noch erleuchtet. Es mußte
dort Gesellschaft sein.

Loupert ging langsam auf dem Boulevard auf und ab,
von Zeit zu Zeit nach jenen Fenstern hinüberblickend. Er
sah einige Wagen vorfahren und dann den Boulevard hinab=
rollen. In einem Zimmer — es schien der größte Salon
zu sein — wurde es dunkel!

Jetzt näherte sich der Baron dem Hause und trat in
die große Vorhalle. Der letzte Wagen rollte fort. Loupert
verschwand im Dunkel des Hauses.

Therese.

Unterdessen ging der junge Spanier ruhig weiter. Viel
war ihm an Loupert nicht gelegen, und die Behandlung,
die derselbe heut Abend von Debray und Chateau=Renaud
erfahren, war Don Lotario aufgefallen und hatte ihn stutzig
gemacht. Er fühlte mit feinem Takte, daß man dem Baron
Loupert mißtraue, und das war auch ein Grund für ihn,
vorsichtig zu sein.

Die Nacht war schön, trotzdem der Herbst bereits an=
gefangen. Don Lotario näherte sich der Seine und betrat
den Pont neuf, jene berühmte Brücke, die als Hauptpassage
zwischen den beiden Ufern dient, und die fast Jeder täglich
überschreitet — so daß man sagt, wenn man einen Bekannten
treffen wolle, brauche man nur zu verschiedenen Tageszeiten
über den Pont neuf zu gehen. Dort ist auch die Haupt=
station der geheimen Polizeidiener, und wenn sie vier Tage
lang vergeblich dort auf Jemand gewartet, so versichern sie,
er sei nicht in Paris.

Die Brücke war auch jetzt nicht ganz leer. Einzelne Fußgänger eilten über dieselbe hinweg. Aber Keiner achtete auf den Anderen, denn Jeder war bemüht, seine Wohnung zu erreichen. Auch war es ziemlich dunkel auf der Brücke.

Als Don Lotario in die Nähe des Denkmals gekommen war, das sich mitten auf der Brücke befindet, glitt ihm sein Stock aus der Hand und er bückte sich, ihn aufzuheben. Dabei bemerke er eine Gestalt, die an dem Geländer stand, das die Brücke auf der Seite des Denkmals begrenzt. Es war eine Frau.

Bis jetzt hatte Don Lotario noch kein Abenteuer in Paris bestanden, das von großem Interesse gewesen wäre. Er hatte zwar Abenteuer gesucht, sie aber nie gefunden. Und dennoch dürstete er nach etwas Außerordentlichem, wie jeder junge Mann, der die Riesenstadt zum ersten Male betritt. Diese einzelne weibliche Gestalt, die regungslos an dem Geländer der Brücke lehnte, fiel ihm auf. Vielleicht war das eine Gelegenheit, etwas zu erfahren, was nicht in das Reich des Alltäglichen gehörte.

Er überlegte nicht lange, sondern näherte sich leise dem Geländer und legte sich, einige Schritte von der Unbekannten entfernt, über dasselbe, um das Wasser zu betrachten. Nebenbei aber warf er scharfe und forschende Blicke auf seine Nachbarin, die seine Gegenwart bis jetzt nicht im Geringsten zu bemerken schien.

Alles war ruhig und einsam. Kaum plätscherte die Seine an den massiven Pfeilern der Brücke. Am Himmel stand die schmale Mondsichel, und von den beiden Ufern der Seine glänzten die Gaslaternen herüber und spiegelten sich in dem Wasser. Ein leichter Luftzug wehte über die Brücke und zuweilen erdröhnte sie unter dem Rollen eines Wagens.

Don Lotario schien immer noch nicht bemerkt worden zu sein, und bis jetzt war ihm auch nichts daran gelegen. Er wollte zuerst beobachten. Wenn er ein Abenteuer mit

einer Dame suchte, so war es gewiß nur mit einer schönen
Dame. Die Häßlichkeit würde den jungen Mann wahrscheinlich kalt gelassen haben, sie hätte ihm denn in einer
rührenden und ergreifenden Gestalt entgegentreten müssen.

Was der junge Mann bis jetzt sah, ließ ihn übrigens
noch im Zweifel. Ihr Gesicht war ihm fast ganz durch den
Rand des Hutes verborgen, den die Damen damals größer
trugen, als jetzt. Er musterte also ihre Toilette.

Sie war einfach, aber — so viel Kenntniß hatte Don
Lotario schon erlangt — nach dem neuesten Geschmack, und
wenn er sich nicht täuschte, so verhüllte der leichte seidene
Mantel eine anmuthige Figur. Die Dame war nicht groß.
Um so besser für Don Lotario, der in ihr eine jener zarten
und graziösen Erscheinungen vermuthete, die er so sehr liebte,
deren Heimath Spanien ist und die man also auch in Meriko findet.

Die Dame hatte einen ihrer Arme auf das Geländer
gelegt und sich so weit vornüber gebeugt, daß sie das Wasser
deutlich sehen konnte. Jetzt machte sie eine kaum bemerkbare
Wendung nach Don Lotario zu, ohne ihn jedoch zu bemerken, und der Spanier konnte jetzt einen Theil ihres Gesichts
unterscheiden.

Es bestätigte die Erwartungen, die er heimlich gehegt
hatte. So weit es der ungewisse und schwankende Schein
der fernen Lichter zuließ, bemerkte er ein feines blasses Gesicht, schönes, glatt gescheiteltes Haar, eine niedrige aber
angenehme Stirn, eine kleine, wohlgeformte Nase und einen
feinen, fest geschlossenen Mund. Das ganze Gesicht machte
mehr den Eindruck von etwas Fesselndem und Interessantem,
als auffallend Schönem. Es war aber gerade ein Gesicht,
wie es Don Lotario liebte. Wie schelmisch und einladend
mußte dieser Mund lächeln können, der jetzt so energisch und
beinahe zornig geschlossen war! Wie lebhaft mußten diese
Augen blitzen, wenn sie sich öffneten!

Je länger Don Lotario sie beobachtete, um so deutlicher
erkannte er den düsteren, verschlossenen und finsteren Ausdruck, der jetzt auf diesem Gesichte lagerte. Das Interesse
des Spaniers wuchs. Ihrer Toilette, ihrer äußeren Erscheinung nach war das eine Dame aus den feineren Ständen.
Weshalb stand sie hier um diese außergewöhnliche Zeit und
starrte regungslos in das schwarze unheimliche Wasser?
Welche Gedanken durchzogen diese Seele, deren finstere Ent=
schlossenheit sich auf diesem Gesichte wiederzuspiegeln schien?
Was war das für ein Wesen, das es wagen durfte, um
diese Zeit allein in Paris auf der Straße zu sein, und das
diese Freiheit dazu benutzte, ein stummes, aber wahrscheinlich
sehr bedeutsames und düsteres Zwiegespräch mit den Wellen
der Seine zu halten?

Don Lotario wollte das Schweigen brechen. Aber auf
welche Weise? Er fühlte, daß er sich neben einem Wesen
befand, das von ungewöhnlicher Natur war. Es gab tau=
send Mittel und Wege, sie anzureden. Wenn er aber den
rechten nicht fand, so war sein Plan gescheitert. Denn Don
Lotario — das wußte er selbst — gehörte zu jenen Män=
nern, die nicht den Muth oder vielmehr die Unverschämtheit
haben, nach einer Zurückweisung einen neuen Versuch zu
wagen.

Eine Zeit lang hoffte der junge Spanier, daß der Zu=
fall ihm günstig sein werde. Aber er hoffte vergebens. Seine
Nachbarin verharrte stumm und unbeweglich in ihrer Stellung.
Ihr Auge blieb auf den Wellen geheftet und ihr Mund blieb
eben so fest geschlossen, wie früher. Sie schien keine Ahnung
zu haben, daß Jemand sie beobachtete.

Don Lotario mußte ein Zeichen geben, daß er da sei.
Er mußte abwarten, was dann geschah. Er ließ seinen
Stock auf die Erde fallen, dieses Mal absichtlich, und hob
ihn schnell wieder auf. Dabei behielt er die Dame im
Auge.

Sie sah sich flüchtig um, ohne zu erschrecken. Sie hatte also gewußt, daß er sich neben ihr befand.

— Verzeihung, Madame, sagte Don Lotario, ich habe Sie gestört.

Keine Antwort. Die Dame nahm ihre frühere Stellung wieder ein, als ob sie die Anrede gar nicht gehört, oder nicht bemerkt habe, daß dieselbe an sie gerichtet sei.

Don Lotario biß sich auf die Lippen und war einen Augenblick Willens, fortzugehen. Dann aber überlegte er, daß es eine Thorheit sei, ein Abenteuer aufzugeben, dem er, bereits so lange Zeit gewidmet. Keine Antwort war am Ende auch eine Antwort, vielleicht die Aufforderung zum Weitersprechen. Freilich hatte das nicht in der Bewegung der Dame gelegen.

— Wir sind vielleicht Kunstgenossen, fuhr er fort. Vielleicht studiren Sie ebenso wie ich die Lichtreflexe im Wasser. Man hat hier eine sehr schöne Gelegenheit dazu und ist vor allen Dingen ungestört.

— Sie studiren die Lichtreflexe? fragte die Dame in einem Tone, dem man den Spott anhörte.

— Ja wohl, antwortete Don Lotario, sehr erfreut über dieses Entgegenkommen. Sehen Sie, wie schön diese Laternenreihe sich im Wasser spiegelt und wie der Schein dort unten sich so matt leuchtend vereinigt.

— In der That, es ist ganz hübsch, sagte die Dame mit ihrer wohllautenden Stimme. Haben Sie die Absicht, Paris von diesem Standpunkte aus zu malen? Das müßte ein ganz eigenes Bild werden.

Don Lotario konnte sich nicht enthalten, zu lachen, um so mehr, da der Spott zu deutlich aus den Worten der Dame hervorleuchtete. Die Unterredung war im Gange, sein Zweck war erreicht.

— Es thut mir leid, daß Sie keine Kunstgenossin sind, sagte er. Ich glaubte es, weil ich so auf die einfachste

Weife eine Erflärung bafür fand, eine junge Dame um biefe
Zeit und an biefem Orte zu treffen.

— Ihre Vermuthungen find kühn, fagte die Dame,
immer noch ironifch. Es möchte allerbings wohl fchwerlich
einen anberen Grund geben, ber eine junge Dame hierher=
führen könnte. Nein, ich bin keine Malerin. Ich ftubirte
nicht den Wieberfchein der Gasflammen im Waffer. Es
machte mir nur Vergnügen, den Wieberfchein zu beobachten,
den meine eigene Seele auf biefe bunklen Wellen wirft.

— Verzeihen Sie, Mabame, fagte Lotario, der burch
Scherz am weiteften zu kommen hoffte, ich bemerke nichts
von biefem Wieberfchein, obgleich ich nicht daran zweifle,
baß Ihre Seele eine leuchtende Flamme ift.

— Sie irren, fagte die Dame ruhig. Meine Seele ift
noch bunkler, als die Wellen unter uns, fo bunkel, baß fie felbft
biefe fchwarzen Wellen noch verbüftert, fehen Sie nur hinab!

Unwillfürlich beugte fich Don Lotario über das Gelän=
ber. Die Dame that baffelbe. In der That fah der Spa=
nier beutlich die beiden Schatten fich unten auf dem bunk=
len, beweglichen Grunde malen.

— Mabame, fagte er, das find wahrhafte Nachtgebanz=
fen. Demnach müßte ich Sie für eine Dichterin halten.

— Sie thun mir zu viel Ehre an, erwieberte die Un=
bekannte. Obgleich es vielleicht in mancher Bruft, die fich
nie burch ein Wort ober einen Buchftaben erfchließt, mehr
Poefie giebt, als in der Seele mancher Dichterin.

— Aber Frauen pflegen fonft heitere Gebanken zu ha=
ben, erwieberte Don Lotario.

— Weshalb? fragte die Dame lebhaft und fcharf.
Wahrfcheinlich, weil fie fo glückliche Gefchöpfe find. Gehö=
ren Sie auch zu benen, die den Männern allen Kummer,
alle Sorge, alles Schwere aufbürben und in den Frauen
nur jene glücklichen, harmlofen Gefchöpfe fehen, die wie
Schmetterlinge burch die Welt flattern?

Das war so bitter gesagt, daß Don Lotario beinahe
erschrak. Die Dame hatte sich ihm dabei ganz zugewendet
und er erkannte jetzt ihr leuchtendes Auge, ihre entschlossenen
und düsteren Züge. Der junge Mann wußte jetzt, daß er
es mit einem Wesen zu thun hatte, dessen Herz durch irgend
ein Unglück getroffen, von irgend einem Schlage erschüttert
war. Oder wollte man ihn täuschen? In Paris nimmt
die Verführung die verschiedenartigsten Formen an.

— Sie haben Recht, sagte er. Ich bestreite den Frauen
nicht, daß auch sie ihren Antheil an den Sorgen der Erde
haben. Meine Aeußerung bezog sich nur auf junge Gemüther. Sie kennen selten den Kummer.

— Mancher Mensch wird alt und stirbt, ohne zu wissen, was Sorge und Kummer ist, sagte die Dame. Und
manchen Anderen treffen die herbsten, schwersten und bittersten Schläge, oft bevor er noch angefangen, zu denken, zu
leben. Nach dem Warum und Weshalb dürfen wir nicht
fragen. Unser Geschick will es so.

— Ja wohl, sagte Don Lotario und dachte an Donna
Rosalba. Aber das ist nun einmal nicht anders in der
Welt.

— So sagt man gewöhnlich und damit soll man sich
trösten, erwiederte die Dame bitter. Mag es sein! Wenn
man nur wenigstens ein Mann wäre! Die Männer können
arbeiten, kämpfen und sich rächen. Aber wir Frauen können
nichts. Wir müssen hinnehmen, was die Welt und was
die Männer uns bieten. Glücklich sind nur die Frauen, die
nicht wissen, wie vernachlässigt sie von der Vorsehung sind,
die das Leben hinnehmen, wie es ist, und aus den wenigen
Blüthen, die sich ihnen öffnen, ein klein wenig Honig für
sich zu saugen wissen. Aber wehe dem Weibe, das über
seinen Zustand nachdenkt. Ich sage Ihnen, mein Herr, es
giebt kein elenderes Geschöpf, als ein denkendes Weib!

Don Lotario hatte sich bis dahin wenig Skrupel über

die gesellschaftliche Stellung der Frauen gemacht. Wie hätte
er auch in der Einsamkeit seiner kalifornischen Hacienda und
bei seinem Eintritt in die Herrlichkeiten des Lebens Gelegenheit dazu gehabt! Jetzt erschütterte ihn nur der herbe, scharfe
Ton, in welchem die Dame jene Worte sprach. Er hatte
noch nie eine Frau so sprechen hören.

— Und Sie sind hierhergekommen, um sich ungestört
diesen Nachtgedanken zu überlassen? fragte er.

— Vielleicht ja, antwortete sie. Aber es ist ein großer
Mangel auf dieser Erde, daß man nicht einmal ungestört
denken kann.

— Wenn das ein Vorwurf für mich sein soll, so nehme
ich ihn ruhig hin, sagte Don Lotario. Ich rechne es mir
sogar als ein Verdienst an, eine junge und schöne Dame
diesen traurigen Gedanken entrissen zu haben.

— Auf diese Weise müßte ich ihnen danken? Nun es
sei! erwiederte die Unbekannte. Uebrigens waren meine Gedanken nicht so traurig. Es waren mehr philosophische Betrachtungen. Ich blickte auf das schwarze, kalte, murmelnde
Wasser. Ich sah, wie der Wiederschein des Lichtes auf den
kleinen Wellen spielte. Ich dachte mir, wie in diesem Augenblicke vielleicht ein menschlicher Körper, stumm und kalt, da
unten läge und langsam fortrollte, wie die hier oben nichts
davon wüßten, wie man ihn nie, oder spät erst finden würde.
Ich malte mir aus, wie wenig man sich um diese Leiche
kümmern, wie man einige Nachforschungen anstellen und sie
zuletzt in die Erde scharren würde, ohne daß Jemand sie
betrauerte. Vier Wochen später würde Niemand mehr gewußt haben, daß so ein Wesen auf der Welt existirte. Nicht
wahr, das ist ziemlich trübe, aber doch nur für uns, die
wir noch leben, fühlen und denken! Wenn man erst einmal
da unten liegt — dann muß Einem ganz wohl sein. Die
ganze Seine drückt nicht so schwer, wie ein krankes, unruhiges Herz.

— Und daran dachten Sie? rief Don Lotario erschreckt und verwirrt.

— Ja, warum nicht? erwiederte die Dame beinahe scherzend. Ihnen sind solche Gedanken wohl niemals gekommen?

— Nur einmal, aber nicht in so gräßlicher Gestalt, sagte Don Lotario. Damals, als mich meine Geliebte verließ.

— Also Sie sind einmal von einer Geliebten verlassen worden? fragte die Dame und ihre Stimme klang eigenthümlich, beinahe triumphirend. Das geschieht eigentlich selten, nicht gerade hier in Paris, aber doch überhaupt. Gewöhnlich sind es die Männer, die ihre Geliebten verlassen. Wir armen Frauen sind gewöhnlich froh, wenn ein Mann bei uns bleibt.

Wäre Don Lotario in diesem Augenblick weniger mit seinen Gedanken an die Vergangenheit beschäftigt gewesen, so würden ihm diese Worte vielleicht das Geheimniß der Unbekannten enthüllt haben. Aber er dachte nur an Donna Rosalba und an die bittere Kränkung, die sie ihm angethan.

— Ich hätte Grund genug, die Frauen zu hassen, sagte er, und es schmeichelte seiner jugendlichen Eitelkeit, ein solches Geheimniß enthüllen zu können. Ich bin neugierig, ob Sie meine frühere Geliebte wegen ihres Schrittes rechtfertigen würden, wenn ich Ihnen meine Geschichte erzählte.

— Ich würde allerdings vorher die Thatsachen kennen müssen, antwortete die Dame mit sichtlicher Neugierde.

Weiter wollte Don Lotario nichts. Wie alle jungen Männer glaubte er, daß die so einfache und natürliche Geschichte seiner ersten Liebe ihn in den Augen einer andern Frau interessant machen müsse. Er erzählte also das Unglück, das ihn getroffen, und die Art und Weise, wie Donna Rosalba dasselbe aufgenomme. Des Lord Hope that er nur beiläufig Erwähnung, da er seine Erzählung nicht zu lang ausdehnen wollte. Die Dame hörte ihm ruhig zu.

— Mein Herr, sagte sie dann, Ihre Donna Rosalba
war ein Frauenzimmer vom gewöhnlichsten Schlage, und erst
jetzt, da ich weiß, wie jung Sie sind und wie wenig Sie die
Welt kannten, begreife ich, daß Sie sich von einem solchen
Mädchen täuschen lassen konnten. Donna Rosalba hat Sie
nie geliebt, sie hat Sie belogen. Noch können Sie also kein
Urtheil über die Frauen fällen, und Sie sollten Ihrem Ge-
schicke dankbar sein, das Sie vor einer langweiligen Ehe und
vor der Rolle eines Sklaven bewahrte. Nur dann könnten
Sie klagen, wenn Sie wüßten, wahrhaft geliebt worden zu
sein, und wenn Ihre Geliebte Sie den Rücksichten der Welt
aufgeopfert hätte.

— Es giebt keine solcher Rücksichten bei einer wahren
Liebe, sagte Don Lotario.

— Das glauben Sie jetzt vielleicht, und vielleicht haben
Sie auch Recht, erwiederte die Dame. Ich meinerseits erkenne
solche Rücksichten an, obgleich ich das Opfer derselben gewor-
ben bin. Doch, mein Herr, meine Zeit ist um. Meine philo-
sophischen Betrachtungen sind zu Ende. Ich bin Ihnen dankbar dafür, daß Sie mich an das gewöhnliche Leben erinnert
haben, und finde, daß es Zeit ist, nach Hause zurückzukehren.
Abieu, mein Herr!

— Ich hoffe, Sie werden mir erlauben, Sie zu begleiten, sagte Don Lotario. Wo wohnen Sie?

— In Marais, Rue du Grand-Chantier, antwortete
die Dame. Ich nehme Ihre Begleitung an, obgleich ich mich
nicht im mindesten fürchte, allein zu gehen — wie Sie sich
denken können, da Sie mich hier gefunden.

— Sie wohnen Rue du Grand-Chantier? fragte Don
Lotario. Dort wohnt ein sehr berühmter Herr, mit dem ich
hier bekannt gemacht worden bin und den ich sehr häufig,
fast täglich besuche.

— Jetzt, da ich Sie genauer sehe, ist es mir auch, als
hätte ich Sie vor meinem Fenster vorübergehen sehen, sagte

die Dame. Wer ist jener Herr? Der berühmteste Mann,
der in der Straße wohnt, ist der Abbé Laguibais.

— Er ist der, den ich meine, sagte Don Lotario. Ken=
nen Sie ihn vielleicht?

— Ein wenig, antwortete die Dame. Doch kommen
Sie jetzt. Und wo wohnen Sie? Ich hoffe, daß ich Sie
nicht zu weit von Ihrer Wohnung entferne? Ich kann sonst
wirklich sehr gut allein gehen.

— Ich wohne in der Nähe des Palais de Luxembourg,
antwortete Don Lotario. Doch das ist Nebensache. Es ist
für mich noch früh und der Weg ist nicht weit. Darf ich
Ihnen meinen Arm anbieten?

— Ich nehme ihn an, sagte die Dame und legte ruhig
und mit dem feinsten Anstande ihren Arm in den seinigen.

Sie gingen über die Brücke, nach dem rechten Seine=
Ufer. Es war jetzt ganz einsam auf der Straße.

— Sie sind also kein Maler, wie Sie mir Anfangs
sagten? fragte die Dame.

— Nein, antwortete Don Lotario, und ich hoffe, Sie
sind mir nicht böse wegen dieser kleinen und unschuldigen
Erfindung.

— Sie nennen es eine Erfindung, sagte die Dame.
Ich könnte es mit demselben Recht eine Lüge nennen. Aber
die Männer machen sich kein Gewissen daraus, die Frauen
zu belügen.

— Mein Gott, Sie dürfen das nicht so genau neh=
men! rief der junge Mann. Es würde uns oft an jeder
Gelegenheit fehlen, die Bekanntschaft einer Dame zu machen,
wenn wir nicht eine solche kleine Erfindung bei der Hand
hätten.

— Ich nehme es auch nicht so genau, sagte die Dame
ruhig und gleichgültig. Obgleich man vielleicht sagen könnte,
daß Bekanntschaften, die mit einer Lüge anfangen, auch mit
einer Lüge endigen müssen.

— Wie hart Sie sind! sagte der Spanier. Ich hoffe, mit unserer Bekanntschaft wird dies nicht der Fall sein.

— Sie glauben also, wir werden überhaupt bekannt werden? fragte die Dame.

— Wenn es von mir und meinen Wünschen abhängt, dann gewiß, antwortete Don Lotario. Das scheint mir auch sehr leicht, da Sie mir gesagt haben, daß Sie mit dem Abbé Laguidais bekannt sind. Ich werde den Abbé bitten, mich Ihnen vorzustellen. Freilich ist es vorher nöthig, daß ich ihm den Namen der Dame sage.

— Mein Name ist Therese, ein anderer ist für Sie nicht nöthig, sagte die Dame. Außerdem ist es überflüssig, den Abbé Laguidais deshalb zu bemühen. Ich bin freie Herrin über mich selbst, ich wohne allein, ich kann Bekanntschaften machen, wo und mit wem ich will. Es hängt von Ihnen ab, ob Sie mich besuchen wollen oder nicht.

Don Lotario war auf's Höchste überrascht. Sollte er sich dennoch getäuscht haben? War es eine jener „unabhängigen" Damen, die man, wenn auch nicht in der Nacht, doch bei Tage und des Abends zahlreich genug in Paris findet? Oder war es eine Frau, eine Wittwe, die sich wirklich unabhängig nennen konnte? Aber nein. Die Worte der Dame hatten nicht einladend geklungen. Sie waren im Gegentheil eher abstoßend gewesen. Sie hatten so kalt, so gleichgültig geklungen. Oder war auch das nur ein Schein? Sollte das den jungen Mann um so mehr reizen? Wollte sie sich interessant machen?

Aber sie war mit dem Abbé bekannt! Der Abbé mußte dieses Räthsel lösen.

— Dann werde ich mir in den nächsten Tagen die Freiheit nehmen, sagte Don Lotario. Um welche Zeit —

— Das kann ich Ihnen nicht genau bestimmen, sagte die Dame ruhig. Ich binde mich nicht an bestimmte Stunden, wie die großen Damen. Ich gehe aus, wenn ich Lust

habe. Es hängt also von Ihnen ab, eine glückliche Stunde
zu treffen. Unter welchem Namen wird man Sie mir melden?

— Ich heiße Lotario de Toledo, antwortete der junge
Mann. Und Sie werden mich empfangen? Sie geben mir
Ihr Versprechen nicht als ein bloßes Versprechen, um augen-
blicklich mein Verlangen zu befriedigen?

— Pfui, wie schlecht müssen die Männer sein, daß sie
hinter jedem Wort eine Lüge wittern! rief die Dame.

— Und wenn es wäre? Wir werden so oft von den
Frauen getäuscht! sagte Don Lotario.

— Das ist wahr! Ich hatte es vergessen! sagte die
Dame. Doch hier ist meine Wohnung. Adieu, mein Herr!

Sie zog ihren Arm aus dem seinigen und klingelte.
Die Thür öffnete sich und sie verschwand.

Don Lotario stand vor dem Hause still und überlegte.
Dieses Abenteuer war doch ein ganz anderes gewesen, als
er vermuthet hatte. Seltsam war es auf jeden Fall, seltsam wie diese Dame. Wie kalt, wie unwillig beinahe hatte
jedes ihrer Worte geklungen. Wie gleichgültig war ihr
ganzes Benehmen gewesen! Nur als sie ihre düsteren Gedanken über den Tod aussprach, hatte ihre Stimme etwas
bewegter geklungen, und ihre düsteren Anschauungen schienen
das einzige Wahre zu sein, das er aus ihrem Munde vernommen.

Er betrachtete das Haus. Es war groß und stattlich,
eines der schönsten in der Straße. Es schien von wohl-
habenden Leuten bewohnt zu sein. Nur langsam ging er
weiter. Er war begierig, diese Bekanntschaft fortzusetzen,
etwas über diese Dame zu erfahren. Er mußte morgen den
Abbé Laguidais fragen. Aber sollte er diesen wirklich ins
Geheimniß ziehen? Die Dame hatte es abgelehnt, durch den
Abbé die Bekanntschaft des jungen Mannes fortzusetzen. Lag
darin nicht ein Fingerzeig? Doch nein. Lotario war entschlossen, den Abbé zu Rathe zu ziehen, der ihm ja über-

haupt als Rathgeber und väterlicher Freund anempfohlen
worden.

— Das wäre · also wirklich ein Abenteuer! sagte er
endlich selbstzufrieden und lächelnd.

Dann zog er seinen Ueberrock fester zusammen und ging
nach seiner Wohnung.

Mutter und Sohn.

In jenem Hause auf dem Boulevard des Italiens, das
Herr von Loupert so aufmerksam beobachtet hatte, befand
sich an jenem Abend allerdings eine kleine Gesellschaft. Sie
bestand aus denjenigen Freundinnen, die der Baronin Danglars geblieben waren, nachdem ihr Mann, einer der ersten
Banquiers, Bankerott gemacht und dem Beispiel seiner Tochter gefolgt und entflohen war. Die Baronin hatte damals
Paris auf einige Monate verlassen. Als ächte Französin
aber war ihr das Leben anderswo unerträglich. Sie war
zurückgekehrt, und da sie sich im Besitz eines bedeutenden
Vermögens befand, das von dem Bankerott ihres Mannes
unberührt geblieben war, so war es ihr leicht geworden,
wieder ein Haus zu machen. Einige alte Freunde hatten
sich wiedergefunden, und die Salons der Baronin fingen
an, sich an jedem Empfangsabende mehr zu füllen. In Paris vergißt man so leicht! Die Baronin war ja auch unschuldig gewesen. Was konnte sie dafür, daß ihr Mann
Bankerott gemacht und geflohen? Trug sie die Schuld, daß
ihre Tochter Eugenie die Kunst mehr liebte, als eine Stellung, die ihr nur der Reichthum gab, daß sie den Beifall
der Publikums den Lobpreisungen, die man ihrem Reichthum
machte, vorzog, und an demselben Abend, an dem sie mit
dem falschen Prinzen Cavalcanti verlobt werden sollte, mit
ihrer Freundin Louise entfloh? Die Baronin war an alle

dem unschuldig, sie hatte weder den Bankerott ihres Man=
nes hindern, noch den eigensinnigen, unabhängigen Charak=
ter ihres Kindes zähmen können. So urtheilte wenigstens
die Welt — denn die Baronin war immer noch eine reiche
Frau, die über Millionen kommandirte. Wäre sie arm ge=
wesen, so wäre sie vergessen oder ihrer vielleicht nur mit
Vorwürfen und Schmähungen gedacht worden. Sie wäre
schuldig gewesen.

Nur einer ihrer alten Freunde, der intimste, hatte die
Baronin nicht wieder aufgesucht. Es war Lucien Debray,
der Sekretär im Ministerium, derselbe, der am Abend mit
Chateau=Renaud und Beauchamp im Palais Royal gewesen.
Früher hatte er das Haus Danglars täglich besucht. Er
galt vor aller Welt als der begünstigte Freund, vielleicht als
der Liebhaber der Baronin. Er hatte mit ihr zusammen und
mit ihrem Vermögen manche runde Summe leicht gewonnen.
Als Sekretär im Ministerium des Auswärtigen hatte er stets
die neuesten Nachrichten gekannt und mit dem Gelde der
Baronin an der Börse spekulirt. Der Gewinn war zu glei=
chen Theilen getheilt worden. Jetzt mochte es ruchbar ge=
worden sein, daß so etwas vorgefallen, und Lucien Debray
besaß Vermögen genug, um allein zu spekuliren. Er hatte
mit Madame Danglars abgerechnet, kurz bevor sie damals
Paris verlassen. Es war ein Abschied in Zahlen gewesen,
und die Baronin hatte zu dem großen Kummer, der sie da=
mals traf, Mann und Tochter zu verlieren, noch einen grö=
ßeren hinzufügen können, denjenigen: von der Hartherzigkeit
und Kälte eines Mannes überzeugt zu sein, den sie für ihren
aufrichtigen Freund und Geliebten gehalten.

Jahr und Tag war seitdem verstrichen und die Baronin
hatte sich getröstet, wie eine Frau sich trösten kann, die noch
Millionen besitzt, Geist hat und auch ihrer äußeren Erschei=
nung nach immer noch imponirte. Wäre sie eine Wittwe
gewesen, so würde es ihr an Anbetern nicht gefehlt haben.

16*

Aber sie war von ihrem Manne nicht erlöst, obgleich ihr
diese Erlösung wünschenswerth gewesen sein mochte. Sie hatte
von ihm nichts weiter erfahren, als daß er bald nach seinem
Verschwinden aus Paris in Rom bemerkt worden sei. Auch
von ihrer Tochter hatte sie nichts erfahren. Eugenie Danglars sollte unter anderem Namen als Sängerin aufgetreten
sein und in Italien große Triumphe gefeiert haben.

Von einer anderen Erinnerung — vielleicht trauriger
noch, als die an Debray — wußte die Gesellschaft, die heut
bei ihr versammelt war, nichts. Es waren Freundinnen,
die mit ihr zum Theil in demselben Alter standen, Herren,
mit denen sie früher bekannt gewesen, und einzelne Berühmt-
heiten der Kunst und Literatur zweiten Ranges. Es war
nicht jene glänzende Gesellschaft, die einst die Salons Danglars' gefüllt hatte. Aber es war doch immer ein Ersatz.

Die Baronin machte die liebenswürdigste Wirthin. Da
sie aber längere Zeit unwohl gewesen, so kam man überein,
sich früh zurückzuziehen. Es war ungefähr zwei Uhr, als
die ersten Personen den Salon verließen.

Die intimsten Bekannten blieben noch eine Viertelstunde
länger. Man sprach vom Prozeß Ludwig Napoleons.

— Ich liebe diese Aufregungen nicht, sagte eine Dame
mit gutmüthigem Gesicht. Es ist immer unangenehm, zu sehen
und zu hören, wie man sich bemüht, einen Angeklagten zu
verdächtigen und anzuschuldigen.

— Das ist wohl wahr, meinte eine andere sehr blasse
Dame. Aber die Aufregung hat für mich etwas Wohl-
thuendes. Ich betrachte diese öffentlichen Gerichtssitzungen als
eine Art von Theater. Wie pikante Scenen sieht man dort
zuweilen. Ich meine nicht gerade die politischen Prozesse.
Die sind gewöhnlich sehr trocken. Aber denken Sie nur an
die Sitzung, in welcher der falsche Prinz Cavalcanti erklärte,
daß Herr von Villefort sein Vater sei!

— St! flüsterte ein Herr. Madame Danglars steht

dicht neben uns und jener Cavalcanti sollte ja ihr Schwieger=
sohn werden.

Die Baronin mochte das Gespräch gehört haben. Sie
entfernte sich einige Schritte.

— Es ist wahr, ich dachte im Augenblick nicht daran,
fuhr jene Dame fort. Aber Madame Danglars hört uns
jetzt nicht. War das nicht aufregender, erschütternder, als
irgend eine Scene auf dem Theater? Wenn ich nicht irre,
war Madame Danglars sogar selbst zugegen, und sie wurde
ohnmächtig. Nun freilich — sie hatte ein spezielles Interesse
an diesem Menschen, der sich für einen Prinzen ausgegeben
und beinahe die Hand Eugeniens gewonnen hätte. Doch das
sind alte Geschichten.

Dabei verzog sie die Miene ein wenig und auch die
anderen Frauen machten bedeutsame Gesichter. So wenig
Rücksicht nahm man auf die Dame, in deren Salon man
sich befand.

— Ich bin doch ein wenig angegriffen! hörte man jetzt
die Baronin sagen. Das war das Zeichen zum Abschiede.
Man drängte sich zu ihr. Madame Danglars war in der
That sehr blaß. Jeder beeilte sich mit seinem Abschiede.

Der Salon war leer. Die Baronin kehrte nach ihrem
Zimmer zurück. Die Blässe ihres Gesichts hatte sich noch
nicht verloren. Sie ließ sich halb entkleiden. Dann wollte
sie allein sein. Ihre Kammerfrau verließ sie.

Sie saß, den Kopf auf die Hand gestützt, und schien
tief nachzusinnen. Zuweilen hob sich ihre Brust höher und
schien einem leisen Seufzer Raum zu geben. Dann ver=
suchte sie, in einem Buche zu lesen, legte es aber bald bei
Seite.

Es klopfte leise. Das war ein Zeichen, daß die Kam=
merfrau sie sprechen wollte. Sie rief herein.

— Mein Gott, ich habe gesagt, daß man mich allein
lassen soll! rief Madame Danglars. Was giebt es?

— Soeben ist noch diese Karte abgegeben worden, mit dem dringenden Ersuchen, sie Madame zu überreichen.

Die Baronin nahm die Karte etwas befremdet und näherte sie der Kerze: dann zuckte sie plötzlich zusammen. Beinahe wäre die Karte ihrer Hand entfallen. Aber noch hielten ihre Finger krampfhaft die eine Spitze derselben.

— Führen Sie den Herrn in das Boudoir, sagte sie dann tonlos. Ich will allein mit ihm sprechen.

Die Kammerfrau entfernte sich. Madame Danglars sprang auf. Sie schien nach Athem zu suchen. Sie griff sich mit der Hand an die Brust, sie machte einige Schritte vorwärts.

— Mein Gott, was ist das? stöhnte sie schmerzlich. Und noch einmal blickte sie auf die Karte. Sie enthielt die Worte:

„Der Baron von Loupert wünscht Madame Dan= glars in einer Angelegenheit zu sprechen, die den fal= schen Prinzen Cavalcanti betrifft. Er glaubt, der Frau Baronin wichtige Aufschlüsse geben zu können."

— Loupert? Wer ist dieser Baron Loupert? Ich habe nie etwas von ihm gehört, flüsterte die Baronin vor sich hin. Muth, mein armes Herz, die Zeit der Leiden ist noch nicht vorüber!

Sie nahm ein kleines Fläschchen, öffnete es und sog den Duft desselben in raschen Zügen ein. Es mußte ein belebendes Mittel enthalten, denn die Wangen der Baronin färbten sich wieder ein wenig. Mit entschlossenem Schritte ging sie durch das anstoßende Zimmer und öffnete die Thür zu ihrem Boudoir.

Die Kammerfrau hatte nur eine Kerze hineingestellt, und das kleine Gemach, mit jenem geschmackvollen Luxus ausgestattet, den die Pariserinnen jenen Räumen zu verleihen wissen, in denen sie ihre intimsten Bekannten empfangen, war

nur matt erleuchtet. Madame Danglars trat ein und schloß
die Thür hinter sich.

Auf dem schwellenden Fauteuil saß ein junger Mann
in nachläffiger Haltung, den Hut in der Hand, die Füße
gekreuzt und mit dem Stock Figuren auf den Teppich zeich=
nend. Er erhob sich und grüßte flüchtig. Die Baronin
musterte ihn mit einem scharfen, ängstlich forschenden Blicke.
Aber sie erkannte ihn nicht wieder. Der Baron hatte in
den letzten Jahren sehr gealtert und seine schwarze Perrücke,
sowie der dunkle Schnurrbart gaben ihm ein ganz veränder=
tes Aussehen. Seine Haltung war ziemlich leicht und un=
gezwungen, durchaus nicht befangen.

— Bitte, setzen Sie sich, mein Herr, sagte die Baro=
nin. Sie kommen in einer Angelegenheit, die mein Interesse
erweckt, und obgleich ich nicht weiß, welche wichtigen Auf=
schlüsse Sie mir in dieser Beziehung zu machen haben —

— Wozu diese Förmlichkeiten, Frau Mutter? unterbrach
sie der junge Mann. Ich komme selbst, weil ich Ihnen na=
türlich die wichtigsten Aufschlüsse geben kann. Ich bin An=
drea Cavalcanti, der einst beinahe das Glück gehabt hätte,
Ihr Schwiegersohn zu werden, der Ihnen als Sohn aber
nun um so näher steht.'

Schon bei den ersten Worten, die er sprach, als sie
den Klang seiner rauhen und unangenehmen Stimme ver=
nahm, war Madame Danglars zusammengebrochen und auf
einen Stuhl gesunken. Jetzt drückte sie ihr Tuch vor die
Augen. Sie war halb ohnmächtig. Dieses Zusammentreffen
hatte sie nicht erwartet!

— Sie scheinen überrascht zu sein, Frau Mutter? fuhr
Loupert fort. Ich hoffe, es ist keine unangenehme Ueber=
raschung. Wenn Sie mir aber einen Gefallen thun wollen
— und als Ihr Kind habe ich wohl Anspruch darauf —
so laffen Sie jetzt alle überflüffige Sentimentalität. Sie sind
schon einmal, damals in der Sitzung, in Ohnmacht gefallen,

und offen gesagt — das war eine Thorheit, die Sie kom=
promittiren konnte. Hier in Ihrem Boudoir hat das weni=
ger zu bedeuten. Aber es ist mir persönlich unangenehm.

— O, mein Gott! stöhnte die unglückliche Frau, im=
mer noch mit einer Ohnmacht ringend.

— Ich bitte Sie, Madame, sagte Loupert dringend und
beinahe gebieterisch, seien Sie ein·wenig ruhiger und lassen
Sie uns vernünftig und leise sprechen: Die Wände haben
wahrscheinlich auch bei Ihnen Ohren, und ich meinestheils
bis durchaus nicht Willens, meine Geheimnisse fremden
Ohren anzuvertrauen. Haben Sie denn keinen Blick der
Liebe für Ihr Kind, das Sie allein nicht verlassen hat,
während alle Anderen Sie verlassen haben?

Diese letzten Worte waren in einem so erkünstelten,
weinerlich sentimentalen Tone gesprochen worden, daß sie
jedem Dritten ein Lächeln abgelockt haben würden. Aber
Madame Danglars war nicht in der Stimmung, zu lächeln.
Dieser rohe Mensch, den sie schon damals mit Widerwillen
in ihrem Hause gesehen, der später als Galeerensträfling,
als Dieb, als Mörder entlarvt worden — dieser Mensch
war ihr Sohn, das Kind ihrer verbrecherischen Verbindung
mit Herrn von Villefort, dieses Kind, das sie seit seiner Ge=
burt todt geglaubt und von dessen Dasein sie erst in jener
gräßlichen Sitzung die erste Nachricht erhalten hatte!

— Aber woher wissen Sie, daß ich Ihre Mutter bin?
flüsterte sie dann und warf einen Blick auf den Menschen,
der sich ihr gegenüber befand, einen jener scheuen, entsetzten
Blicke, mit denen eine Mutter ein Wechselbalg betrachten
mag, das man ihr in die Wiege gelegt und das man für
ihr Kind ausgiebt — einen jener Blicke, mit denen ein
Mensch die gräßlich verstümmelte Masse eines Leichnams be=
trachten mag, den man als die letzten Reste eines Wesens
bezeichnet, das ihm einst vielleicht nahe gestanden — einen
Blick, mit dem man ein Gespenst betrachtet.

— Sie haben Recht, Madame! sagte Loupert ruhig.
Es handelt sich vor allen Dingen darum, die Thatsachen
festzustellen. Ihre Frage ist ganz in der Ordnung und ich
will sie genügend beantworten.

Dabei strich er seinen Hut glatt und setzte sich in der
Sophaecke zurecht.

— Sie werden mir verzeihen, wenn ich ein wenig weit
aushole und Sie einige Minuten beschäftige, fuhr er dann
fort. Aber da Sie meine Mutter sind, so muß Sie das
doch auch ein wenig interessiren. Wo ich geboren bin, das
wissen Sie so gut als ich, oder besser. Sie wissen aber
nicht, was nachher mit mir geschehen. Auch ich habe es
erst im Gefängniß durch meinen einstigen Pflegevater erfah=
ren, nämlich durch Bertuccio, der inzwischen Intendant des
Grafen Monte = Christo geworden war. Dieser Bertuccio,
den Sie vielleicht niemals gesehen und von dem Sie vielleicht
nie etwas gehört haben, war ein Korse und ein Feind des
Herrn von Villefort, meines Vaters. Die Korsen sind heiß=
blütige Leute, wie Sie wahrscheinlich wissen, Herr von Ville=
fort hatte Bertuccio's Bruder wegen seiner bonapartistischen
Gesinnungen erschießen lassen und Bertuccio hatte geschworen,
meinen Vater zu tödten — der damals noch nicht mein
Vater war. Er reiste deshalb nach Paris und erfuhr, daß
sich Herr von Villefort in Auteuil, eine Stunde von Paris,
aufhalte und häufig ein kleines Haus besuche, in welchem
eine junge Dame wohnte. Das waren Sie, Frau Mutter!
Herr von Villefort pflegte dann auch manchmal in den Gar=
ten zu gehen und dort eine halbe Stunde zu promeniren.
Auf diesen Umstand baute Bertuccio seinen Racheplan. Eines
Nachts kam Herr von Villefort in den Garten und trug ein
Kästchen unter dem Arm. Bertuccio erwartete ihn bereits.
Er sah, wie Herr von Villefort das Kästchen vergrub und
gab ihm dann einen Stoß mit dem Messer. Der Herr Staats=
Anwalt sank für todt zu Boden und Bertuccio, der natürlich

glaubte, daß in diesem Kästchen Schätze verborgen seien, grub es wieder aus und entfernte sich mit demselben. Diesem Umstande verdanke ich mein Leben, Frau Mutter!

Der Sohn machte hier eine kleine Gefühlspause und brachte sein Taschentuch an die Augen. Madame Danglars saß stumm, regungslos, bleich, wie eine Statue. Sie kannte diese Geheimnisse noch nicht.

— Als Bertuccio das Kästchen öffnete, fuhr Loupert dann fort, sah er, daß es keinen Schatz, sondern ein Kind enthielt. Er war etwas verwirrt darüber, untersuchte es aber und da es ihm noch Leben zu haben schien, so blies er ihm Athem ein und rieb es so lange, bis es zu schreien anfing. Dann trug er es in ein Findelhaus. Dieses Kind war natürlich ich selbst. Darauf kehrte Bertuccio nach Korsika zurück, erzählte die Geschichte seiner Schwester und diese machte sich nach einigen Monaten auf, reiste nach Paris, reklamirte mich mit den Zeichen, die Bertuccio behalten hatte, und brachte mich nach Korsika, wo man mir den Namen Benedetto gab.

Ich hätte nun ein ordentlicher und vernünftiger Mensch werden können, der seinen Eltern einst, wenn sie ihn wiedergefunden, Freude gemacht hätte. Bertuccio und seine Schwester ließen es wenigstens nicht daran fehlen, mich zu einem vernünftigen Menschen zu erziehen. Die Schuld lag auch nur an mir allein, oder vielleicht an der außerordentlichen Art und Weise, in der ich das Licht der Welt erblickt hatte. Genug, ich wurde ein außerordentlicher Mensch, das heißt, ich sah mich genöthigt, zu entwischen, um nicht mit den korsikanischen Polizeibeamten in allzunahe Berührung zu kommen, und ich fand bald Gesellschaft, die mir zusagte und die mich in eine noch bessere Gesellschaft führte, nämlich auf die Galeere. Dort lernte ich einen anderen Galeerensträfling kennen, einen gewissen Caderousse. Mit ihm zusammen entfloh ich — und nun, Frau Mutter, beginnt jene eben-

falls höchst ungewöhnliche Periode meines Lebens, die Sie
zum Theil, aber auch nur zum Theil kennen, und über die
ich mir bis heut noch nicht ganz klar geworden bin — näm=
lich die Periode meiner Bekanntschaft mit dem Grafen von
Monte=Christo.

Loupert machte abermals eine Pause, er erwartete wahr=
scheinlich, daß die Baronin einige Worte sprechen würde.
Aber das geschah nicht. Madame Danglars saß noch im=
mer in ihrer vorigen Stellung — eine Statue!

— Der Teufel mag wissen, was dieser Monte=Christo
mit mir für Absichten gehabt, fuhr Loupert fort. Genug,
ich wurde zu ihm gerufen und er sagte mir, daß ich mei=
nen Vater, den Marchese Cavalcanti, treffen würde. Da
er mir diesen Vater als sehr reich schilderte, so war ich ganz
zufrieden damit, merkte aber bald, daß dieser Vater nicht
mein Vater sei und recht gut wisse, ich sei nicht sein Sohn.
Monte=Christo hatte ihm aufgetragen, die Rolle meines Va=
ters zu spielen, so gut, wie er mir befohlen, die Rolle seines
Sohnes zu übernehmen. Ich ließ mir das Ding gefallen,
denn Monte=Christo gab mir so viel Geld, als ich brauchte,
und hatte außerdem mein Geheimniß in Händen. Monte=
Christo war es auch, der mich in seinem Hause in Auteuil
zum ersten Male mit Ihrer Familie in nähere Berührung
brachte — Sie wissen ja, damals, als er von der Geschichte
sprach, die in seinem Zimmer vorgefallen. Ich mußte da=
mals nicht, was er damit meinte. Aber der Graf mußte
den ganzen Hergang kennen. Wahrscheinlich hatte Ber=
tuccio, der inzwischen sein Intendant geworden, ihm Alles
verrathen.

Nun, ich galt für einen Prinzen und Herr Danglars
faßte für mich oder auch für meine angeblichen Reichthümer
eine ungemeine Vorliebe, und ehe ich mir's versah, war ich
der Bräutigam Ihrer Tochter. Es fehlte wenig, so hätte
ich meine Schwester geheirathet. Da spielte mir jene infame

Geschichte einen Streich. Caderousse nämlich, der mit mir von den Galeeren entflohen, hatte mich in Paris wiedererkannt. Ich mußte mir den Menschen, der Alles verderben konnte, auf jeden Fall vom Halse schaffen. Er wollte bei dem Grafen Monte = Christo einbrechen und stehlen. Ich hatte nichts dagegen einzuwenden, denn ich hoffte, der Graf würde ihn fassen und vielleicht tödten. Das geschah aber nicht. Caderousse kam unversehrt aus dem Hause des Grafen zurück und ich stieß ihn nieder. Vor Ihnen, Frau Mutter, mach' ich kein Geheimniß daraus.

Loupert hatte seine Stimme bei diesen Worten so gedämpft, daß seine Worte kaum zu hören waren. Die Baronin schauderte. Vielleicht wäre sie abermals zusammengebrochen, aber das Entsetzliche dieser Scene hielt sie aufrecht.

— Ich habe mir oft den Kopf darüber zerbrochen, wer das später verrathen haben mag! fuhr der Sohn dann fort. Außer dem Grafen und Bertuccio kannte Niemand mein Geheimniß. Den Mord Caderousse's hatte selbst der Graf, wie ich glaube, nicht gesehen. Und wenn auch — welches Interesse hatte er daran, mich zu verderben? Er hatte mich ja zum Prinzen gemacht, mir Geld gegeben, mir vorwärts geholfen. Dennoch habe ich ihn manchmal im Verdacht, daß er der Verräther sei. Genug, Sie wissen, daß die Polizeiagenten kamen, als ich im Begriff stand, den Kontrakt zu unterzeichnen, der mich zum Gemahl Fräulein Eugeniens machen sollte. Ich war glücklich genug, zu entfliehen. Aber ich kam nicht weit, und nachdem ich noch seltsamer Weise mit Fräulein Eugenie in dem Gasthofe einer benachbarten Stadt zusammengetroffen, griffen mich die Gerichtsdiener auf und brachten mich nach Paris.

Dennoch hielt ich mich nicht für verloren. Der Graf Monte = Christo schickte nämlich jenen Bertuccio zu mir und ließ mir einige Erleichterungen verschaffen. Ich war deshalb fest überzeugt, der Graf sei selbst mein Vater. Später

aber klärte mir Bertuccio die ganze Wahrheit auf. Ich er=
fuhr, daß derselbe Staatsanwalt, der mich anklagen sollte,
mein Vater sei, und — offen gestanden, Frau Mutter —
da er damals die Absicht gehabt, mich sogleich nach meiner
Geburt zu tödten, so glaubte ich ihm selbst keine Rücksicht
schuldig zu sein. Sie wissen, wie freimüthig ich ihm ins
Gesicht sagte, daß er mein Vater und daß ich das Kind
einer ungesetzmäßigen Verbindung sei.

Damit hatte ich unendlich viel gewonnen. Der Prozeß
mußte aufgeschoben werden. Ich hatte Hoffnung, zu entflie=
hen, und auch Hoffnung, mich rein zu waschen. Der Graf
Monte=Christo, der einzige Zeuge, der gegen mich auftreten
konnte, war unterdessen von Paris abgereist. Ich leugnete
jetzt entschieden, was ich früher zugestanden, so lange ich
glaubte, daß Monte=Christo mein Vater sei und mich auf
jeden Fall retten würde. Ich leugnete, Caderousse getödtet
zu haben, und Beweise konnte man nicht gegen mich vor=
bringen. Meine Haft wurde erleichtert. Ich erhielt vierzig=
tausend Francs, wie ich vermuthe, von Ihnen, Frau Mutter,
und mit diesen gelang es mir leicht, meine Wächter zu be=
stechen und zu entfliehen. Ich war wieder ein freier Mensch.

Ich schwöre Ihnen, Madame, daß ich nun den Vorsatz
faßte, ein ordentliches Leben zu führen. Ich veränderte mei=
nen äußerlichen Menschen, wie Sie sehen, und beschloß auch
meinen innern umzuwandeln. Ich hielt mein Geld zu Rathe,
nahm den Namen Baron von Loupert an und begnügte mich
mit Börsenspekulationen und Spiel — zwei Beschäftigungen,
von denen sehr viel ehrliche Leute leben. Das bin ich noch
heute!

Und nun zur Hauptsache! Nachdem ich einmal wußte,
daß Herr von Villefort mein Vater gewesen, fiel mir auch
jene Scene ein, die der Graf von Monte=Christo damals
mit Ihnen in dem Schlafzimmer und dem Garten jenes
Hauses in Auteuil gespielt, das er angekauft hatte. Ich

erinnerte mich Ihrer Aufregung, ich hörte später, als ich bereits Baron Loupert war, daß Sie damals in der Sitzung in Ohnmacht gefallen — ich zog in Auteuil Erkundigungen ein und erfuhr, daß eine Dame, die jetzt Baronin Danglars sei, damals in jenem Hause gewohnt — und es stand natürlich bei mir fest, daß Niemand anders als Sie meine Mutter sein könnten. Wie tief erfreute und rührte mich das! Eine so vornehme, so liebenswürdige und so unglückliche Dame! Eine Dame, die von ihrem Manne und von ihrer Tochter verlassen worden! Ach, Frau Mutter, war das nicht ein Wink der Vorsehung, daß Sie mich gerade in dem Augenblick fanden, in welchem Sie Ihren Gatten und Ihre Tochter verloren?

Wieder eine Gefühlspause, wieder näherte Loupert das Taschentuch seinen Augen — und noch immer saß Madame Danglars in ihrer entsetzlichen Starrheit da und sah ihn an, wie ein Gespenst.

— Sie werden mich nun fragen, weshalb ich nicht früher der Stimme meines Herzens Gehör gab und Sie aufsuchte? fuhr der Baron weinerlich fort. Ich hätte es gern gethan. Aber zu Anfang war ich meiner Sache noch nicht gewiß, dann waren Sie verreist, dann waren meine Erkundigungen in Auteuil noch nicht zu Ende und schließlich wollte ich auch vor Ihren Augen als ein ordentlicher und rechtschaffener Mensch erscheinen. Das ist gewiß ein Gefühl, das Sie anerkennen müssen. Länger aber konnte ich dem Drange meines Herzens nicht widerstehen. Ich mußte Sie endlich aufsuchen, ich mußte Sie sehen. Und Sie, Sie sagen mir kein Wort?

Kein Wort! Madame Danglars saß auf ihrem Sessel, neben ihr befand sich ein kleiner Tisch. Sie schien fallen zu wollen. Sie griff mit der Hand nach dem Tisch, hielt sich fest und stützte endlich ihr schweres Haupt auf die rechte Hand. Die linke griff nach dem Herzen. Loupert schien sie unterstützen zu wollen. Aber sie streckte die linke Hand so gebieterisch gegen ihn aus, daß er fast bestürzt wieder in das Fauteuil zurückfiel.

Eine lange Pause trat ein. Welchen Kampf Madame Danglars in jener Minute kämpfte — wer mag es wissen, wer beschreiben? Der Tisch, auf den sie sich stützte, die Kerze, die darauf stand, zitterten.

— Mein Herr, sagte sie endlich mit tonloser Stimme und ohne ihn anzusehen, Sie verdanken Ihr Leben einem doppelten, einem dreifachen Verbrechen. Die Vorsehung wollte, daß Sie lebten, sie hat Ihnen andere Eltern, andere Erziehung gegeben, und Sie sind ein Räuber, ein Mörder geworden, wie Sie selbst eingestehen. Verlangen Sie nicht, daß ich Sie als meinen Sohn anerkenne, weder vor der Welt, noch in meinem Herzen. Es wäre mir der süßeste Trost eine himmlische Genugthuung gewesen, einen armen, aber ehrlichen und guten Menschen als meinen Sohn wieder-zufinden, um so mehr, da ich an einen Gatten gefesselt war, den ich nicht liebte, und meine rechtmäßige Tochter wenig Zuneigung zu mir empfand. Daß ich Sie aber als meinen Sohn wiederfinde, das ist die größte und schwerste Strafe, die mir der Himmel auferlegte, und ich weiß nicht, womit ich sie verdient habe, denn ich bin unschuldig an dem, was Danglars früher gethan. Mein ganzes Verbrechen besteht darin, mein Leben an das Schicksal dieses Elenden gefesselt zu haben, den ich verachte. Verlangen Sie also nicht von mir, was ich nicht leisten kann. Mein Herz fühlt keine Liebe, nur Abscheu für Sie. Aber Eines will ich Ihnen sagen, Eines bin ich Ihnen schuldig.

Sie haben den Grafen Monte-Christo eine Zeit lang als ihren Wohlthäter, sogar als Ihren Vater betrachtet. Sie glauben ihm Ihre Rettung zu verdanken. Das mag ein! Aber Sie sind nichts gewesen, als sein Spielball, ein Werkzeug. Auf welche Weise dieser räthselhafte, entsetz-

liche Mensch in den Besitz aller unserer Geheimnisse gekommen, das weiß ich nicht. Aber er kannte, er benutzte sie,
um sich an meinem Mann, an Danglars zu rächen, dem er
ewige Feindschaft und Rache geschworen, und zugleich einen
Schlag gegen Villefort zu führen, gegen den er denselben
Haß empfand. Deshalb wählte er einen Galeerensträfling
und machte ihn zu einem Prinzen, deshalb führte er Sie in
unsere Familie und verblendete meinen Mann, dessen Lage
er kannte, dessen Habsucht er durchschaute — um uns vor
aller Welt bloszustellen, um den Namen Danglars für immer
zu beschimpfen. Er war es auch — daran zweifle ich nicht
mehr, das ist bei mir zur Gewißheit geworden — er war
es auch, der Sie verrieth, der Sie der Polizei denunzirte,
und er wählte seine Zeit so gut, daß die Beamten bis in
unsere Salons eindringen, die versammelte Gesellschaft durch-
brechen mußten, um Sie zu suchen. Dem Grafen sind Sie
keinen Dank schuldig, wahrhaftig nicht! Was er für Sie
that, das that er, um seine Rache zu befriedigen und Sie zu
deren Werkzeug zu machen. Er wußte auch, daß Sie jenen
Caderousse getödtet, ich zweifle nicht daran!

— Hölle und Teufel! rief Loupert, den diese Mittheilung sichtlich überraschte. Wenn das wahr wäre! Daran
habe ich noch nicht gedacht! Aber was zum Teufel hatte
denn der Graf gegen Herrn Danglars und gegen meinen
Vater?

— Ich habe es später nur gerüchtweise vernommen und
mir die Hauptsachen selbst zusammenstellen müssen, antwortete
Madame Danglars mit derselben tonlosen Stimme. Villefort hatte den Grafen einst auf eine Denunziation meines
Mannes ins Gefängniß geschickt, damals, in Marseille, als
der Graf noch ein einfacher Seemann und Danglars ungefähr dasselbe war — was er am besten ewig geblieben
wäre!

— Also es war Haß gegen Danglars, Haß gegen

Herrn von Villefort, meinem Vater, der den Grafen be=
wog —

— Sie zuerst aus einem Galeerensträfling zu einem
Prinzen und dann aus einem Prinzen wieder zum Verbrecher
zu machen, ergänzte die Baronin kaum hörbar. Die Blindheit
meines Mannes und die Geldverlegenheiten, in denen er sich
damals bereits befand und aus denen er sich durch Ihr Ver=
mögen retten wollte, begünstigte den Plan des Grafen. Sonst
wäre es vielleicht nie dahin gekommen!

— Aber ich glaube doch, daß ich den Prinzen ziemlich
gut spielte, Frau Mutter! sagte Loupert mit großer Selbst=
zufriedenheit.

Etwas wie ein schmerzliches und zugleich unendlich ver=
ächtliches Lächeln zuckte um die Lippen der Baronin.

— Dieser Monte=Christo — Tod und Teufel! — ich
hielt ihn für meinen guten Freund! rief der Baron jetzt, sei=
nen früheren Gedankengang wieder aufnehmend. Aber wenn
die Sache so ist, dann habe ich ein Wörtchen mit ihm zu
sprechen. Es ist wahr, er hat mich zum Prinzen gemacht
— aber der Henker mag ihm dafür lohnen, daß er es nur
gethan, um mich nachher an den Pranger zu stellen. Am
Ende wäre es weit gescheuter gewesen, ich hätte mich nie
mit diesem Menschen eingelassen. Ich hätte meinen Vater
und Sie dann auf eine andere Weise wiederfinden können.

— Das ist möglich! flüsterte Madame Danglars und
von Zeit zu Zeit überrieselte sie der frühere Schauder.

Unterdessen saß Loupert schweigend da und auf seinem
nüchternen Gesichte malte sich die ganze Veränderung, die
diese Entdeckung in ihm hervorgebracht hatte. Er schien
nicht leicht zu begreifen. Er brauchte Zeit dazu, die In=
trigue zu durchschauen, in die der Graf Monte=Christo ihn
hineingezogen hatte.

— Donnerwetter! rief er dann aufspringend. Wenn
ich den Grafen treffe, dann Gnade ihm Gott!

Der Herr der Welt. I.   17

Madame Danglars warf erschreckt einen Blick auf ihn, dann wendete sie ihr Auge wieder zitternd von ihm ab.

— Lassen Sie den Grafen! sagte sie dann leise. Wer weiß, wo er ist, und seine Rache war vielleicht eine gerechte. Jetzt sagen Sie mir, weshalb Sie gekommen sind. Ich weiß, daß Sie nicht Kindesliebe zu mir führte.

— Wirklich? fragte Loupert etwas überrascht. Aber Sie können Recht haben, Frau Mutter! Indessen, wenn es auch nicht die Liebe war, so war es doch das Vertrauen, das ein Sohn zu seiner Mutter haben muß. Ich kam zu Ihnen, um Ihnen mein Herz auszuschütten. Sehen Sie, Frau Mutter, es ist eine verdammt schwere Aufgabe, ehrlich durch das Leben zu kommen, selbst wenn man an der Börse spekulirt und hoch spielt — das merke ich jetzt. Ich bin gewiß nicht auf den Kopf gefallen und ich schwöre Ihnen, ich war vom besten Willen beseelt — aber es ist nicht mög= lich, sich zu halten. Sehen Sie, heut Abend führte mich der Zufall mit einigen Herren zusammen — feine und noble Herren — und ich verlor mein ganzes Vermögen im Spiel. Chateau=Renaud und Debray waren unverschämt genug, mir ein Darlehn abzuschlagen — sie sollen daran denken!

Bei der Erwähnung des Namens Debray zuckte Ma= dame Danglars zusammen.

— Ich weiß nun wahrhaftig nicht, wovon ich morgen leben soll; fuhr Loupert fort. Außerdem habe ich morgen meinen Antheil an einer Partie Aktien zu bezahlen, und mein Kredit an der Börse ist ruinirt, wenn ich das nicht kann. Nichts war natürlicher, als daß ich in dieser äußer= sten Verzweiflung an Sie dachte. Aber es war auch nur die äußerste Verzweiflung — ich gebe Ihnen mein Wort darauf — und außerdem die Kindesliebe, die Sehnsucht — der Wunsch —

— Also Sie sind gekommen, um Geld von mir zu holen? sagte Madame Danglars tonlos, wie immer.

— So etwas Aehnliches, ja! antwortete der Sohn.
Eine kleine Summe wird mir genügen — fürs erste —

Madame Danglars versuchte aufzustehen. Es gelang
ihr nicht, obgleich sie sich auf den Tisch stützte. Dann aber
machte sie eine gewaltige Anstrengung, ihre Züge nahmen
eine eiserne und fast übermenschliche Entschlossenheit an, sie
erhob sich und verließ das Zimmer. Nach zwei Minuten
kehrte sie zurück, übergab dem Baron ein Packet Banknoten
und sank dann sogleich wieder auf ihren Sessel. Ihre Kräfte
waren erschöpft.

Loupert nahm das Packet mit sichtlicher Freude und zählte
es sogleich hastig durch.

— Fünfzigtausend Francs! sagte er dann ziemlich miß=
müthig. Ich danke Ihnen, Frau Mutter. Man sagt, Sie
sind eine reiche Frau. Bei meiner augenblicklichen Verlegen=
heit wäre mir das Doppelte der Summe lieber gewesen.

— Ein ander Mal! erwiederte Madame Danglars und
die Töne drangen ihr nur mühsam über die Lippen. Ich
habe zufällig nicht mehr baares Geld im Hause. Geben
Sie mir eine Adresse, ich werde Ihnen dann das Fehlende
schicken. Aber — mein Herr, mißbrauchen Sie das nicht!
Niemals, niemals kann zwischen mir und Ihnen von einem
verwandtschaftlichen Verhältnisse die Rede sein. Was ich
jetzt thue — verstehen Sie mich wohl — das thue ich nur,
um Ihr Schweigen zu erkaufen. Ich habe leider noch so
viel Scheu vor der Meinung der Welt, daß ich nicht als
die Mutter eines solchen Sohnes gelten möchte. Mißbrau=
chen Sie meine Güte nicht! Denn da Herr von Villefort
wahnsinnig und verschollen und der Graf Monte=Christo
verschwunden ist, so werden Sie wohl schwerlich mit Ihrem
eigenen Zeugniß gegen mich auftreten können, und in mei=
nem Herzen, das sage ich Ihnen, regt sich kein anderes Ge=
fühl, als das des Abscheus gegen einen Galeersträfling,
einen Mörder. Also geben Sie mir eine Adresse, unter der

17*

ich Ihnen zuweilen Geld sende, und vergessen Sie nicht, daß Sie es mit einer Frau zu thun haben, die des Lebens überdrüssig ist und sich den Tod wünscht. Beschleunigen Sie diesen Tod nicht durch Ihre Unverschämtheit!

— Bewahre, wie sollte ich das thun! rief Loupert. Aber wenn Sie sterben sollten — was Gott verhüten möge — so werden Sie doch Ihren Sohn im Testamente nicht vergessen?

— Ich werde mein Vermögen der Kirche vermachen, damit man Messen für das Heil meiner Seele lese! antwortete die Baronin. Es wäre ein Verbrechen, Ihnen viel Geld in die Hände zu geben.

Loupert biß sich auf die Lippen und steckte ärgerlich die Banknoten in die Tasche.

— Nun, Frau Mutter, sagte er dann, sich erhebend, Sie sollen nicht über mich zu klagen haben. Sie werden sehen, daß ich ein guter Sohn bin. Meine Adresse befindet sich auf der Karte. Lassen Sie mich nicht zu lange warten. Mein Gott, wie blaß Sie sind, liebe Mutter! Es ist zum Erschrecken!

Und er streckte seine Hand aus, vielleicht um die marmorblasse Wange der Baronin zu streicheln.

Die Blässe der Baronin wurde zu einem fahlen Gelb. Sie wich mit einem leisen Schrei der Angst und des Abscheus zurück, wie man vor einer Schlange, vor einem ekelhaften Gewürm zurückweicht. Der Tisch stürzte um. Die Kerze erlosch.

— Teufel! murmelte Loupert zähneknirschend. Das sind eben keine mütterlichen Gefühle! Warte nur, Weib!

— Gehen Sie geradeaus, im Nebenzimmer ist Licht! rief die Baronin jetzt, so laut sie konnte. Meine Kammerfrau wird Sie zurückführen. Kommen Sie nie wieder zu mir, wenn ich Sie nicht rufen lasse!

— Ja, vielleicht werden Sie mich noch rufen lassen!

sagte Loupert finster und ingrimmig. Dann ging er durch
das dunkle Boudoir, tappte suchend nach der Thür, öffnete
sie und ging hinaus.

Im Nebenzimmer saß die Kammerfrau und schlief.
Loupert war erstaunt darüber, daß sie wirklich und nicht
scheinbar schlief, daß sie nicht zu horchen versucht hatte.
Aber er wußte nicht, daß die Thüren und Wände in den
Boudoirs der Pariser Damen so eingerichtet sind, daß sie
das Lauschen unmöglich machen. Vielleicht hatte die Kam=
merfrau auch versucht, zu horchen, und war darüber einge=
schlafen.

Jetzt schreckte sie auf und nahm ein Licht, um den
fremden Herrn hinabzugeleiten.

— Sie sind wohl erstaunt darüber, daß Madame Dan=
glars so spät noch Besuche empfängt? fragte sie Loupert.

Die Kammerfrau war erstaunt über eine so außerge=
wöhnliche Anrede und antwortete verlegen: Ja.

— Nun, Sie werden Ihrer Herrin doch nicht verwehren
wollen, Bekanntschaften zu haben? sagte Loupert halb frech,
halb höhnisch. Gehen Sie nur nachher zu ihr, das Licht
ist ausgegangen.

Die Kammerfrau schüttelte den Kopf. So etwas war
ihr noch nicht vorgekommen. Unterdessen musterte Loupert
mit raschem und geübtem Blick die einzelnen Zimmer und
Thüren. Endlich trat er auf die Straße.

Er ging lange und mit schnellen Schritten auf und ab.
Er war in einer gewissen Aufregung, so weit es sein träges
Blut zuließ. Zum Theil ärgerte er sich über die Kälte der
Baronin, zum Theil dachte er an das, was sie ihm gesagt
hatte. Sie hatte Recht. Er konnte nicht offen gegen sie
auftreten und um sie auf eine andere Weise für seine Mutter
auszugeben, dazu fehlten ihm die Beweise, die Villefort,
Monte=Christo und Bertuccio allein liefern konnten. Selbst
Villeforts Selbstanklage — denn er hatte in jener Sitzung ..

zugeſtanden, er ſei der Vater dieſes Menſchen — hatte keine
entſcheidende Bedeutung, da er gleich darauf wahnſinnig ge=
worden war und alſo auch vielleicht vorher im Wahnſinn
geſprochen und ſich für ſchuldig erklärt hatte. Loupert fühlte
alſo, daß die Baronin nicht ganz in ſeiner Macht war und
das ärgerte ihn.

Zuletzt aber richtete er alle ſeine Gedanken auf den
Grafen Monte=Chriſto. Er überlegte noch einmal Alles und
kam zu der klaren Anſchauung, daß die Baronin die Wahr=
heit geſprochen, daß er nur ein Werkzeug des Grafen ge=
weſen. Seltſam genug erfüllte ihn das mit einer unend=
lichen inneren Wuth. Er dachte nicht daran, daß er früher
bereits ein Räuber und Mörder, ein Galeerenſträfling ge=
weſen — er dachte nur daran, was er hätte ſein können,
wenn der Graf ihn nicht verrathen hätte. Wie jeder Ver=
brecher wälzte er alle Schuld von ſich ab und auf den
Grafen. Dieſer erſchien ihm als ſein böſer Engel, als der
Menſch, der ihn abſichtlich hatte verderben wollen, und mit
dieſem neuen Gedanken ſchwand auch die innere Scheu und
Ehrfurcht, die er früher ſtets vor der räthſelhaften Erſchei=
nung des Grafen gehegt hatte. Loupert glaubte jetzt mit
Beſtimmtheit zu wiſſen, daß der Graf auch nur ein Aben=
teurer, ein Gauner geweſen, der vom Schauplatze ſeiner
Thaten habe abtreten müſſen, nachdem er ſeine Schätze in
Paris verſchwendet. Er ballte die Fauſt, als er an den
Grafen dachte. Er ſchwur ihm Rache. Ja, es war ihm
ein angenehmes Gefühl, eine Art von Troſt, zu wiſſen, daß
er jetzt wieder Jemand haſſen könne, daß er mit einem Rache=
und Mordgedanken umgehen könne, nachdem er ſo lange ein
nüchternes und auf ſeine Weiſe ehrliches Leben geführt hatte.
Er wollte den Grafen auskundſchaften, ihn entlarven, ihn
tödten.

Mit dieſem Vorſatz kam auch wieder die Ruhe über
ihn. Außerdem hatte er fünfzigtauſend Francs in der Taſche.

Andere fünfzigtausend sollte er nächstens erhalten. Das ge=
nügte für's Erste. Er ging nach Hause.

Die Kammerfrau, die verwundert und nachdenklich wie=
der in ihr Zimmer zurückgekehrt war, erwartete, daß Ma=
dame Danglars nach ihr rufen oder klingeln sollte. Aber
sie wartete vergebens. Nach einer Viertelstunde klopfte sie
leise an die Thür des Boudoirs. Niemand antwortete.
Endlich wagte sie, leise einzutreten.

Das Boudoir war dunkel. Die Kammerfrau mußte
eine Kerze holen. Madame Danglars lag auf der Erde,
todtenbleich, regungslos, ohne ein Zeichen des Lebens. Er=
schreckt wandte die Frau alle Mittel an, die ihr augenblick=
lich zu Gebote standen, um sie aus ihrer tiefen Ohnmacht
zu erwecken.

— Ist er fort? rief die Baronin, als sie die Augen
aufschlug, und ihre irren Blicke durchschweiften das Zimmer.

— Meinen Sie jenen Herrn? Ja, er ist fort! antwor=
tete die Frau.

Die Baronin erhob sich, und auf den Arm ihrer Die=
nerin gestützt, wankte sie nach ihrem Schlafzimmer.

— Lassen Sie mich allein! sagte sie dann mit leiser
Stimme. Ich muß allein sein. Und sagen Sie Niemand,
daß jener Mensch bei mir gewesen. Er — er — brachte
mir Nachrichten von meinem Manne!

Die Kammerfrau ging. Hinter ihr verriegelte die
Baronin die Thür. Dann eilte sie nach einem Schrank,
öffnete ihn, ergriff mit ängstlicher Hast ein Fläschchen und
führte es an die Lippen.

Doch ehe sie von dem Inhalt getrunken, ließ sie den
Arm sinken.

— Noch nicht! Noch nicht! stöhnte sie in entsetzlicher
Qual. Vielleicht — vielleicht — stirbt er!

Ihre Kniee wankten, sie stürzte zusammen. Das Fläsch=
chen entfiel ihr und der todtbringende Inhalt floß auf den

Teppich. Eine Zeit lang stöhnte die Baronin schmerzlich.
Dann wurde sie still. Erst als das Licht des folgenden
Morgens durch die Vorhänge schimmerte, erhob sie sich,
bleich wie ein Gespenst, und warf sich auf ihr Lager — eine
Mutter, die ihren Sohn wiedergefunden!

Der Brand.

In dieser Nacht — derselben Nacht, die so verhängnißvoll für Madame Danglars geworden war und es auch
für Don Lotario werden sollte — in dieser Nacht durch-
schritt Morrel mit gekreuzten Armen, finsterer Stirn und
langsamen Schritten den schmalen Raum, den die vier Wände
seines Gefängnisses bildeten.

Er dachte lebhaft an den Grafen Monte-Christo, er
dachte an das, was ihm der Graf damals, als sie zusammen Paris verließen, von seinen eigenen Qualen in dem
Kerker des Chateau d'If erzählte. Jetzt begriff Morrel das,
was Niemand begreifen kann, der es nicht selbst erlebt —
er begriff die ganze Verzweiflung eines Menschen, der von
den Seinen getrennt ist und nicht weiß, wann oder ob er
sie überhaupt noch jemals wiedersehen wird!

Und doch war sein Kerker noch ein Palast gegen die
Höhle, in der damals Edmond Dantes geschmachtet. Es
war kein finsterer, feuchter Raum — es war eine Art von
wohnlicher Kammer, mit einem Bette, einem Tische, einem
Sessel — eine Kammer, in die das Licht des Tages durch
ein vergittertes Fenster fiel und die jetzt durch eine in der
Wand angebrachte Laterne spärlich erleuchtet wurde. Bei
Tage wurde das Fenster geöffnet und es strömte frische Luft
herein. Morrel erhielt Bücher, er erhielt Papier und Feder
— genug, er genoß Vorzüge, welche die einstige Gefangen-

schaft des Grafen in eine Zeit der Wonne umgewandelt haben würden, hätte er sie besessen.

Aber daran dachte Morrel nicht und das mußte man ihm verzeihen. Er dachte nur an die Nachtheile seiner Lage. Seit Wochen hatte er weder Valentine noch sein Kind ge= sehen. Seit Wochen hatte keine andere Stimme in sein Ohr geklungen, als die des Gefängnißwärters — der übrigens ein freundlicher Mann war. Ein Anderer hätte das viel= leicht ruhig ertragen. Es giebt so viele Ehen, in denen die Gatten oft Monate, zuweilen Jahre lang getrennt sind — manche Ehen, in denen beide Theile die Schmerzen der Tren= nung kaum empfinden.

Aber Morrel hatte seine Gattin seit jenem glücklichen Augenblick, in dem der Graf ihm die Gerettete, vom Tode Erstandene wieder zuführte, kaum jemals auf eine Stunde verlassen. Schon die ersten Tage seiner Gefangenschaft, in denen er Valentine jeden zweiten Tag sah, hatten ihm eine Ewigkeit gedünkt. Und nun waren Wochen vergangen — Wochen, in den er weder die sanfte Stimme seiner Gattin, noch das unschuldige Lallen seines Kindes gehört hatte, Wochen, in denen kein freundlicher, theilnehmender Blick ihn getröstet, keine Umarmung ihn daran erinnert, daß er noch immer der Glücklichste der Sterblichen sei! Der starke Mann wurde schwach — nicht in seinem Charakter, der war un= beugsam und felsenfest — wohl aber in seinem Glauben, in seiner Hoffnung. Seine starken Nerven wurden reizbar, sein ruhiges, gesundes Blut wallte fieberhaft, seine Phantasie be= völkerte sich mit düsteren Phantomen. Valentine konnte krank, Edmond, das zarte Kind, konnte gestorben sein, ohne daß man ihn benachrichtigt — entsetzlich! Was Alles hatte ge= schehen können, ohne daß er bei seiner Gattin, bei seinem Kinde gewesen! Wenn ihn dieser Gedanke übermannte, dann drang ihm das Blut in das Gehirn, dann ballten sich seine Fäuste, dann ergriff er das Erste, Beste, was sich ihm bot, und schleuderte es in halber Raserei von sich. In einem solchen Anfall hatte er einst mit einem einzigen Fußtritt die eisenbeschlagene Eichenthür seines Gefängnisses zertrümmert und war dann erschöpft und halb ohnmächtig niedergesunken.

Es fehlte wenig, daß in dieser Nacht ein ähnlicher Auftritt stattfand. Morrel war unruhiger, aufgeregter als je. Er hatte versucht, zu schlafen, aber es war ihm unmöglich gewesen. Er suchte sich zu betäuben, indem er mit gleichmäßigen, abgemessenen Schritten durch das Zimmer ging. Er suchte sich mit aller Gewalt einzureden, er sei in seinem Hause, in seinem Zimmer, und er brauche nur die Thür zu öffnen, um bei Valentine zu sein. Er schloß die Augen, um die Täuschung zu erhöhen. Aber um so gräßlicher war das Erwachen aus diesen Träumereien. Dort oben schimmerte matt die Laterne. Hier standen der rohe Tisch, das einfache Bett, und jene Thür war eisern fest — es war eine neue, noch besser verwahrte — und selbst, wenn er sie öffnete, fand er nicht Valentine und sein Kind, sondern die Wache, den Gefängnißwärter. Ach, wachend träumen kann nur der Glückliche!

Weshalb that Monte=Christo nichts, um ihn zu befreien, oder um ihm wenigstens die Gunst zu verschaffen, Valentine zu sehen? Diese Frage hatte den Kapitän oft lebhaft beschäftigt. Aber nicht einen einzigen Augenblick hatte er es gewagt, dem Grafen Vorwürfe zu machen. In seinem Herzen war keine einzige, auch nicht die geheimste Falte, die den Grafen anklagte. Seine Verehrung für diesen Mann, der Dank, den er ihm schuldete, war zu groß. Er würde noch einmal so gehandelt haben, hätte er auch Alles vorausgewußt, was folgen würde — wenn der Graf es ihm befohlen. Er betrachtete sich als das Geschöpf des Grafen und es gab Augenblicke, in denen der ruhig denkende, klar überlegende Mann sich die göttliche Vorsehung nur unter dem Bilde des Grafen denken konnte.

Aber der Graf war ein Mensch, wenn auch ein außerordentlicher. Er konnte gestorben, oder durch die Gewalt der Umstände verhindert sein, an die Rettung Morrels zu denken. Mehr noch — es konnte in der Absicht des Grafen liegen, daß Morrel diese Prüfungen, diese Leiden kennen lerne. Schon einmal hatte er das gethan. Damals, als der Kapitän glaubte, Valentine sei gestorben, damals hatte der Graf gewartet, bis Max sich wirklich den Tod gab — wenigstens wie er glaubte — ehe er ihm die gerettete Geliebte wieder zuführte. Der Graf hatte wissen wollen, ob der Schmerz Morrels über die verlorene Valentine wirklich untröstlich sei. Jetzt konnte ein ähnlicher Gedanke den Grafen leiten. Vielleicht wollte er wissen, wie Morrel diese Prüfung überstehen würde.

Diese Ansicht hatte zuweilen etwas Tröstliches für den Kapitän. Sie stärkte seine ermattende Kraft, sie erfüllte ihn mit dem festen Vorsatze, männlich auszuharren und die Erwartungen des Grafen nicht zu täuschen. Aber ein Mann, der seine Gattin und sein Kind so zärtlich liebt, wie es bei dem Kapitän der Fall war, wird auf die Dauer durch nichts über die Trennung von ihnen getröstet. Immer wieder fühlte Morrel seinen Schmerz zurückkehren, immer heftiger wurde dieser Schmerz. Und dann die Ruhe, zu der er jetzt gezwungen war, er, der rastlos thätige Mann, der gewohnt war, sich in freier Luft zu bewegen. Wie sollte das enden? Vielleicht wurde er krank, vielleicht starb er. Ach — und es war ihm eine Art von Trost, zu denken, daß man Valentine wenigstens zu seinem Sterbelager lassen, daß er sie wenigstens dann noch einmal wiedersehen würde! Es war der letzte Trost eines Verzweifelnden.

Für jetzt weckte ein Geräusch an seiner Thür den Kapitän aus seinen Phantasieen. Es konnte die Ronde sein, die das Gefängniß inspiziren wollte. Es war eine Art von Abwechselung; Morrel war damit zufrieden.

Der Schlüssel drehte sich in der Thür, eine Gestalt trat
ein. Hinter ihr schloß sich die Thür.

Morrel sah den Eintretenden erstaunt an. Es war
kein Mann in Uniform, kein Gefängnißwärter, kein Soldat.
Es war ein Mann im langen Mantel, mit einem bürger=
lichen Hut, den er jetzt abnahm.

— Guten Abend, Herr Kapitän! sagte er. Wie geht
es Ihnen? Hoffentlich nicht zu schlecht.

Morrel sah den Fragenden schärfer an. Das war nö=
thig, denn die trübe brennende Laterne verbreitete nur ein
schwaches Licht.

— O, mein Herr, Sie sind es! Gott sei Dank! rief
er. Ich habe oft an Sie gedacht.

Es war derselbe Mann, der einst zu ihm gekommen
war, um ihm von Seiten des Grafen den Auftrag zu brin=
gen, jene Summe nach London zu befördern. Morrel hatte
wirklich oft an diesen Mann gedacht, den er nicht kannte
und der dennoch zu dem Grafen Monte=Christo in näheren
Beziehungen zu stehen schien.

— Ich glaube es, sagte der Fremde, indem er seinen
Mantel auseinanderschlug. Ihre Lage ist eine traurige ge=
worden.

Morrel reichte ihm den einzigen Stuhl, der sich im
Zimmer befand, und der Herr setzte sich. Es war ein Mann
in reiferen Jahren. Sein Alter ließ sich nicht auf den ersten
Blick bestimmen. Sein Aeußeres hatte nichts Auffälliges.
Er war von großer, schlanker Gestalt. Sein Gesicht aber
war bedeutend. Das dunkle Haar, leicht mit grau gemischt,
fiel ihm lang über die Schläfe und ließ seine hohe, blasse
Stirn frei. Die dunklen Augen waren groß, schön und aus=
drucksvoll. Eine leicht gebogene Nase erhob sich über dem
energisch gezeichneten Mund. Sein Anzug war einfach.

— Traurig? Ja, weil man mich auf eine peinliche
und ungerechte Weise quält! rief Morrel. Ginge es nach

Recht und Gesetz, so hätte man mich jetzt zu einer bestimmten
Strafe verurtheilt und ich hätte die Vortheile einer solchen,
denn man würde mir wenigstens gestatten, zuweilen meine
Frau und mein Kind zu sehen.

— Wie können Sie hier Gerechtigkeit verlangen! sagte
der fremde Herr. Doch darüber sprechen wir ein ander
Mal. Jetzt handelt es sich um Ihre eigenen Angelegenhei=
ten. Gewiß zürnen Sie mir und dem Grafen, daß wir bis
jetzt nichts für Ihre Befreiung gethan. Aber wir Beide sind
unschuldig. Sie werden mit einer solchen Strenge bewacht,
daß es mir die größte Mühe gekostet hat, nur diese Unter=
redung mit Ihnen zu erlangen. Natürlich danke ich sie nur
der Bestechung.

— Jedes Ihrer Worte ist ein Trost für mich! sagte
Morrel, in dessen Herz die Hoffnung zurückkehrte.

— Ich glaube es wohl, erwiederte der Fremde. Nun,
ich komme zu Ihnen, Herr Kapitän, um Ihnen drei Vor=
schläge zu machen. Wählen Sie ganz nach Ihrem Belieben
denjenigen, der Ihnen am besten gefällt. Ich weiß, um was
es sich handelt. Sie sollen den Namen des Londoner Herrn
nennen. Ich gebe Ihnen die Erlaubniß dazu. Sie werden
wahrscheinlich nach kurzer Frist frei sein, wenn Sie das ge=
than haben. Wollen Sie das annehmen?

Das Gesicht des Kapitäns hatte sich ein wenig verfin=
stert. Er schritt durch das Zimmer.

— Machen Sie mir erst Ihre beiden anderen Vor=
schläge, sagte er darauf. Ich will sie hören und dann
überlegen.

— Gut. Der zweite betrifft eine heimliche Flucht. Sie
wird sich mit einiger Mühe bald bewerkstelligen lassen. Aber
Sie werden dann natürlich mit Frau und Kind Frankreich
verlassen und so lange im Auslande leben müssen, bis man
eine allgemeine Amnestie giebt, oder bis die jetzige Regierung
nicht mehr am Ruder ist.

Morrels Gesicht wurde nicht viel heiterer. Er ging noch immer durch das kleine Gemach.

— Und der dritte Vorschlag? fragte er dann. Vielleicht ist er der beste.

— Ich glaube kaum, antwortete der Fremde. Sie haben Ihren Abschied nicht förmlich genommen. Sie gehören noch immer zur Armee. Die Entlassungsordre ist Ihnen damals nicht ausgestellt worden und Sie haben es versäumt, sich dieselbe zu verschaffen. Wenn es mir also gelänge, Sie vor ein Gericht stellen zu lassen, so würde dies ein Militärgericht sein. Sie sind, wenn ich nicht irre, mit den Waffen in der Hand gefangen worden. Die Gesetze kennen Sie selbst. Man würde Sie entweder zum Tode, oder zu zwanzigjähriger Festungshaft verurtheilen.

— Das ist wahr! rief Morrel, der jetzt still stand und den Fremden fragend und düster anschaute.

Dann setzte er seine Wanderung fort. Aber er war sehr unruhig und aufgeregt geworden.

— Wie ich Ihnen also sagte, bleibt Ihnen die Wahl, begann der Fremde wieder. Entweder Sie nennen jenen Namen — und das ist der einfachste und leichteste Weg — oder Sie verlassen Frankreich, oder Sie erwarten das Urtheil des Gerichts.

Morrel hatte sich jetzt zur Ruhe gezwungen. Er setzte sich auf das Bett, dem Fremden gegenüber.

— Mein Herr, sagte er, ich sehe ein, daß ich mir nicht Alles genau überlegt hatte. Ich glaubte, daß man mich zu einigen Jahren Festung verurtheilen würde, wenn man mich vor das Gericht stellte. Aber Sie haben Recht. Ein Militärgericht könnte mich leicht zum Tode verdammen. Mag es aber auch sein, wie es will — den Namen jenes Mannes nenne ich nicht. Ich habe mir selbst das Wort gegeben, es auf keinen Fall zu thun.

— Sie würden aber damit zufrieden sein, wenn ich

der Behörde jenen Namen mittheilte? fragte der Fremde.
Es läge dann kein weiterer Grund vor, Sie in der Haft
zu behalten.

— Es wäre das leichteste Auskunftsmittel, sagte Mor=
rel. Aber es enthält immer ein Zugeständniß, und auf keinen
Fall wünschte ich, daß ein solches von mir ausginge. Ich
will nur Recht, nicht Gnade und Milde.

— Sie handeln ebenso, wie ich handeln würde, sagte
der Fremde. Aber dann bleibt Ihnen nur eine Wahl: mit
Ihrer Familie Frankreich zu verlassen. Denn auf die Ent=
scheidung des Militärgerichts dürfen wir es nicht ankommen
lassen.

— Auch das ist hart! sagte Morrel, nachdem er eine
Minute lang düster vor sich hin gesehen. Paris und Frank=
reich für immer verlassen — mich von Julie und Emanuel
trennen! Freilich, es bleibt uns die Insel Monte=Christo und
der Aufenthalt in der ganzen übrigen Welt. Aber für den
Franzosen giebt es nur ein Vaterland und eine schöne Stadt;
Frankreich und Paris. Ich habe das während meines kur=
zen Aufenthaltes in London eingesehen.

— Nun, würden Sie vielleicht damit unzufrieden sein,
bei dem Grafen von Monte=Christo zu wohnen? fragte der
Fremde.

— Ah, das wäre eine andere Sache! rief Morrel über=
rascht. Wo lebt der Graf jetzt, wo wohnt er? Würde er
mich aufnehmen?

— Ich kann Ihnen weiter nichts sagen, als daß er
fern, sehr fern lebt und daß ein großes Meer Sie von ihm
trennt, erwiederte der Herr. Doch das war nur ein Vor=
schlag von mir. Man müßte Sie so lange zu verbergen
suchen, bis die Antwort des Grafen eingetroffen wäre. Ich
habe ihm diesen Fall angedeutet.

— Wie glücklich sind Sie, mit dem Grafen in Verbin=
dung zu stehen! sagte Morrel seufzend. Ja, bei dem Grafen

möchte ich schon wohnen, und ich bin überzeugt, auch Va=
lentine würde sich freuen, Haybee wiederzusehen!

Der fremde Herr schien etwas antworten zu wollen,
aber der Schlüssel knarrte in der Thür.

— Was ist das? rief der Fremde überrascht. Der
Schließer hatte doch versprochen, mich zwei Stunden mit
Ihnen allein zu lassen.

Die Thür öffnete sich. Ein Herr, in einen langen
Mantel gehüllt, trat ein. Die Thür schloß sich zwar hinter
ihm, aber der Riegel wurde nicht vergeschoben. Der Fremde
hatte sich erstaunt erhoben.

— Bon soir, Messieurs! sagte der Eintretende mit
einem sarkastischen Lächeln. Entschuldigen Sie, wenn ich Sie
störe, und erlauben Sie mir, in Ihrem Bunde der Dritte
zu sein.

— Wer sind Sie, mein Herr, daß Sie es wagen, hier
einzubringen? fragte der Fremde, noch immer überrascht.

— Ich heiße Franck=Carré und bin der Anwalt Seiner
Majestät des Königs, antwortete der Herr. Und was den
Eintritt in dies Gefängniß anbetrifft, so steht er mir wahr=
scheinlich so gut zu, wie jedem Anderen.

— Hierbei ist eine Verrätherei im Spiele! rief der
Fremde. Der Schließer hat mich verrathen.

— Verrathen? Das ist wohl das unrechte Wort! sagte
Franck=Carré. Der Mann hat nur seine Schuldigkeit ge=
than. Er unterrichtete mich davon, daß Jemand den Kapi=
tän Morrel heimlich zu sprechen wünsche und ich gab ihm
den Auftrag, diese Unterredung herbeizuführen, mir aber die
Stunde derselben mitzutheilen, da es mir erwünscht war, Ihre
Bekanntschaft zu machen.

— Sehr verbunden! sagte der Fremde, der jetzt seine
Ruhe vollständig wieder erlangt hatte. Da es mir jedoch
darum zu thun war — wie Sie sich denken können — mit
Herrn Morrel allein zu sprechen, und da ich füglich nicht

verlangen kann, daß Sie sich entfernen, Herr Anwalt, so ist
mein Geschäft hier zu Ende. Ich habe die Ehre, mich Ihnen
zu empfehlen.

— Ich bitte um Entschuldigung! sagte der Staats-
Anwalt, als der Fremde seinen Hut nahm, und stellte sich
vor die Thür. Ich sagte Ihnen schon, daß ich gekommen sei,
um Ihre Bekanntschaft zu machen, und diesen Zweck habe ich
noch nicht erreicht. Sie würden außerdem nicht weit kommen,
denn ich habe natürlich den Befehl gegeben, Sie draußen zu
arretiren. Sie werden also besser thun, hier zu bleiben. Es
ist bequemer für uns Beide, uns hier auszusprechen. Sie
sehen das ein, nicht wahr?

— Nicht ganz, antwortete der Fremde. Da Sie mir
aber sagen, daß man mich draußen arretiren würde, so muß
ich wohl hier bleiben. Welche Absicht hat Sie hierher geführt, Herr Staats-Anwalt?

Der Ton dieser Frage war so gebieterisch und die Miene
des Fremden dabei so ruhig und fest, daß es beinahe schien,
als wäre der Fremde hier eine Amtsperson und Franck-Carré
der Schuldige. Der Anwalt stutzte auch wirklich, faßte sich
aber sogleich.

— Welche Absicht, mein verehrter Herr? Eine sonder-
bare Frage! sagte er lächelnd. Sie wissen es ja bereits.
Ich wünschte den Herrn kennen zu lernen, der ein so großes
Interesse an den Kapitän Morrel nimmt.

— Und wenn Sie meinen Namen oder überhaupt mich
kennen gelernt haben, was dann? fragte der Fremde.

— Dann werde ich Sie im Interesse des Staates und
im Interesse des Herrn Morrel bitten, mir diejenigen Aufklärungen zu geben, die der Kapitän mir bis jetzt verweigert
hat, erwiederte Franck-Carré. Sie sehen, ich bin offen.

— Offen, wie gewöhnlich ein Staats-Anwalt! sagte der
Fremde, in einen höflichen und leichten Konversationston übergehen. Gut also! Ich weiß, welche Erklärungen Sie wün-

Der Herr der Welt. I.   18

ſchen. Ich habe meinen Freund Morrel ſelbſt gebeten, ſie Ihnen zu geben.

— In der That? rief Franck-Carré erfreut. Nun, weshalb zögern Sie länger, Herr Kapitän?

— Ich zögere jetzt ebenſo ſehr, wie früher, antwortete Morrel, der bis jetzt ein ſtummer, aber aufmerkſamer Zuhörer geweſen war. Von mir werden Sie jenen Namen nicht erfahren, auf keinen Fall?

— Welch ein Eigenſinn! rief der Anwalt und wandte ſich zu dem Fremden. So machen Sie der Sache ein Ende, mein Herr, und ſagen Sie mir — denn ſie müſſen das wiſſen — wer jener Londoner Herr geweſen iſt?

— Eine offene Frage pflegt auch eine offene Antwort zu finden, erwiederte der Fremde lächelnd. Aber in dieſem Falle thut es mir leid, ſie Ihnen nicht geben zu können. Ich darf Herrn Morrel weder bevormunden, noch ohne ſeine Einwilligung für ihn handeln. Und da ich nicht die Ehre habe, ein Angeklagter zu ſein, ſo habe ich wahrſcheinlich auch nicht die Verpflichtung, Ihnen Auskunft über Ihre Fragen zu geben.

— Wir verirren uns in ein Spiel von leeren Ausdrücken! ſagte Franck-Carré ernſter und verdrießlich. Sie ſind bis jetzt allerdings noch kein Angeklagter, mein Herr, aber Sie werden es binnen Kurzem ſein.

— Ich? Weshalb das? rief der Fremde. Sie ſprechen ja mit einer grauſenerregenden Beſtimmtheit.

— Laſſen wir den Scherz, ſagte der Staats-Anwalt noch ernſter. Für's Erſte ſind Sie ſchuldig, einen Wächter verführt und beſtochen zu haben; und zweitens laſtet der Verdacht auf Ihnen, ein Theilnehmer des Attentats von Boulogne zu ſein.

— Wirklich? Ein ſo ſchrecklicher Verdacht! rief der Fremde. Und Sie wiſſen noch nicht einmal, wer ich bin.

— Ich weiß es nicht, aber ich werde es jedenfalls erfahren, ehe Sie dieses Haus verlassen, sagte Franck-Carré ruhig, denn er fühlte sich jetzt in seiner amtlichen Würde. Darf ich also um Ihren Namen bitten?

— So eilig? erwiederte der Fremde. Das würde ja eine Vertraulichkeit vorausſetzen, deren ich selbſt meinen Freund Morrel noch nicht gewürdigt habe. Ich dächte, wir schieben das noch ein wenig auf.

— Mein Herr, Sie vergeſſen, mit wem Sie ſprechen! rief der Anwalt beleidigt. Entweder Sie nennen mir hier Ihren Namen, oder Sie begleiten mich in ein anderes Zimmer. Aber das ſage ich Ihnen im Voraus, daß Sie das Gebäude nicht eher verlaſſen werden, als bis die Behörde über Ihre Perſönlichkeit im Klaren iſt.

— Nun, wenn es denn ſein muß! ſagte der Fremde lächelnd. Als ein guter Franzoſe habe ich Achtung vor dem Geſetz.

Und er näherte ſein Geſicht dem Ohr des Anwalts und flüſterte ihm einen Namen zu.

Der Anwalt fuhr zuſammen, als durchzucke ihn ein elektriſcher Schlag. Der Fremde trat ruhig zurück. Franck-Carré maß ihn mit einem Blicke, in welchem Mißtrauen und Scheu ſich paarten. Der letztere Ausdruck behielt jedoch die Oberhand, als er die ruhige Haltung und das ſtolze, fein lächelnde Geſicht des Fremden bemerkte. Der Anwalt war ein viel zu erfahrener Mann und hatte hinreichend genug Gelegenheit gehabt, Perſonen des verſchiedenſten Ranges kennen zu lernen, um nicht zu wiſſen, daß der Fremde ihm die Wahrheit geſagt hatte. Er machte eine ſtumme Verbeugung, die der Herr ebenſo ſtumm erwiederte. Dann ſenkte er ſeinen Blick und verſank in tiefes Nachſinnen.

Für Morrel, der den Namen nicht gehört hatte, war dieſe Scene räthſelhaft und zugleich beluſtigend. Er hatte nie daran gezweifelt, daß der Mann, der mit dem Grafen Monte-Chriſto bekannt war, auch eine ausgezeichnete und vielleicht

18*

vornehme Perſönlichkeit ſein müſſe. Er ſetzte voraus, daß
der Graf nur ſolche Freunde haben könne.

Franck-Carré aber, der trotz der Entdeckungen Valentinens mit dem Namen Monte-Chriſto mehr oder weniger
den Begriff eines Abenteurers verband — Franck-Carré war
wirklich beſtürzt und peinlich überraſcht. Er hatte einen
Namen gehört, der in ganz Paris bekannt war, den Namen
eines Mannes, der durch ſeine hohe Geburt, ſeinen Reichthum und ſeine Gelehrtheit gleich ausgezeichnet war, eines
Mannes, der allerdings keine politiſche Stellung, kein Amt
bekleidete, aber vielleicht gerade deshalb, um ſo mehr Einfluß ausübte. Und dieſer Mann war ein Freund Morrels,
wahrſcheinlich auch ein Freund des Grafen Monte-Chriſto,
ein Anhänger der Napoleoniden — ſo wenigſtens ſchien es.
Wurde dieſer Mann in den Prozeß hineingezogen, ſo erhielt
derſelbe eine noch größere Wichtigkeit. Mit vieler Mühe war
es in der letzten Zeit gelungen, die Theilnahme des Publikums ein wenig von dem Prozeß abzulenken. Wurde dieſer
Mann aber als ein geheimer Anhänger Ludwig Napoleons
hingeſtellt, ſo mußte dieſe Theilnahme von Neuem und ſtärker
erwachen. Und geheim konnte dieſe Theilnahme nicht bleiben. Es gab zu viel Zungen, die ſchwatzten — genug, Franck-
Carré war in einer peinlichen Verlegenheit. Auf der einen
Seite konnte ihm die Regierung Dank wiſſen, dieſen Mann
entdeckt zu haben, auf der anderen konnte man ihn wegen
dieſer Entdeckung tadeln. Jedenfalls mußte ſie geheim, ganz
geheim bleiben.

Der Staats-Anwalt war ſo ſehr von dieſen Gedanken
bewegt, daß er die Anweſenheit der beiden Perſonen ganz
vergaß und langſam und nachdenklich durch das kleine
Zimmer ſchritt. Endlich ſchien er einen Entſchluß gefaßt zu
haben.

— Mein Herr, ſagte er, Sie ſagten mir, Kapitän Morrel
kenne Ihren Namen nicht?

— Ja wohl, das ist die Wahrheit, erwiederte der Fremde mit Bestimmtheit.

— Und Sie wünschen auch nicht, daß Herr Morrel diesen Namen jetzt erfahre? sagte Franck=Carré.

— Genauer genommen, ist das unwichtig, erwiederte der Fremde. Aber ich hätte allerdings gewünscht, daß Herr Morrel die Mittheilungen, die ich ihm zu machen habe, aus meinem eigenen Munde vernähme.

— Gut denn, so erlaube ich mir, Sie um eine Unter= redung mit mir in einem anderen Zimmer zu ersuchen, sagte der Anwalt. Sie wird sehr kurz sein. Fürchten Sie nicht, daß ich Ihnen zur Last fallen will.

— Ich bin überzeugt davon, erwiederte der Fremde mit der Höflichkeit eines Mannes von Welt. Aber würden Sie mir nicht vorher gestatten, meine unterbrochene Unterredung mit Herrn Morrel ohne Zeugen fortzusetzen?

— Das ist mir unmöglich, ganz unmöglich! rief Franck= Carré bedauernd. Hätte ich gewußt, daß ich Sie hier fin= den würde, so hätte ich diese Unterredung vielleicht nicht gestört — ich gestehe es. Jetzt aber darf ich einen so gro= ßen Verstoß gegen meine amtliche Pflicht nicht mehr wagen. Wenn es Ihnen also gefällig ist, so kehren wir zusammen zurück.

— Ich bin bereit dazu, sagte der Fremde und wandte sich zu dem Kapitän.

— Halt! Was ist das! rief der Anwalt jetzt über= rascht. Hören Sie nicht Stimmen? Nicht Geschrei? Was bedeutet das?

Fast mit ihm zugleich waren auch die anderen beiden Männer bestürzt aufgefahren. Man hörte in der That einen dumpfen Lärm, aus dem zuweilen einzelne schrille und gellende Laute hervorklangen. Zugleich füllte ein röthliches, starkes Licht das Zimmer, das von der Laterne nur spärlich erleuchtet war. Der Anwalt eilte nach der Thür.

In demselben Augenblick ward diese haftig geöffnet und
dasselbe dunkelrothe Licht drang stärker hinein.

— Retten Sie sich, Herr Anwalt! rief der Schließer
mit entsetzter Stimme. Es brennt im vorderen Flügel.

Franck=Carré schrak zusammen. Aber er war ein Mann,
dessen persönlicher Muth durch die schleichenden Intriguen,
die sein Amt fast zur Nothwendigkeit machte, nicht gebrochen
war. Er ergriff den Schließer und hielt ihn am Arme fest.

— Ruhig, ruhig, mein Freund! sagte er. Das Feuer
wird gelöscht werden. Ich kenne die Lokalitäten dieses Ge=
bäudes nicht genau. Welche Ausgänge gehen nach der
Straße? Zeigen Sie uns dieselben und vergessen Sie Ihr
Amt nicht. Oeffnen Sie die Gefängnisse nicht eher, als
bis die bewaffnete Macht in hinreichender Stärke hier an=
gelangt ist.

— Es giebt nur einen Ausweg aus diesem Flügel, ant=
wortete der Schließer, an allen Gliedern zitternd. Er führt
über die Treppe nach vorn, in den Flügel, der brennt. Und
auch die Treppe brennt schon, oder wird bald brennen.

— Es wird nicht so schlimm sein, sagte der Anwalt.
Kommen Sie, begleiten Sie mich. Wir werden schon einen
Ausweg finden.

Diese Worte waren an den Fremden gerichtet. Unter=
dessen nahm der Feuerschein mit einer rasenden Schnelligkeit
zu. Man hörte die Flammen knistern. Man hörte das ent=
setzliche Geschrei der Gefangenen. Morrel erbleichte.

— Und soll ich hier zurückbleiben und bei lebendigem
Leibe verbrennen, Herr Anwalt? fragte er haftig und bitter.

— Mein Gott, die Gefahr ist nicht so groß, und ich
kann nichts weiter thun, als den Leuten Vernunft einreden.
Sie verlieren bei solchen Gelegenheiten nur zu leicht den Kopf.
Man wird des Feuers Herr werden. Kommen Sie!

Dabei wandte sich der Anwalt, ohne sich weiter um
Morrel zu kümmern, abermals zu dem Fremden.

— O nein, so ist es nicht gemeint! antwortete dieser hastig. Denken Sie, ich werde meinen jungen Freund verlassen?

— Dann thun Sie, was Ihnen gut dünkt! rief der Anwalt. Gefahr ist für uns Alle vorhanden. Jeder muß an seine eigene Rettung denken. Schließer, öffnen Sie die Thüren nicht eher, als bis die Wache gekommen ist.

Dabei ging er den schmalen Gang hinunter, der nach der Treppe zuführte. Gefahr war in der That vorhanden. Das Knistern und Prasseln der Flammen war stärker geworden. Die Luft wurde schwül und heiß. Viele der Gefangenen, die sich in dem hinteren Flügel des Gebäudes befanden, schienen aus dem Schlafe erwacht zu sein und pochten mit wahnsinniger Gewalt an die Thüren. Aus dem vorderen Flügel hörte man wildes Gebrüll, dazwischen die verzweifelten Rufe: Oeffnet die Thüren! Wir ersticken! Hülfe, Hülfe!

— Kommen Sie, sagte der Fremde zu Morrel, wir müssen uns einen Ausweg suchen, sonst könnte mir dieser nächtliche Besuch das Leben kosten. Kommen Sie, vielleicht gelingt es Ihnen bei dieser Gelegenheit, zu entfliehen.

Morrel eilte zurück in sein Zimmer, um seinen Hut zu holen. Man hatte ihm seine bürgerliche Kleidung gelassen.

— Sie haben gehört, was mir der Herr Staatsanwalt befohlen! sagte der Schließer, ihm entgegentretend. Sie müssen hier bleiben.

— Thorheit! rief der Fremde anstatt Morrels. Halten Sie uns nicht auf. Man wird Sie entschädigen.

Dabei drängte er den Schließer bei Seite und eilte, von Morrel gefolgt, den Gang hinunter. Am Ende desselben leuchtete eine flammende Helle, von der sich eine einzelne schwarze Gestalt klar und deutlich abzeichnete.

— Es ist der Anwalt, sagte der Fremde. Das ist kein gutes Zeichen. Wenn er nicht hinaus kann, wie sollen wir es dann anfangen, dieses Labyrinth zu verlassen. Wir müssen in seiner Nähe bleiben, das wird das Beste sein!

Sie traten dicht an ihn heran. Die ganze Gefahr lag jetzt vor ihnen. Die Treppe, die einzige, die, wie vorher der Schließer gesagt hatte, aus diesem Flügel nach den vorderen Gebäuden führt, stand in Flammen, und hätte nicht der Zugwind den Rauch nach einer anderen Richtung getrieben, so wäre schon jetzt der Aufenthalt in dem schmalen Gange unmöglich gewesen. Der vordere Flügel, oder wenigstens ein Theil desselben brannte und noch hörte und sah man nichts von Arbeitern, die bemüht gewesen wären, den Flammen Einhalt zu thun. Man hörte nur das gräßliche Geschrei der Gefangenen, die in ihren Zellen vielleicht vom Rauch oder auch von der Gluth des Feuers bedrängt wurden.

— Entsetzlich! sagte Franck-Carré schaudernd. In zehn Minuten wird diese Treppe niedergebrannt sein und die Flammen werden in die Zellen dringen. Die einzige Rettung kann uns nur von der Seite des Kanals kommen.

— Vom Kanal? Sie meinen den Kanal, der diesen Flügel des Gebäudes umgiebt? fragte der Fremde.

— Ja, antwortete der Antwalt. Aber ehe es uns gelingt, die Gitter an den Fenstern zu zerbrechen, ehe man Leitern angesetzt oder uns Stricke zugeworfen hat, können wir längst erstickt sein. Nun, wie Gott will!

— Werden Sie nicht die Zellen der Gefangenen öffnen lassen? fragte der Fremde.

— Es ist strenger Befehl, dies nicht eher zu thun, als bis eine genügende Wachmannschaft eingetroffen ist.

— Aber über die brennende Treppe kann sie doch unmöglich heraufgelangen, erwiederte der Herr.

— Freilich! antwortete Franck-Carré, die Achsel zuckend. Aber kann ich helfen? Selbst auf dem Hofe können sich die Soldaten nicht aufstellen, denn der Wind treibt die Flammen dorthin. Die einzige Rettung kann uns von der Seite des

Kanals kommen, wie ich Ihnen sagte, und ich hoffe, daß
man dort bereits Anstalten trifft, uns Hülfe zu bringen.
Schließer! Kommen Sie her! Ist eine Zelle nach dem Kanal zu leer?

— Nein, Herr Anwalt, antwortete der Mann, der an
allen Gliedern zitterte.

— So öffnen Sie eine, gleichviel, wer darin ist, sagte
Franck-Carré. Wir müssen dort um Hülfe rufen.

— Und die Zellen?

— Bleiben verschlossen, bis der Befehl zum Oeffnen gegeben wird.

Der Schließer eilte voran. Die drei Männer folgten
ihm mit einer Hast, die in diesem Augenblick sehr erklärlich
war. Der Schließer öffnete eine Zelle und ließ die Herren
eintreten.

Franck-Carré eilte sogleich an das Fenster. Während
dessen warf Morrel einen Blick auf den Gefangenen, der diese
Zelle bewohnte. Er war überrascht von seinem Lager aufgesprungen, als er die Thür sich öffnen hörte, und starrte die
Eintretenden mit gläsernen, verschlafenen Augen an.

Er war von kräftiger Gestalt. Haar und Bart hingen
ihm struppig um den Kopf. Sein Anzug war die gewöhnliche Sträflingskleidung, die Morrel nicht erhalten hatte, weil
er noch nicht durch das Gesetz verurtheilt worden. Er warf
scheue und lüsterne Blicke nach der geöffneten Thür. Wahrscheinlich dachte er sogleich an Flucht. Aber im nächsten
Augenblick mochte er sich diese Störung erklären, denn durch
die Thür drang der helle Schein des Feuers ein und er hörte
die Stimmen seiner Genossen in den andern Zellen, die verzweifelt nach Hülfe schrieen. Ein Strahl wilder Freude
zuckte über sein Gesicht und er blieb ruhig in seiner Ecke
stehen, die Augen von Zeit zu Zeit lauernd auf jeden Einzelnen richtend und die günstige Gelegenheit abwartend, die
sich ihm bieten würde.

— Diese Scheiben! Ich hatte vergessen, daß sie geblendet sind! rief der Anwalt. Man kann nichts sehen!

— Haha! lachte der Gefangene tückisch. Ja, ja, ich habe mich oft darüber geärgert.

— Ich muß sie einschlagen! Es hilft nichts! rief Franck-Carré heftig und stieß gegen die Scheiben.

— Haha! lachte der Gefangene wieder. Die Wache wird das wohl hören! Wart' nur, mein Bürschchen!

Dann aber schien ihm ein Gedanke zu kommen und er trat rasch auf den Anwalt zu.

— Hört mal, Ihr seid wohl Kameraden und wollt fliehen? rief er und legte dem Beamten die Hand auf die Schulter.

— Laß mich zufrieden und geh zum Teufel! rief Franck-Carré heftig. Siehst Du nicht, daß es brennt?

— Zum Teufel ginge ich sehr gern! murmelte der Gefangene zurücktretend, und Franck-Carré steckte den Kopf durch das Gitter.

— He, Schildwacht, rief er hinunter, ich bin der Staats-Anwalt! Ruft nach Hülfe, ruft die Pompiers!

— Zurück! hörte man die Stimme der Wache heraufschallen. Zurück, oder ich schieße!

— Aber ich bin ja der Staats-Anwalt, mein Name ist Franck-Carré! antwortete der Beamte noch heftiger.

Ein Schuß und eine Kugel, die dicht über dem Kopf des Anwalts in das Fenster schlug, war die einzige Antwort. Die Scherben fielen klirrend nieder, der Gefangene lachte mit höhnischer Freude auf und Franck-Carré sprang, todtenbleich, mitten in das Zimmer zurück. Der Kapitän dagegen trat rasch an das Fenster.

— Ehe er wieder geladen hat, will ich einen Blick hinauswerfen! rief er hastig. Da ist der Kanal, ungefähr sechs Schritte von der Mauer. Da drüben steht eine Menge Menschen, ich glaube die Pompiers zu sehen.

— Sie werden zu spät kommen, zu spät! flüsterte Franck-Carré, der sich ein wenig erholt hatte. Rufen Sie nach Hülfe, Kapitän Morrel, rufen Sie, daß ich hier bin, daß man Leitern bringt oder uns Seile zuwirft. Dieses Gitter!

— Dieses Gitter, ja! lachte der Gefangene abermals. Nun wissen Sie doch auch, wie einem Gefangenen zu Muthe ist. Hier oben Eisenstäbe, da unten eine Kugel, und da hinten das Feuer — nicht wahr, Herr Anwalt, das ist nicht so sicher und nicht so bequem, wie im Sitzungszimmer hinter dem grünen Tisch?

— Schweig! rief Franck-Carré heftig. In einer Viertelstunde kannst Du todt oder verbrannt sein!

— Wer weiß! antwortete der Gefangene und sah lüstern nach dem Fenster. Die Gelegenheit scheint gut zu sein.

— Sei nicht thöricht, Kamerad! rief Morrel jetzt hinab. Ich bin Kapitän Morrel von den Spahis, und der Staats-Anwalt ist wirklich bei uns. Es brennt im Gebäude! Rufe lieber nach Hülfe, anstatt zu schießen.

Aber die Wache schien den Worten nicht zu glauben. Die Instruktionen waren streng und gemessen. Kaum daß Morrel Zeit hatte, seinen Kopf zurückzuziehen und abermals schlug eine Kugel in das Fenster. ·

— Das ist ein Dummkopf! rief der Kapitän lachend. Gewiß ist er aus der Provinz. Nun, Herr Anwalt, unsere Sache scheint schlecht zu stehen, und ich glaube, Sie hätten besser daran gethan, meine Unterredung mit jenem Herrn nicht zu stören.

Der Staats-Anwalt murmelte einige Worte vor sich hin. Der Gefangene hatte sehr aufmerksam gelauscht. Wenn er so listig war, wie seine Züge vermuthen ließen, so mußte er aus Morrels Worten entnommen haben, daß auch dieser ein Gefangener gewesen. Er beobachtete den Kapitän mit gesteigerter Neugierde.

Es könnte scheinen, als wäre diese ganze Scene eine ruhige gewesen, und was die vier Personen anbetraf, die sich in der Zelle befanden, so war dies allerdings der Fall. Aber draußen — draußen! Da tobte und heulte und wimmerte es! Man hörte die Flammen prasseln, die Balken stürzen, ein wüstes Getümmel erfüllte das ganze Gebäude, die Hitze wuchs, zuweilen wälzten sich Dampfwolken in die Zelle, der hintere Flügel schien bereits vom Feuer erfaßt zu sein. Morrel fühlte große Schweißtropfen von seiner Stirn rinnen.

Jetzt hörte man unten das Klirren von Waffen oder eisernen Geräthschaften, dann Kommandorufe.

— Es sind die Pompiers! rief Franck=Carré aufathmend. Noch zehn Minuten und wir sind gerettet!

— Gerettet! Ich hoffentlich auch, murmelte der Gefangene leise. Maximilian Morrel eilte an das Fenster.

— Hierher, meine Freunde! rief er. Der Herr Staats=anwalt befindet sich hier! Zu Hülfe! Ah, ein braves Corps! Jetzt setzen sie über den Kanal! Da haben sie ihre Leitern und Stricke! Hierher, Kameraden!

Aber mit der Stimme Morrels zugleich ertönte derselbe Hülferuf aus den Fenstern aller andern Zellen, die nach der Seite des Kanals hinaus lagen. Man hörte das Geschrei schauerlich durch die Nacht klingen.

— Heiliger Gott! rief Morrel, der immer noch am Fenster stand. Es scheint in dem unteren Stock zu brennen. Der Dampf quillt aus den Fenstern. Wenn die Leute nicht eilen, so sind wir verloren. Und es wird Zeit kosten, die Eisenstäbe durchzufeilen. Und drei Stock hoch, da reicht keine Leiter aus. Gott sei uns gnädig!

Als er sich umwandte, stand der Gefangene neben ihm. Seine Augen funkelten. Sein blasses Gesicht, das Jahre lang keine andere Luft, als die des Kerkers geathmet zu haben schien, war von der fliegenden Hitze der Aufregung ge=

röthet und trug einen wilden, entschlossenen Ausdruck. Er ergriff mit der Hand einen von den Eisenstäben.

— Was diese hier anbetrifft, sagte er, so ist das eine Kleinigkeit. Ich habe das meinige gethan.

Und mit einem wilden Lachen rüttelte er an dem Stabe, der sogleich zusammenbrach.

— Jetzt ist Platz, durch eine solche Oeffnung kommt man schon durch! sagte er und behielt den Eisenstab in der Hand. Wir sind ja alle schlank. Natürlich werden mir die Herren den Vortritt lassen.

Franck-Carré sah den Gefangenen finster an, wagte aber nicht zu widersprechen. Er fühlte sehr gut, daß jetzt die Bande des Gesetzes und der Disziplin gelockert seien und daß jede menschliche Natur in einer solchen Lage das Aeußerste daran setzen mußte, das Leben zu retten. Auch Morrel und der Fremde schwiegen.

Der Kapitän hatte übrigens Recht gehabt. Man sah außen Dampfwolken aufwirbeln, die aus dem anderen Stockwerke zu kommen schienen. Diese Rauchwolken versperrten die Aussicht. Man sah nichts mehr von den Pompiers, man hörte nur ihre Kommandorufe. Jetzt legte sich der Gefangene zum Fenster hinaus.

— Hierher, zur Hülfe! rief er mit einer Donnerstimme. Hier befindet sich der Herr Staatsanwalt!

— Wir werden ein Tau hinaufwerfen! Paßt auf! rief es von unten. Jetzt! Achtung!

— Du sollst die Freiheit haben, wenn Du das Tau fängst! rief Franck-Carré.

— Ich danke! erwiederte der Gefangene kurz und höhnisch. Man hörte einen Gegenstand an die Mauer schlagen. Der Gefangene griff hinaus. Aber er hatte das Tau nicht gefaßt. Wahrscheinlich hatten es die Pompiers schlecht geworfen.

Die Gefahr wuchs jetzt mit jeder Minute. In der

Zelle eine höllische Gluth, draußen Dampf und finstere Nacht. Wieder griff der Gefangene hinaus. Er schien etwas erfaßt zu haben.

— Ich habe es, meine Herren! rief er triumphirend. Nun Adieu!

Rasch befestigte er den eisernen Haken, der sich an dem oberen Ende des Taues befand, an der Fensterbrüstung, nahm den Eisenstab zwischen die Zähne, schwang sich in das Fenster und verschwand.

— Er wird nicht weit kommen! sagte Franck-Carré. Sie werden ihn unten festhalten.

Die drei Männer drängten sich an das Fenster, um zu sehen, ob der Gefangene glücklich den Boden erreiche. Aber alles war Dampf und Finsterniß. Das Tau war straff, dann wurde es wieder lose.

— Rasch, rasch! rief es von unten. Das Feuer schlägt aus den Fenstern. Das Tau versengt!

— Eilen Sie, Herr Anwalt! rief der Fremde. Ihnen gebührt das Vorrecht. Vorwärts!

Die Gefahr gab dem Anwalt, der sich nicht mehr in der Blüthe der Jugend befand, Kraft und Gelenkigkeit. Er kletterte auf die Fensterbrüstung und ergriff das Tau. Dann verschwand er. Eine Minute darauf hörten die beiden Zurückgebliebenen einen Schrei und das Tau zitterte und schwankte.

— Er wird losgelassen haben und gestürzt sein! sagte Morrel. Nun, mein Herr, schnell! Ich will der Letzte sein.

— Adieu! sagte der Fremde. Ich werde mich unter dem Namen Dupont in Ihrer Wohnung nach Ihnen erkundigen.

Bei diesen Worten ergriff er das Seil. Morrel folgte ihm mit ängstlichen Blicken. Aber er schien sicher hinabgelangt zu sein. Wenigstens bemerkte der Kapitän nichts Auffälliges.

Nun schwang er sich selbst in die Fensteröffnung und
ergriff das Tau. Von früher her gewöhnt an körperliche
Uebungen, war es ihm ein Leichtes, schnell hinabzuklettern.
Die Gefahr begann erst weiter unten. Dort brachen die
Flammen bereits aus den Fenstern des untersten Stockwerks.
Morrel mußte hindurch. Wahrscheinlich war es dort ge=
wesen, wo Franck=Carré das Seil losgelassen hatte und
gestürzt war.

Auch der Kapitän wurde hier von der Hitze betäubt,
das Tau wäre ihm beinahe aus den Händen geglitten. Er
rutschte pfeilschnell die letzten zwanzig Fuß hinab. Unten
angelangt, stürzte er.

Als er sich wieder aufrichtete, sah er den Staatsan=
walt auf der Erde liegen. Einige Pompiers waren um ihn
beschäftigt. Aber Morrel konnte nur wenige Schritte weit
sehen. Der schmale Raum zwischen der Mauer des Gefäng=
nisses und dem Kanal war in heiße Dampfwolken gehüllt.
Er suchte den Fremden und glaubte ihn in einiger Entfer=
nung zu sehen. Er eilte ihm nach. Aber plötzlich fühlte er
einen heftigen, betäubenden Schlag, wie von einer Eisen=
stange auf den Hinterkopf, taumelte zu Boden und verlor
die Besinnung.

Als er wieder zu sich kam, befand er sich inmitten eines
Carré's von Soldaten, die eine Schaar von Gefangenen be=
wachten. Er fühlte einen dumpfen und heftigen Schmerz
an seinem Hinterkopf und als er mit der Hand dort hin=
faßte, zog er sie blutig zurück. Zugleich fiel es ihm auf,
daß er seine Kleidung nicht mehr trug. Er war mit einer
Gefängnißjacke bekleidet. Verwundert richtete er sich auf
und sah sich um. In einiger Entfernung sah er einen hellen
Schein und eine Menge Menschen. Das war das bren=
nende Gefängniß. Er wollte nach seiner Uhr sehen, sie fehlte
ihm. Er griff nach der Tasche seines Rockes — aber er
hatte den Rock nicht mehr. Erstaunt schüttelte er den Kopf.

Er fühlte jedoch, daß es unnüß sein würde, Fragen an die Soldaten zu richten. Nur für seine Wunde wollte er einen Verband haben.

— Kamerad, sagte er zu einem Soldaten, ist kein Wund= arzt hier? Ich habe eine Blessur am Hinterkopf.

— Wer ist sein Kamerad? antwortete der Soldat mürrisch. Hier ist kein Wundarzt. Das wird sich später finden.

Der Kapitän setzte sich wieder auf die Erde, denn der Schmerz raubte ihm beinahe die Besinnung und er fürchtete zu fallen. Eine halbe Stunde ungefähr verging. Dann kam eine Ordonnanz.

— Das Feuer ist gedämpft oder kann wenigstens nicht weiter um sich greifen. Führen Sie die Gefangenen durch das hintere Thor auf den Gefängnißhof, Herr Lieutenant! Und lassen Sie Niemand entwischen!

Morrel erhielt einen Kolbenstoß und raffte sich auf. Er schwankte vorwärts. Einer von den Gefangenen schien Mitleid mit ihm zu haben und reichte ihm den Arm. Sie schritten durch ein Thor. Dann befand sich der Kapitän auf dem Hofe des Gefängnisses. Eine noch größere Schaar von Soldaten umgab hier die Gefangenen.

Morrel vermochte nicht zu denken. Er fühlte nur seine Wunde. Zuweilen durchzuckte ihn der Gedanke, daß es ihm doch nicht gelungen, zu fliehen, und er seufzte. Jetzt traten die Gefangenwärter vor. Die Nummern, die sich auf den Jacken der Gefangenen befanden, wurden besichtigt und Jeder einzeln abgeführt.

— Nr. 36! sagte der eine Wärter, einen Blick auf Morrels Jacke werfend. Aha, ich weiß schon! Das ist der Schlingel, der dem armen Vallard so viel zu schaffen machte. Am Ende hat der ihn todtgeschlagen.

— Lieber Freund, sagte Morrel, seine ganze Kraft zu= sammennehmend, ich bin nicht Nr. 36. Ich weiß nicht, wie ich zu diesem Glücke komme. Ich bin der Kapitän Morrel. Der Herr Staats-Anwalt kann es bezeugen.

— So? Wir haben keinen Kapitän Morrel in unseren Listen, erwiederte der Wärter höhnisch. Das wird sich zeigen. Der Herr Staats-Anwalt ist übrigens gefährlich gestürzt und jetzt vielleicht todt.

— So kann der Schließer bezeugen, daß ich Kapitän Morrel bin, sagte Mar. Ich wohnte in Nr. 29.

— Er wohnte dort? Sehr gut! rief der Wärter lachend. Der Schließer! Ja wohl, der arme Vallard ist todt oben gefunden worden. Einer von den Hunden hat ihn erschlagen, vielleicht Du selbst! Vorwärts, Marsch!

— So schickt mir wenigstens einen Wundarzt! seufzte der Kapitän.

— Ja wohl, und zwar einen mit der Guillotine! erwiederte der Wärter. Marsch!

Morrel fühlt sich gepackt und fortgeschleppt. Abermals verlor er die Besinnung.

Der Flüchtling.

War Don Lotario verliebt oder war er es nicht? Hatte ihm Therese ein tieferes Interesse eingeflößt? Noch wußte er es nicht, noch war ihm das ganze Abenteuer zu neu, und während er nach Hause ging, fragte er sich nur, wer sie wohl sein könne und wie sie ihn empfangen würde, wenn er sie besuchte.

Don Lotario's Herz war nicht mehr so leicht zu erobern, wie es wohl scheinen mochte. Vor vielen jungen Männern, die in die Welt eintreten, hatte er einen großen Vortheil voraus: er hatte bereits geliebt. Donna Rosalba hatte, wenn auch nicht sein ganzes Herz, doch den besten Theil desselben beseffen, und Lotario konnte nicht an sie zurückdenken, ohne den bitteren Schmerz der verrathenen Liebe zu empfinden. Er hing nicht mehr leidenschaftlich an ihr, er hatte auf seiner Reise und in Paris eine Unzahl von weit schöneren und liebenswürdigeren Frauen gesehen — aber ihr Bild war noch nicht aus seiner Erinnerung verschwunden. Und außerdem war er mißtrauisch geworden. Junge Männer pflegen die ganze Welt nach ihren ersten Erfahrungen zu beurtheilen. Sie hassen das ganze weibliche Geschlecht, wenn sie von einer falschen und eigennützigen Kokette betrogen worden sind. Sie bedenken nicht, daß jedes weibliche Herz seine Eigenthümlichkeit hat, und daß nur die schlechten Frauen einander ähnlich sind.

Don Lotario waffnete sich also auch jetzt mit einem Mißtrauen, das durch nichts gerechtfertigt ward. Er wollte sein Abenteuer verfolgen — ja, aber er gab sich selbst das Versprechen, kalt und ruhig zu bleiben. Er vergaß, daß er ein Kind des Südens und noch ein Jüngling war. Im Allgemeinen freute er sich über sein Abenteuer. Es bot ihm eine Abwechselung in dem langweiligen Geräusch der großen Weltstadt, und er summte eine lustige Melodie aus der Oper, die er am Abend gehört hatte. Er unterbrach sie erst, als er in der Ferne den Feuerschein bemerkte, den das brennende Gefängniß auf den nächtlichen Himmel warf. Das Gefängniß lag auf der Südseite der Seine, ungefähr in der Richtung, die Lotario einschlagen mußte, um seine Wohnung zu erreichen. Links vor sich konnte er den Schein ganz deutlich sehen, und er war anfangs Willens, die nicht sehr entfernt scheinende Brandstätte aufzusuchen, überlegte dann aber, daß es schon sehr spät und jedenfalls für ihn vernünftiger sei, seine Wohnung aufzusuchen. Er wandte sich also nach dem Palais Lurembourg.

Aber in dem Augenblick, als er um die Ecke einer ziemlich schmalen Straße bog, rannte ein Mann gegen ihn an, und Don Lotario wäre beinahe zu Boden gestürzt. Er hielt sich zum Glück noch an der Mauer eines Hauses.

— Morbleu! gehen Sie künftig langsamer, wenn Sie um eine Ecke biegen! rief der Spanier und setzte seinen Hut zurecht, der bei diesem Zusammenstoß sein gewöhnliches, ruhiges und schönes Gleichgewicht verloren hatte.

— Mit Vergnügen, mein Herr, sobald ich die Fähigkeit erlangt haben werde, um die Ecke zu sehen, antwortete der Unbekannte mit einer rauhen und beinahe heiseren Stimme. Indessen bitte ich Sie um Entschuldigung. Ich habe große Eile. Sagen Sie mir, in welcher Straße ich mich befinde.

— Das weiß ich nicht, antwortete Lotario. Ich bin hier fremd. Aber wir befinden uns in der Nähe des Palais Lurembourg.

— Sie sind hier fremd? fragte der Mann. Dann, Herr, haben Sie vielleicht ein mitleidigeres Herz, als der Pariser.

— Das mag sein, vielleicht auch nicht, erwiederte der Spanier lachend — denn diese Zumuthung amüsirte ihn.

— Und Sie würden nichts so Außerordentliches darin finden, einem Fremden für einige Stunden ein Obdach zu gewähren?

— Hm! antwortete Don Lotario zögernd und seinen Unbekannten musternd. Das ist eine andere Sache. Außerordentlich finde ich so etwas nicht. Es käme auf die näheren Umstände an. Weshalb richten Sie die Frage an mich?

— Weil ich mich unglücklicher Weise in der Lage befinde, von einer solchen Großmuth Gebrauch machen zu müssen, erwiederte der Fremde. Hören Sie mich an, mein Herr. Ich hatte gestern Abend Geschäfte in dieser Gegend der Stadt und verspätete mich bis jetzt. Meine Wohnung aber ist in der Nähe des Mont-Martre. Morgen früh um acht Uhr muß ich jedoch wieder in dieser Gegend sein. Ich

19*

würde vielleicht also gerade nach Hause kommen, um sogleich
wieder zurückkehren zu müssen, und hätte nur einige Stun=
den schlafen können. Sie würden also ein gutes Werk thun,
wenn Sie mich mit sich nähmen. Ein Vorzimmer, eine Be=
dientenstube würde mir genügen.

Der Spanier faßte seinen Mann noch schärfer ins Auge.
Aber es war schwer, ihn zu erkennen. In der Nähe brannte
keine Laterne. Don Lotario sah nur, daß er einen guten
Rock und Hut trug; seine übrige Kleidung schien sehr man=
gelhaft zu sein und auch der struppige Bart hatte nicht viel
Einnehmendes.

— Sie hätten aber bis dahin ein Unterkommen in einer
Schenke oder in einem Wirthshause finden können, sagte er
dann.

— Gewiß, Sie haben Recht, und ich hätte es ge=
than, wenn ich einen Sou in der Tasche hätte, erwiederte
der Fremde.

— Ja, dann ist die Wahl schwer! rief Don Lotario
lachend. Nun, Sie sollen sich nicht in mir getäuscht haben.
Ich habe wirklich ein mitleidiges Herz, wenigstens glaube
ich das. Gehen Sie voran nach dem Palais Luxembourg.

Der Fremde sah sich um, schien sich dann zu orientiren
und schritt voran. Der Spanier beobachtete ihn aufmerksam.
Er war von großer, kräftiger Gestalt. Der Rock saß ihm
um die Schultern etwas knapp, um so mehr, da er ihn
ganz zugeknöpft hatte. Sein Gang war schlecht, träg und
schwer, wie der eines vielbeschäftigten Handarbeiters. In=
dessen wußte ja Don Lotario, daß er es mit keinem Stutzer
zu thun hatte, und er war nicht der Mann, der sein ein=
mal gegebenes Wort zurücknahm. Ueberdies kannte er die
Schurkereien von Paris bis jetzt nur vom Hörensagen und
dachte nichts Schlimmes.

— Sie kamen aus der Gegend, wo ein Haus zu bren=
nen schien, sagte er jetzt. War es ein großer Brand?

— Es brennt ein Gefängniß! antwortete der Fremde
kalt. Ich habe mich auch dort thörichter Weise aufgehalten.

— Ein Gefängniß! sagte Don Lotario voll Theilnahme.
Mein Gott, das muß furchtbar sein. Wenn man nun nicht
Zeit hat, die Zellen zu öffnen, so müssen ja die Gefangenen
ersticken oder verbrennen? Hörten Sie etwas davon?

— Ich glaube, man sprach davon, daß ein Halbdutzend
Gefangener verbrannt seien, erwiederte der Mann ruhig.
Das ist nun einmal nicht anders. Die meisten von denen,
die dort sitzen, sind doch für den Galgen oder die Guillotine
reif. Ob sie ein paar Tage eher sterben, und auf welche
Weise, das ist am Ende gleichgültig. Sie wimmerten übri=
gens kläglich genug.

— Sie scheinen nicht so mitleidig zu sein, wie ich,
sagte der Spanier tadelnd. Doch Sie stehen vor meiner
Wohnnng!

Der Fremde sah auf und warf einen flüchtigen Blick
auf das Haus. Es war groß und schön und hatte das
elegante Aussehen jener Häuser, die ganz oder theilweise an
reiche Fremde vermiethet werden.

Don Lotario klingelte und trat ein, gefolgt von seinem
nächtlichen Begleiter, und stieg eine Treppe hinauf.

— Mein Diener schläft, ich mag ihn nicht stören, sagte
er. Folgen Sie mir in mein Zimmer.

Er schloß die Thür auf. Das Vorzimmer war spärlich
durch eine Lampe erleuchtet, die dem Erlöschen nahe war.
Im nächsten Zimmer zündete er ein Licht an und nun sah
er seinen Begleiter in voller Beleuchtung vor sich.

Don Lotario hatte Mühe, die Ueberraschung zu verber=
gen, die ihm jetzt der Anblick dieses Mannes verursachte.
Dieses wilde Haar, dieser struppige Bart, dieses kränklich
aufgedunsene Gesicht, die gläsernen, glotzenden Augen, diese
finstere, tückische Miene, dieses graue Beinkleid mit dem
schwarzen Streif, diese groben Schuhe — alles das verkün=

bete ihm, daß er einem Räuber, einem Diebe, vielleicht einem
Mörder gegenüber stand. Auch schien es dem Spanier, als
seien das Haar und der Bart des Mannes ein wenig ver=
sengt und sein Gesicht vom Rauch geschwärzt.

— Mann, sagte er, einen Schritt zurücktretend und von
einem plötzlichen Gedanken ergriffen, Sie kommen aus dem
brennenden Gefängniß und Ihren Rock und den Hut haben
Sie unterwegs gestohlen!

— Wenn Sie ein Untersuchungsrichter wären, so könnten
Sie keine besseren Vermuthungen aufstellen, sagte der Fremde
mit einem höhnischen Lächeln, und seine Stimme klang dem
Ohre Lotario's noch rauher, als vorher. Aber es ist doch
möglich, daß Sie sich irren. Muß man denn ein Räuber
und Mörder sein, wenn man schlecht gekleidet ist?

— Ich mache mich vielleicht eines Verbrechens schuldig,
wenn ich diesen Menschen bei mir behalte! sagte Don Lo=
tario mehr zu sich selbst, als zu dem Fremden. Verlassen
Sie dieses Zimmer und dieses Haus. Ich will thun, als
hätte ich Sie nicht gesehen.

— Ist das Ihre Mildthätigkeit? fragte der Mann spöt=
tisch. Und weshalb sprechen Sie so? Weil Sie eine Ver=
muthung haben, die mindestens voreilig ist. Dies sind das
Beinkleid und die Schuhe, die ich bei der Arbeit trage —
denn ich bin ein Maurer. Diesen Rock und diesen Hut ge=
brauche ich, wenn ich über die Straße gehe. Was meinen
Bart anbetrifft, so kann ich ihn hoffentlich tragen, wie ich
Lust habe. Also, mein Herr, gestatten Sie mir, mich bis um
sieben Uhr früh hier auszuruhen.

— Und Sie würden nicht unruhig werden, wenn ich
nach der Polizei schickte? fragte der Spanier.

— Durchaus nicht, antwortete der Fremde lachend.
Denn erstens werden Sie es nicht thun, und zweitens werde
ich Sie daran hindern. Es ist immer unangenehm, mit der
Polizei zu thun zu haben.

Dabei wandte er sich rasch um, schloß die Thür, die nach dem Vorzimmer führte, ab und steckte den Schlüssel in die Tasche.

— Herr! rief Don Lotario, mehr erstaunt, als erschreckt. Sie nehmen meine Mildthätigkeit in Anspruch und wagen es, so gegen mich aufzutreten? Wissen Sie auch, daß ich gegen dergleichen Angriffe gesichert bin?

Und schnell sprang er an den nahen Schreibtisch,. nahm ein Kästchen heraus und hielt dem Fremden ein glänzendes Pistol entgegen, das im Schein der Kerze unheimlich funkelte.

— Unsinn, sagte der Gefangene — denn daß er es war, daran wird wohl Niemand mehr zweifeln — Unsinn! Erstens ist es sehr die Frage, ob das Ding geladen ist, und zweitens fällt es mir gar nicht ein, Sie im Geringsten zu belästigen. Weisen Sie mir ein Sopha oder ein Bett an, und ich bin zufrieden und werde Sie Punkt sieben Uhr so ruhig verlassen, wie ich gekommen bin. Denken Sie nicht, daß ich Ihre Freundlichkeit gegen mich gering schätze. Sie haben mir einen großen Dienst erwiesen. Ich will Sie jetzt nur daran hindern, Ihr eigenes Versprechen zurückzunehmen.

Don Lotario fühlte, daß der Fremde nicht so Unrecht hatte. Im schlimmsten Fall — was ging es ihn an, wer der Unbekannte war. Er hatte keine Verpflichtung, der französischen Polizei Dienste zu erweisen. Für ihn handelte es sich jetzt nur darum, sich selbst gegen ein mögliches Attentat dieses Menschen sicher zu stellen, dessen Lebensaufgabe es zu sein schien, den Menschen die Gurgel abzuschneiden und die Taschen zu plündern. Auch war er jetzt ruhiger geworden und überlegte die Sache kaltblütig.

— So gehen Sie in das Nebenzimmer, sagte er, Sie finden dort ein bequemes Sopha. Ich gebe Ihnen mein Wort, daß ich die Polizei nicht rufen lassen werde. Sobald Sie wach sind, können Sie die Wohnung verlassen.

— Gut, ich verlasse mich auf Ihr Wort, sagte der

Fremde ruhig. Erlauben Sie mir, ein Licht anzuzünden. Gute
Nacht!

Er ging mit einer brennenden Kerze in das Nebenzimmer und verschloß die Thür hinter sich.

Eine andere Thür führte aus dem großen Zimmer, in
dem sich die Beiden bis jetzt befunden hatten, in das Schlafzimmer Don Lotario's. Der junge Spanier überlegte, ob
er unter diesen Umständen von dem süßen Geschenk der Natur, nach dem sich sein ermüdeter Körper sehnte, Gebrauch
machen solle.. Er fühlte sich ziemlich sicher, denn er hatte
einen leisen Schlaf und seine gut gearbeiteten, geladenen Pistolen. Außerdem konnte er die Thür verriegeln. Ermüdet war
er hinreichend, und was war es denn auch so Großes, einen
Dieb eine Nacht zu beherbergen! Er nahm also sein Pistolen-
kästchen und warf sich auf sein Bett, indessen ohne sich aus-
zukleiden. Nach fünf Minuten war er eingeschlafen.

Ein Klopfen an der Thür störte ihn inmitten des süße-
sten Schlafes. Er dachte an seinen Diener. Dann aber
fiel ihm sein nächtlicher Gast ein und er stand auf. Als er
die Thür öffnete, sah er im Dämmerlicht des anbrechenden
Morgens einen Mann mitten in dem großen Zimmer stehen.
Ueberrascht blickte er ihn an. Es war derselbe Fremde, aber
wie verändert! Lotario konnte einen Ruf der Ueberraschung
nicht unterdrücken.

— Mein Herr, sagte der Fremde, ich komme, um Abschied von Ihnen zu nehmen und zugleich, Sie um Entschuldigung zu bitten wegen der Freiheit, die ich mir genommen.
Sie sehen, ich habe Ihrer Garderobe einige Toiletten-Gegen-
stände entliehen, die mir zur Vervollständigung einer anstän-
digen Kleidung nothwendig erschienen.

— Ich sehe es! sagte Don Lotario, der bei dieser ziemlich ernsten Anrede ein Lächeln mühsam zurückhielt. Sie
sehen jedenfalls besser aus, als in der Nacht.

— Nicht wahr? rief der Fremde und betrachtete mit

Zufriedenheit seinen Anzug. Er war jetzt gewählt, fast stutzerhaft, denn das feine Auge des Gefangenen hatte sehr gut die besten Gegenstände aus der Garderobe Don Lotario's herauszufinden gewußt, die ihm während der Nacht zur Disposition gestanden. Ein feines Hemd, ein gesticktes Gilet, silberfarbene Pantalons, eine farbige Kravatte — Alles nach der neuesten Mode — nichts fehlte. Seinen Bart hatte er wegrasirt, bis auf einen kleinen Schnurrbart und einen englischen Backenbart. Genug, der Räuber war in den wenigen Stunden zu einem Stutzer umgewandelt. Freilich hatte sein Gesicht noch immer denselben Ausdruck und für Don Lotario lag etwas Unheimliches in dem Anblick dieses Menschen, den er in der Nacht ganz anders gesehen.

— Nur die Stiefeln sind mir zu eng und die Handschuhe zu klein, sagte der Fremde mit einem Lächeln, das scherzend sein sollte. Aber das ist ein Uebel, dem sich bald abhelfen läßt. Sie erlauben mir doch, diese Gegenstände mein zu nennen.

— Ob ich es erlaube? Nun, ich muß wohl! erwiederte der junge Mann. Hoffentlich haben Sie sich bei dieser Auswahl beschränkt und keine gar zu intime Bekanntschaft mit meiner Kasse angeknüpft, die sich in demselben Zimmer befand.

— Wirklich? rief der Fremde. Doch nein, dazu hatte ich keine Zeit. Ich gebe Ihnen mein Wort, daß Sie Alles unverändert finden werden. Ich bin mit Geld hinreichend versehen. Sonst würde ich Sie um eine freiwillige Anleihe ersucht haben.

— Es freut mich, der Nothwendigkeit entgangen zu sein, sie Ihnen abzuschlagen, sagte Don Lotario kühl. Jedenfalls werden Sie mir erlauben, einen Blick auf meinen Sekretär zu werfen und mich zu überzeugen.

— Thun Sie das! sagte der Fremde unwillig und barsch. Aber mein Wort könnte Ihnen genügen.

Don Lotario wußte nicht, ob er sich über diese ruhige Unverschämtheit ärgern, oder ob er lachen solle. Er ging in sein Wohnzimmer — denn in diesem hatte der Gefangene die Nacht zugebracht — immer noch das Pistol in der Hand haltend. Ein Blick jedoch, den er in das Innere seines Sekretärs warf, überzeugte ihn, daß Alles in Ordnung sei.

— Nun, mein Herr, sagte Don Lotario kalt und höflich, ich stelle Ihren Wanderungen durch Paris kein Hinderniß mehr entgegen.

— Sehr dankbar, antwortete der Flüchtling mit einer kurzen Verbeugung, und nun, mein Herr, ehe ich Abschied von Ihnen nehme, bitte ich Sie noch um Eines. Nennen Sie mir Ihren Namen.

— Weshalb? fragte der Spanier. Ich dächte, der könnte Ihnen gleichgültig sein.

— Doch nicht ganz, erwiederte der seltsame Gast. Sie haben mir einen großen Dienst erwiesen. Ich möchte deshalb Ihren Namen kennen.

— Nun, wenn Ihnen so viel daran liegt — Don Lotario de Toledo.

— Schön, erwiederte der Flüchtling und zog mit ernster Miene ein seines Notizbuch aus der Tasche seines Rockes, in das er nun den Namen schrieb. Ich werde mich Ihrer erinnern. Man kann nicht wissen, bei welcher Gelegenheit ich Ihnen dienstbar sein kann. Und damit Sie auch wissen, wer ich selbst bin und wem Sie eine Gefälligkeit erwiesen — ich heiße Rablasy, Etienne Rablasy — der Name ist in gewissen Gegenden Frankreichs nicht ganz unbekannt.

— Das glaube ich, sagte Don Lotario, dem die groteske Unverschämtheit dieses Menschen allmählich unerträglich wurde. Und nun, mein Herr, erlauben Sie, meinen unterbrochenen Schlaf für einige Stunden fortzusetzen. Uebrigens war es eine Thorheit, mir Ihren Namen zu nennen. Ich kann jetzt Ihren Steckbrief angeben.

— Das werden Sie nicht thun, dazu sind Sie ein
viel zu honnetter Mensch, sagte der Flüchtling mit einer
lachenden Grimasse. Abieu, Don Lotario, Sie werden in
mir stets einen Freund und dankbaren Diener finden!

— Zum Teufel mit diesem Burschen! murmelte der junge
Mann ärgerlich. Abieu! Auf Nimmerwiedersehen!

Der Flüchtling lachte, machte eine Verbeugung, öffnete
die Thür mit dem Schlüssel, den er noch immer bei sich
hatte, und verließ das Zimmer und die Wohnung. Don Lo=
tario trat ans Fenster und sah Herrn Etienne Rablasy in
sorgloser und lässiger Haltung über den Platz vor dem Pa=
lais Luxembourg schlendern. Die Stiefeln mochten ihm in
der That zu eng sein, denn er trat sehr leise und vorsichtig
auf, was seinem Gange etwas Gezwungenes und Lächer=
liches verlieh. Er sah sich noch einmal um und warf dem
Spanier einen freundlichen Gruß zu. Lotario trat zurück.

— Weiß Gott, welch Scheusal ich da dem gerechten
Arm der Polizei entzogen habe! sagte er vor sich hin. In=
dessen, was konnte ich Anderes thun? Ich war zuletzt in der
Gewalt dieses Menschen. Das Schlimmste ist, daß er mich
um meine Ruhe gebracht hat. Ich werde verstört aussehen,
wenn ich vor Fräulein Therese erscheine.

Damit ging er wieder in sein Schlafzimmer und warf
sich auf das Bett. Das Ereigniß, so seltsam es auch ge=
wesen, war doch nicht im Stande, ihm seine Ruhe zu rau=
ben. Nach wenigen Minuten schlief er ein.

Der Besuch.

Punkt zehn Uhr weckte ihn sein Diener. Der Kaffee
stand auf dem Tisch. Daneben lagen einige Morgenzeitun=
gen, unter ihnen ein kleines Blatt, das erst um neun Uhr

Morgens ausgegeben wurde und auch die Vorfälle berichtete,
die sich in der Nacht ereignet. Don Lotario durchlief es
mit ziemlich gleichgültigem Auge und seine Aufmerksamkeit
wurde erst gefesselt, als er am Ende des Blattes folgende
Worte las:

„Ein ziemlich heftiger Brand hat in der Nacht den
mittleren Flügel des Gefängnisses am Kanal de Bièvre zer=
stört. Wir kennen die Einzelnheiten noch nicht genau. Doch
versichert man, daß keiner von den Gefangenen entflohen
und keiner verbrannt oder beschädigt sei. Dagegen ist ein
anderes Unglück zu beklagen. Der Staats=Anwalt, Herr
Franck=Carré, der sich zufällig und um einen der Gefangenen
zu inquiriren, in dem Gebäude befand und nicht anders, als
durch ein hinaufgeworfenes Seil gerettet werden konnte, ist,
als er beinahe die Erde erreicht hatte, gestürzt und hat sich
schwer verwundet. Außerdem ist der Schließer Ballard,
wahrscheinlich, als er die Zellen der Gefangenen öffnete,
erschlagen worden. Der Verdacht trifft den berüchtigten
Etienne Rablasy, der sich jedoch glücklicher Weise noch in
den Händen der Gerechtigkeit befindet, da es ihm nicht ge=
lang, zu entfliehen."

— Wie? Was ist das? sagte Don Lotario vor sich
hin. Rablasy, so nannte sich ja dieser Kerl, und wenn er
derselbe ist, so ist er gewiß entflohen. Weshalb sollte ein
anderer Mensch den Namen dieses Mörders annehmen?

Der junge Mann dachte einige Minuten lang über
diesen Umstand nach. Dann aber kam sein Diener, um ihm
bei der Toilette zur Hand zu sein, und Don Lotario vergaß
über dem, was ihm der Tag bringen sollte, die Ereignisse
der Nacht.

Unser Held war ein Stutzer geworden, wenn auch nicht
gerade einer von der verächtlichsten Sorte. Schon von seiner
Hacienda her war er gewöhnt, sich sorgfältig zu kleiden, und
Paris war nicht der Ort, eine solche Gewohnheit abzulegen.

Aber Don Lotario besaß zu viel natürlichen Geschmack, um ins Lächerliche zu verfallen. Er folgte nur der Mode, ohne sie zu seiner Herrin werden zu lassen. Er wußte auch recht gut, welche Moden ihn gut kleideten, und welche er zu vermeiden hatte. Er konnte sich also, als er einen letzten Blick auf seine Toilette warf, ohne Eitelkeit gestehen, daß er so gut aussah, wie nur irgend ein junger Mann in Paris. Die wenigen Monate seines Aufenthaltes in Paris hatten seinen gebräunten Teint nicht zu bleichen vermocht, und seine Augen leuchteten noch immer so feurig, wie sonst. Seine Stirn war nicht mehr ganz so heiter — er hatte bereits das Unglück kennen gelernt — aber auf seinem Gesicht lag auch nicht jene nichtssagende Sentimentalität, die damals an der Tagesordnung war und die allen Stutzern dasselbe langweilige und nüchterne Aussehen gab. Er war frisch, jung, kräftig, heiter. Auch die verwöhnteste Pariser Dame hätte sich gestehen müssen, wenn sie ihn ansah, daß in ihm noch etwas von jener männlichen Kraft sei, die Liebe erweckt und Liebe erwiedert. Sein Herz war noch kein zusammengestürzter Krater. Es konnte noch lodern in den Flammen der Leidenschaft.

Was sollte er thun? Das Versprechen benutzen, das ihm Therese gegeben, und sie besuchen? Er hätte es gern gethan, aber er überlegte. Das Leben in Paris war nicht ohne allen Einfluß auf ihn geblieben. Er hatte bereits gelernt, seinem Herzen zu mißtrauen und mehr zu überlegen, als vielleicht nöthig war. Auch dachte er nüchterner über sein nächtliches Abenteuer. Interessant war seine Bekanntschaft gewiß, aber manches Interessante hat auch seine gefährlichen Seiten. Diese fürchtete Don Lotario jedoch weniger. Es giebt einen Fluch, der die ganze moderne Welt regiert, einen Fluch, der nirgends verderblicher ist, als in Paris — der Fluch des Lächerlichen! Wenn Don Lotario sich irrte, wenn er eine jener Damen fand, die absichtlich

in der Nacht ihre Promenaden machen, oder wenn sich we=
nigstens später herausstellte, daß er sich geirrt — so war
er ein Thor gewesen, ein lächerlicher Thor, selbst in seinen
Augen, und mehr noch, wenn seine Freunde es erfuhren,
was früher oder später der Fall sein mußte. Don Lotario
hatte also Grund, zu überlegen.

Zur rechten Zeit erinnerte er sich jedoch daran, daß ihm
Therese gesagt, sie kenne den Abbé Laguidais. Der Abbé
war ein bejahrter, in Paris sehr bekannter und geachteter
Mann. Auch er mochte in seiner Jugend weltliche Thor=
heiten gekannt haben, um so mehr, da seine Ansichten in
jeder Beziehung sehr weltlich waren — jetzt aber ließ sich
kaum annehmen, daß er in einem anderen als freundschaft=
lichen Verhältnisse zu dieser jungen Dame stehe. Don Lo=
tario wollte sich vorher bei dem Abbé nach ihr erkundigen,
aber vorsichtig. Der Abbé war beliebt bei den Frauen we=
gen seines Enthusiasmus, mit dem er alles Schöne ergriff,
obgleich er gerade nicht zu den Strenggläubigen gehörte.
Andererseits aber war er von einer so tiefen Bildung, von
einer solchen Höhe der Anschauung, daß sich kaum denken
ließ, er werde seine Freundschaft an ein unbedeutendes oder
mittelmäßiges Wesen verschwenden. Genug, Don Lotario
war entschlossen.

Der elegante Miethswagen hielt, wie immer, Punkt
zwölf Uhr vor der Thür. Don Lotario lebte gut, aber er
war kein Verschwender. Er hatte die Absicht, daß seine
zwanzigtausend Dollar für seinen Aufenthalt in Europa ge=
nügen sollten. Er wollte dem Lord Hope zeigen, daß er
würdig sei, einen solchen Beschützer zu haben.

Sein Wagen führte ihn nach den Boulevards. Aber
sie waren ziemlich leer. Die Saison hatte noch nicht be=
gonnen. Don Lotario traf keinen Bekannten. Er fuhr zu
Tortoni. Der Erste, den er dort sah, war Loupert, der die
Zeitung las.

Loupert blickte auf. Don Lotario war noch unentschie=
den, ob er ihn grüßen solle, oder nicht. Wahrscheinlich aber
hätte seine natürliche Gutherzigkeit gesiegt und er hätte die
Bekanntschaft mit dem Baron wieder erneuert, wenn nicht
Loupert selbst gethan hätte, als kenne er den Spanier nicht
mehr. Er blickte gleichgültig wieder auf seine Zeitung und
Don Lotario bestellte sein Frühstück, ziemlich verdrießlich über
seine Begegnung mit diesem Menschen, den er jetzt verachtete.

Ein anderer Bekannter gesellte sich zu dem jungen Spa=
nier und bald hatte Don Lotario alles Andere vergessen.
Plötzlich sah er jedoch einen Mann eintreten, den er schon
gesehen zu haben glaubte. Er war gewählt und stutzerhaft
gekleidet, und das silbergraue Beinkleid belehrten den Spa=
nier, daß er sich nicht irre, obgleich er kaum seinen Augen
zu trauen wagte. Der Eintretende war Niemand anders,
als Herr Etienne Rablasy, der Flüchtling.

Noch war Don Lotario von Rablasy nicht bemerkt
worden, und er hatte Zeit, auf seinen Teller zu blicken und
eine Ueberraschung zu verbergen. Diese Frechheit war groß!
Lotario konnte keinen Augenblick daran zweifeln, daß dieser
Mensch, den er die Nacht über bei sich beherbergt, ein Dieb,
ein Räuber sei. Er hatte es natürlich gefunden, daß dieser
Mensch eine andere Kleidung gewählt. Aber an diesem
Orte zu erscheinen, dem Versammlungsplatze der feinen Welt
— das ging über das Verzeihliche hinaus und Don Lo=
tario überlegte einige Minuten lang ernsthaft, ob er nicht
am besten thun würde, nach der Polizei zu schicken und den
Flüchtling verhaften zu lassen. Junge Leute aber sind stets
großmüthig und mitleidig, selbst da, wo sie es nicht sein
sollten. Don Lotario hielt es für überflüssig, sich in diese
Angelegenheiten zu mischen. Er blieb auf seinem Platze.
Dennoch war ihm die Gegenwart dieses Menschen unbe=
haglich und er wagte kaum, seine Blicke zu erheben. Es
ging ihm, wie den meisten ehrlichen Leuten: er schämte sich

anstatt des Andern. Endlich aber ermannte er sich und blickte um sich.

Rablasy mußte ihn jetzt längst bemerkt haben und in der That grüßte er Don Lotario, aber so artig und höflich, daß sich der junge Mann genöthigt sah, diesen Gruß, wenn auch schwach, zu erwiedern. Noch weniger Lust hatte der junge Mann, sich mit Rablasy in ein Gespräch einzulassen, und es war möglich, daß der Unverschämte dies wagte. Er erhob sich also schnell, verließ das Café und fuhr nach der Wohnung des Abbé Laguidais.

Der Abbé, der sonst regelmäßig bis vier oder fünf Uhr zu sprechen war, hatte heute ausnahmsweise ausgehen müssen. Erwarten wollte ihn Don Lotario nicht. Sollte er zu Mademoiselle Therese fahren, ohne nähere Auskunft über sie zu haben? Er wollte es wagen.

Das Haus, in welchem die Dame wohnte, war nicht leicht zu verkennen. Es war das größte in der Nachbarschaft.

— Mademoiselle Therese zu Hause? fragte er den Portier, der schläfrig in seinem Zimmer saß.

— Ich glaube, mein Herr. Wollen Sie sich eine Treppe hoch bemühen!

Don Lotario ging hinauf. Das Haus war elegant, nicht gerade zu elegant, um die Wohnung einer „verdächtigen" Dame zu sein, aber doch wieder zu einfach und zu sauber, um einen solchen Gedanken aufkommen zu lassen. War Therese wirklich eine „Verlorene", so mußte sie es jedenfalls verstanden haben, die höchsten Güter des Weibes um einen hohen Preis zu verkaufen. Das Treppengeländer war aus schön geschnitztem Eichenholz, die Stufen mit Teppichen bedeckt. Don Lotario klingelte.

— Mademoiselle Therese zu sprechen? fragte der junge Mann die freundliche Dienerin.

— Ihr Name, mein Herr?

— Don Lotario de Toledo.

— Treten Sie ein, wenn es Ihnen gefällig ist. Ma=
dame ist in ihrem Boudoir.

Der junge Mann hatte nicht die plebejische Gewohn=
heit, mit den Dienerinnen zu sprechen. Aber hier drängte sich
ihm eine Frage auf.

— Hat Madame mich etwa erwartet, mein schönes
Kind? fragte er.

— Das weiß ich nicht, antwortete die Dienerin. Aber
sie hat mir Ihren Namen genannt — heut früh — und
das genügt.

— Gut, dachte Lotario bei sich selbst, ich bin erwartet
worden! Die Dienerin nennt sie Madame — aber so nennt
man in Frankreich jede Dame. Sie ist in ihrem Boudoir.
Mein Schicksal wird sich entscheiden!

Er ging weiter. Das Zimmer, das er betrat, war im
feinsten Geschmack ausgestattet. Ueberhaupt hatte die Woh=
nung nicht das Ansehen einer gemietheten, die man nur auf
kurze Zeit bewohnt. Eine geschickte und sinnige Hand schien
die Einzelnheiten geordnet zu haben. Die Wohnung mußte
der Dame gehören. Diese Ueberzeugung erhöhte das In=
teresse des jungen Mannes.

Er schritt durch ein anderes Zimmer, ohne Therese zu
finden. Er wurde etwas verlegen. Er durfte nicht gut
weiter vordringen. Einen Diener sah er sonst nicht. Doch
hatte ihm ja die Dienerin gesagt, Madame sei in ihrem
Boudoir. Sie mußte also im Stande sein, ihn zu empfan=
gen. Beging er eine Indiskretion, so lag die Schuld an
der Dienerin. Außerdem waren alle Thüren geöffnet und
er durfte es deshalb wohl wagen, aufs Gerathewohl einzu=
treten.

Er ging durch ein anderes Zimmer — überall derselbe
stattliche und geschmackvolle Luxus. An den Wänden waren
schöne Gemälde, Originale oder Kapien von berühmten Mei=
stern. Don Lotario dachte, daß Therese reich sein müsse.

Die nächste Thür, die ebenfalls ein wenig geöffnet war, schien die des Boudoirs zu sein. Don Lotario räusperte sich, um die Dame auf seinen Eintritt vorzubereiten, denn seinen leichten und langsamen Schritt konnte sie möglicher Weise auf den Teppichen nicht gehört haben. Das Herz klopfte ihm ein wenig — er war noch jung! — dann überschritt er die Schwelle.

Therese war allein. Sie saß an einem kleinen Tische am Fenster, in einem leichten und eleganten Morgenanzuge.

Aber Don Lotario erschrak. Mitten in der Verbeugung, mitten in seiner Anrede hielt er inne. Das Gesicht der jungen Dame war leichenblaß, ihr Auge starr und gläsern, ihre Hände konvulsivisch zusammengepreßt. Sie bemerkte den Eintretenden nicht, oder wollte ihn nicht bemerken. Kein Zug in ihrem Gesicht veränderte sich, sie erhob sich nicht, ihre Lippen waren krampfhaft geschlossen. Lotario glaubte eine Leiche zu sehen, kein lebendes Wesen.

— Mein Gott! rief er. Was ist Ihnen? Sind Sie krank? Ich werde Ihre Diener rufen.

Keine Antwort. Don Lotario zweifelte nicht länger, daß Therese wirklich krank sei, daß sie sich in einer Art von Starrkrampf befinde. Eine Täuschung, selbst eine absichtliche, konnte hier nicht obwalten. Er sah einen Klingelzug und zog heftig daran, dann suchte er nach Wasser, nach einer belebenden Essenz.

— Madame ist krank! Sie hat einen ihrer Anfälle! rief die Dienerin, die jetzt in das Zimmer stürzte. Aber es wird vorübergehen, ich hoffe es. Ich bitte Sie, verlassen Sie auf einige Minuten das Zimmer, mein Herr! Nur auf einige Minuten.

Der Spanier trat zurück. Das war ein seltsamer, beinahe schrecklicher Anfang. Unruhig ging er im Nebenzimmer auf und nieder, während noch eine andere Dienerin kam. Vielleicht hätte er sich ganz zurückziehen müssen. Aber er war unruhig, er wollte wissen, ob dieser Anfall glücklich vorübergegangen sei. Er sah noch immer das geisterbleiche Gesicht, das starre Auge, und ein tiefes Mitleid mischte sich in das flüchtige Interesse, das er bisher für die Dame empfunden hatte. Unterlag sie öfter solchen Anfällen? Hing das zusammen mit ihrer düsteren Gemüthsstimmung? Er bedauerte sie. Seine Theilnahme wuchs. Ein leidendes, blasses Gesicht in dem Dämmerlicht eines Krankenzimmers erregt oft mehr unsere Sympathie, als brennende Wangen und leuchtende Augen in einem glänzenden Ballsaal. Er beschloß zu bleiben.

Im Boudoir, dessen Thür geschlossen war, hörte er nichts weiter, als die Tritte der Frauen, der Dienerinnen. Don Lotario dachte daran, daß selbst Theresens erste Erscheinung etwas Krankhaftes gehabt hatte. Ihre düsteren Worte klangen ihm wieder in die Ohren. Jedenfalls mußte ihre Seele krank und leidend sein. Er seufzte. Er selbst in seiner Frische, in seiner körperlichen und geistigen Kraft und Gesundheit empfand ein tiefes Mitleid mit diesem kranken Mädchen.

Ungefähr zehn Minuten verstrichen auf diese Weise, während Lotario schnell auf- und abging.

— Sie sind noch da, Herr Lotario? sagte die eine Dienerin, die jetzt eintrat. Das ist schön. Madame wünscht Sie zu sprechen.

— Wirklich? rief der Spanier. Aber hat sie sich auch vollständig wieder erholt? Ich bin nur hier geblieben, um Gewißheit darüber zu haben. Sagen Sie Madame, daß ich sie nicht belästigen will. Nur, wenn sie ganz wohl ist.

— Der Anfall ist vorüber und Madame wünscht ausdrücklich, Sie zu sprechen! sagte die Dienerin.

— Dann ist es mir angenehm, erwiederte Don Lotario und trat in das Boudoir.

Therese saß auf dem Sopha. Ihr Gesicht war noch immer sehr blaß, sehr erschöpft. Man sah in jedem ihrer

20*

310

abgefpannten und matten Züge die Spuren der fchrecklichen
Krifis. Aber ihr Auge hatte jene furchtbare Starrheit ver=
loren, die den jungen Mann vorher fo fehr erfchreckt. Es
war fanfter und milder, wenn auch nicht frifch und glänzend.

— Verzeihen Sie, Don Lotario, fagte fie und er be=
merkte, daß fie fich abfichtlich bemühte, ihre Schwäche zu
verbergen — verzeihen Sie, daß ich Sie nicht auf beffere
Weife empfing. Die Schuld ift freilich nicht mein. Ich
bin zuweilen ein Opfer diefer Anfälle, die ihren Grund in
meinen Nerven haben. Setzen Sie fich. Sie haben meine
Wohnung gefunden?

— Wie follte ich nicht? Ich hatte mir das Haus ge=
nau gemerkt, antwortete Lotario. Aber ich bitte Sie, Ma=
dame, legen Sie fich keinen Zwang auf, der Ihnen fchaden
könnte. Wenn Sie der Ruhe bedürfen, fo entferne ich mich
fogleich. Sie erlauben mir vielleicht, ein ander Mal zurück=
zukehren und mich nach Ihnen erkundigen.

— Nein, bleiben Sie, wenn es Ihnen fonft recht ift,
fagte Therefe. Sobald es vorüber ift, bin ich wieder fo
kräftig, wie vorher. Leider bin ich felbft Schuld daran. Ge=
wiffe Erinnerungen an die Vergangenheit, die ich oft mit
Gewalt heraufbefchwöre, genügen, um mich in jenen Zu=
ftand zu verfetzen. Ich weiß es, und ich follte mich davor
hüten. Aber manchmal zwingt mich ein dämonifcher Zau=
ber, in meinen eigenen Erinnerungen zu wühlen, fo lange,
bis mich jene entfetzliche Starrheit ergreift, und ich glaube,
vor den Pforten des Todes zu ftehen. Sie haben mich in
meinen fchlimmften Augenblicken gefehen — fügte fie mit
einem Lächeln hinzu — die Koketterie, die wir ja Alle mehr
oder weniger befitzen follen, zwingt mich alfo, mich Ihnen
auch in befferen Momenten zu zeigen. Nicht wahr, ich war
häßlich in jenen Augenblicken? Ich war ein Bild des To=
des, der Krankheit?

— Sprechen Sie nicht davon! rief Lotario mit auf=

richtiger Theilnahme. Ich war tief ergriffen. Wie können Sie noch darüber scherzen wollen? Wie können Sie glauben, daß ein Mensch von Gefühl bei diesem Anblick etwas Anderes empfunden hätte, als den tiefsten Schmerz und die innigste Theilnahme? Noch habe ich freilich kein Recht, Sie zu fragen, weshalb Sie sich solchen Erinnerungen hingeben und ob Sie recht daran thun. Aber ich sollte meinen, daß Sie Alles aufbieten müßten, um diese Zufälle zu vermeiden. Ihre Gesundheit muß dadurch in ihren Wurzeln angegriffen und erschüttert werden.

— Ich glaube es selbst, erwiederte Therese, aber ich kann es nicht vermeiden. Gesund! Was nennen Sie gesund? Kann ein Körper gesund sein, wenn die Seele krank ist, und umgekehrt? Doch Sie sind nicht gekommen, um mit mir darüber zu sprechen. Sie sind kein Arzt, und wären Sie es, so könnten Sie mir auch nicht helfen. Es ist sehr freundlich von Ihnen, daß Sie schon heut an eine Fortsetzung unserer Bekanntschaft gedacht haben. Aber ich ziehe einen Schluß daraus, der Ihnen nicht günstig ist.

— Und welchen? fragte Don Lotario, der wirklich nicht errathen konnte, was sie meinte.

— Den Schluß, daß Sie bei den Pariserinnen wenig Glück haben und daß Ihre Zeit durch unsere Schönheiten wenig in Anspruch genommen wird, antwortete Therese lächelnd. Sonst würden Sie nicht schon heut Zeit gehabt haben, mich aufzusuchen.

— Das ist wahr, sagte Lotario. Aber weshalb ist mir das nicht günstig? Das Letztere würde einen Mangel an Gefühl voraussetzen.

— Nun, weil es voraussetzen läßt, daß Sie entweder nicht die Fähigkeit oder nicht den Willen haben, die Herzen von Frauen zu erobern, und Beides muß man bei einem jungen Manne tadeln.

— Wie aber, wenn keine von den Pariser Damen bis

jetzt meinen hohen Ansprüchen genügt hätte? fragte Lotario
lächelnd.

— Nun, das würde mich in Erstaunen setzen, erwie=
derte Therese. Sie haben mir einen Theil Ihrer Lebens=
geschichte erzählt. Daraus habe ich schließen können, daß
Sie weder die Welt, noch schöne Frauen kannten. Für ein
so unbefangenes Gemüth, wie das Ihrige gewesen, mußte
Paris ein verführerischer Aufenthalt sein. Deshalb setzt es
mich in Erstaunen, daß Sie so frei geblieben sind, um Zeit
genug zu haben, an mich zu denken.

Don Lotario war etwas verwirrt. Er mußte sich ge=
stehen, daß die Unterhaltung eine eigenthümliche Wendung
genommen. Es schien fast, als wolle Therese ihn zwingen,
zu gestehen, daß sie ihm ein außerordentliches und unge=
meines Interesse eingeflößt. Dennoch kontrastirte ihre Miene
mit ihren Worten. Don Lotario beobachtete sie scharf. Aber
er bemerkte nicht jene verführerische Sprache der Augen, welche
die Frauen sonst so gut anzuwenden wissen, wenn sie ein
Herz erobern wollen. Ihr Auge war ruhig und klar, ihre
Miene immer noch matt, und es schien beinahe, als führe
Therese die Unterhaltung nur aus Höflichkeit und Artigkeit.
Außerdem hatte Don Lotario jetzt Gelegenheit, die Beobach=
tungen zu ergänzen, die er in der Nacht gemacht. Er fand
seine Vermuthung bestätigt, daß Therese keine glänzende und
imponirende Schönheit sei. Ihr Gesicht war regelmäßig,
fein und zart, aber blaß und klein. Schön waren nur ihre
braunen Augen, ihr volles, glänzendes Haar und ihr feiner
rosiger Mund, der nichts Blasses und Kränkliches hatte und
zwei Reihen der schönsten Zähne verbarg. Schön, wenig=
stens anmuthig war auch ihre zarte Gestalt, die ihn an die
graziösesten Erscheinungen seines Vaterlandes erinnerte. Auch
schien Therese wenig über zwanzig Jahre alt zu sein. Nie
hatte er überdies eine feinere Hand und einen kleineren Fuß
gesehen. Don Lotario zweifelte nicht daran, daß Theres

sein Herz in Flammen setzen könnte, wenn sie nur wollte.
Aber jetzt war ihre Miene, trotz des Lächelns, das manchmal ihr Gesicht überflog, kalt, zurückhaltend und beinahe
streng, mindestens aber gleichgültig. Gern hätte der junge
Mann ihr also gesagt, daß sie ihm ein außergewöhnliches
Interesse eingeflößt — wie es auch wirlich war, denn ihre
Erscheinung war durch und durch das, was man interessant
nennt — aber er durfte es dieser Miene gegenüber nicht
wagen.

— Madame, sagte er deshalb, es giebt vielleicht noch
einen anderen Grund für meinen heutigen Besuch. Die
Gedanken, die Sie gestern Abend gegen mich aussprachen,
waren von so düsterer und eigenthümlicher Art, daß ich es
für meine Pflicht hielt, Sie aufzusuchen, um Sie von Ihrer
finsteren Lebensanschauung zu heilen, um Sie dem Glück
der Jugend zurückzugeben.

— Und Sie glaubten wirklich, daß Ihnen das gelingen
würde? fragte Therese beinahe spöttisch.

— Nicht in der ersten Stunde, aber vielleicht doch mit
der Zeit, sagte Lotario.

— Dann aber müßten Sie ein Interesse für mich
empfinden, wenn Sie das wollten, sagte Therese.

— Allerdings, erwiederte Lotario. Und ist es nicht
erklärlich, daß wir Theilnahme für Jemand empfinden, der
durch seine Jugend und seine Schönheit dazu bestimmt zu
sein scheint, das Leben von der freudigsten Seite aufzufassen,
und der sich dennoch mit traurigen Gedanken beschäftigt, wie
Sie? Ihre Stimmung scheint mir noch jetzt unerklärlich, ich
begreife Sie nicht. Alles, was ich sehe, scheint mir dazu geeignet, Sie heiter zu stimmen. Sie sind jung, schön, unabhängig, wie Sie mir sagten, und reich — wie ich aus
Ihrer Wohnung schließen darf. Ihre Traurigkeit ist also
ein Räthsel.

— Nun, und wie würden Sie es anfangen, mich zu

heilen? fragte Therese. Ich bin neugierig auf Ihre Heil=
methode.

— Ich würde Sie bitten, nicht mehr Nachts, sondern
im hellen Sonnenschein zu promeniren, antwortete der Spa=
nier. Ich würde Sie dazu veranlassen, Gesellschaften zu be=
suchen und dort durch Ihren Geist und Schönheit zu glän=
zen, sich bewundern zu lassen. Ich würde Ihnen rathen,
sich Freundinnen zu erwerben, aufrichtige, frohe und heitere
Freundinnen. Sie müßten lernen, das Leben zu genießen.
Sie müßten reisen, Abwechselung haben, und vor allen Din=
gen müßten Sie —

Don Lotario stockte, das Wort wollte ihm doch nicht
über die Lippen. Er erröthete.

— Lieben! Sprechen Sie es nur ruhig aus! sagte The=
rese, und ihre Stimme war kälter, ihr Ton schneidender, als
je. Ich müßte lieben, ja, das ist es! Ja, ich würde heiter,
froh und gesund sein, wenn ich einen Mann lieben könnte!

Welch seltsames Gespräch mit einer jungen Dame, die
er einen Tag vorher kennen gelernt! dachte Don Lotario bei
sich selbst. Welche Offenheit und dabei welche Zurückhal=
tung! Einerseits schien es, als kenne dieses seltsame Wesen
gar keine Scheu, keinen Unterschied zwischen den Geschlech=
tern, keine Grenze der Unterhaltung — und andererseits
konnte man ihr die Berechtigung nicht absprechen, sich dar=
über mit solcher Unbefangenheit zu äußern. Denn ihr Ton
und ihre Miene wiesen jeden Verdacht zurück, als könne ihr
irgend ein Mann das Gefühl der Liebe einflößen. Sie schien
über die Liebe zu sprechen, wie ein Knabe über das Leben,
wie ein Blinder über die Farbe, mit all der Unbefangenheit,
die man im Gespräch über einen Gegenstand entwickelt, den
man nicht kennt. Sie schien es für eine Unmöglichkeit zu
halten, daß ihr Herz jemals durch einen Mann gerührt
werden könne.

Aber war das die Wahrheit? Ein feiner Kenner des

menſchlichen Herzens würde gezweifelt oder wenigſtens Miß=
trauen gehegt haben. Don Lotario jedoch war viel zu jung.
Ihn überraſchte das Benehmen. Er war verwirrt.

— So würde alſo jeder Mann unglücklich ſein, der die
Kühnheit hätte, Sie zu lieben? fragte er verlegen.

— Möglich, antwortete Thereſe. Aber ich zweifle eben=
falls daran, daß ich im Stande bin, Liebe einzuflößen. Viel=
leicht Intereſſe — ja, aber Liebe — nein! Und daß iſt ein
Glück. Ich würde nie einen Mann durch Gegenliebe glück=
lich machen.

Es war unmöglich, über dieſen Gegenſtand zu ſcherzen.
Thereſe ſprach auch viel zu ernſt. Und was ſollte Lotario
darauf erwiedern. Er ſah vor ſich hin und ſuchte ſich dieſen
ſeltſamen Charakter zu enträthſeln. Für ihn aber war das
eine ſchwere Aufgabe. Niemand kannte das menſchliche Herz
weniger, als dieſer Jüngling, der in der Einſamkeit ſeiner
Hacienda und unter dem wachſamen Auge Donna Roſalba's,
die jedes andere weibliche Weſen von ihm fern zu halten
wußte, aufgewachſen war. Der junge Spanier war wohl
im Stande, eine große männliche oder weibliche Seele zu
verſtehen, wenigſtens zu bewundern, aber in die geheimen
Falten eines weiblichen Herzens zu dringen — das hatte er
noch nicht gelernt. Er ahnte nicht einmal, daß die Gedanken,
die Thereſe ausſprach, aus nichts Anderem entſtehen könnten,
als aus Liebe, entweder einer früheren, oder einer unglück=
lichen und getäuſchten. Der Urgrund des weiblichen Weſens
iſt die Liebe, oder der Mangel derſelben.

Indeſſen überhob ein Zwiſchenfall den jungen Mann der
Mühe, dieſe Unterredung fortzuſetzen, die ihm peinlich ge=
worden war, aber freilich ſein Intereſſe für die Dame noch
erhöht hatte. Eine Dienerin fragte, ob Madame für den
Herrn Grafen zu ſprechen ſei.

— Gewiß, antwortete Thereſe, wenn Don Lotario es
wünſcht, die Bekanntſchaft des Grafen Arenberg zu machen!

— Arenberg? sagte Lotario. Wenn ich nicht irre, habe ich den Namen schon bei dem Abbé Laguibais gehört.

— Das ist wohl möglich, erwiederte die Dame. Graf Arenberg ist mein väterlicher Freund, mein Beschützer.

Don Lotario konnte sich bei diesen Worten eines Gedankens nicht erwehren, der — wir müssen es leider gestehen — bei der Verderbtheit unserer Zeit nur zu natürlich war. Väterlicher Freund und Beschützer! — wie oft wurden diese Worte für ein Verhältniß gebraucht, das nichts weniger, als verwandtschaftlicher Natur war, für ein Verhältniß, das nur durch diesen Titel einen gewissen Anspruch auf Entschuldigung erhalten konnte! Don Lotario war begierig, diesen „väterlichen Freund" zu sehen.

Aber auch dieses Mal wurde er getäuscht. Ein alter Herr von mindestens sechszig Jahren — vielleicht viel darüber — trat ein. Er war ohne Hut und Ueberzieher, sein Anzug verrieth, daß er in dem Hause wohne. Seine Figur war schlank, mittelgroß und hager, sein Wesen fein und aristokratisch, sein Gesicht blaß und zart, sein Haar lang und schneeweiß. Niemals hatte Don Lotario ein Gesicht mit einem milderen, ruhigeren Ausbruck gesehen. Das blaue Auge des Grafen war fast überirdisch rein und klar. Es glänzte noch so lebhaft, als sei der Graf ein Jüngling. Und doch war seine Haltung schon gebückt.

— Graf Arenberg, aus Deutschland — Don Lotario de Toledo, aus Mexiko, sagte Therese, sich etwas erhebend, und die Herren einander vorstellend. Bis jetzt war es mir noch nicht vergönnt, zwei Herren aus so verschiedenen Gegenden der Welt in meinem Zimmer zu sehen.

Der Graf verbeugte sich sehr artig gegen Don Lotario, wandte sich dann aber sogleich und mit großem Interesse zu Therese.

— Sie sind krank gewesen, meine Freundin, sagte er sanft, und seine Stimme klang wie Musik. Sie haben einen

Ihrer traurigen Anfälle gehabt. Wann werden Sie auf=
hören, sich selbst zu quälen? Wann werden Sie endlich
ruhig werden?

— Nie, nie, mein werther Freund! antwortete Therese
mit einem schwachen Lächeln. Doch Sie sehen, es ist vor=
über!

— Ich bin Ihnen dankbar, Don Lotario, daß Sie,
Mademoiselle Therese in eine bessere Stimmung versetzt ha=
·ben, sie lächelt wenigstens! sagte der Graf, sich zu dem jun=
gen Spanier wendend. Nein, nein, Therese, Sie dürfen
nicht mehr mit dem Abbé sprechen! Seine Anschauungen
sind zu düster für sie. Sie müssen heiterer werden. Ich bin
wirklich froh, einmal einen jungen Mann bei Ihnen zu fin=
den, dessen Gesicht nichts von jenem Schwermuth und nichts
von jenem Weltschmerz verräth, die leider jetzt das Erbtheil
unsrer ganzen Jugend zu sein scheinen!

— In Bezug auf den Abbé mögen Sie Recht haben,
Herr Graf, sagte Lotario. Mir kam derselbe Gedanke. La=
guibais ist ein vortrefflicher Mann. Aber er scheint mir
mehr dazu geeignet, die Heiteren und Sorglosen an den
Ernst des Lebens zu erinnern, als die Unglücklichen zu trö=
sten. Er ist selbst nicht einig mit sich und mit der Ordnung
der Welt.

— Das ist sehr wahr, sagte der Graf. Sie kennen
also den Abbé. Ah, ich habe Ihren Namen dort gehört.
Richtig. Sie kommen aus Meriko. Sie sind dem Abbé von
Lord Hope empfohlen. Er hat mit großer Anerkennung von
Ihnen gesprochen.

— Der Abbé ist sehr freundlich gewesen, sagte Lotario.
Leider bin ich viel zu unerfahren, um seine Verdienste und
Talente ganz würdigen zu können. In Lord Hope und in
dem Abbé habe ich Männer kennen gelernt, die mir den
ganzen Abgrund meiner Unwissenheit gezeigt haben. Aber,
Gott sei Dank, ich bin noch jung, ich kann noch lernen!

— Wenn Sie diesen Gedanken haben, dann ist Ihnen schon geholfen! sagte der Graf. Besuchen Sie Mademoiselle Therese nur recht oft. Sie scheinen heiter und froh, Ihr Herz ist gewiß noch nicht zerrissen. Therese braucht solche Männer. Der Abbé und ich — wir sind viel zu alt für sie, und gegen junge Leute hat sie eine unbegreifliche Abneigung.

— Dann darf ich mir wenig von meinen Bemühungen versprechen, selbst wenn ich sie wagen wollte, sagte Lotario lächelnd. Und sind Sie denn überzeugt davon, daß Mademoiselle Therese mich zu ihrem Seelenarzt annehmen will?

— Ich erlaube Ihnen wenigstens, den Versuch zu machen, mich zu heilen, sagte Therese. Mehr kann ich doch nicht thun!

— Das heißt, Sie erlauben mir, Sie öfter zu besuchen? fragte Lotario.

— Ich werde es gern sehen, wenn Sie oft und zu jeder Zeit, die Ihnen recht ist, kommen, sagte Therese.

— Gut denn! Es sei! rief der junge Mann, dem der heitere Ton weit mehr zusagte, als ein düsteres Gespräch. Aber ich selbst zweifle leider an dem Erfolge meiner Kur — Sie müßten mir denn entgegenkommen, Mademoiselle!

— So weit es in meinen Kräften steht, will ich das gern thun, sagte sie dann. Und nun lassen Sie uns davon abbrechen.

Don Lotario war gern damit einverstanden. Er war getäuscht worden, wie wir oben sagten — getäuscht in seiner Auslegung jener vielsagenden Worte. Er hatte mit einem Blicke gesehen, daß hier wirklich nur ein freundschaftliches Verhältniß zwischen dem Grafen und Therese bestand, ein Verhältniß, bei dem die Worte „väterlicher Freund und Beschützer" mit vollem Rechte gebraucht werden konnten. Zwischen diesen Beiden bestand nicht jene Liebe, die beinahe ein Verbrechen ist und die das Weib beinahe noch tiefer ernstebrigt, als den Mann; dieses Verhältniß schien ein so zartes und anmuthiges zu sein, daß Don Lotario beinahe davon ergriffen wurde. Alles schien sich dazu zu vereinigen, sein Interesse für Therese zu erhöhen. Alle seine schlimmen Vermuthungen waren gewichen, seine besten Hoffnungen waren übertroffen worden. Nur das Geheimniß der geistigen Zerrüttung, deren Opfer Therese unzweifelhaft war, kannte er noch nicht. Aber er hoffte, es zu erfahren, und es schmeichelte seiner jugendlichen Eitelkeit, den Versuch zu machen, Therese zu heilen.

— Sie sind dem Abbé vom Lord Hope empfohlen, Sie kennen ihn also? fragte jetzt der Graf.

— Ich kenne ihn, antwortete Don Lotario, und doch ist das wohl zu viel gesagt. Der Lord scheint mir ein Mann, dessen Wesen schwer zu ergründen ist. Jedenfalls ist er der außerordentlichste Mann, den ich je kennen gelernt.

— Erzählen Sie uns von ihm, sagte Therese. Sie erwähnten seinen Namen in der Nacht nur flüchtig.

Der junge Spanier war gern bereit, das Wenige zu erzählen, was er von dem Lord wußte. Seine Erzählung erregte jedoch trotz ihrer Kürze das Interresse der beiden Zuhörer.

— Sagen Sie mir, ist der Graf verheirathet? fragte Therese, als Don Lotario seinen Bericht beendet.

— Merkwürdig, daß das beinahe immer die erste Frage ist, rief der Spanier lachend. Ich kann Ihnen leider keine Auskunft darüber geben, Mademoiselle. Er wich einer Frage, die ich deshalb an ihn richtete, aus. Doch vermuthe ich beinahe, daß er seine Felsenwohnung mit einem weiblichen Wesen theilt, und ich gestehe, ich hätte die Dame sehen und kennen mögen, die ein Lord Hope seiner Liebe für würdig hält.

— Ich zweifle fast daran, daß er Jemand liebt! sagte Therese und ihr Blick senkte sich trüb und gedankenvoll.

Wenn er ein Mann von so ausgezeichneten Eigenschaften ist, wie Sie behaupten, Don Lotario — wie soll er dann ein Weib finden, das mit ihm auf gleicher Höhe steht, das ihn begreift und mit ihm fühlt?

— Erlauben Sie, das ich Ihnen antworte, liebes Kind, sagte Graf Arenberg. Sie gehen von dem Gedanken aus, die Frau müsse auch in Bezug auf Bildung und Erfahrung dem Manne gleich sein, der sie lieben soll. Sie irren. Ein edles, reines Herz, ein unbefleckter Ruf, Tiefe des Gefühls und wahre Liebe genügen, um das Weib zu der Höhe jedes Mannes zu erheben, stünde er auch noch so hoch. Der Mann verlangt von der Frau nicht Bildung, sondern Liebe.

— Das haben Sie mir oft gesagt, Herr Graf, sagte Therese. Aber erlauben Sie mir, daß ich Ihnen widerspreche. Im Prinzip mögen Sie Recht haben, in der Wirklichkeit aber ist es anders. Unsere gesellschaftlichen Zustände erlauben keine so ungleiche Verbindung. Lord Hope in den Einöden Kaliforniens mag sich eine Lebensgefährtin wählen, welche er will, wenn sie ihm nur genügt. Jeder Mann kann das, der überhaupt sich nicht um die Welt zu kümmern braucht. Aber, wer in ihr lebt, wer durch die Menschen vorwärts will, der muß Rücksichten nehmen. Ich sehe es klar ein, ich billige es sogar.

— Sie haben selbst jetzt noch Entschuldigungsgründe! sagte der Graf leise vor sich hin und mehr zu sich selbst. Nun, sei dem, wie ihm wolle, jeder Mann muß am besten wissen, was er thut. Adieu, mein Kind. Ich bin zufrieden, daß Sie wieder wohl sind. Ich habe ein Geschäft jenseits der Seine und muß Sie verlassen. Adieu, Don Lotario, auf baldiges Wiedersehen! Und vergessen Sie nicht, wenn Sie einmal Mademoiselle Therese nicht antreffen sollten, nach mir zu fragen!

Don Lotario verbeugte sich höflich und gab dem Grafen die Versicherung, daß er dies thun werde. Arenberg

ging, nachdem er noch einen Blick zärtlicher Theilnahme auf
das junge Mädchen geworfen.

Kaum war er gegangen und Don Lotario dachte eben
entweder an die Anknüpfungspunkte für ein neues Gespräch,
oder an die Einleitung zum Abschied, als die Dienerin die
Baronesse Danglars meldete.

— Sie ist willkommen! antwortete Therese. Kennen
Sie die Baronesse, Don Lotario?

— Nein, antwortete der junge Mann. Gehört sie zu
Ihren Freundinnen?

— Ja, es ist sogar die einzige, die ich in Paris besitze, antwortete Therese. Sie ist bedeutend älter, als ich,
und hat viel Kummer gehabt. Nach Ihrer Ansicht müßte
ich also den Umgang mit ihr abbrechen. Es ist eine liebenswürdige, geistreiche Frau, und gerade, daß sie Kummer
gehabt hat und vielleicht noch hat, macht sie mir lieb. Doch
Sie werden sie sehen!

Die Baronesse trat ein. In ihrem schwarzen Anzuge
— sie trug fast immer Schwarz — sah sie noch blasser, viel-
eicht auch älter aus, als gewöhnlich, und an diesem Morgen war sie so bleich, wie Therese sie nie gesehen. Selbst
ihr Schritt war langsam und schwer. Die Baronesse schien
heute eine Matrone zu sein.

— Mein Himmel, Baronesse, wie leidend sehen Sie
heut aus! rief Therese ihr entgegen. Was ist Ihnen widerfahren?

Und sie schien Willens zu sein, aufzustehen und ihr entgegenzueilen. Aber ihre Kräfte waren noch zu schwach. Sie
sank zurück.

— Bleiben Sie, bleiben Sie! sagte Madame Danglars,
sich neben sie setzend. Ich habe eine schlechte Nacht, eine
sehr schlechte Nacht gehabt. Das kommt wohl zuweilen vor
und in meinem Alter überwindet man das nicht so leicht.
Aber es wird bald vorübergehen. Ich glaubte, Sie seien

allein, oder der Graf sei bei Ihnen. Ich hoffe doch, daß
ich nicht störe.

Therese machte Don Lotario und die Baronesse mi
einander bekannt. Madame Danglars betrachtete den schö
nen jungen Mann nicht ohne eine gewisse Neugierde. Doi
Lotario erregte stets die Aufmerksamkeit der Damen. Abe
daß er sich hier in diesem Zimmer befand, mochte ihn de
Baronesse noch interessanter machen. Gewiß kannte sie di
Ansichten Theresens und ihr Herz. Er mochte der erste jung
Mann sein, den sie bei ihrer jungen Freundin gesehen.

Im Allgemeinen aber war ihr Geist heut so finster un
trübe gestimmt — aus Gründen, die wir kennen — daß e
nicht lange bei diesen Gedanken verweilte. Es schien Do
Lotario, als habe sie eine vertraute Unterredung mit There
gesucht und da ohnehin die Zeit gekommen war, in der e
sich schicklicher Weise entfernen mußte, so erhob er sich.

Die gewöhnlichen Worte der Höflichkeit wurden ausge
tauscht. Therese bat den jungen Mann um seinen Besuc
Don Lotario versicherte, er werde kommen. Aber es schier
als sei das Versprechen seinerseits aufrichtiger, als die Bitt
Theresens. Er erhielt noch eine Einladung von Madam
Danglars für einen der nächsten Abende und nahm sie ar
Dann ging er.

Der Herr der Welt.

Fortsetzung des Grafen von Monte-Christo.

Roman

von

Adolf Mützelburg.

Zweiter Band.

Dritte Auflage.

Berlin.

Druck und Verlag von Albert Sacco.

Zimmerstraße Nr. 94.

Fünfzigtausend Francs.

Der Roman ist ein Bild des Lebens. Wie das Leben ist er entwickelt, wie im Leben nähern sich oft Personen und Dinge, die auf den ersten Blick durch die weitesten Zwischenräume getrennt sind, plötzlich einander, und trennen sich wieder, um sich später wieder zu vereinigen. Bald läßt sich nur das Schicksal der Einzelnen verfolgen, bald treten die Getrennten zusammen auf dieselbe Scene, bald, wenn auch wieder verschwindend, handeln sie für oder gegen einander. Da der Roman aber nichts kann, als das Leben schildern, so unterliegt er auch den Bedingungen des Lebens. Sehen wir also fürs Erste, wie die Schicksale von drei Personen, die wir kennen, sich entscheiden, für die Eine für immer, und für die Anderen — —?

Es war drei Wochen nach jenem Tage, an dem Don Lotario seinen ersten Besuch bei Mademoiselle Therese gemacht. Er hatte seinen Aufenthalt in Paris bereits um eine Woche verlängert. Er wußte überhaupt auch nicht, ob er Paris so bald verlassen würde. Seine Abreise hing von einem einzigen Umstande ab, aber dieser eine und einzige — wie wichtig war er!

Don Lotario hatte Madame Danglars um eine vertraute Unterredung bitten lassen, und die Baronesse, die an diesem Tage einen Besuch bei einer kranken Freundin zu machen gehabt, hatte ihm für zehn Uhr Abends zugesagt.

1 *

Als der junge Mann in das Zimmer der Baronesse trat, in dasselbe Zimmer, das vor kurzer Zeit die gräßliche Scene zwischen Mutter und Sohn gesehen — war seine Miene ernster als gewöhnlich, und der junge Mann schien etwas schüchtern, obgleich er in der letzten Zeit ein vertrauter Freund der Baronesse und ihr fast täglicher Gast geworden war.

— Ich weiß nicht, ob Sie überrascht gewesen sind, als Sie meinen Brief erhielten, Madame! sagte er nach den ersten einleitenden Worten. Aber ich hoffe, daß Sie meine Kühnheit mit dem Wohlwollen entschuldigen, das Sie mir in der letzten Zeit bewiesen haben. Auch kenne ich keine andere Dame in Paris, an die ich mich in dieser Angelegenheit wenden könnte. Ich kenne überhaupt keine andere Dame so genau.

— Ausgenommen Mademoiselle Therese! sagte Madame Danglars lächelnd.

— Ja, vielleicht, sagte Lotario erröthend, aber gerade über sie wollte ich mit Ihnen sprechen!

— Ah! sagte Madame Danglars, nicht gerade erstaunt, sondern eher etwas zurückhaltend.

— Ja, Madame! sagte der junge Mann. Und ich will nicht viel Umschweife machen. Denn wenn man wünscht, daß Jemand mit uns vertraut werden soll, so glaube ich, darf man nicht viel Worte machen. Ich liebe Ihre Freundin, ich liebe Therese, und ich lege mein Schicksal in Ihre Hände!

— Sie setzen mich in Erstaunen! rief Madame Danglars mit jener Zurückhaltung, die den Damen bei solchen Eröffnungen eigen ist, selbst wenn sie dieselben erwartet haben. Das hätte ich nicht geahnt.

— Es ist möglich, daß ich meine Leidenschaft verborgen gehalten habe, sagte Don Lotario mit großer Aufregung und Wärme. Aber sie ist nur um so gewaltiger hervorge=

brochen. Genug, Madame, ich liebe Therese, ich liebe sie, wie nur ein Mensch lieben kann, leidenschaftlich, bis zum Wahnsinn. Wie es gekommen, kann ich das wissen? Sie haben meine aufkeimende Liebe vielleicht mehr beobachten können, als ich selbst. Und was hälfe es auch, über die Liebe und ihr Entstehen, ihren Fortgang zu philosophiren. Ich liebe Therese, und ich habe Sie um diese Unterredung ersucht, um mir Ihren Rath, Ihren Beistand zu erbitten.

— Meinen Rath, meinen Beistand! sagte Madame Danglars, wie es schien, nicht unangenehm überrascht von der Leidenschaft des jungen Mannes und der Wärme, mit der er sprach. Man sagt immer, daß bei der Liebe kein Rath, kein Beistand helfen könne. Weshalb haben Sie es nicht vorgezogen, sich Therese selbst zu erklären?

. — Das ist es eben, worüber ich mit Ihnen sprechen wollte, sagte Don Latorio und sein Gesicht nahm einen Ausdruck von Ernst, vielleicht auch von Schmerz an. Sehen Sie, seit jenem Tage, an dem wir uns zuerst bei Therese trafen, bin ich täglich zu ihr gegangen. Ich konnte nicht anders. Es zog mich zu ihr. Ich glaube, daß sie längst bemerkt hatte, was mich zu ihr führte, denn sie durchschaut ein männliches Herz. Dennoch, ich gestehe es Ihnen, habe ich bis zu dieser Stunde nicht entdecken können, ob sie meine Neigung erwiedert, ob sie mich liebt. Es hat Augenblicke gegeben, in denen ich ihr Auge leuchten, ihre Lippen lächeln sah, und in solchen Augenblicken war ich glücklich, denn ich glaubte, sie sähe mich gern, sie liebte mich. Dann aber ist sie tagelang wieder so kalt, so streng gewesen, wie am ersten Tage. Sie hat mich ihren Freund genannt, sie hat mir gern zugehört, aber mein Auge, obgleich geschärft durch die Liebe, hat nicht entdecken können, ob und wie viel ich ihrem Herzen näher gekommen. Ich darf mich Therese nicht erklären. Nichts wäre entsetzlicher, als eine Zurückweisung. Ich weiß nicht, ob ich sie überleben würde. Denn mein ganzes Leben besteht in dieser Liebe. Jetzt erst weiß ich, daß meine Liebe zu Donna Rosalba eine knabenhafte, vielleicht brüderliche Neigung war. Sie aber, Sie sind die vertraute Freundin Theresens. Ihnen hat sie entweder gesagt, wie sie über mich denkt, oder sie wird es Ihnen sagen, wenn Sie geschickt anfragen. Deshalb habe ich mich zuerst an Sie gewandt. Der Reisende, der eine Wanderung durch ein gefährliches Land machen, der Schiffer, der eine fremde See befahren soll, wendet sich an einen Wanderer, an einen Seemann, der vor ihm jenes Land bereist, jenes Meer durchschifft. So wende ich mich an Sie. Sie kennen das Herz, in dessen Geheimnisse ich noch nicht eingedrungen bin. Sie können mir einen Rath, eine Warnung, eine Aufmunterung geben, Sie können mir Ihren Beistand angedeihen lassen. Weisen Sie meine Bitte nicht zurück, Madame!

— Mein lieber Freund, sagte Madame Danglars aufrichtig und mit Theilnahme, ich will Ihre Offenheit erwiedern. Ich würde die Unwahrheit sagen, wollte ich behaupten, das Interesse nicht bemerkt zu haben, das Sie an Therese nahmen, und meine Theilnahme für Sie war groß genug, um mich jeden Ihrer Schritte aufmerksam beobachten zu lassen. Ich entdeckte bald die Liebe, die in Ihrem Herzen aufkeimte, wenn ich auch die Macht und Gewalt nicht ahnte, mit der sie sich in Ihrem Herzen entwickelte. Aber ebenso offen muß ich Ihnen gestehen, daß ich nie mit Therese über die Möglichkeit einer solchen Liebe gesprochen. Therese hat mir oft gesagt, sie interessire sich für Sie, sie sehe Sie gern kommen, sie höre Ihnen gern zu. Aber sie hat mir nie verrathen, daß sie unseren gemeinsamen Freund liebe. Erschrecken Sie nicht! das will nichts sagen. Frauenherzen halten ihre Geheimnisse sehr fest und am festesten die Geheimnisse der Liebe. Ich glaube, daß Therese Sie liebt, ich glaube es wirklich, aber ich finde es sehr natürlich, daß sie sich zu mir nie darüber ausgesprochen. Vielleicht weiß sie selbst noch nichts von ihrer Liebe. Oft ist es ein Zufall, der es uns selbst klar macht, daß wir lieben. Also hoffen Sie, und hoffen Sie mit Recht. Ich will Ihnen meinen Beistand leihen, wenn Sie desselben bedürfen. Ich werde es versuchen, Theresens Herz zu durchforschen. Aber wenn ich Ihnen einen Rath geben kann — übereilen Sie nichts! Therese hat tief, sehr tief gelitten. Vielleicht ist ihr Herz noch verwundet. Aber es giebt kein Herz, das auf die Dauer einer treuen Liebe widerstehen könnte. Handeln Sie also langsam, ohne Hast. Es ist selbst für Frauen nicht gut, wenn sie von dem Geheimniß ihrer eigenen Liebe überrascht werden. Sie erschrecken zuweilen und wollen es selbst nicht glauben. Warten Sie, bis Therese Ihnen unzweideutige Zeichen giebt, daß sie Ihre Liebe erwiedert. Acht, vierzehn Tage reichen dazu hin. Für Sie wird diese Zeit lang sein, aber sie wird vergehen.

— Sie haben Recht! sagte Lotario mit einem leisen Seufzer. Auch ist mir das Herz schon leichter, da ich einen Vertrauten habe. Ach, wie glücklich wäre ich, wenn Therese mich liebte! Ich würde das Geschick segnen, das mich nach Paris geführt.

Madame Danolars betrachtete ihn mit unverkennbarem Wohlwollen. Dort auf derselben Stelle hatte vor ungefähr drei Wochen jener Benedetto, ihr Sohn, gesessen, in diesem Zimmer hatte sie seine rauhe Stimme, sein heiseres Lachen gehört. Wie verschieden von diesem wüsten Mörder war der junge Spanier! Wie offen und freudig glänzte sein Gesicht, wie erquickend drang seine klangvolle Stimme in ihr Herz. Ach, warum war er nicht ihr Sohn!

— Aber vergessen Sie nicht, daß es auch noch einige andere Bedenken giebt, Don Lotario! sagte sie dann. Therese ist eine Waise, von bürgerlichen Eltern, arm. Sie sind reich und von altem, kastilianischen Adel!

— O, sprechen Sie mir von Allem, rief Don Lotario

feurig, sprechen Sie von der Hoffnungslosigkeit meiner Liebe, von meiner Unwürdigkeit, von meiner Jugend vielleicht, aber nicht von Unterschieden des Standes. Was kümmert es mich, wer Therese ist! Ihr Herz ist dem meinen ebenbürtig, vielleicht mehr als das. Nein, hören Sie auf!

— Und wenn Therese Sie liebte, was würden Sie dann thun? Wie —

Die Baronesse stockte. Sie wußte nicht recht, wie sie ihren Gedanken ausdrücken sollte. Sie wollte etwas aus= sprechen, woran Lotario nicht ein einziges Mal gedacht hatte. Die Baronesse war eine kluge, erfahrene Frau, eine Welt= dame. Für sie war noch die Möglichkeit vorhanden, daß der Spanier keine andere Absicht habe, als Therese zu sei= ner Geliebten zu machen. Doch wagte sie es nicht auszu= sprechen.

— Was meinen Sie? Was wollen Sie sagen? Ich verstehe Sie wirklich nicht! sagte Don Lotario aufrichtig.

— Ich dachte an etwas Unmögliches! antwortete die Baronesse ausweichend. Dürfte ich nach meinem Gefühl ur= theilen, so müßte sich Therese glücklich schätzen, Ihre Gattin zu werden. Nun, wir wollen es hoffen!

— Sie sind also meine Freundin? sagte der Spanier und küßte ihr beinahe zärtlich die Hand.

— Gewiß und von ganzem Herzen, erwiederte die Ba= ronesse. Schon morgen werde ich meinen Feldzug beginnen.

Morgen! Es lagen nur wenige Stunden zwischen dem Heut und Morgen! Aber hat je ein Mensch gewußt, ob er diese wenigen Stunden überleben, ob er das dämmernde Licht des nächsten Tages sehen wird?

— Madame verzeihen, wenn ich störe! sagte die Kam= merfrau, in das Zimmer blickend. Es ist eine Karte abge= geben, von Jemand. —

— So spät? sagte die Baronesse und eine Ahnung schien über ihr Gesicht zu fliegen. Sie nahm die Karte und ihre Hand zitterte. Zum Glück beobachtete Don Lotario sie nicht. Er hätte ihre Erbleichen gesehen.

— Sagen Sie der Person — sie betonte das Wort — Sagen Sie, daß sie morgen wiederkommen möge.

Die Kammerfrau ging; die Baronesse hatte sich ein wenig gesammelt.

— Man wird selbst so spät noch von Zudringlichen gestört! sagte sie seufzend und ihre Stimme zitterte. Wirklich, es wird uns manchmal recht schwer gemacht, wohl zu thun, wenn man sieht, wie unverschämt manche Menschen sind.

— Gott läßt seine Sonne aufgehen über die Gerechten und Ungerechten! Handeln Sie, wie er! sagte der Spanier ernst.

Die Baronesse versank in Träumerei. Der Eintritt der Kammerfrau störte sie zum zweiten Mal.

— Die Person will sich nicht abweisen lassen! sagte sie. Sie behauptet, Madame noch heute sprechen zu müssen.

— Gut denn! sagte die Baronesse, sich stolz und mit einer fast wilden Energie erhebend. Ich werde sie empfangen. Führen Sie Don Lotario in mein Besuchszimmer. Entschuldigen Sie mich, Don Lotario. Nur fünf Minuten und ich werde wieder bei Ihnen sein. Es ist ein lästiger Besuch, nichts weiter.

— Ich müßte überhaupt gehen, erlauben Sie mir, Ihnen gute Nacht zu sagen!

— Nein, nein! rief Madame Danglars, die wahrscheinlich befürchten mochte, daß Don Lotario dem Eintretenden begegnen möchte. Treten Sie in mein Besuchszimmer, ich möchte nachher noch mit Ihnen sprechen!

Der junge Spanier folgte der Kammerfrau in das anstoßende Zimmer. Das Besuchszimmer war, wie er wußte, durch einige dazwischenliegende Gemächer von dem Boudoir getrennt. Auch die Kammerfrau wußte, daß Don Lotario die Lokalitäten kannte. Sie begnügte sich also, ihn zu bitten, in das Besuchszimmer zu treten, das erleuchtet war, und dort zu warten.

Don Lotario fand jedoch die Thür, die zum nächsten Zimmer führte, verschlossen. Die Kammerfrau mochte er nicht rufen. Auch hielt er es nicht für ein Unglück, das Bittgesuch einer armen Frau zu belauschen. Er blieb also in dem Nebenzimmer. Die Thür, die zu dem Boudoir führte, war nicht ganz geschlossen worden.

Er hörte Jemand dort eintreten. Der Tritt war fest und scharf, trotz der Teppiche. Es mußte ein Mann sein.

— Guten Abend, Frau Mutter! hörte er eine männliche Stimme sagen. Sie wollten mich nicht empfangen, das war Unrecht von Ihnen.

— Recht und Unrecht zu beurtheilen, ist meine Sache! Was wünschen Sie von mir, mein Herr?

— Wie kalt und streng Sie sind! Ist das mütterliche Liebe? sagte die männliche Stimme. Hat Ihnen mein Brief nicht schon gesagt, was ich wünsche? Ist es Recht von Ihnen, mich im Elend zu lassen?

Don Lotario war mehr erschreckt, als überrascht. Er hatte jetzt die Stimme seines früheren Bekannten, des Baron von Loupert, erkannt. Wer war dieser Mann? Was wollte er von der Baronesse? Wär er so arm, daß er betteln mußte? Aber er hatte die Baronesse mit Frau Mutter angeredet! Die Baronesse hatte keinen Sohn, wenigstens hatte er nie etwas von einem solchen gehört. Was war das für ein Geheimniß?

— Im Elend? wiederholte jetzt Madame Danglars scharf und bitter. Nennen Sie das Elend, wenn Sie innerhalb drei Wochen zweimal fünfzigtausend Francs vergeuden? Haben Sie mir nicht geschrieben, daß Sie die zweiten fünfzigtausend Francs auch empfangen! Haben Sie mir nicht die Versicherung gegeben, daß Sie nun fürs Erste befriedigt wären?

— Das ist wahr, sagte Loupert, und es schien Lotario, als habe er sich gesetzt. Alles in Richtigkeit, ich leugne es nicht. Aber es geht manchmal anders, als man denkt und erwartet. Ich glaubte, wer weiß wie weit mit diesen fünf= zigtausend Francs zu reichen und sie haben keine acht Tage vorgehalten. Fünfzigtausend Francs! Was will das auch sagen! Eine hübsche Summe für einen Handwerker, für einen Krämer, eine Summe, mit der man manchen Menschen, manche Familie glücklich machen könnte. Aber was sind fünfzigtausend Francs für einen Baron, für den Sohn, den einzigen Sohn der Baronesse Danglars! Ich würde noch mehr brauchen, Frau Mutter, wenn ich die Ehre hätte, Ihren Namen zu führen. Zwei hübsche Wagen, ein halbes Dutzend Pferde, ein Schwarm Diener, ein feines Hotel, gute Freunde, die verteufelt hoch und dabei noch geschickt spielen — das kostet Geld, um so mehr, wenn man nicht blos vier Wochen, sondern immer so leben will. Ich habe deshalb an Sie ge= schrieben und Sie wiederholt um eine Unterstützung gebeten. Aber Sie haben mir nicht geantwortet. Ich mußte also glauben, daß Ihnen meine Adresse verloren gegangen. Des= halb bin ich selbst hierher gekommen. Ich will mein An= denken bei Ihnen auffrischen, Frau Mutter.

— Sie wollen also Geld? fragte Madame Danglars und Lotario hörte ihre Stimme zittern, obgleich sie fest und hell war.

— Ja freilich, das ist die Sache! antwortete Loupert. Ich brauche Geld, mindestens fünfzigtausend Francs. Ich werde klüger sein, ich werde es zusammenhalten. Aber für den Augenblick muß ich es haben. Ich bin in der größten Verlegenheit. Sie werden doch Ihr armes Kind nicht Noth leiden lassen wollen?

— Verfallen Sie nicht in einen Ton, der lächerlich in Ihrem Munde klingt! rief die Baronesse. Das erste Mal, als Sie bei mir waren, war ich zu tief ergriffen von dem

Unglück, das mir die Vorsehung schickte, indem sie mir einen
solchen Sohn sandte, als daß ich Ihnen hätte antworten
können. Heut bin ich nicht weniger unglücklich, aber ich
bin gefaßter. Mein Herr, es ist möglich, daß ich Sie un=
ter meinem Herzen getragen habe, obgleich die Beweise da=
für nicht feststehen. Aber wären Sie auch mein rechter, mein
legitimer Sohn, so würde ich Sie doch nicht als solchen an=
erkennen. Ein so gemeiner Mörder und Dieb, wie Sie,
würde jedes Anrecht auf meine Liebe verloren haben, um so
mehr, da Sie, wie Sie selbst eingestehen, gut und zu einem
braven Menschen erzogen worden sind. Ich kann Sie nicht
anders betrachten, als einen Bettler, dem ich ein Almosen
reiche. Ich glaube, die Summen, die ich Ihnen gegeben,
sind mehr als ein Almosen. Sie sagten mir, Sie wollten
ein redlicher Mensch werden. Für einen solchen hätten hundert=
tausend Francs für immer oder für lange Jahre hingereicht.
Aber ich weiß, Sie wollen das gräßliche Geheimniß, das
uns aneinanderkettet, dazu benutzen, um mich auszuplündern,
um mich arm zu machen, und das soll Ihnen nicht gelingen.
Wenn Ihnen das nicht genügt, was ich Ihnen gebe, so ge=
hen Sie zu den Gerichten, weisen Sie Ihre Anrechte nach
und lassen Sie sich als Dieb und Mörder verurtheilen.
Gott weiß es, daß ich mein ganzes Vermögen hingeben
möchte, um nicht ein solches Verbrechen auf meiner Brust
zu haben! Aber ich werde mir keinen Sou abpressen lassen
von einem Menschen, der das Geld vergeudet, wie Sie!
Sie werden nichts von mir erlangen, als was ich Ihnen
freiwillig gebe. Es wird hinreichen, Sie vor Mangel und
Noth zu schützen. Sie werden damit eine anständige Existenz
führen können! Genügt Ihnen das nicht, gut, so fordern
Sie mehr, wo Sie wollen, aber nicht von mir. Das ist
mein letztes Wort in dieser Angelegenheit. Lassen Sie mich
Ihre Adresse wissen, aber auch nichts weiter, keine Zeile.
Sie werden dann die Summe empfangen, die ich Ihnen ge=

ben kann. Und nun gehen Sie. Heut erhalten Sie nichts.
Ich habe kein Geld im Hause.

— Aber, Frau Mutter, welche Sprache! rief Loupert
in einem Tone, der halb wüthend, halb weinerlich klang.
Was sind fünfzigtausend Francs für Sie, eine Millionärin?
Soll Ihr Sohn Schulden halber angeklagt, soll seine Ver=
gangenheit aufgedeckt, soll sein und Ihr Geheimniß entdeckt
werden? Das können Sie nicht wollen!

— Soll das eine Drohung sein, so nehme ich sie ruhig
hin, antwortete Madame Danglars gefaßt. Ich bin auf
Alles vorbereitet. Ich wünsche sogar die Entdeckung dieses
Geheimnisses. Es lastet schwer auf meiner Brust. Und
wenn es alle Welt erführe, so würde ich meine Scham nur
als eine Buße, als eine Sühne für mein Verbrechen be=
trachten. Thun Sie, was Sie wollen. Ich kann mich nicht
von Ihnen ausplündern lassen und am allerwenigsten höre
ich auf Ihre Drohungen. Sie haben nur auf meine Gnade
Anspruch zu machen!

— Tod und Hölle! Das ist eine Sprache, die ich nicht
erwartet! rief Loupert. Kurz und gut, da Sie einmal so
sprechen, so rede auch ich anders. Ich brauche fünfzigtausend
Francs. Sie geben sie, oder ich nehme sie.

— Ich erwartete das, sagte die Baronesse mit eisiger
Kälte. Sehen Sie diese Waffe. Sie wird mich vor Ihnen
schützen, wenn Sie Ihren Schandthaten dadurch die Krone
aufsetzen wollen, daß Sie eine Mutter zwingen, sich vor den
Räubereien ihres verworfenen Kindes zu sichern. Gehen
Sie, Herr!

Es trat eine Pause ein. Don Lotario hörte sein eigenes
Herz schlagen, so tief war die Stille, so tief war er ergriffen.

— Mutter, geben Sie mir das Geld! fuhr Loupert
weinerlich fort. Es ist ja eine Kleinigkeit!

— Vielleicht morgen, aber nicht heut! Ich will mir
nichts von Ihnen abpressen lassen. Gehen Sie!

Unwillkürlich war Don Lotario näher getreten. Er konnte durch die geöffnete Thür in das Boudoir sehen. Es war hell erleuchtet, während in dem Zimmer, in welchem er sich befand, nur eine Ampel brannte.

Mutter und Sohn standen sich gegenüber, die Baronesse leichenblaß, aber stolz aufgerichtet, mit einem Pistol in der Hand, dessen Lauf hell im Kerzenschein blitzte; Loupert stand vor ihr, den Kopf und den Blick gesenkt.

— So will ich morgen wiederkommen! sagte er. Aber Sie geben mir doch das Geld?

— Nicht wiederkommen! rief die Baronesse. Ich werde Ihnen morgen schicken, was ich für gut finde. Noch einmal wenn ich Millionen besäße, ich würde sie lieber in die Seine werfen, als den Händen eines solchen Menschen anvertrauen! Und wagen Sie es nie, unaufgefordert zu mir zu kommen. Ich werde für Sie nicht zu Hause sein. Ich habe Sie heut nur angenommen, um Ihnen das zu sagen. Machen Sie Lärm, thun Sie, was Sie wollen. Mir soll es gleich sein. Jedes Aufsehen, das Sie machen, wird Sie nur auf die Guillotine führen. Und auch davor werde ich nicht zurück- schrecken. Ich habe eingesehen, daß Sie ein unverbesserlicher Schurke sind. Auch der elendeste Verbrecher hätte die Ge- legenheit benutzt, ein ehrliches Leben zu beginnen. Sie haben es nicht gethan. Sie können in keiner anderen Luft, als der des Verbrechens leben. Und ein solcher Mensch ist nicht mein Kind! Ich würde ruhig Zeuge sein, wie die Guillotine die Welt von einem solchen Scheusal befreit. Gehen Sie! Sie kennen jetzt meine Meinung!

Loupert stand noch immer, den Kopf gesenkt, die Hände geballt. Er schien über einen Plan zu brüten.

— Und Sie würden mir kein Geld geben, auch wenn ich deshalb ein noch größeres Verbrechen begehen müßte, als ich je bisher gethan? fragte er leise und unheimlich. Sie würden es wirklich nicht thun, Frau Mutter?

— Nein, rief die Baroneſſe mit gehobener Stimme, ich
würde es nicht thun. Welche Verpflichtung hat die Welt
gegen Sie, Ihnen Geld zu geben, ohne daß Sie dafür etwas
thun? Arbeiten Sie, verdienen Sie Ihr Brod. Verkaufen
Sie Ihren Wagen, Ihre Pferde, die Brillantringe, mit denen
Ihre blutigen Finger prahleriſch geziert ſind; verlaſſen Sie
Paris, gehen Sie nach einem Orte, wo man Sie nicht
kennt, und führen Sie ein arbeitſames und reuiges Leben.
Dann, dann vielleicht wird auch in meinem Herzen ein
Funken jener mütterlichen Liebe erwachen, die ich bis jetzt
gegen Sie noch nicht kenne, und ich werde vielleicht Ihr
redliches Streben unterſtützen. So, wie Sie jetzt ſind, will
ich nichts von Ihnen wiſſen.

— Fünfzigtauſend Francs, Mutter, nur fünfzigtauſend
Francs! ſagte Loupert ſchwer und dumpf.

— Nichts, keinen Sou! antwortete Madame Danglars
ebenſo entſchieden, wie vorher. Gehen Sie!

Mit einer raſchen, faſt tigerhaft ſchnellen Wendung
hatte Loupert die Hand ergriffen, in der die Baroneſſe das
Piſtol hielt. Sie ſtieß einen ſchwachen Schrei aus. Die
Waffe fiel auf den Boden.

— Fünfzigtauſend Francs, ſage ich Ihnen! rief Loupert
mit wilder und heiſerer Stimme. Ich muß ſie haben,
Madame!

— Nein, tödte mich, Ungeheuer. Aber ich gebe Dir
nichts. Ich will keinen Theil haben an Deinen Ver=
brechen!

— Nun denn, ſei verflucht, und zum Teufel mit Dir!
rief Loupert zähneknirſchend.

Seine rechte Hand bewegte ſich. Die Baroneſſe ſtürzte
mit einem ſchachen Schrei nieder und fiel auf den Teppich.
Loupert betrachtete ſie einen Augenblick lang. Dann ging
er auf das Bureau zu, das ſich im Boudoir befand.

Es mag vielleicht ſeltſam erſcheinen, daß Don Lotario

der unglücklichen Frau nicht zu Hülfe geeilt sei. Aber er
stand starr und gelähmt. Dieser ganze Auftritt, dieses hef=
tige Zwiegespräch, diese Enträthselung eines furchtbaren Ge=
heimnisses hatte ihn vollständig betäubt. Der junge Mann
hatte keine Ahnung davon gehabt, daß in dem Boudoir einer
solchen Dame ein solcher Auftritt stattfinden könne. Er
ahnte auch nicht, daß Loupert sein Verbrechen bis zu einem
Morde treiben werde, und selbst, als Madame Danglars
schon niedergestürzt war, mochte er die Wahrheit nicht glau=
ben, oder er ahnte sie nicht einmal. Er war vollständig be=
täubt. Er sah, ohne zu wissen, ohne darüber nachzudenken,
was er sah.

Unterdessen hatte Loupert das Bureau geöffnet und
durchsuchte dasselbe mit einer Hast, die mit jedem Augen=
blicke ängstlicher wurde. Er schien das nicht zu finden, was
er suchte. Dann aber stieß er einen schwachen, jedoch freu=
digen Ruf aus.

— Hier ist Geld! sagte er, ein Packet Banknoten aus
einem Fache ziehend. Ungefähr zwanzigtausend Francs.
Teufel! Wenn sie nicht mehr hat! Das andere sind Staats=
papiere — soll ich sie nehmen? Morgen könnte ich sie viel=
leicht noch verkaufen, wenn ich nicht entdeckt bin. Ueber=
morgen muß ich fliehen. Ich muß fort aus Paris. Teufel,
das ist mir gar nicht recht. Ich glaube, ich habe eine
Dummheit begangen. Aber mich auch so zu reizen! Mag
sie zur Hölle fahren. Es ist kein Geld mehr hier. Morgen
— ich glaube nicht, daß ich morgen noch sicher bin. Die
Kammerfrau kennt gewiß meinen Namen. Verdammt —
wegen zwanzigtausend Francs aus Paris zu müssen! Ich
Narr!

Er hatte jetzt sein Gesicht nach dem Zimmer gewendet,
in dem Don Lotario stand. Der junge Spanier sah ihn
ganz deutlich. Seine Miene war verdrießlich, ärgerlich, sonst
aber wie immer. Er nahm seinen Hut, setzte ihn auf —

und ohne einen Blick auf die Leiche zu werfen, verließ er
das Zimmer und schloß die Thür hinter sich.

Noch war Don Lotario nicht Herr über seine Sinne.
Er glaubte zu träumen, eine gräßliche Vision gehabt zu
haben. Dann aber, als er seinen Blick wieder auf Ma=
dame Danglars richtete, sah er etwas auf ihrer Brust und
auf dem Teppich glänzen, etwas Feuchtes und Dunkles. Es
mußte Blut sein. Erst jetzt fuhr er auf.

Er riß an dem nächsten Klingelzuge, den er sah, und
eilte in das Boudoir. Da lag Madame Danglars, bleich
und starr. Das Blut floß aus einer Wunde in der Gegend
des Herzens langsam über ihr seidenes Kleid. Ihr Gesicht
hatte noch den Ausdruck der früheren Energie. Es war
fest und stolz. Ihre Hände waren geballt.

— Rufen Sie alle Diener! senden Sie nach einem
Arzte, nach der Polizei! Madame Danglars ist von dem
Elenden getödtet worden! Eilen Sie! Noch ist vielleicht Ret=
tung möglich! Fort!

Das rief er der Kammerfrau zu, die mit einem Schrei
in Ohnmacht sank. Don Lotario zog an der Klingel ohne
Aufhören, bis die ganze Dienerschaft voller Entsetzen ins
Zimmer stürzte. Eine Minute darauf war das ganze Haus
in Aufregung. Ein Fremder, Unbekannter — also Loupert
— hatte kurz vorher das Haus verlassen.

Jetzt folgte die ganze Verwirrung, die ein so gräßliches
Ereigniß mit sich zu bringen pflegt. Es erschienen Aerzte
und Polizeidiener. Don Lotario war immer noch in einer
vollständigen Betäubung, obgleich er Befehle und Anord=
nungen gab. Erst als die Beamten der Polizei, die an
solche Auftritte mehr gewöhnt waren, den Thatbestand auf=
nahmen und auch den Spanier um sein Zeugniß befragten,
erwachte er und gab Aufschluß, so gut er konnte. Man
befragte ihn nach seinem Namen, nach seinen Verbindungen
— es war ja möglich, daß er selbst der Mörder gewesen —

und erſt, als die Kammerfrau ihr Zeugniß abgelegt, ließ
man ihn gehen.

Don Lotario ſchwankte aus dem Hauſe. Allein konnte
er jetzt nicht ſein. All ſein Blut war in Aufregung. Er
mußte mit Jemand ſprechen, ſich mittheilen. Ueberall ſah er
das kalte, ſtarre Geſicht der Baroneſſe vor ſich. Sie, die
Frau, mit der er eine Viertelſtunde vorher geſprochen, die
ihm gegenüber geſeſſen, auf ſeine Worte gehört, ihn ermu=
thigt, die ihm verſprochen, morgen ihre Bemühungen bei
Thereſe zu beginnen, ſie war jetzt eine Leiche; nie konnte er
mehr ein Wort aus ihrem Munde hören, nie ſie wieder=
ſehen. Gräßlich!

Mit unſicheren Schritten ging er über den Boulevard.
Da lärmte und tobte das fröhliche Volk von Paris. Die
Laternen flammten, die Wagen raſſelten. Und drinnen in
dem freundlichen Boudoir lag eine Leiche, eine Mutter, ge=
mordet von ihrem eigenen Sohne! — War dies das Leben,
das Don Lotario kennen lernen, die Welterfahrung, die er
ſich erwerben ſollte? Ach, ſie war furchtbar, ſie ſchnürte ihm
das Herz zuſammen! Wie glücklich war er auf ſeiner Ha=
cienda geweſen!

Hoffnung und Zweifel.

Don Lotario war ſich ſelbſt faſt unbewußt nach der
Wohnung des Abbé Laguidais gegangen. Aber wie der
Diener ſagte, war der Abbé an dieſem Abend für eine Ge=
ſellſchaft eingeladen und hatte ſich vor einer Stunde dorthin
begeben. Lotario mußte weiter gehen. Er kam an dem
Hauſe vorbei, in dem Thereſe wohnte. Er glaubte Licht zu
ſehen. Aber ſollte er der Erſte ſein, der ihr die Nachricht
überbrachte, daß ihre einzige Freundin ermordet worden?
Unmöglich! Bei der Aufgeregtheit, der krankhaften Ueber=

reizheit des jungen Mädchens mußte er fürchten, der Ur=
heber und der Zuschauer einer abermaligen Scene zu sein,
wie er sie bei seinem ersten Besuche gesehen. Und das konnte
er nicht.

Dennoch — wie es ihm in der letzten Zeit fast immer
ergangen — war es ihm fast unmöglich, sich von dem
Hause zu trennen, in dem seine Geliebte wohnte. Er
ging die Straße auf und ab. Die Rue du grand Chantier
ist nicht allzubelebt und die Stunde war spät. Don Lo=
tario konnte also ungehindert auf dem Trottoir auf und ab
wandeln.

Gerade als er langsam an der Thür des Hauses vor=
überging, traten zwei Männer heraus, die sich der kühlen
Luft wegen dicht in ihre Mäntel gehüllt hatten. Sie gin=
gen ziemlich langsam und achteten nicht darauf, daß Don
Lotario — übrigens absichtslos — ihnen folgte. Nach ihrem
Gange und ihrer Kleidung waren es Männer von Stande!

— Kein Fiaker in der Nähe? sagte der Eine. Schade!
Wir werden den Weg zu Fuße machen müssen!

— Mir ganz recht, sagte der Andere mit einer etwas
rauhen Stimme und nicht mit der feinen Aussprache des
Parisers. Ich möchte mich etwas warm laufen. Nun, was
halten Sie von diesem Grafen Arenberg?

— Bah, er ist entweder selbst betrogen, oder er ist ein
Betrüger, erwiederte der Erste, der zugleich der Kleinere war
und dessen Accent den Pariser oder wenigstens den gebildeten
Mann verrieth. Man kennt diese Geschichten.

— Ah, ich bitte Sie, sagte der Größere. Der Graf
ist ein reicher Mann, nicht wahr? Oder ist er es nicht?

— Er ist es nach Allem, was ich gehört habe, er=
wiederte der Erste. Ich wollte auch nicht sagen, daß er des
Vortheils wegen betrügt. Er ist ein Deutscher, und die
Deutschen laboriren immer an Hirngespinnsten. Er ist ein
verpfuschter Theolog.

2*

— Ich meinerseits halte ihn für einen würdigen Herrn! sagte der Zweite.

— Ich auch, ich wende nichts gegen seine Redlichkeit ein, aber —

— Nun, was für ein Aber?

— Er ist ein religiöser Schwärmer und dergleichen Leute betrügen sich und Andere.

— Aber doch nur in religiösen Dingen?

— Freilich, erwiederte der Kleinere. Auch macht mir die Sache nicht viel Spaß, und hätten Sie mich nicht überredet, so wäre ich gar nicht mitgegangen. Ich bin ein Freigeist, meine Freunde sind Rousseau und Voltaire und werden es immer bleiben.

— Gut! sagte der Größere mit der rauhen Stimme. Aber Rousseau und Voltaire, so viel ich weiß, sind todt!

— Ohne Zweifel, und ihre Asche steht im Pantheon, bis man sie einmal herauswirft.

— Ich wollte nur damit sagen, daß sie Ihnen nicht viel nutzen können, da sie todt sind.

— Richtig, wenn Sie das meinen, sagte der Kleinere. Sie denken also dabei an sehr weltliche Dinge?

— Ohne Zweifel, erwiederte der Große lachend. Ich kümmere mich sonst sehr wenig um die Religion, und am allerwenigsten um die Religion der Deutschen. Ueberdieß ist der Graf ein Ketzer, glaube ich, ein Lutheraner.

— Ja wohl. Genug, Sie fassen die Sache von der praktischen Seite. Das ist ein anderes Ding. Indessen, mir sagt auch das nicht sehr zu. Ich will lieber Komplimente im Salon eines Ministers machen, wo ich schöne Damen und einflußreiche Männer sehe, als mit diesen Schwärmern beten und philosophiren. Jeder nach seinem Geschmack. Die Salons aber sagen mir mehr zu, als die Betsäle.

— Ich gebe Ihnen nicht Unrecht; indessen, man kann

Beides benutzen! meinte der Größere. Ich bin in den Sa=
lons nicht weit gekommen und werde auch in ihnen nicht
weit kommen. Graf Arenberg ist reich, das ist die Haupt=
sache.

— Indessen, er wird Paris bald verlassen, wie er Ihnen
sagte. Was kann er Ihnen dann nützen?

— Immer noch genug, denn es ist gar nicht meine
Absicht, in Paris zu bleiben. Ich werde auch nach Deutsch=
land gehen.

— Brrr! Doch, wie es Ihnen paßt. Jeder muß sei=
nen eigenen Weg gehen, und inzwischen bin ich Ihnen sehr
dankbar, daß Sie mich mit dem Grafen bekannt gemacht.
Er kennt den Abbé Laguibais, und wenn ich durch ihn die
Bekanntschaft des Abbé machen kann, so soll mir das ganz
lieb sein. Der Abbé hat einen bedeutenden Namen und
Einfluß in Paris.

Das Gespräch hatte Don Lotario schon von Anfang an
interessirt. Er blieb auch jetzt in der Nähe der beiden Män=
ner, die so laut sprachen, daß der junge Manu ihre Worte
deutlich verstehen konnte. Daß Graf Arenberg, den er seit
jenem Tage häufig, fast täglich gesehen, ein religiöser Schwär=
mer sei, oder sich wenigstens mit theologischen Betrachtungen
viel beschäftigte, das wußte er längst. Doch hatte ihm seine
Liebe zu Therese von allen Gedanken über diesen Gegenstand
abgezogen, um so mehr, da seine Religion eine sehr einfache
und die der Jugend war, und sich in sehr wenige Artikel
zusammenfassen ließ: Es giebt einen Gott und eine Vorse=
hung — Gottes Geist lebt im Menschen — Thue Recht und
scheue Niemand — Was Du nicht willst, das Dir die Leute
thun sollen, das thue ihnen auch nicht!

— So halten Sie sich an den Abbé, das ist mir lieb.
Ich werde mich an den Grafen halten, sagte jetzt der Grö=
ßere. Und was glauben Sie von dem jungen blassen Mäd=
chen, das eine Zeit lang bei ihm war? Wie man mir sagt,

soll sie sich zuweilen auch bei den religiösen Versammlungen
einfinden und sehr vertraut mit dem Grafen sein.

— Sie ist niedlich, hat aber keinen großen Eindruck
auf mich gemacht, sagte der Kleinere. Wenn ich nicht wüßte,
daß der Graf ein reicher Mann ist, so würde ich sie für
einen Lockvogel halten. Ich glaube, daß ihre schmachtenden
Augen auf überspannte Gemüther Eindruck machen. Viel=
leicht ist sie seine Maitresse, denn auch die Heiligen haben
ihre Schwächen.

— Hörten Sie nicht, daß die Rede von einem Messias
war? rief der Große lachend. Vielleicht soll sie die Mutter
des neuen Messias sein!

— Leicht möglich! erwiederte der Andere scherzend. Und
hätten Sie nicht Lust, der Vater zu werden?

Don Lotario bereute es beinahe, den Beiden gefolgt zu
sein, so scharf und stechend drang ihr Gelächter in sein ver=
wundetes Herz. Welche Worte über das Wesen, das er so
glühend liebte! Und wie kam der Graf, wie kam Therese
dazu, Umgang mit solchen Leuten zu haben, die jedenfalls
tief unter ihnen standen? War denn der Graf so wenig
weltklug, das Opfer von Leuten zu werden, die seine reli=
giöse Schwärmerei nur für weltliche Vortheile benutzen
wollten?

Er wollte die Beiden sehen, um sie, wenn er sie ein=
mal zufällig bei dem Grafen träfe, wiederzuerkennen. Er
hatte auch noch einen anderen Grund dafür. Wenn der
Größere sprach, so überkam ihn stets das eigenthümliche
Gefühl, das wir empfinden, wenn wir eine Stimme hören,
die uns nicht ganz unbekannt ist und von der wir doch
nicht genau wissen, wem sie angehört. Er ging also rasch,
und da er sah, daß die Beiden in eine Nebenstraße ein=
biegen wollten, an deren Ecke eine Laterne stand, so kreuzte
er die Straße und konnte den Beiden deutlich ins Gesicht
schauen.

Den Kleineren erkannte er nicht. Es war ein Mann mit einem feinen, klugen Gesicht. Den Größeren aber erkannte er augenblicklich, trotz des hochgezogenen Mantelkragens. Es war Rablasy, der Flüchtling.

Don Lotario war aufs Höchste überrascht. Wie war es diesem Menschen möglich gewesen, die Bekanntschaft des Grafen Arenberg zu machen! Freilich, es war ein Gauner, ein abgefeimter Schurke! Aber lag nicht selbst auf seinem Gesicht der Ausdruck einer tückischen und verworfenen Seele? Don Lotario wußte noch nicht, daß es sehr leicht ist, Leute zu täuschen, wenn man auf ihre Absichten eingeht, und daß es keine leichtgläubigeren Menschen auf der Welt giebt, als diejenigen, die sich der religiösen Schwärmerei und deren Mystizismus hingeben.

Er beschloß, den Grafen zu warnen. Ein solcher Mensch konnte nur in böswilligen oder eigennützigen Absichten zu ihm gekommen sein. Don Lotario hatte ja die Ansichten, die der Fremde aussprach, gehört, und er bebte bei dem Gedanken, daß Therese mit einem solchen Menschen in Berührung kommen könne. Zum Glück für ihn diente dieser Zwischenfall dazu, seine Gedanken von der traurigen Katastrophe abzuziehen, deren Zeuge er kurz vorher gewesen war.

Die beiden Männer hatte er aus dem Auge verloren, denn die Straßen längs der Seine waren belebter. Während er sie noch suchte, befand er sich in der Nähe des Palais Royal. Er erinnerte sich, daß heut der Abend sei, an dem sich dort die Gesellschaft der jungen Leute zum Spiel vereinigte. Seit drei Wochen, seit jenem Abend, an dem er Therese getroffen, war er nicht dort gewesen, hatte er seine Bekannten überhaupt selten gesehen. Jetzt aber fühlte er das Bedürfniß, menschliche Stimmen zu hören. Er mochte nicht mit seinen Gedanken allein sein. Er trat in das Palais Royal. Die Diener kannten ihn und ließen ihn in das Zimmer eintreten, das der Gesellschaft gehörte.

Der erste, den Don Lotario bemerkte, war Loupert, der am Spieltisch saß. Entsetzt trat Don Lotario einen Augenblick zurück. Er fühlte sein Blut erstarren. Hier saß der Mann, der vor einer halben Stunde sein Messer in das Herz seiner Mutter gestoßen, hier saß er, unbekümmert um sein Verbrechen, unbekümmert um die Strafe, die ihn jeden Augenblick ereilen konnte, und seine rauhe Stimme übertönte die der anderen Spieler, seine Witzworte waren die lautesten.

Don Lotario war Willens, auf ihn zuzuspringen, ihn niederzuschlagen und dann dem Arme der Gerechtigkeit zu überliefern. Aber er hielt an sich. Nein — erst wollte er sehen, wie weit die Ruchlosigkeit eines solchen Ungeheuers gehen könne. Man hatte ihn ausgesendet, damit er die Welt kennen lerne — gut, er wollte sehen, wie ein Mörder sich vor seinem eigenen Gewissen rettet, er wollte einen Blick in den tiefsten, gräßlichsten Abgrund thun.

— Guten Abend, meine Herren! sagte er, sich fassend und mit heiterer Miene. Was macht Fortuna?

— Blöde Augen, wie immer, für die hübschesten Kerle! antwortete Chateau-Renaud, der für etwas eitel galt. Ich habe zehntausend Francs verloren. Loupert ist im Gewinnen. Nehmen Sie sich in Acht, Baron, Sie werden fallen. An der Börse Glück, im Spiele Glück — das kann nicht lange dauern. Denken Sie an die Zukunft.

Es läßt sich leicht errathen, daß Loupert die plötzliche günstige Umgestaltung seiner Vermögensverhältnisse seinen Gewinnen an der Börse zugeschrieben hatte. Der Baron war in der letzten Zeit einer der ersten Lions geworden. Er verschwendete enorme Summen. Deshalb hatte er auch an diesem Abend wieder Zutritt im Palais Royal gefunden. In Paris, wie anderswo, stehen dem Reichen alle Thüren offen. Loupert war nicht mehr verdächtig, seit er für reich galt.

— Tröſten Sie ſich, Herr Graf, antwortete Loupert, ich will nur mein Reiſegeld gewinnen, dann höre ich auf.

— Sie wollen reiſen? Wohin? fragte Beauchamp. Hält Sie Ihr Spiel an der Börſe nicht feſt?

— Nein, ich muß wegen einer Spekulation nach London, vielleicht morgen ſchon, antwortete der Baron.

— Sie ſehen ja ſo blaß und ungemein ernſt aus, Don Lotario! ſagte jetzt Franz d'Epinay. Man ſieht Sie nirgends mehr. Sie müſſen verliebt ſein, ohne Zweifel. Wer iſt die Glückliche? Oder iſt es eine ernſte Angelegenheit? Dann bitte ich um Verzeihung.

— Ei, Vicomte, wiſſen Sie denn nicht, daß Don Lotario raſend in eine junge Dame verliebt iſt, die bei dem Grafen Arenberg wohnt? rief Lucien Debray. Er wird nächſtens zu der Sekte übertreten, die der Graf geſtiftet hat, und ſein Mündel heirathen.

— Um Himmelswillen, nur nicht heirathen! rief Beauchamp. Sie ſind zu jung. Begehen Sie keine Thorheiten!

— Ich werde mich davor hüten! ſagte Don Lotario ernſt. Und nun machen Sie keine Scherze, ich komme aus einem Hauſe des Todes. Ich komme aus dem Hauſe der Baroneſſe Danglars, die ſoeben in ihrem Boudoir ermordet gefunden worden iſt.

Alle erbleichten, Lucien Debray, der einſtige Geliebte der Baroneſſe, zuckte tief ergriffen zuſammen. Lotario ließ ſeine Blicke über die Verſammlung ſchweifen. Loupert war der Ruhigſte geblieben, er hatte nicht einmal die Farbe verändert.

— Ermordet? Um Gotteswillen — das iſt ja gräßlich! rief Beauchamp. Und von wem? Wiſſen Sie das Nähere?

— Von einem Menſchen, der ſchon einmal in der Nacht bei ihr war und der ſie auch heut Abend zu ſprechen verlangte. Er iſt fürs Erſte geflohen. Auf der Karte, die er

der Baroneſſe geſendet, befand ſich der Name: Baron de
Loupert.

'Loupert! Die entſetzten Blicke der jungen Männer rich=
teten ſich auf den Baron. Dieſer ſchien erſtaunt und über=
raſcht.

— Zum Teufel! rief er. Was ſagen Sie da? Baron
de Loupert, das iſt ja mein Name! Sollte ein Schurke den
gemißbraucht haben? Schon neulich kamen mir die Gerichts=
diener wegen eines ſolchen Menſchen auf den Hals. Par=
bleu, da wird man mich morgen wahrſcheinlich inquiriren!
Das iſt eine ſchöne Geſchichte! Das wird meine Abreiſe ver=
hindern. Ein wahres Glück — fügte er mit einem heiſeren
Lachen hinzu — daß ich mein Alibi beweiſen kann, ſonſt
wären dieſe Narren im Stande, mich einzuſtecken. Haben
Sie auch recht gehört, Don Lotario? Irren Sie ſich nicht?

— Ich glaube nicht, erwiederte der Spanier. Loupert
war der Name, und die Perſon wurde ganz genau be=
ſchrieben.

— Aber, mein Gott, weßhalb, warum? rief Franz
d'Epinay. War es ein Raubmord? War es Rache? Was
weiß man darüber?

— Es iſt eine Beraubung damit verbunden geweſen,
erwiederte Lotario. Es fehlen zwanzigtauſend Francs und
Staatspapiere. Der Mord wird dadurch noch gräßlicher,
daß dieſer Loupert ein Verwandter, ein naher Verwandter
der Baroneſſe geweſen zu ſein ſcheint.

— Ein Verwandter? fragte Lucien Debray erſchüttert.
Ich habe nie ſolche Verwandte der Baroneſſe gekannt.

— Aber Sie erinnern ſich doch jenes Benedetto, des
falſchen Prinzen Cavalcanti? fragte Lotario.

— Gewiß! ertönte es allgemein und das Erſtaunen
wuchs. Was hat er damit zu thun? Wo iſt er?

— Er iſt jener Baron von Loupert und der Sohn der
Baroneſſe. Ein unglücklicher Zufall machte mich zum Zeu=

gen des Mordes. Wenn aber irgend etwas mein Gemüth erschüttern kann, so ist es der Mord selbst weniger, als die Frechheit des Mörders. Ja, Herr von Loupert, Benedetto —

Die Stimme des jungen Mannes zitterte. Seine ganze Gestalt war in Aufregung. Er suchte den Mörder.

— Wo ist er? Wo ist Loupert? rief er überrascht. Er ist der Mörder!

Es trat eine allgemeine Verwirrung ein. Loupert hatte in der That das Zimmer verlassen. Er hatte die Gelegenheit benutzt, als alle Blicke auf Don Lotario gerichtet waren, um zu entfliehen. Man eilte ihm nach. Er hatte das Palais Royal verlassen.

Mit dem Spiel war es für diesen Abend zu Ende. Don Lotario ging mit seinen Bekannten die Rue Honoré entlang, ihnen die einzelnen Umstände des Mordes berichtend. Louperts Wohnung war jetzt in dieser Straße. Sie kamen an derselben vorüber. Bereits sah man Polizeibeamten vor der Thür und im Innern. Loupert schien noch nicht ergriffen zu sein.

Darüber ging ein Theil der Nacht hin. Lotario war etwas ruhiger geworden und ermüdet suchte er seine Wohnung auf.

Am anderen Morgen wurde er auf das Polizei-Bureau beschieden, wo er noch einmal seine Aussagen wiederholen mußte. Er fragte, ob es gelungen sei, Loupert zu ergreifen. Die Antwort war verneinend. Die ganze Pariser Polizei war in Bewegung, um den Verbrecher zu fangen. Man behauptete, er müsse noch in Paris sein.

Don Lotario hatte auch jetzt nicht den Muth, sich zu Therese zu begeben. Er wußte, daß sie die Nachricht erfahren haben mußte. Er konnte sich denken, wie tief erschüttert sie sei. Er ging deshalb zuerst zum Abbé Laguidais.

Der Abbé war dieses Male zu Hause. Als Lotario in sein Studirzimmer trat, saß der Abbé an einem Tische und

schrieb. Sein Gesicht war noch düsterer, als gewöhnlich.
Das lange Haar hing ihm wirr um den Kopf. Er schrieb
noch weiter, als Lotario schon eingetreten war, und der junge
Mann beobachtete ihn. Der Abbé war schon alt. Sein
Gesicht zeigte die Spuren des Nachdenkens, des Tiefsinns,
der Leidenschaften, denen selbst das Alter keine Ruhe ge=
bracht hatte. Seine hagere Hand fuhr flüchtig und unruhig
über das Papier — ein Sinnbild seiner hastigen, nimmer
ruhenden Seele. Aber dennoch lag etwas Erhebendes und
Fesselndes in seiner Erscheinung. Seine Miene verkündete
den tiefen Denker.

Mehr noch trat dies hervor, als er sich jetzt erhob und
Don Lotario entgegentrat.

— Mein lieber Lotario, sagte er mit trauriger und
düsterer Miene, Sie wissen, daß Madame Danglars todt ist.
Sie werden sogar als ein Zeuge dieses gräßlichen Mordes
genannt. Haben Sie schon Therese gesprochen?

— Nein, antwortete der junge Mann. Aber ich fühle
mit ihr. Ihre einzige Freundin ist todt.

— Es ist entsetzlich! sagte der Abbé. Setzen Sie sich,
mein Sohn.. Erzählen Sie mir, was Sie davon wissen.

Don Lotario genügte dem Wunsch des Abbé, obgleich
es ihm peinlich war, so traurige Erinnerungen wieder wach
zu rufen. Der Abbé hörte mit einer düsteren Ruhe zu und
unterbrach ihn nicht ein einziges Mal.

— Es scheint ein finsteres Verhängniß über mancher
Familie zu walten, sagte er dann. Dieser Danglars, zuerst
ein einfacher Seemann, dann durch ein Verbrechen und durch
ein Leben voller List und Betrug einer der reichsten Männer
in Paris — dann ein Bankerotteur und Bettler, seine Toch=
ter geflohen, und nun auch Madame Danglars, die an Al=
lem unschuldig ist, und trotz ihrer Fehler eine gute Frau,
das Opfer eines solchen Verbrechens! Es mag Ihnen Stoff
zum Nachdenken geben, Don Lotario, es mag Ihnen sagen,

daß die wahren und wirklichen Verbrechen schon hier auf
Erden den Keim der Strafe in sich tragen. Es mag Ihnen
aber auch sagen, daß das grausenvolle Verhängniß oft die
Häupier derer trifft, die nicht gefrevelt haben. Es ist eine
eigenthümliche Welt! Wo ist Vorsehung und himmlische Ge=
rechtigkeit? Wo ist Zufall?

Er stützte den Kopf auf die Hand und sein faltenreiches
Gesicht zeigte den Ausdruck eines trüben Nachdenkens.

— Die arme Therese! fuhr er dann fort. Dieser
Schlag wird sie schwer getroffen haben. Auch sie scheint
zum Leiden auserkoren. Indessen, wenn ich Sie danach fra=
gen darf, was führte Sie in jener Stunde zu Madame
Danglars?

Don Lotario zögerte noch, ob er sich dem Abbé ganz
anvertrauen solle. Freilich — wenn er sich nicht selbst an
Therese wenden wollte, so blieb ihm nach dem Tode der Ba=
roneße kaum ein anderer Vertrauter übrig, als der Abbé.
Und was lag am Ende daran? Der Abbé verstand es ge=
wiß besser, ein Geheimniß zu bewahren, als Madame Dan=
glars.

Außerdem war es dem jungen Manne ein Bedürfniß,
eine Nothwendigkeit, mit Jemand über das zu sprechen, was
sein Herz so leidenschaftlich beschäftigte. Es drückte ihm das
Herz ab, in der großen fremden Stadt mit seinem Geheimniß
so allein umherwandeln zu müssen, keine Seele zu besitzen,
die seinen Kummer, seine Hoffnungen, seine Zweifel theilte.
Der Abbé war der vertrauteste Freund des Grafen Arenberg.
Sollte sich Therese nicht zum Grafen und dieser zum Abbé
ausgesprochen haben?

Der junge Spanier zögerte also nicht länger. Er be=
richtete dem Abbé seine ganze Unterredung mit der Baro=
neße. Er sprach kühner, leidenschaftlicher, als am Abend
vorher, denn er sprach zu einem Manne und zu einem Manne,
der, wie man sagte, die Leidenschaften gekannt hatte. Er

betheuerte, daß er Therese über Alles liebe, daß sie die Seine
werden müsse.

Auch jetzt hörte ihm der Abbes ruhig zu und auf seinem
bleichen Gesichte zeigte sich keine sichtbare Spur der Ueberraschung oder der Theilnahme. Er schwieg auch noch eine
Zeit lang, als Don Lotario schon aufgehört hatte zu sprechen,
und mit leicht erklärbarer Ungeduld auf eine Antwort wartete.
Dann richtete er seinen durchdringenden Blick auf Lotario.

— Mein lieber Freund, sagte er, haben Sie Ihr Herz
geprüft? Sind Sie fest überzeugt, daß diese Liebe eine wahre
und dauernde ist?

— Ich weiß es, ja! rief Lotario. Und mein Leben
wird ein vergebliches sein, wenn Therese es nicht mit mir
theilt.

— Nun denn, wenn Ihre Liebe eine so feste ist, so
wird sie auch im Stande sein, auszudauern, sagte der Abbé.
Lotario, ich kann Ihnen bis jetzt wenig Hoffnung machen.
Ich kenne das Herz Theresens nicht genau, aber ich glaubte
doch, daß es bis jetzt das noch nicht für Sie empfindet, was
Sie verlangen. Ich muß Ihnen ungefähr dasselbe sagen,
was Madame Danglars Ihnen gesagt. Harren Sie mit
männlicher Geduld und hoffen Sie, daß Ihre treue Liebe in
dem Herzen Theresens Gegenliebe erwecken wird.

— Sie glauben also wirklich, daß Therese bis jetzt noch
nichts für mich empfindet? rief der junge Mann.

— Nichts? Nein — ich glaube, Theilnahme und Freundschaft. Aber Liebe? — Daran zweifle ich. Ich spreche als
ein Mann zum Manne. Weshalb sollte ich Ihnen Hoffnungen machen, die ich nicht für begründet halte? Andererseits aber — weshalb sollte ich Zweifel aussprechen, die
vielleicht noch weniger begründet sind. Das Therese werth
ist, von Ihnen geliebt zu werden, daß Sie Ihrerseits würdig sind, die Liebe eines solchen Mädchens zu fesseln, das
ist gewiß. Ich würde mich freuen, Sie vereint zu sehen.

Aber Herzen lassen sich nicht zwingen, und am wenigsten
Frauenherzen. Indessen Sie sind ein Mann und ist Ihre
Liebe von der ächten Art, so wird sie Prüfungen zu bestehen
und Hindernisse zu besiegen wissen!

— Aber weshalb Prüfungen und Hindernisse? rief Don
Lotario. Weshalb soll ich nicht glücklich sein?

— Ich dachte nur an Möglichkeiten, ich sprach nichts
Bestimmtes aus! sagte der Abbé. Ich will jedoch mit dem
Grafen Arenberg darüber sprechen, wenigstens andeutungsweise. Wenn Einer, so kennt er das Herz Theresens. Er
wird mir sagen können, ob sie ihm Andeutungen gemacht
hat, die Ihrer Liebe günstig sind. Aber noch einmal — und
wie die arme Madame Danglars Ihnen schon sagte — muß
ich Sie darauf aufmerksam machen, daß Theresens Herz von
denen der anderen Frauen verschieden ist. Bei ihr darf man
nichts übereilen, die Zeit muß entscheiden.

Im Ganzen war auch das nur ein schwacher Trost für
Don Lotario. Aber er sah ein, daß er gut daran gethan
hatte, sich nicht unmittelbar an Therese selbst zu wenden. Er
hatte schon früher geahnt, daß sie seine Liebe noch nicht in
dem Grade erwiedere, wie er es wünschte. Und wenn ihn
das auch tief schmerzte, so war er doch noch weit weniger
entschlossen, durch eine rasche Erklärung, durch gewagtes Handeln Alles zu verscherzen. Mit dem Instinkt, der der Jugend
und der Liebe eigen ist, fühlte er, daß wir die Liebe einer
Frau oft dadurch verscherzen, daß wir sie zu früh verlangen.

Der Abbé bemerkte den trüben Eindruck, den seine Worte
bei Don Lotario hervorgerufen hatten.

— Verlieren Sie nicht den Muth und nicht die Hoffnung! sagte er etwas wärmer. Ich werde mit dem Grafen
sprechen. Kommen Sie morgen, kommen Sie übermorgen
zu mir — doch Sie kommen ja alle Tage — dann werde
ich Ihnen vielleicht eine bessere Auskunft geben können. Und
nun noch ein Wort! Sie wissen, weshalb Sie Ihr Vater-

land verlassen haben und nach Europa gekommen sind. Ihre
Lehrzeit hat kaum begonnen. Würden nicht Ihre eigenen
Hoffnungen, sowie die des Lord, getäuscht werden, wenn Sie
jetzt ein ruhiges und müßiges Leben beginnen wollten, was
doch ohne Zweifel der Fall sein müßte, wenn Therese Ihre
Gattin würde? Nein, mein Freund, Sie sind noch zu jung.
Mit zweiundzwanzig Jahren darf man das Leben noch nicht
abschließen. Und, glauben Sie mir, Therese ist kein Mäd=
chen, das durch eine bloße Neigung befriedigt wird. Es ha=
ben sich Männer von Verdienst und Erfahrung um sie be=
worben und sie hat diese Männer zurückgewiesen. Ich will
Ihnen damit nichts Beleidigendes sagen, aber es ist ein Fin=
gerzeig für Sie, darnach zu streben, der Liebe eines solchen
Mädchens würdig zu werden. Ihre Laufbahn liegt noch vor
Ihnen. Welcher Art Theresens Gefühle für Sie sein mö=
gen — ich glaube nicht, daß Sie einen Nebenbuhler bei ihr
zu befürchten haben. Das Herz dieses Mädchens ist nicht
so leicht empfänglich für Liebe, daß es der Erste, Beste rüh=
ren könnte. Und sollte es der Fall sein — nun, mein lie=
ber Freund, dann würden Sie das Schicksal der meisten
Menschen theilen, denn wer hat nicht jemals in seinem Leben
unglücklich geliebt? Fast alle strebenden Geister müssen durch
diese Feuerprobe des Lebens gehen!

Der Abbé seufzte und auch von Don Lotario's Lippen
drang ein schwacher Wiederhall dieses Seufzers.

— Für's Erste rathe ich Ihnen, Ihre Besuche bei The=
rese wie bisher fortzusetzen, fuhr der Abbé dann fort. Sie
müssen in Ihrem Wesen unverändert bleiben. Doch das
versteht sich ja von selbst, um so mehr, da Therese jetzt viel
zu sehr bewegt ist, um an etwas Anderes zu denken, als an
den Tod der Baronesse. Und nun lassen Sie uns zu un=
serer Arbeit gehen! Selbst die Aufregung des Lebens darf
die Arbeit und unser Streben nach Vollendung nicht unter=
brechen!

Diese Arbeit bestand in einer Art von Lehrstunde, die der Abbé dem jungen Spanier gab und in der er demselben den Gang der Entwickelung des Menschengeschlechts, die allmähliche Umgestaltung der Völker und Reiche, der Religionen und politischen Meinungen schilderte. Diese Lehrstunde war keine bestimmte. Der Abbé gab sie nur, wenn er Zeit und Lust hatte, und Don Lotario war der einzige Mann in Paris, der sich einer solchen Belehrung von dem berühmten Abbé zu erfreuen hatte. Wahrscheinlich war ihm dieses Glück nur durch Vermittelung des Lord Hope zu Theil geworden, der zu dem Abbé in freundschaftlichen Beziehungen zu stehen schien.

So glühend war die Beredtsamkeit des Abbé, so fesselnd seine Schilderung, daß Don Lotario auch jetzt beinahe seine augenblickliche Mißstimmung vergaß und in den Betrachtungen der leidenschaftlichen Kämpfe und Aufregungen, die früher die Welt durchzuckt hatten, sein eigenes Leid vergaß, das jenen gewaltigen Schicksalen gegenüber so klein war. Getröstet und in die Betrachtung vergangener Zeiten versenkt, nahm er von seinem großen Lehrmeister Abschied.

Am folgenden Mittag wagte er es zum ersten Male wieder, zu Therese zu gehen. Das Herz klopfte ihm stärker, als gewöhnlich, als er die Treppe hinaufstieg. Sein Geheimniß war nicht mehr das seine. Der Abbé oder der Graf konnten es angedeutet, wenn auch nicht verrathen haben. Aber er beschloß, ruhig zu sein, oder wenigstens zu scheinen. Er hatte eingesehen, daß der Abbé Recht gehabt. Wie konnte er jetzt schon Ansprüche auf die Gegenliebe eines solchen Mädchens machen? Mit welchem Recht wollte er ein Herz gewinnen, nach dem weit begabtere Männer vielleicht vergeblich gerungen? Er wollte es versuchen, die Linie des Gewöhnlichen zu überschreiten. Ein Ideal schwebte ihm vor — ein unbestimmtes, in schwankenden Umrissen. Aber es hing von einem Worte, von einer Andeutung Theresens ab,

Der Herr der Welt. II.　　　　　　　　　3

diefem Ideal eine beſtimmte Form zu geben, ihm ſein Ziel zu bezeichnen. Nach dieſem wollte er dann ſtreben, mit aller Kraft der Jugend. Er war ein Thor! Kann ein Weib je den Mann lieben, der durch ihren Rath etwas geworden? Die Frauen lieben ſelbſtſtändige, abgeſchloſſene Charaktere, die durch ſich allein geworden, was ſie ſind. Soll eine Frau lieben, ſo muß ſie zu dem Manne bewundernd aufblicken, er muß ihr in der ganzen Kraft ſeiner Männlichkeit plötzlich unerwartet entgegentreten.

Für heut waren Don Lotario's Befürchtungen und Er= wartungen vergebens. Die Dienerin ſagte ihm, daß Thereſe Don Lotario um Verzeihung bitten laſſe, daß ſie aber zu krank und zu betrübt ſei, um mit ihm zu ſprechen. Sie bitte ihn, bald wiederzukehren, damit er ihr, wenn ſie ſich ſtärker fühle, die letzten Augenblicke der Baroneſſe ſchildern könne.

Der junge Mann verließ das Haus, halb zufrieden, halb mißgeſtimmt und ſuchte am Nachmittag ſeine Sehnſucht zu vergeſſen und zu betäuben. Am andern Morgen jedoch ging er wieder nach der Rue du grand Chantier. Er hatte Thereſe ſeit drei Tagen nicht geſehen. Das dünkte ihn eine Ewigkeit!

— Mademoiſelle Thereſe zu Hauſe? fragte er unten den Portier.

— Nein, mein Herr, ſie iſt abgereiſt und auch Graf Arenberg.

— Abgereiſt? Unmöglich! Wohin? fragte Don Lotario beſtürzt. Nach Verſailles oder ſonſt nach einem Orte in der Nachbarſchaft?

— Nein, mein Herr, nach Deutſchland, ſo viel ich weiß — lautete die Antwort.

Don Lotario ſtand ſtill, wie verſteinert. Seine Ge= danken verließen ihn. Sein Herz ſchlug nicht mehr. Thereſ abgereiſt? Fort aus Paris? Er ſollte ſie nicht wiederſehen wenigſtens nicht in langer Zeit — unmöglich!

Nach fünf Minuten war er bei dem Abbé, der ihn ru=
hig und ernst wie immer empfing.

— Was haben Sie? fragte er den bleichen, athemlosen
jungen Mann. Ist Ihnen ein Unglück widerfahren?

— Ja, das größte! Therese ist abgereist, nach Deutsch=
land? Ist das wahr, oder will man mich täuschen?

— Täuschen? Wer sollte daran denken? Ich war eben=
falls auf's höchste überrascht, als der Graf und Therese
heut Morgen bei mir vorfuhren, um mir Adieu zu sagen.
Therese hatte in der Nacht den Entschluß gefaßt, Paris zu
verlassen, das ihr jetzt unerträglich ist. Sie ist krank. Der
Graf hofft in Deutschland, in ihrer Heimath, Besserung für
sie. Therese und der Graf haben mir viele Grüße für Sie
aufgetragen und hoffen mit Bestimmtheit, Sie in Berlin wie=
derzusehen.

Don Lotario war auf einen Stuhl gesunken. Er konnte
die Nachricht noch immer nicht glauben. Getrennt von The=
rese, ohne Hoffnung, sie in der nächsten Zeit wiederzusehen
— entsetzlich! Wie freudig war er nach ihrer alten Woh=
nung gegangen, wie hatte ihm das Herz bei dem Gedanken
geklopft, daß er in wenigen Minuten in ihre Augen schauen
würde — und nun sah er nichts vor sich, als eine trostlose
Einsamkeit, eine weite, leere Oede!

— Ich kann mir denken, daß Sie betrübt sind, Don
Lotario! sagte der Abbé. Aber ich hoffe, Sie werden in
Ihrem Innern mehr Kraft finden, als Sie vermuthen. Ihr
Herz ist stärker, als Sie glauben. Und diese plötzliche Ab=
reise ist für Sie vielleicht von den besten Folgen. Fahren
Sie fort, Therese zu lieben. Daß sie jetzt fern von Ihnen
ist, kann Ihren Studien, Ihrem Streben nur Vortheil brin=
gen. Auch bleibt Ihnen die Hoffnung des Wiedersehens.
Sie werden Therese und den Grafen in Berlin finden. Das
ist keine leere Tröstung, das ist eine Gewißheit. Also Muth,
mein Sohn!

3*

Don Lotario war jetzt nicht in der Stimmung, Trost=
gründe zu hören und zu überlegen.

— Und der Graf — haben Sie mit dem Grafen ge=
sprochen? fragte er mit gepreßter Stimme.

— Ja, erwiederte Laguidais. Er sagte mir ganz offen,
daß er bis jetzt noch nichts bemerkt, was auf eine aufkei=
mende Liebe Theresens für Sie schließen lasse. Die Worte,
mit denen sie über Sie sprach, sind die der Theilnahme und
Freundschaft. Aber er ist mit mir der Ansicht, daß ein Cha=
rakter und eine Persönlichkeit, wie die Ihrige, Theresens
Liebe erringen müssen, falls Sie die Hoffnungen erfüllen, die
wir von Ihnen hegen. Ist das nicht Trost genug?

Ein guter Trost für einen Verzweifelnden! Wie alle
Liebenden, sah Don Lotario in dieser Abreise nichts, als
eine wohlüberlegte Gelegenheit, Therese seinen Bewerbungen
zu entziehen. Der Abbé hatte mit dem Grafen, dieser mit
Therese gesprochen — Therese konnte seine Liebe nicht erwie=
dern — sie war also abgereist, oder hatte sich wenigstens
seinen Nachforschungen entzogen. So dachte er, und in sei=
nem Herzen tobte und wühlte es, wie in einem Vulkane.

— Ich muß Sie leider noch an etwas Anderes erin=
nern! sagte der Abbé dann. Die Frist für Ihren Aufent=
halt in Paris ist verstrichen, sogar überschritten. Es thut
mir leid, mich von Ihnen trennen zu müssen Aber —

— Meine Zeit ist um, ja, ich weiß es! rief Don Lo=
tario. Ich bin ein Kind, mit dem man spielen kann!

— Es wäre unrecht, wenn Sie die guten Absichten
des Lords mit den Augen eines Kindes betrachteten, sagte
der Abbé ernst. Bedenken Sie, was er für Sie gethan,
und bedenken Sie, daß Sie nur auf dem Wege, den Ihnen
der Lord vorgezeichnet, Theresens Hand erringen können.
Der Lord wollte Sie zu einem Manne machen. Werden
Sie das!

— Meine stille Hacienda! seufzte Don Lotario und

drückte die Hand auf sein Herz. Gut, ich reise ab. Paris
ist mir ohnehin verhaßt. Drei Monate in London, und
dann nach Berlin — oder nie, nie!

Er verließ den Abbé ohne Abschiedsgruß. In seinem
Herzen regte sich zum' ersten Mal der Geist des Wider-
spruches, die Auflehnung gegen die Gewalten, die ihn in
die weite Welt hinausgetrieben. Er fühlte, daß er ein
Spielball gewesen. Aber in diesem Gedanken lag zugleich
der Keim der eigenen Kraft und Selbstständigkeit.

Am anderen Tage reiste Don Lotario nach London.

Der Kondor.

— Wo steckt er denn nur? Auf der Insel soll er doch
sein! Wir müssen endlich hinter seine Schliche kommen!

— Dam! Ja, das müssen wir! Ich kann ihn gar nicht
mehr leiden, seit er so einsiedlerisch geworden ist. Es sieht
beinahe aus, als wolle er sich nicht mehr um uns kümmern!
Aber wart' nur, Bursche, wir fassen Dich schon!

— Ein verteufelter Weg, bei Moses und den Propheten! Kaum ein Fleck, wo man mit Sicherheit seinen Fuß
hinsetzen kann. Meine alten Füße vertragen solchen Weg
nicht mehr. Gieb mir Deinen Arm, Bruder Hillow! So!

Die Beiden kletterten weiter. Es waren die Mormonen
Doktor Wipky und Hillow, der stämmige Kentuckier.

— Ah, sagte Wipky jetzt, der keuchte und stöhnte. Hier
ist eine Stelle, auf der man ausruhen kann. Und man hat
eine ganz hübsche Aussicht von hier, wahrhaftig. Der Junge
ist gar nicht so dumm. Aber er könnte etwas Besseres thun,
als schöne Aussichten suchen.

Der Doktor ließ den Arm Hillows los, stützte sich auf
seinen Stock und ließ sein kleines, unruhiges Auge über die

Gegend schweifen, die sich seinen Blicken darbot. Wie erwähnt, befanden sich die Beiden auf einer Insel und zu ihren
Füßen sahen sie das Boot, das der rüstige Hillow herüber-
gerudert. Ihre Blicke schweiften jedoch nicht über einen unermeßlichen Ozean, sondern nur über einen großen See, der
allerdings einem kleinen Meere glich, denn nach Norden zu
waren seine Ufer nicht sichtbar und selbst nach Westen und
Osten traten sie meilenweit zurück. An der Stelle jedoch,
wo diese Insel lag, war der See schmal und man konnte
das nächste Ufer, das südliche, deutlich erblicken. Das öst-
liche war sogar nur ungefähr zweitausend Schritt entfernt,
und auf diesem erblickte man deutlich die ersten Spuren einer
sich entwickelnden Stadt, weiße Mauern, Holzgebäude, hin
und wieder auch schon rothe Ziegeldächer. Nach Noden zu
lagen einige größere Inseln in dem See. Sie waren felsig,
wie diejenige, auf der sich jetzt die beiden Mormonen befanden. Auf der einen erhoben sich die Felsen sogar bis zu
der beträchtlichen Höhe von zweitausend Fuß, und auf derjenigen, die Wipky und Hillow betraten, mochten sie nur
um Weniges niedriger sein. Rings war der See — der
große Salzsee — von einer Ebene umgeben, an die sich weiterhin auf allen Seiten hohe Berge anschlossen. Nach Süden
dehnte sich das Thal am weitesten aus. Deseret, die Honigbiene — nannten es die Mormonen, die sich dort seit Kurzem angesiedelt. Der Boden war mit dem schönsten Grase
bedeckt, Bäume dagegen sah man nirgends, höchstens hier
und dort niedrige Baumwollensträucher. Auch auf den Felsen der Insel wuchs nur hier und da ein Strauch oder eine
Zwergeiche. Durch das südliche Thal, durch Deseret, schlän-
gelte sich ein kleiner Fluß. Die Mormonen hatten ihn Jordan genannt, sowie ihre Stadt Neu-Jerusalem.

Im Allgemeinen war also der Anblick kein außerordentlicher, kein lieblicher und erquickender. Er bot weder die
Schönheit der italienischen, noch das Grandiose der Schweizer

Landschaften. Aber das blaue Wasser, das scharf mit den
Felsen kontrastirte, die duftige, violette Ferne, das Grün des
Thales boten angenehme und abwechselnde Farben, so daß
Wipky mit seinem Ausrufe nicht Unrecht hatte, um so mehr,
da sich die Beiden wohl mehr als tausend Fuß über dem
Spiegel des Sees befanden, und also die ganze Landschaft
wie ein großes Panorama zu ihren Füßen lag.

— Wahrscheinlich hat er sich auf der höchsten Spitze
der Insel eingenistet, wie ein Adler! sagte Wipky dann. Du
könntest es allein übernehmen, ihn aufzusuchen, Hillow.
Meine alten Beine tragen mich kaum noch so weit.

— Wie Du willst, sagte der Kentuckier. Aber meintest
Du nicht, wir wollten ihn überraschen?

— Ja, ich bin wirklich neugierig, zu wissen, was der
Bursche hier treibt! Tagelang sitzt er hier auf diesem Felsen-
nest und kümmert sich nicht mehr um uns, als ob wir Indianer wären. Wo er nur so viel hernimmt, um sein Leben
zu fristen? Vogeleier sind das Einzige, was man hier finden
kann, und Mövenfleisch soll zäh sein. Aber darauf kommt
es ihm nicht an.

— Ihr Diener, Ihr Herren! sagte jetzt eine Stimme
hinter den Beiden. Also macht Ihr mir wirklich einmal
das Vergnügen?

— Teufel, da ist er selbst! rief Wipky. Guten Tag,
Wolfram, wie geht es Dir, mein Junge?

— Gut! antwortete dieser kurz und reichte den beiden
Mormonen die Hand. Wie gehts in Deseret? Noch Alles
in Ordnung?

— Du thätest besser, Dich selbst davon zu überzeugen,
sagte Hillow. Es ist Unrecht, hier auf diesen Felsen zu
hocken!

— Bah, das ist nun einmal eine Grille von mir, erwiederte Wolfram und lehnte sich mit gekreuzten Armen gegen die Felsen.

Ein scharfes und gut beobachtendes Auge würde bemerkt haben, daß in den letzten Monaten eine Veränderung mit Wolfram vorgegangen war. Nicht allein in seinem Anzuge — denn dieser war jetzt halb zerrissen und würde selbst von einem Bettler verschmäht worden sein — sondern auch in seinen Mienen. Der Ausdruck seines Gesichts war freilich im Allgemeinen noch derselbe, wild, kühn, finster, entschlossen. Aber es fehlte etwas in diesen feinen und energischen Zügen, was damals am meisten die Aufmerksamkeit des Lord Hope erregt hatte — jene Sorglosigkeit, jene stolze Verachtung der ganzen Welt, die sich in allen Zügen des Gesichts und namentlich in den Mundwinkeln ausprägte. Seine Mienen hatten einen vorwiegend düsteren Ausdruck angenommen, und wenn es jetzt um seine Lippen zuckte, so war es ein Zucken bitteren Trotzes und spöttischen Hohnes. Man sah es ihm an, daß sein Herz krank war.

Aber dennoch war er ein schöner junger Mann. Sein Auge war klar, groß und feurig, seine Stirn breit und ausdrucksvoll, jede Linie seines gebräunten Gesichts wie aus Marmor gemeißelt, fest und hart. Das dunkle Haar hing ihm in langen, verworrenen Locken bis in den Nacken, und in seinen hohen Schultern, seinen muskulösen Armen lagen Kraft und Gelenkigkeit. In einem modischen Anzuge oder in der kleidsamen Nationaltracht der Italiener oder Spanier würde er von den Frauen bewundert, von den Männern beneidet worden sein, und Niemand mag sich daher darüber wundern, daß die unerfahrene Amelie ihn in Paris geliebt hatte.

Jetzt stand er in seiner beobachtenden und zurückhaltenden Stellung da und richtete seine Blicke auf Wipky und Hillow.

— Nun, sage uns, was treibst Du hier auf dieser Insel? Macht es Dir Spaß, den Robinson zu spielen? fragte der Doktor.

— Vielleicht, antwortete Wolfram, es gefällt mir, allein zu sein, das ist Alles!

— Hm, das ist sehr egoistisch gedacht! meinte Wipky. Du entziehst den Brüdern Deine Dienste, nicht wahr, Hillow?

— Ich weiß nicht, was egoistisch ist, erwiederte der robuste Kentuckier. Aber Du könntest uns drüben wohl von Nutzen sein.

— Wozu? fragte Wolfram gleichgültig. Ich verstehe nichts weiter auf der Welt, als ein bischen vom Bauen. Zu Euren Maulwurfshügeln aber ist keine Kunst nöthig. Die Biber verstehen das besser, als ich. Man braucht nur die Hände dazu, nicht den Kopf.

— Es ist nicht um das Bauen allein! sagte Wipky. Wir brauchen in allen Stücken tüchtige Leute. Wir brauchen Aufseher, Verwalter, Leute, die anzuordnen und zu befehlen wissen. Alle Brüder sprechen von Deiner Zurückgezogenheit.

— Merkwürdig! sagte Wolfram spöttisch. Aber ich kümmere mich nicht im Geringsten darum, was die Leute von mir sprechen.

— Die Leute! welcher Ausdruck! sagte Wipky. Sind wir nicht Deine Brüder? Bist Du uns nicht Dank schuldig?

— Dank? Daß ich nicht wüßte! sagte Wolfram kurz. Indessen nun, ich will es einräumen. Aber hoffentlich bin ich noch Herr meines Willens und kann sein, wo es mir gefällt. Sagt kurz, habt Ihr den Auftrag, mich zurückzuführen?

— Den Auftrag? Nein, antwortete der Doktor. Wir kommen aus eigenem Antriebe, weil wir Deine besten Freunde sind. Du mußt befürchten, ausgeschlossen zu werden. Und zum Henker, was treibst Du denn auch eigentlich hier?

— Ich amüsire mich auf eigene Hand, entwerfe Pläne und Grundrisse für unsere künftigen Paläste.

— Keinen Spott! sagte Wipky. Kannst Du es denn so lange ohne die Frauen aushalten?

— Die Frauen? Larifari! rief Wolfram und blies mächtig vor sich hin. Schöne Frauen dort drüben in De= seret!

— Nun, nun, so gar zu verachten sind sie nicht, wenig= stens warst Du früher der Meinung, erwiederte Wipky, dem es darauf anzukommen schien, den Jüngling durch Ruhe zu fangen, und der deshalb den Spott desselben geduldig hin= nahm. Was soll aus Deiner Braut werden?

Ein Schatten flog über das Gesicht des jungen Man= nes und machte es noch finsterer.

— Was aus ihr werden soll? Meine Frau, nichts Besseres und nichts Schlimmeres! erwiederte er dann.

— Sie muß sich eines Besseren besinnen, wenn sie Dich so lange nicht sieht, sagte Wipky. Sie hat Dich ohnehin in der letzten Zeit nicht mehr so zärtlich angesehen, wie früher, und wenn ein Anderer kommt, der zärtlicher ist —

— Zum Teufel, sei ruhig mit Deinem Geschwätz! rief Wolfram wüthend. Bist Du deshalb hiergekommen, um mich zu ärgern? Bei Gott, wenn das der Fall ist, so kannst Du einen Sprung in das Salzwasser machen.

— Die Einsamkeit scheint keine Lehrerin der Höflichkeit zu sein, sagte Wipky gelassen und kalt. Wenn Du mir aber auch drohst, so will ich doch weiter davon sprechen. Ich sage Dir die volle Wahrheit. Wir haben keinen Ueberfluß an Frauen und es ist die Rede davon gewesen, wenn Du die Mormonenbraut nicht in Anspruch nimmst, sie einem An= dern anzutrauen.

— Das fehlte! rief Wolfram bitter lachend. Leider nehme ich Amelie allerdings in Anspruch und ich möchte es Keinem rathen, sie mir abspenstig zu machen. Uebrigens wird das auch Keinem gelingen, nicht einmal Dir, gelehrter Doktor!

— Der Weise erträgt ruhig den Spott! verſetzte Wipky kaltblütig. Aber, wenn ich die Wahrheit ſagen ſoll, ſo ſcheinſt Du mir bei der Mormonenbraut nicht mehr Aus=ſichten zu haben, als ein Anderer. Sie kann Dich nicht mehr leiden.

— So? meinte Wolfram und warf die Lippen auf. Nun, laß gut ſein. Sprechen wir nicht mehr davon. Ich werde zu Euch zurückkehren, wenn mein Hang zur Einſam=keit befriedigt iſt. Die Grundmauern für die Feſtung ſind ja wohl fertig?

— Ja, und wir warten nur auf Dich, um weiter zu bauen, antwortete Wipky. Dein Ausbleiben verzögert das Werk.

— Nun, ich werde übermorgen bei Euch ſein, ſagte Wolfram. Bis dahin müßt Ihr Euch gedulden. Was macht Fortery?

— Er iſt wieder geſund, ganz geſund, antwortete Wipky und ſeine kleinen Augen ſchloſſen ſich dichter. Die Luft ſcheint ihm gut zu thun.

— Ich dachte wahrhaftig, er würde unterwegs ſterben, ſagte Hillow. Aber ich kalkulire, das Salzwaſſer hat ihn geſund gemacht.

— Wahrſcheinlich, und es iſt gut ſo! ſagte Wipky. Wer hätte ſonſt unſer Führer ſein ſollen?

— Wer anders, als der kluge und erfahrene Doktor Wipky? ſagte Wolfram mit feinem Spott auf den Lippen.

— Ja, ich kalkulire, Du wärſt ein ganz guter Führer! ſagte auch der Kentuckier, aber im Ernſte.

— Nein, dazu paſſe ich nicht, ſagte der Doktor kopf=ſchüttelnd. Meine ſchwachen Schultern reichen dazu nicht aus. Wir brauchen junge, kräftige und geſcheute Leute. Wolfram zum Beiſpiel, wäre er ein paar Jahr älter, würde ein guter Führer ſein.

— Danke für die Ehre, aber ich habe nicht Ehrgeiz

genug, erwiederte Wolfram. Ich bleibe am liebsten, was ich bin.

— Es ist auch fürs Erste nicht die Rede davon, sagte Wipky. Daß aber ein junger Mann, wie Du, schon jetzt die Einsamkeit lieben kann, das ist mir ein Räthsel. Was hast Du hier auf diesem Felsen? Du hast nicht einmal, was Tiberius hatte, als er sich nach den Felsen Capri's zurückzog, Wein und hübsche Frauenzimmer.

— Alter Geck, Du denkst an nichts weiter! rief Wolfram. Dennoch habe ich ein Liebchen hier.

— In der That? rief Wipky, dem diese Behauptung gar nicht so unwahrscheinlich klang. Das dachte ich mir beinahe.

— Ein Liebchen mit Zähnen, die auch die härteste Nuß knacken, ein Liebchen mit Augen, die zehn Meilen in die Ferne sehen, ein Liebchen mit Fingern, die Einen zum Erdrücken fest halten, ein Liebchen mit federweicher Haut! sagte Wolfram.

— Bei Moses und den Propheten, Deine Beschreibung paßt theilweise auf einen Bären, nicht auf ein irdisches Weib! rief Wipky.

— Wollt Ihr mein Liebchen sehen, so kommt nur! sagte Wolfram. Aber nehmt Euch in Acht. Es ist mir nicht treu, selbst vor meinen eigenen Augen. Es zieht gern auch andere an seine weiche Brust. Kommt?

Und ohne die Antwort der Beiden abzuwarten, die den Kopf schüttelten, schritt der junge Mann rasch voran.

Der Weg war unbequem und führte nach einem noch höher gelegenen Theil der Insel. Dieses Mal aber vergaß der Doktor vor Neugierde die Furcht und folgte dem jungen Manne, so rasch er nur konnte. Uebrigens ging Wolfram nicht weit.

Vor einer natürlichen Höhle, die von den Felsen gebildet und deren Eingang zum Theil von Gesträuch verdeckt wurbe, ftanb er ftill. Auf den Felfen lagen eine Menge von Federn, die Ueberrefte getödteter Vögel, und ein Haufen von Eierfchalen.

— Diefe Höhle ift meine Wohnung, fagte Wolfram. Ift fie nicht eine paffende Refidenz für mein Liebchen?

— Ich meinestheils würde das fchlechtefte Blockhaus in Deferet vorziehen, fagte Wipky. Nun, zeige uns Dein Liebchen!

— Greif! Greif! Komm! rief der junge Mann und ließ jedem feiner Worte ein eigenthümliches Schnalzen mit der Zunge folgen.

Es raufchte in der Höhle und einen Augenblick darauf kam ein mächtiger Vogel, halb gehüpft, halb geflogen, fprang über das Gebüfch fort und hüpfte mit einem heiferen Ge= krächze auf Wolfram zu. Als er jedoch die beiden Fremden bemerkte, ftutzte er, breitete feine Flügel aus, krächzte noch unheimlicher und flog fchwirrend auf Wipky zu, der entfetzt zurückfprang.

— O Du Hafenfuß! rief Wolfram laut auflachend. Siehft Du denn nicht? Er ift ja an der Kette!

Trotz diefer Verficherung hielt es der Doktor für das Gerathenfte, feine mageren Glieder in Sicherheit zu brin= gen. Er zog fich haftig fo weit zurück, daß er in Gefahr kam, in den See zu ftürzen. Dann erft ftand er ftill, um das Ungeheuer zu befichtigen, das ihn in fo großen Schreck verfetzt hatte.

Es war ein junger Kondor, noch nicht ganz ausge= wachfen, aber fchon in der vollen Entwickelung feiner Kraft. Mit feinen ausgebreiteten Flügeln mochte er bereits zehn Fuß meffen. Er war nicht fchön, wie alle diefe Thiere, aber impofant in feiner ungeheuren Kraft und Größe. Um den einen Fuß war eine ftarke Kette befeftigt, die vermittelft eines Ringes an dem Felfen hing. Trotz diefer Kette flog und hüpfte er, als wäre es ein Baumwollenfädchen, und das

Klirren dieser eisernen Kette auf dem Felsen erhöhte noch das
Unheimliche der ganzen Erscheinung.

— Still, Greif, rief Wolfram, als der Vogel auch auf
Hillow einen Angriff machen wollte. Es sind Freunde!

Damit trat er auf ihn zu und kraute ihm den kahlen,
schlangenähnlichen Kopf und die weite Federkrause, die den
Hals umgab. Der Kondor senkte die Flügel und schmiegte
sich mit unverkennbarem Behagen an die Hand seines Herrn.

— Wo hast Du denn das Thier her? fragte Hillow,
der ebenfalls neugierig zugesehen hatte. Ist das der kleine
Patron, den Du von dem Spanier kauftest, dem wir in den
Rocky-Mountains begegneten?

— Es ist derselbe, antwortete Wolfram und fuhr fort,
mit einem gewissen Behagen das Thier zu streicheln und zu
krauen. Damals war er kaum größer, als eine Gans.
Aber hier auf der Insel ist er aufgeschossen, wie ein Pilz.
Es ist ein prächtiges Thier, sage ich Euch. Mich kennt es
bereits, wie nur ein Hund oder ein Pferd seinen Herrn.
Ich hätte nimmer geglaubt, daß ein so wilder Vogel so zahm
werden könnte. Freilich, es hat Mühe gekostet. Manchmal
habe ich mit ihm kämpfen müssen, wie mit einem Feinde,
und erst, als ich ihm die Krallen beschnitten, entging ich der
Gefahr, von ihm zerfleischt zu werden. Er hat aber jetzt
eingesehen, daß ich der Stärkere bin, und daß er ohne mich
verhungern müßte. Wir sind also gute Freunde geworden.
Nicht wahr, Greif? Du hast mich lieb, alter Bursche?

Er umspannte den mächtigen, muskulösen Hals des Vo=
gels, der es ruhig geschehen ließ und auf eine schauerliche
Weise krächzte, was indessen wahrscheinlich sein Wohlgefallen
ausdrücken sollte.

— Der Vogel wird aber verhungern, wenn Du wieder
drüben bei uns in Deseret bist, sagte Wipky, der jetzt allmäh=
lich etwas näher gekommen war. Der frißt mehr, als zehn
Menschen.

— Du betrachteſt die Sache vom nationalökonomiſchen Standpunkte, erwiederte Wolfram, ich als bloßer Liebhaber. Greif wird nicht verhungern, denn ich werde immer Zeit haben, an ihn zu denken, und außerdem iſt er mit Möven und anderen Vögeln, auch mit kleinen Thieren zufrieden= geſtellt.

— Es bleibt aber immer Unrecht, daß Du dem Vogel mehr Zeit widmeſt, als Deinen Brüdern, ſagte Wipky.

— Unrecht oder nicht, erwiederte Wolfram gleichgültig. Greif ärgert mich wenigſtens nicht, und wenn er es thut, ſo kann ich ihn meinen Zorn fühlen laſſen. Es wäre nicht das erſte Mal, daß ich ihn jämmerlichen zerzauſt habe.

— Aber ich kalkulire, jede Spielerei muß ein Ende haben, ſagte Hillow jetzt. Ich dachte wahrhaftig, Du be= ſchäftigteſt Dich hier mit geſcheuteren Dingen. Komm zurück nach Deſeret. Da iſt beſſere Arbeit für Dich.

— Wärſt Du zufriedener geweſen, wenn ich hier ein neues Buch Mormon geſchrieben hätte? fragte Wolfram.

— Oho! antwortete Wipky, anſtatt des verblüfften Hillow. Keine Spötterei. Wir werden den Brüdern ſagen, was Du treibſt, und ich wette hundert gegen eins, ſie wer= den Dich deshalb nicht freundlicher anſehen, wenn Du zu= rückkommſt.

— Thorheit! Iſt mir auch gleichgültig! murmelte Wolf= ram vor ſich hin und ſpielte mit dem Vogel.

— Und jetzt, da wir wiſſen, was er hier treibt, kalku= lire ich, könnten wir zurückkehren, ſagte Hillow.

— Ja, das können wir! beſtätigte der Doktor. Adieu, Wolfram! Du kommſt doch morgen? Oder willſt Du uns begleiten?

— Nein, aber ich komme in den nächſten Tagen, wenn an der Feſtung weiter gebaut wird. Grüßt Fortery!

Der Doktor trat jetzt ſo nahe an Wolfram heran, als es ihm ſeine Furcht vor dem Kondor erlaubte.

— Und unter uns, im Vertrauen gesagt, flüsterte er, Deine Geliebte wird einem Anderen zugesprochen, wenn Du nicht bald zurückkommst und etwas Vernünftiges thust. Wir brauchen Frauen und die Französin ist hübsch.

— Dam! Laß mich zufrieden! Greif, packe den alten Schurken! rief Wolfram, zuerst wüthend, dann höhnisch lachend.

Der Vogel, dem Wolfram die Richtung andeutete, machte in der That Miene, auf Wipky loszustürzen. Der Doktor rettete sich mit einer Verwünschung, die im Munde eines Theologen nicht sehr erbaulich klang, und stieg dann mit Hillow den Felsen hinab. Auch der Kentuckier schien von dem Besuche nicht sehr erbaut zu sein. Er ging mürrisch neben Wipky und äußerte seinen Unmuth darüber, daß ein so junger und rüstiger Mann seine Zeit mit einer Spielerei vertändele, während man in Neu-Jerusalem und im Thale Deseret alle Hände nothwendig gebrauche.

Unterdessen hatte Wolfram dem Vogel einige todte Möven vorgeworfen, die dieser mit rasender Schnelligkeit vertilgte, und trat auf einen Felsenvorsprung, um den Beiden nach= zuschauen. Wieder kreuzte er die Arme und mit jeder Mi= nute wurde seine Stirn finsterer und seine Brauen zogen sich dichter zusammen. Er war düster schön, wie der gefallene Engel.

— Nützlich! Als ob ich da drüben nützlich sein könnte! klang es endlich verächtlich von seinen Lippen. Was nennt Ihr Nützlichkeit, was nennt Ihr Zweck des Lebens, Ihr Thoren! Dir, Hillow, wäre es gleichgültig, ob Du am Ohio oder Missouri Holz fällen müßtest, oder hier in Neu=Jeru= salem eine Mormonenstadt errichtest. Du, Wipky, bist ein heuchlerischer Schurke, und Du wärst nicht unter uns, wenn wir so fromm, heilig und rechtschaffen wären, wie wir nach Deinen Worten sein sollten! Zweck des Lebens! Ist es nicht eben so vernünftig, hier mit dem Thier zu spielen, als drü=

ben Steine zu karren, zu hämmern, zu säen und zu ernten? Fliegt Euch die Zeit rascher dahin, als mir? Habt Ihr mehr Genuß vom Leben? Ihr sagt, Ihr habt Eure Pflicht und Schuldigkeit gethan? Aber gegen wen bin ich verpflich= tet, wem bin ich etwas schuldig, als mir selbst? Eine Zeit lang glaubte ich, Euer Leben könne mir gefallen, weil es frei und fesselllos war. Auch diese Täuschung ist vorüber. Ihr seid die Sklaven Eurer Leidenschaften, wie Eure Brü= der in Europa der Schicklichkeit und des Geldes. Wollt Ihr mich von Euch weisen, mir ist es recht, sogar lieb. Ich habe Euren Firlefanz satt. Betrügt Euch und Andere, aber nicht mich!

Seine Lippe blieb höhnisch aufgeworfen, als er schon schwieg. Erst nach einigen Minuten wurde sein Gesicht wie=. der ernst und streng.

— Und was er über Amelie sagte — war es Wahr= heit oder Lüge? flüsterte er dann. Sei es! Mit ihr muß ich ins Reine kommen. Durch meine Schuld ist sie hier. Wenn ich noch einen Funken Mitleid für einen Menschen habe, so sei es für sie. Sie wird sich trösten, wenn ich sie verlasse. Aber ich will sie wenigstens fragen, ob ich ihr helfen kann!

Er blickte nach der Sonne. Sie stand noch ziemlich hoch über den Bergen. Es war spät am Nachmittag.

Der Vogel hatte sich niedergekauert und betrachtete mit seinen großen, scharfen Augen die Bewegungen seines Herrn, der jetzt auf ihn zutrat. Als Wolfram in die Höhle ging und mit einem Riemzeuge von eigenthümlicher Gestalt zurück= kehrte, sträubte der Vogel seine Federn, blies sich auf, kauerte wieder zusammen und zeigte alle Merkmale der Furcht und Unruhe.

— Aha, es macht Dir noch immer keinen Spaß, Greif! sagte Wolfram mit einem heiteren und triumphirenden Lachen und schüttelte das Riemzeug in der Hand. Ja, ich

glaub' Dir's wohl. Dein stolzer Nacken ist nicht daran ge=
wöhnt. Schadet aber nicht! Mußt doch daran! Komm her,
schüttle Dich nicht, wie ein Bube, der Prügel erwartet!

Hätte es einen Zuschauer dieser Scene gegeben, so wäre
er gewiß im größten Zweifel darüber gewesen, worauf das
eigenthümliche Beginnen hinführen solle, das Wolfram jetzt
vornahm. Mit der Linken packte er den Hals des Vogels
und zwar so fest und gewaltig, daß das Thier zusammen=
bebte und sich nicht einmal krümmen konnte. Dann drückte
er einen scharfen eisernen Haken erst in das eine Nasenloch,
dann einen anderen in das andere Nasenloch des Vogels.
Der Kondor sträubte sich jetzt so gewaltig, daß Wolfram
seine ganze Kraft aufbieten mußte, um ihn niederzuhalten.
Die beiden Haken waren durch eine kurze stählerne Kette
verbunden, die sie unter dem Schnabel des Vogels zusam=
menhielt. Außerdem befand sich an jedem Haken ein langer,
starker Lederriemen. Ohne Zweifel war das Ganze eine Art
von Zügel.

Aber hatte Wolfram wirklich den abenteuerlichen und
großartigen Gedanken gefaßt, sich dieses Kondors als eines
Rosses zu bedienen, um auf demselben durch die Lüfte zu
schweben, über Land und Meer zu eilen?

Es schien so. Das Thier war etwas ruhiger gewor=
den, als die Anlegung des Zügels vorüber war. Jetzt holte
Wolfram einen breiten und festen Ledergurt, den er um die
Brust des Vogels befestigte und in welchem sich ein Hand=
griff befand. Dann machte er den eisernen Ring los, an
welchem die Kette des Kondors an dem Felsen befestigt war,
und verlängerte die Kette dadurch, daß er ein starkes Seil
an dieselbe band und um das Ende desselben an dem Ringe
befestigte. Wahrscheinlich geschah dies, damit der Kondor
größere Freiheit in seinen Bewegungen habe. Und nun
schwang er sich rittlings auf den Nacken des Thieres, so
daß seine Füße auf der Brust desselben ruhten, faßte mit der

Linken in den Griff des Ledergurts, nahm die Zügel in die
Rechte und beugte sich vornüber auf den Hals des Vogels.

Zuerst schien es, als wolle dieser unter dem schweren
Gewicht zusammenbrechen. Dann aber erhob er seinen mus=
kulösen Hals, schüttelte zornig seine Flügel und schien sich
der Last entledigen zu wollen.

— Haha! Immer noch die alten Tücken! rief Wolf=
ram lachend. Und Du weißt doch, daß es Dir nichts hilft!
Nun vorwärts, Greif. Ich will Dir heut zum ersten Mal
einen etwas weiteren Spielraum geben. Vorwärts!

Der Vogel versuchte es einige Male, sich zu erheben.
Aber war es Tücke, oder Kraftlosigkeit, er sank immer wie=
der zurück. Endlich nahm er einen kühnen Aufschwung, brei=
tete seine mächtigen Flügel aus und erhob sich einige Fuß
hoch in die Luft. Das Gesicht Wolframs glänzte vor Wonne
und wildem Entzücken. Sein langes Haar flatterte im Winde,
alle seine Muskeln wurden straffer und fester.

— Jetzt nach links! rief er und zog den Zügel an.
Das Thier wandte sich in der That nach links, weil das
Anziehen des linken Riemens den Haken tiefer in das linke
Nasenloch drückte.

— Nach rechts jetzt! rief Wolfram triumphirend — und
der Kondor wandte sich nach rechts, schwebte aber immer
noch nur wenige Fuß über dem Boden und gebrauchte seine
Flügel ein wenig.

— Höher! Höher! rief Wolfram. Wenn ich nur ein
Mittel wüßte, ihn in die Höhe zu bringen. Höher!

Dieses Mal schien das Thier seinem Wunsch aus eige=
nem Antrieb zu willfahren. Es schwebte höher. Zugleich
schien es zu fühlen, daß es heut einen freieren Spielraum
habe — Wolfram hatte heut zum ersten Male die Kette um
den Strick verlängert — und plötzlich schoß es mit einem
gewaltigen Flügelschlag hoch in die Höhe.

Ein gewaltiger Ruck, ein Knarren, ein Riß — der

4*

Strick war geplatzt. Wolfram stieß einen Schrei aus, der
sowohl Ueberraschung als Schrecken ausdrückte. Er hatte
durch den Ruck das Gleichgewicht verloren. Der Vogel
selbst schien überrascht zu sein, daß der freien Bewegung
seiner Glieder kein Hinderniß mehr im Wege stand. Er
machte keinen neuen Schlag, sondern hielt sich mit ausge=
breiteten Schwingen in der Luft, ungefähr dreißig Fuß über
dem Felsen.

Wolfram fühlte die ganze Gefahr des Augenblickes.
Aber es war zu spät, sich festzuklammern, er hatte die Hand
aus dem Griff gelassen. Er glitt nieder von dem Rücken
des Vogels, und dann mit einer Geistesgegenwart, die dem
Menschen nur in solchen Momenten eigen ist, ließ er sich
selbst fallen und erfaßte die eiserne Kette.

Die Gewalt dieses Falles, das Gewicht des schweren
Körpers, der jetzt an dem einen Fuße des Vogels hing, so=
wie die Plötzlichkeit dieses Ereignisses, brachten den Kondor
zum Sinken. Langsam schwebte er nieder. -

Dann aber, als ob er sich erinnere, daß es sich um
seine Freiheit handle, daß dies die einzige Gelegenheit sei,
sich von der Sklaverei zu retten, machte er einen neuen Ver=
such, sich emporzuschwingen. Wie ungeheuer groß mußte die
Kraft dieses Vogels sein, wenn er überhaupt im Stande
war, sich mit dem Gewicht eines schweren, männlichen Kör=
pers und einer eisernen Kette, die sich an einem seiner Füße
befanden, in der Luft zu halten! Welche Kraft mußte er in
seinen Schwingen fühlen, wenn er trotzdem sogar versuchte,
sich emporzuarbeiten! Er stieß ein heiseres, aber fast trium=
phirendes Geschrei aus, und Wolfram fühlte, daß er sich
vom Boden entfernte.

— Gottes Tod! rang es sich von seinen Lippen. Ich
will sehen, wer von uns Meister ist!

Seine Augen sprühten Blitze, seine Lippen preßten sich
so fest zusammen, daß sie blaß wurden. Die Adern an sei=

ner Stirn quollen auf, und seine Hände umklammerten die
Kette, als wären sie eiserne Krallen. So starrte er empor
zu dem Vogel, der seine mächtigen Schwingen rasch bewegte,
ohne deshalb näher zu kommen. Die fußbreiten Schwung-
federn schlugen Wolfram ins Gesicht, aber er kümmerte sich
nicht darum. Ganz allmählich kletterte er höher hinauf, bis
er beinahe die Fänge des Kondors erreicht hatte. Dann
harrte er eine Sekunde lang, bis der Vogel abermals seine
Schwingen senkte, und ergriff mit der Rechten die eine
Schwungfeder. Das brach die Kraft des Kondors. Flat-
ternd sank er nieder.

Noch jetzt aber, während Wolfram einen triumphirenden Ruf ausstieß, regte sich der ganze wilde Instinkt des
Thieres. Noch wollte es den Kampf um seine Freiheit nicht
aufgeben. Wolfram sah, daß es mit dem mächtigen Schnabel nach ihm hackte, und ohne sich einen Augenblick zu besinnen, umklammerte er mit seinen beiden Händen den Hals
des Vogels.

Nun begann ein Kampf, der, wenn er einen Zuschauer
gehabt hätte, die Seele dieses Zuschauers mit einem bewundernden Grauen erfüllt haben würde. Es war der Kampf
eines riesenstarken Mannes mit der übermenschlichen Kraft
eines Thieres. Der Federkragen an dem Halse des Kondors
hinderte Wolfram, ihn fest zu packen, und seine Hände glit-
ten ab. Der Kondor sträubte sich mit entsetzlicher Gewalt
und mit der Kraft thierischer Verzweiflung. Wolfram mußte
sich auf ihn werfen, mußte den Hals niederdrücken. Einmal
sogar ließ er seine Hände los, denn ein Schlag mit der
rechten Schwinge des Vogels betäubte ihn beinahe. Der
Kondor wollte aufflattern, er wäre frei gewesen. Aber noch
einmal ergriff Wolfram die Kette, und der Ruck, mit dem
er sie zurückriß, war so gewaltig, daß der Kondor zusammen-
stürzte und betäubt schien. Diesen Augenblick benutzte der
junge Mann und eine Minute später hing der Ring der

Kette wieder an dem Felsen. Der Kondor war in seine
Sklaverei zurückgezwungen.

Das Thier war ermattet. Auch Wolfram warf sich er=
schöpft auf die Erde. Er hatte nie einen wilderen Kampf
bestanden. Nie war die Kraft seiner Muskeln auf eine här=
tere Probe gestellt worden.

— Also ein Strick reicht nicht aus! murmelte er vor
sich hin. Ich muß eine längere Kette haben. He, Greif!

Der Vogel hörte weder auf den Namen, noch auf das
Schnalzen, das ihm folgte. Er kauerte auf dem Felsen und
seine Augen blickten heimtückisch auf den Sieger. Es war,
als ob ein tiefer Haß in diesen Augen liege.

— Aha! Er ärgert sich! lachte Wolfram. Nun, wir
werden uns schon wieder aussöhnen. Greif, hast Du Hunger?

Dabei veränderte er das Schnalzen. Der Vogel erhob
seinen nackten, häßlichen Kopf ein wenig und stieß einen hei=
seren Ton aus. Dann regte er die Flügel. Wolfram fuhr
fort, mit der Zunge zu schnalzen. Der Vogel erhob sich.

— Er wird schon vernünftig! sagte der junge Mann
zufrieden und holte eine Möwe. Sieh, Greif, sieh!

Der Kondor kam auf Wolfram zu, dieser aber trat zu=
rück und hielt ihm die Möwe lockend hin. Greif wurde un=
geduldig und zerrte wild an seiner Kette. Endlich warf ihm
Wolfram den Vogel hin. In einer Minute war derselbe
verschlungen.

— Nun laß uns wieder gute Freunde sein! sagte Wolf=
ram, trat an den Vogel heran und kraute ihm Hals und
Kopf. Allmählich besänftigte sich der Kondor. Sein immer
noch gesträubtes Gefieder sank zusammen und er schmiegte
sich an die Hand seines Herrn.

— So! Und ein ander Mal laß Dir die Lust ver=
gehen, davon zu fliegen! sagte Wolfram. Jetzt marsch in
die Höhle!

Er nahm ihm den Zügel und den Ledergurt ab und

zog ihn an der Kette in die Höhle. Dann blickte er nach
der Sonne. Sie sank bereits hinter den westlichen Felsen.
Der See war nach Norden zu in eine blaue Dämmerung
gehüllt.

— Es ist Zeit! sagte Wolfram. Ich will hinüber nach
Deseret. Vielleicht zum letzten Mal!

Er ordnete seinen Anzug, so weit das möglich war, und
stieg langsam die Felsen hinab. Unten in einer Bucht lag
ein kleines Boot mit einem Ruder. Der junge Mann setzte
es in eine Oeffnung des Spiegels hinten ein — auf die Weise,
wie es die Matrosen in den Häfen thun — und indem er
das Ruder in eine schnelle und halb drehende Bewegung ver=
setzte, lenkte er das Boot nach dem östlichen Ufer des Sees.
Rasch schoß das Boot über die Wellen dahin, und auch in
dieser Kunst zeigte Wolfram eine Gewandtheit, um die ihn
ein Matrose beneidet haben würde.

Die Strecke war in kurzer Zeit zurückgelegt. Aber es
lag bereits ein blaugrauer Schatten über der ganzen Natur,
als Wolfram landete. Er zog sein Boot halb auf das Ufer
und lenkte dann seine Schritte nach der entstehenden Kolonie
der Mormonen, deren weiße Häuser ihm als Wegweiser ent=
gegenblickten. Er hätte diese Zeichen übrigens kaum nöthig
gehabt, denn Gesang und Stimmen drangen deutlich zu ihm
herüber und verkündeten ihm die Richtung, die er zu nehmen
hatte. Nach zehn Minuten war er in der Kolonie.

Amelie.

Es möchte nicht leicht sein — wenn man nicht gar zu
ausführlich sein will — das abendliche Leben und Treiben
in der aufblühenden Mormonenstadt, in Neu=Jerusalem, zu
beschreiben. In wenigen Städten, sowohl Amerika's als der

übrigen Welt, mochte ein Abend in einer so allgemeinen und
heiteren Fröhlichkeit zugebracht werden.

Seltsam! Die Feinde der Mormonen und ihrer Lehre
beschuldigten sie des Aberglaubens, mürrischer Schwärmerei,
wilder und ungezügelter Leidenschaften und des Betruges.
Das mochte wahr sein, und was die Leidenschaften anbe=
traf, so waren sie gewiß bei dieser jungen Sekte so ungezü=
gelt, wie nur je bei einer revolutionären Menge. Wer von
ihnen hörte, dem grauste es, der hielt die Mormonen für
ausgemachte Schurken, Mörder und Räuber. Ganz anders
aber, wer sie in der Nähe sah. Niemals hatten Männer
rüstiger und unverdrossener gearbeitet, als die Mormonen.
Niemals hatten Frauen eifriger und willfähriger ihre Pflich=
ten erfüllt, als die Mormonenweiber. Was hatten sie in
den wenigen Wochen seit ihrer Ankunft geleistet! Wo Fel=
sen und Gestrüpp gewesen, erhoben sich jetzt Mauern aus
Stein und Lehm, Blockhäuser, Zäune, Schuppen und Ställe.
Weite Acker Landes waren eingezäunt, Straßen geebnet, Hü=
gel abgetragen, Schluchten ausgefüllt worden. Neu=Jerusa=
lem bot nicht mehr den Anblick eines rohen Chaos, sondern
den einer sich bildenden Stadt. Es ist wahr, man hörte
Flüche von den Arbeitern, aber auch fromme Lieder. Man
sah unter ihnen wilde, verwegene Gesichter, aber auch andere,
die von Offenheit und Biederkeit strahlten. Es war ein zu=
sammengewürfeltes amerikanisches Volk. Die neue Religion
bildete das äußerliche Band, das sie zusammenhielt, freilich
nur locker, denn diese Leute duldeten keinen Zwang. Das
wahre Bindemittel aber, das diese Menschen zusammenhielt,
war der Durst und Drang nach Beschäftigung, nach Arbeit,
nach Wohlergehen. Der weite Osten Nordamerika's war
ihnen schon zu eng, das milde Gesetz schon zu streng ge=
worden. Sie wollten sich auf eigene Hand ihr Glück grün=
den. Deshalb hatten sie sich zusammengethan und die Freude
und Zufriedenheit, die auf ihren Mienen strahlte, war nur

der Abglanz ihrer inneren Befriedigung. Sie konnten schaffen, arbeiten, wie sie wollten; sie genossen den Gewinn ihrer Arbeit unbekümmert, und wenn es auch Leute gab, die daran dachten, die Menge für ihre eigenen Zwecke, für ihren eigenen Vortheil zu benutzen, so hatten sie es doch bis jetzt noch nicht deutlich durchblicken lassen, und die Mormonen ahnten nichts davon. Sie waren noch nicht mißtrauisch. Ihre Führer hatten noch keine Gelegenheit gefunden, die leichtgläubige Menge auszuplündern und zu täuschen. Neu-Jerusalem war das Paradies der Mormonen!

Es ist eine Thatsache, daß nur derjenige Mensch äußerlich froh und lustig ist, der arbeitet, und zwar körperlich arbeitet, und wer diese Thatsache nicht kannte, dem hätte sie bei den Mormonen auffallen müssen. Alle diese Männer und Frauen, die den Tag über im Schweiße ihres Angesichts gearbeitet, saßen jetzt nach beendeter Abendmahlzeit in oder vor ihren Hütten, mit einer leichteren Arbeit oder ohne dieselbe, und lachten, plauderten, sangen und tanzten. Ganz Neu-Jerusalem war wie eine Kinderstube. Aus allen Ecken ertönte Gelächter und Gesang. Selbst dem Lebensmüden hätte es das Herz erquicken müssen, wenn er zum ersten Male zu einer solchen Zeit in die Stadt trat. Freilich schlummerten auch unter dieser weitschallenden Fröhlichkeit schlimme Leidenschaften und ekelhafte Verirrungen. Aber wer konnte sie ahnen?

Wolfram indessen kannte sie. Deshalb machte diese Fröhlichkeit durchaus keinen erheiternden Eindruck auf ihn. Er ging langsam, und die Stellen, an denen er gesehen werden konnte, vermeidend, durch die Niederlassung. Nicht einmal einen Blick warf er auf die erleuchteten Fenster und die Gruppen, die vor oder in den Häusern saßen. Nur einmal hielt er ein und stand still. Er hörte eine Melodie, die er in seiner Heimath oft gehört, und obgleich sie ihm in jeder andern Lage ein Lächeln entlockt haben würde, so stimmte

sie ihn doch jetzt wehmüthig, und ein schwerer, tiefer Seufzer
rang sich aus seiner Brust.

Eine Mormonenfamilie sang ein Lied, das den Tod des
Propheten und Stifters der Sekte beklagte und in welchem
der Prophet als redend eingeführt wurde, wie er die Heiligen der letzten Tage ermahnt, auszuharren.

Wein', Zion, weine nicht länger,
Stimm an Dein freudigstes Lied,
Bet', bet', daß dem Bedränger
Ein Engel zu Hülfe Dir zieht,
 Ein Engel zu Hülfe Dir zieht —

Der mit dem Schwerte Gottes
Zions Feinde niedermäh',
Niederschmett're die Kinder des Spottes
Hin in Verderben und Weh,
 Ja in Verderben und Weh!*)

Es waren nicht die Worte, die Wolframs hartes Herz
rührten. Es war die Melodie, die, so seltsam es klingen
mag, keine andere war, als die unseres alt bekannten Liedes:
„Du, Du liegst mir im Herzen." Wie oft hatte er es als
Knabe gehört, wie oft als werdender Jüngling halb im Ernst,
halb im Scherz zu einem Mädchen gesungen, und wie ruhig,
wie glücklich war er damals gewesen — wie wenig hatte
damals sein Herz den Schmerz gekannt, von dem er in dem
Liede gesungen!

Lange stand er still. Längst waren die Töne jenes Liedes verklungen, aber noch immer hörte Wolfram die Melodie. Sie klang in seinem Innern fort, sie ließ ihn die

*) Aus dem Englischen übersetzt und authentisch, wie überhaupt
die Schilderung der Mormonenzustände.   D. V.

ganze Gegenwart vergeſſen. Sie zauberte ihm die erſte
Jugend zurück.

— Ich werde ſentimental! ſagte er kalt und ſtreng und
fuhr auf, denn er fühlte eine warme Thräne in ſeinem Auge.
Thorheit!

Raſch ging er weiter und ſtand endlich fünfzig Schritt
von einem großen Blockhauſe ſtill. Es diente zur Wohnung
für diejenigen Frauen, die entweder alt oder krank, oder zu
häßlich waren, um von einem der Mormonen zur Gattin
gewählt zu werden. In dieſem Hauſe, obgleich ſie zu keiner
Art der eben erwähnten Frauen gehörte, befand ſich auch
Amelie de Morcerf.

Sie ſaß in einem Zimmer, das ſo einfach war, daß
ſelbſt die geſchmackvolle und feine Hand der jungen Fran=
zöſin demſelben nur wenig Reiz zu verleihen vermocht hatte.
Sie ſaß im Scheine der ſpärlich brennenden Kerze und hatte
den Kopf auf die Hand geſtützt.

Ihre Gedanken weilten bei dem Gegenſtande, der ſie in
der letzten Zeit ausſchließlich beſchäftigt hatte — bei ihrer
traurigen Lage, bei ihrer Verlaſſenheit. Und wie konnte es
anders ſein? Ohne einen Vater, ohne eine liebende Mutter,
ohne Verwandte, ohne einen Freund, verlaſſen von dem
Manne, auf den ſie ihre ganze Hoffnung geſetzt, hineinge=
worfen in eine Geſellſchaft, die ſie nicht achten und lieben
konnte, im Geheimen und auch öffentlich verſpottet wegen ihres
Feſthaltens an weiblicher Ehre, fern von den Ländern der
Civiliſation — wie ſollte ſie da an etwas Anderes denken,
als an das unglückliche Loos, das ihr vom Schickſal zuer=
theilt. Wenig hätte man über ihr Leben ſagen können, denn
es war kurz und einfach — aber Bände würden nicht hin=
gereicht haben, um die Geſchichte ihres unglücklichen Herzens
zu ſchreiben.

Zwar war ſie nicht ganz verlaſſen, ſie hatte einen Freund,
wenn auch in der Ferne: den Grafen, Lord Hope. Er hatte

ihr Wort gehalten. Schon am anderen Tage hatte ihr ein
Mann, den sie früher nicht bei den Mormonen gesehen, einen
Brief des Grafen zugestellt. Er war kurz, aber er reichte
hin, sie ein wenig zu trösten.

„Denken Sie nicht, Mademoiselle — so schrieb der
Graf — daß ich Ihnen absichtlich Schmerzen und Kummer bereiten will. Ich fühle vollkommen mit Ihnen, ich
erkenne Ihre Lage. Aber ich wiederhole Ihnen, was ich
Ihnen schon gesagt. Ihr Aufenthalt bei den Mormonen
soll dazu beitragen, einen bestimmten Zweck zu erreichen,
der, wie ich hoffe und glaube, auch Ihnen zu gute kommen wird. Gegen jede Gefahr schützt Sie mein Versprechen und der Mann, der Ihnen diesen Brief überbracht. Sie haben nicht einmal nöthig, sich ihm zu vertrauen. Er kennt meine Befehle und wird über Sie
wachen, ohne daß Sie ihn noch besonders aufmerksam zu
machen brauchen. Verhalten Sie sich gegen Wolfram
ganz, wie es Ihnen Ihr Herz vorschreibt. Ich hoffe, daß
die Zeit Ihrer Erlösung von den Mormonen nicht fern
ist. Diese Leute sind ganz geeignet dazu, neue Kolonien
und vielleicht eine neue Religion zu gründen, nicht aber
zu Gesellschaftern einer jungen Dame zu dienen.“

Amelie hatte den Mann, der ihr den Brief überbracht,
seitdem oft wiedergesehen. Er war ihr aber nie genaht,
hatte nie wieder ein Wort mit ihr gesprochen. Er war ein
Mann in den dreißiger Jahren, ein Handwerker, wie es
schien, und sein offenes, kluges Gesicht, seine freundlichen
Augen flößten Vertrauen ein. Man wußte in der Kolonie,
daß er vom Lord Hope gekommen. Wie es hieß, hatte ihm
der Lord die Erlaubniß gegeben, sich den Mormonen anzuschließen. Er war sehr fleißig, sehr thätig und sehr geschickt
und hatte sich in der Kolonie schon Achtung erworben. Sein
Name war Bertois und es hieß, daß er ein geborener Fran-

zofe sei. Schon das flößte Amelie ein gewiffes Zutrauen zu
ihm ein.

Indeſſen würde ſich das unglückliche Mädchen leicht mit
allen Mühseligkeiten ihrer Lage ausgeſöhnt haben, hätte ſie
nur die Gewißheit gehabt, daß Wolfram ſie noch liebe.
Freilich hatte ſie damals zu Lord Hope geſagt, daß ſie ihn
nicht mehr liebe, daß ſie ihn verachte und verabſcheue. Sie
glaubte auch damals die Wahrheit zu ſprechen. Aber ſie
irrte ſich, ohne daß ſie es wußte. Sie liebte Wolfram noch
immer. Freilich fand ſie in ihrem Herzen keinen Entſchul=
digungsgrund für ihn. Er hatte ſich von ihr abgewendet,
er war mit Leib und Seele dem Treiben der wüſteſten Mormonen anheimgefallen; ſie ahnte ſogar, daß er ihr die Treue
gebrochen. Aber ſie wußte auch, daß der Grund aller dieſer
Ausschweifungen in der Zerriſſenheit ſeines Herzens lag, daß
er nur Betäubung ſuchte, um ſich vor ſeinem eigenen Ge=
wiſſen zu retten. Sie würde einen Menſchen, den ſie hätte
verachten müſſen, nicht mehr geliebt haben. Aber ſie konnte
ihn nicht ganz verachten. Sie fühlte mit ihm, daß dieſes
Leben ihm nicht das bot, was er erwartet hatte, und es gab
Augenblicke, in denen ſie den Mann entſchuldigte, der ſie ſo
tief, ſo bitter gekränkt, dem ſie Alles geopfert und der ihr
nichts dafür geboten, als Qualen.

Wenn etwas ihre Anſicht beſtätigte, daß Wolfram ſich
nur betäuben wollte, ſo war es die Zurückgezogenheit, der er
ſich jetzt hingab. Sie ahnte, was in ſeinem Innern vor=
ging. Sie hörte auch, daß man über ihn murrte, und je
mehr die Gereiztheit der Mormonen gegen den Müßiggänger
ſtieg, deſto mehr näherte er ſich wieder ihrem Herzen. Sie
fühlte, daß ſie ihm verzeihen, ihm noch einmal vertrauen
könne, wenn er geläutert aus dieſer Kriſis hervorging.
Aber würde das der Fall ſein? Wenn er nun eines Tages
verſchwand? Wenn er ſie ganz dieſen fremden Menſchen
überließ?

Daran dachte sie, als sie allein in ihrem Zimmer saß. Sie ahnte nicht, daß ihr Wolfram so nahe sei.

Dieser stand unterdessen vor dem Hause und sah düster und gedankenvoll hinauf. Er wußte, daß das Zimmer, in dem noch Licht brannte, seiner Geliebten gehöre. Er wollte sehen, ob sie noch wache. Neben ihm auf dem Hügel befand sich eine hohe Stange, auf der an festlichen Tagen die Flagge der Mormonen aufgezogen wurde. Mit seiner gewöhnlichen Behendigkeit kletterte er schnell hinauf und konnte nun deutlich in das kleine Zimmer blicken.

Lange und gedankenvoll sah er zu ihr hinüber, die Arme fest um den Mast geklammert. Wie blaß war sie, noch blasser im Kerzenlicht, als gewöhnlich. Wie lang und schön wallten ihre goldenen Locken nieder, dieselben Locken, die ihn einst in ihren sanften Schlingen gefangen hatten! Das war sie, die ihm vertrauensvoll über das Meer gefolgt, die in ihm ihre ganze Stütze gesehen. Wohl mochte er vorher die Sentimentalität abgeschüttelt haben — sein Herz war dennoch weicher, als gewöhnlich, und im Innersten desselben regte sich ein Gefühl, dessen er sich nicht klar wurde, das aber schmerzlich und bitter war.

Sie stand auf, sie strich ihre Locken zurück, dann trat sie von dem Tische weg. Ihre Bewegungen waren matt und langsam.

— Ich muß eilen, ehe sie zu Bette geht! sagte er zu sich selbst, und rasch ließ er sich von der Stange niedergleiten.

Trotz der Freiheit, die den Mormonen durch ihre Sitten im Umgange mit den Frauen gestattet war, erlaubte es das Gesetz doch nicht, daß ein Mann ohne Begleitung einer Frau dieses Haus betrat. Wolfram aber wollte Amelie allein sprechen. Er klopfte an und bat eine alte Frau, welche die Stelle der Dienerin vertrat, Amelie herabzurufen.

Nach einigen Minuten erschien eine schlanke Gestalt in einem hellen Mantel auf der Schwelle der Thür.

— Ich bin es, Amelie, sagte Wolfram mit einer Ruhe, die in diesem Augenblick erkünstelt war. Ich habe mir die Freiheit genommen, Sie zu stören. Darf ich Sie um eine Unterredung bitten? Geben Sie mir Ihren Arm.

Sie hatten sich früher Du genannt. Amelie zögerte einen Augenblick. Dann legte sie ihren Arm in den seinen.

Wolfram führte sie schweigend durch die Niederlassung, in der jetzt allmählich das fröhliche Geräusch erstarb. In einiger Entfernung von der Kolonie befand sich ein kleines Wäldchen von Sträuchern und niedrigen Bäumen. Die Mormonen hatten es stolz mit dem Namen: Park von Neu-Jerusalem getauft und einige Bänke angebracht. Dorthin ging Wolfram mit Amelie. Der wachsende Mond erhob sich hinter den Bergen in Südosten und sein mattes Licht floß zitternd nieder auf die ruhige, stille Erde. Rings regte sich kein Lüftchen. Die Natur schlief ihren träumerischen Schlaf.

Der junge Mann ließ den Arm seiner Begleiterin sinken und setzte sich auf eine von den Bänken. Zögernd setzte sich Amelie neben ihn. Vielleicht zitterte sie vor Frost oder vor Aufregung, denn sie zog ihren Mantel jetzt fester zusammen.

— Amelie, sagte Wolfram endlich, wir wollen es uns gestehen. Wir haben uns gegenseitig getäuscht.

— Getäuscht? sagte die Französin mit ihrer schönen und klangvollen Stimme, die aber jetzt zitterte. Getäuscht? Wenn Einer von uns getäuscht worden ist, so bin nur ich es gewesen.

— Doch wohl nicht ganz, sagte Wolfram, der, wie es schien, sich Mühe gab, möglichst ruhig und gelassen zu sprechen. Auch ich habe mich in Ihnen getäuscht, Amelie. Damals, als ich Sie in Paris kennen lernte, glaubte ich,

daß Sie dazu geschaffen seien, ein abenteuerliches Leben zu
führen, sich in alle Lagen zu finden, und deshalb forderte
ich Sie auf, Ihr Schicksal mit dem meinigen zu vereinigen.
Ich glaubte damals. nicht, daß Sie alte Vorurtheile und
überspannte Ideen auf die Spitze treiben würden. Ich
glaubte, Sie würden das Leben nehmen, wie es ist — und
ich täuschte mich.

.. — O, ich verstehe Sie, rief Amelie bitter. Ich weiß,
was Sie meinen. Sie sagen, Sie hätten geglaubt, daß ich
Sie eben so leicht verlassen würde, wie ich mich Ihnen angeschlossen. Sie lügen, Wolfram. Damals in Paris liebten Sie mich aufrichtig. Damals glaubten Sie an keine
Trennung, und hätten Sie es für möglich gehalten, daß ich
Sie aufgeben oder verlassen könne, so würden Sie mich
nicht aufgefordert haben, Sie zu begleiten. Lassen Sie uns
offen sprechen, Wolfram, wenn das Ihr Wunsch ist. Aber
sagen Sie nicht absichtlich die Unwahrheit. Mein Gedächtniß ist treu. Es ist auch das Einzige, was mir treu geblieben ist.

— Nun gut, sagte Wolfram, doch mit weniger sicherer
Stimme, doch ändert das die Sache wenig. Wir sind hierhergekommen. Welche Hoffnungen Sie sich von Amerika
gemacht haben, das weiß ich nicht. Auch ich erwartete anfangs mehr von diesem Lande. Aber man muß die Verhältnisse nehmen, wie sie sind. Ich bin meinem Versprechen
nicht untreu geworden. Ich habe ihnen vorgeschlagen, meine
Gattin zu werden — freilich nur nach dem Ritus der Mormonen. Aber wer unter den Wölfen ist, muß mit heulen.
Ich kann nicht verlangen, daß die Mormonen meinetwegen
eine Ausnahme machen.

— Wohl, das sehe ich ein, sagte Amelie ruhig. Aber
es stand mir frei, meine Einwilligung zu verweigern. Und
das habe ich gethan und werde es auch in Zukunft thun.
Ich will nicht die Maitresse, ich will die Gattin eines

Mannes sein — nicht Ihre Gattin, Wolfram, daran denke
ich längst nicht mehr. Außerdem habe ich die unbedingte
Nothwendigkeit Ihrer Handlungen nicht eingesehen. Einem
Mann von Thatkraft und Energie bot Amerika Spielraum
genug. Er brauchte sich nicht mit Leib und Seele den Mormonen zu verkaufen. Selbst in der letzten Zeit noch stand
es Ihnen frei, sich von denselben zu trennen. Aber Sie
wollen nicht. Sie sind aller Dinge dieses Lebens und auch
der Arbeit überdrüssig geworden. Sie kümmern sich auch
nicht mehr um mich. Ich errathe sogar, weshalb Sie mich
heut aufgesucht haben. Das Leben bei den Mormonen sagt
Ihnen nicht mehr zu. Es bietet Ihnen zu wenig Reiz, zu
wenig Abwechselung und Aufregung. Sie wollen fort, und
da Sie sich wahrscheinlich erinnert haben, daß Sie es gewesen, der mich hierher nach Amerika führte, so halten Sie
es für eine Art von Pflicht, mich davon zu benachrichtigen,
daß ich binnen kurzer Zeit ganz allein unter diesen Menschen
leben werde.

Wolfram antwortete nicht sogleich. Amelie hatte mit
überraschender Klarheit in seinem Herzen gelesen.

— Nun, es freut mich, daß Sie so viel Einsicht haben
und nicht in sentimentale Klagen ausbrechen, sagte er dann.
Sie haben meine Absicht errathen. Es kann sein, daß ich
die Mormonen verlasse. Aber es ist nur eine Möglichkeit,
noch keine Gewißheit. Und was werden Sie thun, wenn
ich das Thal von Deseret verlassen habe, Amelie?

— Was ich thun werde? fragte die junge Französin und
suchte das Zittern ihrer Stimme zu verbergen. Haben Sie
danach gefragt, was ich in der ganzen letzten Zeit gemacht?
Ich werde auch künftig allein für mich handeln müssen.

— Wohl, das ist ganz richtig, sagte Wolfram. Aber Ihre
Lage wird sich verändern. Sie kennen die Sitten der Mormonen. Sie haben keinen Ueberfluß an Frauen und man
wird Sie dazu zwingen, einen Mann zu wählen.

Der Herr der Welt. II.   5

— Zwingen? rief Amelie. O, ich möchte den sehen,
der mich dazu zwingen will. Ich fürchte mich vor Niemand.
Was ich thun werde, werde ich aus freien Stücken, nach mei=
nem eigenen Willen thun. Grämen Sie sich darüber nicht?

— Ich gräme mich nicht, sagte Wolfram finster und
etwas gereizt. Aber würden Sie aus freien Stücken einen
Mormonen heirathen.

— Sie setzen eine verneinende Antwort voraus, weil
ich es Ihnen abgeschlagen! sagte Amelie beinahe spöttisch.
Aber dennoch ist die Möglichkeit vorhanden. Zu Ihnen stand
ich in einem anderen Verhältniß, Wolfram, in einem ganz
anderen. Ihnen hatte ich mein Leben, meine Ehre, meine
Zukunft anvertraut, und Sie hatten versprochen, mir das
Ihrige zu widmen. Von diesen Mormonen hier habe ich
das nicht zu erwarten, kann es auch nicht verlangen Ich
werde meinen Entschluß danach einrichten.

Wieder trat eine Pause ein. Wolfram war weit mehr
auf Klagen, auf Vorwürfe gefaßt gewesen, als auf eine so
ruhige Anschauung der Dinge. Und was war es, das ihn
so eigenthümlich durchzuckte, als Amelie von der Möglichkeit
sprach, die Frau eines andern Mormonen zu werden? Was
ergriff sein Herz mit einer so neuen Qual? Liebte er denn
Amelie noch? War es Eifersucht, die ihn durchzuckte? Un=
möglich! Er glaubte über solche Thorheiten längst hinaus
zu sein.

— Daran hatte ich nicht gedacht! sagte er dann. Ich
brauche nun über Ihr künftiges Schicksal nicht in Sorge
zu sein.

— Nein, das brauchen Sie nicht, sagte Amelie. Ich
habe hier in Amerika Selbstständigkeit und freies Handeln
gelernt.

— Ohne diese Möglichkeit, die Sie andeuteten, würde
ich Ihnen allerdings einen andern Vorschlag gemacht haben,
sagte Wolfram.

— Gut, sprechen Sie. Ich werde Sie anhören. Ich sprach jene Möglichkeit nur aus, ohne sie für eine Gewißheit auszugeben.

— Ich würde Sie gefragt haben, ob Sie mit mir zusammen die Mormonen verlassen wollten, sagte Wolfram. Ich weiß freilich noch nicht, ob ich es thun werde. Es wird auch schwer sein, diese Flucht auszuführen. Denn die Mormonen glauben, daß ich ihnen zur Dankbarkeit verpflichtet bin, und werden es versuchen, mich zurückzuhalten. Auch dürfte es keine leichte Aufgabe sein, von hier aus andere bewohnte Gegenden zu erreichen. Indessen das ist Nebensache. Würden Sie mich begleiten?

— Ich weiß es noch nicht, antwortete Amelie. Es ist ein Vorschlag, der reiflich überlegt werden muß.

— Aber ich muß heut noch Antwort haben, heut! rief Wolfram mit seiner früheren ungestümen Heftigkeit.

— Gut, Sie wünschen, ich soll Sie begleiten, sagte Amelie ruhig. Wenn ich das thue, welches Loos bietet sich mir dar? Ich folge Ihnen durch die Wildniß, ich ertrage alle Entbehrungen mit Ihnen — wir gelangen nach bewohnten Gegenden — Sie finden neuen Umgang, neue Vergnügungen, Sie verlassen mich abermals, und ich stehe wieder allein, unter Leuten, die noch schlimmer sind, als die Mormonen. Denn hier herrscht wenigstens eine Art von Sitte und Gesetz. Das sind die Aussichten, die Sie mir bieten. Bleibe ich hier, so bin ich wenigstens unter Leuten, die mich flüchtig kennen. Ich habe gefunden, daß einzelne ehrenwerthe Männer unter ihnen sind. Vielleicht nimmt sich einer von diesen meiner an. Ich glaube, Wolfram, wenn Sie nichts als das Verlangen an mich stellen, daß ich Sie begleiten soll, so muß ich es ablehnen.

Wieder ergriff jenes Zucken Wolframs Herz. Welche Sprache, welche Ruhe, welche Gleichgültigkeit! Das hatte er nicht erwartet.

5 *

— Sie können so sprechen? sagte er endlich düster. Nun
sehe ich ein, daß Sie mich wirklich nicht mehr lieben!

— Lieben? Ich Sie lieben? rief Amelie heftig und bitter.
Wie, haben Sie geglaubt, daß dies der Fall sein könnte?
Eitler, erbärmlicher Mensch, Sie behandeln mich wie eine ver=
stoßene Dirne und verlangen, daß ich Sie noch lieben soll?
Halten Sie mich für einen Wurm, für einen Hund? Trauen
Sie mir kein menschliches Gefühl zu? Ich will Sie begleiten,
gut. Aber nur unter einer einzigen Bedingung: daß Sie
mir, sobald wir einen bewohnten Ort erreicht haben, die
Mittel und die Möglichkeit verschaffen, nach Frankreich zurück=
zukehren. Das ist Ihre Pflicht. Und, bei Gott, ich verlange
nicht zu viel.

— Und Sie wollen ohne mich nach Frankreich zurück=
kehren? fragte Wolfram finster.

— Ich werde Sie nicht hindern, mich zu begleiten, ant=
wortete Amelie kalt.

— Nun, dann wird es das Beste sein, wenn Sie hier
zurückbleiben! sagte Wolfram bitter. Ich sehe es ein, es ist
das Klügste, was Sie thun können. Meine Unterredung ist
zu Ende. Ich kam, um jenes Verlangen an Sie zu stellen,
und Sie weisen es zurück.

— Ich weise es zurück, ja, wenn Sie nicht zugleich auf
jene Bedingung eingehen, antwortete Amelie.

Wolfram zögerte noch eine Minute lang. Dann stand
er hastig auf.

— Lassen Sie uns zurückkehren, Amelie, sagte er. Und
wenn es das letzte Mal ist, daß wir uns gesehen haben, so
leben Sie wohl!

— Leben Sie wohl, Wolfram, antwortete Amelie, und
sie mußte ihre ganze Kraft aufbieten, um ihre Ruhe zu be=
wahren. Mögen Sie an einem andern Orte die Ruhe finden,
die Sie mit mir zusammen nicht finden konnten, und mag
Ihr Gewissen durch die Wohlthaten, die Sie Anderen viel=

leicht noch erweisen, Sie darüber trösten, daß Sie mich —
Doch schweigen wir davon!

Wolfram ging. Er hatte den Kopf gesenkt. Amelie
ging neben ihm. Sie konnte nicht wissen, was er fühlte
und dachte. Aber vielleicht ahnte sie es. Ihr Herz schlug
in bangen Zweifeln. Sollte sie ihn wirklich nicht wieder=
sehen? War er im Stande, so von ihr zu gehen? Früher
hätte sie es für möglich gehalten, jetzt nicht mehr. Sprach
nicht immer noch Liebe aus seinen Worten? Aber sie mußte
kalt, sie mußte ruhig sein. Das Weib, auch wenn es noch
so glühend liebt, darf die Vorsicht nicht vergessen. Es muß
kalt scheinen, wenn es leidenschaftlich fühlt — dann wenig=
stens, wenn es sich einer Natur gegenüber befindet, wie sie
Wolfram besaß. Amelie fühlte, daß sie ganz seiner Macht
anheimfallen würde, wenn sie ihm zeigte, daß sie ihn noch
liebte, wenn sie ihm nachgab.

Sie gingen schweigend neben einander, bis vor die Thür
des Hauses, in dem Amelie wohnte.

— Noch einmal Adieu, und wohl für immer! sagte
Wolfram dann. Adieu, Amelie! Gott —

Aber es lag etwas Wildes, Dämonisches in seiner Na=
tur, das ihn selbst jetzt den Segensspruch nicht aussprechen
ließ, der auf seinen Lippen schwebte. Er fürchtete, schwach
zu scheinen. Er wollte sich nicht erweichen lassen.

— Gott segne Sie und vergebe Ihnen Alles, was Sie
gethan! sprach Amelie mit fester Stimme, und fast als ob
sie das ergänzen wolle, was Wolfram nicht ausgesprochen.
Mögen Sie Ruhe finden, und bald!

Noch einen Augenblick zögerte er. Dann siegte dieselbe
Gewalt über ihn, die ihn fort aus seiner Heimath und fort aus
Europa getrieben, dieselbe Gewalt, die ihm mit einem Geier
kämpfen ließ, die Gewalt des Trotzes und der Selbstsucht.
Rasch wandte er sich ab und eilte mit flüchtigen Schritten

nach dem Ufer, sprang in das Boot und ruderte es eine Strecke in den See hinaus.

Dann aber verließ ihn seine Kraft. Er warf das Ruder bei Seite und ein krampfhaftes Schluchzen rang sich aus seiner Brust.

— Sie liebt mich nicht mehr! Es ist vorbei! murmelte er in sich hinein. Sie verachtet mich und sie hat Recht!

Es war eine jener Stunden für ihn, wie sie in dem Leben eines Jeden vorkommen, der den Keim des Guten in sich trägt und nur durch die Widerwärtigkeiten des Schicksals der Sünde zugeführt worden. Er fühlte sich elend und sein Hochmuth brach. Er konnte nicht einmal mehr sagen, daß ein Weib ihn liebe. Er war selbst der Liebe unwerth geworden. Dasselbe Mädchen, das ihm Alles geopfert, das ihm vertrauensvoll gefolgt war, sagte sich von ihm los, verabscheute ihn und zog es vor, unter Fremden zu bleiben, anstatt ihn zu begleiten. Er weinte und heiße Thränen flossen ihm über die Wangen. Aber noch kam ihm der rechte Gedanke nicht, noch dachte er nicht an Reue und Besserung. Noch kämpfte er mit sich selbst — ach, und wie viel leichter war es, einen riesenstarken Kondor durch die Kraft seines Armes zu besiegen, als mit einem wilden, leidenschaftlichen, trotzigen Herzen zu kämpfen!

In dieser Stunde ging sein ganzes vergangenes Leben an ihm vorüber. Es war unglücklich genug gewesen, aber nicht so, daß ihm die Wege zum Guten, zur Thätigkeit verschlossen gewesen. Seine Verhältnisse hatten von Jugend auf unheimlich auf ihm gelastet. Es schien ein Fluch auf seinem Leben zu ruhen. Ewig hatte ihn sein unruhiges, trotziges Herz gequält und er hatte in Vergnügungen Betäubung gesucht. Die Erinnerung an Vergangenes, an Dinge, die er nicht ungeschehen machen konnte, an denen er nicht schuld war und die dennoch auf ihm lasteten, hatte ihn aus seiner Heimath, aus Deutschland fortgetrieben: Er war nach Paris

gekommen. Talentvoll, begabt, wie nur je ein Mensch, wäre
es ihm in der großen Stadt ein Leichtes gewesen, als Künst=
ler, als Architekt ehrenvoll zu leben. Aber es fehlte ihm die
Ruhe, die Ausdauer. Sein Blut war zu heiß. Er hätte
einen Theil desselben auf dem Schlachtfelde vergießen müssen,
vielleicht wäre es dann ruhiger geworden. Er sah bereits
voraus, daß sein Leben in Paris ein trauriges Ende nehmen
würde, als er Amelie kennen lernte. Die Liebe dieses reinen,
unschuldigen Wesens tröstete und ermuthigte ihn eine Zeit
lang. Aber es war zu spät. Er mußte Paris verlassen.

Und nun hatte er auch diese Liebe von sich gestoßen.
Er, auf dem eigene und fremde Schuld lastete, der dem Him=
mel hätte danken sollen, daß ihm eine Liebe zu Theil ge=
worden, die auch den Edelsten beglückt hätte, er hatte diesen
letzten Trost, die Liebe eines edlen Weibes, die auch den
elendesten Verbrecher nicht ganz sinken läßt, verloren — ver=
loren einzig und allein durch seine Schuld, denn er war
schuldig, das fühlte er. Vergebens bemühte er sich, Amelie
in seinem eigenen Herzen anzuklagen. Er fand keine Ent=
schuldigung für seine Härte, seine Grausamkeit. Er hatte sie
zum Spielzeug seiner Laune, seiner Willkür gemacht, er hatte
ihren Ruf vernichtet und stand jetzt im Begriff, sie einem
Schwarme von Menschen zu überlassen, die vielleicht Treue,
Muth und Gerechtigkeit, nimmermehr aber die Achtung kann=
ten, die den Frauen ziemt.

Wenn die bösen Geister und Erinnerungen in der Brust
eines Menschen einmal aufsteigen, so vermehren sie sich zu
Tausenden und wachsen auf zu riesigen Phantomen. Was
dem jungen Manne früher leichtsinnig, unbedeutend geschienen,
das trat in der ganzen Größe der Schuld, des Verbrechens
an ihn heran. Er hielt sich für verworfener, als er wirk=
lich war. Die letzte Stütze, die sein Gewissen noch aufrecht
erhalten hatte, war geschwunden: die Liebe des Weibes!

— Ich bin verflucht! Ich bin verflucht seit meiner Kind=

heit! rief er mit schneidender Stimme, und dann versank er in ein finsteres Hinbrüten, aus dem er erst erwachte, als das Boot an die 'Insel stieß, zu der es ein schwacher Ost= wind getrieben.

Mechanisch stand er auf und kletterte empor nach der Höhle. Dort warf er sich nieder auf die Felsen. Selten hatte er eine Nacht schlaflos in Gedanken zugebracht, fast noch nie hatte ihm ein Vorwurf seines Gewissens den Schlaf geraubt. Aber in dieser Nacht schlief er nicht. Er sah das Morgenroth anbrechen mit demselben wachen Auge, das den Duft des Abends gesehen. Erst am Tage schlief er, mitten in der glühenden Sonnenhitze auf den Felsen.

Ein Sonntag bei den Mormonen.

Drei Tage darauf saß Wolfram auf einem Felsstück vor seiner Höhle, der die ganze Insel weit überragte und einen freien Blick über den ganzen See gestattete. Der Kon= dor saß, so weit es seine Kette ihm gestattete, hinter ihm, bewegte unruhig die Flügel und gab zuweilen durch ein Krächzen und eine Art von Grunzen zu verstehen, daß ihn hungere. Aber Wolfram achtete nicht auf ihn und der Kon= dor mußte sich damit begnügen, mit lüsternem Blick die todten Möven anzustarren, die in einiger Entfernung von ihm — aber außerhalb des Bereichs der Kette — auf dem Boden lagen.

Jedem hätte die Veränderung auffallen müssen, die in den letzten drei Tagen in Wolframs Zügen vor sich gegangen war. Seine Augen waren hohler, seine Wangen magerer geworden. Seine Züge hatten den Ausdruck des Stolzes und der Verachtung nicht verloren. Aber sie waren um Vieles düsterer geworden, als früher. Eine Art von krank=

hafter Gereiztheit lag in jeder seiner Mienen. Es war ein
lebendiger Beweis der Wahrheit, daß geistige Leiden tiefere
Verwüstungen anrichten, als körperliche.

Am Tage nach dem Besuche der beiden Mormonen auf
der Insel und der Unterredung mit Amelie war ein Bote
von Neu-Jerusalem herübergekommen und hatte den jungen
Mann auf offizielle Weise und im Namen des Führers aufgefordert, seiner Trägheit zu entsagen und zu den Brüdern
zurückzukehren. Wolfram hatte ihnen kaum geantwortet und
nur im Allgemeinen geäußert, daß er thun und lassen würde,
was ihm gut dünke. Der Bote war beleidigt und ärgerlich
zurückgekehrt.

Wolfram überblickte von seiner Warte aus den ganzen
See und sein Auge war nach der Richtung von Neu-Jerusalem hingewandt. Er bemerkte deshalb auch bald eine kleine
Barke, die ihre Richtung nach der Insel nahm. Als sie sich
näherte, erkannte Wolframs scharfes Auge zwei Männer in
derselben. Er glaubte, es seien abermals Wipky und Hillow.
Als die Barke aber näher kam, erkannte er nur Wipky in
derselben. Der andere Mann schien ein Ruderer zu sein,
den der Doktor angenommen.

Der junge Mann war wenig dazu aufgelegt, die Reden
eines Mannes anzuhören, den er für einen Schurken oder
wenigstens für einen klug berechnenden Egoisten hielt. Er
bedachte jedoch, daß ihm Wipky Nachrichten bringen könne,
die für ihn von Interesse seien, und beschloß also, ihn zu
erwarten. Wipky's Boot legte bei der Insel an.

Es dauerte geraume Zeit, ehe der Doktor die Felsen
erklommen. Er kam allein. Wolfram stand weder auf, um
ihm entgegenzugehen, noch würdigte er ihn eines Blickes.
Er that, als bemerke er ihn gar nicht.

— He, Freund, rief Wipky, der einen weiten Umweg
machte, um dem Kondor nicht zu nahe zu kommen, he,
Freund, was sitzest Du da, wie eine Heuschrecke? Bist Du

zum Einsiedler geworden? Haft Du keinen Blick für Deine
Freunde?

— Du bist es, Wipky! sagte Wolfram gleichgültig.
Nun, was bringst Du Unglücksvogel für eine Hiobspost?
Heraus damit!

— Hiobspost? Daß ich nicht wüßte! sagte der Doktor,
der sich neben ihn setzte. Ich bringe Dir guten Rath.

— Den hätteft Du drüben in Neu-Jerusalem lassen
können! sprach Wolfram spöttisch. Du hätteft das Boot nicht
damit beschweren brauchen. Indessen guter Rath wiegt leicht,
wie man sagt. Was willst Du von mir?

— Dein Kondor könnte nicht bissiger sein, als Du!
sagte Wipky im Tone des Vorwurfs und beobachtete dabei
den jungen Mann sehr genau. Wir schickten Dir vorgestern
einen Boten. Du hast mit ihm gesprochen?

— Freilich, antwortete Wolfram mürrisch! Und wenn
Du mir dieselbe Nachricht bringst, so wirst Du dieselbe Antwort erhalten.

— Das nenne ich kurz und deutlich sprechen, sagte
Wipky. Du willst also ewig hier auf der Insel bleiben?

— Wenigstens so lange es mir hier gefällt, antwortete
Wolfram.

— Du weißt aber, wem die Insel gehört?

— Die Insel? Nun, wem denn?

— Den Mormonen, glaube ich, sagte Wipky.

— Nun gut, und was will das sagen?

— Daß die Insel zum Mormonengebiet gehört und
daß also —

— Daß also — Zum Henker, spanne mich nicht auf
die Folter.

— Daß Du dieselbe wirst verlassen müssen, wenn Du
fortfährst, die Brüder durch Deine Theilnahmlosigkeit und
Deine Trägheit zu reizen! erwiederte der Doktor sanft und
ruhig.

Wolfram stieß ein kurzes und verächtliches Lächeln aus. Dann sah er den Doktor spöttisch an.

— Bist Du gekommen, um mir meine Verstoßung anzuzeigen? fragte er dann.

— Auf mein Wort, nein! erwiederte Wipky. Aber es liegt in der Natur der Dinge, daß sie eines Tages eintreten muß. Du kennst ja die Sitten unserer Sekte. Ich wollte Dich nur daran erinnern. Sie dulden keine Müßiggänger auf ihrem Gebiete und eines Tages wird man Dir sagen, daß Du Deseret verlassen sollst.

— Schön, ich werde es hören und dann thun, was mir gut dünkt, antwortete Wolfram gelassen.

— Sprich nicht so gleichgültig davon, ermahnte Wipky. Es giebt unter uns Leute, die nicht mit sich scherzen lassen. Es wird Allen sehr leid thun, so gegen Dich handeln zu müssen. Aber die Gemüther sind gegen Dich erbittert. Man hat vielleicht zu viel von Dir gehofft und ist nun ärgerlich darüber, daß Du die Hoffnungen nicht erfüllst. Du fehlst aller Orten, denn unsere anderen Baumeister sind nicht viel werth. Aber gerade deshalb wird man strenge gegen Dich sein.

— Und das ist Alles? fragte Wolfram. Das habe ich mir längst Alles selbst gesagt.

— Nicht Alles, meinte Wipky. Morgen ist Sonntag.

— Wirklich? ich hatte es vergessen.

— Und morgen ist Gottesdienst.

— Wie gewöhnlich am Sonntag, ja, das weiß ich. Und nun?

— Nach dem Gottesdienst morgen ist Versammlung.

— Zum Henker, ja doch, und was weiter?

— Und es werden einige Antrauungen stattfinden.

— Die mir höchst gleichgültig sind!

— So? vielleicht auch nicht! sagte Wipky. Ich hörte, daß die Französin einem von den Brüdern angetraut werden soll.

Wolfram hatte in der That troß der Andeutungen
Wipky's nicht an diese Möglichkeit gedacht. Der Schlag
traf ihn also unerwartet, und obgleich er ein wenig gelernt
hatte, seine Gefühle zu verbergen, so fuhr er dennoch zu=
sammen und erbleichte.

Dem Doktor entging diese Bewegung nicht. Sein Auge
ruhte unabläffig beobachtend auf dem jungen Mann.

— Die Französin? sagte Wolfram dann und suchte
ruhig zu scheinen. Wem soll sie denn angetraut werden?

— Darüber weiß ich nichts, antwortete Wipky. Zu
Anfang haben wir natürlich Alle gedacht, daß sie Deine
Frau werden würde. Aber seit Du uns und sie auf diese
Weise vernachläffigst, sind begreiflicher Weise andere Bewer=
ber aufgetreten.

— Andere Bewerber? rief Wolfram und preßte seinen
Grimm zurück. Wer sind die?

— Ei, was kümmere ich mich darum? sagte Wipky.
Gestern ist bekannt gemacht worden, daß die Französin an=
getraut werden soll. Die Bewerber werden sich also ein=
finden. Wirst Du morgen fehlen?

— Als Bewerber um die Französin? Wahrscheinlich!
antwortete Wolfram kurz und hohl.

— Thorheit! sagte Wipky. Es ist ein schönes Mädchen.
Sie sieht jetzt blaß und vergrämt aus. Aber wenn sie erst
eine Frau und zufrieden ist, wird sie das schönste Weib in
Neu=Jerusalem sein. Du verzichtest also auf sie?

— Ich verzichte auf sie! antwortete Wolfram. Du
weißt es ja seit langer Zeit.

— Und es würde Dir gleichgültig sein, wenn ein An=
derer sich um sie bewürbe?

— Ganz gleichgültig. Aber nenne mir Spaßeshalber
die, die in Neu=Jerusalem auf Freiersfüßen gehen!

— Nun, zuerst ich! sagte Wipky.

— Du? fuhr Wolfram auf.

— Nun ja, ich, Du weißt, ich habe keine Frau.

— Und um wen willst Du Dich bewerben, wenn ich fragen darf.

— Nun, um die Französin.

— Du?

Bei dieser Frage nahm das Gesicht des jungen Mannes einen ganz eigenthümlichen Ausdruck an, einen Ausdruck, vor dem selbst Wipky erschrak. Und doch lag nichts Drohendes, nichts Erschreckendes in dem Gesicht Wolframs. Es war nur kalt, starr, verwundert und unendlich verächtlich. Wipky fühlte sich beleidigt und aufgeregt zu gleicher Zeit.

— Du scheinst erstaunt, sagte er etwas bitter. Aber ich habe keine Frau, man hat mir schon so oft Vorwürfe darüber gemacht, und ehe ich eine alte oder häßliche heirathe, weshalb soll ich nicht an die junge und schöne Französin denken? Ich wiederhole Dir, es wäre mir nicht eingefallen, wenn Du noch Absichten auf Sie hättest. Da Du aber zurücktrittst, so sehe ich nicht ein —

Er unterbrach sich und schwieg. Wolfram hatte sich von ihm abgewendet und sah auf den See hinaus.

— Du hast Recht, vollkommen Recht, ich begreife es! sagte er dann mit eisig kalter Stimme.

Der Doktor war ohne Zweifel uneinig mit sich selbst darüber, was er von Wolfram denken solle. Sein Aeußeres schien eine tiefe Bewegung zu verkünden. Aber seine Worte waren kalt, ruhig, klar und unzweideutig.

— Die Ceremonie wird morgen stattfinden, sagte er dann. Wirst Du zugegen sein?

— Ich weiß es noch nicht, antwortete Wolfram. Ich werde mich besinnen.

— Du bist aber auch vorgeladen in Deiner eigenen Angelegenheit, erinnerte Wipky.

— Ich weiß es, und meine Antwort bleibt dieselbe, erwiederte Wolfram. Aber noch Eins! Glaubst Du, daß

die Französin Deine Bewerbung annehmen wird? Sie schlug
meine Hand nur deshalb aus, weil sie sich nicht nach Mor=
monenbrauch verheirathen wollte.

— Annehmen? Was bleibt Ihr weiter übrig, sie muß
es thun! sagte Wipky.

— Sie muß? Nun, das sehe ich nicht ein. Es können
ja auch andere Bewerber auftreten, als Du.

— Das ist allerdings möglich, erwiederte Wipky. Aber
ich glaube genug für die Brüder gethan zu haben, um einen
Vorzug zu verdienen.

— Das ist wahr, Du hast Dich um die Heiligen der
letzten Tage sehr verdient gemacht, sagte Wolfram spöttisch,
schon dadurch, daß Du mich bekehrtest. Also, Du wirst der
Hauptwerber sein. Ich wünsche Dir von Herzen Glück.

— Ich danke Dir. Indessen, Wolfram, offen gesagt,
Dein Benehmen ist mir räthselhaft. Man giebt ein so schö=
nes Mädchen nicht so leicht auf. Eine Heirath bei uns ist
nicht das, was sie bei anderen Völkern ist. Es steht Dir
ja später immer noch frei, eine andere Frau zu nehmen. Ich
begreife also Deine Zurückhaltung nicht. Und Du warst doch
neulich bei ihr.

— Möglich! sagte Wolfram. Ich wollte ihr nur sagen,
daß sie nichts von mir zu erwarten habe.

— Also — die Hand auf's Herz — Wolfram, Du
wirst meiner Bewerbung nicht entgegentreten? sagte Wipky.

— Wahrscheinlich nicht, aber bestimmt kann ich es nicht
versprechen. Lieber Gott, wir Menschen sind von plötzlichen
Neigungen und Entschlüssen abhängig. Aber so wie die
Sache jetzt steht, glaube ich nicht, daß Du mich zu fürch=
ten hast.

— Gut, so bleiben wir also Freunde! sagte Wipky. Es
ist mir lieb.

— Hm! meinte Wolfram aufmerksam. Ich wäre also
im anderen Falle nicht Dein Freund geblieben?

— Du hängst Dich an die Worte, sagte Wipky miß=
müthig. Das wollte ich nicht sagen. Obgleich ich mich mit
dem Gedanken schon so vertraut gemacht habe, daß die Fran=
zösin meine Frau werden soll — daß ich schwer davon ab=
lassen möchte.

— Gut! sagte Wolfram. Die Sache ist abgemacht.
Und was soll ich morgen in Neu=Jerusalem?

— Erklären, ob Du bei uns bleiben und arbeiten willst,
oder nicht! antwortete Wipky. Komm doch! Es ist ja Alles
Narrethei. Du hast jetzt einen Hang zur Einsamkeit. Gut!
Brauchst Du Dir deshalb die Brüder zu Feinden zu machen?
Erkläre, daß Du krank bist, erkläre, daß Du in vierzehn
Tagen arbeiten willst, und die Sache ist abgemacht. Wir
verlieren Dich viel zu ungern, um übermäßig streng zu sein.
Und was willst Du ohne uns anfangen? Im Umkreis von
zwei= oder dreihundert Meilen wohnen nur Indianer. Du
kannst uns nicht verlassen, selbst wenn Du wolltest. Bedenke
auch, daß wir täglich Zuzüge erhalten. Es sind oft nette
Männer und interessante Weiber unter ihnen. Wir amüsiren
uns drüben in Neu=Jerusalem ganz gut, ich gebe Dir mein
Wort darauf! Und dann — bist Du so wenig ehrgeizig,
daß Du nicht daran gedacht hast, ein höheres Amt bei uns
zu bekleiden?

— Ich habe daran gedacht, aber ich denke nicht mehr
daran, antwortete Wolfram, der tiefsinnig vor sich hinsah.

— Dann begreife ich Dich nicht! Ich meinerseits ge=
stehe, daß ich in Dir unseren künftigen Führer und Gouver=
neur sah.

— Ich danke Dir für Deine Theilnahme, erwiederte
Wolfram kühl. Aber mein Ehrgeiz fliegt nicht so hoch. Und
weshalb willst Du mir etwas geben, was für Dich weit
besser passen würde?

— Nimmermehr; ich habe weder die Kenntnisse, noch
die Jugend für mich! rief Wipky. Doch wie Du willst.

Wahrscheinlich haft Du andere Pläne und ich will mich Dir
weder im Guten noch im Schlimmen aufdrängen. Adieu!

— Adieu! sagte Wolfram, ohne aufzustehen. Vielleicht
sehen wir uns morgen, vielleicht auch nicht!

Wipky ging, nicht ohne die Lippen zusammenzupressen
und eine Verwünschung über den hochmüthigen Burschen
zwischen den Zähnen zu murmeln.

— Noch Eins! rief er dann, sich in einiger Entfernung
umkehrend. Hat die Französin Verwandte in Frankreich?

— Nein! antwortete Wolfram. Der Doktor schien zufriedengestellt und stieg langsam die Felsen hinab.

Als er aus dem Gesichtskreis des jungen Mannes verschwunden war, sprang dieser auf. Wuth, Abscheu, Ingrimm
malten sich in seinen Zügen und mit geballten Händen eilte
er das kleine Felsenplateau auf und ab.

— Sein Weib! Amelie dieses Menschen Weib! rief er
mit einem gellenden Lachen. Das also wäre ihr Loos! Und
sprach sie nicht von andern Männern? Vielleicht hat sie an
ihn gedacht! O Weiber! O ihr Schlangen!

Ohne Beschäftigung, ohne irgend eine mühevolle an-
strengende Arbeit war die Insel zu eng für ihn, zu eng für
sein volles, überströmendes Herz. Eine so wilde Natur, wie
die Wolframs, konnte den geistigen Schmerz nur durch körperliche Anstrengung ableiten. Er sah auf den Kondor, er
fing an, ihn zu reizen. Es machte ihm ein wildes Vergnügen, zu sehen, wie das Gefieder des Vogels sich sträubte,
wie seine Augen funkelten, wie er mit dem Schnabel nach
ihm hackte, mit den mächtigen Flügeln nach ihm schlug. Nachdem er ihn genug gereizt, holte er den Zaum und den Ledergurt. Jetzt, bei der Gereiztheit des Thieres, war es schon
eine fast unmögliche Aufgabe, dem Vogel den Zügel anzulegen. Aber Wolfram war entschlossen, es zu thun. Er bot
seine ganze Kraft auf und es gelang ihm, obwohl, das Thier
riesige Anstrengungen machte, ihn abzuschütteln. Damit nicht

zufrieden, schwang er sich auf den Hals des Kondors und suchte das Thier zu zwingen, aufzufliegen und sich lenken zu lassen. Der Kondor war störrig, er hätte seinen Herrn ohne Zweifel zerfleischt, wenn nicht Wolfram ihm mit der Geschick= lichkeit einer Schlange ausgewichen und ihn in manchen ge= fährlichen Augenblicken mit der Kraft eines Büffels nieder= geschlagen hätte. Es war ein noch wilderer Kampf, als jener, bei dem Wolfram sich bemühte, den fliegenden Vogel zurückzuhalten. Aber Wolfram siegte wieder. Das Thier machte seine Flugübungen, wie ein Pferd in der Manége die Schule reitet. Freilich mußte Wolfram eine Kraft auf= bieten, wie sie nie ein Reiter nöthig hat, und nach zwei Stunden sank er erschöpft und wie zerschlagen auf den har= ten Boden.

Die ersten Strahlen der Sonne fielen am folgenden Morgen auf die Spitzen der Felsen, als Wolfram sich an= schickte, die Insel zu verlassen. In dieser einsamen Natur war jeder Morgen ruhig und feierlich schön. Dieser Mor= gen aber war so klar, rein, duftig, ruhig und schön, wie ihn nur die frommste Phantasie für einen Sonntagsmorgen wün= schen kann. Der Spiegel des See's war eben und glatt, wie der blaue und wolkenlose Himmel über ihm. Kein Luft= zug kräuselte die Wellen, und als Wolfram langsam sein Boot nach Neu=Jerusalem hinüberruderte, konnte er die glitzernde Furche, die sein Boot zog, bis zurück zu der Insel erkennen.

Wolfram wußte, daß der Gottesdienst der Mormonen ziemlich früh begann. Dennoch kam er zu früh und er hatte Muße genug, einen Gang rings um die Niederlassung zu machen. Vieles war in den wenigen Wochen, die er ein= siedlerisch auf seiner Insel zugebracht, neu erstanden, und Vieles zum Vortheil verändert. Aber Wolfram hatte jetzt keinen Sinn für diese Arbeiten, die jeden Anderen mit Er= staunen erfüllt haben würden. Ihn interessirten weder die

neuen Häuser von Stein und von Holz, noch die Anpflan=
zungen, die eingezäunten Aecker, die Brunnen, die Ziegelöfen.
Er schlenderte langsam dahin und Niemand störte ihn, denn
alle Mormonen waren in ihren Häusern.

Als er an den kleinen Fluß kam, den die Mormonen
Jordan genannt hatten und über den eine feste und freund=
liche Brücke führte, stand er still und sah, wie seine Gestalt
sich in dem klaren Wasser spiegelte. Zum ersten Male sah
er, wie abstoßend, wie zerrissen sein Anzug war. In Paris
war er einer der feinsten Stutzer gewesen, ein Mann, der
seine Mitmenschen zum Theil nach der Kleidung beurtheilte.
Er erschrak beinahe vor sich selbst. Auch wußte er, daß die
Mormonen, obgleich weit entfernt, sich um Eleganz und Mode
zu kümmern, einfach aber gut gekleidet gingen.

— Ich darf mich so nicht sehen lassen! flüsterte er vor
sich hin. Das würde Alle gegen mich einnehmen.

Er wußte, wo sich das Haus befand, in dem Hillow,
der Kentuckier, mit seiner Familie wohnte. Es lag so ziem=
lich an dem Saume der Niederlassung und Wolfram konnte
es erreichen, ohne von Vielen bemerkt zu werden.

Er richtete also seine Schritte dorthin und nach einigen
Minuten trat er in die Wohnung des Mormonen.

Hillow gehörte jedenfalls zu den Besseren, vielleicht zu
den Besten dieser Gemeinschaft. Ihn kümmerten die religiö=
sen Dinge wenig. Er glaubte an Gott und eine Vorsehung.
Um Uebrigen suchte er auf der Welt nichts, als freie Luft
und freie Arbeit und Beschäftigung für seinen starken Arm.
Gewöhnt, sich nicht von Anderen in seine Angelegenheiten
einreden zu lassen, kümmerte er sich auch nicht um die An=
deren, und trotz der Vielweiberei bei den Mormonen lebte
er noch immer zufrieden und glücklich mit seiner einen ken=
tuckischen Gattin. Er hatte sich den Mormonen angeschlossen,
weil es ihm in seinem Vaterlande nicht mehr gefiel, weil
man seinem Hange nach Unabhängigkeit dort viel Hindernisse

in den Weg legte. Seine Geistesgaben waren nicht glän=
zend, aber in praktischen Dingen war er sehr verständig. Er
hatte, wie man zu sagen pflegt, seine guten fünf Sinne.
Seine Rechtlichkeit, seine Wahrheitsliebe, und vor Allem viel=
leicht seine nie rastende Thätigkeit, seine Arbeitslust und seine
Kraft hatte ihn beliebt gemacht und ihm einen großen An=
hang verschafft. Deshalb hatte sich auch Wipky so eng an
ihn angeschlossen — aus welchen Absichten, ahnte der arg=
lose Kentuckier allerdings nicht. Er hatte keine Idee davon,
daß Jemand intriguiren, anstatt frei herausreden könne.

In der Stube des Mormonen war Alles sauber und
reinlich, und Wolframs zersetzte Gestalt bildete einen unan=
genehmen Kontrast zu der schlichten und reinlichen Eleganz
dieses Zimmers. Selbst die Kinder schienen es zu fühlen,
denn sie wichen zurück, als Wolfram eintrat. Hillow da=
gegen trat ihm freundlich entgegen.

— Ei, Bruder Wolfram! sagte er und reichte ihm die
Hand. Wirklich einmal bei uns, und am Sonntag?

— Ja, erwiederte der junge Mann. Und weißt Du,
weshalb ich komme?

— Ich kalkulire, Du willst unserem Gottesdienst bei=
wohnen und wieder ein vernünftiger Mensch werden, sagte
Hillow.

— Beinahe hast Du richtig kalkulirt, sagte Wolfram.
Fürs Erste aber habe ich eine Bitte an Dich.

— Heraus mit der Sprache, es soll mir lieb sein, wenn
ich sie erfüllen kann. Ich kalkulire, ich soll ein gut Wort
für Dich einlegen bei dem Führer und bei den Aeltesten.
Sie sind nicht gut auf Dich zu sprechen.

— Nein, das eben nicht, sagte Wolfram. Fürs Erste
wollte ich Dich nur bitten, mir einen Anzug zu leihen.

— Haha, das ist Alles? rief der Mormone herzlich
lachend. Nun, es ist wahr, nimm es mir nicht übel, Du
siehst verteufelt zerrissen aus, und wenn Du mir Deinen

6*

Rock hinterlassen willst, so will ich ihn auf eine Stange stecken und in meinem Garten als Vogelscheuche aufstellen. Aber ich kalkulire, das ist der Anfang zur Besserung?

— Vielleicht! sagte Wolfram lächelnd. Wann beginnt der Gottesdienst?

— In einer halben Stunde. Geh in das Nebenzimmer. Da steht mein Kleiderschrank, und suche Dir aus, was Du willst.

Wolfram trat in das anstoßende Zimmer und kam nach zwanzig Minuten sehr verändert heraus. Allerdings war Hillow ein wenig breitschulteriger, als Wolfram, dafür aber war der junge Mann auch größer, und im Allgemeinen stand ihm die braune Jacke des Kentuckiers sehr gut. Außerdem hatte sich Wolfram rasirt, bis auf den dunklen Schnurrbart.

— Alle Wetter, ich kalkulire, Du siehst jetzt aus, wie ein ächter Gentleman! rief Hillow verwundert und erfreut. Hätte nicht geglaubt, daß meine Jacke so gut aussähe. Nun komm zur Kirche!

— Ich danke Dir, erwiederte Wolfram. Ich werde allein gehen. Und wenn Du mir einen Gefallen thun willst, so sage den Brüdern nicht vorher, daß Du mich gesehen hast. Es wäre mir nicht lieb.

— Ei, und warum denn das? Du hast Mucken, wie ein störrisches Pferd! sagte Hillow.

— Ich möchte gern vorher hören, was sie über mich sagen! meinte Wolfram. Also thu' mir den Gefallen. Wir sehen uns ja doch wieder und auch die Brüder werden mich sehen!

— Wie Du willst! sagte der Kentuckier. Mache nur nicht wieder neue Dummheiten!

Mit diesem tröstlichen Rath entließ er den jungen Mann, der jetzt aus dem Hause schritt und noch eine Zeit lang am Ufer des Jordan entlang ging.

Bald darauf hörte er fröhliche Musik von dem Mittel=

punkte der Stadt her. Einen Fremden würde diese Musik,
die übrigens durchaus nicht schlecht war, überrascht haben.
Wolfram aber wußte, daß es bei den Mormonen Sitte war,
die Gläubigen, die sich zum Gottesdienst versammelten, mit
Musik zu empfangen. Sie vertrat gewissermaßen die Stelle
der Orgel in unseren Kirchen.

Während die Musik noch ertönte, ging Wolfram nach
dem Orte der Versammlung. Die Kirche oder vielmehr der
Tempel war noch nicht vollendet. Er sollte einst im größten
Maßstabe und mit größter Pracht erbaut werden. Für jetzt
erhob sich auf dem Raume, der für den zukünftigen Tempel
bestimmt war, nichts als ein großer Schuppen, auf dem die
Fahnen Nordamerika's und einige andere Fahnen, die von
den Mormonen willkürlich aufgepflanzt waren, flatterten.
Dieser Schuppen diente indessen nur dazu, der Versammlung
bei Regenwetter Schutz zu gewähren. An einem so schönen
Sonntage, wie er an diesem Tage war, pflegte die Versamm=
lung der Gläubigen auf langen Bänken Platz zu nehmen,
die halbkreismäßig geordnet waren und in deren Mitte sich
eine Art von Altar und Kanzel für die Seher und die Prie=
ster befanden.

Die Versammlung bestand hier übrigens nicht mehr aus
den dreihundert Personen, die damals am Fuße des Berges
der Wünsche gelagert hatten. Schon vor ihnen waren Züge
von Nauvoo aus nach dem Utah=Gebiet aufgebrochen, an=
dere Züge waren nachgekommen, und die ganze Versammlung
mochte aus ungefähr zwölfhundert Personen bestehen, die
also jetzt den erwachsenen Theil der Kolonie bildeten. Män=
ner und Frauen saßen, wie es sich von selbst verstand, bunt
durcheinander, und im Allgemeinen bot die Versammlung
einen Anblick, der nicht sehr von demjenigen der anderen
religiösen Konventikel in den östlichen Staaten der Union
verschieden war. Die Männer, meistentheils kräftige Gestal=
ten mit gebräunten Gesichtern, waren, sowie die Frauen,

in ihrer Sonntagskleidung. Unter den Frauen waren wenig
hübsche, selbst wenig junge.

Wolfram, der sich unbemerkt genähert hatte, ließ sein
Auge über die Versammlung schweifen. Er glaubte Amelie
neben einigen alten Frauen zu erkennen. Dann setzte er sich
neben einige Greise, die auf der letzten Bank saßen und ihn
nicht kannten. Er beugte sich nieder, stützte den Kopf auf
beide Hände und erwartete so den Verlauf des Gottesdienstes.

Der Seher, der zugleich die Stelle eines ersten Beamten
vertrat, erhob sich und sprach den Segenswunsch über die
Versammlung und ihr Beginnen. Es war nicht Fortery,
der Führer der Dreihundert. Hier hatte ein Anderer und
Aelterer seine Stelle angenommen. Fortery zählte in Neu-
Jerusalem nur zu den Aeltesten, besaß aber immer noch eine
große Macht.

Dann nahm die Versammlung ihre Liederbücher zur
Hand und sang ein geistliches Lied nach einer in Nordamerika
sehr bekannten Melodie. Der Eindruck dieses Gesanges war
kein unangenehmer. Man hörte es den Stimmen an, daß sie
durch vieles Singen geübt waren; überhaupt ist der Gesang
in Nordamerika fast ebenso verbreitet, wie in Deutschland.

Hierauf erhob sich ein Priester und sprach ein Gebet,
in welchem die Schlagworte des Mormonen-Glaubens natürlich nicht fehlten, das aber im Allgemeinen den Gebeten
der anglikanischen Kirche ähnlich war. Dann wurde abermals ein Lied nach einer heiteren und angenehmen Melodie
gesungen. Bis jetzt war die Versammlung außerdem eine
sehr ruhige, ehrbare und fromme gewesen. Sie unterschied
sich durchaus nicht von den Kirchenversammlungen deutscher
Städte.

Nun erhob sich ein anderer Priester und hielt eine längere
Predigt. Sie war im Allgemeinen sehr gut und für die
Fassungskraft eines großen Publikums berechnet. Der Pre-
diger gab allgemeine moralische Ermahnungen, forderte die

Brüder und die Schwestern auf, arbeitsam und gewissenhaft
zu sein, ermahnte sie zur Geduld und zur Ausdauer und
enthielt sich vollständig des frommen Fanatismus und der
Angriffe auf Andersdenkende, die in den Predigten mancher
anderen Kirchen Sitte sind. Uebrigens war die Predigt kür=
zer, als gewöhnlich, was darauf schließen ließ, daß nach dem
Gottesdienst noch andere Gegenstände verhandelt werden wür=
den — wie es gewöhnlich der Fall war. Der Gottesdienst
vertrat zugleich die Stelle der Volksversammlung.

Auch diese Predigt war von der Versammlung im tief=
sten Schweigen und mit einer vollkommenen Ehrfurcht an=
gehört worden. Nun aber nahte der Augenblick, der die
Zungen der Einzelnen entfesselte. Eines der Hauptprinzipe
der Mormonenlehre beruht darauf, daß der wahre Gläubige
nur durch die göttliche Gnade bekehrt werden könne und daß
die göttliche Gnade auch in jedem Einzelnen wirke und sich
durch jeden Einzelnen mittheilen könne. Der Kultus der
Mormonen gestattet deshalb nicht nur, sondern er fordert
sogar dazu auf, daß einzelne Gläubige sich aussprechen und
die Offenbarungen, die der göttliche Geist ihnen einflößt,
ihren Brüdern und Schwestern mittheilen. Diese Mitthei=
lungen bildeten einen Bestandtheil des sonntäglichen Gottes=
dienstes der Mormonen, durften also auch heut nicht vernach=
lässigt werden.

Es erhob sich also mitten unter den Gläubigen ein
Mann und fing an, in Worten und Sprachwendungen, die
einem Fremden vollständig unverständlich gewesen wären, zu
beten und zu prophezeihen. Nach ihm erhoben sich Andere,
auch Frauen, und schwatzten den gräulichsten Unsinn, der je
mit den erhabenen Namen Gottes und Jesu Christi in Ver=
bindung gebracht worden ist. Manche von diesen Rednern
und Rednerinnen waren in einer förmlichen Verzückung und
gestikulirten wie Besessene. Die Versammlung aber hörte
andächtig zu, bis plötzlich dann einer wieder von seinem Sitze

emporſchoß und ſeinen Vorgänger durch ein noch lauteres Geſchrei übertäubte.

Gewiß war keiner von den Führern und Sehern der Meinung, daß der wahre Glaube durch dieſe unſinnigen Herzensergießungen gebeſſert und vervollkommnet werde. Wie jeder andere vernünftige Menſch hielten ſie dieſe Reden ge= wiß für Unſinn. Aber ſie verfolgten einen beſtimmten Zweck dabei. Sie wollten, daß jeder Einzelne glauben ſolle, er ſei ein Theil der allgemeinen Prieſterſchaft und die Offenbarung könne ſich in ihm ſo gut äußern, wie in jedem Anderen. Sie befriedigten dadurch die Eitelkeit der Einzelnen, die auch in der Religion nicht ganz verſchwindet. Sie öffneten dem religiöſen Wahnſinn Ventile, damit er gefahrlos verdunſte.

Doch auch dieſen Aeußerungen einer irregeleiteten Phan= taſie wurde heut ein früher Einhalt gethan und das Erſchei= nen des erſten Sehers und Gouverneurs von Neu=Jeruſalem führte die fanatiſirten und aufgeregten Gemüther wieder zur Ruhe und nüchternen Beſonnenheit zurück.

— Ich habe heut ernſte Worte an die Verſammlung der wahren Gläubigen zu richten, ſagte der Seher — und da weiter keine Bekanntmachungen zu veröffentlichen ſind, ſo will ich ſogleich zu dem betreffenden Gegenſtande ſchreiten. Er iſt von allgemeiner Wichtigkeit.

Gläubige Brüder und Schweſtern! Wir haben dieſes Land, das Land der Verheißung, Deſeret genannt, das heißt: „die Honigbiene.“ Wir haben einen Bienenſtock zum Symbol unſeres Glaubens, des wahren Glaubens, gewählt. Wes= halb? Die Antwort iſt klar. Wir haben damit andeuten wollen, daß wir ein thätiges Volk ſeien, daß Arbeit, Thä= tigkeit und Eifer allein des wahren Gläubigen würdig ſind. Die Kirche der wahren Gläubigen, die Kirche der Zukunft muß durch raſtloſe Bemühungen errichtet werden. Niemand darf die Hände in den Schooß legen und feiern. Die Müßig= gänger ſind die Feinde der Kirche. Verderben über ſie! Sie

müssen getödtet werden, wie die Drohnen von den fleißigen
Bienen. In Neu-Jerusalem dürfen keine Drohnen sein, und
wenn sie sich zeigen, so müssen sie ausgestoßen, getödtet und
verflucht werden. Denn das Gift des Müßigganges ist an-
steckend und Neu-Jerusalem soll nicht vergiftet werden!

Gläubige Brüder und Schwestern! So lange ich nach
Gottes Gnade und durch die Wahl der Aeltesten mein hei-
liges Amt bekleide, habe ich noch nie Gelegenheit gehabt,
Euch diesen unseren Grundsatz wegen eines bestimmten Falles
in das Gedächtniß zurückzurufen, und ich danke Gott dafür.
Heut aber muß ich es thun wegen zweier Personen, die ich
nicht mit dem Namen von Gläubigen belegen kann, da sie
ihn nicht verdienen. Die erste dieser Personen ist Wolfram.

Ihr werdet Euch erinnern, wie er nach Nauvoo zu uns
kam, wie wir ihn mit Freuden empfingen und wie wir Alle
glaubten, daß er der Gemeinschaft der Gläubigen durch seinen Eifer und seine Talente nützlich sein werde. Er war
ein Architekt und ein tüchtiger Mann, wie wir ihn brauchten.
Anfangs entsprach er allen unseren Erwartungen. Aber seit
wir in Neu-Jerusalem sind, mußte ich mit Bedauern bemerken, daß er sich mehr und mehr von uns und seinen Verpflichtungen zurückzog. Er hörte auf, thätig zu sein, er ver-
nachlässigte die ihm übertragenen Arbeiten und trug dazu bei,
daß dieselben in's Stocken geriethen. Ich habe ihn freundschaftlich ermahnen und auffordern lassen, zu uns zurückzukehren. Aber er zog es vor, auf einer einsamen Insel zu
leben und sich dort kindischen Spielereien hinzugeben, die eines
Mannes und eines Gläubigen unwürdig sind. Ich habe ihn
endlich vor vier Tagen bestimmt auffordern lassen, heut hier
zu erscheinen und sich vorher bei mir zu melden, damit ich
noch einmal eine gütliche Rücksprache mit ihm nehmen könne.
Er hat es nicht gethan und ich nehme also an, daß er nicht
hier ist, daß er auch diese Aufforderung verachtet und mir
offen Trotz geboten hat.

Bei diesen Worten erhob sich Hillow, der Kentuckier, in seiner ganzen Länge und Breite und seine scharfen Augen suchten ohne Zweifel den jungen Mann. Da aber Wolfram immer noch zusammengebeugt auf seinem Platze saß, so konnte ihn Hillow aus der Menge nicht herausfinden und sank mit enttäuschter Miene wieder auf seinen Platz zurück.

— Es thut mir leid darum, daß es so weit gekommen, fuhr der Seher fort. Ich bin gewiß der Erste, der Wolf= rams Talente anerkennt. Aber um so unverzeihlicher ist es von ihm, sie zu mißbrauchen und den Gläubigen ein böses Beispiel zu geben. Andererseits ist es meine Pflicht, meine strenge Pflicht, darüber zu wachen, daß die mir anvertraute Gemeinde rein bleibe und daß sich kein räudiges Schaf unter sie mische. Deshalb muß ich in diesem ersten Falle — möge er für immer der einzige bleiben! — die Strenge unserer Gesetze in ihrer ganzen Kraft und in ihrem ganzen Umfange in Anwendung bringen. Wolfram, wo bist Du?

Der Seher rief diese letzten Worte mit erhobener Stimme. Alles war still. Wolfram rührte sich nicht. Nur Hillow er= hob sich abermals und blickte unruhig umher.

— Er ist nicht hier! sagte der Seher. So erkläre ich denn auf Grund unserer Gesetze und nach dem Beschlusse der Aeltesten besagten Wolfram für ausgestoßen aus der Ge= meinschaft der Gläubigen. Sein Fuß darf nie wieder diese Stätte betreten, er ist aller Rechte und aller Gnadenmittel der wahren Kirche verlustig, er ist ausgestoßen aus dem Ge= biete der Gläubigen und geächtet. Niemand darf mit ihm sprechen, Niemand ihm einen Dienst erweisen, Niemand ihm Speise und Trank reichen, bei Strafe der Acht und des Bannes. Er ist vogelfrei, und so lange er sich auf unserem Gebiete befindet, hat Jeder das Recht, ihn von demselben zu vertreiben und im Widersetzungsfalle zu tödten. Solches ist unser Entschluß. Die Gläubigen werden danach handeln und ihn befolgen!

— Halt, halt! unterbrach hier die Stimme Hillows
den Seher. Ich weiß nicht, was das ist und weshalb Wolf=
ram nicht hier ist. Aber vor einer Stunde und vor dem
Anfange des Gottesdienstes war er bei mir und ließ sich
einen Anzug von mir geben. Ich bin überzeugt, daß er hier=
herkommen und sich rechtfertigen wollte. Es muß ihm ein
Hinderniß zugestoßen sein.

— Ein Hinderniß? Wohl kaum! sagte der Gouverneur.
Wenn Wolfram vor einer Stunde in Neu=Jerusalem war,
so ist es um so unverzeihlicher, wenn er nicht zum Gottes=
dienst gekommen ist, den er nun schon seit vielen Wochen
versäumt hat. Es bleibt bei dem Beschluß.

Hillow setzte sich mürrisch und sichtbar betrübt wieder
auf seinen Platz und die tiefste Stille trat ein. Wolfram
war nie bei dem größeren Theile der Mormonen beliebt ge=
wesen, er hatte es verschmäht, den Einzelnen zu schmeicheln
und sich Freunde zu machen. Er hatte fast nur Umgang
mit den liederlichsten und leichtsinnigsten Mitgliedern der Sekte
gehabt, die zum großen Theil längst verschwunden waren,
nachdem sie die Mormonen für ihe Zwecke ausgebeutet. Es
erhob sich deshalb keine andere Stimme für ihn. Wipky saß
schweigend in der Nähe der Kanzel.

— Was die andere Person anbetrifft, von der ich vor=
hin sprach, fuhr der Seher jetzt fort, so ist es die Begleiterin
Wolframs, die Französin Amelie, Euch bekannt unter dem
Namen die Mormonenbraut. Sie hat schon von jeher eine
Stellung zu den wahren Gläubigen angenommen, die eher
feindlich, als freundlich war. Sie hat erklärt, Wolfram nicht
nach den Gebräuchen unserer Kirche heirathen zu wollen, sie
hat sich von uns zurückgezogen. Nun aber gilt das Gebot
des Fleißes und der Thätigkeit bei uns nicht nur für die
Männer, sondern auch für die Frauen. Wie der Mann mit
dem Beil, mit der Hacke, mit dem Spaten, so muß die Frau
im Hause wirthschaften und arbeiten und ein nützliches Glied

unserer Gemeinschaft sein. Dieser Zweck kann aber nur dann erreicht werden, wenn sie wirklich eine Frau, wenn sie verheirathet, wenn sie einem wahren Gläubigen angetraut ist. Die Fränzösin ist jung, sie hat seit langer Zeit unsern Schutz genossen, unser Brod gegessen. Sie muß endlich aufhören, ein Müßiggängerin zu sein. Sie muß die Zwecke des Weibes erfüllen.

Der erste und einzige Zweck eines Weibes aber ist der, eine Hausfrau und eine Wirthschafterin zu sein. Deshalb fordere ich diejenigen von den unverheiratheten Männern, die hier versammelt sind, auf, zu erklären, ob einer von ihnen geneigt ist, die Französin Amelie de Morcerf als sein Weib anzunehmen und sich dieselbe antrauen zu lassen!

Allmählich hatten sich alle Blicke auf Amelie gewandt. Die Französin schien jedoch nicht darauf zu achten und saß ruhig und gefaßt da. Zugleich prägte sich auf allen Gesichtern eine gewisse Neugierde aus, wer wohl auftreten und ihre Hand verlangen werde.

Das Erstaunen war ziemlich lebhaft und allgemein, als Wipky sich erhob. Zwar ließ sich vermuthen, da er eine angesehene und einflußreiche Person war, daß er überhaupt etwas sagen wolle.

— Du hast eine Aufforderung erlassen, Bruder, wandte er sich an den Seher, und Du findest in mir einen Gläubigen, der sie gehört hat. Es war mein Wille, unverheirathet zu bleiben. Aber ich habe in der letzten Zeit gefühlt, daß meine angegriffene Gesundheit sich gebessert und meine Kraft, statt sich zu vermindern, sich vermehrt hat. Ich glaube noch lange Zeit mit einer Frau glücklich leben zu können. Meine Wahl war schon früher auf Amelie de Morcerf gefallen, und jetzt, nachdem Wolfram ihr nicht mehr zur Seite steht, ist es erstens ein Bedürfniß für sie, Jemand zu ihrem speziellen Schutze zu haben, und zweitens eine Pflicht für mich, die Begleiterin meines einstigen Freundes — denn ich

nenne ihn noch so — zu beschützen. Deshalb erkläre ich mich
bereit, die Französin Amelie de Morcerf als meine Gattin
anzunehmen.

— Hast Du etwas dagegen einzuwenden, Schwester
Amelie? fragte der Seher.

Die Französin erhob sich. Ihr Gesicht war nie blasser,
ihr Auge nie umflorter gewesen, als es sich jetzt nach einem
flüchtigen Blick über die Versammlung auf den Seher richtete.

— Ich habe einige Worte zu sagen, sagte sie dann mit
ihrer schönen Stimme und ihrem französischen Accent. Ich
weiß, daß es den gläubigen Schwestern frei steht, unter meh-
reren Bewerbern zu wählen, und da ich, wenn auch wider
meinen Willen, zu den Gläubigen gerechnet werde, so mache
ich von diesem Rechte Gebrauch. Es handelt sich darum,
ob noch andere von den Gläubigen auftreten und nach meiner Hand verlangen. Frage sie!

— Die Französin ist in ihrem Rechte, sagte der Seher,
während Wipky sein Auge rasch über die Versammlung schweifen ließ, als wolle er die Absicht eines jeden Einzelnen erforschen. Gläubige Brüder, sind noch Andere unter Euch,
denen die Hand der Französin wünschenswerth erscheint?

In der Versammlung erwarteten wohl Wenige, daß sich
Jemand erheben würde. Denn die Zahl der unverheiratheten
Männer war sehr gering und Wipky's Einfluß war so groß,
daß es so leicht Niemand wagen konnte, ihm entgegenzutreten.

Dennoch erhob sich ein Mann. Er hatte dicht hinter
Amelie gesessen und unbemerkt von den Andern ihr kurz zuvor einige Worte zugeflüstert.

Er war noch jung und heut in seinem Feiertagskleide
sah er sehr gut aus. Sein gebräuntes Gesicht, seine offene
Miene und sein kluges Auge mußten für ihn einnehmen.

— Ah, es ist Bertois, der Franzose! flüsterte es durch
die Reihen.

Bei diesen Worten erhob auch Wolfram zum ersten Male
sein Gesicht. Bis jetzt hatte er scheinbar theilnahmlos zugehört, denn er hatte vorher gewußt, wie Alles kommen würde.
Diese Wendung war neu. Es trat Jemand gegen Wipky
auf. Das hatte er nicht erwartet.

Er richtete sein Auge auf den Franzosen und mit einem
Zucken der Eifersucht mußte er sich gestehen, daß derselbe vor
allen anderen Bewerbern den Vorzug verdiene. Er hatte
früher nie auf ihn geachtet, kaum von seiner Ankunft bei den
Mormonen gehört, wußte auch nicht einmal, daß er von dem
Lord Hope abgesendet worden — denn sonst würde er ihn
gehaßt haben.

— Er war es, den Amelie meinte, die Verrätherin!
flüsterte in ihm die Stimme der Eifersucht. Er war es, von
dem sie sprach. Sie hat es mit ihm abgekartet. Ich verachte sie!

Sein Gesicht wurde todtenblaß. Am liebsten wäre er
aufgesprungen und fortgeeilt. Aber er wollte erst hören, was
Amelie sagen würde. Dann wollte er den Mormonen im
Ganzen und Amelie insbesondere seine ganze Verachtung ins
Gesicht schleudern und davongehen.

— Bruder, sagte jetzt der Franzose zu dem Seher gewendet, da Du die Frage an uns richtest, so erkläre ich Dir,
daß es stets ein großer Lieblingswunsch von mir gewesen ist,
meine Landsmännin Amelie de Morcerf zu meiner Gattin zu
machen, und wenn sie mein Anerbieten annehmen sollte, so
werde ich mich sehr glücklich schätzen, ihr einen Heerd und
ein sicheres Obdach zu bereiten.

Wipky's Augen waren so klein geworden, daß man fast
nichts mehr von ihnen sah. Aber sie waren auf Bertois
gerichtet und durchaus nicht freundschaftlich. Enttäuschung
und bange Erwartung malten sich in seinen Zügen. Er
mochte so gut wie Wolfram fühlen, daß Bertois ein gefährlicher Nebenbuhler sei. Vielleicht war er auch erstaunt dar-

über, daß ein Fremder es wagte, so gegen ihn aufzutreten. Amelie war stumm und ihr Gesicht ruhig.

— Der Bruder Bertois hat uns bis jetzt noch keine Veranlassung zum Tadel, wohl aber zum Lob und zur Anerkennung gegeben, sagte der Seher. Es läßt sich nichts gegen sein Verlangen einwenden. Sind noch andere unter den gläubigen Brüdern, die auf die Hand der Schwester Amelie Anspruch machen?

Es herrschte die tiefste Stille. Niemand erhob sich. Wipky und Bertois waren die einzigen Bewerber.

— Es meldet sich Niemand weiter! sagte der Seher. Gut denn, die Französin wird zwischen Beiden zu wählen haben. Der Bruder Wipky ist ein achtbarer und um die Kirche der Gläubigen wohlverdienter Mann. Er hat uns oft mit seinen Rathschlägen zur Seite gestanden. Aber auch der Bruder Bertois verdient unsere Anerkennung. Wir also haben weder für den Einen, noch für den Anderen etwas Günstiges oder Nachtheiliges zu sagen. Die Entscheidung legt in Deiner Hand, Schwester Amelie.

— Noch ein Wort! rief Wipky jetzt. Es ist wahr, ich achte den Bruder Bertois und bin der Erste, der seinen Fleiß und seine Geschicklichkeit anerkennt. Aber die Jahre, die ich im Dienste der gläubigen Kirche zugebracht, geben mir einen Vorzug. Ich will nicht sagen, daß ich keine andere passende Frau fände, als die Schwester Amelie. Da es aber stets unser Streben gewesen ist, Gleiches mit Gleichem zu vereinigen, und da ich eine gelehrte Bildung genossen habe, Amelie aber ebenfalls gut erzogen ist, so glaube ich, würde sie mehr für mich passen, als eine andere Schwester. Bruder Bertois dagegen wird immer noch Frauen genug finden, die ihm zusagen.

Das Gemurmel, das diesen Worten folgte, war dem Doktor nicht eben günstig. Jedenfalls hatte er die Frauen beleidigt, indem er ihnen eine Fremde, eine gebildete Franzöfin vorzog. Die Eitelkeit hatte ihren Weg auch in die Blockhäuſer von Neu-Jeruſalem gefunden.

— Ich kann etwas Gleiches zu meinen Gunſten anführen, ſagte jetzt Bertois. Ich bin Franzoſe und Schweſter Amelie iſt eine Landsmännin von mir. Deshalb wünſche ich ſie zur Frau.

— Es wäre zu beklagen, wenn hierüber ein Streit entſtände! rief der Seher mit lauter Stimme. Ich hebe deshalb jede Debatte darüber auf. Die Franzöſin mag entſcheiden. Es iſt ihr Recht.

— So erkläre ich, den Antrag des Bruder Bertois anzunehmen! ſagte Amelie mit lauter und feſter Stimme.

— Die Schlange! Sie hat mich betrogen! murmelte Wolfram vor ſich hin.

— Wohlan denn, ſo wollen wir die Schweſter Amelie dem Bruder Bertois antrauen! rief der Seher. Ich bitte die Beiden, vorzutreten und an dem Altar Platz zu nehmen.

— Halt! rief Wipky jetzt, der ſeinen Aerger und ſeine Enttäuſchung nur mühſam verbergen konnte. Halt! Ich habe noch eine Einwendung zu machen. Die Ceremonie muß aufgeſchoben werden. Ich glaube wohl verlangen zu dürfen, daß man mich anhört.

— So ſprich, ſagte der Seher. Niemand hindert Dich daran. Welche Gründe haſt Du?

— Ich kann ſie den Aelteſten nur im Geheimen mittheilen und bitte deshalb, daß die Trauung bis auf heut über acht Tage ausgeſetzt werde, ſagte Wipky.

Es lag auf der Hand, daß dies eine leere Ausflucht war, und die Meiſten mochten ſo denken. Aber Dr. Wipky war unter den Mormonen ein angeſehener und auch gefürchteter Mann. Seine Stimme mußte gehört werden. Der Seher berieth mit den Aelteſten.

— So bleibt die Trauung ausgeſetzt bis auf heut über acht Tage, ſagte er dann. Wir werden bis dahin alle Gründe

prüfen. Ich entlasse die Versammlung der Gläubigen mit
meinem Segen. Gott schenke Euch seinen Frieden, jetzt und
immerdar. Amen!

Die Versammlung wollte sich erheben und auseinander
gehen. Das plötzliche Erscheinen Wolframs jedoch hielt sie
zurück. Der junge Mann war hastig aufgestanden und schritt
jetzt durch einen Gang, der sich zwischen den Bänken befand,
rasch bis in die Nähe der Kanzel vor. Dort stand er still,
und seine Stellung war so stolz, so herausfordernd und da=
bei so verächtlich, daß Aller Blicke voller Verwunderung auf
ihm hafteten. Sein Auge richtete sich zuerst auf Amelie, die
seltsamer Weise weder blaß noch aufgeregt geworden, sondern
ihren Blick ruhig und fest auf ihn heftete.

— Zuerst einige Worte an jenes Weib! rief er mit er=
hobener Stimme und mit dem Ingrimm der Verachtung.
Sie ist mir aus ihrem Vaterlande gefolgt, sie hat mir Treue
geschworen, und jetzt, da ich im Begriff stehe, diese Stätte
der Bosheit zu verlassen, weist sie mich zurück, weil sie mit
einem Anderen geliebäugelt hat und meiner überdrüssig ge=
worden ist. Wohlan, Amelie, ich danke Ihnen, Sie haben
mir eine gute Lektion über Treue der Frauen gegeben! Seien
Sie glücklich und amüsiren Sie sich mit Ihrem zukünftigen
Gatten, bis es ihm gefällt, eine andere Frau zu nehmen und
Sie zu Nummer Zwei zu machen. Für ihn konnten Sie
thun, was Sie mir abschlugen. O, ich sehe jetzt klar und
ich verachte Sie!

Ein bitteres, höhnisches Lachen drang über seine ver=
zogenen Lippen und er schleuderte einen Blick der Verachtung
auf die Französin. Jetzt war Amelie bleich geworden. Sie
schien ihre Fassung zu verlieren. Dann aber erhob sie sich
ein wenig und sagte mit schwacher, aber fester und laut ver=
nehmlicher Stimme, so daß es Jeder hören konnte:

— Sie thun mir Unrecht, Wolfram, und Sie werden
es eines Tages einsehen.

— Euch aber, Ihr Mormonen! rief Wolfram jetzt wie=
der mit lauter Stimme, Euch sage ich, daß ich mich so wenig
um Euern Bann, um Euern Fluch kümmere, als wenn eine
Möwe mir drohen würde, sie wolle mich verschlingen. Ich
habe mit meinem Geiste, mit meinem Selbst nie zu Euch ge=
hört. Ich bin zu Euch gekommen, weil ich nichts Besseres
hatte, weil mir Alles gleich war. Ich werde wohnen, ich
werde bleiben, ich werde thun, was und wo ich will, und
wehe dem, der es wagen wird, mich in meinem Beginnen zu
stören! Ich bin noch der alte Wolfram, und die Faust, die
drei Centner zu schwingen weiß, wird auch einen Mormonen=
schädel zu treffen wissen. Wer hat Euch ein Recht gegeben,
über mich zu urtheilen? Gehört Euch dieses Land, dieses
Gebiet? Mein ist die Luft, mein ist der See, mein ist der
Fels, so gut wie Euer. Drohen könnt Ihr mir, aber ich
will den sehen, der die Drohungen ausführt. Ich sage Euch,
ich bleibe auf der Insel und wer sich den Kopf zerschellen
will, der mag dort hinkommen und mich vertreiben. Aus=
erwähltes Volk Gottes, ich lache Dir ins Gesicht und ver=
achte Dich, denn ich kenne die Betrügereien Deiner Führer
und die kindische Leichtgläubigkeit Deiner Frommen. Lüstern=
heit, Willkür und Eigennutz halten Euch zusammen. Sagt
den Thoren, daß Ihr ehrliche Leute seid, nicht mir. Und
nun habe ich gesagt, was ich auf dem Herzen hatte. Thut,
was Ihr wollt, ich werde thun, was mir gut dünkt. Adieu!
Zwischen uns sei Kampf, wenn Ihr ihn haben wollt. Wir
wollen sehen, wer der Stärkste ist!

So wild, so gellend, so drohend waren diese Worte her=
ausgeschleudert, daß ein Entsetzen die ganze Versammlung zu
ergreifen schien, daß keine Lippe sich rührte, ihm zu wider=
sprechen, keine Hand sich erhob, um ihn zu Boden zu schlagen.
Er stand da, wie der gefallene Engel, und seine Augen schleu=
derten Blitze, von seinen Lippen schien der Donner zu rollen.
Mancher mochte in seinem Innersten zittern, Mancher mochte

sich in banger Furcht fragen, ob das ein Mensch oder ein Dämon sei.

Stolz, den Kopf zurückgeworfen, die rechte Hand wie in vernichtender Beschwörung ausgestreckt, stand er noch einen Augenblick da. Dann verließ er seinen Platz, nicht hastig und übereilt, sondern langsam und majestätisch, wie ein Held durch die Reihen des bewundernden Volkes schreitet. Ja, es lag eine Majestät in diesem Jüngling, in ihm loderte der prometheussche Funken. Aber sollte er zur segenbringenden Flamme oder zum verderblichen Brande auflodern?

Niemand hielt ihn zurück. Stumm und entsetzt folgten ihm alle Blicke, bis er hinter den Häusern verschwand und dem See zuschritt. Was aber die Führer der Mormonen, was auch die Mormonen selbst fühlen mochten — es war nichts gegen die Verzweiflung, die Wolfram selbst im Herzen trug.

Elend war seine Lage in den letzten Tagen gewesen. Er hatte sich selbst anklagen, sich selbst verdammen müssen, er war zur Erkenntniß seiner Irrthümer, seines verfehlten Lebens gelangt. Die Liebe zu Amelie, die um so heißer hervorgebrochen, je länger sie unter der Asche geschlummert, hatte ihn elend gemacht; denn sein Herz hatte ihm gesagt, daß Amelie ihn nicht mehr lieben könne, ihn verachten müsse. Dennoch war er zu der Versammlung gekommen, nicht in der Absicht, ihr zu trotzen — nein, er wollte den Mormonen sagen, daß ihm sein Gewissen nicht erlaube, länger zu bleiben, und überzeugt davon, daß Amelie die Bewerbung Wipky's ausschlagen würde, wollte er einen letzten Versuch machen, sich ihr zu nähern, Verzeihung von ihr zu verlangen, und dann mit ihr vereint Deseret verlassen.

Wie bitter war er getäuscht worden! Wie bitter glaubte er wenigstens getäuscht worden zu sein! Nicht Verachtung von Seiten Amelie's war es gewesen, die sie bewogen, seinen Vorschlag abzulehnen und zu bleiben. Sie liebte einen

7*

Anderen, sie zog den Franzosen ihm vor, sie hatte ihren früheren Geliebten vielleicht längst verrathen, während er noch glaubte, daß sie sich über seine Untreue gräme. Amelie hatte keinen Grund mehr, ihn zu verachten. Er mußte sie verachten. Ach! aber es war ihm schmerzlicher, es brannte mehr in seinem Herzen, sie verachten zu müssen, als sich von ihr verachtet zu glauben.

Dennoch trotz seiner eigenen Qualen hielt ihn in diesem Augenblick sein Stolz aufrecht, wenigstens so lange er im Gesichtskreis der Mormonen blieb. Erst am Ufer, als er sein Boot erblickte, stieß er einen Schrei aus, einen langen, gellenden Schrei, und drückte die Hand aufs Herz, das ihm springen wollte.

— Goddam! Mann, seid Ihr toll oder was habt Ihr? sagte eine Stimme neben ihm.

Wolfram blickte auf. Er sah einen Reiter, den er bis dahin nicht gesehen, und der, wie er glaubte, auch nicht zu den Mormonen gehörte. Langes, flachsgelbes Haar hing ihm bis auf die breiten Schultern, und seine ganze Gestalt steckte in einem weiten Regenüberzieher und einem Paar hoher Stulpenstiefeln. Hinter sich hatte er einen großen Mantel= sack, vor sich ein Paar Pistolen, auf dem Rücken eine lange Flinte. Ein Hut mit breitem Rande beschattete das lange Haar und das Gesicht, dessen · dunkle Augen einigermaßen mit dem blonden Haar in Widerspruch standen. Seine Ge= stalt schien über Mittelgröße zu sein.

Wolfram dachte sogleich an die Quäker, die er im öst= lichen Theil der Union gesehen, und glaubte einen Reisenden vor sich zu haben, der im Oregon oder in der Nähe wohnte. Er sah ihn an, aber eben nicht sehr freundlich. Sein Auge schien für lange Zeit den Ausdruck des Hasses und der Ver= achtung angenommen zu haben.

— Nun, Mann, sagte der Reiter, es geht mich nichts an, weshalb ihr schreit, wie ein wildes Thier. Macht das

mit Euch allein ab. Aber was ist das für eine Niederlaf=
fung, die ich hier vor mir sehe.

— Ein Ort der Verwünschung, ein Schlangenneft! stieß
Wolfram mühsam hervor. Wenn Ihr ein ehrlicher Mann
seid, so haltet Euch fern von diesem Ort. Seid Ihr ein
Schuft, so geht hinein.

— Goddam! Das ist ja eine seltsame Beschreibung!
sagte der Quäker mit einem herzlichen Lachen. Ein Schlan=
genneft? Ich glaubte, es wäre die Saltlake=City! (Salzsee=
Stadt.)

— Das ist sie auch; Neu=Jerusalem nennen sie die
Schurken! murmelte Wolfram. Neu=Sodom und Gomorrha
sollte sie heißen! Oder seid Ihr selbst so ein Gläubiger?

— Ich? Nein! antwortete der Reiter, der ein ächter
Yankee zu sein schien und sein Englisch so vortrefflich kauder=
welschte, wie nur je ein Mensch jenseits des Oceans. Ich
komme aus dem Oregon und wollte einen Freund besuchen,
der im Gebiet Nebraska wohnt. Dabei wollt' ich mir ein=
mal die Niederlassung dieser Menschen ansehen, die fleißig
sein sollen, wie die Biber, fromm wie die Propheten —

— Und falsch wie Judas! murmelte Wolfram. Wenn
Ihr Ehre, Geld und Leben bei Euch habt, so nehmt Euch in
Acht, sie nicht zu verlieren.

— He, Freund! sagte der Quäker und setzte sich gleich=
sam erwartungsvoll in seinem Sattel zurecht. So habe ich
ja noch keinen Menschen über die Mormonen sprechen hören.
Woher kommt das?

Wolfram war ganz in der Stimmung, um seinem Her=
zen Luft zu machen, und dieser Quäker war für den Augen=
blick in einem Umkreise von zwanzig Meilen der einzige Mann,
der ihn ruhig anhören konnte und durfte. Er schien auch ein
aufmerksamer Zuhörer zu sein und unterbrach den zornigen
Jüngling nur zuweilen durch Fragen, die trotz ihrer Einfach=
heit so klug gestellt waren, daß sie dem jungen Manne auch

einen Theil deſſen entlockten, was er nicht verrathen wollte,
nämlich ſeiner Liebe zu Amelie. Genug, nach einer Viertel=
ſtunde hatte der Reiter Alles erfahren, was ſich an dieſem
Sonntagmorgen in Neu=Jeruſalem zugetragen, und er hatte
einen tieferen Blick in das Herz des jungen Mannes thun
können, als je einer von den Mormonen, oder überhaupt je
ein anderer Menſch.

— Was Ihr mir da erzählt habt, iſt allerdings nicht
ſehr erbaulich! ſagte er dann. Aber ich will doch hinein und
mit eigenen Augen ſehen. Bleibt Ihr denn nun hier trotz
des Bannes?

— Gewiß! antwortete Wolfram ſtolz und verächtlich.
Ich möchte den ſehen, der die Hand gegen mich aufhebt.
Und ſie werden es nicht wagen, die Nattern!

— Adieu denn! ſagte der Quäker. Ihr ſeid ein ſtolzer
Burſche. Nehmt Euch aber in Acht. Hier findet Ihr keine
andere Hülfe, als Eure Arme.

— Und die ſind mir genug! antwortete Wolfram und
ging nach ſeinem Boot.

Der Quäker ritt in die Kolonie hinein, und während
Wolfram mit ſeinem verwundeten und kochenden Herzen ſein
Boot nach der Felſeninſel hinübertrieb, erkundigte ſich der
Quäker nach der Wohnung eines gewiſſen Bertois.

Es war dies der einzige Mormonen, den er zu kennen
ſchien, und mit dieſem ging er am Nachmittage durch die
ganze Niederlaſſung, ließ ſich auch dem Seher vorſtellen und
hatte mit ihm eine längere Unterredung. Noch am Abend ver=
ließ er Neu=Jeruſalem, und als er ſich von Bertois trennte,
griff dieſer höchſt ehrerbietig an ſeinen Hut und ſagte:

— Ich werde Ihre Wünſche Punkt für Punkt erfüllen,
Mylord!

Der Kampf.

Die folgenden Tage, die Wolfram auf der Insel zubrachte, waren für ihn das, was die großen Revolutionen der Erde und der Völker für unseren Erdball und dessen Bewohner gewesen sind. Sie erschütterten ihn von Grund aus. Sie lockerten alles Gute und Böse in seinem Herzen, sie brachten sein ganzes Wesen in Gährung — ohne daß sich jedoch hätte vorher bestimmen lassen, ob diese Revolution zu einem guten oder bösen Ende führen werde.

Was sollte er anfangen? Wohin sollte er gehen? Trotz seiner Jugend schien ihm die ganze Welt verödet und verschlossen. Nirgends, nirgends in seinem Hirn fand er einen Gedanken, aus dem eine freudige Hoffnung für die Zukunft emporsprießte. Die Welt hatte keinen Reiz mehr für ihn. Was lag ihm daran, auch körperlich in das Nichts zu versinken, nachdem sein Geist erstorben? Oft dachte er daran, sich den Tod zu geben. Aber sich selber unbewußt, besaß er zu viel Muth, um diesen Tod der Feigen zu sterben. Er wünschte, daß ihn ein Strahl vom Himmel, eine Kugel tödten möge. Aber er selbst wollte seine Leiden nicht enden. Mit einer bitteren Selbstzufriedenheit überließ er sich der Folter seines Herzens.

Auch wollte er abwarten, was die Mormonen thun würden. In seinem Trotz und Grimm wünschte er einen Zusammenstoß mit seinen früheren Freunden. Vielleicht hoffte er, von ihnen getödtet zu werden, oder Wipky und Bertois tödten zu können.

Merkwürdig genug, daß dasselbe Herz, das so lange gleichgültig und kalt gegen Amelie und ihre Leiden geblieben war, jetzt vom wildesten Schmerz durchzuckt wurde bei dem Gedanken, Amelie könnte einem Andern angehören. Aber es ift immer so. Oft wird uns ein Schatz, ein Freund, ein Herz erft dann theuer, wenn wir im Begriff stehen, sie zu verlieren. Amelie die Gattin eines Anderen — Wolfram hätte wahnsinnig werden mögen! Er rief sich jene süßen Stunden ihrer erften Liebe zurück, die Tage, die sie in Paris, auf der Reise nach Havre, selbst noch auf der Ueberfahrt nach Amerika verlebt hatten — jene Stunden frohen Scherzes und unschuldiger Liebe, in denen Amelie ihm den ganzen reichen Schatz ihres Herzens erschlossen hatte. Und diese Arme sollten einen Andern umschließen, ihre Lippen sollten auf andern Lippen ruhen, ihr Herz an der Bruft eines andern Mannes freudig klopfen — unmöglich! Es rieselte kalt durch Wolframs Adern, und es schien ihm, als würde er alle Kraft aufbieten müssen, um denjenigen nicht zu tödten, den Amelie jetzt glücklich machen wollte.

Und dennoch — immer wieder dachte er daran, daß Amelie im Rechte sei. Er hatte sie verlassen, er hatte sie faft gewaltsam einem Andern in die Arme getrieben. Und weshalb sollte Amelie jenen Bertois nicht lieben? Er war ein Landsmann von ihr, ein schöner Mann, ehrlich, klug, fleißig, er konnte Amelie glücklicher machen, als es Wolfram vielleicht gethan haben würde. Das sagte er sich. Aber die Vernunft ift eine schlechte Lehrmeifterin für einen Liebenden. Die Liebe zieht nur die Leidenschaft zu Rathe, und wenn Wolfram alles überlegt hatte, so kam er immer wieder darauf zurück, daß er verrathen, verlassen, betrogen worden sei und daß Amelie ihn namenlos elend gemacht habe.

Daß in dieser Zeit seine Wange nicht blühender, sein Auge nicht heiterer wurde, läßt sich leicht errathen. Wolfram sah aus, wie ein Gespenft. Die Menschen würden vor ihm zurückgewichen sein; aber auf der Insel gab es außer ihm kein menschliches Wesen, und dem Kondor war es gleichgültig, ob er von einem Frohen oder von einem Unglücklichen seine todten Möven empfing. Freilich litt auch der Kondor darunter, denn Wolfram dachte oft Tage lang nicht daran, ihm Möven zu schießen. Das Thier wurde hungrig, ungeduldig, mürrisch und feindselig.

So lebte Wolfram auf seiner einsamen Insel. Seine einzige Hoffnung war die, daß die Mormonen ihn angreifen, es versuchen würden, ihn zu vertreiben. Dann wollte er mit ihnen kämpfen und im Kampfe untergehen. Es war wenigstens ein männlicher Tod!

Wolfram lebte auch während dieser Zeit, wie früher, nur von Vogeleiern und einzelnen eßbaren Wasservögeln, die er schoß und in der Höhle briet. Er würde es verschmäht haben, irgend eine Nahrung zu sich zu nehmen, wenn er nicht daran gedacht hätte, daß ihm jener Kampf noch bevorstehe und daß er sich für denselben seine Kräfte erhalten müsse. —

Mit nicht geringer Ueberraschung und mit geheimem Grimm sah er am Ende der Woche, die jenem Sonntage gefolgt war, ein Boot seiner Insel nahen und erkannte mit seinen scharfen Augen in dem Manne, der dasselbe schnell und geschickt ruderte, jenen Franzosen, seinen Nebenbuhler, Bertois. Weshalb kam dieser Mann? Wollte er zu ihm? Was hatte er ihm mitzutheilen? Wolfram bereitete sich darauf vor, ihn kalt und verächtlich zu empfangen. Aber er war doch auch neugierig, zu erfahren, welcher Grund diesen Mann zu ihm führe. Hatte ihm Amelie noch etwas zu sagen? Weshalb schickte sie dann aber diesen Mann?

Das Boot legte in der That an der Insel an und nach einigen Minuten sah Wolfram seinen Nebenbuhler die Felsen heraufsteigen. Er war mit Flinte und Hirschfänger bewaffnet. Das konnte jedoch dem jungen Manne nicht auffallen. Denn die Mormonen entfernten sich nie eine Strecke weit von der Niederlassung, ohne bewaffnet zu sein. Sie hatten stets die Angriffe der Indianer zu fürchten, oder hofften auch, auf ein gutes Stück Wild zu stoßen.

Mit einer Miene, in der sich finsterer Stolz und verächt=
liche Geringschätzung paarten, richtete Wolfram seine Blicke
auf den Franzosen. Es ärgerte ihn, daß dieser sich ihm in
einer festen und zuversichtlichen Haltung nahte. Er hatte ge=
hofft, ihn verlegen, verwirrt zu sehen. Statt dessen grüßte
ihn dieser ruhig und mit einem forschenden, klaren Blicke.

— Herr Wolfram, sagte er, Sie entschuldigen, daß ich
Sie störe.

— Ich muß es entschuldigen, und was wünschen Sie
von mir? sagte Wolfram düster.

— Ich komme wegen einer Dame, die einst Ihrem Her=
zen nahe stand! sagte Bertois, während er seine Flinte an
einen Felsen lehnte. Zwar weiß ich nicht, ob Sie Willens
sind, derselben noch irgend welche Aufmerksamkeit zu schenken.
Aber ich hoffe es.

— Sie hoffen es? sagte Wolfram mit einem verächt=
lichen Zucken der Lippen. Fürwahr, das ist eine große Un=
eigennützigkeit. Sie sind derjenige, den sich Amelie ausge=
wählt hat, Sie sind ihr Mann, oder werden es bald sein,
und Sie wollen dennoch einem Andern erlauben, sich in die
Angelegenheiten Ihrer Gattin einzumischen?

— Sie scheinen gereizt zu sein, Herr Wolfram, sagte
Bertois ruhig. Die Sache indessen, die ich Ihnen mitzu=
theilen habe, fordert die größte Besonnenheit und die klarste
Ueberlegung. Lassen Sie mich deshalb zuerst einen Umstand
aufklären, der von Wichtigkeit ist. Amelie wird nie meine
Gattin werden, weder mit ihrem, noch mit meinem Willen.

— Oho! Was ist das für eine neue Teufelei? rief
Wolfram bitter und höhnisch.

— Keine Teufelei, sondern einfache Wirklichkeit! sagte
der Franzose so fest und ernst, daß sich Wolfram beinahe
beschämt fühlte. Ich schätze Fräulein Amelie viel zu hoch
und habe eine viel zu bescheidene Ansicht von meinem eige=
nen Verdienst, als daß ich es je wagen könnte, meine Augen

bis zu einer solchen Dame zu erheben. Das Schicksal meiner Landsmännin hatte von jeher mein Interesse erregt, und
da ich einzusehen glaubte, daß ihr die Bewerbung Wipky's
unangenehm sei, und da ich ferner glaubte, daß eine An-
näherung zwischen Ihnen Beiden nicht in das Bereich der
Unmöglichkeit gehöre, so trat ich als Bewerber um die Hand
Amelie's auf, aber nur, um ihr Zeit zu gewähren. Das
war der einfache Grund meiner Bewerbung. Sie sehen in
mir weder einen Nebenbuhler, noch einen Feind!

— Viel Interesse! In der That, das ist wahr! sagte
Wolfram noch immer spöttisch. Dann aber schien er einzusehen, daß er diesem Manne gegenüber keinen Grund habe,
den Hochmüthigen und Beleidigten zu spielen, und er sagte
in aufrichtigem Tone:

— Wenn dem so ist, so danke ich Ihnen. Aber Sie
mußten doch vorher mit Amelie darüber gesprochen haben!

— Nur wenige Augenblicke vorher, antwortete Bertois.
Mein Entschluß stand erst dann fest, als Wipky mit seinem
Antrage auftrat, und ich flüsterte Fräulein Amelie meine Ab-
sicht zu.

— Gut, sagte Wolfram. Nun, und was haben Sie
mir jetzt mitzutheilen?

— Nichts Erfreuliches, erwiederte der Franzose. Die
Angelegenheit Ihrer Begleiterin hat eine schlimme Wendung
genommen. Urtheilen Sie selbst, ich werde Ihnen den Verlauf der Dinge erzählen.

Wolfram war sehr aufmerksam geworden. Er errieth,
daß der Franzose ihm die Wahrheit sage, daß er einem
Manne ohne Heuchelei und Falschheit gegenüberstand. Zugleich ergriff ihn ein seltsam angenehmes Gefühl. Es war
noch eine Möglichkeit, daß Amelie ihn liebte. Wenn sie wirklich den Antrag Bertois' nur angenommen, um Zeit zu gewinnen, so war noch Hoffnung für ihn. Und hatte nicht
Amelie mit so ergreifender Stimme gesagt:

— Sie thun mir Unrecht, Wolfram, und Sie werden es eines Tages einsehen?

Er setzte sich auf ein Felsstück. Bertois setzte sich neben ihn.

— Die Sache ist folgende! fuhr der Franzose dann fort. Ich war von Anfang an überzeugt, daß jener Antrag Wipfy's nicht das Resultat einer augenblicklichen Laune oder gar der Großmuth, sondern reiflicher Ueberlegung sei. Der Doktor mochte wissen, daß Sie allen Ansprüchen auf Ihre Begleiterin entsagt hatten, und da er, wenn ich nicht irre, ehrgeizig ist und nach höheren Einflüssen strebt, so konnte ihm eine Verbindung mit der klugen und gebildeten Amelie nur von Vortheil sein, nachdem er den ersten Reid der Mormonenfrauen besiegt hatte. Von der Schönheit Amelie's will ich weiter nicht sprechen. Genug, ich bereitete mich darauf vor, daß mir Wipfy Hindernisse in den Weg legen würde. In der That kam er schon am anderen Morgen zu mir und stellte mir mit all der Schlauheit, die ihm eigenthümlich ist, vor, daß mir, dem einfachen Handwerksmanne, eine Frau wie Amelie wenig nützen könne, daß er mir eine andere reiche und arbeitsame Frau verschaffen wolle und daß ich meiner Ansprüchen entsagen solle. Ich erwiederte ihm, daß ich das nicht könne, da ich Amelie liebte. Darauf wurde er ärgerlich, erwähnte, daß ich mich erst seit Kurzem bei den Mormonen befinde und daß es allgemein auffallen würde, wenn ein so neues Mitglied gegen ein altes und bewährtes Haupt der Gemeinde auftreten wolle. Ich erklärte ihm jedoch, daß ich bei meinem Antrage beharre, und er verließ mich sehr mißmüthig.

Ich sah voraus, daß Wipfy gegen mich intriguiren würde, und obgleich ich nur that, als ob ich ruhig meine Arbeit nachgehe, so betrachtete ich ihn dennoch ziemlich genau. Er hatte lange Konferenzen mit dem Seher und m den einflußreichsten der Aeltesten. Gestern früh kam den

auch der Seher zu mir und sagte mir nach langen Um=
schweifen und Entschuldigungen, daß der Rath der Aeltesten
beschlossen habe, mich darum zu bitten, dem Bruder Wipky
meine Ansprüche auf die Hand der Französin abzutreten, und
daß er hoffe, ich werde diese Bitte erfüllen.

Ich blieb jedoch fest, da ich sehen wollte, wie weit man
es treiben würde, und gab dem Seher dieselbe Antwort, wie
dem Doktor. Darauf erklärte der Seher kraft seines Amtes
als Gouverneur, daß es ihm allerdings leid thue, streng gegen
mich sein zu müssen, daß aber der Beschluß der Aeltesten
feststehe und daß Amelie die Gattin Wipky's werden müsse.
Er stelle es mir frei, wenn ich sonst wolle, die Gemeinschaft
der Gläubigen zu verlassen, hoffe aber, ich würde mich mit
einem reichen und schönen Mädchen beruhigen, das meine
Frau werden solle.

Ich erwähne hier nebenbei, daß ich seit jenem Sonn=
tage, sowie früher, auch nicht eine Silbe mit Amelie gespro=
chen. Ich konnte es auch nicht, denn ich sah, daß sie in
dem Hause der Wittwen streng bewacht wurde. Ich war
also nicht einmal im Stande, ihr eine Nachricht zu geben.
Gestern Abend nun wurden die Gläubigen zu einer außer=
ordentlichen Versammlung zusammenberufen und der Seher
eröffnete ihnen, daß nach dem Beschlusse der Aeltesten die
Schwester Amelie die Hand Wipky's annehmen müsse. Ich
hätte Verzicht geleistet.

Natürlich erhob ich mich, um dieser letzteren Behauptung
zu widersprechen. Ehe ich jedoch zu Worte kommen konnte,
deutete mir der Seher an, daß ein Widerspruch mit soforti=
ger Ausstoßung aus der Gemeinde bestraft werden würde
und daß dann jede weitere Bewerbung von selbst aufhöre.
Wie Sie einsehen werden, mußte ich mich fügen.

Ich war jetzt gespannt auf die Art und Weise, in der
sich Amelie dieser grenzenlosen Tyrannei gegenüber benehmen
werde. Ich sah, daß sich eine Deputation nach dem Hause

begab, in dem sich Amelie befand. Wahrscheinlich wollte man ihr jenen Beschluß mittheilen. Was sie darauf geantwortet, habe ich nicht erfahren können. Ich weiß nur, daß am nächsten Sonntage die Trauung vollzogen werden soll und daß Wipky sich geberdet, als sei er bereits der Gatte Amelie's. Heut ist Freitag. Die Zeit zum Ueberlegen also ist kurz. Ich zweifle keinen Augenblick daran, daß man Amelie zwingen wird, die Hand jenes Mannes anzunehmen, und die Schurkerei Wipky's ist so groß, daß er wahrscheinlich versuchen wird, durch Gewalt und Betrug seinen Zweck zu erreichen. Leider hindern mich meine Pflichten, offen gegen die Mormonen aufzutreten. Ich gestehe Ihnen im Vertrauen, daß nur gewisse Rücksichten und die Befehle einer Person, der ich diene und die ich verehre, mich bei den Momonen zurückhalten. Deshalb bin ich zu Ihnen gekommen. Wenn Sie noch einen Funken von Mitleid oder Interesse für jene Dame haben, so glaube ich, ist es jetzt Zeit, zu handeln. In kurzer Zeit würde es zu spät sein!

Wolfram saß mit verschränkten Armen und düsterer Stirn da. Vielleicht zweifelte er noch.

— Sie glauben also, Wipky könnte Gewalt oder Verrath anwenden wollen? fragte er dann.

— Ich halte diesen Schurken für fähig, jede Schändlichkeit zu begehen, antwortete Bertois.

— Und weshalb nennen Sie ihn einen Schurken? fragte Wolfram.

— Ich habe meine Gründe dazu, antwortete der Franzose. Für mich zum Beispiel steht es fest, daß er den Tod Fortery's erwartete, um Führer des Mormonen-Zuges zu werden.

— Das ist möglich, ich selbst habe daran gedacht, sagte Wolfram. Aber sollte er schlecht sein können gegen ein Weib, gegen ein wehrloses Geschöpf?

— Ich vermuthe es, erwiederte Bertois. Der Verlauf

wird folgender fein. Man bewacht Amelie, so daß sie nicht
entfliehen kann. Am Sonntag wird sie gezwungen, vor der
Verſammlung zu erſcheinen, und dort dem Doktor angetraut.
Weigert ſie ſich, das Haus zu verlaſſen, ſo geſchieht die
Trauung dort. Dann wird man es Wipky anheimſtellen,
ſeine Rechte als Gatte geltend zu machen, und ich zweifle nicht
daran, daß der liſtige Schurke es dahin bringen wird, Amelie
zu zwingen, ihn als ihren Mann anzuerkennen.

— Und was ſoll ich dabei thun? fragte Wolfram, wie
aus tiefen Gedanken erwachend.

— Das kann ich Ihnen nicht ſagen, mein Herr. Da
ich Theilnahme für Amelie, vielleicht auch für Sie empfand,
ſo hielt ich es für meine Pflicht, Sie von dem, was vorge=
fallen, zu benachrichtigen. Das Weitere muß ich Ihnen
überlaſſen. Meine Aufgabe iſt beendet.

Er erwartete vielleicht, daß Wolfram ſprechen würde.
Aber er ſprach nicht.

— Adieu, ſagte der Franzoſe dann. Ich hoffe, daß der
ſchlimmſte Fall nicht eintreten wird.

— Leben Sie wohl, ſagte Wolfram jetzt und erhob ſich
von ſeinem Felſenſitz. Ich danke Ihnen. Ich weiß noch
nicht, was ich thun werde. Aber jedenfalls bin ich Ihnen
dankbar.

Er reichte dem Franzoſen die Hand, wenn auch mit
einigem Widerſtreben.

— Und Sie ſagten mir, daß beſtimmte Zwecke Sie bei
den Mormonen feſthielten? ſügte er dann hinzu.

— Ja, antwortete Bertois. Aber ich darf mich nicht
weiter darüber ausſprechen. Betrachten Sie dies als ein Ge=
heimniß, das ich Ihnen im Vertrauen mitgetheilt. Adieu!

Er ging. Wolfram begleitete ihn eine Strecke weit mit
langſamen Schritten und, wie es ſchien, tief in Gedanken
verſunken. Es war eine mechaniſche Höflichkeitsbezeugung.

— Noch Eins! ſagte er dann raſch. Sie haben eine

schöne Flinte und einen Hirschfänger. Ich besitze zwar ein
Büchse, aber sie ist nicht so gut. Wollen Sie mir das Ge
wehr verkaufen? Ich kann es vielleicht nothwendiger gebrau
chen, als Sie. Wollen Sie mir den Gefallen thun?

— Gern, erwiederte der Franzose. Aber ich kann si
Ihnen nicht verkaufen. Diese Flinte ist eine Geschenk. Ic
kann sie nur wieder verschenken. Wollen Sie dieselbe al
ein Erinnerungszeichen von mir annehmen, so soll es m
lieb sein. Verkaufen kann ich sie nicht.

— Wohlan, ich nehme sie, sagte Wolfram nach kurze
Zögern. Nehmen Sie dafür diesen Ring. Ich habe i
bis jetzt als ein Andenken getragen. Aber ich werde de
der ihn für mich zurückließ, auch ohnehin nicht vergesse
Lassen Sie mir auch den Hirschfänger zurück. Mir steht ei
Wanderung durch die Einöden bevor und ich brauche Waffe
Selbst um das Pulver und Blei, das Sie bei sich habe
möchte ich Sie bitten. Sie können es drüben in Deser
immer ersetzen, während mir der Zutritt zu jenem Orte ve
schlossen ist.

— Mit dem größten Vergnügen! sagte der Franze
artig und gefällig und nach wenigen Minuten befanden s
seine Büchse, sein Hirschfänger und seine Munition in b
Händen Wolframs.

— Und falls der Zufall es mir vergönnen sollte, ein
Worte mit Amelie zu sprechen, sagte Bertois dann — w
soll ich ihr von Ihnen sagen?

— Nichts, nichts, mein Herr! antwortete Wolfram h
und kehrte sich um.

Der Franzose stieg rasch die Felsen hinab. Oben gi
Wolfram in heftiger Bewegung auf und nieder. Zum erf
Male seit jenem entsetzlichen Sonntage war wieder ein fes
Gedanke, eine Art von Plan und Ziel in seine Seele zurü
gekehrt. Amelie war in Gefahr. Sollte er sich ihrer
nehmen? Durfte er sie retten? Konnte er daran denken.

Im Vergleich zu der früheren Aufregung waren selbst
diese heftigen Gedanken, die sich sämmtlich um einen bestimm=
ten Zweck drehten, eine wohlthätige Ruhe. Bertois hatte
dem jungen Manne eine wichtige, eine beseligende Aufklä=
rung gegeben. Amelie hatte ihn nicht vergessen, wenigstens
nicht in dem Sinne, daß sie einen Anderen liebte. Es war
noch immer möglich, daß sie einen Rest ihrer früheren Ge=
fühle für ihn bewahrt hatte. Und nun war sie in der Ge=
walt jener Mormonen, ausgesetzt den teuflischen Plänen jenes
Wipky, sie allein, ein schwaches Weib, in den Händen von
Männern, die vor keinem Mittel zurückbebten, wenn es galt,
einen Zweck zu erreichen! — Aber durfte Wolfram sich ihr
nahen! Mußte sie ihn nicht zurückweisen nach jenen bitter
kränkenden Worten, die er am Sonntag gegen sie ausge=
sprochen? Vielleicht hatte sie ihn damals noch geliebt! Aber
hatten nicht seine Worte den letzten Rest von Liebe in ihrem
Herzen auslöschen müssen?

Und wenn er das Alles auch nicht in Anrechnung brachte
— wie sollte er es anfangen, sie zu befreien? Er war ein
Geächteter, ein Ausgestoßener. Jeder einzelne Mormone war
aufgefordert, ihm entgegenzutreten, ihn im Nothfalle zu töd=
ten. Dennoch war das kein Gedanke, vor dem er zurück=
bebte. Für ein Gemüth, wie das seine, lag ein überwälti=
gender Reiz in dem Gedanken an Kampf. Die moralische
Aufregung, die ihn in der ganzen letzten Zeit gequält hatte,
mußte einen Ausweg in physischer Kraftanstrengung finden.

Unentschlossen, stets neue Pläne entwerfend, bald hof=
fend, bald zweifelnd, bald rasch auf= und abgehend, bald
sitzend, bald stehend, verbrachte Wolfram den übrigen Theil
des Tages, bis zum Anbruch der Nacht. Nichts störte ihn,
als das Gekrächze des Kondors, der vom Hunger gequält
zu sein schien und heftig an seiner Kette rasselte.

— Wohlan, so sei es! rief er endlich. Und diese Nacht
soll mir Entscheidung bringen!

Der Herr der Welt. II.   8

Es war ganz finster geworden. Von Deseret glänzte auch nicht ein einziges Licht mehr herüber. Wolfram ging nach der Höhle, nahm die Pistolen, die er dort aufbewahrte, untersuchte sie, gürtete den Hirschfänger um und stieg dann hinab zu seinem Boot.

Es mochte kurze Zeit vor Mitternacht sein, als er am Ufer von Neu-Jerusalem landete. Die ganze Niederlassung lag in tiefster Ruhe vor ihm. Die wenigen Wachen aus= genomen, die nach der Landseite hin gegen die Indianer ausgestellt waren, mochten alle Mormonen schlafen. Wolf= ram hatte seinen Plan entworfen. Er schritt in grader Rich= tung auf das Haus zu, in dem Amelie bis jetzt gewohnt hatte.

Es war kein Licht mehr in diesem Hause. Wolfram hatte es erwartet. Aber er wußte, wo sich das Fenster be= fand, das zu dem Zimmer Amelie's gehörte, und wenn das Haus auch bewacht wurde, so hoffte Wolfram doch, daß es ihm gelingen würde, vermittelst einer Stange das Fenster zu erreichen und dann Amelie zu wecken.

Im Begriff, eine solche Stange zu suchen, ging er nach einem benachbarten Zimmerplatz.

— Herr Wolfram! flüsterte eine Stimme neben ihm. Ja, Sie sind es!

Der junge Mann fuhr zusammen und griff nach seinen Pistolen. Eine Gestalt tauchte neben ihm aus dem Dunkel auf. Er erkannte den Franzosen.

— Ich wußte, daß Sie kommen würden, flüsterte die= ser, und ich habe Ihnen eine unangenehme Nachricht mitzu= theilen. Amelie ist nicht mehr in diesem Hause. Man hielt sie hier nicht mehr für sicher. Sie ist heut Abend nach der Wohnung des Gouverneurs gebracht worden.

— Hölle und Teufel! murmelte Wolfram. Das ist ein vermaledeiter Zwischenfall!

— Geben Sie indessen nicht alle Hoffnung auf! flüsterte

der Franzose. Kennen Sie die Räumlichkeiten im Hause des
Gouverneurs?

— O, gut genug, antwortete Wolfram. Ich bin oft
bei ihm gewesen. Aber ohne Zweifel befindet sich Amelie in
dem Zimmer der Frauen? Und um zu diesem zu gelangen,
muß man das Zimmer passiren, in welchem der Gouverneur
schläft.

— Ganz richtig, sagte Bertois. Der Gouverneur hat
zwei Frauen. Nur das Zimmer der Einen stößt an das des
Gouverneurs. Amelie befindet sich in dem Zimmer der zweiten Frau. Zu diesem kann man vom Hausflur aus gelangen, besser vielleicht noch vom Hofe, da sich annehmen läßt,
daß die Thür nach dem Flur verriegelt ist. Es handelt sich
nur darum, in das Haus zu gelangen, das für gewöhnlich
verschlossen ist. Und dazu will ich Ihnen helfen. Ich werde
den Gouverneur wecken und ihm sagen lassen, daß ich ihn
nothwendig sprechen müßte. Man wird das Haus öffnen,
und Sie können die Gelegenheit benutzen, sich einzuschleichen.
Was ich mit dem Gouverneur spreche, das ist meine Sache.
Ich werde ihn jedenfalls so lange hinhalten, daß Sie Zeit
genug haben, Ihr Unternehmen auszuführen.

— Wohlan, so kommen Sie! sagte Wolfram. Ich bin
entschlossen, mag daraus werden, was da will. Glauben
Sie, daß das Haus noch außerdem bewacht ist?

— Ich glaube· nicht, antwortete Bertois. Man hält
Amelie bei der Frau des Gouverneurs für sicher.

Die Beiden schritten neben einander durch die Nacht
dahin. Nicht ein einziges Licht brannte in ganz Neu-Jerusalem. Wächter auf den Straßen gab es nicht. Jeder Mormone war angewiesen, seine Familie und sein Haus so gut
zu schützen, wie er konnte. Auch das Haus des Gouverneurs,
das sie nach ungefähr fünf Minuten erreichten, lag im tiefsten Schweigen und in der tiefsten Dunkelheit.

— Treten Sie jetzt zurück und benutzen Sie den gün-

8*

ftigen Augenblick! flüfterte Bertois. Dann trat er auf das
Haus zu und klopfte laut und rückſichtslos an die Fenſterläden.

Es währte eine geraume Zeit, ehe es innen lebendig
wurde und ehe man nach dem Begehr des nächtlichen Gaſtes
fragte. Dann wurde die Thür geöffnet und Bertois trat ein.

Wolfram näherte ſich nun der Thür und fand, daß ſie
glücklicher Weiſe nicht wieder geſchloſſen war. Er trat alſo
ohne Scheu in das Haus, ging über den Flur, riegelte die
Thür, die nach dem Hof führte, auf, und befand ſich nun
in einem von Gebäuden umgebenen Raume.

Er wußte, daß das eine Frauengemach nach dem Hofe
hinaus lag. Die Fenſter deſſelben waren mit rohen hölzernen Läden verſchloſſen. Glasſcheiben befanden ſich nicht in
den Fenſtern. Einen ſolchen Luxus kannte damals ſelbſt der
Gouverneur von Neu-Jeruſalem noch nicht. Zwiſchen den
Rahmen des Fenſterkreuzes befanden ſich nur ſtraff ausge-
ſpannte Stücke von Gaze, die dazu dienten, die Inſekten abzuhalten.

Die Fenſterläden ſchloſſen nicht ſo dicht, daß Wolfram
nicht hätte bemerken können, daß ſich in dem Zimmer ein
matter Lichtſchein zeigte, der wahrſcheinlich von einer ſchwach
brennenden Nachtlampe herrührte. Wolfram öffnete die Fenſterläden, die nur angelehnt waren, und warf einen Blick in
das Zimmer.

Eine weibliche Geſtalt lag in einem Bett und ſchlief.
Es war die Frau des Gouverneurs. Eine andere ſaß —
ob ſchlafend oder wachend, das konnte Wolfram nicht unter-
ſcheiden — an einem Tiſch, den Kopf auf die Hand geſtützt.
An ihren langen, goldblonden Locken erkannte Wolfram Amelie.
Außer dieſen Beiden befand ſich Niemand im Zimmer.

Der junge Mann konnte die Gelegenheit nicht beſſer
wünſchen. Er zog ſein Meſſer aus der Taſche, ſchnitt die
Gaze auseinander, öffnete dann von innen den einen Flügel

des Fensters und stieg in das Zimmer. Es handelte sich jetzt nur darum, Amelie, die das Gesicht vom Fenster abgewendet hatte, zu benachrichtigen, ohne die Frau des Gouverneurs zu wecken.

Auf den Zehen schlich Wolfram zu Amelie, löschte die Nachtlampe aus, und seine Hand auf Amelie's Schulter legend, flüsterte er schnell: Ich bin es, Wolfram.

Amelie zuckte zusammen, Wolfram wiederholte haftig seine Worte.

— Keinen Laut, ich bitte, ich beschwöre Sie! flüsterte er. Wecken Sie die Frau nicht und folgen Sie mir durch das Fenster. Wir müssen fliehen, Beide!

— Sie sind es, Wolfram, sind Sie es wirklich? flüsterte Amelie zitternd.

— Ich bin es. Fühlen Sie nach meinem Haar. Trägt ein anderer Mensch hier solches Haar?

Er führte ihre Hand nach seinem Haupte; er fühlte, wie sie zitterte.

— Folgen Sie mir, und schnell! bat er noch einmal und dringender.

Er behielt ihre Hand in der seinigen. Amelie war aufgestanden. Er zog sie mit sich fort nach dem Fenster, stieg zuerst hinaus und hob sie dann zu sich hinüber.

— Aber Wolfram, wohin wollen Sie mich führen? fragte Amelie bebend.

— Keine Frage jetzt! antwortete der junge Mann kurz und leise. Halten Sie sich dicht neben mir!

Er betrat den Hausflur und nach wenigen haftigen Schritten befanden sich Beide vor dem Hause. Der schwierigste Theil der Aufgabe schien vorüber zu sein. Wolfram nahm Amelie's Arm und eilte mit ihr durch die Nacht, dem See zu. Es ließ sich erwarten, daß sie Niemand begegnen würden.

Dennoch fuhr Wolfram zurück, als er, an einem Hause

vorübereilend, die Thür desselben sich öffnen sah und ein
Mann mit einer Laterne heraustrat. Es war Wipky, der
Doktor.

Das scharfe Auge des Mormonen hatte augenblicklich
Wolfram und Amelie erkannt.

— He, hollah, was ist das? Bist Du das, Wolfram?
rief er mit lauter Stimme.

Der junge Mann ließ den Arm seiner Begleiterin fallen
und wandte sich zu Wipky.

— Ich sehe voraus, daß Du Lärm machen wirst, sagte
er kalt und fest. Da, nimm dies als ein Beruhigungsmittel.
Es wird für einige Stunden hinreichen.

Und mit fester, sicherer Hand versetzte er dem Doktor
einen Schlag auf die Stirn, dem dieser nicht mehr ausweichen
konnte und der ihn betäubt auf die Schwelle seines Hauses
niederstreckte.

Dann, ohne weiter ein Wort zu sagen, ergriff er von
Neuem den Arm seiner Begleiterin und eilte mit ihr, so schnell
er konnte, nach dem Ufer des See's und nach der Stelle, wo
das Boot lag.

Erst hier schien Amelie zur Besinnung zu kommen. Sie
zögerte.

— Wohin wollen Sie mich führen, Wolfram? fragte sie.

— Wohin?

— Ja, ich muß es wissen, ich kann mich Ihnen nicht so
anvertrauen.

— Weshalb nicht? Weshalb jetzt diese Reden?

— Ich muß Ihnen wiederholen, was ich neulich sagte.

— Sie zögern also, mich zu begleiten?

— Ja, sagen Sie mir, wohin Sie mich führen und was
aus mir werden soll.

— Fürs Erste wollte ich Sie nach der Insel bringen,
antwortete Wolfram nach einigem Zögern und mit gepreßter,
dumpfer Stimme. Ich dachte nur an Ihre Rettung. Aber

versprechen kann ich nichts. Ich will, ich muß diese Gegend
verlassen. Begleiten Sie mich, es wird Ihr Glück sein.

— Mein Glück? Wohl kaum, wenn Sie derselbe Mensch
sind, wie früher.

— Ich bin ein Anderer geworden, Amelie, ein Anderer!
sagte Wolfram dumpf und schwer. Noch einmal, wollen Sie
mir vertrauen im Glück oder Unglück? Ja oder Nein!

— Und Sie wollen mein Begleiter, mein Beschützer, mein
Retter sein, nichts weiter?

— Nichts weiter — wenn Sie es so wollen! sagte
Wolfram.

— So sei es, und ich rufe Gott zum Zeugen an, daß
Sie die Wahrheit sprechen.

Wolfram trat in das Boot. Er reichte Amelie seine Hand
und nach einer Minute befand auch sie sich in dem kleinen
Fahrzeuge. Wolfram stieß ab.

Die Ueberfahrt dauerte nicht lange. Der junge Mann
überlegte, ob er sogleich die weitere Flucht antreten solle. Je=
denfalls aber mußte er seine Waffen von der Insel holen. Auch
kannte er den See nicht genug, um in der dunklen Nacht das
Wagestück zu unternehmen, ihn in seiner ganzen Breite zu
durchschneiden. Er hoffte darauf, daß ihn die Mormonen
nicht sogleich verfolgen würden. Es war überhaupt möglich,
daß sie gar nicht an seine Verfolgung dachten. Ueberdies wollte
er vorher mit Amelie sprechen.

Während der Ueberfahrt hatten sie kein Wort mit einander
gewechselt. Auch jetzt führte Wolfram seine einstige Geliebte
schweigend die Felsen hinauf. In der Höhle angekommen,
brannte er eine kleine Lampe an, die er sich für diesen Zweck
selbst angefertigt hatte, und bat Amelie, sich auf dem Moos=
lager niederzulegen, das er sich bereitet.

Der Kondor, der in seiner Ruhe gestört worden und eine
fremde Person witterte, sträubte seine Federn und krächzte.
Amelie beobachtete das kolossale Thier mit Zittern und Ent=

sehen. Wolfram beruhigte jedoch den Vogel, der nach einigen Minuten wieder einschlief.

Dann trat er hinaus vor die Höhle und sah nach Neu-Jerusalem hinüber. Noch bemerkte er nirgends Licht; man schien also noch nicht an eine Verfolgung zu denken. Wolfram überlegte nun, wohin er fliehen solle. Zuerst handelte es sich darum, den See zu durchschiffen und an einem abgelegenen Punkt zu landen. Dann standen ihm drei Wege offen. Entweder er schlug die Richtung nach Kalifornien ein, oder er wendete sich nordwärts nach dem Oregongebiet, oder er ging nach Osten, um Nebraska und Missouri zu erreichen. Jeder von diesen Wegen war weit und gefährlich, jeder führte durch Einöden und Felsengebirge, die nur von Indianern bewohnt wurden. Das nächste Gebiet war Kalifornien, und Wolfram entschied sich dafür, den Weg dorthin einzuschlagen. Er durfte dann hoffen, in ungefähr drei Wochen einen Hafen zu erreichen, in dem er sich nach Europa oder dem östlichen Nord-Amerika einschiffen könne. Freilich fehlten ihm die Geldmittel dazu. Aber er mußte im Hafen vorher so lange arbeiten, bis er sie erlangt hatte.

Er trat in die Höhle zurück. Amelie saß auf dem Moosbett und unwillkürlich senkten sich ihre Blicke, als sie denen des jungen Mannes begegneten.

— Ich habe mich entschlossen, den Weg nach Kalifornien einzuschlagen, sagte er. Es ist ein weiter und gefährlicher Weg. Werden Sie die Mühen und Entbehrungen desselben mit mir theilen wollen?

— Wie können Sie fragen, Wolfram? sagte Amelie sanft und ruhig. Ich bin entschlossen, alles zu wagen, um diese Menschen, um dieses Land zu verlassen.

— Gut denn, sagte Wolfram. Es würde sich darum handeln, einen Hafen zu erreichen und uns nach Europa oder sonst wohin einzuschiffen. Doch fehlen mir die Mittel dazu. Besitzen Sie einiges Geld?

— Nein, antwortete Amelie, und wieder senkten sich ihre Augen. Schon in New=York —

Sie vollendete ihren Satz nicht. Aber über Wolframs Gesicht flog eine dunkle Röthe. Er erinnerte sich, daß Amelie ihm dort ihr letztes Geld gegeben hatte.

— Ich werde arbeiten! sagte er dann fest und entschlos= sen. In sechs Wochen werde ich so viel verdienen können, um die Ueberfahrt für uns Beide zu bezahlen.

— Arbeiten, Wolfram? sagte Amelie mit einem sanften Lächeln, das dem jungen Manne tief in die Seele drang. Das wird Ihnen schwer werden nach so langer Ruhe.

Wolfram wandte sich kurz ab, und während er nach seinen Waffen suchte, sie ordnete und in Stand setzte, lehnte sich Amelie zurück und schien zu versuchen, schlafen zu wollen.

So vergingen zwei Stunden. Der Tag konnte nicht mehr fern sein. Vor Tagesanbruch wollte er die Insel ver= lassen. Er nahm also einzelne Gegenstände, die ihm jetzt von Werth waren, eine Hacke, einen Hammer, eine Jagd= tasche, und stieg die Felsen hinab, um sie in das Boot zu legen. Es that ihm leid, den Kondor zurücklassen zu müssen. Aber mitnehmen konnte er ihn nicht und die Freiheit war dem Vogel gewiß das Liebste.

Unten am Felsen fand er sein Boot nicht auf der Stelle, an der er gelandet war. Er glaubte, sich in der Dunkelheit geirrt zu haben, und suchte weiter. Nirgends fand er das Boot. Der Wellenschlag, der ganz unbedeutend war, konnte es nicht fortgeführt haben. Sollten ihm die Mormonen ge= folgt sein und das Boot geraubt haben?

Das war ein unerwarteter und harter Schlag. Jetzt war er der Gnade der Mormonen überlassen. An's Land schwimmen und dort ein anderes Boot nehmen, war nicht nur gefährlich, sondern konnte ihn auch den Mormonen in die Hände liefern. Unentschlossen und ingrimmig stand Wolfram auf den Felsen. Die Dämmerung brach an. Er glaubte

in der Ferne auf dem See zwei schwarze Punkte zu bemer=
ken. Es mußten Böte sein. War die Gefahr so nahe?

Wolfram eilte hinauf zu Amelie. Sie schlief nicht, sie
trat ihm entgegen.

— Ein harter Schlag hat uns getroffen, Amelie! rief
er finster. Mein Boot ist fort. Wir sind in der Gewalt
der Mormonen und ich für mein Theil bin verloren, wenn
nicht ein Wunder Rettung bringt.

— Großer Gott! rief Amelie erbleichend. Noch einmal
getäuscht? Und jetzt, da ich wieder zu hoffen begann? Ent=
setzlich! Sind Sie Ihrer Sache gewiß, Wolfram?

— Ganz gewiß! Die Mormonen haben mir in der
Nacht das Boot gestohlen, um mir die Gelegenheit zu rau=
ben, zu entfliehen. Diese Insel ist jetzt ein Gefängniß für
uns Beide.

— Und giebt es keine Rettung, keinen Ausweg? seufzte
die Französin.

— Nein, es sei denn, daß Sie zu den Mormonen zu=
rückkehren und ich mich dazu entschließe, allein das Gebiet
von Deseret zu verlassen. Und es ist noch eine Gnade von
den Mormonen, wenn sie mir das erlauben. Ich zweifle
daran, daß sie es thun werden.

— Ich zurückkehren? Nein, jetzt nicht mehr! rief Amelie.
Kein anderes Mittel, kein einziges?

Wolfram stand finsterblickend da. Dann flog ein greller
Strahl von Freude über sein Gesicht. Es war ein unheim=
liches Frohlocken.

— Ja, es giebt noch ein Mittel, ein verzweifeltes! rief
er. Es bringt Tod oder Rettung!

— Und welches ist das?

— Ich werde es Ihnen später sagen, jetzt ist es zu früh.
Sie würden davor zurückbeben!

Er nahm seine eigene Büchse, dann das Gewehr, das
ihm Bertois geschenkt, und die Pistolen und trat vor die

Höhle, um von feinem Felfenvorfprunge aus einen Blick auf
den See zu werfen. Er hatte fich nicht geirrt. Zwei große
Böte, mit bewaffneten Mormonen bemannt, näherten fich
langfam der Infel und fchienen einen günftigen Landungsplatz
zu fuchen.

— Was wollen diefe Leute? fragte Amelie, die ihm
leife gefolgt war. Mich zurückfordern?

— Wahrfcheinlich, und zugleich auch mich beftrafen!
antwortete Wolfram mit einem fpöttifchen Lächeln. Nun
denn, Gewalt gegen Gewalt! Ich laffe mir nichts abtrotzen.

— Sie wollen alfo mit diefer Ueberzahl kämpfen? fragte
Amelie.

— Gewiß! antwortete Wolfram. Bitte, gehen Sie in
die Höhle, wenn es fo weit kommt.

— Aber das würde Ihnen den Tod bringen und uns
den letzten Reft von Hoffnung rauben.

— Nein! fagte Wolfram entfchloffen. Und wenn es
auch wäre — ich muß nun einmal meinen Rachedurft an
diefen Mormonen kühlen. Gehen Sie zurück, Amelie. Ich
muß mit diefen Leuten fprechen, ehe fie fich der Infel zu fehr
nähern. Und dann werden bald Flintenkugeln ftatt der Worte
fprechen. Gehen Sie zurück, ich bitte Sie!

— O Wolfram, fagte Amelie und drückte die Hände
vor ihr blaffes Geficht, opfern Sie fich nicht meinetwegen!
Reizen Sie diefe Menfchen nicht. Ich will zurückkehren, wenn
es fein muß.

— Nicht Ihretwegen, nein! erwiederte der junge Mann.
Ich kämpfe für mich felbft. Gehen Sie!

Die beiden Böte waren jetzt ungefähr einen Büchfen-
fchuß weit von der Infel entfernt.

— Hollah, Ihr Leute! rief ihnen Wolfram mit ftarker
Stimme entgegen. Was wollt Ihr?

— Wer hat danach zu fragen? Wir wollen nach der
Infel! lautete die Antwort.

— Das ist meine Insel und ich verbiete Jedem, sie zu nahen und zu landen.

— Eure Insel? Sie gehört der Gemeinde der Gläu bigen, sie gehört zum Gebiet von Neu-Jerusalem. Kei Heide, kein Ausgestoßener darf auf ihr wohnen!

— Gut! Zurück, sage ich Euch, oder Ihr habt ein Kugel zwischen Euch! rief Wolfram.

Die Mormonen ruderten weiter. Wolfram nahm ruhi Bertois' Büchse.

— Ich will sehen, ob sie so gut ist, wie sie aussieh sagte er, das Gewehr wohlgefällig musternd. Die erste Ku gel soll nur den Kiel des Bootes treffen, dicht über de Wasser!

Er legte den Kolben an die Wange und zielte kau eine Sekunde lang. Der Schuß donnerte über die Fels und der helle Schlag, der ihm folgte, verkündete, daß d Kugel Holz getroffen.

Wolfram trat hinter einen Felsen, um jetzt gedeckt sein. Im Boote entstand sogleich Verwirrung. Die Meh zahl der Mormonen zog sich nach dem Hintertheil zurü damit der Vordertheil sich mehr aus dem Wasser erheb und zwei Männer untersuchten das Leck. Die Kugel konn nur ein geringes Loch geschlagen haben und es war lei gestopft.

— Sei vernünftig, Wolfram! rief jetzt eine Stimm die der junge Mann als diejenige Hillows erkannte. Gi die Französin heraus und geh' von der Insel fort. Da soll Dir Alles vergeben sein und der Gouverneur will Gna für Recht ergehen lassen.

— Es thut mir leid, Hillow, daß ich Dir eine Bi abschlagen muß! rief Wolfram hinüber. Aber von Gna kann nicht die Rede sein. Gebt mir das Boot zurück, d Ihr mir gestohlen habt, und laßt mich mit der Franzö meinen Weg wählen, wohin ich will!

— Das geht nicht, Wipky besteht darauf, daß wir die Französin mitbringen, sagte Hillow.

— So kommt nur! rief Wolfram. Aber es thut mir leid, Einige werden d'ran glauben müssen.

— Macht nicht so viel Umstände! rief die Stimme eines anderen Mormonen. Vorwärts!

Die Ruderer setzten ihre Ruder wieder ein. Wolfram hatte die Büchse zum zweiten Male geladen. Er zielte ruhig, nicht lange, und derselbe Mormone, der das „Vorwärts!" gerufen hatte, sank mitten unter seinen Brüdern, wie es schien tödtlich getroffen, nieder.

— Rache! Rache! Nieder mit dem Schurken! tönte es aus dem Boote.

Die Ruderer verdoppelten ihre Anstrengungen. Auch das zweite Boot war der Insel nahe. In wenigen Minuten mußten sie landen.

— Es handelt sich darum, wo sie landen, murmelte Wolfram vor sich hin. Zehn Minuten habe ich noch für mich, denn Hillow wird den bequemen Weg nicht so schnell wiederfinden. Zehn Minuten — also ungefähr zehn Mormonen. Es sind ihrer fünfundzwanzig, bleiben vierzehn. Und dann das letzte Mittel. Gott sei mir gnädig!

Ein Schauer schien ihn zu durchriefeln. Aber schon hatte er wieder die Büchse an der Wange und wieder stürzte ein Mormone. Die Kugeln pfiffen um Wolfram herum, aber er stand durch ein Felsenstück gedeckt und veränderte außerdem jedes Mal seinen Standpunkt. Noch zwei Mormonen fielen, ehe die Böte landeten. Unglücklicherweise für Wolfram wählten sie dieselbe Stelle, auf der sein Boot gelegen hatte, und von dieser führte ein ziemlich bequemer Pfad nach der Spitze der Insel.

— Es wäre Thorheit, noch mehr Zeit zu verschwenden, murmelte er vor sich hin. In fünf Minuten können sie oben sein, und dann wäre es zu spät. An's Werk!

Er eilte zu Amelie, die zitternd und bleich am Eingang der Höhle stand.

— Wenn die Mormonen oben sind, so werden sie mich tödten! sagte er mit einer gräßlichen Entschlossenheit. Aber es giebt noch ein Mittel, zu entfliehen. Wollen Sie sich mir anvertrauen, so befehlen Sie Ihre Seele Gott! Es ist mehr Aussicht, daß wir sterben, als daß wir glücklich diesen Menschen entfliehen. Oder wollen Sie allein zurückbleiben?

— Allein? Auf keinen Fall! Aber welches ist das Mittel? rief Amelie.

— Jener Kondor! sagte Wolfram mit einem eisigen Lächeln. Er soll uns durch die Lüfte tragen!

Amelie stieß einen Schrei des Entsetzens aus. Aber Wolfram gab ihr keine weitere Erklärung. Hastig legte er dem Thiere den Zügel an, befestigte den Ledergurt um den Nacken des Kondors und band dann noch einen Strick um den Leib desselben. Dann hing er die beiden Gewehre um, steckte die Pistolen zu sich und machte den Kondor von der Kette los.

— Es glückt vielleicht, sagte er mit demselben todeskalten Lächeln zu Amelie. Im schlimmsten Falle können wir nur sterben. Schwingen Sie sich sogleich auf den Rücken des Vogels.

— Aber es ist Wahnsinn, Wolfram! Tödten Sie mich, dann ist die Qual vorüber..

— Zum Sterben ist immer noch Zeit! sagte Wolfram. Sind Sie entschlossen?

Amelie näherte sich dem Vogel. Sie zitterte und bebte. Man hörte die Stimmen der Mormonen, die sich gegenseitig zuriefen und sich der Höhle näherten. Wolfram hob Amelie auf den Rücken des Thieres.

— Fassen Sie mit der einen Hand fest diesen Strick, ganz fest, dann mit der anderen meinen linken Arm, meinen Rock oder meinen Kragen, sagte Wolfram. Schließen Sie

ann die Augen und beten Sie zu Gott. Vielleicht thut er
in Wunder, um uns zu retten.

Damit schwang er sich auf den Nacken des Thieres,
riff mit der Linken in die Handhabe des Gurtes und nahm
ie Zügel mit der Rechten. Die Mormonen erschienen auf
em Felsen.

— Vorwärts, Greif! rief Wolfram und blies dem Thier
inen Athem in die Augen.

Es wurde unruhig und hüpfte aus der Höhle. Augen=
licklich schien es zu fühlen, daß die Kette nicht mehr an
inem Fuße sei, daß es sich frei bewegen könnte. Es hob
ie mächtigen Schwingen und war im nächsten Augenblick
uften auf dem Felsen.

— Halten Sie fest, um Gotteswillen! Ich beschwöre
Sie! rief Wolfram.

Er selbst war leichenblaß geworden. Das war keine
Spielerei, kein bloßer Versuch mehr, das war ein Wagestück
uf Tod und Leben. Fast war es Wahnsinn, zu hoffen,
aß dieses Unternehmen glücken werde. Aber jetzt war es
i spät.

Während die Mormonen mit den Waffen in der Hand
nd mit entsetzten Blicken dastanden, während die Katholiken
nter ihnen sich unwillführlich bekreuzten — breitete der Kon=
or majestätisch seine Schwingen aus und erhob sich einige
uß hoch über die Erde. Zuerst schien das Gewicht der bei=
en Personen auf seinem Rücken ihn zu bewältigen, dann
ber machte er eine Kraftanstrengung und schwebte empor,
mmer höher.

Ob Wolfram in diesem entscheidenden Momente an irgend
was dachte, ob er das Bewußtsein seiner Lage hatte, das
öchte sich schwer entscheiden lassen, und ihm selbst erschien
as Ganze später nur als ein Traum, als eine Vision.
eine Linke umklammerte mit krampfhafter Gewalt den
riff des Ledergurtes, und ebenso eisern fest fühlte er die

Finger von Amelie's Hand über seinem Knöchel. Er wagte es nicht, zu ihr hinzublicken.

— Schließen Sie die Augen! flüsterte er noch einmal. Und nun sei uns Gott gnädig!

Bald darauf fühlte er, daß die Luft kälter wurde, und als er es wagte, einen Blick hinab zu werfen, erkannte er die Insel, den See und das Thal von Deseret. Der Vogel, deffen Flügel sich zuerst unregelmäßig bewegt hatten, begann jetzt einen regelmäßigeren Flug anzunehmen, strebte aber immer noch aufwärts. Zuerst schloß Wolfram entsetzt die Augen, dann aber dachte er daran, daß es männlicher sei, die Gefahr zu sehen, als ihr mit geschlossenen Augen entgegenzueilen, und er zwang sich, sein Auge offen zu halten. Die Insel unter ihm wurde kleiner und er sah deutlich unter sich die Ufer des See's. Die Farben verloren allmählich ihre grellen Kontraste. Der See wurde blauer, die Felsen des Landes nahmen ein weißliches Grau an. Die Luft wurde kalt, immer kälter.

Jetzt schien der Kondor auf seinen ausgebreiteten Schwingen zu ruhen und zu beobachten. Plötzlich stieß er ein Krächzen aus, wie es Wolfram noch nie von ihm gehört hatte. Es klang beinahe freudig und triumphirend. Wahrscheinlich hatte das scharfe Auge des Thieres die fernen höheren Bergketten des Südens erkannt und der Instinkt sagte ihm, daß dort seine Heimath sei. Denn im nächsten Augenblick schon strebte er nicht mehr aufwärts, sondern begann in grader Linie weiter zu fliegen — nach Süden, wie Wolfram bemerkte.

Und nun begann der junge Mann eine Reise, wie sie vor ihm vielleicht kein Sterblicher gemacht hatte und von der nur die arabischen Mährchen aus Tausend und Einer Nacht je erzählt haben. Pfeilschnell fühlte er sich durch eine kalte, schneidende Luft getragen. Wenn er das Auge seitwärts wandte — abwärts zu blicken wagte er nicht mehr —

so bemerkte er eine graue, todte Masse, die Felsen des Utah= Gebietes, deren einzelne Zacken sich schnell veränderten. Drü= ber hinaus zu seiner Rechten sah er zuweilen einen blauen Streif, der etwas heller war, als der Himmel. Es war das Meer, der stille Ocean.

Sonst war der Flug ganz regelmäßig, die Bewegung eine angenehme. Aber allmählich wurde die Kälte uner= träglich. Wolfram fühlte einen schweren Druck in seinen Augen, in den Schläfen, an den Ohren, selbst in den Nä= geln. Das Athmen wurde ihm schwer. Er fühlte, wie seine Hände erstarben. Er mußte den Kopf umwenden, weil der Wind ihm die Luft benahm, und zum ersten Male fiel sein Blick wieder auf Amelie.

Sie hatte die Augen geschlossen. Ihr Gesicht war blaß, ihre Haut fast bläulich. Mit der Linken hielt sie den Strick gefaßt, ihre Rechte umfaßte noch immer seinen linken Arm. Aber er fühlte, wie der Druck ihrer Finger allmählich schwä= cher, weniger fest wurde. Auch ihre Finger schienen in der Kälte zu erstarren. Ihr Kopf senkte sich tiefer und tiefer. Er hatte zuerst auf Wolframs Schulter gelegen, jetzt sank er ihm auf die Brust.

Bei dem Anblicke dieses menschlichen Wesens und der Gefahr, in der es schwebte, verließ den Jüngling seine Kraft und er fühlte sich vom Entsetzen, vom Schwindel ergriffen. Wenig fehlte und er hätte den Gurt losgelassen. Aber noch einmal raffte er sich zusammen. Er schloß die Augen. Er wußte nicht mehr, wo er sich befand.

Auch von der Zeit hatte er keinen Begriff mehr. Er wußte nicht, ob Minuten, ob Stunden vergingen. Er hatte nur ein einziges Gefühl, das Bewußtsein eisiger Kälte und zunehmender Erstarrung. Dann fühlte er auch, daß Ame= lie's Kopf tiefer sank.

Wie lange sollte das noch dauern? Wolfram fühlte, daß seine Hand erlahmen, daß er hinabgleiten müsse. Und

Der Herr der Welt. II. 9

mit Amelie mußte das noch früher der Fall sein. Bei dem
Gedanken an sie öffnete er wieder die Augen und sah nach
ihr hin. Schon hielt ihre Linke den Strick nur noch lose
umfaßt, ihre Finger waren blau und starr. Schon war ihr
Kopf, den sie an Wolframs Brust gelehnt hatte, nur noch
ihre einzige Stütze. Sank auch dieser, so mußte sie fallen.
Ein kalter Schauer rieselte durch Wolframs Glieder.

Dann aber ermannte er sich wieder zum vollen Bewußtsein seiner geistigen Kraft. Er überlegte klar seine Lage.
Die Kräfte des Vogels dauerten auf jeden Fall länger aus,
als diejenigen Wolframs und Amelie's. Es ließ sich voraussehen, daß der Kondor nicht eher Rast machen würde,
als auf den Felsenspitzen der Kordilleren, seiner Heimath.
Wie lange das dauern würde, wußte Wolfram freilich nicht.
Er wußte nur, daß er bis dahin nicht in seiner Lage ver-
harren könne. Er mußte also irgend ein Mittel erfinden,
den Vogel zu zwingen, sich abwärts zu senken. Aber was
war das für ein Mittel? Sollte er ihn durch Schläge auf
den Kopf betäuben? Er wollte es versuchen.

Er ließ die Zügel fallen, die er noch immer mit der
Rechten hielt, und führte einen scharfen Schlag nach dem
Schädel des Vogels. Dieser zuckte zusammen, setzte aber
ruhig und gleichmäßig seinen Flug fort. Als Wolfram die
Schläge wiederholte, wurde er unruhig und schüttelte sich.
Wolfram stieß unwillkürlich einen Schrei aus. Er wäre bei-
nahe hinabgestürzt.

Diesen Versuch also mußte Wolfram aufgeben, wollte
er nicht das Schlimmste befürchten. Er versuchte es mit
Schmeicheleien. Er rief den Vogel bei seinem Namen, er
schnalzte mit der Zunge. Vergebens! Der Kondor schien
jetzt nur den Instinkt der Heimath zu kennen. Er strebte
nach dem Süden, nach den Kordilleren.

Was war zu thun? Wolfram dachte an ein letztes,
verzweifeltes Mittel. Wenn er dem Kondor den einen Flügel

zerschoß, so mußte das Thier sich senken. Aber es war eben
so leicht möglich, daß es eine gewaltsame Bewegung machte,
daß es im Schmerz die Beiden abschüttelte. Nein, es gab
nur noch ein einziges, ein letztes, ein wahnsinniges Mittel.

Langsam, mit festgeschlossenen Lippen, mit dem Gedanken
des Todes in tiefster Brust, zog Wolfram das eine seiner
Pistolen hervor und spannte den Hahn. Noch zauderte, noch
überlegte er, seine Kraft verließ ihn. Seine Hand zitterte
und das Pistol entfiel ihr. Es sank hinab, dahin, wohin
Wolfram ihm vielleicht bald folgte. Sein Herz schlug kaum
noch, als er lauschte. Aber er hörte nicht einmal den Schuß,
der doch erfolgt sein mußte, als das Pistol auf die Erde fiel.
Er hörte nichts, nichts!

Er nahm das zweite Pistol und spannte den Hahn.
Dann wandte er sich zu Amelie.

— Amelie, flüsterte er, verstehen Sie mich noch? Hal=
ten Sie fest, nur jetzt fest!

Sie gab keine Antwort, kein Zeichen, daß sie ihn ver=
stehe, daß sie noch Besinnung habe.

— Gott im Himmel, stehe mir bei! sagte Wolfram.
Ich thue es nicht für mich, nur für sie.

Er hielt die Mündung des Pistols dicht an den Schä=
del des Vogels. Er drückte ab. Ein schwacher Knall zit=
terte durch die Luft. Ein gewaltiger Ruck. Wolfram klam=
merte sich an den Gurt. Mit der Rechten griff er nach
Amelie. Er wußte nicht, ob er sank, ob er stieg. Aber es
war ihm, als fühle er die Luft wärmer werden. Eine tödt=
liche Angst ergriff ihn. Hatte er die Erde noch nicht erreicht?
Was war geschehen? Die Flügel des Kondors blieben halb
ausgebreitet. Er sah es nicht mehr. Seine Augen schlossen
sich. — — — — — — — — — —

— — — — — — — — — — — — —

Als Wolfram wieder zur Besinnung kam, war das
Erste, was er bemerkte, ein Reiter, der sich bemühte, sein

9*

unruhiges und sich bäumendes Roß zum Stehen zu bringen. Bei dem Anblicke dieses Reiters dämmerte ihm eine unbestimmte Erinnerung auf. Aber sein Geist war so abgespannt, so angegriffen durch die entsetzliche Aufregung der letzten Stunden, daß er sich nicht zu erinnern vermochte, wo er den Reiter zum ersten Male gesehen.

Sein zweiter Gedanke, oder vielmehr sein zweite Bemerkung war, daß er noch lebe, daß er noch auf der Erde sei. Mit diesem Gedanken kehrte auch die Kraft der Jugend, die Kraft des Selbstbewußtseins wieder zurück. Er sprang schnell auf.

In demselben Augenblick fiel er wieder zurück. Seine Glieder waren wie gebrochen. Ein Schwindel ergriff ihn, es wurde ihm dunkel vor den Augen. Doch ging dieser Anfall vorüber. Wolfram konnte sich auf die Kniee erheben und zu Amelie hinüberblicken.

Sie lag halb auf der Erde, halb auf dem Kondor. Ihre eine Hand ruhte noch auf dem Strick. Ihr Gesicht war leichenblaß und nichts an ihr verrieth eine Spur des Lebens.

— Amelie, wachen Sie auf, ich bitte Sie! rief Wolfram, von einer plötzlichen Angst ergriffen. Mein Gott! wenn sie todt wäre! O, mein Herr, kommen Sie uns zu Hülfe!

Diese Worte waren an den Reiter gerichtet und von einer flehenden Geberde begleitet.

Dem Reiter war es unterdessen gelungen, sein Pferd zu bändigen. Er stieg ab, band das scheue Roß an den Stamm eines niedrigen Strauches, zog ein kleines Fläschchen aus der Satteltasche und näherte sich nun der seltsamen Gruppe, die von dem todten Kondor, dem knieenden Wolfram und der leblosen Amelie gebildet wurde.

— Goddam! rief er. So etwas habe ich mein Lebtage noch nicht gesehen. Würde den ausgelacht haben, der mir das erzählt hätte. Mann, wo kommt Ihr her?

— Fragt nicht, wenigstens jetzt nicht! rief Wolfram
ängstlich. Helft dieser Dame, wenn Ihr könnt. Mein Gott,
was hülfe mir Alles, wenn sie todt wäre!

— Todt? Das glaube ich nicht! sagte der Reiter. Das
wird fürs Erste helfen. Wartet noch fünf Minuten, Mann,
und Ihr werdet sehen, daß sie die Augen aufschlägt.

Er öffnete mit seiner linken Hand Amelie's bläuliche
Lippen und träufelte ihr einige Tropfen von der Flüssigkeit
aus dem Fläschchen ein. Dann zog er eine Weinflasche
hervor.

— So, das ist für Euch! sagte er und reichte ihm die
Flasche. Das wird Euch gut thun. Und nun paßt auf,
in fünf Minuten ist das Mädchen frisch und munter, wie
ein Fisch.

— Gott lohne es Euch! sagte Wolfram, der haftig
aus der Flasche trank. Aber ich muß Euch schon gesehen
haben. Verzeiht! Mein Kopf ist jetzt so schwach und angegriffen.

— Gesehen? Ich glaube es wohl, sagte der Reiter.
Wir haben wenigstens mit einander gesprochen, am letzten
Sonntag, in der Mormonen-Niederlassung am Salzsee.

— Ja, dort war es, richtig, das seid Ihr! rief Wolfram. Nun, Mann, sagt mir vor allen Dingen Eins. Wie
weit sind wir von Deseret und welche Zeit ist es?

— Es ist halb acht Uhr Morgens und wir sind ungefähr in grader Linie zweihundert englische Meilen von den
Mormonen entfernt, antwortete der Fremde.

— Zweihundert Meilen? rief Wolfram und das Wort
erstarb ihm auf der Lippe. Herr, dann sind wir in ungefähr zwei Stunden zweihundert Meilen mit diesem Vogel
geflogen.

— Der Henker mag Euch das glauben! rief der Fremde.
Das ist eine Fabel.

— Eine Fabel? Bei Gott, nein, es ist volle Wahrheit!

rief Wolfram. Oder ist das eine Fabel, daß wir auf diesem
Vogel aus der Luft gekommen sind?

— Nein, das ist wahr! Dam! sagte der Amerikaner.
Hab's mit meinen eigenen Augen gesehen, würde es sonst
gewiß nicht glauben. Hört! Ich komme mit meinem Pferde
die Straße gezogen und sehe vergnügt hinauf nach dem
blauen Himmel — da entdecke ich hoch oben einen Punkt.
Ei, denke ich, das muß ein großer Vogel sein, wie kommt
der hierher. Wie ich länger hinaufsehe, ist er endlich grade
über mir. Ich ziehe mein Fernrohr heraus und sehe, daß
es ein Kondor ist. In dem Augenblick sehe ich aber etwas
wie ein Wölkchen —

— Es war mein Schuß! unterbrach ihn Wolfram, der
beinahe ängstlich zuhörte.

— Wahrscheinlich, ja, fuhr der Fremde fort. Genug,
ich sehe das Wölkchen, und gleich darauf ist es mir, als
komme der Kondor näher. Ich denke, ich täusche mich, aber
nein, er kam wirklich. Zuletzt sah ich ihn schon mit bloßen
Augen ganz deutlich. Mein Pferd sah ihn auch und wurde
scheu, und plötzlich fällt die ganze Masse mit einem furcht=
baren Schlag hier nieder, fast dicht vor mir. Drei Schritt
weiter vor und der Kondor hätte mich todtgeschlagen! Nun,
Mann, sagt mir, wie zum Teufel seid Ihr auf diese tolle
Idee gekommen?

Wolfram war wenig aufgelegt, sein Abenteuer zu er=
zählen. Er stammelte in abgerissenen Worte Einiges her=
vor, was den Fremden den ungefähren Zusammenhang dieses
Abenteuers errathen ließ. Er hörte aufmerksam zu.

— Wahrlich, ich selbst wäre kaum auf diesen Gedanken
gekommen, flüsterte er vor sich hin. Es muß ein starker
Charakter und ein entschlossener Wille sein, der das wagte!

Wolfram hatte diese Worte überhört und sein Auge auf
Amelie gerichtet. Zum ersten Male bewegte sie ihre Hand,
und Wolfram stieß einen Ruf der Freude aus. Dann öffneten

sich ihre Lippen, sie versuchte zu athmen. Auch ihre geschlos=
senen Augenlider hoben sich ein wenig.

— Gott sei Dank! sie wird leben! rief Wolfram froh=
lockend. Ich danke Euch, Herr!

Er nahm Amelie in seine Arme und versuchte, sie empor=
zurichten. Aber sie schien noch sehr schwach zu sein. Sie
sank immer wieder zurück.

— Hört, Ihr müßt das Mädchen jetzt in Ruhe lassen!
sagte der Fremde. Wenn das wahr ist, was Ihr mir er=
zählt, so hat sie genug ausgehalten. Sie muß sich allmäh=
lich erholen. Kommt, wir wollen sie dort in die Sonne
setzen, damit sie allmählich zu sich kommt. Das wird besser
sein, als eine plötzliche Ueberraschung und gewaltsame Mittel.
Kommt!

Sanft aber doch kräftig faßte er Amelie unter den einen
Arm, und Wolfram hatte sich jetzt genug erholt, um aufzu=
stehen und seine Freundin unter der anderen Schulter zu
stützen. So führten sie Amelie, die Alles ruhig mit sich ge=
schehen ließ, zu einem Felsstück, lehnten sie mit dem Rücken
gegen dasselbe und brachten sie in eine sitzende Stellung.
Dann rieb ihr der Fremde das Gesicht und die Hände mit
Wein. Wolfram betrachtete sie wehmüthig.

— Das arme, arme Mädchen! seufzte er tief. Und das
Alles um meinetwillen.

— Um Euretwillen? meinte der Fremde. In welchen
Beziehungen steht Ihr denn zu ihr?

— Sie ist Alles, was ich jetzt auf der Welt habe! rief
Wolfram beinahe stolz. Und so wahr mir Gott helfe, ich
will es ihr beweisen und zeigen, daß sie mein Alles ist! Ja,
das will ich!

Der Fremde beobachtete ihn aufmerksam, ohne daß er
es bemerkte, und ging dann zu dem Kondor, welcher mit
halb ausgebreiteten Flügeln und zerschmettertem Schädel auf
der Erde lag.

— Ein herrliches Thier! sagte er. Welche Kraft! Welche Flügel!

— Ja, sagte Wolfram, der ihm gefolgt war, mit einem Seufzer. Es thut mir leid genug um das Thier. Ich hätte lieber zehn Mormonen in das Jenseits geschickt, als diesen prächtigen Vogel. Und er war noch dazu der Retter ihres und meines Lebens.

— Mann, sagte der Amerikaner, denkt jetzt nicht an solche mörderischen Dinge. Habt Ihr schon Gott gedankt? Kniet nieder und betet zu ihm. Er hat Euch durch ein Wunder gerettet.

In jedem anderen Augenblick würde Wolfram eine so gebieterische Aufforderung unmuthig zurückgewiesen haben. Aber die letzten Stunden hatten sein Gemüth erweicht, und ohne zu antworten, sank er auf seine Kniee und seine zitternden Lippen flüsterten ein heißes und inbrünstiges Dankgebet.

— So ist es gut, sagte der Fremde und berührte leicht und vertraulich Wolframs Schulter mit seiner Hand. Und nun sagt mir, Mann, wohin wollt Ihr und was wollt Ihr anfangen?

— Das weiß ich nicht, wahrlich nicht! erwiederte Wolfram gedankenvoll. Ich bin ohne Waffen — er hatte seine Gewehre wieder abgelegt, ehe er den Kondor bestieg — ohne Geld, ohne Nahrungsmittel. Und wo bin ich überhaupt?

— So ziemlich an der Grenze von Kalifornien, sagte der Fremde Größere Orte sind nicht in der Nähe, kaum einzelne Niederlassungen. Bis zum Meere habt Ihr noch ungefähr dreihundert englische Meilen, wohl noch drüber, und mit der Dame werdet Ihr länger als acht Tage brauchen, um sie zurückzulegen, vielleicht auch zehn oder zwölf Tage. Wenn Ihr Euch aber südlich wenden wollt, so trefft Ihr in ungefähr acht Tagen höchstens eine einzelne Niederlassung, die dem Lord Hope gehört.

— Lord Hope? rief Wolfram und schien sich zu besin=
nen. Ist das nicht auf dem Berge der Wünsche?

— Ich glaube ja, so nennt man den Felsen. Der Lord
soll ein menschenfreundlicher Mann sein, und da er ein we=
nig Sonderling ist, so wird ihn Eure Geschichte interessiren
und er wird sich Eurer annehmen. Es ist der nächste Ort,
wo Ihr Hülfe finden könnt.

— Nein, nicht zu dem Lord, sagte Wolfram, ich will
nichts mit ihm zu thun haben.

— Weshalb nicht? Kennt Ihr ihn und ist er Euer
Feind? fragte der Amerikaner.

— Er hat mich tödtlich beleidigt! antwortete Wolfram.
Doch genug davon.

Der Amerikaner beruhigte sich jedoch nicht damit und
entlockte dem jungen Manne die Geschichte seines unglück=
lichen Zusammentreffens mit dem Lord.

— Hm! sagte er dann. Wenn Ihr mir's nicht übel
nehmt, so seid Ihr im Unrecht gewesen und der Lord im
Recht. Mit kaltem Blute solltet Ihr das einsehen.

— Vielleicht ja, erwiederte Wolfram mißmüthig. Aber
ich habe dem Lord Rache geschworen und jedenfalls mag ich
keinen Dienst von ihm annehmen. Brechen wir davon ab.

— Wie Ihr wollt! sagte der Amerikaner. Aber Ihr
werdet doch einsehen, daß Ihr mit dem Mädchen nicht plan=
und zwecklos durch diese Wildniß ziehen könnt?

— Ich sehe es ein, sagte Wolfram düster. Aber was
soll ich thun? Ich bin rathlos.

— Nun, so hört mich an! sagte der Fremde. Wie ich
Euch in der Mormonenstadt sagte, bin ich auf einer Reise
nach Nebraska begriffen. Mein Ziel ist bald erreicht. Meine
Pistolen reichen als Waffen für mich aus, und da ich Euch
als einen muthigen und verwegenen Burschen kennen gelernt
habe, so will ich Euch einen Gefallen thun und Euch meine
Büchse schenken, natürlich auch die Munition dazu. Ferner

will ich Euch von meinem Zwieback und Wein so viel ab=
geben, als ich entbehren kann. Und da Ihr wahrscheinlich
auch baares Geld braucht, so will ich das beilegen und Ihr
werdet es mir später zurückschicken. Nun?

— O, ich bin Euch von Herzen dankbar! sagte Wolf=
ram, wirklich ergriffen. Nicht nur meinetwillen, denn ich
käme schon so, wie ich bin, durch die Welt, aber des Mäd=
chens wegen. Und wohin soll ich das Geld zurückschicken?
Wo wohnt Ihr?

— Gebt es in New=Orleans an Nathan Brothers &
Comp., erwiederte der Fremde. Dann werde ich es sicher
erhalten. Und nun noch das Beste, was ich Euch geben
kann: einen guten Rath. Ihr seid Architekt, wie Ihr mir
bei den Mormonen gesagt habt. Ich zweifle nicht daran,
daß Ihr etwas Tüchtiges leisten könnt, wenn Ihr nur wollt.
Ich habe die neuen Anlagen bei den Mormonen gesehen, die
nach Euren Entwürfen begonnen sind, und sie gefallen mir.
Geht also nach New=Orleans und wendet Euch an Nathan
Brothers & Comp. Ich werde sie benachrichtigen, und
wenn Ihr Euch meldet, so werden sie sich Eurer annehmen.
Dann könnt Ihr es in kurzer Zeit zu etwas Vernünftigem
bringen!

— Nun, ich hätte nicht gedacht, daß ich in dieser Wild=
niß so guten Trost finden würde! sagte Wolfram und schüt=
telte die Hand des Reisenden, die ihm dieser nur mit einigem
Zögern reichte. Ich nehme Euer Anerbieten an und hoffe
Euch bald dankbar zurückerstatten zu können, was Ihr mir
anbietet. Also nach New=Orleans soll ich gehen, meint Ihr?

— Ja, macht Euch auf den Weg nach Louisiana, Ihr
werdet es zwar langsam, aber sicher erreichen. Und seid Ihr
erst am Red=River, so ist es nach New=Orleans nicht weit.

Darauf holte er seine Büchse und die Munition, theilte
seine Vorräthe von Eßwaaren mit Wolfram und gab dann
dem Letzteren noch einen Bankschein.

— Tausend Dollars? rief Wolfram. Das ist zu viel, das brauche ich nicht.

— Um so besser! sagte der Fremde. Braucht davon so viel, als Ihr nöthig habt, und gebt das Geld an Nathan Brothers zurück. Auch habe ich keine anderen Scheine. Und nun, wie ich sehe, ist die Dame wieder gesund und ich muß meinen Weg fortsetzen. Reiset glücklich und werdet ein bra= ver Mann!

— Amelie soll Euch danken! rief Wolfram, als er den Fremden auf sein Roß zugehen sah.

— Keinen Dank! erwiederte dieser abwehrend. Und ohne Zögern stieg er auf sein Pferd, grüßte mit der Hand, gab dem Pferde die Sporen und sprengte davon.

Die Versuchung.

Hätte Albert Herrera in dem Augenblick, als er stürzte, noch einen Funken von Geistesgegenwart, von Bewußtsein seiner Lage gehabt, so würde er den Zwischenfall, der ihn auf diese Weise dem Bereich des entsetzlichen Unwetters ent= zog, mit einem Freudenrufe und nicht mit dem Seufzer eines Sterbenden begrüßt haben.

Dieser Sturz war das Einzige, was ihn und seine schöne Freundin retten konnte, und als er wieder zur Besinnung gekommen war, als er sein mattes, brennendes Auge ge= öffnet hatte, ahnte er, daß dem so sei. Er befand sich in einer Höhlung, die ungefähr zehn Fuß tief war und deren regelmäßige Wände darauf schließen ließen, daß sie nicht von der Natur, sondern von Menschenhand gebildet worden. Er erkannte, daß es eine verfallene Cisterne sei, wie man sie häufig in der Wüste findet und die dazu dienen, das we= nige Regenwasser, das möglicher Weise fällt, aufzufangen.

Aber obgleich Albert diese Bemerkung machte und ob=
gleich ihn ein Gefühl von Freude durchbebte, so war er doch
zu schwach, zu ermattet, um für den Augenblick weiter dar=
über nachzudenken. Er schloß die Augen und versank in einen
Zustand tiefer Abspannung und Betäubung.

Noch schien das Unwetter übrigens nicht nachgelassen
zu haben, denn in seinen Träumen glaubte Albert noch das
Rauschen des Samums zu hören. Als er jedoch zum zwei=
ten Male erwachte, sah er den blauen Himmel über der
Oeffnung der Cisterne. Dieser Anblick belebte seine Kraft.
Er richtete sich auf.

Neben ihm, immer noch halb von seinem linken Arm
umfaßt, lag Judith, ganz in ihre weiten Gewänder und
Schleier gehüllt, regungslos. Unter ihm lag das Pferd,
das todt zu sein schien. Erst jetzt erinnerte sich der junge
Mann der Einzelnheiten, die dem Sturze vorausgegangen
waren, aber auch nur dunkel.

Lebte Judith noch? Das war sein erster Gedanke. Jetzt
sollte er sie zum ersten Male sehen. In der Nacht, die dem
Samum voraufgegangen war, hatte er sie nur verhüllt ge=
sehen. Und nun war sie vielleicht todt!

Vorsichtig, mit zögernder Hand, zog Albert den Schleier
von ihrem Gesichte, und seine überraschten Blicke fielen auf
ein bleiches, todtenähnliches Antlitz von wunderbarer Schön=
heit, das durchaus nicht den Stempel jüdischer, kaum den
der orientalischen Abstammung trug. Zuerst fiel ihm ihr rei=
ches, schönes, lockiges Haar von kastanienbrauner Farbe auf,
dann die Brauen, stark und doch fein gezeichnet. Die feine
Nase war nur wenig gebogen und der kleine Mund so wun=
derbar schön, selbst jetzt, wo er geschlossen war, daß Albert
sich nicht erinnern konnte, je einen schönern Schwung der
Linien gesehen zu haben. Ueber die Farbe der Augen konnte
er nicht urtheilen, denn diese Augen waren fest geschlossen.

Einige Minuten lang blieb Albert in das Anschauen

dieser Schönheit versunken. Er bewunderte diese Formen, die
fast von Marmor zu sein schienen, er bewunderte den Hals,
das klassisch schöne Aufschwellen des Busens, den das ver=
schobene Gewand nur halb verdeckte. Dann aber überkam
ihn jenes unheimliche Gefühl, das Jeder empfindet, der nicht
weiß, ob es das Leben oder der Tod ist, den er vor sich sieht.
Judith schien in der That Marmor zu sein, denn nichts
regte sich an ihr.

— Meine Freundin, meine theure Freundin, erwachen
Sie! rief der junge Mann und legte die Hand auf ihre
Stirn. Sie war kalt.

Wie sollte Albert sich Gewißheit verschaffen, ob sie lebte?
Mit ängstlicher Hast suchte er in seinen Gedanken nach
einem Mittel, sseine schöne Gefährtin in das Bewußtsein
des Lebens zurückzurufen. Eine Nadel, mit der ihr Kleid
über dem Busen befestigt gewesen war und die jetzt lose
niederhing, fiel ihm in's Auge. Rasch nahm er sie und
berührte mit der Spitze derselben die weiße Schulter Judiths.
Sie zuckte zusammen.

— Gott sei Dank! Sie lebt! rief Albert freudig. Und
sich selbst aufrichtend, suchte er die Jüdin mit sich emporzu=
ziehen. Vielleicht rief die Bewegung das erwachende Leben
ganz zurück.

Es gelang ihm. Mit einem schmerzlichen Stöhnen
versuchte Judith die Augen zu öffnen, und matt, noch im=
mer ohne Bewußtsein, sank sie an die Brust des jungen
Mannes, der sich bemühte, sie zu stützen. Dann schloß sie
wieder die Augen.

— Judith, meine liebe Freundin! rief der Franzose.
Erwachen Sie! Wir sind gerettet!

Bei dem Ton dieser kräftigen und klangvollen Stimme
bebte sie zusammen und öffnete mit einer gewaltsamen An=
strengung die Augen. Sie waren schön, schöner noch, als
Albert vermuthet hatte — von jenem hellen, klaren Braun,

in dem sich die Zärtlichkeit, die Schwärmerei mit der Kraft
und Innigkeit vereinigt.

— Sie sind es! Mein Gott, wo bin ich? rief sie, und
in der ersten Regung jungfräulicher Schüchternheit fuhr sie
erschreckt zurück und suchte sich aus seinen Armen loszuma=
chen. Aber sie war noch zu schwach. Ihre Arme sanken
nieder und mit ihnen ihr Haupt.

— Ich bin es, der Franzose, den Sie so großmüthig
retten wollten und dem es gelungen ist, mit ihnen zu flie=
hen! rief Albert. Erinnern Sie sich! Ich bin Ihnen kein
Fremder mehr!

— Ich weiß, ich weiß! flüsterte sie matt und in der
Sprache der Eingebornen von Algier, die Albert gut genug
verstand. Ich besinne mich! sie sind der junge Mann! Ich
danke Ihnen! Aber lassen Sie mich — ich will mich setzen.
Ich bin zu schwach, um zu stehen.

An der Bewegung, die sie unwillkürlich machte, fühlte
Albert, daß sie sich seinen Armen entziehen wolle, und er
achtete diese Regung weiblicher Schamhaftigkeit. Er ließ sie
langsam und sanft niedergleiten, so daß sie auf dem Sattel
des Pferdes saß.

— Ein Zufall hat uns gerettet, sagte er dann. Wir
sind in diese Cisterne gestürzt und das Unwetter ist über
uns dahingezogen. Vielleicht sind wir die Einzigen, die ge=
rettet worden. Freilich — freilich — doch daran wollen wir
später denken!

— Woran? fragte Judith, die mit gesenktem Kopf und
in todesmatter Haltung dasaß.

— An die Zukunft, antwortete Albert. An die Mög=
lichkeit, Menschen zu erreichen.

Judith seufzte, antwortete aber nicht weiter. Auch Al=
bert versank in Nachdenken.

— Ich will die Cisterne verlassen, um nachzusehen, was
aus dem Zuge geworden ist, sagte er dann. Die Lebenden

werden mir nicht mehr schaden, es werden ihrer nicht Viele
sein! Und die Todten habe ich nicht zu fürchten.

— Sie wollen mich verlassen? rief Judith ängstlich, als
sie sah, daß er an die Wand der Cisterne trat.

— Ja, aber nur, um bald zurückzukehren, erwiederte
Albert. Vielleicht finde ich Einiges, was uns auf unserer
Reise von Nutzen sein kann.

— Aber wenn die Kabylen Sie sehen! Man wird Sie,
tödten! rief Judith.

— Ich werde vorsichtig sein! sagte Albert. Ich werde
nicht an mich, sondern an Sie denken.

Es war nicht leicht, die Wand der Cisterne emporzu=
klimmen. Aber zum Glück hatten sich die Fugen der Back=
steine, mit denen die Wände ausgelegt waren, gelockert, und
Albert konnte sich mit einiger Mühe emporarbeiten. Er sah
zuerst vorsichtig über den Rand der Cisterne hinweg. Nichts,
nichts war auf der weiten Wüste zu erblicken.

Nun sprang er hinaus und schüttelte den Staub von
seinen Kleidern. Er war vertraut mit diesem trostlosen An=
blick entsetzlicher Leere, der sich ihm darbot. Aber bei dem
Gedanken, daß kurz vorher noch ein Zug kräftiger Menschen
über diese Fläche gezogen, und daß von ihnen jetzt Keiner
mehr unter den Lebenden sei, daß sie Alle der tückische Sand
der Wüste decke — bei diesem Gedanken überlief ihn doch
ein Grausen. Es wäre ihm lieb gewesen, wenigstens noch
ein menschliches Wesen zu sehen, der Franzose würde selbst
dem befeindeten Kabylen die Hand geschüttelt haben. Aber
da war Niemand, dem er zurufen konnte. Keine Gestalt
ragte empor über die unendliche Ebene.

Es war für Albert nicht so leicht, zu ermitteln, von
welcher Seite er überhaupt gekommen war, woher der Samum
geweht hatte. Er beschrieb deshalb einen weiten Umkreis
rings um die Cisterne und traf glücklich auf den Leichnam
von Judiths Pferde. Dies deutete ihm die Richtung an

und bald fand er noch andere Leichen von Pferden und Lei=
chen von Kabylen. Sie waren jedoch spärlicher, als er ge=
glaubt hatte. Nicht etwa, daß die Mehrzahl der Araber
dem fürchterlichen Samum entronnen wäre — im Gegentheil,
Albert hätte Jeden am Horizont sehen müssen, der noch lebte
— aber die meisten von ihnen lagen so tief im Sande be=
graben, daß Albert keine Spur von ihnen entdecken konnte
und daß selbst sein über sie hinwegschreitender Fuß sie nicht
fühlte.

Aber sollten denn auch alle Pferde todt sein? Albert
bezweifelte dies. Thiere ertragen am Ende doch mehr, als
Menschen. Freilich wußte er nicht, wie lange der Samum
nach seinem Sturz in die Cisterne noch angehalten hatte.
Er untersuchte also aufmerksam die Körper aller Thiere, die
er fand, und es gelang ihm wirklich, zuerst eins und dann
noch ein anderes Pferd aufzufinden, die Zeichen des Lebens
von sich gaben. Er befreite sie von dem Sande, der auf
ihnen lag, reinigte ihnen die Augen, die Nasenlöcher und
das Gebiß vom Staub und bemerkte zu seiner Freude, daß
sie allmählich anfingen, sich zu erholen.

Dann suchte er nach Waffen. Das war eine leichtere
Aufgabe. Jeder von den Kabylen hatte seine Flinte und sei=
nen Yagatan, viele auch Pistolen bei sich gehabt. Albert
suchte sich zwei der besten Flinten aus, wählte einige Pisto=
len von der Menge, die ihm zur Auswahl standen, nahm
die Munition dazu und versuchte dann die Leichen von den=
jenigen Kabylen aufzufinden, die mit der Sorge für die Le=
bensmittel beauftragt gewesen waren. Aber es war ihm un=
möglich, irgend einen von diesen zu finden. Das stimmte
seine Hoffnung herab. Wie sollte er ohne Lebensmittel den
weiten Weg durch die Wüste zurücklegen?

Dann dachte er auch an Judith und er bemühte sich,
die Leichen ihrer Dienerinnen zu finden. Hier war er glück=
licher. Er fand die eine, und als er das Gepäck des Pfer=

des derselben untersuchte, fand er ein Kästchen, das die noth=
wendigsten Gegenstände für die Toilette einer arabischen Dame
zu enthalten schien und wahrscheinlich für Judiths Gebrauch
bestimmt gewesen war, dann kehrte er zu den beiden Pfer=
den zurück, die sich jetzt so weit erholt hatten, daß sie schon
auf den Vorderfüßen knieten, und nun entdeckte er zu seiner
großen Freude auch noch einen Sack mit Datteln, den wahr=
scheinlich einer der Kabylen auf seiner verzweifelten Flucht
von sich geworfen hatte. Für Albert war dieser Fund werth=
voller, als selbst die Waffen, und jetzt einigermaßen zu=
friedengestellt, kehrte er mit seinen Schätzen zu der Cisterne
zurück.

Judith saß noch immer mit gesenktem Kopfe auf dem
Rücken des todten Pferdes.

— Mademoiselle! rief Albert hinab. Wir sind nicht
ganz so verlassen, wie Sie vielleicht glauben. Zwei Pferde
leben noch, wir können sie benutzen und ich habe Waffen
und Datteln, auch etwas für Sie! Sehen Sie! Gehört
Ihnen dieses Kästchen nicht? Ich habe es bei einer der
Frauen gefunden.

Judith erhob ihre schönen Augen mit einem zwar weh=
müthigen aber dankbaren Ausdruck.

— Ja, ich kenne es. Es enthält Einiges von meiner
Garderobe. Wir können also unseren Weg fortsetzen? Aber
wohin wollen wir gehen? Und lebt Keiner von den Ka=
bylen mehr?

— Keiner, wie es scheint, antwortete Albert. Wohin
wir reisen wollen? Nun, nach Norden, oder Westen, oder
Osten. Nach Süden dürfen wir nicht, da ist die große
Sahara. Aber haben Sie jetzt vielleicht Kräfte genug, die
Cisterne zu verlassen? Ich werde Ihnen den Riemen von
dieser Flinte hinabreichen. Versuchen Sie es, mit Hülfe des=
selben so hoch zu kommen, daß ich Ihnen die Hand reichen
kann. Glauben Sie, daß Sie kräftig genug sind?

— Ich glaube es, antwortete Judith, sich erhebend.
Jedenfalls darf ich hier nicht bleiben.

Es war eine mühsame Arbeit, aber die Jüdin entwickelte
mehr Kräfte, als Albert erwartet hatte. Mit beiden Hän=
den den Riemen fassend und die Fußspitzen in die Fugen der
Steine setzend, gelang es ihr, sich so hoch zu erheben, daß
Albert ihre Hände erfassen konnte. Nun zog er sie ganz zu
sich hinauf.

Es war dies nicht möglich, ohne daß Albert die schö=
nen Schultern des Mädchens berührte, was ihr ein wieder=
holtes Erröthen entlockte.

— Ich danke Ihnen, mein Herr, sagte sie, als sie oben
war. Sie haben mehr für mich gethan, als je ein anderer
Mensch in der Welt. Ich muß von jetzt ab Ihre Sklavin
sein!

— Sklavin? rief Albert. Nimmermehr! Kann es je
einen größeren Edelmuth gegeben haben, als den Sie mir
in der vergangenen Nacht bewiesen? Ich muß Ihnen dank=
bar sein, denn Sie wollten sich für mich opfern! Nun, der
Himmel hat es anders und besser gefügt. Wir sind Beide
gerettet, und vor uns liegt kein anderes Hinderniß mehr,
als die Wüste.

— Glauben Sie, daß mein Vater — ich wage seinen
Namen kaum vor Ihnen zu nennen! — glauben Sie, daß er
todt ist, oder daß er noch lebt? fragte Judith dann ängstlich.

— Fürwahr, ich kann ihnen keine Antwort darauf ge=
ben, erwiederte Albert. Die Möglichkeit seines Todes ist
vorhanden, wenn er sich in jener Höhle befand. Denn ich
glaube nicht, daß noch Andere, als wir fünf Männer, sie
lebend verlassen haben. Befand er sich aber nicht in jener
Höhle, so glaube ich, daß er noch lebt.

— Und wollen Sie nun den geraden Weg nach Algier
einschlagen? fragte Judith seufzend.

— Die Frage ist leicht, die Antwort schwer, erwiederte

der junge Offizier. Selbst wenn ich die Richtung genau wüßte, wäre das Unternehmen gewagt, denn wir würden zuerst Kabylenstämme erreichen und ich müßte bei diesen bleiben, würde auch vielleicht zum zweiten Male entdeckt werden. Uns nach Westen zu wenden, nach Marokko, ist ebenfalls gefährlich. Die Marokkaner machen jeden Fremden zum Sklaven, und es würde mir wenig helfen, mich dort für einen Araber auszugeben. Das Beste wäre, Tunis oder Tripolis zu erreichen, wo wir uns an die französischen Konsuln wenden könnten. Es ist freilich der weiteste Weg. Was meinen Sie?

— Was ich meine? rief Judith und ihr Gesicht nahm den Ausdruck der tiefsten Ergebenheit und Verehrung an. O, Herr, ich kann nichts meinen, nichts bestimmen. Ich gebe mein Leben, mein Alles in Ihre Gewalt. Fragen Sie nach nichts, bestimmen Sie Alles, wie Sie es wollen. Ich werde Ihnen blindlings folgen. Sie sind mein Herr, mein Gebieter!

— Sprechen Sie nicht so! sagte Albert ernst. Doch lassen wir das jetzt. Wir haben fürs Erste an unsere Reise zu denken. Auf jeden Fall wollen wir uns anfangs nördlich halten, denn dort finden wir die ersten Oasen und die ersten Menschen. Jetzt werde ich nach den Pferden sehen. Ah, sie haben sich schon aufgerichtet! Diese Pferde sind prächtige Thiere. In einer Stunde werden sie im Stande sein, uns zu tragen. Ich werde ihnen einige Datteln geben.

Er begann nun, den Pferden Sättel anzulegen — für Judith einen Frauensattel, den er glücklich noch fand — und sie mit Allem, was ihm für die Reise nöthig schien, zu bepacken. Die armen Thiere verschlangen die Datteln — sonst eben nicht ihre Lieblingsspeise — mit einem wahren Heißhunger und wieherten traurig nach ihren früheren Gefährten.

Schon zeigten sich auch andere bedenkliche Anzeichen, daß es nöthig sei, den Ort zu verlassen. Die Aasgeier

10*

schwebten bereits über der Stätte des Todes und hin und
wieder zeigte sich ein schleichender Wolf oder ein Schakal in
der Ferne. Diese Thiere pflegen stets den Karavanen zu
folgen. Sie ziehen auch dem Samum nach, weil sie wissen,
daß er ihnen stets reiche Beute bringt. Zwar greifen die
Wölfe selten lebende Menschen an. Aber es schien doch be-
denklich, in ihrer unmittelbaren Nähe zu bleiben.

Albert führte die beiden Pferde, die mit jedem Augenblicke munterer wurden, zu Judith, die während dieser Zeit
flüchtig ihren Anzug geordnet und zum Theil erneuert hatte.

— Die Nacht ist nicht mehr fern, sagte Albert. Aber
wir wollen die Nacht durch reiten. Dann, hoffe ich, werden
wir mit Tagesanbruch in der Nähe einer Oase sein. Es
wäre ohnehin traurig, in dieser Wüste allein übernachten zu
müssen. Ich habe freilich zwei Zelttücher aufgefunden. Aber
die Ruhe unter Palmen ist jedenfalls angenehmer. Nun,
seien Sie gutes Muthes, Mademoiselle! Ich hoffe, wir Beide
werden unser Vaterland wiedersehen!

Lächelnd — denn er fühlte, daß er Judith aufheitern
müsse — reichte er ihr mit ächt französischer Galanterie und
mit der Grazie eines vollendeten Kavaliers die Hand, um
ihr beim Aufsteigen behülflich zu sein. Judith erröthete
abermals, als ihre Hand in der seinen ruhte. Albert schien
es nicht zu bemerken. Dennoch wallte in ihm eine Erinnerung an jenes Gefühl auf, das er zum ersten Mal empfunden, als er mit der schönen Ohnmächtigen an seiner Brust
durch den Samum sprengte, und auch über sein Gesicht verbreitete sich eine Gluth, die er dadurch zu verbergen suchte,
daß er sich schnell in den Sattel schwang. Dann bemühte
er sich, die Kraft seines Pferdes zu erproben.

— Diese Kabylenpferde sind von einem prächtigen
Schlage! rief er zufriedengestellt. Vor einer Stunde lag
dieses Thier im Sterben und jetzt zweifle ich nicht daran,
daß es ohne Anstrengung den ganzen Weg zurücklegen wird.

Wie ist Ihr Pferd, Mademoiselle? Ein wenig schwach, wie
es scheint. Aber um so besser, sonst würde es nicht so ge=
duldig den Damensattel tragen.

Die Beiden ritten neben einander, doch so, daß Albert
das Gesicht Judiths nicht sehen konnte. Er fühlte auch augen=
blicklich kein Bedürfniß zum Sprechen. Sein Geist war voll=
ständig von Gedanken über seine neue und so plötzlich ver=
änderte Lage erfüllt. Welchen Wechsel von Schicksalen hatte
er in der letzten Zeit erlebt! Zuerst ein geheimer Abgesandter
der Franzosen und als angeblicher Freund Achmet=Bey's
freundschaftlich von den Kabylen aufgenommen. Dann ver=
dächtigt, dann durch ein Wunder aus der Höhle gerettet,
dann in die weite Ferne nach einem abenteuerlichen Ziele
gesendet, dann vollständig entdeckt, dem Untergange nahe,
und nun doch gerettet, allein in der Wüste mit einem Mäd=
chen, wie er es schöner fast nie gesehen hatte, mit einem
Mädchen, das durch Dankbarkeit und durch die Nothwendig=
keit an ihn gekettet war! Wirklich, manchmal glaubte er zu
träumen und die weite Wüste, die sich wie ein unendliches
Nichts rings um ihn her erstreckte, schien seinen Glauben
zu bestätigen, daß er sich in einer körperlosen Welt, in einem
Reich der Träume befinde. Zuweilen, wenn er zufällig an
Paris, an sein vergangenes Leben dachte, mußte er unwill=
kürlich den Kopf schütteln. War er wirklich derselbe, der er
damals gewesen? Waren es dieselben Augen, die damals
das glänzende Paris betrachtet hatten und jetzt auf dem
Sande der Wüste ruhten? War es dasselbe Herz, das da=
mals durch nichts mehr zu erregen gewesen, und das jetzt
unwillkürlich heftiger schlug, wenn er an die Schönheit sei=
ner Begleiterin und an sein Verhältniß zu ihr dachte?

Er überließ sich einige Stunden diesen Träumereien,
die durch Gedanken an die unmittelbar vor ihm liegende Zu=
kunft unterbrochen wurden. Was während der Zeit in dem
Herzen Judiths vor sich ging, das konnte er nicht wissen,

auch nicht einmal ahnen. Sie wandte nie das Gesicht zu
ihm hin. Auch war der obere Theil desselben durch einen
Schleier bedeckt. Die Zügel ihres Pferdes führte sie mit
vieler Geschicklichkeit und mit derjenigen Kraft, die nur den
Frauen eigen ist, die gewöhnt sind, auf solche Art zu reisen.

— Nun, Mademoiselle, unterbrach endlich, als es bereits ganz dunkel geworden war, Albert das Schweigen —
nun, werden Sie stark genug sein, die Nacht über im Sattel
zu bleiben?

— Ich glaube es, antwortete Judith. Sie müssen ja
von der letzten Zeit her wissen, daß mir diese Art zu reisen
nichts Neues ist und die Nacht ist nicht lang.

— Aber sie wird Ihnen lang werden, wenn ich so
schweigsam bin, wie bisher, sagte Albert.

— O, erwiederte sie mit ihrer sanften, wohlklingenden
Stimme, ich will nicht unbescheiden sein und Ihr Anerbieten,
mich zu unterhalten, zurückweisen. Aber ich bin daran gewöhnt, Tage lang im Nachdenken und ohne eine Wort zu
sprechen, zu verbringen. In den letzten vierzehn Tagen habe
ich nur mit meinen Begleiterinnen zuweilen einige Worte
gewechselt.

— Aber wurde Ihnen diese Enthaltsamkeit nicht schwer
im Vergleich zu dem Vergnügen, das Ihnen früher Oran
bot? fragte Albert. Der Kontrast muß ein großer gewesen
sein!

— Ganz im Gegentheil, Sie irren! rief Judith. Ich
lebte in Oran so eingezogen, wie nur möglich. Ich sah Niemand als meinen Vater und meine Dienerinnen, und mit
diesen sprach ich nur wenig. Mein Vergnügen bestand in
Oran darin, allein zu sein.

— Seltsam genug! sagte Albert. Und doch waren Sie
eine der gefeiertsten Schönheiten in jener Stadt?

— O, was giebt Ihnen Veranlassung, eine so unwahre
Schmeichelei auszusprechen?

— Unwahr? rief Albert. Nun, als ich in Oran war, hörte ich überall die Schönheit der Tochter Eli Baruch Manasse's rühmen, und ich muß hinzufügen, auch überall ihre Tugend. Ich selbst habe Sie damals nicht gesehen und ich bekenne offen, daß mich etwas überrascht hat, als ich Sie heut zum ersten Male sah. Ich glaubte eines jener orientalischen Gesichter zu finden, von denen uns die Dichter des Morgenlandes so viel erzählt haben, und ich war etwas erstaunt darüber, zu sehen, daß die Farbe Ihres Haars und Ihrer Augen heller war, als ich vermuthen durfte.

— Ja, sagte Judith nach einigem Zögern, ich glaube, daß dies Vielen auffallen würde. Aber, mein Herr, ich kann Ihnen das erklären. Sie dürfen Vertrauen von mir fordern und ich andererseits fühle die Pflicht, es Ihnen zu beweisen. Vielleicht habe ich Niemand mehr auf der ganzen Welt, zu dem ich in einem so nahen Verhältnisse stehe, wie zu Ihnen. Ich will Ihnen deshalb ein Geheimniß mittheilen, das bis jetzt, glaube ich, noch Niemand, und am allerwenigsten durch mich erfahren hat. Sie kennen meinen Vater. Ich darf ihn nicht tadeln, aber ich kenne seinen Charakter, und ich glaube, daß er von jeher nur an Gewinn und an die Güter des gewöhnlichen Lebens gedacht hat. Er war schon in seiner Jugend ein reicher Mann. Auch meine Mutter war die Erbin eines ansehnlichen Vermögens und es wurde von den Eltern bestimmt, daß die beiden jungen Leute sich heirathen sollten. Es geschah, und die Ehe, in deren ersten Jahren ich geboren wurde, schien eine glückliche zu sein und war es auch vielleicht. Vor ihrem Tode aber — ich war damals zwölf Jahr alt und bereits ein verständiges Kind — theilte mir meine Mutter mit, daß sie damals einen Engländer geliebt habe und nur durch den Zwang ihrer Eltern die Gattin ihres Mannes geworden sei. Sie sagte mir auch daß sie nach ihrer Heirath die Verbindung mit jenem Engländer nicht aufgegeben habe, und gab mir die bestimmte

Versicherung, ich sei das Kind ihres Geliebten und nicht
Eli Baruch Manasse's.

Mein Vater wußte das nie, hat es auch nie geahnt.
Er liebte mich, schon während meine Mutter noch lebte, mit
einer fast thörichten Leidenschaft, die noch wuchs, als meine
Mutter gestorben war. Er kannte nichts auf der Welt, als
Gold und Silber und außerdem mich. Er überwand seinen
Geiz so weit, daß er mir Alles gewährte, was ich nicht
einmal verlangte — denn meine Neigungen waren stets be=
scheiden. Er hielt mir einige Sprachlehrer, er gab mir eine
Erziehung, ich will nicht sagen über meinen Stand, aber
weit über die Sitten unseres Volkes hinaus. Er betrachtete
mich als seinen größten Schatz, den er in das hellste Licht
setzen wollte, als einen Diamant, der möglichst kostbar gefaßt
werden müßte. Wie sehr er mich liebte, das können Sie
daraus ersehen, daß er meinetwegen zum Verräther an Ihnen
wurde, daß er Ihr Leben auf's Spiel setzte, um sich seine
Tochter zu retten! Verzeihen Sie ihm!

Ich habe Ihnen schon gesagt, daß meine Neigungen
sehr einfach waren. Ich machte deshalb keinen verschwen=
derischen Gebrauch von der Vorliebe meines Vaters für
mich. Je älter ich wurde, desto bestimmter entschied sich mein
Geschmack für das Einfache und rein Geistige. Mit den Fa=
milien meines Volkes wollte ich nicht verkehren, weil sie mich
anwiderten, und in die Salons Ihrer Landsleute zu gehen,
um dort als eine Kuriosität angestaunt zu werden, sagte mir
ebenso wenig zu. Ich führte deshalb mit meinen Büchern,
meinem Klavier und meinem Malkasten ein eingezogenes und
abgeschlossenes Leben. Ich wußte es kaum, daß ich eine
Jungfrau geworden war, und die Andeutungen meines Va=
ters, daß es bald Zeit sein würde, mich zu verheirathen,
ließen mich nicht nur kalt, sondern erfüllten mich sogar mit
einem unbestimmten Grauen. Ich hatte aus meinen Büchern,
aus dem Verkehr mit den großen Geistern aller Nationen

gelernt, daß man einen Mann lieben müsse, um ihm ewig anzugehören. Und noch empfand ich nichts von Liebe, noch wußte ich nicht, was die Liebe sei.

Wen sollte ich auch heirathen? Unter allen jungen Männern meines Volkes, die mir mein Vater zuweilen vorstellte, befand sich keiner, den ich nicht mit Widerwillen und Abscheu betrachtet hätte. Die Juden nehmen in Algier eine traurige Stellung ein, und großentheils durch ihre Schuld. Sie denken nur an Geld und Gewinn. Sie betrügen die Franken und die Eingeborenen und werden von beiden verachtet. Einen Mann aus diesem Volke konnte ich nicht lieben, um so weniger, da Christenblut in meinen Adern floß. Aber wenn ich nun auch einen von Ihren Landsleuten, einen von den Männern, die täglich nach meinem Fenster hinaufsahen, geliebt hätte? Ich wäre unglücklich und thöricht gewesen. Ein solcher Mann konnte mich nicht heirathen, und wenn er es that, so geschah es nur, weil ich reich war und weil mein Reichthum die Schmach, die er sich dadurch in den Augen seiner Landsleute anthat, weniger groß erscheinen ließ. Ich fühlte, daß ein Christ, der mich heirathete, sich selbst verachten müsse, und einen solchen Mann konnte ich nicht lieben. So stand ich also ganz allein da und erwartete mit Bangigkeit die Zeit, in der mein Vater stärker in mich dringen würde, mich zu verheirathen. Der räuberische Anfall der Kabylen machte meinen Besorgnissen ein Ende. Soll ich sagen zum Glück oder zum Unglück? —

Die Aufschlüsse, die Albert hier erhielt, waren ihm neu und überraschend. Er fand in diesem Mädchen mehr, weit mehr, als er erwartet hatte. Der Zufall hatte ihn mit einem jener seltsamen Wesen zusammengeführt, die, wie er bisher geglaubt, nur in der Phantasie der Dichter existirten. Unwillkürlich begann er eine Reihe von Fragen, um tiefer in die Seele seiner Begleiterin einzudringen, und mit jeder Minute wuchs sein Erstaunen. Er fand einen Geist, der dem seinigen nicht nur gewachsen war, sondern ihn vielleicht noch überragte, wenn auch nicht an Kraft und Energie, doch an wissenschaftlicher Bildung, Reife und Schärfe der Auffassung. Judith kannte die französische, die englische, selbst aus Uebersetzungen die deutsche und italienische Literatur fast besser, als Albert, der in seiner Jugend das Studium vernachläfsigt und erst in seinen Mußestunden als Soldat Gefallen an den Schöpfungen dichterischer Größen gefunden hatte. Sie kannte Victor Hugo und Lamartine so gut wie Racine und Corneille, und selbst Lamennais war ihr so bekannt, wie Bossuet. Aber sie hatte diese Schriftsteller nicht nur gelesen und ihre Worte dem Gedächtnisse eingeprägt, sondern sie hatte sie in sich aufgenommen und sich eine eigene Anschauung von der Welt und dem Leben gebildet, die weit über das hinausging, was Albert je in Paris von den beweglichen Lippen einer Französin gehört hatte. Es war die Anschauung einer tiefen, dichterisch empfindenden Seele, nichts Angelerntes, nichts Ueberspanntes. Was sie sprach, gab dem jungen Manne viel zu denken, viel zu überlegen.

Endlich stockte das Gespräch und die beiden Reisenden setzten ihre Rosse in Galop, da der Boden fester wurde. Alberts Ansichten über seine Begleiterin waren durch dieses Gespräch vielfach umgewandelt. Das schöne Judenmädchen war für ihn zu einer sehr bedeutungsvollen Persönlichkeit geworden. Sie war nicht blos das schöne heißblütige Kind ihres Stammes, ein Wesen, das seinem Auge gefiel. Sie hatte ihm Achtung abgenöthigt und Interesse eingeflößt.

Ueber diese neue Entdeckung vergaß Albert beinahe die Zukunft, oder wenn er an etwas dachte, so war es nur die Ruhe, die ihn zusammen mit seiner schönen Begleiterin in der nächsten Oase erwartete, und dann spornte er sein Roß unwillkürlich schneller. Gesprochen wurde jetzt nicht mehr zwischen den Beiden. Sie wechselten nur hin und wieder einzelne kurze Sätze. Endlich graute der Morgen. Aber

noch sah Albert keinen Strauch, keinen Baum, keinen Ge=
birgszug am Horizont.

Bald darauf jedoch gewahrte er einen Zug von unge=
fähr zwanzig Personen, der ihnen entgegenkam. Albert glaubte,
daß er von diesen vielleicht einige Lebensmittel und Auskunft
über den Weg erlangen könne. Er bat Judith, zu halten
und ihn zu erwarten, und sprengte dann auf den Zug zu.

Es war eine Karavane von Kaufleuten, die nach dem
inneren Afrika zog. Albert, der natürlich noch immer sein
Inkognito als Kabyle beibehielt, theilte ihnen den traurigen
Unfall mit, der seinen Zug betroffen, und bat um etwas
Maisbrod oder andere Nahrungsmittel. Zugleich unterließ
er nicht, ihnen zu sagen, daß sie bei den Todten reiche
Beute machen würden, wenn sie seiner Spur folgten und die
Stätte des Verderbens aufsuchten. Bei den gewinnsüchtigen
Kaufleuten fruchtete dieses nicht wenig. Albert erhielt Alles,
was er wünschte, sogar im Geheimen zwei Flaschen mit Rum.
In Bezug auf den Weg sagte man ihm, daß er in unge=
fähr zwei Stunden eine Oase erreichen würde und sich nord=
westlich halten müsse, um Laghuat zu erreichen. Damit zu=
frieden, sprengte Albert zu Judith zurück, und nie hatte ihm
eine Melone besser gemundet, als diejenige, die ihm jetzt
Judith mit ihren zarten, runden Fingern zerschnitt und ihm
reichte.

Zwei Stunden bis zur Oase — ein kurzer Weg! Die
Pferde, denen Albert einige Stücke Maisbrod mit Rum be=
feuchtet gegeben, erneuerten ihren raschen Galop und bald
darauf sahen die Beiden am Horizont einen bläulichen Fleck,
der ihnen die Oase verkündete.

Die Orientalen preisen die Oasen als paradiesisch schöne
Orte. Aber sie sind es selten in Wirklichkeit. Sie sind nur
schön und einladend im Vergleich mit der endlosen Wüste.
So war auch diese Oase nichts weiter, als ein kleiner Pal=
menwald mit einer künstlich erhaltenen Cisterne in der Mitte,

die von einem schwachen Graswuchs umgeben war. Aber
die Dattelpalmen standen hin und wieder so dicht, daß sie
Schatten gewährten, und Schatten! — welch eine Seligkeit
für den, der Wochen lang nichts gefühlt, als die heißen
Strahlen afrikanischer Sonne!

Bald standen die Rosse freudig wiehernd an der Ci=
sterne und Judith war damit beschäftigt, von den Schätzen,
die Albert erlangt, ein einfaches Mahl zu bereiten. Es war
das erste Mal, daß die Beiden so traulich zusammen saßen
und plauderten. Albert scherzte, Judith stimmte mit ein.
Ihre hellen, glänzenden Augen leuchteten zu ihm herüber
und senkten sich zuweilen, wenn die seinigen sich zu lange in
ihnen vertieften. Ihre frischen Lippen glänzten in lebhafte=
rem Roth, auch ihre Wangen färbten sich, und Albert glaubte
nie etwas Schöneres und Lieblicheres gehört zu haben, als
ihr herzliches Lachen, wenn der junge Franzose, ungeduldig
über den Mangel an Teller und Gabel, alle möglichen
Kunstgriffe erfand, um diesem Mangel abzuhelfen und die
Speisen auf eine möglichst manierliche Weise zum Munde
zu führen.

Nach diesem Mahle, dem Albert ein längst entbehrtes
Soldatengetränk, einen Zug Rum, hinzugefügt hatte, ging
das Gespräch unmerklich auf tiefere Gegenstände über und
Albert war aufs Neue überrascht von dem Reiz, den seine
Begleiterin ihren Gesprächen einzuhauchen wußte. Judith
lieferte ihm den Beweis, daß man auch außerhalb Paris
Geist und Witz finden könne, und dieser Witz war mehr als
Pariser Witz, denn er hatte Tiefe.

Wir sind gewöhnt, große geistige Anlagen, Tiefe des
Verstandes, Witz, große künstlerische Talente bei Frauen ge=
wöhnlich mit einem bleichen Gesicht, glänzenden Augen, ab=
gespannten Zügen und schwächlichen krankhaften Gestalten
vereint zu sehen. Gewöhnlich reibt das innen glühende
Feuer die äußere Gestalt auf und die Natur versagt dem

Körper, was sie dem Geiste gab. Wenn aber jene Eigen=
schaften, wenn Witz, Talent, Geist und Tiefe des Gefühls
mit frischen Wangen, leuchtenden Augen, verführerisch lächeln=
den Lippen und einer Gestalt verbunden sind, die schon durch
ihre Schönheit allein Alles hinreißen würde — dann dürfte
es dem Manne, der sich einem so bevorzugten Wesen allein
gegenüber befindet, schwer werden, seine Mäßigung zu be=
wahren, um so mehr, wenn die Verhältnisse ihm fast ein
Recht zu geben scheinen, sie zu vergessen!

Albert war in Paris um nichts besser gewesen, als
seine Kameraden, als die Chateau=Renauds, Beauchamps
und Debrays. Was Liebe war, hatte er nie gekannt, und
wo ihm die Zuneigung einer Tänzerin nicht entgegenkam,
da hatte sie der Sohn des reichen Generals von Morcerf
zu erkaufen gewußt. Albert war auf dem besten Wege ge=
wesen, ein entnervter, oberflächlicher, gehaltloser Mensch zu
werden. Sein gutes Herz hätte ihn nicht vor den Folgen
der Ausscheifungen gerettet, zu denen ihn seine Lebensart
in Paris nöthigte.

Das Unglück war seine Lehrmeisterin auch in diesem
Punkte geworden. Dem gemeinen Soldaten in der afrika=
nischen Armee, dem kärglich besoldeten Offizier, der ohnehin
noch die Hälfte seines Soldes für seine Mutter zurücklegte
— dem Lieutenant Albert Herrera boten sich jene Gelegen=
heiten nicht mehr dar, die ihn in Paris verlockt hatten. Und
was konnte den auch reizen, der in Paris übersättigt war?
Welchen Werth hatten die Frauen für ihn? Wenn er sie
auch nicht verachtete, so waren sie ihm doch gleichgültig ge=
wesen. Nie hatte ihm ein Weib ihr ganzes, liebendes Herz
erschlossen, nie hatte er die tiefen Geheimnisse eines Frauen=
herzens kennen gelernt. Es gab nur eine Frau, die er ver=
ehrte, und das war seine Mutter. Er glaubte nicht, daß
ihr ein anderes Weib auf der Welt gleichen könne.

Deshalb, so seltsam es auch scheinen mag, hatte Albert

während seines ganzen, nun schon jahrelangen Aufenthalts
in Algerien nie mehr seinen Blick auf ein Weib gerichtet,
nie weder eine oberflächliche, noch auch eine tiefere, nie eine
auch nur vorübergehende Neigung gefühlt. Sein Leben hatte
darin bestanden, sich Auszeichnung und Anerkennung als
Soldat zu verschaffen, seine Studien in den Wissenschaften,
seine Kenntnisse über das Leben zu vervollkommnen. Jahre
waren darüber hingegangen, ohne daß er die Hand einer
Frau berührt.

Um so gefährlicher war dieser Augenblick für ihn. Er
hatte seine früheren geringschätzigen Ansichten über die Frauen
vergessen, und Judith war wohl dazu geeignet, ihm ein Interesse einzuflößen, das er früher nie gefühlt haben würde.
Zugleich erwachte die Sinnlichkeit, so lange zurückgedrängt,
mit erneuter Kraft in ihm. Hier war Alles, was dem
Manne begehrlich scheinen kann: Schönheit der Gestalt,
Geist in der Rede, Tiefe des Gefühls, und das Wesen, das
Alles dies in sich vereinigte, saß nur zwei Schritte von ihm,
unter den Blättern der Palmen, allein in der weiten Wüste,
abgeschiedener von der Welt, von jedem Späherauge, als es
irgendwo anders möglich gewesen wäre. Albert war erregt.
Das süße Zittern, das er empfunden, als Judith zum ersten
Male an seiner Brust ruhte, überkam ihn auch jetzt, und ehe
er noch wußte, was er gethan, saß er neben ihr und ihre
Hand ruhte in der seinen.

Sie wich nicht zurück, sie entzog ihm ihre Hand nicht.
Ihre Augen senkten sich für einen Moment und ihr Blut
schien zu stocken. Aber es war vorübergehend.

— Judith, flüsterte Albert mit leiser, aber tief erregter
Stimme, Sie sagten, daß Sie nie einen Mann geliebt hätten. Würden Sie nie lieben können?

— Lieben? Ich weiß es nicht! stammelte Judith und
ihre Stimme klang eigenthümlich gezwungen und zitternd.

— Judith, würden Sie mich nicht lieben können? Das

Schicksal hat uns zusammengeführt, wir sind allein in dieser Wüste. Wir sind dem Tode entgangen, weshalb sollen wir nicht für einander leben? Wie blau ist der Himmel, wie süß ist dieser Schatten, wie warm, wie schwellend ist Ihr Nacken! Judith, lassen Sie uns glücklich sein!

Er zog sie dichter an sich. Sie widerstrebte nicht. Ihre Schulter ruhte an der seinen, er sah, wie ihre Wange sich dunkler und dunkler röthete, wie ihr Busen höher wallte. Seine Lippen berührten ihre Stirn, seine Arme umschlangen sie fester.

Aber dieser Gluth auf Judiths Wangen folgte eine tödtliche Blässe. Ihre Stirn wurde kalt, eiskalt unter seinen Küssen. Ihre Augen schlossen sich, ihre Lippen zuckten.

— Judith, rief Albert erschreckt, Sie beben, Sie zittern — Sie lieben mich nicht!

— Ich bin Ihre Sklavin, Sie sind mein Herr, mein Retter. Ich habe Alles in Ihre Hand gelegt, mein Leben, meine Ehre. Ich darf nichts anderes wollen, als Sie!

Ihre Stimme klang gebrochen und hohl, kaum, daß Albert sie verstand. Dann rang sich ein tiefes, unheimliches Schluchzen aus ihrer Brust und sie drückte die Hände vor das Gesicht.

Alberts Arme sanken nieder von ihren Schultern, einen Augenblick lang starrte er sie fast entsetzt an. Dann sprang er auf.

Was hatte er thun wollen? Ein Mädchen, schöner, besser, reiner, achtungswerther, als er je ein anderes gefunden, ein Mädchen, das ganz seiner Ehre, seinem Schutze, seiner Gewissenhaftigkeit anvertraut war, ein Mädchen, das ihn vielleicht nicht liebte und das, aus übertriebener Hingebung, aus einem schwärmerischen Gefühle von Dankbarkeit ihm nichts zu verweigern wagte, ein Mädchen, das er vielleicht ebenso wenig liebte — ein solches Mädchen hatte er zum Spielball einer vorübergehenden Aufwallung machen

wollen? War das die Ehre, der er seit Jahren so unab=
lässig nachstrebte? War das die Ritterlichkeit, an der er
felsenfest halten und die er seinem Namen bewahren wollte,
obgleich sein Vater ein schimpfliches Ende genommen? Der
Albert de Morcerf in Paris hätte sich nicht zu bedenken
brauchen, eine solche That zu begehen. Der Albert Herrera
aber mußte schon bei dem Gedanken daran zittern.

Jetzt schoß ihm das Blut in die Wangen, und mit
einer Beschämung, wie er sie nie gekannt, eilte er nach dem
fernsten Theil der Oase. Durfte er wieder vor den Augen
dieses Mädchens erscheinen, das ihm eine so hohe Achtung
abgenöthigt und das er so schimpflich behandelt? Er dachte
daran, sich auf sein Pferd zu schwingen und zu fliehen. Aber
durfte er sie allein lassen? Und doch — der Gedanke, ihr
wieder in die Augen zu blicken, war ihm unerträglich.

Er warf sich nieder auf den sandigen Boden. Welche
Thorheit! Wie hatte er sich so tief erniedrigen, wie hatte
er sich einer solchen Frau in solchem Lichte zeigen können!
Nie war Albert zorniger gegen sich selbst gewesen. Es schien
ihm, als ob diese eine That alle Anstrengungen der letzten
Jahre mit einem Male verlösche.

Da legte sich eine Hand auf seine Schulter. Er zit=
terte, er wagte nicht, sich umzusehen.

— Mein Freund, verzeihen Sie mir, ich habe Sie be=
leidigt! sagte die liebliche Stimme Judiths. Es war —
ach, verzeihen Sie mir — es war die Natur des Mädchens,
die sich auflehnte gegen den Willen des Geistes. Zürnen
Sie mir nicht! Wie konnte ich meinen Retter von mir
weisen.

Albert zitterte noch stärker. Sie kam, Judith kam, um
ihn um Verzeihung zu bitten. Seltsames Herz der Weiber,
das dem Manne in seiner schwärmerischen und idealen Dank=
barkeit ein Opfer bringen wollte, vor dem der Mann selbst
zurückbebte!

— Judith, sagte er leise und mit gepreßter Stimme,
Sie verstehen mich falsch. Ich bin ein elender Mensch! Wie
konnte ich es wagen! Sprechen Sie nicht mehr davon.
Judith, ich muß Sie um Verzeihung bitten. Ich schwöre
Ihnen, so lange uns das Schicksal vereint, werde ich mich
bemühen, Sie diese eine Minute vergessen zu lassen! Ich
schwöre es!

Und er warf sich vor ihr auf die Knie. Thränen standen ihm in den Augen. Judith, die mit bleichem Gesicht,
mit klopfendem Herzen gekommen war, athmete auf. Ihr
Blick verklärte sich und ruhte mit unbeschreiblicher Innigkeit
auf dem schmerzerfüllten Gesicht des jungen Mannes. Ihre
Wangen rötheten sich.

— Verstehe ich Sie recht? rief sie mit wachsender Bewegung. Sie achten mich, Sie achten das Einzige, was ich
noch auf der Welt habe, meine Ehre und meine Hülflosig-
keit? O, ich danke Ihnen, ich danke Ihnen aus der Tiefe
meiner Seele. Sie lehren mich, daß ich mehr werth bin,
als ich glaubte. O, mein Herr, bis jetzt achtete und liebte
ich Sie als meinen Retter. Aber Sie haben mehr gethan,
als jeder andere Mann. Ich verehre, ich bewundere Sie.
Sie sind ein Gott, ein Ideal!

Und sie selbst warf sich dem Knienden zu Füßen. Al-
bert sprang auf, sie emporzuziehen. Aber sie preßte ihre
Lippen auf seine Hand, lange, innig, in heißer Verehrung.
Er fühlte ihre warmen Thränen über seine Hand fließen.
Endlich riß er sich los, verwirrt, bewegt, ergriffen, und eilte
zu den Pferden. — — — — — — — — — —

Sechs Tage waren vergangen. Albert schien den richtigen Weg nicht gefunden zu haben. Planlos, ohne zu wissen, welchen Weg er nun einschlagen solle, irrte er mit seiner
Gefährtin durch die Wüste. Ihre Lebensmittel waren zu
Ende, obgleich sie in den letzten Tagen nur so viel gegessen,

um ihr Leben zu fristen. Die Pferde waren matt, Albert
selbst fühlte sich angegriffen. Nur Judith schien dieselbe;
Frauen sind im Erdulden stärker, als Männer.

Wie Albert es an jenem Tage versprochen, so hatte er
sich bemüht, Judith für immer vergessen zu lassen, daß er
einmal gefehlt. Sein Benehmen gegen sie war das eines
Vasallen gegen seine Königin, achtungsvoll, zart, unterwürfig
im höchsten Grade. Und immer mehr sah er ein, daß Ju=
dith eine solche Huldigung verdiene. Er hatte nicht geglaubt,
daß ein solches Weib existiren könne. Sie vereinigte die
geistigen Vorzüge, die er an seiner Mutter verehrte und be=
wunderte, die Tiefe des Gefühls, die Anmuth und Bildung
des Geistes, mit einer Schönheit, wie sie ihm die Erde bis
jetzt noch nicht gezeigt. Albert wußte selbst noch nicht, daß
er sie liebte, aber er liebte sie bereits aufrichtig und wahr.
Und ihrerseits war Judith seinen Huldigungen gegenüber so
verschämt, so reizend verwirrt. Sie nahm sie an, weil sie
fürchtete, ihn zurückzuweisen, ihm zu mißfallen. Aber er hätte
bemerken können, daß sie weit mehr bemüht war, ihm zu
huldigen, als er ihr. Unerfahren mit der Welt und den
Künsten der Frauen übte sie nichts von jener Koketterie, die
dem Manne Kälte zeigt, sobald sie Liebe sieht, um ihn desto
stärker zu fesseln. Sie ließ ihn deutlich sehen, wie glücklich
seine Verehrung sie machte, und wäre jene Stunde in der
Oase nicht gewesen, hätte Albert nicht danach gestrebt, Alles
ängstlich zu vermeiden, was an jenen Augenblick erinnern
könnte, so würde er ihr schon in den ersten Tagen seine Liebe
gestanden haben — eine andere Liebe, als die leidenschaft=
liche Aufregung jenes unglücklichen Moments!

Aber wohin sollte das nun führen? Welche Aussicht
hatte Albert, je die Gegenwart seiner Gefährtin in glücklicher
Ruhe, in sicherem Schutz genießen zu können? Wie sollte
er hoffen, ohne Kompaß, ohne Führer den Weg aus dieser
Wüste zu finden, in die er sich vielleicht mit jedem Tage

mehr vertiefte? Wenn noch einige Tage so vergingen, so
mußten Beide ein Opfer des schrecklichsten Todes, des Hun=
gers werden. Mühsam schleppten sich die Pferde durch den
Sand oder über den heißen Felsengrund der Wüste. Düstere
Schreckbilder, finstere Gedanken stiegen in Alberts Seele auf,
und er dachte dabei mehr an Judith, als an sich selbst.
Jetzt, jetzt endlich hatte er ein Wesen gefunden, das er liebte,
das ihm ein ganz neues, schöneres Leben eröffnete! Und
dieses Glück sollte er nur gekostet haben, um elend zu ster=
ben? Er sollte sie nur gefunden haben, um sie für immer
zu verlieren, um mit ihr unterzugehen? Dieser Gedanke war
qualvoller, als alle früheren. Seine Muthlosigkeit bei den
Kabylen, seine Zweifel an Rettung und Rückkehr waren gol=
dener Trost gewesen gegen die Bilder, die jetzt vor seinem
Geiste aufstiegen. Selbst Judith konnte sie nicht mehr weg=
scherzen. Er fühlte, daß sie nur hoffte, um ihn zu trösten.

Da, am Abende des siebenten Tages, als ihn alle seine
Kräfte zu verlassen anfingen, sah er etwas blaues am Ho=
rizont. Es war eine Oase, und als er sich ihr näherte, er=
kannte er mit Grauen und Ueberraschung, daß es dieselbe
sei, die er mit Judith zuerst gefunden. Er war also im
Kreise herumgeirrt. Aber die Oase war nicht leer. Sie
war erfüllt von dem lärmenden Treiben einer großen Kara=
vane, die nach dem Innern Afrika's zog, wie Albert erfuhr.
Wollte er nicht abermals vergebens durch die Wüste ziehen,
so mußte er sich dieser Karavane anschließen, bis er einen
Ort erreichte, von dem eine sichere Straße nach dem Ufer
des Meeres oder nach bewohnten Gegenden führte. So be=
schloß er denn nach einer kurzen Berathung mit Judith, an
dem Zuge der Karavane Theil zu nehmen und in das In=
nere Afrika's zu ziehen.

11*

Ali ben Mohamed.

Nach einer langen und mühseligen Reise — lang, denn sie währte mehrere Wochen, und mühselig, denn die Reisenden hatten mit der ganzen Gluth afrikanischer Sonne zu kämpfen — änderte die Wüste allmählich ihren Charakter. Die Oasen wurden zahlreicher, blaue Streifen am Horizont verkündeten die Nähe von Bergen oder Wäldern, und die brennend heiße Luft wurde ein wenig milder. Die Karavane näherte sich jenen Regionen Binnen-Afrika's, die fast noch von keinem europäischen Reisenden besucht worden sind.

Mehr als irgend ein anderer Theil der Welt ist Binnen-Afrika in neuerer Zeit ein Gegenstand der Forschung geworden, schon deshalb, weil vier Jahrtausende nicht im Stande gewesen sind, auch nur den geringsten Aufschluß über jene fabelhaften Gegenden zu geben, über denen die Aequatorsonne in versengender Gluth strahlt. Kühne Reisende haben es wiederholt versucht, in jenes Land der Wunder einzudringen; aber fast alle bezahlten ihren rühmlichen Eifer mit dem Leben. Seit Mungo Park, der am Ziele seiner Reise, nach der Erduldung der unglaublichsten Leiden, in der Nähe des fabelhaften Timbuktu, seinen Tod fand, haben Wißbegierde, Ehrgeiz und Glaubenseifer Manchen verlockt, denselben Weg einzuschlagen, in der Hoffnung, ein glücklicheres Resultat zu erzielen. Vergebens. Manche erreichten ihr Ziel, kehrten aber nicht zurück, um zu melden, was sie dort gesehen. Fieber, Hunger, der Tod von der Hand räuberischer Eingeborener rafften sie dahin. Einem Franzosen, René Caillé, gelang es zwar, sich kurze Zeit in Timbuktu aufzuhalten, aber nur in der Verkleidung eines muselmännischen Pilgers, ohne Geld, ohne Instrumente, ohne Gelegenheit, etwas aufzeichnen zu können. Krank, als Bettler, elend kehrte er nach seiner Heimath zurück, und während das erst

seit Kurzem entdeckte Amerika bereits nach allen Richtungen
durchforscht und zum Theil gekannt ist, blieb das Innere
Afrika's, uns um so viel näher, bis auf die neueste Zeit ein
Land der Wunder und der Fabel. Einem Deutschen, unse=
rem Landsmanne Barth, blieb es vorbehalten, nicht nur je=
nes Timbuktu zu erreichen, sondern auch andere, selbst dem
Namen nach unbekannte und ungeheure Länder zu durch=
reisen und dem wißbegierigen Europäer näher zu führen.
Fünf Jahre lang trotzte er allen Beschwerden, dem Klima,
dem Zorne eines Sultans, den Anfällen der Räuber, den
Verheerungen des Krieges, den Entbehrungen. Er, allein,
nach dem Tode seiner Begleiter, durchzog jene Gegenden, die
fast nie der Fuß eines Europäers betreten hatte. Er wußte
den Zweifelnden Vertrauen, den Feinden Ehrfurcht, den
mächtigsten Sultanen Achtung und Freundschaft abzunöthigen,
— er, der deutsche Gelehrte, hat der Welt ein neues Reich,
der Wissenschaft eine neue Provinz erobert!

Was Albert anbetraf, so kannte er die Gegenden, nach
denen er zog, nicht einmal dem Namen nach — so wenig,
wie irgend ein anderer seiner Waffengefährten, der sich nicht
vielleicht speziell mit der Geographie des inneren Afrika's
beschäftigte, sie gekannt hätte. Er vermuthete nur, daß er
in Länder gerathen werde, die so weit von allen Gegenden
der Kultur entfernt lägen, daß die Rückkehr fast unmöglich
wurde. Aber ihm blieb keine Wahl. Die Karavane ver=
lassen und sich auf eigene Hand einen Weg durch die Wüste
suchen, das durfte er nicht wagen. Er mußte seinem guten
Stern vertrauen.

In seinem Verhältniß zu Judith hatte sich auf dieser
Reise nichts geändert, nur daß seine Hochachtung für diese
reichbegabte und tieffühlende Natur mit jedem Tage gestiegen
war. Er blieb seinem Versprechen getreu, er versuchte es,
weder durch einen Blick, noch gar durch ein Wort zu ver=
rathen, daß er etwas Anderes für sie empfinde, als Freund=

schaft und achtungsvolle Theilnahme. Er sprach viel mit ihr, mehr um seinen Geist zu bilden und seine schlummernden Gedanken wecken zu lassen, als sich zu unterhalten. Aber das Wort Liebe kam nie über seine Lippen.

Es liegt im Wesen der Muselmänner, die größte Zurückhaltung gegen Andere zu beobachten und auch Anderen vollkommene Freiheit zu gewähren. Da Albert immer noch für einen Gläubigen gelten mußte, so kamen ihm die Erfahrungen, die er in Algier gemacht, dabei zu Hülfe, und es gelang ihm, auch hier für einen ächten Araber zu gelten. Als solcher war er schweigsam, zurückhaltend gegen die Theilnehmer der Karavane, und Niemand verargte ihm das. Er gab Judith für eine Verwandte aus, und die Araber, die sich nie um die Frau eines Anderen und überhaupt nicht viel um Frauen kümmern, nahmen dies ohne Weiteres für wahr an. Leider konnte Albert nur dann französisch mit Judith sprechen — eine Sprache, die sie vollkommen inne hatte — wenn Niemand sie hörte. Sie mußten Beide arabisch sprechen. Mit den Mitgliedern der Karavane kam er übrigens nur in Berührung, wenn er ihnen Lebensmittel abkaufte. Des Abends schlug er sein Zelt allein auf und neben sich das kleine Zelt Judiths. Die Karavane bestand nur aus Kaufleuten, die zum Theil aus Marocco, zum Theil aus dem westlichen Afrika kamen, um ihre Produkte und Fabrikate gegen die Erzeugnisse Sudans (Mittel-Afrika) und gegen Sklaven umzutauschen.

Nur ein Mann war in diesem Zuge, den Alberts geübtes Auge nicht für einen Kaufmann hielt. Seine Farbe war olivengelb, seine Kleidung von der der anderen Araber unterschieden. Er sprach auch die Sprache derselben nicht geläufig. Man bezeigte ihm aber große Ehrerbietung, und allmählich erfuhr Albert, daß er von einem der Beherrscher Sudans nach dem westlichen Afrika gesendet worden sei, um mit den dortigen Sultanen über die Möglichkeit zu berathen,

einen weiten, nur von Negern bewohnten Länderstrich zu
unterjochen, zu deſſen Eroberung ſich jener Sultan allein zu
ſchwach fühlte. Er kehrte jetzt mit dieſer Karavane nach ſei=
nem Vaterlande zurück.

Albert betrachtete ihn mit mehr als gewöhnlicher Auf=
merkſamkeit, einmal jener politiſchen Sendung wegen, und
dann auch wegen ſeiner Abſtammung. Zum erſten Mal ſah
der junge Franzoſe einen von den Mächtigen dieſer Länder.
Er war durch einzelne Unterredungen mit ſeinen Reiſegefähr=
ten bereits hinlänglich über die Zuſtände Binnen=Afrika's
unterrichtet, um zu wiſſen, daß die afrikaniſchen Neger, die
wir in der Türkei als friedliche Diener des Hauſes, in
Europa zuweilen als Kurioſitäten und in Amerika als ſchwer=
bedrängte Race antreffen, ſelbſt in ihrem Vaterlande nur an
wenigen Orten das herrſchende Volk ſind. Auch dort ſind ſie
Sklaven, unterjocht von den Arabern, die allmählich von
Aegypten und Abeſſynien her nach dem inneren Afrika vor=
drangen, dort große und mächtige Reiche errichteten und auch
jetzt noch weiter vordringen. Die wirklichen Negerländer ſind
für die Araber nichts als Jagdbezirke, in die ſie nach Be=
lieben einfallen, und aus denen ſie ſo viel Sklaven ausfüh=
ren, als ihnen möglich iſt. Die verſchiedenen Sultane be=
ſtimmen vorher ihre verſchiedenen Reviere, in denen ſie jagen
wollen, und Keiner ſtört dort den Anderen. Zuweilen ver=
einigen ſie ſich auch, um gemeinſchaftlich über ein ſolches
Negerland herzufallen und reiche Beute fortzuführen, und
einer ſolchen Vereinigung wegen war jener Geſandte zu den
Sultanen des weſtlichen Afrika's geſendet worden.

Sein Aeußeres hatte deshalb auch durchaus nichts Neger=
ähnliches. Die Farbe ſeiner Haut war dunkelolivengelb, der
Schnitt ſeines Geſichtes regelmäßig und ſchön, ſein Haar,
von dem man unter dem Turban wenig ſah, ſchwarz und
glänzend. In ſeinen Bewegungen war er ruhig, gleichmäßig
und gelaſſen, wie alle Araber und Türken. Er ſprach we=

nig, aber seine scharfen Augen und der Ausdruck seines Ge=
sichtes verkündeten den beobachtenden Denker.

Albert war anfangs zweifelhaft gewesen, ob er sich die=
sem Manne anschließen solle, oder nicht. Endlich bestimmte
ihn ein Zufall für das Letztere. Er hatte bemerkt, daß der
Afrikaner einen scharfen und schnellen Blick auf Judith warf,
als der Wind zufällig den Schleier derselben lüftete, und
Albert glaubte auch wahrzunehmen, daß von dieser Zeit an
der Gesandte nach ähnlichen Gelegenheiten suchte. Etwas,
das der Eifersucht sehr ähnlich war, regte sich in dem Her=
zen des jungen Mannes und bestimmte ihn, sich von Ali
ben Mohamed — so hieß der Afrikaner — fern zu halten.

Jetzt begann nun auch die Landschaft Leben und Vege=
tation zu zeigen. Sie verlor den Charakter der starren Ein=
öde. An die Stelle unabsehbarer Sandflächen traten erst
Hügel, dann Felsen, dann reich bewaldete Landschaften mit
Höhenzügen und Thälern. Flüsse, die allmählich breiter und
tiefer wurden, durchströmten die Thäler. Hohe Palmen der
verschiedensten Arten erhoben sich über das Gesträuch, das
dichte Wälder bildete, und wechselten mit Tamarinden und
Gouda=Bäumen. In den Wäldern schwärmten eine Unzahl
von Vögeln und Affen, langbeinige Reiher stolzirten über die
Wiesengründe, riesige Schlangen sonnten sich an den sandi=
gen Ufern der Flüsse und den Abhängen der Berge. Löwen
sah Albert nicht, aber er näherte sich dem Vaterlande der
Elephanten, Rhinozeroße und Krokodile, die sich jedoch von
der besuchten Karavanenstraße fern hielten. Im Allgemeinen
war das Land schön, unendlich furchtbar, und die Luft an=
genehmer, als Albert erwartet hatte. Nach einer Reise durch
die Sahara schien es ein Paradies zu sein.

Hier bemerkte der junge Franzose auch bald, daß man
ihm die Wahrheit in Bezug auf die Araber und Neger be=
richtet. Die Araber waren die Herren, die Neger die Skla=
ven. Freilich nicht Sklaven in dem Sinne der Amerikaner,

denn sie gehörten zur Familie und ihre härtesten Arbeiten
bestanden in dem Einernten des Mais und der Hirse oder
Datteln. An Vieh schien das Land Ueberfluß zu haben.
Ein Ochse kostete nach französischem Geld fünf Francs.

Jetzt begann übrigens die Karavane sich aufzulösen.
Die Kaufleute zerstreuten sich nach den verschiedenen Gegen=
den, in denen sie ihre Einkäufe besorgen wollten. Wem sollte
sich Albert nun anschließen, wohin sollte er sich wenden? Die
Namen der Reiche, der Städte, nach denen sich die einzelnen
Kaufleute wandten, waren ihm gänzlich unbekannt. Er hörte
die Namen Timbuktu, Sokoto, Kano, Yakoba, Kuka, ohne
genau erfahren zu können, wo diese Städte lagen und welche
sich am nächsten der Küste befand. Er erfuhr zwar, daß
eine Karavanen=Verbindung mit Tripolis bestehe, aber zu=
fällig ging keiner von den Kaufleuten nach Kuka, dem End=
ziel der nordafrikanischen Karavanen. Sollte er sich mit Ju=
dith allein dorthin begeben? Der Weg war weit, führte durch
Völker, die nur zum Theil civilisirt waren und die sich unter
einander befehdeten. Ein Entschluß war schwer zu fassen.
Dennoch verzweifelte Albert nicht. Er hatte noch Geld ge=
nug, auch seine körperliche Kraft war gehoben durch das Le=
ben in diesen schönen Ländern. Er beschloß, sich an diejeni=
gen Kaufleute zu halten, die am weitesten nach Osten, bis
nach Kano gingen. Von dort aus wollte er es versuchen,
Kuka zu erreichen.

Der afrikanische Abgesandte blieb ebenfalls bei diesen
Kaufleuten, ging aber, wie Albert hörte, noch weiter, bis
nach Yakoba nämlich, dem Hauptort einer der südlichsten
Provinzen des großen Fellatah=Reiches. Albert sah ein,
wie großen Vortheil es ihm bringen würde, mit Ali ben
Mohamed befreundet zu sein und von ihm guten Rath und
Beistand zu erhalten. Aber er konnte ein gewisses eifersüch=
tiges Mißtrauen nicht unterdrücken und beschloß deshalb,
bei den Kaufleuten in Kano zu bleiben und wenn sich ihm

keine Aussicht zeige, Kuka zu erreichen, mit der Karavane
durch die Wüste nach dem westlichen Afrika, nach Fez oder
Marocco zurückzuziehen.

Der Rest der Kaufleute und mit ihnen Albert und Judith langten in Kano an. Die Stadt war, wie alle großen
Städte, die Albert bis jetzt in Suban gesehen, eine unregel-
mäßige Anhäufung von Lehmhütten, aus denen nur hin und
wieder ein größeres Gebäude hervorragte. Doch war sie
von großer Ausdehnung und mit einer Mauer umgeben. Sie
mochte höchstens zehntausend Einwohner haben, war aber
mindestens eine halbe deutsche Meile breit und lang. Einzelne
Anhöhen und Wälder gaben ihr ein malerisches Aussehen.
Doch war sie schmutzig, wie alle Städte der Mohamedaner,
und deshalb auch ungesund. Albert erhielt ein großes Haus
zur Wohnung und theilte es mit Judith.

Ali ben Mohamed war hier in Kano, wie Albert bemerkte, von einer großen Reiterschaar empfangen worden, die
ihn wahrscheinlich bis Yakoba begleiten sollte. Wie angenehm wäre es dem jungen Manne gewesen, unter einem
solchem Schutze seine Reise fortsetzen zu können. Er ging
ernstlich mit sich zu Rathe, ob es nicht besser sei, sein Mißtrauen zu überwinden und sich an den Afrikaner zu wenden,
um so mehr, da die Abreise desselben nahe bevorstand. Leider konnte er Judith nicht um Rath fragen. Er hätte ihr
sonst sagen müssen, weshalb er Ali ben Mohamed mißtraue.

Der Afrikaner kam ihm unerwarteter Weise selbst entgegen. Albert befand sich vor der Thür seines Hauses und
rauchte seine lange Pfeife, Ali ben Mohamed ging vorüber.
Als er Albert erblickte, stand er still und kam auf ihn zu.

— Freund, sagte er in einem Arabisch, das Albert nur
schwer verstand, Freund, wohin willst Du gehen?

— Nach Kuka, antwortete der junge Franzose. Ich
hoffe von dort aus mein Vaterland am schnellsten zu erreichen. Ist unser Weg ein gemeinsamer?

— Nicht, wenn Du den geraden Weg liebst, antwortete Ali ben Mohamed. Ich will nach Yakoba. Aber von dort aus ist Kuka leichter zu erreichen, als von hier.

— So würdest Du mir also anrathen, Dich nach Yakoba zu begleiten? fragte Albert.

— Ja wohl, antwortete der Afrikaner.

— Und aus welchen Gründen räthst Du mir das? fragte Albert.

Ali ben Mohamed sah den jungen Mann fast erstaunt an.

— Weil es sicherer ist, unter dem Schutz von hundert Reitern, als allein zu reisen, antwortete er dann.

— Und würdest Du mir diese hundert Reiter auch von Yakoba nach Kuka geben?

— Vielleicht, antwortete der Afrikaner. Willst Du mit uns? Wir reisen heut Nachmittag ab.

— Ich werde es überlegen, antwortete Albert. Wenn Du mich heut Nachmittag mit meiner Schwester bereit findest, so ziehen wir mit Dir. Wenn nicht — nicht.

Bei dem Worte Schwester sah Ali ben Mohamed auf und warf einen zweifelnden Blick auf den jungen Franzosen. Albert blieb ruhig und ernst.

— Wir werden hier vorüberreiten, sagte er dann. Ueberlege Dir's.

Dann verneigte er sich und ging weiter.

Albert hatte diesen Vorschlag nicht erwartet. Er konnte ihn kaum ablehnen. Ueberlegte er Alles, so sah er kaum einen Grund, weshalb er das Anerbieten nicht annehmen sollte. Die Aufmerksamkeit, die Ali ben Mohamed der Jüdin bewiesen, konnte eine nur zufällige sein. Hatte sie andere und ernstere Ursachen, so konnte Albert immer noch eine Ausflucht erfinden. Er beschloß, vorsichtig zu sein und Judith vorher zu fragen.

Als er zu ihr in das Zimmer trat, das nichts enthielt,

als eine Matte und eine Art von Bank, saß Judith wie
gewöhnlich mit verschränkten Armen und etwas gebeugtem
Kopf in tiefem Nachdenken da. Sie erhob ihr Gesicht und
unwillkürlich glänzte ihr Auge lebhafter, als sie ihren Freund
und Beschützer erblickte.

— Meine Freundin, sagte der junge Mann, sich neben
sie setzend, wir befinden uns in der Nothwendigkeit, einen
entscheidenden Entschluß zu fassen.

— Wir? fragte Judith lächelnd. Doch wohl nur Sie?
Ich überlasse Ihnen jede Entscheidung.

— Aber sie fällt mir schwer und ich wollte Sie um
Rath fragen, sagte Albert. Von hier aus gehen keine Ka=
ravanen nach Nord=Afrika. Wir müssen Kuka zu erreichen
suchen, das eine gute Strecke von hier entfernt ist. Der
Weg dahin soll beschwerlich und unsicher sein. Dieser Ali
ben Mohamed jedoch, auf den ich Sie einmal aufmerksam
machte, hat mir vorgeschlagen, mich mit seinen Begleitern
bis nach Yokoba zu führen, und wahrscheinlich läßt sich von
dort aus Kuka leichter erreichen. Soll ich den Vorschlag
annehmen?

— Weshalb nicht, weshalb zögern Sie denn? fragte
Judith.

— Nun, ich gestehe offen, daß mir jener Afrikaner nicht
gefällt, antwortete Albert.

— O, wenn Sie etwas fürchten, so lassen Sie uns
allein reisen, rief Judith.

— Ich fürchte nichts für mich, erwiederte der Franzose.
Ich fürchte nur für Sie.

— Für mich?

— Ja, denn jener Ali ben Mohamed schien Sie mit
einer Aufmerksamkeit zu betrachten, die hier in diesen Gegen=
den, wo wir von aller Hülfe abgeschnitten sind, ein wenig
gefährlich ist.

— Ah, ich verstehe Sie, sagte Judith ruhig. O, dann

fürchten Sie nichts. Ich fühle mich unter Ihrem Schutze vollkommen sicher. Ich vertraue dem Himmel und Ihnen, wie bisher.

— Ich danke Ihnen, Judith! sagte Albert. Ich kann und darf Ihnen keine Gesetze vorschreiben. Es wäre möglich, daß Ihnen die Aufmerksamkeit des vornehmen Afrika= ners nicht gleichgültig ist —

— Albert! unterbrach ihn Judith mit einem heftigen Erröthen. Albert!

Der junge Mann schwieg etwas verwirrt. Das Herz schlug ihm heftig und freudig.

— Nun gut, sagte er dann. Jedenfalls aber ist es nöthig, daß Sie im Falle der Noth meine Aussagen durch die Ihrigen unterstützen. Ich werde ihm sagen, daß Sie meine Schwester und daß Sie die Braut und die Verlobte eines meiner Freunde sind. Vielleicht bin ich zu vorsichtig, vielleicht mißtraue ich diesem Afrikaner zu sehr. Aber Vor= sicht ist hier nöthig.

— Sagen Sie das! sagte Judith mit einem sanften Lächeln. Ich bin ja wirklich Ihre Schwester.

Albert wandte sein Gesicht ein wenig ab. Nichts war für ihn entzückender und hinreißender, als dieses sanfte, herz= liche Lächeln seiner schönen Begleiterin.

— Ich werde also den Vorschlag annehmen! sagte er dann. Und darf ich als bestimmt annehmen, daß ich Ihre Einwilligung habe, wenn ich die möglichen Bewerbungen dieses Mannes zurückweise?

— Albert! rief Judith mit demselben Tone und mit demselben Erröthen.

— Nun, meine Frage ist ganz natürlich, sagte der junge Mann, sich zur Ruhe zwingend. Es liegt in Ihrer Hand, über Ihr Schicksal zu bestimmen. Und da der Afrikaner in seinem Vaterlande ein vornehmer Mann zu sein scheint, so könnte ich es kaum tadeln, wenn —

Judith wandte ihr Gesicht ab, stand schnell auf und ging zu dem kleinen Fenster.

— Der Gegenstand scheint Ihnen unangenehm zu sein! sagte er vor innerer Freude bebend. Ich will davon ab= brechen. Wir wollen also am Nachmittag reisefertig sein.

Judith antwortete nicht. Sie sah immer noch aus dem Fenster.

— Judith, sagte Albert mit bewegter Stimme und an sie herantretend — Judith, Sie überlassen es mir, für Sie zu sorgen und zu handeln. Aber eine neue Reihe von Ge= fahren und Mühseligkeiten liegt vor uns. Judith, es würde mir leichter werden, zu handeln und zu beschließen, wenn ich ein Anrecht auf Ihr Vertrauen hätte. Es quält mich, Sie Ihrer freien Selbstbestimmung zu berauben, da ich nicht weiß, ob ich das Opfer Ihrer Unterwerfung annehmen darf.

— Ich verstehe Sie nicht, sagte Judith leise und zit= ternd. Ich habe Ihnen gesagt, daß ich Niemand anders auf der Welt habe, als Sie, daß es mein größtes Glück ist, mich Ihrem Willen zu fügen.

— Ihr größtes Glück? Das ist ein ernstes Wort! sagte Albert. Ich könnte es auf manche Weise deuten. Aber diese Unterwerfung, Judith, wenn sie nur ein Opfer, eine Pflicht der Dankbarkeit ist, kann ich nicht annehmen. Meine Re= ligion, und wohl auch die Ihre, kennt noch eine andere Un= terwerfung, die kein Opfer und eine gegenseitige ist. Es ist die Hingebung der Liebe. Judith, darf ich hoffen, daß es diese ist?

Sie antwortete nicht. Er legte sanft seinen Arm auf ihre Schulter — nicht mit jener ungestümen, leidenschaft= lichen Hast, wie in der Oase, sondern zögernd und etwas schüchtern.

— Ist es diese, Judith? fragte er leise. Darf ich hof= fen? Sprechen Sie ein einziges Wort!

Sie sprach auch jetzt nicht, aber als er sie sanft an sich

zog, widerstrebte sie ihm nicht. Er sah, wie sich ihre Wangen mit Purpur färbten, und mit einer plötzlichen und raschen Bewegung verbarg sie ihr Gesicht an seiner Brust. Er hörte sie still und leise weinen. -

— Diese Thränen — sagte Albert bebend, weisen sie mich zurück, oder was künden sie mir?

— Ich werde nie einen Andern lieben, als Sie, niemals — und nicht allein aus Dankbarkeit! flüsterte Judith.

— Wohlan denn, sagte Albert, sie sanft an sich pressend, so werde ich jetzt Kraft und Muth finden, für Sie zu handeln und Sie zu schützen. Lassen Sie uns vereint bleiben für immer, Judith, sowohl im Angesicht der Gefahren, die uns jetzt erwarten, als des Glückes, das uns vielleicht später der Himmel bescheert. Ich gelobe Ihnen ewige Treue, ich gelobe sie Ihnen aus tiefster Seele, denn nie wird ein anderes Wesen mein Herz erfüllen. Aber Judith, wenn wir andere Länder erreichen sollten, wenn Sie andere Männer sehen, werden Sie es dann nie bereuen, dem Manne Ihr Wort gegeben zu haben, den der Zufall zu Ihrem Retter machte? Wird es nicht ein Vorwurf für mich sein, Ihre Lage dazu benutzt zu haben, um Sie an mich zu fesseln? Ueberlegen Sie es, Judith. Ich zwinge Sie nicht!

— Sprechen Sie nicht so, flüsterte Judith. Es bricht mir das Herz. Mein größtes Glück wird es sein, wenn Sie nie bereuen, mich geliebt zu haben. Ich bin so schwach, so unwürdig.

— Sie schwach, Sie unwürdig! rief Albert begeistert. Sie kennen sich nicht. Doch weshalb darüber sprechen? Ich bin glücklich, ich bin selig. Nun komme, was da kommen will!

Er hielt sie lange still in seinen Armen. Dann drückte er einen innigen Kuß auf ihre reine weiße Stirn und verließ sie, um an die Vorbereitungen zur Reise zu gehen.

Sein Gesicht war feierlich und ernst, sein Gang stolz

und feſt. Er fühlte in ſeinem Innern, daß dieſe Liebe ihn
veredle, daß ſie ihm Kraft verleihen werde, Allem zu trotzen.
Er fühlte, daß er das Weſen gefunden, dem er vertrauen
und ewig mit gleichem Glücke angehören könne. Sein Leben
war nicht mehr einſam. Zu der reinen, kindlichen Liebe zu
ſeiner Mutter geſellte ſich die ſtolze, männliche Liebe zu Ju=
dith. Sein Daſein hatte einen neuen Zweck, den größten
und edelſten. Es war ausgefüllt durch die Sorge um das
herrlichſte Weib.

Nach einigen Stunden hielt die Reiterſchaar Ali ben
Mohameds vor dem Hauſe. Albert hatte die Zwiſchenzeit
dazu benutzt, das Pferd Judiths und ſein eigenes für eine
längere Reiſe auszurüſten. Er rief jetzt ſeine Gefährtin.
Noch einmal ſah er ihr glücklich ſtrahlendes Geſicht, ihr
glänzendes Auge, ihr ſanftes, zum Herzen dringendes Lächeln.
Dann verhüllte ſie ſich ſchnell in ihre Schleier und beſtieg
ihr Pferd.

Die Reiſe führte durch Gegenden, die noch ſchöner und
fruchtbarer waren, als diejenigen, die Albert bis dahin ge=
ſehen. Einzelne felſige Berge gaben ihr einen mehr roman=
tiſchen, aber auch wilderen Charakter. Albert erſtaunte dar=
über, daß dieſe Länderſtriche bisher aller Erforſchung, allem
Eindringen der Civiliſation getrotzt hatten. Die Bewohner
ſchienen friedlich und gutmüthig zu ſein. Freilich hörte er
von Kriegen, von blutigen Kämpfen, die in der Nachbar=
ſchaft geführt wurden. Er hörte auch, mit welchem Miß=
trauen man von den Verſuchen einzelner Fremden ſprach, in
das Innere einzudringen. Die Araber hatten keine Idee von
europäiſchen Verhältniſſen. Aber ſie hatten im Allgemeinen
gehört, die Engländer ſeien ein Volk, das die ganze Erde
erobern wolle, und ſie betrachteten jeden Fremden als einen
engliſchen Spion. In ſeiner vorgeblichen Eigenſchaft als
Araber und Mohamedaner hatte Albert freilich keine An=
fechtungen in dieſer Hinſicht zu fürchten. Aber er war doch

auch immer ein Fremder und kein Kaufmann. Man betrach=
tete auch ihn mit großer Vorsicht.

Ali ben Mohamed hatte in den ersten Tagen der Reise
kein Wort mit Albert gesprochen. Kaum, daß er hin und
wieder mit einem von seinen Begleitern eine Sylbe wechselte.
Albert hörte, daß man noch vier Tagereisen von Yakoba
entfernt sei.

An einem Vormittage jedoch lenkte der Afrikaner sein
schönes Pferd an die Seite Alberts und gab diesem ein Zei=
chen, mit ihm eine Strecke fortzureiten. Albert folgte ihm
voller Erwartung, aber äußerlich ruhig.

— Hast Du in Deiner Heimath Verwandte, Vater
und Brüder? fragte Ali ben Mohamed.

— Nein, antwortete Albert, ich stehe allein und bin
das Haupt meines Hauses.

— Hast Du Weib und Kinder? fragte der Afrikaner
weiter.

— Nein, antwortete der junge Mann. Mein Vater
starb plötzlich, und ehe ich Alles ordnen konnte, um mein
Erbe anzutreten, durfte ich nicht an das Glück der Ehe
denken.

— War Dein Erbe groß, bist Du in Deinem Vater=
lande ein reicher Mann?

— Nicht reich, antwortete Albert. Aber es giebt sehr
Viele, die ärmer sind, als ich.

— Und Du liebst Deine Heimath, Du möchtest sie nicht
verlassen? fragte Ali ben Mohamed.

— Ich liebe sie, und ich müßte etwas viel Schöneres
finden, um ihr untreu zu werden.

— Und jenes Mädchen, das Du begleitest, ist Deine
Schwester?

— Ja, ich wollte sie zu einem Freunde geleiten, dessen
Braut sie ist und dessen Frau sie werden soll. Mein Freund
wird glauben, wir seien Beide gestorben.

— Und er würde sich trösten, nicht wahr? fragte der Afrikaner.

— Vielleicht, aber schwer! erwiederte Albert. Er liebt meine Schwester sehr, denn er kennt sie von Jugend auf und sie war ihm von Jugend auf versprochen.

— Nun, ich will Dir etwas sagen. Gieb mir Deine Schwester zur Frau und bleibe hier!

— Wie? rief Albert mit so viel Unwillen als sich ein ruhiger Araber erlauben darf. Du forderst mich auf, meinem Freunde das Wort zu brechen und das Versprechen meines Vaters zu lösen?

— Dein Freund glaubt, daß ihr Beide todt seid. Vielleicht hat er schon eine andere Frau.

— Es ist möglich! sagte Albert. Aber ich müßte mich davon überzeugen.

— Sprich nicht so, sagte der Afrikaner bedeutsam. Ich biete Dir und Deiner Schwester Glück, großes Glück. Du wirst einer der ersten Männer im Süden sein.

— Bist Du selbst so hoch gestellt, daß Du mir das versprechen kannst? fragte Albert.

— Ich stehe hoch und werde in Kurzem noch höher stehen, antwortete Ali ben Mohamed. Du scheinst mir ein verständiger Mann zu sein. Ich will offen zu Dir sprechen. Der Sultan von Bautschi, dem Lande, dessen Hauptstadt Yakoba ist, ist alt und wird bald sterben. Ich werde sein Nachfolger sein. Der Sultan ist nicht der Herr des Landes. Bautschi ist nur ein Theil des großen Fellatah=Reiches, an dessen Spitze der Beherrscher aller Gläubigen steht. Du hast vielleicht gehört, daß ich nach dem Westen gereist bin, um mit einem Sultan dort über einen Krieg gegen die schwarzen Heiden zu berathen. Der Beherrscher aller Gläubigen schickte mich deshalb dorthin. Aber ich habe für mich und nicht für ihn gesprochen. Ich will kein Diener, ich will selbst Herr sein. Ich habe mit dem Sultan verabredet, daß

er mir Hülfe senden wird, wenn ich mich gegen den Be=
herrscher aller Gläubigen empöre. Er wird seine Truppen
gegen Timbuktu senden und ich werde die meinigen gegen
Sokoto und Kano schicken. Wir werden das Reich der Fel=
latah's theilen, und es ist groß genug, um zwei Reiche zu
bilden, die mächtiger sind, als alle anderen.

— Das ist ein kühner und verwegener Plan! sagte
Albert, der genug Kenntniß von dem Lande erlangt hatte,
um ihn zu verstehen.

Das große Reich der Fellatah's nämlich besteht aus
einer Menge von Provinzen, von denen jede ein großes,
stattliches Reich bildet und von einem Sultan regiert wird,
der ein Diener des Beherrschers aller Gläubigen, des Emir
el Muemmin ist, dem er Tribut zahlt. Bautschi, mit der
Hauptstadt Yakoba, ist eine der größten, schönsten und frucht=
barsten dieser Provinzen und zugleich die wichtigste für das
ganze Fellatah=Reich, weil sie den Kern der Armee, ein zahl=
reiches und tapferes Heer von Schützen stellt. Der Plan,
das große, ausgedehnte Reich zu zerstückeln, schien nicht un=
ausführbar. Die Empörung einer so wichtigen Provinz,
unterstützt von einem Angriff von außen, konnte leicht gelin=
gen, da das Reich seit kaum einigen Jahren erst bestand
und das Ansehen des Emir el Muemmin noch nicht fest ge=
nug begründet war. Ali ben Mohamed schien genug Ener=
gie und Klugheit für die Ausführung eines solchen Planes
zu besitzen.

— Kühn ist er, ja, erwiederte der Afrikaner. Aber ich
kenne die Kräfte, die ich aufbieten will. Das Land Bautschi
ist mir treu, die Schützen gehorchen mir, selbst wenn ich
ihnen befehle, gegen den Emir el Muemmin zu marschiren,
der übrigens auf eine Empörung meinerseits nicht vorbereitet
ist, da er mir unbedingt vertraut. Nach zwanzig Monaten
denke ich Emir el Muemmin zu sein, und dann soll Dir eine
Provinz zu Theil werden. Was aber Deine Schwester an=

12*

betrifft — kann ihr ein glücklicheres Loos fallen, als wenn
sie die Frau des ersten Herrschers in Sudan wäre?

— Das ist wahr, aber wer bürgt für das Gelingen
Deines Planes? sagte Albert.

— Denkst Du, ich würde meinen Kopf in eine Schlinge
stecken, wenn ich nicht sicher wäre, ihn herausziehen zu können? fragte Ali ben Mohamed.

— Ich glaube nicht, erwiederte Albert. Wenn Du aber
gegen Jeden so redselig bist, wie gegen mich, so dürfte der
Emir el Muemmin bald um Deinen Plan wissen.

— Ja wohl, wenn ich so thöricht wäre! rief der Araber. Noch Niemand kennt meine Absicht, jener Sultan im
Westen ausgenommen, der mich nicht verrathen kann. Zu
Dir aber kann ich aufrichtig sein. Du bist ein Fremder,
mein Glück wird auch das Deine sein. Und selbst, wenn Du
sprächest — was würde es mir schaden? Ich würde Dich
einen Lügner nennen und man würde Dir den Kopf vor die
Füße legen, noch ehe es Abend ist.

Albert sah ein, daß der Afrikaner vollkommen Recht
habe.

— Du verlangst also von mir, ich solle meine Heimath
aufgeben, in der Fremde leben, das Gelübde meines Vaters
und mein eigenes Wort brechen? sagte er dann. Und welche
Gewißheit habe ich, daß Du Dich meiner annimmst, wenn
Du in Macht und Ehren bist?

— Mein Wort! antwortete Ali ben Mohamed. Weshalb sollte ich nicht den Bruder meiner Frau begünstigen,
meinen nächsten Verwandten — denn ich habe keine anderen.
Deine Schwester aber soll meine Gattin werden, sobald wir
in Jakoba angekommen sind.

— Und hast Du andere Frauen? Sie wird vielleicht
die dritte oder vierte sein?

— Nein, ich habe nur Sklavinnen. Sie soll meine erste
Gattin sein und bleiben.

— Aber was bestimmt Dich zu einer solchen Wahl? fragte Albert mit einem scheinbaren Verwundern; Du hast doch meine Schwester, so viel ich weiß, noch nicht gesehen.

— Nur für einen Augenblick, antwortete Ali ben Mohamed. Aber dieser Augenblick hat genügt, sie für mich begehrlicher erscheinen zu lassen, als eine Oase in der Wüste dem Pilger. Sie ist schön, ihr Auge ist klug und verständig. Sie wird eine gute Sultanin sein.

— Du bietest mir viel Ehre an, sagte Albert mit einem Anfluge von Unterwürfigkeit. Wenn ich mich nun aber weigere, mein Gelübde zu brechen?

— So würde auch das Dir nicht helfen, denn Du bist in meiner Macht! sagte der Afrikaner mit der größten Ruhe. Ich würde Dich tödten und Deine Schwester behalten.

— Ich werde es überlegen und meine Schwester fragen, sagte Albert und lenkte sein Roß zu Judith zurück, die einsam und allein ihr munteres Pferd über den Wiesengrund traben ließ.

Er berichtete ihr kurz seine Unterredung mit Ali ben Mohamed und bat sie, durchaus nicht zu verzweifeln und ganz ruhig zu scheinen. Dann, da er bemerkte, daß der Afrikaner ihn aus der Ferne beobachtete, nahm er die Miene eines Menschen an, der tief und reiflich überlegt und zu keinem Entschlusse kommen kann. Endlich aber, nachdem die Mittagsrast beendet war und der Zug sich wieder in Bewegung gesetzt hatte, ritt er auf den Araber zu, winkte ihn seitwärts und sagte dann mit der Miene eines resignirten Menschen:

— Ich bin entschlossen, Du sollst Deinen Willen haben. Ich sehe ein, daß ich Dich nicht hindern kann, zu thun, was Du willst. So mag denn meine Schwester Deine Frau werden und ich vertraue ihr und mein Schicksal Deinen Händen. Aber bringe nicht in sie. Sie liebt meinen Freund, den Gespielen ihrer Jugend, und der Gedanke, sich von ihm

und von der Heimath zu trennen, wird ihr schwer. Habe
Nachsicht mit ihr. Sie wird sich an den Gedanken ge=
wöhnen.

Ali ben Mohamed neigte sein Haupt, zum Zeichen, daß
er damit einverstanden sei, und wenn Albert auch sonst keine
andere Geberde der Zufriedenheit und der Freude an ihm
bemerkte, so glaubte er doch zu sehen, daß das Auge des
Afrikaners freundlicher und wohlwollender auf ihm ruhte.
Für jetzt sprach er nichts weiter mit ihm, sondern kehrte zu
Judith zurück.

Hastig überlegte er jetzt, wie er sich dem Araber ent=
ziehen könne. Vor allen Dingen schien es ihm nothwendig,
den Zug zu verlassen, noch ehe er Yakoba erreichte. Denn
die Flucht aus einer Stadt war jedenfalls schwieriger aus=
zuführen, als auf freien Felde. Im Ganzen schien ihm auch
die Flucht nicht schwer. Man hatte ihn nie argwöhnisch
bewacht, er hatte sein und Judiths Zelt stets etwas abseits
aufgeschlagen. Fliehen konnte er also leicht. Es handelte
sich nur darum, einen Weg einzuschlagen, auf dem ihn Ali
nicht verfolgen konnte. Aber wie war das möglich? Wenn
Ali seine hundert Reiter nach allen Richtungen sich zerstreuen
ließ, so mußten sie die Flüchtigen ohne Zweifel entdecken und
erreichen.

Dennoch war Albert fest entschlossen, noch in derselben
Nacht zu fliehen. Ohne daß es auffallen konnte, beobachtete
er die Gegend genau und suchte sich so gut als möglich zu
orientiren. Im Süden und Osten sah er nicht unbedeutende
Bergketten, und vor diesen Thäler und Flüsse. Die Berge
konnten ihm noch den besten Schutz gewähren, bildeten auch
vielleicht eine Grenze. Jedenfalls mußte er in einer Rich=
tung fliehen, die ihn nicht von Kuka, dem Ziel seiner Reise,
entfernte. Er mußte also den Weg nach den östlichen Ber=
gen nehmen.

Am Abend wurde das Lager nicht auf freiem Felde

unter Bäumen, sondern in einem kleinen Dorfe aufgeschla=
gen, dessen Bewohner dem Ali ben Mohamed große Ehrfurcht
bezeigten. Albert erhielt von dem Araber eine Hütte zur
Wohnung für sich und Judith angewiesen. Im Allgemeinen
schien dieser Umstand günstig, da sich annehmen ließ, daß
man im Dorfe nicht Wachen aufstellen würde, wie man auf
freien Felde stets zum Schutze gegen wilde Thiere gethan
hatte. Freilich war es etwas schwerer, unbemerkt aus dem
Dorfe zu kommen. Aber wenn man ihn auch bemerkte, so
konnten die Einwohner doch nicht wissen, zu welchem Zwecke
und aus welchen Gründen er sich entfernte.

Sobald Albert mit Judith allein war, sagte er ihr, daß
er entschlossen sei, zu fliehen, da er Ali ben Mohamed jetzt
genug kenne, um zu wissen, daß keine Rettung mehr möglich
sei, sobald man erst Yakoba erreicht habe. Judith war da=
mit einverstanden. Ihr Gesicht verlor nicht einen Augenblick
den Ausdruck der Freude und stillen Seligkeit. Albert brachte
das Gepäck der Pferde in Ordnung, die im Hofe der Hütte
standen, und schlich sich dann vor die Thür, um einen Blick
auf das Dorf zu werfen.

Die Nacht war ruhig und dunkel. Albert konnte nicht
bemerken, ob irgendwo Wachen aufgestellt seien, oder ob seine
Hütte aus der Ferne beobachtet werde. Er ging eine Strecke
weit in das Dorf hinein und fand nirgends einen Menschen.
Sogar bis zu dem Hause, in dem Ali ben Mohamed sein
Nachtquartier genommen, wagte er sich vor. Aber auch dort
schien Alles im tiefsten Schlafe zu liegen. So kehrte er denn
zu Judith zurück, sagte ihr, daß Alles sicher sei und daß er
die Flucht unternehmen wolle.

Dann bat er sie, dicht an seiner Seite zu bleiben, nahm
die beiden Pferde am Zügel und führte sie aus dem Hofe
ins Freie. Glücklicher Weise ließ der sandige Boden die Tritte
der Pferde kaum hören, und Albert erreichte die letzten Häu=
ser des Dorfes, ohne daß irgend ein verdächtiges Zeichen

ihn erschreckt hätte. Vorsichtig führte er die Pferde noch weiter, bis zu einem kleinen Gebüsch. Dort hob er Judith in den Sattel, schwang sich selbst auf sein Pferd und ließ die Rosse nach einer Richtung, die er sich genau gemerkt, vorwärts traben.

Die Dunkelheit der Nacht bot ihm freilich Schwierigkeiten. Es war unmöglich, auf fünfzig Schritte mehr zu erkennen, als die ungefähren Umrisse größerer Baumgruppen. Es wehte jedoch ein schwacher Nachtwind. Albert wußte, daß er von Osten kam, und da er seinen Weg nach dieser Richtung einschlagen wollte, so brauchte er nur dem Winde entgegen zu reiten, um im Allgemeinen seines Weges sicher zu sein.

Zuerst ritten sie über eine weite, mit Gras bedeckte Ebene. Dann aber hemmte plötzlich ein Fluß ihr weiteres Vordringen. Albert war jedoch über diesen Umstand mehr erfreut, als bestürzt. Er wußte, daß die meisten Flüsse in dieser Jahreszeit seicht seien, und da er wünschte, so wenig Spuren als möglich zurückzulassen, so ritt er zuerst allein in den Fluß, untersuchte ihn eine Strecke weit und bat dann Judith, ihm zu folgen. Der Fluß kam von Osten her und die beiden Flüchtlinge ritten in dem seichten Wasser desselben entlang. Auf diese Weise erschwerte er den Leuten Ali ben Mohameds die Verfolgung, da sie jedenfalls die Flußufer sehr genau untersuchen mußten, um zu wissen, wo die Beiden das Bett desselben verlassen. Freilich konnten die Rosse im Wasser nur Schritt für Schritt gehen.

Der Morgen dämmerte jetzt und Albert konnte einen umfassenderen Blick auf die Gegend werfen. Sie bildete immer noch eine weite Ebene, die es seinen Verfolgern leicht machte, ihn auf eine große Entfernung zu bemerken. Vor ihm zeigten sich freilich hohe Berge, aber sie mochten noch eine Tagereise entfernt sein. Zur Linken des Flusses jedoch erhob sich in einiger Entfernung Gebüsch, dem sich später

ein Wald von Palmen anschloß. Einmal traten die Büsche
bis dicht an das Ufer des Flusses vor, und diese Stelle
wählte Albert, um das Bett desselben zu verlassen.

Die Sonne erhob sich in ihrer tropischen Gluth und
Klarheit, als die Pferde das Ufer betraten. Albert warf
einen Blick auf seine Begleiterin. Sie hatte den Schleier
halb zurückgeschlagen und lächelte ihm freundlich und sanft
entgegen. Das gab seinem Herzen die volle Kraft, den ganzen Muth zurück.

— Vorwärts! rief er, seinem Pferde die Sporen gebend.
Vorwärts, meine Freundin!

Sie sprengten durch das Gebüsch und nach einer halben
Stunde hatten sie den Palmenwald erreicht. Jetzt nahm
Albert seine Flinte in die Hand, denn an wilden Thieren
war in diesen Wäldern kein Mangel. Die Löwen waren
zahlreich, auch eine Art von Wölfen; die gefährlichsten Feinde
befanden sich allerdings in der Nähe der großen Flüsse, die
Krokodile und die Rhinozerosse. Hin und wieder rollte auch
eine Schlange über den grünen Teppich unter den Palmen
und entlockte Judith einen Ruf des Schreckens oder der Vorsicht. Aber einen gefährlichen Angriff hatte Albert nicht zu
bestehen. Die Schlangen begnügten sich, verwundert und
drohend ihre Köpfe emporzustrecken, und die Löwen, die Albert sah, hielten sich in angemessener Entfernung. Sie fanden in diesen Wäldern Wild genug, um die Menschen un-
gefährdet ziehen zu lassen.

Da Albert es für das Beste und Sicherste hielt, sich
zuerst so weit als möglich von Ali ben Mohamed zu entfernen, so gönnte er den Pferden noch nicht die Rast, deren
sie vielleicht bedurften. Seine Flucht mußte jetzt in dem
Dorfe bemerkt sein, und er täuschte sich nicht darüber, daß
man ihn ohne Zweifel einholen werde, wenn es ihm nicht
gelang, vorher ein anderes Gebiet zu erreichen, in dem die
Fellatah's ohne Einfluß waren. Freilich kannte er die Aus-

behnung des Bautschi=Landes nach Osten nicht, wußte auch
nicht, ob es der östlichste Staat der Fellatah's sei. Er glaubte
aber etwas Aehnliches gehört zu haben, und da der Sultan
von Bornu, dessen Land er dann erreichte, nicht im besten
Einvernehmen mit den Fellatah's stand, so hoffte er dort
gegen die weiteren Verfolgungen Ali ben Mohameds Schutz
zu finden.

Die Pferde wurden jedoch matter und Albert sah sich
genöthigt, gegen Mittag eine Rast zu machen. Er wählte
einen Platz inmitten eines Gebüsches, suchte nach Früchten,
wählte von seinen eigenen Vorräthen aus, was noch brauch=
bar war, und hielt nun wieder mit Judith allein ein ähn=
liches Mahl, wie damals auf der Oase. Beide schienen sich
unwillkürlich jenes Morgens zu erinnern, denn Judith er=
röthete und Albert senkte die Augen, aber nur, um sie sogleich
nachher desto inniger und liebevoller auf den schönen Zügen
seiner Begleiterin ruhen zu lassen. Dann bat er Judith, ein
wenig zu schlafen. Er selbst ging, mit der Flinte in der
Hand, um eine Stelle zu suchen, von der aus er vielleicht
einen Blick auf die Gegend hätte.

Er fand in der That einen Palmbaum, der auf einem
kleinen Hügel stand und alle übrigen weit an Höhe über=
ragte. Geschickt, geübt und kräftig, wie er war, hatte er
bald nach einigen Anstrengungen den Gipfel des Baumes
erreicht und konnte über den Wald fort bis nach der Ebene
zurückblicken. Zwar war die Entfernung groß, aber sein
scharfes Auge hätte doch wohl einen Reitertrupp erkannt,
wenn derselbe über die Ebene gesprengt wäre. Da er aber
nirgends etwas Lebendiges sah, so schloß er daraus, daß
man ihn noch nicht in dieser Richtung verfolge, und nachdem
er noch einen Blick nach Osten geworfen und sich überzeugt
hatte, daß er die Berge noch vor Anbruch der Nacht errei=
chen müsse, kehrte er zu Judith zurück.

Zu seinem nicht geringen Schrecken bemerkte er, als er

in—Gebüsch trat, daß ihm bereits Jemand zuvorgekom=
men war, zwar nicht ein Mensch, aber doch ein Wesen, das
hier unter Umständen noch gefährlicher werden konnte, ein
großer, stattlicher Löwe nämlich, der ganz ruhig dastand und
die schlafende Judith aufmerksam ansah. Die ermüdeten
Pferde waren ebenfalls eingeschlafen und mochten deshalb
seine Nähe nicht gewittert haben. Jetzt hielt er seine Blicke
ruhig auf die schöne Schläferin gerichtet, und da er sehr alt
zu sein schien — seine Mähne war an einigen Stellen fast
weiß — so mochte er das Geräusch nicht gehört haben, das
Alberts Schritte verursachten. Denn die Kräfte des Gehörs
und Gesichts verlassen den alternden Löwen.

Albert war wirklich tödtlich erschrocken, denn der Löwe
stand nur zehn Schritt von Judith entfernt. Freilich schien
es bei seiner Ruhe zweifelhaft, ob er feindliche Absichten hege.
Dennoch legte Albert sein Gewehr an die Wange, entschlos=
sen, den Löwen bei der geringsten Bewegung nach vorwärts
niederzuschießen. Das Knacken des Hahns erreichte das ge=
schwächte Ohr des Thieres.

Es sah sich um und seine Blicke begegneten denen Al=
berts ohne Furcht und Ueberraschung. Er schien den jungen
Mann gleichsam zu mustern. Albert seinerseits war so auf=
geregt, daß seine Augen starr, unbeweglich und drohend auf
dem gewaltigen Thiere ruhten, so daß er unwillkürlich und
ohne daran zu denken eines jener Mittel in Anwendung
brachte, von denen man sagt, daß sie den Löwen zähmen
und unterjochen. In der That schien das Thier den starren
Blick des jungen Mannes nicht ertragen zu können. Er
blinkte mit den Augen, dann wurde er unruhig und schlug
sich die Hüften mit dem Schweif. Einmal machte er eine
Bewegung, als wolle er sich zum Sprunge niederkauern.
Dann aber zog er sich langsam zurück, den Kopf stets nach
Alberts Seite gewendet, bis er endlich fünfzig Schritt ent=
fernt war. Dann kehrte er kurz um und trabte davon.

Albert schlug ein lautes Gelächter auf, so komisch war dieses Davontraben und so sehr empfand er das Bedürfniß, seiner beängstigten Brust Luft zu machen. Dann streckte er gleichsam segnend seine Hand gegen Judith aus, flüsterte einige Dankesworte und setzte sich nieder, um sich nun ebenfalls einer kurzen Ruhe zu überlassen. Ohne daß er es wollte, fielen ihm die Augen zu, und als er aus seinem Halbschlummer auffuhr, mochten einige Stunden vergangen sein, denn die Sonne stand bereits tiefer am Himmel.

Er weckte Judith, ermunterte die Rosse, und nach wenigen Minuten sprengten die beiden Flüchtlinge weiter gegen Osten. Es lag Albert daran, noch vor Anbruch der Nacht das Gebirge zu erreichen, das ihm eine bessere Gelegenheit zu Schlupfwinkeln bot, als der ziemlich offene Palmenwald. Bald wurde auch das Erdreich unebener. Hügelreihen, aus denen hin und wieder Felsen hervortraten, unterbrachen die Ebene. Andere Bäume, Tamarinden und Laubhölzer traten an die Stelle der Palmen, die Aussicht wurde freier. Albert sah einige Dörfer am Abhange des Gebirges liegen. Aber er hütete sich wohl, in ihre Nähe zu kommen, denn überall würde man ihn ausgefragt und vielleicht festgehalten haben.

Endlich war er mitten zwischen den grauen Granitfelsen. Nun aber verhinderte auch die anbrechende Nacht eine Fortsetzung der Reise. An einer geschützten und von allen Seiten unbemerkbaren Stelle brachte Albert seine Gefährtin und die Rosse in Sicherheit, holte Wasser aus einer benachbarten Quelle und überließ sich dann selbst der ganzen Süßigkeit des Schlafes.

Er erwachte vor Anbruch des Morgens, und ehe er Judith weckte, erstieg er eine Höhe, von der aus er einen weiten Blick über die Landschaft werfen konnte und sich überzeugte, daß keine Verfolger in der Nähe seinen. Er begann ernstlich zu glauben, daß Ali ben Mohamed entweder wirklich nicht an eine Verfolgung gedacht, oder einen falschen Weg eingeschlagen habe. Dadurch ermuthigt, kehrte er zu Judith zurück und bald schritten die Pferde das Gebirge hinauf.

Es war ein beschwerlicher und gefährlicher Marsch, denn an gebahnte Wege war hier nicht zu denken, ebenso wenig an Schatten, denn die bewachsenen Stellen des Gebirges waren unzugänglich. Albert mußte auf dem kahlen Felsenrücken bleiben. Gegen Mittag überzeugte er sich jedoch, daß das Gebirge nicht breit sei und daß er am Abend am Fuße desselben sein werde.

Vor ihm, als er den Kamm des Gebirges erreicht hatte, lag eine herrliche Landschaft mit schönen Wäldern, prächtigen Wiesen und glänzenden Flüssen. Er sah wenig Dörfer, weiter nach Osten blaue Berge, nur nach Nordosten schien das Land sehr flach zu werden, und obgleich Albert kein Wasser sah, so glaubte er doch, daß sich dort ein großer See oder eine große Ebene befinden müsse. Er wünschte und hoffte, daß dieses Gebirge die Grenze zwischen dem Reiche der Fellatah's und dem des Sultans von Bornu bilden und daß ihn Ali ben Mohamed nicht über dieses Gebirge hinaus verfolgen möchte. Allmählich begann er wieder zu hoffen. Die Landschaft vor ihm war zu schön, als daß er hätte glauben können, sie würde ihm Gefahr und Verderben bringen.

Bekanntlich ist das Hinabsteigen von den Bergen ermüdender, als das Besteigen derselben. Die Pferde waren todtmüde und Albert mußte sogar absteigen und das seinige am Zaume führen. Der Abend war nahe. Noch ein niedriger Bergrücken war zu überschreiten. Auf der anderen Seite desselben wollte Albert übernachten, da er dort Bäume sah und Wasser zu finden hoffte.

Auf dem Rücken dieses Bergzuges angelangt, hielt Albert in einer Gruppe niedriger Bäume still, um von der Höhe aus die günstigste Stelle für sein Nachtquartier zu suchen.

— Sehen Sie, das sind die ersten Menschen, dort hinter uns, die ich erblicke! sagte Judith jetzt.

Bestürzt wandte sich Albert um. Hinter sich, auf den Bergen, die er soeben verlassen, sah er eine kleine Schaar von Reitern, die er an ihrer Tracht sogleich als die Begleiter Ali ben Mohameds erkannte. Ob der Afrikaner selbst unter ihnen war, vermochte er nicht zu erkennen.

— Es sind unsere Verfolger! rief er Judith zu, ich glaube, wird sind verloren! Noch haben sie uns nicht gesehen, diese Bäume verbergen uns ihnen, sie suchen noch und wenden sich nach rechts und links. O Gott, wenn Du uns gnädig sein willst, so zeige uns jetzt einen Ausweg!

Sein Auge suchte nach einem Versteck, einem Schlupfwinkel. Aber wenn auch einzelne Schluchten und Thäler die Felsen durchzogen, so ließen sie sich doch von den Höhen leicht übersehen und zwei Pferde konnten nicht in ihnen verborgen werden. Die Afrikaner ritten ziemlich langsam, wie Leute, die jedes mögliche Versteck untersuchen. In einer anderen Richtung gewahrte Albert eine zweite Schaar. Sie war seitwärts bereits bis beinahe in das Thal vorgedrungen.

— Hier hilft vielleicht nur eine schnelle Flucht im Schutz der Nacht! rief Albert. Vorwärts! in der nächsten Viertelstunde, so lange sie noch in der Vertiefung sind, können sie uns nicht sehen.

Er trieb sein Pferd an. Aber die Pferde hatten einen beschwerlichen Marsch in der Sonnenhitze über die Felsen des Gebirges gemacht, sie wollten nicht mehr recht vorwärts. Alberts Lippen waren fest geschlossen. Er schien nach einem Ausweg zu suchen, er schien ein Mittel zur Rettung herbeizwingen zu wollen. Seine Augen sprühten unheimliche Blitze.

Jetzt waren sie beinahe im Thale. Der Abhang des Berges war hier dicht mit Bäumen bewachsen, weiterhin aber war die Ebene frei. Entweder mußte sich Albert in diesem Walde verbergen, der sich leicht durchsuchen ließ, oder er mußte weiter reiten und fürchten, troß der Dämmerung bemerkt zu werden. Die Wahl war nicht leicht. Bei Beidem drohte Gefahr.

Plötzlich fiel sein Auge verwundert und überrascht auf einen jener riesigen Bäume, die man nur in Mittel-Afrika findet und die unter dem Namen der Affen-Brod-Bäume (Adansonia digitata) bekannt sind. Der plumpe Koloß, kaum zwanzig Fuß hoch und fast ebenso viel im Durchmesser betragend, stand da, wie der Stumpf einer riesigen Säule, denn außer einigen verdorrten Zweigen trug er kein anderes Abzeichen eines Baumes, weder Blätter, noch Blüthen.

Albert hielt unwillkürlich sein Pferd an und starrte auf den riesigen Stamm.

— Er muß alt, sehr alt sein! flüsterte er mit jener raschen Ueberlegung, die nur den Momenten der Gefahr eigenthümlich ist. Er hat keine Blätter mehr und im Alter sollen diese Stämme hohl werden. Die Afrikaner sollen ihn zuweilen als Wohnung benutzen. Laß uns sehen!

Er sprang vom Pferde, bat Judith dringend, sich mit den Pferden im Gebüsch zu verbergen, und untersuchte den Baum. Ein hohler Schall klang ihm entgegen, als er anklopfte. Er eilte um den Stamm herum, der vielleicht sechszig Fuß im Umkreis hatte.

. — Halt! Hier ist Rettung! rief er, einen Freudenschrei ausstoßend. Hier ist eine Oeffnung, durch die zur Noth ein Pferd hinein kann. Kommen Sie, Judith, ich will vorausgehen!

Er trat durch eine Oeffnung, die ungefähr sechs Fuß hoch war und einer Thür ähnelte, ein. Neben ihm schoß etwas mit einem lauten Geheul hinaus. Es war ein Panther, der in seinem Schrecken glücklicher Weise nicht an einen Angriff dachte. Auch einige Vögel flatterten auf und schwirrten um Albert. Sonst aber schien nichts Bedenkliches in dem Baum zu sein.

Judith stand bereits mit den Pferden vor dem Stamm. Die Thiere ließen in ihrer Ermüdung mit sich machen, was Albert wollte, und zwängten sich durch die schmale Oeffnung. Judith folgte.

— Hier sind wir wenigstens für's Erste gesichert! flüsterte Albert. Wenn ich wüßte, daß ich noch einige Minuten Zeit hätte, so würde ich die Höhle mit Gesträuch verstopfen. Aber das könnte uns verrathen, und es ist besser so. Hier kann ich wenigstens mit Sicherheit kämpfen, und es soll den Afrikanern nicht leicht werden, einzudringen!

Er führte Judith und die Pferde nach demjenigen Theil der Stammes, der am weitesten von der Oeffnung entfernt war. Die Dämmerung war bereits so stark, daß Albert kaum noch Judith erkennen konnte. Er prüfte seine Waffen und näherte sich dann dem Eingange, um zu lauschen.

Bald darauf hörte er Pferdegetrappel. Die Afrikaner schienen langsam den Berg herabzukommen. Albert hörte, wie sie mit einander sprachen. Aber er konnte nichts verstehen, weil die Entfernung zu groß war und weil er die Sprache nicht genau kannte. Zum Unglück aber schienen die Afrikaner in der Nähe Halt zu machen. Albert hörte das Pferdegetrappel nicht mehr, dagegen vernahm er deutlich die Stimmen von demselben Orte aus, und unter ihnen, wie er glaubte, auch die Stimme Ali ben Mohameds. Wenn nun die Afrikaner daran dachten, in diesem Baume ihr Nachtquartier aufzuschlagen! Dem jungen Manne rieselte es heiß und dann wieder kalt durch die Adern.

Nach und nach verstand er auch einzelne Sätze von dem, was gesprochen wurde.

— Wir scheinen ihre Spur verloren zu haben, sagte der Eine. Wer weiß, ob sie überhaupt über das Gebirge gegangen sind und welchen Weg nach dem Thal sie eingeschlagen haben.

— Ihre Pferde können nicht mehr aushalten, als die

unsern, sagte ein Anderer. Sie können nicht weit voraus sein. Und in der Nacht werden sie nicht reiten, wenn sie den Weg über das Gebirge gemacht.

— Was helfen die Reden! sagte Ali ben Mohamed — dessen Stimme Albert deutlich erkannte — ich will Gewißheit haben. Fragt die andere Schaar, ob sie nichts gesehen oder gehört. Freilich, sie würden uns Nachricht davon gegeben haben! Fürs Erste untersucht dieses Gehölz!

Jetzt kam der gefährliche Augenblick. Nach dem, was Albert vorher gesehen, bestand dieser Reitertrupp höchstens aus zehn Mann. Mit diesen konnte er es im Nothfall aufnehmen, um so mehr, da nur zwei von ihnen — Ali ben Mohamed und ein anderer Afrikaner — mit Flinten bewaffnet waren. Die Anderen führten Spieße und Bogen und Pfeile.

Albert hörte jetzt die Tritte von Pferden bald in der Nähe bald in der Ferne. Es wurde immer dunkler. Zuweilen kamen die Afrikaner so nahe an den Baum, daß Albert unwillkürlich zitterte und seine Flinte fester faßte. Er hatte übrigens zwei Gewehre, wie die Leser sich erinnern werden.

— Habt Ihr schon in den Baum gesehen? tönte jetzt Ali ben Mohameds Stimme aus der Ferne.

— Judith, um Himmelswillen keinen Laut! flüsterte Albert, von dem Eingange zurücktretend. Wenn nur die Pferde still sind. Gott sei Dank, sie geben keinen Laut von sich! Jetzt muß es sich entscheiden.

Er hörte Jemand vom Pferde springen und sich dem Baume nähern. Dann sah er etwas Dunkles am Eingange und der Afrikaner schien zu lauschen und sich zu besinnen, ehe er in das Innere trat. Die Pferde waren ganz still. Albert hatte den Finger am Drücker seiner Flinte.

Dennoch schien der Afrikaner eintreten zu wollen. Da durchfuhr den jungen Mann ein Gedanke. Er hatte oft das

Zischen der Python=Schlange in den Wäldern gehört und
glaubte es nachahmen zu können. Er versuchte es nachzu=
ahmen und die Aufregung gab seiner Stimme und seinem
Zischen einen so eigenthümlichen Klang, daß der Afrikaner
sogleich zurückfuhr.

— Allah il Allah! rief er zu seinen Genossen hinüber.
Es ist nichts darin, als eine große Schlange.

— So treibe sie heraus! Wir können in dem Baume
übernachten! rief ein Anderer ihm zu.

Albert hatte aufgeathmet. Jetzt zitterte er von Neuem.
War die Gefahr noch nicht vorüber?

— Ich will nichts mit den Schlangen zu thun haben,
und am wenigsten bei Nacht! antwortete der erste Afrikaner.
Wahrscheinlich hat sie ihre Brut dabrin, und das wäre eine
gefährliche Arbeit!

— Laßt es gut sein! rief jetzt Ali ben Mohamed. Wir
wollen hier nicht übernachten. Wir wollen ein Stück weiter
ins Land hineinreiten und in einem Dorf fragen, ob man
nichts von den Fremden gesehen. Ich glaube noch gar nicht,
daß sie über das Gebirge gegangen sind. Wenn es der Fall
ist, so sind sie für uns verloren. Denn wir dürfen uns nicht
weit in Bagirmi vorwagen. Wir haben nicht Leute genug,
Kommt!

Albert holte tief Athem. Diese Gefahr schien glücklich
abgewendet zu sein. Und Albert hatte noch eine andere
frohe Nachricht aus dem Munde Ali ben Mohameds er=
halten. Das Land, in dem er sich jetzt befand, gehörte nicht
mehr zu den Fellatah's. Es schien sogar, als stehe Bagirmi
— so hatte es der Afrikaner genannt — nicht in freund=
schaftlichem Verhältnisse zu den Fellatah's. Albert durfte
also hoffen, der Verfolgung entgangen zu sein.

Wie freudig wallte ihm das Blut wieder durch die
Adern, als er die Pferdetritte und die Stimmen sich weiter
entfernen hörte! Er trat zu Judith und den Rossen. Un=

willkürlich berührte er Judiths zarte Hand. Aber dieses Mal zog er sie nicht zurück. Er nahm sie und drückte sie fest an sein Herz.

— O Judith, flüsterte er, diese Gefahren sind groß! Aber wie gern will ich noch größere ertragen, wenn ich hoffen darf, daß Ihre Liebe einst mein Lohn sein wird!

— Lohn? Sprechen Sie nicht so! flüsterte das Mädchen. Leider kann ich diese Gefahren nicht vermeiden! Und ich weiß, daß ich Schuld daran bin! Albert, wie werde ich Ihnen das vergelten können!

Der junge Franzose seufzte, aber es war ein Seufzer des Glückes und der Wonne. Lange behielt er Judiths Hand in der seinen. Wohl wallte ein Gefühl in ihm auf, das schöne Mädchen an sich zu ziehen und an ihrem Herzen alle Gefahr, alle Sorge zu vergessen. Aber er hatte ein Gelübde bei sich selbst gethan, die Süßigkeit der Liebe nicht eher zu kosten, als bis er Judith gerettet, bis er mit ihr einen sicheren Hafen gefunden. Er ließ also ihre Hand sinken, nachdem er sie noch einmal gedrückt und ihren Gegendruck empfunden. Dann bat er Judith, sich niederzulegen, und setzte sich selbst an den Eingang des Baumes, um für jeden Fall der Noth bereit zu sein.

Spät in der Nacht überwältigte auch ihn der Schlaf, und als er erwachte, dämmerte bereits der Morgen. Mühsam suchte er die letzten Vorräthe von Lebensmitteln zusammen, die er noch besaß, holte Wasser aus einer benachbarten Quelle und hielt mit seiner Geliebten eine kärgliche Mahlzeit, die nur durch freundliche Blicke und süßernste Worte gewürzt wurde.

Dann schlich er sich abermals hinaus und erklomm vorsichtig einen Hügel in der Nähe, der ihm gestattete, einen Blick auf das Thal zu werfen. So scharf sein Auge auch war und so sehr er sich auch bemühte, irgend etwas zu entdecken, so konnte er doch nirgends ein lebendes Wesen er-

13*

bliden. In weiter, weiter Ferne schienen einige Dörfer zu liegen.

Albert überlegte nun. Zurückkehren konnte er nicht, warten auch nicht. Er mußte hinab in das Thal, auf die Gefahr hin, dort den Afrikanern Ali ben Mohameds zu begegnen. Möglicher Weise hatten diese aber auch eine andere Richtung eingeschlagen und waren bereits zurückgekehrt. Die Hauptsache war, ihnen nicht auf der Rückkehr zu begegnen. Doch war die Ebene hier und da von Baumgruppen bewachsen, die es möglich machten, sich zu verbergen. Albert dachte daran, die Pferde zurückzulassen und den Weg zu Fuß zu machen. Aber obgleich dies sicherer war, da man ihn nicht so leicht bemerken konnte, so fürchtete er doch, Judith zu ermüden, und gab diesen Gedanken auf. Er beschloß, noch einmal seinem guten Sterne zu vertrauen und den geraden Weg zu wählen. Die Gefahr war überall gleich.

So kehrte er denn zu Judith zurück und bald trabten die beiden seltsamen Reisenden wieder über das frische, glänzende Grün des Wiesengrundes. Den Ort, wo Ali ben Mohameds Schaar ihr Nachtquartier aufgeschlagen, konnte er nicht entdecken. Auch sah er nirgends einen Reiter, obgleich die Ebene es ihm gestattete, den Blick meilenweit in die Ferne schweifen zu lassen. Albert begann in der That zu glauben, daß die Afrikaner ihre Verfolgung aufgegeben hätten.

Nur einmal, als er den Blick nach dem Gebirge zurückwandte, glaubte er auf dem einen Höhenzuge eine Reiterschaar zu erblicken. Da er in der Nähe eines Gehölzes war, so lenkte er die Pferde dorthin und beobachtete nun scharf die Richtung, die jene Reiter nahmen. Sie schienen den Berg hinanzusteigen, aber sehr langsam. Dann schienen sie Halt zu machen.

Albert hielt es anfangs für das Gerathenste, in dem Gebüsch zu warten, bis die Reiter den Rücken des Gebirges überschritten hätten und ihn nicht mehr erblicken könnten. Aber darüber mußten einige Stunden vergehen, und dann dachte er auch, daß sie ihn doch nicht sehen könnten, wenn er seinen Weg so wählte, daß das Gebüsch zwischen ihm und dem Gebirge läge. Dieser letzte Grund bestimmte ihn, seine Reise fortzusetzen.

In der That war es unmöglich, ihn vom Gebirge aus zu sehen. Ebensowenig bemerkte er etwas von den Reitern. Aber er hatte nicht daran gedacht, daß diese höher hinaufstiegen und also dann über das Gehölz hinwegblicken konnten.

Als er sich nach einer Stunde abermals umwandte, sah er zu seinem Schrecken, daß die Reiter schnell das Gebirge herabkamen. Man mußte ihn bemerkt haben. Sollte er ein Versteck wählen? Sollte er sich auf die Schnelligkeit seiner Rosse verlassen?

Er wählte das Letztere. Er hatte einen Vorsprung von einigen Stunden und die Pferde schienen ihm frischer und kräftiger, als je. Er durfte also mit Gewißheit hoffen, nicht von den Afrikanern erreicht zu werden, wenigstens nicht eher, als bis er nach einem Orte gelangt, dessen Bewohner ihm Schutz gegen die Fellatah's gewährten. Er spornte also sein Pferd nicht übermäßig an, sondern ließ es nur tüchtig ausgreifen. Im Uebrigen hielt er die grade Linie bei.

So vergingen einige Stunden, ehe Albert hinter sich etwas von den Afrikanern bemerkte. Natürlich wurden die Pferde allmählich matter, aber dasselbe mußte ja auch bei seinen Verfolgern der Fall sein. Ab und zu versperrten ihm Gebüsche die Aussicht nach rückwärts. Einige Meilen vor sich sah er ein großes Dorf, vielleicht eine Stadt.

Aber jetzt, als Albert durch eine Reihe von Bäumen gesprengt war, stellte sich ihm ein Hinderniß entgegen, an das er nicht gedacht hatte — ein breiter und, wie es schien, ziemlich tiefer Fluß. Unmuthig preßte er die Lippen zusammen, als er ihn bemerkte, und warf einen hastigen Blick auf

den Strom. Die Pferde waren erhitzt. Er durfte es kaum
wagen, sie in das Wasser zu führen. Und doch war jede
Minute kostbar. Albert besann sich deshalb nicht lange; er
lenkte sein Roß zuerst in den Fluß und bat Judith, ihm in
einiger Entfernung zu folgen. Der Fluß wurde jedoch plötz=
lich so tief, daß Alberts Pferd Mühe hatte, sich gegen den
reißenden Strom zu halten. Er mußte umkehren.

Seinem Pferde die Sporen gebend und zitternd vor Un=
geduld, flog er das Ufer hinauf, um eine Stelle zu suchen,
an welcher der Fluß weniger tief wäre. Jetzt bemerkte er,
wenn auch in bedeutender Entfernung, die Afrikaner hinter
sich. Er nahm an, daß der Fluß dort am seichtesten sei, wo
die Strömung am geringsten war, und bald bemerkte er eine
solche Stelle. Hier schien das Flußbett nur in der Mitte, auf
eine Breite von zwanzig Fuß, tief und die Strömung reißend
zu sein. Ein solches Hinderniß ließ sich überwinden. Dieses
Mal bat er jedoch Judith, nicht hinter ihm zu bleiben, son=
dern rechts an seiner Seite zu reiten, damit er ihr jeden
Augenblick nahe sei.

Es war so, wie Albert vermuthet. Anfangs war der
Fluß seicht. In der Mitte aber wurde das Bett des Stro=
mes tief und das Wasser schoß mit großer Gewalt dahin. Die
Pferde kämpften mühsam gegen die Strömung, und Albert
ließ sie ein wenig hinabtreiben, mit der Rechten Judiths
Pferd am Zügel fassend und zugleich dafür sorgend, daß seine
Flinten und seine Munition nicht naß wurden. Zweimal
schwebten die Pferde in Gefahr, widerstandslos von den
Wellen fortgetrieben zu werden. Dann endlich erreichten sie
wieder festen Boden und bald gelangten sie an das Ufer.

Albert sah zurück. Die Afrikaner waren bereits dem
gegenüberliegenden Ufer nahe und da er ihnen den Ort ge=
zeigt hatte, wo sich der Fluß passiren ließ, so war anzuneh=
men, daß sie von seinem Beispiel Gebrauch machen würden.
Er gab also seinem Pferde die Sporen, Judith trieb das

ihre ebenfalls an und sie flogen nun über die Ebene, so
schnell, als es die Kräfte der beiden Araber erlaubten.

Dennoch war dem jungen Manne dieser Aufenthalt vom
größten Nachtheil gewesen. Die Afrikaner hatten bereits den
Fluß passirt, spornten ebenfalls ihre Pferde an und mußten
die Flüchtlinge in einer halben Stunde erreicht haben. Al=
bert versuchte, sie zu zählen. Er zählte ungefähr zwanzig.
Aber es ließ sich fast mit Gewißheit annehmen, daß die an=
deren Abtheilungen nachfolgen würden. Jedenfalls war der
Kampf ein sehr ungleicher.

Da sah er vor sich aus einem dichten Gebüsch eine
Reiterschaar auftauchen. Er stutzte, denn er vermuthete in
ihnen eine zweite Abtheilung der Afrikaner Ali ben Moha=
meds. In der nächsten Minute jedoch gewahrte er seinen
Irrthum. Die Reiter vor ihm ritten bessere Pferde und
waren anders gekleidet. Es mußten Bewohner des Landes
sein, in dem er sich jetzt befand und das Ali ben Mohamed
Bagirmi genannt hatte.

Begreiflicher Weise hielten auch diese Reiter sogleich an,
als sie die beiden Flüchtlinge und hinter ihnen die verfol=
genden Fellatah's erblickten. Es waren ebenfalls ungefähr
zwanzig Reiter, einige unter ihnen mit Feuerwaffen.

Albert konnte in diesem Augenblick nicht viel überlegen,
ob sie ihn als Freund oder Feind empfangen würden, und
was er ihnen gegenüber zu thun habe. Aber er rief und
gab durch Zeichen zu verstehen, daß er verfolgt werde und
ihren Schutz anrufe. Dann sah er sich um. Die Fellatah's
ritten langsamer und brachten ihre Waffen in Ordnung.

Nach fünf Minuten war Albert bei den fremden Rei=
tern, die wir hier, da uns eine andere Bezeichnung der Be=
wohner dieses Landes bis jetzt fehlt, Bagirmiten nennen wol=
len. Sie hatten mit ihrer olivenfarbigen Haut und ihrem
Anzuge viel Verwandtschaft mit den Fellatah's. Es befand
sich jedoch ein Mann unter ihnen, der seiner Abstammung

nach ohne Zweifel ein Neger, nichtsdestoweniger aber mit
Abzeichen bekleidet war, die darauf schließen ließen, daß er
einen höheren Rang einnahm, als seine arabischen Begleiter.

Ihm warf sich Albert, der schnell von seinem Pferde
gesprungen war, zu Füßen und bat ihn in Worten und Zeichen, sich seiner anzunehmen und ihm gegen die Fellatah's
beizustehen.

Diese hatten unterdessen Halt gemacht und schienen zu
berathen, was sie thun sollten. Dasselbe that der Neger mit
den Bagirmiten. Sie plapperten ein Kauderwelsch, von dem
Albert nur wenige Worte verstand, obgleich es Aehnlichkeit
mit der Sprache der Fellatah's hatte. Dennoch glaubte er
daraus zu vernehmen, daß die Bagirmiten erbittert seien über
den Einbruch der Fellatah's in ihr Gebiet. Sie streckten
drohend ihre Lanzen gegen die Schaar Ali ben Mohameds
aus und schienen Willens, dieselben sogleich anzugreifen.
Nur der Neger that Einhalt.

Gleich darauf — während Albert wieder auf sein Pferd
gestiegen war — erschien ein Fellatah, wahrscheinlich als
Parlamentär. Albert bemühte sich mit angestrengter Auf-
merksamkeit, die Unterredung zu enträthseln, die er mit dem
Neger hatte. Er errieth auch in der That Einiges von dem
Inhalt. Der Fellatah forderte die beiden Flüchtlinge zurück,
die das Eigenthum ihres Stammes seien, und versprach den
Bagirmiten dafür eine reiche Belohnung an Rindern und
Schafen, wie auch eine bedeutende Summe an Geld. Im
Weigerungsfalle drohte er mit Krieg.

— Wer ist Euer Führer? fragte der Neger, und Albert
verstand diese Frage ganz deutlich.

— Ali ben Mohamed, der zukünftige Nachfolger des
Sultans von Yakoba.

— Dann sagte ihm, er solle zurückkehren! rief der Neger
grimmig und die Hand drohend ausstreckend. Ich will kein
Wort mit ihm reden und ihm eher einen Dolch ins Herz

stoßen, als einen Freundschaftsdienst erzeigen. Ich werde die Flüchtlinge bei mir behalten. Er mag sie holen, wenn er will!

Diese Worte, deren Sinn Albert erst später genau erfuhr, waren von einer so unzweideutig feindlichen Bewegung begleitet, daß der Fellatah sogleich eilig zurückkehrte.

Unterdessen hatte sich jedoch die Schaar Ali ben Mohameds um zehn Mann vermehrt, die dem ersten Zuge gefolgt waren und sich ihm jetzt angeschlossen hatten. Die Fellatah's waren also den Bagirmiten überlegen, und wahrscheinlich aus dieser Ursache näherten sie sich. Diejenigen, die mit Gewehren bewaffnet waren, legten sie an. Die Anderen nahmen Bogen und Pfeil.

Albert deutete dem Neger schnell durch Worte und Geberden an, daß es sicherer sein würde, die Fellatah's in dem Gebüsch zu erwarten, an dessen Rande man sich befand. Dieser schien die Richtigkeit dieses guten Rathes einzusehen. Die Bagirmiten zogen sich schnell die wenigen Schritte zurück und griffen ebenfalls zu den Waffen. Albert seinerseits war sehr zufrieden damit, den Fellatah's zeigen zu können, daß er vor einem Kampfe nicht zurückbebte. Er suchte nach Ali ben Mohamed, den er auch bemerkte, der sich aber hinter der Schaar hielt.

Die Fellatah's waren bereits so nahe, daß eine Flintenkugel sie leicht erreichen konnte. Für einen Pfeilschuß war die Entfernung freilich noch zu groß. Der junge Franzose glaubte, es sei am besten, wenn er den Kampf beginne und wählte sich den vordersten Fellatah. Der Schuß dröhnte über die Ebene, der Fellatah stürzte. Die Bagirmiten erhoben ein Jubelgeschrei.

Sie mochten sich wohl sagen, daß ein solcher Bundesgenosse nicht zu verachten sei, und schossen nun ebenfalls ihre Kugeln und Pfeile ab. Sie trafen jedoch nicht, und die Fellatah's kamen näher. Albert winkte einem Bagirmiten und machte ihm begreiflich, daß er das eine Gewehr laden solle, während er das andere abschoß. Der schlaue Afrikaner verstand sogleich und nickte beifällig. Nun nahm Albert einen anderen Fellatah aufs Korn und auch dieser fiel. Dann griff er zu seinen Pistolen, die möglicher Weise hundert Schritt weit trugen. Er versuchte es mit dem ersten Schuß und es gelang ihm, einen dritten Fellatah wenigstens zu verwunden.

Der Verlust von drei Kriegern, ehe sie noch zum Angriff gekommen waren, mochte die Fellatah's stutzig machen. Sie drangen langsamer vor und Albert bemerkte, daß Ali ben Mohamed sie mit Zorn und Eifer anfeuern mußte. Der Bagirmite hatte ihm jetzt die eine Flinte geladen, er selbst hatte die andere wieder schußfertig gemacht, und langsam und sicher zielend streckte er abermals zwei Fellatah's todt zu Boden.

Ein wildes Jubelgeschrei der Bagirmiten folgte jedes Mal dem Falle eines Feindes. Die Fellatah's drängten sich zusammen, wie eine Heerde Schafe. Jeder mochte denken, daß der nächste Schuß ihn treffen würde, und Alle schienen große Lust zu haben, das Feld zu räumen.

Jetzt schoß auch Ali ben Mohamed seine Flinte auf Albert ab. Er hatte gut genug gezielt, die Kugel schlug dicht neben Albert in einen Baumstamm. Dennoch verhöhnte ihn das Geschrei der Bagirmiten, und in der Gunst seiner Genossen stieg er durch diesen Fehlschuß wahrscheinlich auch nicht.

Nun riß Ali ben Mohamed seinen Degen aus der Scheide und sprengte vor die Spitze seiner Schaar, um die Zurückweichenden anzufeuern. Albert bedachte sich nicht im Geringsten; er bestimmte die nächste Kugel für den stolzen Fellatah. Dieser aber mochte die Absicht seines Feindes ahnen und benutzte eine Schwenkung seiner Reiter, um sich abermals hinter die Front zurückzuziehen. Albert hielt den Augenblick für geeignet, um nun angreifend vorzugehen. (Er gab dem Neger einen Wink, den dieser sogleich verstand. Nur meinte er, Albert solle noch einmal vorher schießen. Der junge Mann feuerte also seine Flinten und die beiden doppelläufigen Pistolen los. Nur ein Schuß fehlte; fünf Fellatah's waren also abermals getödtet oder verwundet, und die Schaaren der Afrikaner waren sich jetzt ungefähr gleich, nur daß die Fellatah's entmuthigt zurückwichen, die Bagirmiten dagegen jubelten.

Auf das erste Zeichen des Negers stürzten nun auch die Letzteren mit wildem Geschrei auf ihre Feinde los. Der Kampf mit Lanze, Bogen und Pfeil, Schwert und Schild begann. Albert blieb zurück. Er begnügte sich damit, seine Gewehre zu laden und Judith anzulächeln, die ihm einen Blick der Verwunderung und Liebe schenkte.

Der Kampf war bald entschieden und es ließ sich leicht voraussehen, wem der Sieg zu Theil werden würde. Die Bagirmiten waren voller Zuversicht und Jubel, ihre Pferde frisch und munter, ohnehin kräftiger, als die der Fellatah's — die Letzteren dagegen eingeschüchtert und durch ihre matten Pferde in ihren Bewegungen gehemmt. Sie verloren einen Mann nach dem anderen und wichen allmählich nach dem Flusse zurück. Dort versuchten sie einen letzten, aber vergeblichen Widerstand. Die Mehrzahl des Restes ertrank; Einzelne erreichten das andere Ufer, unter ihnen Ali ben Mohamed, den die Bagirmiten eine Zeit lang verfolgten, aber nicht erreichten.

— Nun, sagte Albert lächeld zu Judith, während die Bagirmiten freudig zurückkehrten, von einer Sorge sind wir jetzt befreit, freilich nur, um an eine andere denken zu müssen. Aber ich glaube doch, daß diese Leute etwas Theilnahme und Mitleid für uns haben werden, da sie gesehen, wie wacker ich die Fellatah's empfangen. Ich werde sie bitten, mich nach Kuka zu geleiten, oder mir wenigstens den Weg genau anzugeben.

Die Bagirmiten hatten sich jetzt wieder gesammelt, und der Neger, der ohne Zweifel der Anführer der ganzen Schaar war, kam auf Albert zu.

— Tapfer! Tapfer! sagte er mit einem beifälligen Nicken des Kopfes. Wer seid Ihr?

Albert erzählte ihm in einem Gemisch von Arabisch und Fellatah-Sprache seine Abenteuer, der Wahrheit ziemlich getreu und fügte hinzu, daß er nichts sehnlicher wünsche, als sein Vaterland wieder zu sehen, und daß er den Bagirmiten sehr dankbar sein würde, wenn sie ihm den kürzesten Weg dahin zeigten. Der Neger hörte sehr aufmerksam zu und nickte zuweilen ganz beifällig mit dem Kopfe. Dann fragte er, wohin Albert eigentlich wolle. Dieser antwortete, nach Kuka.

Bei diesem Namen wurden die Bagirmiten rasend wild, schüttelten ihre Lanzen und Schwerter und schienen Willens, sogleich auf den bestürzten Franzosen einzudringen. Mit Mühe gelang es Albert, sich wieder verständlich zu machen und die Bagirmiten zu belehren, daß er Kuka gar nicht kenne, nicht wisse, wo es liege, und nicht begreife, weshalb man so erzürnt auf ihn sei. Er erfuhr denn auch mit einiger Mühe, daß die Bagirmiten im Kriege mit dem Sultan von Bornu, dessen Hauptstadt Kuka ist, begriffen seien. Im Allgemeinen schien also jedes dieser afrikanischen Völker das andere zu befehden.

Eine Hoffnung war ihm nun freilich fürs Erste abermals getrübt — diejenige, bald nach Kuka, dem Ausgangspunkte der Karavane, zu gelangen. Da indessen Bagirmi, wie er hörte, sich weit nach Osten erstreckte, so hoffte er, auch von diesem Lande aus einen Ort erreichen zu können, der mit der civilisirten Welt in Verbindung stand, und da die Bagirmiten ihm ziemlich freundlich gesinnt zu sein schienen, so trug er kein Bedenken, sich ihnen anzuschließen. Sie schienen es auch für selbstverständlich zu halten, daß er dies

thun würde, und beim Aufbruche ritt er in ihrer Mitte ne=
ben dem Neger, der bereits ein bejahrter Mann war.

Muley.

„Höre, Volk von Bargirmi, hört es, Ihr Gläubigen,
höre es, Volk von Masena!

Taratata! Bum! Bum! Taratata! Bum! Bum!

„Eine Million Kurdi, eine Million Kurdi — hört es
Alle — bietet der Sultan, der Beherrscher der Gläubigen,
unser Allergnädigster Herr — eine Million Kurdi bietet er
dem, der ihm seinen Sohn, den die verfluchten Bidduma's
geraubt haben, zurückbringt! Ein Million Kurdi! hört es,
Ihr Leute von Bagirmi!"

Taratata! Bum! Bum! Taratata! Bum! Bum!

„Mehr noch, mehr noch, mehr noch bietet der Sultan,
der Beherrscher aller Gläubigen, dem, der ihm seinen Sohn
zurückbringt. Der vierte Theil des Reiches soll sein eigen
sein, neben dem Sultan soll er auf dem Throne sitzen, und
stirbt der Sohn des Sultans, so soll er der Beherrscher von
Bagirmi sein! Hört es, Ihr Leute!"

Taratata! Bum! Bum! Taratata! Bum! Bum!

„Deshalb hört auf den Wunsch des Sultans und bringt
ihm seinen Sohn zurück, den die verfluchten Bidduma's ge=
raubt haben! Gebt dem Sultan seinen Sohn, dem Lande
Glück und Freude wieder! Eine Million Kurdi! Eine Mil=
lion Kurdi!"

Taratata! Bum! Bum! Taratata! Bum! Bum! — —

Die Leser werden über diese seltsame Proklamation, die
durch das Taratata einer alten Trompete und durch das
Bum Bum einer schauerlich dröhnenden Pauke unterbrochen
wurde, eben so wenig ein Lächeln unterdrücken können, wie

Albert und Judith, die von diesem Lärm empfangen wurden,
als sie auf dem großen Marktplatz von Masena, der Haupt=
stadt des Reiches Bagirmi anlangten. Aber Albert lächelte
bald nicht mehr über diesen Lärm, und auch die Leser dürf=
ten bald nicht mehr lächeln. Mittel=Afrika ist bisher noch
für keinen Europäer das Land allzugroßer Heiterkeit und
ungetrübter Freude gewesen!

— Was bedeutet dieser Lärm? fragte Albert den Neger,
neben dem er auch jetzt ritt.

— Ich weiß es noch nicht, antwortete dieser. Es muß
etwas in meiner Abwesenheit vorgefallen sein, und wenn ich
recht höre, so ist der Sohn des Sultans geraubt worden.
Doch reite mit mir nach dem Palast, Fremdling, dort wer=
den wir Alles erfahren.

Albert folgte seinem Führer, von dessen Seite er jetzt
seit fünf Tagen nicht gewichen war. Masena, die Haupt=
stadt von Bagirmi, schien ihm freundlicher und sauberer zu
sein, als alle binnen-afrikanischen Städte, die er bisher ge=
sehen. Auch die Einwohner, obgleich sehr verwandt dem
Stamme der Fellatah's schienen ihm frischer, sauberer und
kräftiger. Auch hier bestand die herrschende Bevölkerung
aus gelbbraunen, olivenfarbigen Abkömmlingen der Araber.
Die ursprünglichen Bewohner des Landes, die Neger, waren
Sklaven.

Um so mehr fiel es Albert auf, daß sein Begleiter, der
doch auch ein Neger war, in so großem Ansehen zu stehen
schien. Die Bagirmiten grüßten ihn tief und ehrerbietig,
noch unterwürfiger die Neger=Sklaven. Vor ihm öffneten
sich sogleich die Thore des Palastes, der ein großes und
geräumiges, sonst aber unscheinbares Viereck bildete. Die
Dienerschaft des Palastes empfing ihn überall mit einem
Gemisch von Freude und Klagen. Ueberall schien die größte
Bestürzung zu herrschen. Alles rannte durch einander. Und
aus der Ferne, vom Marktplatze her, tönte immer noch die

Stimme des Ausrufers, das Taratata der Trompete und das Bum! Bum! der Pauke.

Ehe der Neger in das Innere des Palastes trat, wies er Albert eine Wohnung in einem einzeln stehenden Hause innerhalb der Palastmauer an. Sie war hell, geräumig und also auch freundlich. Freilich enthielt sie nichts, als in jedem Zimmer eine Matte, an der Wand eine niedrige Bank und einige Krüge, die wahrscheinlich Wasser aufnehmen sollten.

Dennoch war Albert sehr zufrieden, ein solches Asyl erreicht zu haben. Von dem langen Ritt war selbst er ermattet. Wie abgespannt also mußte Judith sein, obgleich sich in ihrer Miene kein Zeichen von Ermattung ausprägte. Er brachte zuerst das Zimmer seiner Begleiterin in Ordnung, indem er dasselbe mit all den Trümmern, die er aus der Zerstörung des Samum gerettet, ausschmückte, die Zelttücher als Gardinen und die Schabracken der Pferde als Teppiche benutzte. Dafür belohnte ihn auch Judith mit der lächelnden Versicherung, daß sie nie ein schöneres Boudoir besessen habe. Eine gewisse behäbige Freude zog wieder in Alberts Herz ein. Wieder einmal lächelte ihm die Sonne des Glücks.

Kaum aber waren diese ersten Vorbereitungen beendet, Albert hatte Judith verlassen und sich auf die Matte in seinem Zimmer ausgestreckt, als der Neger eintrat, dessen Name, wie Albert gehört hatte, Muley war. Er kam ziemlich hastig und aufgeregt.

— Fremdling, Du mußt mir sogleich zum Sultan folgen! rief er Albert entgegen.

— Jetzt schon? erwiederte dieser mißmüthig, in den ersten angenehmen Momenten der Ruhe gestört zu werden. Was giebts? Was soll ich jetzt schon bei dem Sultan?

— Ihm seinen Sohn zurückbringen, denn er verlangt es, erwiederte Muley.

— Ich? Ihm seinen Sohn zurückbringen? rief Albert verwundert. Weshalb ich?

— Allah il Allah! Höre mich an, Fremdling! Die
Sache ist folgende, antwortete der Neger, indem er sich auf
arabische Weise neben Albert niederkauerte. Des Sultans
junger Sohn machte während meiner Abwesenheit eine kleine
Reise den Schari=Fluß hinauf, nach den Ufern des Tsad=
See's. Nun weißt Du, daß wir mit dem Sultan von Bornu
im Kriege leben, und der Sultan hat die Bidduma's ge=
beten, ihm gegen uns beizustehen.

— Wer sind die Bidduma's fragte Albert mit großem
Mißbehagen.

— Die Bidduma's sind Heiden, gottverfluchte Heiden!
antwortete Muley. Sie bewohnen die Inseln des Tsad=
See's und haben oft genug mit dem Sultan von Bornu
blutige Kämpfe geführt. Jetzt aber, wie ich Dir sagte, ha=
ben sich die Beiden versöhnt, um gegen uns zu kämpfen.
Die Bidduma's nun mochten erfahren haben, daß des Sul=
tans Sohn die Reise mache, sie überfielen den Zug und
schleppten ihn fort. Gestern Abend ist die Nachricht hier
angelangt. Der Sultan ist rasend vor Zorn und Schmerz.
Es ist sein einziger Sohn.

— Nun gut, ich begreife den Schmerz des Sultans,
sagte Albert. Aber weshalb ruft er nicht seine Krieger zu=
sammen, greift die Bidduma's an und holt sich seinen Sohn
zurück?

— Du sprichst, wie Du es verstehst! sagte Muley, der
sich im Ganzen sehr freundlich und sanft gegen Albert gezeigt
hatte. Die Bidduma's wohnen auf Inseln und wir haben
keine Schiffe. Auch würde der Sultan von Bornu uns hin=
dern, die Ufer des Tsad=See's zu erreichen. Des Sultans
Sohn ist also nur durch List und Klugheit zurückzuerlangen.

— Gut! Aber was hat das mit mir zu thun? fragte
Albert ungeduldig.

— Höre nur! Als ich zum Sultan kam, war er sehr
zufrieden, mich wiederzusehen. Als ich ihm aber sagte, daß

zwei Fremdlinge, ein Mann und ein Weib sich in meiner
Begleitung befänden, war er außer sich vor Freude. Denn
gerade, als ich eintrat, war er damit beschäftigt gewesen,
die Priester des Landes um Rath zu fragen, was in dieser
großen Noth zu thun sei, und Einer von ihnen hatte ihm
gesagt, es sei eine alte Weissagung aufgeschrieben, nach wel=
cher einst der Sohn eines Sultans von mächtigen Feinden
geraubt, aber durch einen kühnen und weisen Fremdling be=
freit werden würde. Deshalb betrachtet er Deine Ankunft
als eine Fügung Allah's und hält Dich für den Fremdling,
der ihm seinen Sohn zurückführen soll.

— Ich verstehe! rief Albert und sprang voller Aerger
und Ungeduld auf. Kaum bin ich den Schrecknissen der
Wüste und den Verfolgungen Ali ben Mohameds entgangen,
so empfängt mich hier eine neue Widerwärtigkeit. Wie in
aller Welt soll ich es anfangen, den Sohn des Sultans zu
retten?

— Ich weiß es nicht, antwortete Muley. Aber das
kann ich Dir sagen, daß der Sultan Dich unfehlbar tödten
lassen wird, wenn Du Dich weigerst, die Weissagung zu er=
füllen!

— Zum Henker mit allen Propheten, den wahren und
den falschen! murmelte Albert vor sich hin und stampfte er=
grimmt mit dem Fuße auf die Erde. Ich kann den Sohn
nicht retten!

Er war wirklich zorniger und ingrimmiger gegen sein
Mißgeschick, als je. Er sah voraus, in welche entsetzliche
Gefahren ihn dieser neue Zwischenfall stürzen werde. Die
Vorsehung schien ihn dazu ausersehen zu haben, jede Gefahr,
jede Noth durchzukosten.

— Jetzt will Dich der König für's Erste sehen! sagte
Muley, der während dessen den jungen Mann aufmerksam
beobachtet hatte. Begleite mich, Du wirst das Andere selbst
erfahren.

Einige Minuten ging Albert noch mit rafchen Schritten durch das Zimmer. Aber was half ihm alle Ueberlegung? Er mußte sich fügen. Er sah ein, daß der Sultan ihm nie verzeihen würde, wenn er sich weigerte, die Prophezeihung zu erfüllen, an deren Aechtheit er übrigens noch nicht recht glaubte und die vielleicht von Muley selbst erfunden war.

— Ich bin bereit, sagte er, laß uns gehen. Ist der Sultan ein strenger Mann?

— Sehr streng, antwortete der Neger. So streng, daß Wenige ihn lieben, Viele ihn hassen.

— Und für einen solchen Menschen sich aufzuopfern! murmelte Albert. Nun, wie Gott will!

Er benachrichtigte Judith flüchtig, daß er zum Sultan gehe und folgte dann dem Neger. Er bemerkte, daß sich vor dem Eingang zu seinem Hause bereits eine Wache von fünf Bagirmiten befand. Die Diener des Palastes betrachteten ihn mit großer Neugierde, denn das Gerücht von der Prophezeihung mochte sich bereits verbreitet haben. Uebrigens herrschte an diesem Hofe ein Luxus, wie ihn Albert bisher noch in keiner mittelafrikanischen Stadt gesehen. Die Krieger trugen glänzende Schwerter und Schilde, die Diener goldene Zierrathen. Auf den Treppen in dem eigentlichen Palaftgebäude lagen Teppiche, und reichverzierte Waffen, ohne Zweifel arabischen und türkischen Ursprunges, hingen in den Vorhallen, in denen sich eine zahlreiche arabische und schwarze Dienerschaft hin- und herbewegte. Auffällig war dem jungen Manne die Schaar von schönen, schwarzen Negerinnen. Er hatte schon während seines Aufenthaltes bei der Karavane gehört, daß sich im östlichen Sudan (Binnen-Afrika) die schönsten Negerinnen befänden, und er fand jetzt diese Behauptung bestätigt. Viele von diesen Negerinnen konnten selbst nach europäischen Begriffen von Schönheit für schön gelten. Ihre Haut war vom reinsten, glänzendsten Schwarz, wie Ebenholz, die Augen feucht und feurig, die

Nase nicht zu klein, die Zähne weiß wie Elfenbein, die Ge=
stalt üppig, schwellend, herausfordernd. Kein Wunder, daß
die Frauen von Bagirmi die gesuchtesten auf den Märkten
der türkischen Sklavenhändler waren.

Durch die Reihen dieser Negerinnen, die den fremden,
weißen Mann, der stolz und sie kaum eines Blickes würdi=
gend einherging, neugierig und überrascht anstarrten, schritt
nun Albert, bis die Diener ihm eine große Thür öffneten
und er in einen geräumigen Saal trat.

Dort, umgeben von den Würdenträgern seines Reiches
und von den Priestern, saß der Sultan von Bagirmi fest=
lich geschmückt auf seinem Thron, wie ein Herrscher des
Orients.

Albert hielt es für gut, keine allzugroße Unterwürfigkeit
zu zeigen. Er kreuzte die Arme und verneigte sich. Dann
blieb er mitten im Saal stehen.

Der Sultan aber erhob sich, kam auf ihn zu und um=
armte ihn. Es war ein stattlicher und sogar schöner Mann.
Aber Muley mochte Recht haben. Seine Züge verriethen
Grausamkeit.

— Sei willkommen, Fremdling! sagte er. Allah sendet
Dich uns. Sei willkommen!

Darauf führte er den jungen Franzosen auf einen Sitz
neben dem Thron und nun begann eine lange und umständ=
liche Verhandlung, aus der Albert sehr bald errieth, daß
ihm Muley in allen Dingen die Wahrheit gesagt hatte. Ein
Priester verlas die Prophezeihung, in welcher deutlich stand,
daß ein mächtiger Sultan von Bagirmi durch Verrath sei=
nes einzigen Sohnes beraubt werden, daß aber ein kühner
Fremdling ihm denselben zurückgeben würde. Es lag auf
der Hand, daß kein Anderer als Albert dieser Fremdling
sein konnte, und der Sultan verlangte mit einer Ruhe und
Bestimmtheit, die keinen Widerspruch zuließ, daß Albert sich
sogleich darauf vorbereiten solle, zu den Bidduma's zu gehen

14*

und feinen Sohn aus ihrer Gewalt zu befreien und ihm
zurückzuführen.

Albert hatte während dieser Verhandlung Gelegenheit
genug, sich davon zu überzeugen, daß jeder Widerspruch hier
ganz vergeblich sein würde. Er sah zwar ein, daß sein
Gang zu den Bidduma's weit gefährlicher und weit weniger
ehrenvoll sei, als einst sein Gang zu den Kabylen. Aber
wenn ihn nicht ein Wunder von dieser Nothwendigkeit befreite, wenn nicht der Sohn des Sultans vorher zurückkehrte,
so mußte dieser Gang ebenso nothwendig gewagt werden,
wie jener. Die Zukunft war für Albert in ein Dunkel gehüllt, das unheimlicher und grauenvoller war, als je. Seine
Freude über das Zusammentreffen mit den Bagirmiten war
von kurzer Dauer gewesen. Ein böser Stern schien über
seinem Schicksal zu walten.

— Wir überlassen es Deiner eigenen Klugheit, Fremdling, die von dem Rathe unseres treuen Dieners Muley
unterstützt werden wird — so schloß der Sultan seine Rede
— die Mittel aufzufinden, uns unsern vielgeliebten Sohn
zurückzubringen. Aber wir hoffen, daß es bald geschehen
wird. Auch sollst Du freigebiger belohnt werden, als der
Ausrufer es dem Volke verkündigt hat. Wir vermehren die
Million Kurdi um eine zweite Million und sichern Dir zu,
daß Du neben aus auf dem Throne sitzen und mit uns die
Gläubigen regieren sollst. Deinen Nachkommen sichern wir
die schönste Provinz unseres Reiches. So gehe denn hin in
der Hoffnung einer so großen Belohnung und erfülle die
Prophezeihung. Allah möge Dir gnädig sein!

Albert verneigte sich und kehrte, von Muley begleitet
nach seinem Hause zurück. Der Neger versprach ihm, in
kurzer Zeit wieder bei ihm zu sein. Auf diese Weise erhielt
Albert Zeit, Judith auf die Gefahren, die ihm und also
auch ihr abermals bevorstanden, vorzubereiten.

Judith war in der That auf's Höchste bestürzt, als si

erfuhr, zu welchem Unternehmen ihr Geliebter auserfehen
worden, und Albert hatte wenig Gründe, fie zu tröften. Er
wußte nichts von den Bidduma's, er wußte nicht, ob es
möglich fei, zu ihnen zu gelangen, fich unter ihnen aufzu=
halten, zu erfahren, wo der Sohn des Sultans fich befinde,
und ihn gar zu befreien. Nie hatte man ihn zu einem plan=
loferen und, wie es fchien, vergeblicheren Unternehmen ge=
zwungen. Von Muley durfte er allerdings einige Auffchlüffe
erwarten, aber im Grunde änderte das nichts.

Er bat Judith mit einer Wärme und Innigkeit, wie
fie ihm die Wehmuth des Augenblicks eingab, auch dann,
wenn er nicht zurückkehre, an ihre eigene Rettung zu denken.
Er hoffte, daß Muley fich ihrer annehmen und ihr Gelegen=
heit verfchaffen würde, ein civilifirtes Land zu erreichen. Ge=
länge ihr das, fo folle fie zu Oberft Peliffier gehen und
ihm das Ende feines Lieutenants mittheilen und dann zu
feiner Mutter Mercedes nach Marfeille, um fie durch die
Gefchichte feiner letzten Tage zu tröften. Sie folle ihr fa=
gen, daß er liebend und geliebt geftorben fei.

Judith wollte davon nichts hören. Ihre Thränen floffen
und vergebens verfuchte fie, den Strom derfelben zu hemmen.
Mit der Gluth der Wahrheit und der leidenfchaftlichen Liebe
verficherte fie ihm, daß fie feinen Tod nicht überleben werde,
daß die Welt ihr nichts mehr bieten könne, wenn ihr Ge=
liebter ihr entriffen. Er fuchte fie von diefem Gedanken ab=
zubringen. Aber Judith bat ihn, zu fchweigen.

Das Erfcheinen Muleys unterbrach diefe leidenfchaft=
liche Unterredung und Albert begab fich mit dem Neger in
fein Zimmer. Während feines Gefpräches mit Judith hatte
er derfelben ein kleines Portrait feiner Mutter gezeigt, das
er in einem Medaillon am Halfe trug und ftets unter fei=
nem Burnus verfteckt hielt. Er hatte es jetzt vergeffen, wie=
er zu verbergen.

— Ei, welch' glänzendes, fchönes Ding haft Du da?

sagte der Neger, der das Medaillon bemerkt hatte. Ist das so ein Ding, wie es die Fremden tragen und das die Zeit angiebt?

— Nein, sagte Albert, der in der That fürchtete, der Neger werde den Wunsch aussprechen, das Medaillon zu besitzen. Es ist das Bild meiner Mutter darin, die ich sehr liebe!

— Zeige mir das Bild! sagte der Neger, und Albert öffnete das Medaillon.

Der Neger betrachtete das Portrait lange, sehr lange. Albert war erstaunt, bei dem alten Manne sogar eine gewisse Aufregung zu bemerken. Dann gab es Muley zurück.

— Monsieur de Morcerf, sagte er darauf in leiblichem Französisch und mit Thränen in den Augen, Allah hat uns an einem Orte zusammengeführt, wo ich Sie nie zu finden glaubte!

Ein plötzlicher Blitz, das Erscheinen irgend eines Wunders hätte den jungen Mann nicht so sehr überraschen und erschrecken können, als diese Anrede in den Tönen seiner Heimath, diese Nennung seines Namens. Er war im vollsten Sinne des Wortes wie versteinert. Er starrte den Neger an, er glaubte zu träumen. Er mußte wirklich geträumt haben. Es war nicht anders möglich.

— Monsieur Albert, sagte der Neger mit wehmüthiger Stimme, kennen Sie den alten Achmet nicht mehr?

Und unwillkürlich sank er auf die Kniee, ergriff Alberts Hand und bedeckte sie mit Küssen und Thränen.

— Achmet! Achmet! Mein Gott, wie ist mir, was höre ich? rief Albert, außer sich vor Erstaunen. Achmet? Unser alter Diener? Der Diener meines Vaters?

— Ja, junger Herr, das bin ich, ich bin Achmet, der Diener des Herrn Generals!

Der junge Franzose war auf's Tiefste ergriffen. Ein Schauer, den man fromm und feierlich nennen möchte, rie selte ihm durch die Glieder. Hier in Suban, hier in dem Lande, wo ihm alles fremd und Feind war, hier traf er auf ein Herz, das ihn liebte, auf einen Freund. Thränen traten ihm in die Augen. Er zog den Neger empor, er drückte ihn an sein Herz, er küßte ihn.

— Achmet! Du bist es? Du hast meine Mutter er= kannt? Gott, ich danke Dir!

— Ihre Mutter! O, sie war ein Engel! schluchzte der Neger. Allah möge sie segnen! Lebt sie noch?

— Ich hoffe es, ich glaube es! rief Albert. Ach, nun ist mein Herz freier! Achmet, ich habe Dir viel zu erzäh= len! und in welcher Lage, in welcher Noth finden wir uns wieder!

Nichts konnte in der That seltsamer sein, als dieses Zusammentreffen! Damals, als sich der General von Mor= cerf, Alberts Vater, in der Türkei aufhielt, als er durch seine Verrätherei den Pascha von Janina stürzen half — eine Verrätherei, die man in Frankreich nicht kannte und durch deren Enthüllung der Graf von Monte=Christo den General zum Selbstmord zwang — damals hatte er von der türkischen Regierung unter anderen Belohnungen seines Verrätherdienstes auch einige Neger zum Geschenk erhalten. Er behielt nur den Einen, Achmet, und nahm ihn mit sich nach Paris, wo er die Stelle eines Hausdieners vertrat. Der General hatte sich nicht viel um ihn gekümmert, aber Mercedes war sehr gütig gegen ihn gewesen und Albert hatte als Knabe vorzugsweise mit Achmet gespielt. Später erwachte in dem Herzen des Negers, dessen Dienste übrigens in dem Hause des Generals sehr leicht zu entbehren waren, die Sehnsucht nach seiner Heimath. Leicht erhielt er die Erlaubniß, Paris zu verlassen, und bald hatte man ihn vergessen.

— Ich erreichte glücklich mein Vaterland, erzählte der Neger, als die Beiden vertraulich neben einander saßen. Es

ist Bagirmi, dieses Land, und ich nahm meinen alten Namen
Muley wieder an. Der Sultan, der damals soeben zur
Regierung gelangt war — er hatte seinen Bruder ermordet
— ließ mich zu sich rufen, denn er hatte gehört, daß ich er=
staunlich klug sei. Nun, junger Herr, ist es eine Kleinigkeit,
wenn man Paris gesehen hat, in diesem Lande für klug zu
gelten. Er sprach mit mir, und da er sich überzeugen mochte,
daß ich ihm gute Dienste leisten könne, so überwand er den
Haß, den alle Araber gegen uns Neger hegen, und nahm
mich in seinen Palast. Allmählich stieg ich zu einer Würde,
welche die höchste nach der des Sultans ist. Ich bin seine
rechte Hand. Aber ich hasse und verabscheue ihn. Denn er
ist grausam und gräßlich sind die Bedrückungen, die er den
Negern zu Theil werden läßt. Seine Stunde wird schlagen,
bald! Doch genug davon! Schon am ersten Tage, als wir
Sie trafen und vor der Verfolgung der Fellatah's retteten,
vermuthete ich, daß es mit Ihrer Kleidung und Ihrem Auf=
treten als Gläubiger eine eigene Bewandniß habe, denn ich
hörte, wie Sie einige Worte auf Französisch mit Ihrer Be=
gleiterin sprachen. Natürlich erinnerte ich mich der Sprache,
und ich faßte in Folge dessen eine gewisse Vorliebe für Sie.
Freilich, hätte ich ahnen können, wer Sie seien — denn Sie
haben sich sehr verändert — so hätte ich Sie an die Grenze
von Bornu geführt und Ihnen Mittel und Wege angegeben,
Ihr Vaterland zu erreichen. Wer konnte auch wissen, daß
Sie hier dazu ausersehen werden würde, ein solches Aben=
teuer zu bestehen? Indessen — vielleicht ist es eine Fügung
Allah's. Wir werden sehen. Erzählen Sie mir nun, wel=
cher Geist Sie nach Sudan geführt hat.

Die Wißbegierde des Negers war nicht so leicht zu be=
friedigen, aber es gelang dem jungen Franzosen, ihm in mög=
lichst kurzer Zeit die hauptsächlichsten Thatsachen der vergan=
genen Monate mitzutheilen. Muley schüttelte den Kopf vor
Verwunderung und Erstaunen.

— Und nun versteht es sich wohl von selbst, sagte Albert dann, daß Du mir zur Flucht verhilfst und mich von dieser gräßlichen Aufgabe befreist, den Sohn des Königs zu suchen!

— Mein lieber, junger Herr, rief Muley wehmüthig, das wird unmöglich sein. So groß ist meine Macht nicht. Der Sultan hat seinen Kopf darauf gesetzt. Er liebt seinen Sohn, er kann den Gedanken nicht ertragen, daß das Volk von Bagirmi von einem anderen Menschen, als von seinem Sprößlinge gequält werden soll. Die unglückliche Prophezeihung macht es vollends unmöglich, ihn von seinem Gedanken abzubringen. Aber die Aufgabe ist auch nicht so schwer.

— Nicht schwer? rief Albert ungläubig und mißmüthig. Parbleu! Mich unter ein wildes, heidnisches Volk zu wagen, das am Ende gar Menschen frißt? Das soll nicht schwer sein?

— Nicht so sehr, als es scheint, sagte der Neger. Ach, junger Herr, können Sie denn glauben, daß ich den kleinen Albert, meinen Liebling, den ich auf meinen Armen getragen habe und den ich hier so unvermuthet wiedertreffe — können Sie glauben, daß ich den ins Verderben schicken würde? Nein, lieber wollte ich selbst sterben!

— Ich glaube Dir, sagte Albert, ihm die Hand drückend. Aber sprich, was soll ich thun?

— Die Bidduma's sind nicht so schlimm, wie Sie vielleicht glauben, sagte Muley. Daß sie den Sohn unseres Sultans geraubt haben, bedeutet nicht viel. Der Sultan von Bornu hat sie dazu aufgehetzt und sie hassen unseren Herrn, weil er so grausam gegen die Heiden und Neger ist, zu denen sie doch auch gehören. Sonst sind sie im Ganzen ein friedliches Volk, das seine Inseln im Tsad-See selten verläßt, aber natürlich auch nicht duldet, daß Jemand in feindlicher Absicht dorthin kommt. Vor allen Dingen sind sie sehr neugierig und was nur irgenwie fremd ist, das staunen sie an und bewundern sie. Wenn Sie es auf die rechte Weise anfangen, so werden Sie ganz freundlich auf= genommen werden. Natürlich dürfen Sie nicht sagen, daß Sie aus Masena kommen. Doch darum ist keine Noth. Sie werden die Sprache der Bibbuma's ohnehin nicht verstehen.

— Sie werden es aber erfahren, und dann ist es um mich geschehen! sagte Albert.

— Sie werden es nicht erfahren, lassen Sie nur mich dafür sorgen! erwiederte Muley. Schlimmer als die Bib= buma's sind die Rhinozeroffe und Krokodile, von denen es im Tsad=See wimmelt.

— Eine tröstliche Aussicht! seufzte Albert. Nun, über etwas wenigstens kann ich jetzt beruhigt sein. Wenn ich sterbe, so wirst Du für meine Begleiterin sorgen, Achmet. Ich liebe sie mehr, als mein Leben, mehr selbst, als meine Mutter. Du wirst sie schützen, wenn ich sterbe, Du wirst dafür sorgen, daß sie in ihr Vaterland zurückkehren kann. Versprichst Du es mir?

— O, ich verspreche es! rief Muley. Aber weshalb wollen Sie durchaus sterben, junger Herr? Allah hat Sie aus so vielen Gefahren gerettet. Er wird Sie auch jetzt schützen!

Diese fromme Berufung auf den Schutz des Höchsten verfehlte ihre Wirkung nicht.

— Ja, ich will hoffen, noch einmal will ich hoffen! rief Albert. Und möge es dann vorüber sein! Ich kann viel er= tragen — ich will es jetzt. Aber mehr noch? Das glaube ich nicht!

— Seien Sie jetzt ganz ruhig und gefaßt! ermahnte Muley. Morgen früh brechen wir nach dem Tsad=See auf. Es ist bereits bestimmt, daß ich Sie begleiten soll. Dann lassen Sie mich nur für alles Uebrige sorgen. Ob Sie den Sohn des Sultans retten werden, das weiß ich nicht. Aber es liegt auch nicht viel daran. Sie dürfen sich höchstens acht Tage auf den Inseln aufhalten. Dann kehren Sie zurück, entweder mit dem Prinzen, oder ohne ihn.

— Und was wird mein Loos sein, wenn ich den Prinzen nicht rette?

— Nicht schlimmer, als wenn Sie ihn bringen, erwiederte Muley. Dann, junger Herr, wenn Sie von den Inseln der Bidduma's zurückgekehrt sind, dann beginnt mein Werk. Dann beginnt der zweite Theil der Prophezeihung, den man Ihnen klüglicher Weise nicht mitgetheilt hat.

— Und welches ist dieser zweite Theil? Betrifft er mich ebenfalls? fragte Albert.

— Wir wollen jetzt nicht davon sprechen! sagte Muley lächelnd. Wir werden später Zeit genug dazu haben. Ruhen Sie sich die Nacht aus. Morgen früh müssen wir aufbrechen. Ich werde Ihnen Alles senden, was Sie nöthig haben.

— Und darf meine Begleiterin mit mir ziehen? fragte Albert.

— Bis an den See, ja, aber weiter nicht. Es wäre zu gefährlich. Doch seien Sie darum ohne Sorge. Ich werde sie hüten, wie meinen Augapfel. Nichts wird ihr zu Leide geschehen, und ich werde meine eigenen Frauen zu ihrer Bedienung mitnehmen. Ueberhaupt wird es gut sein, wenn Sie sich für einen fremden Sultan ausgeben, und das sind Sie ja auch, denn Ihr Vater war reicher, als der Herrscher von Bagirmi. Ich selbst werde Ihnen die Ehren erzeigen, die ein fremder Fürst erhalten muß. Beachten Sie diesen Rath. Er wird für die Zukunft von Nutzen sein!

Albert drückte dem Neger, der jetzt ging, die Hand. Es war ihm wohler und freier ums Herz geworden. Er konnte sich mit einem Manne aussprechen, er konnte sich mit einem Eingeborenen berathen, der die Verhältnisse genau kannte. Dieser Gewinn war unermeßlich und in einer freudigen Aufregung eilte er zu Judith, um seiner überraschten Geliebten die neue und wichtige Entdeckung mitzutheilen.

Bald darauf kamen eine Menge Sklaven mit den auserlesensten Leckerbissen, die der Oberhofküchenmeister von Bagirmi zu liefern vermochte. Sie waren nicht ganz zu verachten und manche würden selbst einen verwöhnten europäischen Gaumen befriedigt haben. Albert überließ sich dann auch ganz dem Glücke, noch einmal mit Judith allein zu sein, und die Beiden saßen bis spät in die Nacht in süßem Gespräch beisammen. Niemand störte sie, Niemand hörte ihr leises Geflüster, Niemand sah ihre leuchtenden Augen, Niemand belauschte ihre Küsse — und Niemand hätte sie auch belauschen können, da sie weder gegeben noch empfangen wurden. Albert blieb seinem Gelübde treu. Judith war für ihn ein Ideal, eine Gottheit geworden, die er anbetete, und das Kühnste, das er wagte, war ein leiser Kuß, den er ihr verschämt auf die zitternde Hand drückte.

Eine Revolution in Masena.

Die Reise ging den Schari hinab, ein schöner Fluß, der in den Tsad=See mündet. Muley, Albert und Judith befanden sich zusammen in demselben Boot und konnten ungestört ihre Gedanken austauschen und die Zukunft besprechen. Muley bemühte sich noch immer, dem jungen Franzosen das ganze Unternehmen als leicht darzustellen und behauptete, es komme gar nicht darauf an, ob er den Sohn des Sultans mit sich zurückbringe, wenn er nur überhaupt zu den Bidduma's gehe und einige Tage dort zubringe, also seinen guten Willen bezeige. In Bezug auf den zweiten Theil der Prophezeihung, von dem er andeutungsweise gesprochen, war er

schweigsam und zurückhaltend und suchte Alberts Fragen durch
Scherze abzuhalten.

Im Uebrigen war sein Plan folgender. Albert sollte
in einer möglichst auffallenden und seltsamen Verkleidung zu
den Bidduma's gehen. Von Waffen sollte er nur eine Flinte
und die nöthige Munition mit sich nehmen, sonst aber nichts
von Werth, da sich voraussehen ließ, daß die Bidduma's ihn
bitten würden, ihnen Alles abzutreten, was er an eigenthüm=
lichen und fremdartigen Sachen besaß. Das Boot, in wel=
chem er zu den Inseln der Bidduma's hinüberschiffte, sollte
außerdem mit einem Segel versehen werden, eine Einrichtung,
die den Bewohnern des Tsad=See's vollkommen fremd war,
da der See, obgleich einer der größten Landseen auf der Erde,
doch so seicht ist, daß die Eingeborenen ihre Böte mit Stan=
gen fortstoßen können. Falls es ihm gelang, sich den Bid=
duma's verständlich zu machen, so sollte er nicht angeben,
daß er aus Bagirmi und Masena komme, sondern eher an=
deuten, daß ihn der Sultan von Bornu geschickt, dessen Re=
sidenz Kuka am westlichen Ufer des See's liegt. Auch sollte
er nicht nach dem Sohn des Sultans fragen, denn es ließ
sich annehmen, daß die Bidduma's ihn von selbst mit ihrer
jüngsten Heldenthat bekannt machen würden.

Bis zum Ufer des See's durfte Muley seinen Freund
nicht begleiten, da an dem Ufer bereits die Herrschaft des
Sultans von Bornu begann. Ungefähr zehn deutsche Mei=
len von der Mündung des Schari machten sie deshalb Halt
und Muley begann nun, seinen Gefährten auf eine eigen=
thümliche Weise herauszuputzen. Er gab dem Turban des=
selben eine andere Gestalt, veränderte die Form des Burnus
und schuf aus Albert eine so phantastische Gestalt, daß selbst
Judith trotz ihrer bangen Befürchtungen lächeln mußte, als
sie ihn ansah. Das Boot, das Albert benutzen sollte, wurde
mit einem Segel versehen, Albert wählte sich die beste sei=
ner beiden Flinten, entnahm so viel Munition, als er nöthig

hatte, und war am Abend vollständig zur Abfahrt gerüstet. Er sollte während der Nacht, um nicht von den Bewohnern des Ufers bemerkt zu werden, den untern Lauf des Schari zurücklegen, so daß er sich am Morgen im Tsad=See befände. Was er an Geld besaß, und seine Uhr und das Medaillon übergab er Judith, die während der Zeit unter dem Schutze Muley's und seiner Frauen zurückbleiben sollte, um Albert an derselben Stelle zu erwarten, von der er abgefahren.

Albert wollte ihr den Abschied nicht schwer machen. Er heuchelte eine Siegeszuversicht, eine Hoffnung, die er in der That nicht besaß. Lächelnd schüttelte er Judith die Hand, verabschiedete sich von Muley und von dem Sultan, der ebenfalls in einem eigenen Boot den Zug begleitet hatte, stieg dann, als die Sonne unterging, in sein Boot, überließ sich der reißenden Strömung des Schari, grüßte noch einmal und war dann den Blicken entschwunden.

Während der mondhellen Nacht konnte er nichts weiter sehen, als die Ufer des Flusses, die größtentheils mit Bäu= men bewachsen waren. Hin und wieder glaubte er ein Dorf zu sehen. Dann machte er die Bemerkung, daß die Luft kühler wurde, was auf die Nähe einer großen Wassermenge deutete. Seit langer Zeit war er nicht in einem Boote ge= fahren, und die Fahrt, die er unter so seltsamen Umständen antrat, gewährte ihm einen eigenen, schauerlich = süßen Reiz. Er saß am Steuer des Bootes, das er in der Mitte des Flusses von der Strömung forttreiben ließ, und hing träu= merisch seinen Gedanken nach. Das Leben schien ihn zu einem jener Abenteurer ausersehen zu haben, die rastlos und unter steten Gefahren durch die ganze Welt schweifen und von denen er früher in Romanen gelesen. Aber auch er be= gann jetzt zu ahnen, daß die glühendste Phantasie der Dich= ter oft nicht mit der Wirklichkeit des Lebens wetteifern kann. Er würde seine eigenen Abenteuer, wenn sie von einem An= dern erzählt worden wären, belächelt haben.

Als er sich einige Stunden nach Mitternacht in seinem Boote aufrichtete, glaubte er, nach Norden blickend, eine weite, helle Masse zu sehen. Wahrscheinlich war es der Tsad-See. Er hatte sich nicht geirrt. Nach einer Stunde wurde der Schari breiter, die Strömung ließ nach, der Lauf des Flusses wurde langsamer, regelmäßiger, und bald darauf bemerkte der junge Abenteurer im Grauen der flüchtigen Morgendämmerung eine unendliche, unbegrenzte Wasserfläche, die sich wie ein Ozean vor seinen Blicken ausdehnte. Es war der Tsad-See.

Der junge Mann, der so lange nichts gesehen, als die sandigen Wüsten und die fruchtbaren Länder Binnen-Afrika's, überließ sich mit einem gewissen Bangen dem Anblick dieser Wassermasse, die ihn an das Meer erinnerte, da er nirgends ein Ufer sah, als dasjenige, das er hinter sich zurückgelassen. Die Sonne ging auf und es herrschte die tiefste, feierlichste Stille. Allmählich erkannte er zu seiner Rechten und Linken einige bläuliche Massen. Das mußten die Inseln der Bidduma's sein. Muley hatte ihm gesagt, er solle sich nach rechts halten, da die östlichen Inseln des Sees vorzugsweise von den Bidduma's bewohnt seien. Er that es auch, und da ein schwacher Landwind wehte und er mindestens fünf bis sechs Stunden von den nächsten Inseln entfernt war, so richtete er sein Segel auf, legte sich in den Schatten desselben und schlief ein.

Er erwachte durch einen Stoß, den das Boot erhielt, und sprang auf. Vor sich in einiger Entfernung sah er eine Insel, aber es schien ihm doch unmöglich, daß sein flachgebautes Boot schon auf den Grund gestoßen sei. Zu seiner Ueberraschung begann dieser Grund sich auch zu bewegen, und Alberts Boot wäre beinahe umgeworfen worden. Gleich darauf sah er vor sich eine riesige Masse sich aufrichten, ein kolossales, blaugraues Ungethüm, das er nach seinen Erinnerungen aus dem Jardin des Plantes in Paris als ein

Rhinozeros erkannte. Mehr erstaunt als erschreckt, griff er
nach seiner Flinte und machte sich schußfertig.

Dieses Mal aber schien die Ueberraschung mehr auf
Seiten des Thieres, als des jungen Mannes zu sein. Das
Ungethüm, mindestens fünfzehn Fuß hoch und eines der größten seiner Art, glotzte den Franzosen eine halbe Minute lang
mit seinen trüben Augen an; dann machte es kurz Kehrt
und trottete schnaufend und grunzend, eine schmutzige Wolke
in dem Wasser aufrührend, dem Ufer der nächsten Insel zu.
Seine Flucht war das Zeichen für eine Unzahl von Kroko-
dilen, die Köpfe aus dem Wasser emporzustrecken und langsam ihre Schuppen an einander zu reiben, denn sie lagen
dicht bei einander, wie die Stämme eines Floßes.

Indessen schien keines von den Thieren Willens zu sein,
den Fremdling anzugreifen. Es ist eine Thatsache, daß die
Krokodile selten dort einen Menschen angreifen. Auch hatte
Albert, er wußte selbst nicht, weshalb, nicht die mindeste
Furcht. Neugierig sah er auf das Schauspiel, das sich seinen Blicken darbot, und seine einzige Besorgniß war die,
daß das Boot umgeworfen werden könnte, wenn er zufällig
wieder unter eine Menge solcher Ungethüme gerieth. Er
ruderte deshalb in das freie Wasser zurück und beobachtete
von dort aus die nächsten Inseln.

Sie waren fast alle mit einem üppigen Pflanzenwuchs
bedeckt, wie es auch bei der feuchten Wärme, die hier herrschte,
nicht anders der Fall sein konnte. Doch schienen diese ersten
Inseln noch nicht bewohnt zu sein. Sie lagen übrigens dicht
bei einander und waren nur durch Arme des Sees getrennt,
die kaum die Breite von Kanälen hatten und so seicht zu
sein schienen, daß Albert Bedenken trug, sich mit seinem
Boote hineinzuwagen. Er blieb deshalb auf dem offenen
Wasser, benutzte den schwachen Wind und fuhr um die Inseln herum.

Nach einer Stunde entdeckte er eine Insel, die bedeutend

größer, als alle übrigen war und auf welcher er eine Menge
Hütten bemerkte. Am Ufer lagen eine Unzahl von schmalen
und langen Böten. Kaum hatte er die Insel bemerkt, als
es auf derselben lebendig wurde. Die Böte, zahlreich be=
mannt, stießen vom Ufer ab und kamen schnell auf Albert
zu. Der Beschreibung Muleys nach waren die Leute in den
Böten keine anderen, als die Bidduma's. Albert sollte also
jetzt zum ersten Male ihre Bekanntschaft machen.

Sie war eine durchaus friedliche. Muley hatte voll=
kommen Recht gehabt. Die Bidduma's, anstatt ihn miß=
trauisch zu empfangen, schienen aufs Angenehmste überrascht
zu sein. Nur Wenige waren mit Pfeil und Bogen bewaff=
net. Ein Feuergewehr sah Albert nirgend. Männer, Frauen
und Kinder — denn von Allen waren Einzelne auf den
Böten — klatschten freudig erstaunt und verwundert in die
Hände und bezeigten ein kindisches Entzücken, als sie die
seltsame Gestalt bemerkten, die Albert jetzt, als er aufrecht
in dem Boote stand, nachdem er das Segel hatte fallen lassen,
darbot. Sie kamen dicht an ihn heran und schwatzten und
plauderten, wie ein Volk Staare. Aber einzelne Worte aus=
genommen, verstand Albert nichts.

Ein Roman und eine Reisebeschreibung sind zweierlei
Dinge. Die Leser interessiren sich vielleicht für das Schick=
sal Alberts und seine Zukunft, aber weniger für das, was
er sah. Es mag also genügen, zu erwähnen, daß Muley's
Voraussagungen in jeder Beziehung eintrafen. Albert wurde
mit unverkennbarem Wohlwollen von den Bidduma's em=
pfangen und mit ungeheuchelter Bewunderung von ihnen
betrachtet. Die ersten Tage seines Aufenthaltes vergingen
damit, daß er von Insel zu Insel geführt wurde, wie eine
große Merkwürdigkeit. Verständigen konnte sich Albert mit
den Bidduma's nicht. Aber das war auch kaum nöthig.
Sie brachten ihm zu essen und zu trinken, so viel er wollte,
und verlangten nichts von ihm, als daß er sich anstaunen

und befaſſen ließ. Es ſchien ein harmloſes Völkchen zu ſein, das gewiß längſt von den benachbarten Sultanen unterjocht geweſen wäre, wenn ſie es verſtanden hätten, große Böte zu bauen.

Natürlich vergaß Albert keinen Augenblick ſeinen Haupt= zweck, und als er am dritten Tage immer noch nichts von dem Sohne des Sultans gehört und geſehen, begann er zu fürchten, daß ſeine Abſicht vereitelt und daß er zu einem Stamme der Bidduma's gekommen ſei, der nichts von dem Raube wiſſe. Am vierten Tage jedoch kam er auf eine große Inſel, die Guria genannt wurde, wie es ihm ſchien — und nachdem er hier alle Empfangsfeierlichkeiten im größten Maßſtabe durchgemacht, führte man ihn mit großem Pomp nach einem einzeluſtehenden Gebäude, ſchob die Riegel von den Thüren zurück und führte ihn in das Innere.

Hier ſaß auf einer Strohmatte ein junger Araber von ungefähr ſechszehn Jahren, ſchwächlich gebaut, mit matten, trüben Augen, ſehr niedergeſchlagen und ſehr betrübt. Aus den triumphirenden Blicken, mit denen die Bidduma's ihn betrachteten, aus ihren höhniſchen Bemerkungen und der Nennung der Namen Bagirmi und Maſena ſchloß Albert ſogleich, daß er den Sohn des Sultans vor ſich ſehe. Bei der Harmloſigkeit der Bidduma's, die nicht im entfernteſten daran zu denken ſchienen, daß Albert ein Abgeſandter des Sultans von Bagirmi ſei, war es ihm ein Leichtes, den jungen Prinzen anzureden. Er that es abſichtlich in einer Sprache, die dieſer nicht verſtehen konnte; dann aber zeigte er ihm mit einer ausdrucksvollen Miene, die Stillſchweigen und Vorſicht gebot, ein Amulet, das ihm der Sultan eigens zu dieſem Zwecke mitgegeben und das dem jungen Manne bekannt ſein mußte.

Dieſer, wie alle Araber, daran gewöhnt, ſeine Gefühle zu beherrſchen, verrieth nicht die mindeſte Ueberraſchung und nur ein flüchtiger Blick belehrte Albert, daß er verſtanden

worden sei. Dann entfernte sich dieser wieder mit der gan=
zen Menge aus dem Gefängnisse.

Am folgenden Tage ging der Zug nach einigen anderen
Inseln. Da Albert aber fürchtete, er möge sich zu weit von
Guria entfernen, so nannte er öfter diesen Namen und
deutete überhaupt an, daß er dahin zurückkehren wolle. Die
Bidduma's waren vollständig damit einverstanden und am
Vormittage des sechsten Tages befand sich Albert wieder auf
Guria.

Hier überzeugte er sich nun, daß es eine Kleinigkeit sei,
den Prinzen zu befreien und mit ihm zu fliehen. Das Ge=
fängniß wurde durchaus nicht weiter bewacht, was auch nicht
nöthig war, da die Insel hinreichende Sicherheit darbot. Al=
bert beschloß also, noch in derselben Nacht mit dem Prinzen
zu fliehen. Am Abende überzeugte er sich davon, daß sein
Boot noch auf derselben Stelle lag, orientirte sich so gut als
möglich, blieb bis spät in die Nacht auf, um den Tänzen
der Bidduma's zuzuschauen, die den Besuch des Fremden als
ein großes Fest zu feiern schienen, und begab sich dann nach
der Hütte, die man ihm angewiesen.

Eine Stunde darauf lag das ganze große Dorf im
tiefsten Schlafe. Der Mond war noch nicht aufgegangen,
es war also auch dunkel genug. Selbst für den Fall jedoch,
daß man ihn entdeckte, glaubte Albert wenig zu fürchten zu
haben, da er durch Zeichen und Worte eine andere Absicht
vorschützen konnte. Er ging also nach dem Gefängnisse, schob
die Riegel zurück, weckte den Prinzen, der ruhig schlief, zeigte
ihm abermals das Amulet und gab ihm zu verstehen, daß
er ihm folgen solle. Der Prinz sprang sogleich auf. Nach
zehn Minuten hatten die Beiden das Dorf verlassen und
saßen in Alberts Boot.

Muley hatte also die Leichtigkeit des Unternehmens nicht
übertrieben. Für einen Araber oder Neger wäre es freilich
unmöglich gewesen, es auszuführen, denn ein solcher hätte

15*

die Inseln der Bibbuma's entweder gar nicht oder nur mit
der größten Vorsicht betreten dürfen. Muley aber hatte mit
vollem Recht gehofft, daß die Erscheinung eines so seltsamen
und außerordentlichen Fremden die Bibbuma's alle Vorsicht
vergessen lassen würde. Was für den olivenbraunen und
schwarzen Mann eine Unmöglichkeit gewesen wäre, das war
für den weißen Europäer eine Kleinigkeit. Das Unterneh=
men war gelungen.

Freilich war Eile jetzt die Hauptsache. Albert mußte
versuchen, noch während der Nacht aus dem Bereich der In=
seln zu sein, und da kein Wind wehte, er also sein Segel
nicht benutzen konnte, so war das keine leichte Aufgabe. Er
bediente sich deshalb des Mittels der Bibbuma's und stieß
das Boot mit einer langen Stange vorwärts. Der Prinz
mußte dabei helfen. Albert bemerkte aber bald, daß er sehr
schwächlich war. Er schien sogar krank zu sein und zitterte
zuweilen, deutete auch durch Zeichen an, daß er sich sehr
schlecht befinde.

Das größte Hinderniß bei dieser Fahrt waren abermals
die Rhinozerosse und Krokodile, an deren Rücken das Boot
fast von Minute zu Minute anstieß. In ihrer schläfrigen
Faulheit aber machten sie ruhig Platz und nach einigen Stun=
den erreichte Albert ein freieres Fahrwasser, in welchem ein
schwacher Wind wehte. Die Hauptsache war jetzt, die Mün=
dung des Schari wiederzufinden, denn an das Ufer durften
sich die Flüchtlinge nicht wagen. Albert bemerkte sie jedoch
bald an der Unterbrechung in dem Gehölz, das das südliche
Ufer auf allen Seiten umgab, richtete seine Segel nach der
freien Stelle und brachte das Boot so schnell als möglich
durch Nachhülfe mit der Stange vorwärts. Der Prinz schien
sich übrigens mit jeder Stunde schlechter zu befinden. Er
lag zusammengekrümmt auf dem Boden des Bootes und
wimmerte und stöhnte.

Muley hatte seinen jungen Freund nicht mit Unrecht

darauf aufmerksam gemacht, daß es wahrscheinlich der schwierigste Theil seiner Aufgabe sein würde, den unteren Lauf des
Schari hinauf zu gelangen und den Anfeindungen der Ufer-
bewohner zu entgehen. Er hatte ihm zwar das Versprechen
gegeben, geheime Schildwachen am Ufer aufzustellen, die ihn
und den harrenden Sultan von seiner Ankunft benachrichtigen
sollten, damit sie ihn im Falle der Noth mit ihren Böten
zu Hülfe eilen könnten. Aber diese Aussicht auf Hülfe war
schwach genug und Albert überlegte, ob er nicht besser thun
würde, bis zur Nacht zu warten und dann den Schari hin-
aufzusegeln, um so mehr, da ihm der Wind günstig war.
Als er jedoch den Blick zurückwandte und eine Schaar von
Böten bemerkte, die ihm folgten und wahrscheinlich mit Bidduma's bemannt waren, mußte er diesen Gedanken aufgeben
und seine ganze Aufmerksamkeit fürs Erste darauf richten,
diesen Verfolgern zu entfliehen. Glücklicher Weise hatte er
sich überzeugt, daß es ihnen unmöglich sein würde, mit ihren
schwachen Fahrzeugen und ihren Stangen sich in den reißenden Schari zu wagen. Aber sie konnten ihn am Ufer verfolgen. Er benutzte also jeden Vortheil des Windes, der
allmählich immer stärker wurde, gebrauchte dabei auch die
Stange und sah zu seiner Freude, daß die Böte der Bidduma's weit hinter ihm zurückblieben. Endlich, am Mittage,
lief er in die Mündung des Schari ein.

Jetzt hielt er es für das Beste, eine Kriegslist anzuwenden. Er legte sich deshalb so tief in das Boot, daß ihn
vom Ufer aus Niemand sehen, er aber dennoch das Steuer
bequem regieren konnte. Das Segel ließ er aufgespannt.
Auf diese Weise mußten die Bewohner des Ufers, die übrigens den Gebrauch des Segels ebenso wenig kannten, glauben, daß das Boot sich allein fortbewege, und er rechnete
darauf, daß sie abergläubisch und furchtsam genug sein würden, lange Zeit zu warten, ehe sie sich einem so geheimniß-
vollen Fahrzeug näherten. Nur manchmal erhob er sich über

das Bord, um den Lauf des Bootes genauer bestimmen zu können.

In der That hörte und sah er auch nichts, was auf einen Angriff deutete. Der Wind war sehr günstig, so daß Albert die starke ihm jetzt entgegenwirkende Strömung besser besiegen konnte, als er gedacht hatte. Das Boot segelte so schnell, als ein Mensch mit aller Kraft laufen konnte, und gegen Abend erreichte er bereits Gegenden, die er in der Nacht seiner Abfahrt nicht weit von der Grenze von Bagirmi bemerkt hatte. Hier jedoch wurde das Boot plötzlich mit einem Hagel von Pfeilen überschüttet, und als Albert vorsichtig hinauslugte, bemerkte er, daß er sich dem Ufer zu sehr genähert hatte und daß sich dort eine Menge von Kriegern befand. Er entging ihnen ohne Verwundung, sah aber, daß sie ihn am Ufer verfolgten. Indessen die Grenze von Bagirmi mußte jetzt nahe sein.

Von Zeit zu Zeit beschäftigte ihn auch das Befinden des jungen Prinzen. Albert hielt es für möglich, daß er sich irre; aber so viel er davon verstand, lag der Prinz im Sterben. Seine Augen waren gläsern und gebrochen, sein Athem wurde schwer und röchelnd.

Jetzt war es Nacht geworden und immer noch hörte Albert von Zeit zu Zeit am Ufer den Ruf der ihn verfolgenden Feinde. Dann vernahm er lauteres Kampfgeschrei. Die Verfolger mußten mit den Bagirmiten zusammen gerathen sein.

— Albert! Albert! Mein Sohn! Mein Sohn! — diese beiden sich vereinigenden Rufe Judiths und des Sultans belehrten ihn endlich zu seiner Freude, daß er wieder unter seinen Freunden sei. Er lenkte das Boot an das Ufer und sprang an das Land.

Ermüdet, geblendet von dem Glanz der Fackeln, die die Nacht erleuchteten, freudig aufgeregt durch seine glückliche Wiederkehr und nur mit Judith beschäftigt, bemerkte er we-

nig von dem, was rings um ihn her vorging, und sah die
Tausende kaum, die sich versammelt hatten, die Wiederkehr
des kühnen Abenteurers zu begrüßen. Selbst Muley sah er
nur flüchtig.

— Lieber Freund, was auch kommen mag — seien Sie
ruhig und ertragen Sie Alles!

Diese Worte flüsterte ihm der treue Muley ins Ohr,
und obgleich Albert stutzte, so dachte er doch nicht viel darüber nach. Er hörte Judiths liebliche Stimme, er sah ihr
Lächeln und war zufrieden. Süß schlummerte er unter einem
Zelte ein, in das man ihn geführt hatte.

Bei seinem Erwachen am folgenden Morgen war die
Scene sehr verändert. Eine düstere, unheilverkündende Stille
lastete auf dem Lager. Vor seinem Zelte standen bewaffnete
Bagirmiten von der Leibwache des Sultans, die ihm verboten, dasselbe zu verlassen. Die anderen Bagirmiten kauerten
auf der Erde und summten eintönige Trauergesänge. Albert
errieth die Ursache bald. Er errieth, daß der Sohn des
Sultans gestorben sei. Aber weshalb bewachte man ihn so
streng? Weshalb wollte man ihn ein Unglück entgelten lassen, das er nicht verschuldet? Mißmüthig und an Judith
denkend, verharrte er in seinem Zelt und dachte an die
räthselhaften Worte, die ihm Muley zugeflüstert hatte.

Endlich berief man ihn vor den Sultan. Er saß in
seinem Zelte neben der Leiche seines Sohnes. Sein Blick
war wild, streng, grausam und drohend.

— Fremdling, Du hast mir eine Leiche und nicht meinen Sohn gebracht! rief ihm der Sultan entgegen.

— Allah ist mächtiger, als ich! sagte Albert demüthig.
Ich habe gethan, was in meinen Kräften stand, ich habe
Deinen Sohn befreit. Gegen Allah's Willen kann ich nicht
kämpfen.

— Du hast ihn vergiftet, Schurke und Verräther! donnerte der König.

Verächtlich zuckte Albert die Achseln. Gegen eine solche Beschuldigung hatte er keine Erwiederung. Die Gehässigkeit dieser Anklage lag klar auf der Hand.

— Der Verlust Deines Sohnes, den ich tief betrauere, verwirrt Deinen klaren Verstand, Herrscher der Gläubigen! sagte er ruhig. Wenn einige Tage vergangen sind, wirst Du besser von mir denken!

— Verlaß mich und erwarte Deine Strafe, Verräther! rief der König.

Erbittert und stolz wandte sich Albert fort. Man führte ihn nach seinem Zelt. Dann wurde das Lager abgebrochen und der junge Franzose von einer zahlreichen Abtheilung der Leibwache in die Mitte genommen. Von Judith sah er nichts. Muley bemerkte er zuweilen in der Nähe des Sultans. Er selbst mußte zu Fuß gehen. Der Zug, ein Trauerzug, bewegte sich langsam. Nach drei Tagen war Albert wieder in Masena.

Hier erhielt er dasselbe Haus zur Wohnung, auch Judith kam wieder zu ihm. Aber zahlreiche Wächter standen vor dem Hause und er erhielt schlechte Kost. Er sah ein, daß er als ein Gefangener behandelt wurde und düsterer Grimm erfaßte sein Herz.

Wollten die Widerwärtigkeiten nie enden? Sollte er die eine Gefahr glücklich bestanden haben, nur um sogleich in eine neue, noch größere zu stürzen? Es bedurfte der tröstenden Gegenwart Judiths, es bedurfte ihrer Bitten, ihrer hoffnungsreichen Versicherungen, um den Grimm des jungen Mannes zu besänftigen, um ihn vor der Verzweiflung zu schützen.

Und wo blieb Muley, sein guter Freund? Weshalb kam er nicht, um ihn zu beruhigen, um ihm zu sagen, daß er ihn auf jeden Fall retten werde? Eine Nacht und ein Tag vergingen, ohne daß eine Aenderung in Alberts Lage eintrat, und Muley kam nicht.

Am Morgen des folgenden Tages sah Albert auf der Mitte des großen Platzes innerhalb des Palastes eine kleine Erhöhung von Brettern aufschlagen, auf der sich ein einfacher Sitz befand. Er wußte nicht, was dieses Gerüst bedeuten sollte. Aber allmählich füllte sich der Hof mit Menschen, Arabern und Negern, bewaffnet und unbewaffnet, die Leibwache des Sultans stellte sich rings um das Gerüst auf — Alles in feierlicher banger Stille.

Albert glaubte Anfangs, daß es sich um ein Todtenopfer für den gestorbenen Prinzen handle. Als aber eine Abtheilung der Leibwache erschien und ihn bedeutete, ihnen zu folgen, begann er zu ahnen, daß dieses Gerüst wohl in einiger Beziehung zu ihm selbst stehen könne. Dennoch wollte er keine Furcht zeigen, warf noch einen Blick auf Judith und folgte den Trabanten.

Der Sultan saß bereits auf einem Thronsessel, den man für ihn hingestellt hatte. Albert mußte ihm gegenüber stehen bleiben und die finsteren, drohenden Blicke des Königs schienen ihm eher Unheil als Gutes zu verkünden. Aber er richtete sein Auge ruhig und stolz auf den Sultan.

— Fremdling begann dieser mit einer Stimme, die vor Wuth zitterte, Fremdling, wir hatten Dir befohlen, die Prophezeihung zu erfüllen und unseren Sohn zu retten. Heuchlerisch und verschmitzt hast Du gethan, als ob Du unseren Befehl ausführen wolltest. Du hast unseren geliebten Sohn befreit, aber aus schurkischen Absichten hast Du ihn nicht lebend zu uns zurückgeführt. Du hast ihn vergiftet. Du sollst sterben für Dein Verbrechen. Der Strick soll Dir um den Hals gelegt und Du sollst erdrosselt werden!

— Aus welchen Absichten hätte ich das wohl thun können, Herrscher der Gläubigen? fragte Albert ruhig und bemühte sich, gefaßt zu erscheinen, obgleich es in seinem Innern kochte.

— Weil Du Thor geglaubt hast, der zweite Theil der

Prophezeihung würde in Erfüllung gehen und Du würdest der Herrscher dieses Reiches werden! rief der Sultan höhnisch und triumphirend. Aber wir wollen Dir zeigen, daß unsere Macht größer ist, als die Kunst aller Prophezeihungen. Du sollst sterben, sterben sogleich! Nehmt ihn, Ihr Henker!

Sterben? Sterben, jetzt, ohne Abschied von Judith? Jetzt, wo ihm die Zukunft das größte Glück der Welt vorgespiegelt! Nein, nicht so wenigstens sterben, nicht von der Hand des Henkers!

— Kommt heran, Ihr feilen Diener eines schurkischen Sultans! rief er, die Hände drohend gegen die Henker ausstreckend. Ich bin unschuldig! Ich habe gethan, was in meinen Kräften stand, um den Sohn dieses Menschen zu retten. Daß er starb, ist nicht meine Schuld. Allah hat es gewollt. Kommt heran, wenn Ihr den Muth habt!

Die Trabanten zögerten. Der Sultan erhob sich wüthend. Der Zorn beraubte ihn der Sprache. Albert warf einen Blick auf Muley. Der alte Neger war ruhig. Er deutete leise nach oben, als wolle er Albert an Gott erinnern, und machte dann ein eigenthümliches Zeichen, das Albert nicht recht verstand, das aber wohl auf Hoffnung deuten sollte.

Dieser Augenblick hatte genügt, um das Schicksal des jungen Mannes zu entscheiden. Während er den Kopf senkte und vor sich hin flüsterte: Sollte auch Muley ein Verräther sein? — war er von den muskulösen Armen der Araber ergriffen worden und wurde nach dem Gerüst geschleppt. Hier war jeder Widerstand vergebens.

— Albert! Albert! tönte jetzt eine gellende, entsetzliche Stimme. Albert, was geschieht mit Dir?

— Mich tödtet der Befehl eines elenden Lügners! rief Albert, sich unter den Händen der Trabanten windend. Gottes Wille geschehe! Judith, denke an das, was ich Dir gesagt. Sei glücklich und erinnere Dich meiner!

Es schien, als wolle Judith sich zu ihm hindurcharbeiten, aber man hielt sie zurück und diesmal war es Muley, der den Befehl dazu gab. Albert wurde von acht riesenstarken Armen auf den hölzernen Sessel niedergedrückt. Ein Henker nahte ihm mit einer starken Schnur. Der Schweiß trat ihm auf die Stirn. War sein Ende wirklich so nahe? Sollte er so schmachvoll, so unvorbereitet sterben? Noch einmal machte er eine wüthende Anstrengung, sich loszureißen, wieder drückte man ihn auf den Sitz zurück.

Da dröhnte ein Schlag derselben Pauke, die dem jungen Mann bei seinem Einzug in Masena ein Lächeln entlockt hatte, durch den Hof, und ein Gemurmel, das in der nächsten Sekunde zu einem wilden Geschrei anwuchs, folgte diesem Schlage. Ein entsetzliches Geheul, ein Lärm, als ob die Welt einstürze, erfüllte den Hof und Albert glaubte nicht anders, als daß der Palast einbreche. Seine Henker schienen noch entsetzter, als er selbst, denn sie ließen augenblicklich die Hände sinken und schienen die Flucht ergreifen zu wollen. Albert sprang auf. Sein erster Gedanke war Judith.

Aber in demselben Momente wurde es ihm klar, daß hier etwas Anderes stürze, als blos ein Palast, daß es sich hier um ein Reich handle. Eine unzählbare Menge Bewaffneter, unter ihnen die Mehrzahl Neger, drängten mit vernichtender Gewalt von allen Seiten des Hofes nach der Mitte auf den Sultan zu, die Waffen schwingend, lärmend und heulend und Alles niedermetzelnd, was sich ihnen in den Weg stellte. Da stand jetzt derselbe Sultan, der das Wort der Vernichtung über Albert geschleudert hatte, da stand er, halb entsetzt, halb zornig sich emporrichtend, mit der einen Hand die Lehne des Thrones, mit der andern seinen Säbel ergreifend. Um ihn drängte sich furchtsam eine Schaar von Trabanten, der man es auf den ersten Blick ansah, daß sie einem solchen Angriff nicht gewachsen sei. Schon flogen Pfeile und Spieße nach dem Sultan und seiner Schaar. Immer dünner wurde die Mauer der Trabanten, die ihn vor dem Anprall der empörten Volksmassen schützte, immer bleicher wurde sein Gesicht, immer zitternder sein Arm, immer verzweifelter seine Lage.

Da, durch einen plötzlichen und seltsamen Zufall, entstand eine tiefe Stille.

— Volk von Bagirmi, Gläubige! rief der Sultan, diesen Zufall benutzend mit zitternder Stimme. Ich war Euch stets ein guter Herrscher, ich habe Euch nie bedrückt —

— Mörder! Tyrann! Bluthund! brach es darauf mit entsetzlicher Macht los und Hohn und Wuthgeschrei vereinte sich zu einer furchtbaren und schauerlichen Musik, die zerreißend selbst für Alberts Ohren klang, obgleich sie ihm vielleicht Freiheit und Leben kündete.

Gleich darauf war der letzte Rest von Trabanten, die den Sultan bis jetzt geschützt hatten, zerstreut und niedergemetzelt. Der Sultan schien einen schwachen Versuch machen zu wollen, sich zu vertheidigen. Er blickte nach Muley. Aber dieser stand mit gekreuzten Armen seitwärts und warf ihm einen letzten Blick der Vernichtung und des Hasses zu. Dann sank der Sultan nieder, durchbohrt von Spießen, Pfeilen und Säbeln. Eine Minute später sah Albert sein blutiges Haupt auf einer Pike und ein unermeßliches Jubelgeschrei dröhnte durch den Palast.

Inmitten dieses Gemetzels stand der junge Mann auf seinem Gerüst und wußte nicht, ob er wache oder träume. Dieser Uebergang von der gänzlichen Hoffnungslosigkeit, von der Verzweiflung zur Freiheit war fast zu plötzlich gewesen. Da stand er fast bewußtlos und fühlte unwillkürlich an seine brennende Stirn. Aber es war Wirklichkeit, was er sah. Das Haupt des Sultans blickte gräßlich nieder von der Spitze der Lanze, die Menge jubelte und tobte, ein endloses Gewimmel von Negern und Arabern füllte den Hof.

Aber weshalb wälzte sich plötzlich dieser ganze Troß zu

ihm? War er noch nicht sicher? Sollte auch diese Revo=
lution für ihn verderblich sein? Das Chaos nahm allmäh=
lich eine Gestalt an. Die verworrene Schaar ordnete sich.
Araber stellten sich an die Spitze und vor sie Alle hin trat
Muley, einen reich mit Juwelen verzierten Turban auf einem
Kissen tragend. Eine Musik begann, die ein europäisches
Ohr mit Entsetzen erfüllen mußte, die aber die Bagirmiten
zu enthusiasmiren schien und in welcher die Trompete und
die Pauke eine hervorragende Rolle spielten. Der Zug ord=
nete sich. Muley trat auf Albert zu.

— Heil, Heil dem neuen Herrscher von Bagirmi! Heil
dem Herrn der Gläubigen!

So rief der Neger mit lauter, triumphirender Stimme
und Tausende wiederholten den Ruf, der wie ein Donner
durch den Palast hallte. Jetzt glaubte Albert wirklich zu
träumen. Er glaubte unter dem Eindruck einer Vision zu
leben. Er fühlte an seinen Puls, ob er das Fieber habe?
Sollte er der Sultan von Bagirmi sein?

Jetzt kniete Muley huldigend vor ihm nieder, und als
Albert um sich blickte, sah er all' die Tausende auf dem
weiten Hofe auf den Knieen liegen. Dann erhob sich Muley
allein, und ehe es Albert hindern konnte, hatte er dessen ein=
fachen arabischen Fes mit dem glänzenden Turban vertauscht
und ihm das Scepter des Sultans in die Hand gedrückt.

— Hier, Volk von Bagirmi, siehe Deinen neuen und
wahren Sultan! rief Muley jetzt.

— Heil, Heil dem Sultan! donnerte die Menge, sich
blitzschnell erhebend.

Albert war nicht im Stande, etwas zu sagen, zu den=
ken. Sein Geist war in einem Zustande der Abwesenheit.
Er fühlte, daß er auf einen Thron gesetzt, daß er hoch ge=
hoben wurde, daß er über den Schultern von acht starken
Männern schwebte, daß er die Köpfe von Tausenden um sich
sah. Dann wurde er fortgetragen. Dieselbe Musik um=

schwirrte ihn, derselbe Ruf: Heil dem Sultan von Bagirmi! verfolgte ihn ohne Ende. Man trug ihn hinaus aus dem Palast, hinaus auf den Markt. Ueberall standen dichte Schaaren von Arabern und Negern, überall empfing ihn dasselbe Geschrei. Ihn schwindelte.

So wurde er weiter und weiter getragen, wie von Meereswogen, bis er wieder den Hof des Palastes sah, bis man ihn in den Palast selbst führte. Hier endlich setzte man den Thron auf die Erde und Albert betrat mit schwan= kendem Schritt den Fußboden. Muley erschien neben ihm. Mit tiefster Ehrfurcht öffnete er die Thür eines anstoßenden Gemaches, führte Albert hinein und ging dann selbst hin= aus. Eine Minute lang war Albert allein und ganz be= täubt wollte er niedersinken, da öffnete sich eine gegenüber= liegende Thür und Judith trat ein, Judith, mit weinenden Augen und lachenden Lippen.

— Albert! Albert! Du bist gerettet! O Gott sei Dank!

Sie warf sich an seine Brust. Er hielt sie in seinen Armen. Ha, das war kein Traum mehr, das war Leben und Wirklichkeit. Judith war ihm wiedergegeben!

— Geliebte, träume ich? fragte er leise. Was ist das? Was ist mit mir geschehen? Was bedeutet das Alles? Ist dieses Volk wahnsinnig, oder bin ich selbst in meinem Geiste verstört?

— Du lebst, Du bist gesund! rief sie glücklich. Weiter weiß ich nichts, Du bist mein, Du bist gerettet! Das ist genug. Ich glaube, sie haben Dich zum Sultan ausgerufen. Wie? Verdienst Du das nicht? Kann dieses Land einen edleren Herrscher haben, als Dich?

Albert schüttelte den Kopf. Auch Judith sagte ihm das! Und doch, wie konnte es wahr sein? Er der Beherrscher eines Landes, eines solchen Landes!

— Herr, Dein Volk wünscht Dir seine Ehrfurcht zu

bezeigen! sagte jetzt eine Stimme hinter ihm, und als er sich umkehrte, sah er Muley, dessen Augen vor Freude leuchteten.

— Ich bitte Dich, Achmet, Muley, sage mir nur ein Wort, was ist das? rief Albert. Was will dieses Volk von mir? Ich kann doch unmöglich sein Herrscher sein!

— Du kannst nicht? Weshalb nicht? fragte Muley lächelnd. Für jetzt mußt Du! Komm nur! Die Ersten des Reiches wollen Dir huldigen.

Und er ergriff die Hand des jungen Mannes, und sich auf europäische Weise artig gegen Judith verneigend, zog er Albert mit sich fort.

Als dieser in den großen Saal trat, sah er die festlich gekleideten Gestalten einer Menge von Männern rings aufgestellt. Sie verneigten sich tief auf die Erde, als er eintrat, und Muley führte ihn zu dem großen Thronsessel.

Nun zogen die Reihen sich neigend an ihm vorüber, wie es Albert früher in den Theatern von Paris gesehen. Zuerst die Hauptleute der Krieger, dann die Priester, dann die Beamten des Palastes, dann noch andere Züge, von denen er nicht wußte, was sie vorstellten. Zuletzt eine Reihe von Negern, deren glänzend schwarze Gesichter vor Freude leuchteten.

Alles das übte einen betäubenden, verwirrenden Eindruck auf den jungen Mann, dessen Geist durch die Ereignisse, die dieser Umwälzung vorausgingen, ohnehin schon erschüttert war, und als die Vorstellung mit einem lauten Jubelruf der Versammelten endete, brach er zusammen und Muley führte den Schwankenden und Betäubten sanft und mit fast väterlicher Güte in ein stilles und ruhiges Seitengemach, wo ihn Judith abermals empfing.

———————

Als Albert sich von der gänzlichen Abspannung seiner Kräfte erholt hatte, befand er sich in einem Zimmer, das

beinahe in europäischem oder doch wenigstens orientalischem
Geschmack eingerichtet war. An den Fenstern waren Vorhänge und Albert lag auf einem Divan. Durch die Vorhänge fiel nur ein mattes Licht in das Zimmer.

. — Ich habe geträumt! sagte Albert, sich aufrichtend,
und er glaubte wirklich, er sei noch in Oran und Alles,
Alles, sein Zug zu den Kabylen, seine Reise durch die Sahara mit Judith, seine Gefahren, seine Liebe, Alles sei nur
ein Traum gewesen.

— Hoffentlich angenehm geträumt! sagte eine Stimme
auf französisch neben ihm.

Der junge Mann sah sich um und blickte in das ehrliche, schwarze Gesicht Muley's.

— Du? sagte er fast erstaunt darüber, eine Erscheinung aus seinem vermeintlichen Traum wiederzusehen. Du
bist es, Muley? Dann habe ich nicht geträumt!

Der Neger lächelte, ergriff die Hand seines jungen
Herrn und küßte sie.

— Nein, Muley, nicht das! rief Albert. Ich besinne
mich zwar nur dunkel auf Alles, was vorgegangen. Aber
Eines weiß ich, ich war dem Tode nahe und Du, Du bist
es gewesen, der mich gerettet, denn nur von Dir ist diese
Revolution ausgegangen. Dir also muß ich danken, Dir,
meinem Retter! Aber wie soll ich es Dir vergelten, guter
Muley?

— Dadurch, daß Du die Dienste Deines Sklaven in
Gnaden annimmst, erwiederte der Neger.

— Brauchte ich doch nicht immer diese sklavischen Worte
zu hören! rief Albert beinahe unwillig. Nun gut, ich werde
Dir danken, so gut ich kann. Nun aber sage mir, wie war
diese Revolution möglich? Und weshalb habt Ihr mit mir
ein solches Fastnachtsspiel gespielt?

— Es war kein Spiel, es ist Ernst! sagte Muley. Du
bist der Herrscher von Bagirmi, wenigstens so lange, bis die

Theilung des Reiches eingetreten sein wird und Du den schönsten Theil des Landes erhältst.

— Wir sprechen nachher mehr davon, sagte Albert lächelnd. Jetzt gieb mir Erklärungen.

— Ich bin deshalb gekommen, erwiederte Muley. Ich konnte mir denken, daß Dir dies Alles ein Räthsel sei. Nun höre! Ich sagte Dir damals schon, der Sultan, der jetzt todt ist, sei grausam und tyrannisch. Viele fürchteten und Wenige liebten ihn. Namentlich bedrückte er die Schwarzen, meine Brüder, mit unendlicher Grausamkeit. Gern würden ihm dies freilich die Araber, seine Stammesgenossen, verziehen haben. Aber auch gegen diese war er stolz, hochmüthig und grausam. Er hatte keine anderen Freunde in diesem ganzen Lande, als die wenigen Trabanten, die durch den Vortheil an ihn gefesselt waren und deren Ende sein Sturz herbeigeführt haben würde.

Lange dachte ich deshalb daran, einen milderen Herrscher auf den Thron zu setzen, denn mein Einfluß war sehr groß geworden. Seit lange berieth ich auch mit den klügsten Arabern und Negern über die Möglichkeit einer Empörung. Längst wäre auch der Sultan schon ein Opfer seiner eigenen Tyrannei geworden, hätten wir nur gewußt, wen wir auf den erledigten Thron setzen sollten. Ich selbst kann nicht Sultan werden. Die Araber würden nie einem Schwarzen gehorchen, wenn sie auch einsehen, daß ich klüger bin, als sie, und mir viel Achtung bezeigen. Von den Arabern selbst aber stehen sich die Meisten so gleich, daß die Wahl außerordentlich schwer sein und Eifersucht erwecken würde. So schwankten wir hin und her. Der Unmuth wuchs mit jedem Tage, Alles war bereit, um im geeigneten Augenblicke loszubrechen. Es fehlte uns nur ein Mann, ihn auf den Thron zu setzen.

Da kamst Du, mein junger Herr, und Allah fügte es, daß Du gerade zur rechten Zeit kamst, um zur Befreiung

16

des Prinzen beizutragen. Freilich dachte ich anfangs nicht
daran, daß Du der geeignete Mann für uns seiest, denn ich
kannte Dich noch nicht genug. Der Zufall aber mit der
Prophezeihung hob bald bei mir alle anderen Bedenken. Du
kennst den ersten Theil derselben. Den zweiten will ich Dir
jetzt mittheilen. Es steht geschrieben, die Feinde würden des
Sultans Sohn rauben und ein kühner und weiser Fremdling
würde ihn retten. Dieser Fremde dann, den Allah gesendet,
würde über Bagirmi regieren und das Land glücklich machen.
Mit Blitzesschnelle verbreitete sich dieser zweite Theil der
Prophezeihung durch das ganze Land und Alle betrachteten
Dich schon als zukünftigen Herrscher. Ich unterließ natürlich
nicht, Deine Verdienste in das hellste Licht zu stellen. Die
Erzählung von Deinem Heldenmuthe gegen die Fellatah's
ging von Mund zu Mund. Der Sultan natürlich zitterte.
Er war fest entschlossen, Dich zu tödten, sobald Du ihm
seinen Sohn zurückgebracht hättest.

Du kannst Dir nun ungefähr den weiteren Verlauf der
Dinge erklären. Der Sultan sah in dem Tode seines Sohnes eine neue Möglichkeit, daß die Prophezeihung in Erfüllung gehen könne, und seine Anklage, daß Du den Prinzen
vergiftet hättest, war natürlich nur eine Erfindung. Er wollte
Dich sogleich tödten; aber ich stellte ihm vor, daß die Bagirmiten erzürnt sein würden und bat ihn zu warten. Unterdessen bereitete ich alles Nöthige vor, um im Augenblicke
der Entscheidung den Sieg für mich zu haben. Es war
meine Absicht, daß es bis zum Aeußersten kommen sollte,
um die Gemüther der Bagirmiten, die Dich bereits liebten,
noch mehr zu erbittern. Ich rechnete dabei auf Deine Standhaftigkeit. Du hast gesehen, daß ich Wort gehalten. Ich
habe Dich aus aller Gefahr befreit.

— Ja, und ich danke Dir! sagte Albert. Aber, liebster
Freund, ich kann doch nicht der Herrscher dieses Landes sein?
Ich kenne kaum die Sprache, ich verstehe überhaupt nichts

vom Regieren und ich muß Dir offen gestehen, daß ich lie=
ber Lieutenant in meinem Regiment, als hier Sultan sein
möchte.

— Was das Erste anbetrifft, so kenne ich Alles genau
und kann Dir mit Rath und That beistehen, sagte Muley.
Und was das Zweite anbetrifft — fügte er beinahe weh=
müthig hinzu — rechnest Du es für nichts, den armen
Schwarzen ein milder Vater zu sein und diese Länder auf=
zuklären, die so weit, so sehr weit gegen Euch Franken zu=
rück sind?

Das war eine Mahnung, die Albert kaum erwartet
hatte und die ihn tief ergriff. Nachdenklich saß er lange
Zeit da und überlegte. Es lag ein tiefer Sinn in den
Worten des Negers. Vater dieser armen gedrückten Men=
schenklasse — ein Träger der Civilisation in den Reichen
Sudans — das war ein Gedanke, der auch ein nicht ehr=
geiziges Herz schwellen und höher schlagen machen konnte!
Ein weites, unabsehbares Feld der Thätigkeit dehnte sich vor
Alberts Blicken aus, eine ferne, segensreiche, glückbringende
Zukunft öffnete sich ihm. Diese ganze Idee, die ihm bis
jetzt beinahe lächerlich erschienen, nahm einen ernsten, feier=
lichen und erhabenen Charakter an. Albert fühlte zum ersten
Mal die ganze heilige Pflicht, die in der Würde eines Herr=
schers, eines guten Herrschers liegt.

— Aber, Muley, sagte er dann, mein Reich kann hier
nur von kurzer Dauer sein. Wenn auch die Schwarzen mich
lieben, die Araber werden mich bald verstoßen.

— Glaube das nicht, sagte Muley. Ich kenne sie. Sie
beugen sich lieber unter der Herrschaft eines Fremden, als
eines Mannes aus ihrem Stamme. Und nun will ich Dir
noch Eins sagen. Du sollst hier nicht in Masena bleiben.
Um meinen Zweck zu erreichen, den Sultan zu stürzen, mußte
ich mich mit einem benachbarten Fürsten verbinden, der zum
Schein eine enge Freundschaft mit unserem Sultan schloß

16*

und seine Truppen hierher schickte, scheinbar, um den Sultan
zu schützen, in der That aber, um mir zu helfen. Ihm
wollen wir Masena und den kleineren Theil des Reiches
überlassen, der an das seine grenzt. Wir aber wollen uns
mehr nach dem Osten des Landes begeben, dorthin, wo es
am fruchtbarsten und schönsten ist. Dann bleiben fast alle
Araber unter der Herrschaft des neuen Sultans und wir
bilden ein abgeschlossenes Negerreich, an das sich bald alle
Negerländer bis nach Dafur und bis an den Nil anschlie=
ßen werden. Dort hast Du nichts mehr zu fürchten. Es
steht Dir frei, Einzelne von Deinen Landsleuten herbeizu=
rufen und die Sitten der Franken einzuführen. Das ist sogar
mein Wunsch.

— Ich sehe wohl, Dein Vorschlag will reiflich überlegt
sein! sagte Albert. Und doch, wenn ich Alles bedenke — es
ist unmöglich! Ich habe nicht die Kraft dazu. Ich kann es
nicht annehmen.

— Aber bedenke, daß dieses Reich jetzt glücklich ist, daß
Du es ins Elend und in den Bürgerkrieg stürzen würdest,
wenn Du Dich weigertest, das Scepter zu behalten.

— Und meine Mutter! Was würde sie sagen? flüsterte
Albert vor sich hin.

— O Herr, sie würde glücklich sein, ihren Sohn auf
einem Thron, mit einer Macht und einem Glanze bekleidet
zu sehen, deren sie ihn gewiß für würdig hält!

— Und das Andenken meines Vaters! Ein Morcerf
König in Afrika, Träger der Civilisation, ein guter Herr=
scher dieser armen Schwarzen! Es ist ein unendlicher Ge=
danke! Mulez, mein Freund, verlaß mich jetzt, ich muß
allein sein. Morgen früh sollst Du eine entscheidende Ant=
wort haben! Dank, Dank Dir, mein Freund, Du hast es
gut gemeint.

Und er drückte die Hand des Negers, der sich ehrer=
bietig entfernte.

Albert verbrachte die Nacht schlaflos, unruhig, in hasti=
gen, sich überstürzenden Gedanken. Erst gegen Morgen wurde
er ruhiger. Sein Entschluß war gefaßt. Er ging zu Iu=
dith und war überrascht, zu finden, daß ihre Wohnung sehr
freundlich eingerichtet war, eine Annehmlichkeit, die sie, wie
sie sagte, der bewundernswerthen Fürsorge Muley's zu dan=
ken habe.

— Judith, sagte der junge Mann, Judith, Du weißt,
was geschehen. Dieses Volk hat mich zu seinem König er=
nannt. Aber ich werde ein König in der Wüste sein, und
von allen Herzen, die hier schlagen, wird mir nur das Deine
ganz angehören. Judith, würde es Dir ein Opfer sein,
auch hier an meiner Seite zu leben? Sprich, noch hängt
Alles von Deiner Entscheidung ab. Sprich ein Wort und
wir verlassen dieses Land und kehren nach Europa zurück.

— Albert, sagte Judith mit dem Tone der reinsten Liebe
und hingebendsten Aufrichtigkeit, Albert, frage mich nicht so.
Wo Du bist, da ist mein Glück, meine Heimath, mein Alles.

— So sei es denn! sagte Albert. Und bist Du hier
zufrieden?

— Zufrieden? O, man betrachtet, man behandelt mich
nicht allein wie eine Königin, sondern wie eine Göttin.
Diese Araberinnen und Negerinnen sind glücklich, wenn ich
sie ansehe; sie küssen den Boden, den mein Fuß berührt.
Könnte ich mehr wünschen, wenn ich ehrgeizig wäre? Und
kann ich mehr verlangen, als den Mann, der in meinem
Herzen herrscht, auch auf dem Throne zu sehen? Sei glück=
lich, Albert, und ich werde glücklich sein!

— Gott segne Dich! sagte der junge Mann und kehrte
freudestrahlend nach seinen Gemächern zurück.

Dort erwartete ihn bereits Muley, der mit der aufrich=
tigsten Freude den Entschluß des jungen Mannes vernahm,
auf dem Thron zu bleiben. Dann erkundigte sich Albert bei
ihm, ob es möglich sei, Briefe sicher nach Tunis oder Tri=

polis gelangen zu laſſen. Muley, der die Verbindungswege
zwiſchen Binnen= und Nord=Afrika genau kannte, gab ihm
die Verſicherung, daß dies nicht nur möglich, ſondern ſogar
leicht ſei.

Albert ließ ſich alſo Feder und Dinte bringen — was
nicht ſo leicht war — und ſchrieb auf Blättern aus ſeinem
Notizbuche einen Brief an den franzöſiſchen Konſul in Tu=
nis, in welchem er denſelben bat, die einliegenden Blätter
an den Oberſten Peliſſier und an Madame Mercedes de
Morcerf in Marſeille gelangen zu laſſen.

Der Brief an den Oberſten war folgender:

„Herr Oberſt!

Zuvörderſt erſuche ich Sie mit der ſchuldigen De=
votion, mir gefälligſt meinen Abſchied zukommen zu
laſſen und denſelben an den franzöſiſchen Konſul in
Tunis zu ſenden, der mir denſelben überſchicken wird.
Umſtände, die ich Ihnen in meinem nächſten Schreiben
näher angeben werde, veranlaſſen mich zu dieſem Schritt.
Seien Sie verſichert, daß ich nie vergeſſen werde, un=
ter welchem ausgezeichneten Offizier ich gedient habe,
und daß es ſtets mein größter Stolz ſein wird, Sol=
dat in der franzöſiſchen Armee von Algerien geweſen
zu ſein.

Sie ſehen aus dieſen Zeilen, daß ich noch lebe.
Ich hoffe, ſie werden Ihnen noch vor dem Verlauf der
ſechs Monate zukommen, die ich als Friſt für die Nen=
nung meines wirklichen Namens beſtimmt hatte. Ich
bitte Sie, auch jetzt noch meinen Namen nicht zu nen=
nen. Derſelbe dürfte bald in anderen Beziehungen er=
wähnt werden. Ich verlaſſe mich in dieſer Hinſicht auf
das Wort, das Sie mir gegeben.

Ich ſchreibe dieſen Brief in Maſena, in Sudan,
im Süden des Tſad=See's. Wie ich hierher gekommen,

das, Herr Oberst, werden Sie entweder in meinem nächsten Briefe, oder von Paris aus erfahren. Hier fehlt mir sowohl die Zeit, als auch das Papier, Ihnen das Nähere mitzutheilen.

Erlauben Sie mir, Sie zu bitten, das Regiment von mir zu grüßen und zu wünschen, daß es stets der Ehre würdig sein mag, einen solchen Offizier zu besitzen.

x. x.

Albert Herrera."

Der andere Brief an seine Mutter war in folgende Worte gefaßt:

„Meine theure, meine liebe Mutter!

Du glaubst mich vielleicht todt, aber Du siehst jetzt, daß ich lebe! Du glaubst mich vielleicht unglücklich, aber ich bin reicher mit Glücksgütern gesegnet, als die meisten der anderen Sterblichen, denn ich bin König in einem mächtigen Reiche Afrika's. Du glaubst mich vielleicht arm an Liebe und Freundschaft. Aber ich habe an meiner Seite das Weib, das mich zum Glücklichsten der Menschen macht, ein Weib, das ich verehre, wie nur Dich, meine Mutter!

Ich schreibe in Räthseln. Aber die Auflösung kann ich Dir erst später geben. Darf ich den Wunsch aussprechen, Dich hier zu sehen? Darf ich hoffen, daß Du kommen wirst? Ja, ich hoffe! Du sollst Deinen Sohn im Glücke sehen, Du sollst sehen, wie er den Namen seines Vaters glorreich wieder herstellt.

Liebe Mutter! Ein nächster und ausführlicherer Brief soll bald folgen. Jetzt wollte ich Dich nur benachrichtigen, daß ich lebe! denn vielleicht sind Gerüchte über meinen Tod zu Deinen Ohren gekommen! Dir zu sagen, wo ich bin, würde Dir wenig helfen, denn Du

kennst den Ort nicht. Mein nächster Brief aber wird
Dir Alles sagen!

Lebe wohl, meine Mutter, und bereite Dich auf
eine lange und weite Reise vor, an deren Ziel Dich
Dein glücklicher Sohn erwartet.

Albert."

Die Briefe wurden verpackt und versiegelt. Muley
garantirte dafür, daß sie sicher abgeliefert werden würden.
Er sagte, daß er oft nach Tunis oder Tripolis um Waaren
und Werkzeuge geschrieben, und Alles richtig erhalten habe.

Dann stieg der neue Sultan auf ein herrliches Pferd
und begann den ersten Ritt durch sein Reich. Muley ritt
an seiner Seite. Wieder überall derselbe Empfang, wieder
derselbe Jubel der Araber, überall dieselben glücklichen Gesichter der Schwarzen. Albert fühlte in der That sein Herz
schwellen. Der geliebte Herrscher eines glücklichen Volkes —
es war doch ein großer, vielleicht der größte Gedanke!

— Gott gebe mir Kraft! sagte er, und stolz und freudig
schweifte sein Blick über die herrliche Gegend.

Morrel oder Rablasy?

— Ich ermahne Sie, Angeklagter, uns die volle Wahrheit zu sagen, und mache Sie darauf aufmerksam, daß Ihr
Leugnen die Strafe nur verstärken wird!

Mit diesen Worten begann der Präsident des kleinen
Gerichtshofes, vor dem sich Maximilian Morrel befand, sein
Verhör. Dann fügte er hinzu:

— Ihr Name, Angeklagter?

— Maximilian Morrel! erwiederte der Kapitän, dessen
Gesicht sehr bleich und traurig, dessen Aussehen sehr verwil-
dert war und der noch eine Binde um den Kopf trug.

— Sie beharren also bei Ihrem Leugnen. Desto schlimmer für Sie!

— Aber welchen Namen soll ich Ihnen denn angeben? rief Max verzweifelnd. Ich habe keinen andern, ich weiß keinen andern. Ich habe in der Voruntersuchung Alles genau angegeben. Wie ich dazu gekommen, die Jacke mit der Nummer 36 zu tragen, weiß ich nicht. Irgend ein Verbrecher muß mich durch einen Schlag betäubt und mich mit dieser Jacke bekleidet haben, um den Verdacht von sich abzuwälzen. Ich hoffe, der Gerichtshof hat meinem Wunsche genügt und sich die nöthigen Aufklärungen von dem Staats-Anwalt, Herrn Franck-Carré, erbeten.

— Dies ist natürlich geschehen, erwiederte der Präsident. Herr Franck-Carré ist jedoch noch immer sehr krank und hat nur im Allgemeinen aussagen können, daß er sich nur sehr dunkel auf die Ereignisse jener Nacht besinnen könne. Wenn Sie aber wirklich der Kapitän Morrel wären, so sei es eine Kleinigkeit für Sie, Ihre Identität mit dieser Person zu konstatiren. Sie dürften dann nur den Namen des Mannes angeben, nach dem der Herr Staats-Anwalt Sie so oft gefragt. Wollen Sie das thun? Es wäre dies allerdings sehr wichtig für Sie!

— Herr Franck-Carré hat also trotz seiner Krankheit diese Angelegenheit nicht vergessen! sagte der Kapitän bitter. Und wenn ich den Namen nicht nenne?

— So wäre dies ein neuer Beweis, daß Sie Etienne Rablasy und nicht Kapitän Morrel sind.

— Und wenn ich Etienne Rablasy wäre, was würde dann mit mir geschehen?

— Sie würden die Strafe für Ihre Verbrechen erleiden und diese wäre keine geringere, als der Tod!

Max beugte den Kopf und sein blasses Gesicht verrieth durch seine qualverzogenen Mienen, einen wie schweren und bitteren Kampf er in seinem Innern durchkämpfe. Einmal

erhob er den Kopf mit einer Miene, als wolle er das Ge=
ständniß machen. Dann senkte er ihn wieder.

— Ich werde den Namen nicht nennen! sagte er end=
lich mit fester Stimme. Die Gerechtigkeit mag ihren Lauf
nehmen und Gott verzeihe es den französischen Richtern,
wenn sie den Schuldigen nicht von dem Unschuldigen zu
unterscheiden vermögen. Weshalb ist mein Wunsch nicht
erfüllt worden? Weshalb hat man meine Frau nicht zu
mir geführt? Sie würde mich auf der Stelle erkannt ha=
ben! Ich frage den Herrn Präsidenten, weshalb man das
nicht gethan?

— Sehr einfach deshalb nicht, weil es nicht in unserer
Absicht liegen konnte, einem so schweren und so verschmitzten
Verbrecher Gelegenheit zu geben, mit irgend einer Person
eine Unterredung zu haben, antwortete der Präsident. Außer=
dem liegt noch ein anderer Grund vor. Wir haben bei
Madame Morrel anfragen lassen, ob sie wisse, wo sich ihr
Mann befinde, und da sie darüber jede Auskunft verweigerte,
so haben wir bei ihr vor acht Tagen eine Haussuchung vor=
nehmen lassen.

— Sehr edel! Bei einer Frau ohne allen Schutz! mur=
melte Max bitter vor sich hin.

— Bei dieser Haussuchung ist ein Billet gefunden wor=
den, folgenden Inhalts: fuhr der Präsident fort. Ich werde
es Ihnen vorlesen, Angeklagter!

„Meine liebe Frau! Sei unbesorgt um mein Schick=
sal! Es ist mir gelungen, glücklich zu entfliehen. Be=
reite Dich vor, mir zu folgen. Ich werde Dir von
London, oder von einem anderen Orte aus Nachricht
geben.

Max Morrel.“

Der Kapitän starrte den Präsidenten an und schien nicht
zu wissen, ob er recht gehört.

— Unterzeichnet mit meinem Namen? sagte er dann

und faßte sich an die Stirn. Ich habe nie ein solches Billet geschrieben, nie! Lassen Sie mich die Handschrift sehen!

Die Gerichtsdiener überreichten das Billet dem Angeklagten.

— Die Handschrift hat Aehnlichkeit mit der meinigen, ist aber nicht dieselbe! sagte dieser mit unsicherer Stimme. Mein Namenszug ist ein anderer. Diese Handschrift ist nachgemacht! Mein Gott, wer kann einen solchen Betrug und zu welchem Zwecke verübt haben?

Er ließ das Billet fallen und versank in eine düstere Träumerei. Während dessen verlasen die Beamten einige Aktenstücke und der Anwalt des Staates, sowie der offizielle Vertheidiger des Angeklagten wechselten einige Worte mit einander.

— Angeklagter! sagte der Präsident dann. Der Gerichtshof hat die Ueberzeugung von Ihrer Schuld gewonnen! Sie sind überführt, während eines Zeitraums von drei Jahren unter verschiedenen Namen und unter verschiedenen Verkleidungen in der Provence und Dauphinée eine Reihe von Mordthaten, Raubanfällen und Diebstählen begangen zu haben, entweder allein, oder mit einer Schaar von Spießgesellen. Sie sind ferner überwiesen, sich bei Ihrer Gefangennehmung den Dienern der Obrigkeit widersetzt und zwei Gensd'armen getödtet zu haben. Auch lastet der Verdacht auf Ihnen, der Mörder des Gefängnißwärters und Schließers Ballard zu sein. Jedes von diesen Verbrechen allein würde den Tod verdienen. Der Gerichtshof wird nur noch unter Zuziehung der resp. Behörden darüber zu berathen haben, welche Art der Todesstrafe au Ihnen zu vollstrecken sein wird. Bereuen Sie also Ihre Verbrechen und tilgen Sie einen Theil Ihrer Schuld durch ein offenes und reuiges Bekenntniß. Wir werden Ihnen den Diener der Kirche senden, um Ihr Herz zu erweichen. Und möge Gott Ihnen gnädig sein!

Bei diesen Worten, die mit erhobener Stimme gesprochen wurden, hatte Morrel wieder aufgeblickt. Er vernahm sie wie ein Träumender und schüttelte verwirrt den Kopf.

— Meine Herren, sagte er dann, ja, Gott wird mir gnädig sein! Aber mögen auch Sie seine Gnade anrufen, wenn Sie einen Unschuldigen verdammen. Noch einmal erkläre ich feierlich und rufe Gott zum Zeugen an, daß mein Name Morrel und nicht Rablasy ist und daß ich an den Verbrechen, deren Sie mich beschuldigen, keinen Antheil habe. Das Weitere überlasse ich der Barmherzigkeit Gottes!

Als er sich erhoben hatte und ehe man ihn in seine Zelle zurückführte, wurden ihm Ketten angelegt. Der Kapitän ließ es mit großer Ruhe geschehen. Er war in einem Zustande der Betäubung, der es ihm nicht einmal erlaubte, seine Lage klar einzusehen. Ermattet durch das Wundfieber, das lange angehalten, geschwächt durch die Luft und die Kost des Gefängnisses, war er krank an Leib und Seele. Er dachte zwar noch nicht an den Tod, aber jene Hoffnung auf Ruhe und Erleichterung hatte etwas Tröstendes für ihn.

Nur zuweilen schüttelte es ihn wie Fieber und eine wahnsinnige Wuth ergriff ihn. Dies geschah, wenn er an Valentine und sein Kind dachte. Dann schüttelte er seine Ketten und sah mit ohnmächtiger Wuth empor nach dem starken Gitter des Fensters. Freilich kannte Valentine seine Lage nicht einmal. Wenn derselbe Verbrecher, der ihm jenen Streich versetzt, später unter Morrels Namen an sie geschrieben und ihr die Versicherung gegeben, daß er glücklich geflohen — so mußte sie glauben, ihr Mann sei in Sicherheit und erwartete wahrscheinlich täglich weitere Nachrichten von ihm. In gewisser Hinsicht war dies ein Trost für ihn. Valentine kannte wenigstens nicht die ganze schreckliche Wahrheit. Aber wenn diese Nachrichten nie kamen! Wenn er nun todt war? Wenn sie ewig vergeblich wartete? —

Fast eben so groß war sein Ingrimm, wenn er daran

dachte, daß er an der Stelle eines gemeinen Verbrechers, eines Mörders und Räubers sterben solle. Konnte es ein gräßlicheres Loos geben für einen Mann, dessen größter Schatz von jeher eine unbefleckte Ehre gewesen war? Früher, als er noch als politisch Angeklagter der Strafe entgegen sah, hatte noch etwas Tröstendes für ihn in dem Gedanken gelegen, daß er für seinen Beschützer Monte=Christo und für einen Prinzen leide, dessen Familie in dem Hause Morrel fast abgöttisch verehrt wurde. Aber jetzt das Haupt unter die Guillotine legen, wegen einer Verwechselung mit einem gemeinen Verbrecher, darüber konnte ein Mann von Ehre wahnsinnig werden.

Vielleicht zum Glück für ihn waren seine körperlichen und geistigen Kräfte ermattet. Bei voller und klarer Ueber= legung würde der Wahnsinn vielleicht wirklich sein Loos ge= wesen sein. Jetzt befand er sich gewöhnlich in einem Zu= stande der Betäubung und dumpfen Hinbrütens. Er empfing den Priester, den man ihm sandte, mit großer Ruhe, hörte ihm auch geduldig zu, gab ihm dann aber immer wieder die Versicherung, daß er sich aller dieser Verbrechen nicht schul= dig gemacht habe, also auch keine Reue darüber empfinden könne, so daß der Mann der Kirche, der wahrscheinlich ge= hofft hatte, ein vollständiges Bekenntniß zu erzielen, endlich seine Besuche aufgab und erklärte, daß ihm nie ein verstock= terer Bösewicht vorgekommen sei — ein Zeugniß, das eben= falls nicht zu Morrels Gunsten sprach.

Dennoch gab es Jemand, der bemüht war, den Un= glücklichen zu retten, wenn auch nur aus juristischen Grün= den. Einer von den Richtern — fast immer im Widerspruch mit seinen Kollegen — war fest von der Unschuld des An= geklagten überzeugt und suchte die Beweise dafür zu sam= meln. Er that es mit großem Scharfsinn. Fürs Erste wies er nach, daß in jener Nacht bei dem Brande vier Personen geflohen seien: Herr Franck=Carré, ein unbekannter Herr,

den der Staats-Anwalt nicht zu kennen vorgab und den er
bei einer Unterredung mit Morrel überrascht hatte, endlich
jener Morrel selbst und der Verbrecher Rablasy. Es handelte sich also darum, wer wirklich entflohen sei, Rablasy
oder Morrel.

Der Jurist wies nach, daß ein so verwegener Verbrecher, wie Rablasy, gewiß die günstige Gelegenheit, die ihm
dieses Ereigniß darbot, nicht unbenutzt habe lassen können,
zu entfliehen. Nach dem Zeugniß Franck-Carré's sei er der
Erste unten gewesen. Da er aber voraussichtlich in seiner
Sträflingsjacke bald wieder festgenommen worden sein würde,
so habe er an eine Gelegenheit denken müssen, sich einen anderen Anzug zu verschaffen. Als also Morrel, der zuletzt das
Seil ergriff, unten angelangt sei, habe er ihn durch einen
Schlag mit einer eisernen Stange — wahrscheinlich aus einem
Gitter — betäubt, den Bewußtlosen seines Rockes entkleidet
und ihm dafür die Sträflingsjacke angezogen. Ferner sei es
ihm, da er in dem Rocke wahrscheinlich die Brieftasche des
Kapitäns gefunden, ein Leichtes gewesen, die Handschrift
desselben nachzuahmen und an Madame Morrel zu schreiben.
Dadurch hatte er den Zweck erreicht, eine Konfrontation der
Gattin mit ihrem Manne zu verhindern, die Erstere glauben
zu machen, daß ihr Mann geflohen sei, und auf diese Weise
Nachforschungen nach ihm (Rablasy) selbst, zu verhindern.

Die Beweise stimmten, wie der Leser weiß, mit der
Wahrheit vollkommen überein, und es war seltsam genug,
daß sie nicht schon früher Eindruck auf die Richter gemacht
hatten. Diese aber waren überzeugt, daß Rablasy noch in
ihrer Gewalt sei und wollten um keinen Preis die Gelegenheit verlieren, einen so berüchtigten Verbrecher zu verurtheilen. Sie wiesen deshalb jene Beweisführung als bloße Vermuthungen ab.

Der Jurist jedoch, erbittert durch die Hartnäckigkeit seiner Kollegen, blieb dabei nicht stehen. Zuerst versuchte er

es, Madame Morrel zu sprechen. Diese aber, wahrschein=
lich von der Flucht ihres Mannes überzeugt und besorgt,
daß die Juristen etwas von seinem Schicksal erfahren woll=
ten, ließ ihn gar nicht vor. Emanuel, ihr Schwager, hatte
ihr ein für alle Mal abgerathen, etwas mit den Juristen zu
thun zu haben.

Der freiwillige Vertheidiger Morrels mußte sich also
auf andere Gründe beschränken. Leider war Vallard, der
Schließer, der allein den Gefangenen genau kannte, todt.
Der Jurist machte aber darauf aufmerksam, daß das Bein=
kleid Morrels nicht das der Sträflinge sei, wie es Rablasy
doch gewiß getragen hatte. Ferner war das Gilet und die
Wäsche desselben feiner, als man es bei Rablasy vermuthen
durfte. Auch war der Dialekt des Angeklagten nicht der=
jenige der Provençalen, und Rablasy stammte aus der Pro=
vence. Er setzte es endlich durch, daß er zum offiziellen Ver=
theidiger des Angeklagten bestimmt wurde. In seiner Ehre
angegriffen und darauf piquirt, seine Ansicht durchzufechten,
selbst vielleicht kaum von der Richtigkeit seiner Behauptungen
überzeugt, wurde er auf diese Weise der Retter Morrels.

Von solchen Kleinigkeiten hängt oft das Leben eines
Menschen ab! Er hatte auch einige Unterredungen mit
Morrel und in einer derselben bat er den Kapitän, ihm den
Namen jenes Mannes zu nennen, den Franck=Carré bei ihm
in der Zelle angetroffen, da derselbe als ein Hauptentlastungs=
zeuge dienen könne. Leider mußte ihm Morrel gestehen, daß
er den Namen jenes Mannes nicht kenne und daß derselbe
ihm nur gesagt, er werde sich unter dem Namen Dupont
nach ihm erkundigen. Der Jurist sah sich also genöthigt,
seine Hoffnungen in dieser Beziehung aufzugeben.

Auch dem Leser mag es vielleicht seltsam erscheinen, daß
weder Monte=Christo, noch sein Freund in Paris genauere
Erkundigungen in dieser Angelegenheit anstellten. Aber erstens
wurde der Prozeß sehr rasch geführt und zweitens war je=

ner angebliche Dupont überzeugt, daß Morrel in jener Nacht
zugleich mit ihm entflohen sei. Er hatte durch seine Kundschafter erfahren, daß Madame Morrel jenes Billet erhalten,
und war nun seiner Sache vollständig gewiß. Bald darauf
verließ er auch Paris.

Dennoch war es den Bemühungen des Juristen gelungen, die Ueberzeugung seiner Kollegen zu erschüttern und
einen Aufschub des Todesurtheils zu bewirken. Die Mehrzahl hielt zwar immer noch dafür, daß der Angeklagte wirklich jener Rablaſy sei und nur alle Mittel der Verstellung
aufbiete, sich zu retten. Die Möglichkeit eines Irrthums
war jedoch vorhanden und der angebliche Rablaſy wurde
zu lebenslänglicher Zuchthausstrafe begnadigt.

Um diese Zeit war Morrels Geist so gebrochen, daß er
an einer tiefen Melancholie litt, die allmählich in eine wirkliche Krankheit des Geistes überzugehen drohte. Er ließ also
Alles ruhig mit sich geschehen, und da die Gefängnisse in
Paris überfüllt waren, so gehörte er zu denen, die nach
einem Zuchthause in der Provinz transportirt wurden.

Während dieses Zuges machte der Transport der Verbrecher auch in der Schenke eines armseligen Dorfes Halt.
Ein Agent der republikanischen Partei wußte dort den Gefangenen einige jener politischen Flugschriften in die Hände
zu spielen, die gegen die Regierung Ludwig Philipps gerichtet waren und schon damals darauf hinzielten, den Thron
dieses Königs zu stürzen. Daß sich die Republikaner dabei
auch an die Verbrecher wandten, läßt sich leicht erklären.
Sie wandten sich an Jeden, der sie hören und ihre Schrif-
ten lesen wollte.

Auch dem Kapitän schob man das Blatt zu und nachdem er es, während die Gensd'armen plauderten und zech-
ten, lange in der Hand gehalten, ohne darauf zu achten,
ließ er endlich seine Augen über die Zeilen gleiten und mit
all' der Ueberraschung, deren sein geschwächter Geist damals

noch fähig war, erkannte er seinen Namen. Er las nun das Folgende:

„Wir haben den Bürgern Frankreichs einen neuen und schmachvollen Beweis dafür mitzutheilen, wie die Gerechtigkeitspflege in unserem Vaterlande gehandhabt wird. Die Gesetze versprechen uns Oeffentlichkeit des Gerichtsverfahrens. Folgende Thatsachen aber, die wir den Lesern verbürgen können, mögen das Volk darüber aufklären, wie dieses Gesetz von den Leuten befolgt wird, die jetzt die Regierung in Händen haben.

Unter den bei dem Attentat von Boulogne Betheiligten befand sich auch der Kapitän Morrel, früher Offizier der Armee. Aus gewissen Gründen und wahrscheinlich, weil man seine Aussagen fürchtete, stellte man ihn nicht vor den Pairshof, sondern hielt ihn in Einzelnhaft und machte ihm im Geheimen den Prozeß. Kapitän Morrel verschwand, und ohne einen merkwürdigen Zufall würde die Welt nie etwas über sein Schicksal erfahren haben.

Vor einiger Zeit erhielt Madame Morrel einen Brief, in welchem ihr Gatte ihr schrieb, daß er glücklich gerettet sei und ihr bald weitere Nachrichten geben werde. Einige Wochen darauf folgte diesem Briefe ein zweiter, in welchem Madame Morrel von ihrem Gatten — wie sie wenigstens glaubte — aufgefordert wurde, sich nach Straßburg zu begeben, wo sie weitere Mittheilungen empfangen würde. Die junge Frau, unglücklich über das Verschwinden ihres Mannes und sehnsuchtsvoll dem Augenblick ihrer Vereinigung entgegensehend, begab sich allein und nur vor einem alten Diener begleitet, mit ihrem Kinde nach Straßburg. Ihr Schwager konnte sie nicht begleiten, da er jeden Augenblick die Niederkunft seiner Frau erwartete. Von Straßburg schrieb Madame Morrel, daß sie dort von einem Herrn empfangen worden sei, der es übernommen habe, sie zu ihrem Gatten zu führen, dessen Aufenthalt sie noch nicht wußte. Drei

580

Wochen später erhielt Herr Emanuel Herbault jedoch folgenden Brief, datirt aus Berlin, den wir selbst gesehen haben, den wir dem Leser wörtlich mittheilen und den wir für sich selbst sprechen lassen wollen.

„Mein lieber Schwager, meine liebe Julie!

Jetzt, nach zwei Tagen endlich, finde ich Worte, um Euch meinen Schmerz mitzutheilen, meine Lage zu schildern. Sie ist entsetzlich. Ich weiß nicht mehr, ob ich lebe. Ich bin der Verzweiflung, dem Wahnsinn nahe. Dennoch will ich versuchen, Euch zu schildern, was mir widerfahren. Weint mit mir, und wenn Ihr könnt, eilt zu mir!

Der Herr, der mich in Straßburg empfing, war sehr höflich gegen mich, aber auch sehr schweigsam und wie es schien, sehr traurig. Er sagte mir, daß er mir nichts Genaues über das Schicksal meines Mannes angeben könne, daß er jedoch ein alter Freund desselben sei und von ihm den Auftrag erhalten habe, mich nach Berlin zu führen.

Mir war bange bei dem Gedanken, in ein fernes Land zu reisen, mit einem Manne, den ich nicht kannte. Aber der Wunsch, Mar wiederzusehen, stegte über alles Andere. Mein Begleiter zeigte sich übrigens sehr rücksichtsvoll gegen mich.

Als ich hier ankam, war bereits eine Privatwohnung für mich eingerichtet, in der ich abstieg. Ich erwartete, Mar sogleich zu sehen. Aber ich irrte mich. Ich blieb sogar noch einen ganzen Tag in meiner Wohnung allein. Vorgestern jedoch erschien ein Herr, der mich mit ernster und feierlicher Miene grüßte. Was er mir sagte — ich will es versuchen, Euch kurz und so gut es mir noch erinnerlich, zu wiederholen. Gott gebe mir Kraft dazu.

Madame — sagte er — ich komme zu Ihnen, um eine ernste und traurige Pflicht zu erfüllen. Sie haben Ihren Gatten seit längerer Zeit nicht gesehen. Bereiten Sie sich darauf vor, ihn noch länger zu vermissen — ihn vielleicht nie wiedersehen!

Mir erstarrte das Blut in den Adern, aber ich hatte die Kraft, ihn bis zu Ende zu hören.

Ich war ein Genosse Ihres Mannes, fuhr er dann fort. Wir waren in demselben Gefängniß und wegen derselben Angelegenheit — Sie wissen welche — gefangen. Unsere Zellen lagen neben einander und wir machten es möglich, mit einander zu korrespondiren. Anfangs beriethen wir über einen Fluchtversuch, sahen dann aber ein, daß ein solcher unmöglich sei, und schlossen nun ein Freundschaftsbündniß, das so fest und innig wurde, wie es unter solchen Verhältnissen möglich war. Ich lernte Ihren Gatten achten und lieben und auch er, glaube ich, gewann mich lieb. Sie werden dies aus dem Folgenden ersehen. Was er mir mittheilte, konnte er nur einem guten Freunde mittheilen.

Eines Tages, nachdem er, wie ich merkte, längere Zeit aus seiner Zelle abwesend gewesen, klopfte er an die Wand und sagte mir durch die Oeffnung, die wir gemacht, Folgendes: Lieber Charles, man hat mir heut angekündigt, daß ich morgen sterben soll, wenn ich der Regierung nicht die Mittheilungen mache, die ich weder machen kann, noch will. Ich werde also sterben. Ich bin darauf gefaßt. Ich denke nur an mein Weib und mein Kind. Da aber im besten Falle ewiges Gefängniß mein Loos wäre, so ist mir auch der Tod willkommen. Ich hoffe, daß es Dir gelingen wird, die Freiheit zu erlangen. Dann vergiß mich nicht und erfülle meine letzte Bitte. Sage meiner Frau, daß ich

17*

sie bis zum letzten Augenblick geliebt habe, und daß
ich hoffe, sie wird unser Kind im Andenken seines
Vaters erziehen. Sage ihr, daß ich bei meinem Tode
nur sie und mein Kind bedauere. Versprich mir aber
noch Eins. Melde ihr meinen Tod nicht plötzlich.
Das würde auch sie tödten und dann wäre mein armes
Kind eine Waise. Melde ihr diese Nachricht so scho=
nend und langsam, auch so spät als möglich. Laß
sie hoffen, daß sie mich noch wiedersehen wird, und
gewöhne sie erst allmählich an den Gedanken, daß ich
todt sein könnte. Versprich mir das! Sei auch mei=
nem Kinde ein Vater, wenn es Dir die Verhältnisse
erlauben, in seiner Nähe zu sein. Am liebsten wäre
es mir, wenn es nicht in Frankreich erzogen würde
und wenn auch Valentine dieses Land verließe, das
ich jetzt hasse. Versprich mir das!

Er sagte noch mehr. Ich versprach ihm Alles,
obgleich ich noch nicht an seinen Tod glaubte. Am
folgenden Morgen jedoch führte man mich in einen
Saal des Gefängnisses, in welchem die Guillotine stand.
Mit mir zugleich waren zwei andere Männer anwe=
send, von denen ich wußte, daß sie Theilnehmer an
dem Attentat von Boulogne gewesen. Bald darauf
erschien auch Morrel. Er war ruhig und gefaßt. Mich
grüßte er mit einem freundlichen Blicke, erklärte dann
den Beamten, daß er auf eine ungerechte Weise leide
und sterbe, und mit dem Rufe: Es lebe Napoleon!
Grüße Valentine! legte er sein Haupt unter das Beil
und starb! —

Mir gelang es zu fliehen, Madame, und das
Weitere wissen Sie. Ich floh nach Deutschland und
mein einziger Gedanke war, den Wunsch meines todten
Freundes zu erfüllen. Ich habe es gethan, so viel es
in meinen Kräften stand — — —

Ach, Emanuel, Julie — ich kann nicht weiter! Ich bin zu elend, zu unglücklich! Mar todt und mit ihm all mein Glück! Bittet zu Gott für mich! Bittet!

Valentine."

Wir haben diesem erschütternden Briefe nichts hinzuzufügen. Die Regierung mag versuchen, sich von dieser Anklage zu reinigen. Es wird ihr nicht gelingen. Das französische Volk aber weiß jetzt, wie seine Gesetze gehandhabt werden ꝛc. ꝛc." — — — — — — — —

Des Kapitäns Augen irrten über diese Zeilen und sein geschwächter Geist versuchte vergebens, einen Anhaltspunkt in dem Chaos wirrer Gedanken zu finden, das sein Gehirn durchkreuzte. Er sollte todt sein? Valentine in Berlin! Wer war der Freund, der sich ihrer annahm? War dies eine Verwechselung oder ein Betrug?

Der Kapitän konnte es nicht errathen. Er ließ das Blatt fallen, und als die Gensd'armen zum Aufbruch mahnten und seine Gefährten mit ihm sprachen, stieß er nichts als verworrene Worte aus, die von den rohen Leuten mit Gelächter aufgenommen wurden. Natürlich hielt man diesen Wahnsinn für Verstellung und der Kapitän wurde in das Zuchthaus abgeliefert, nach dem er bestimmt war. Erst dort stellte sich durch das Gutachten der Aerzte heraus, daß er wirklich wahnsinnig oder wenigstens geistesschwach sei, und er wurde nach einer Irren-Anstalt in der Provinz gebracht.

Was jenen Artikel anbetraf, so erschien bald darauf in einem Regierungsblatte eine Widerlegung desselben, in welcher behauptet wurde, daß der Kapitän Morrel in jener Nacht bei dem Brande entflohen sei. Jedem Einzelnen blieb es natürlich unbenommen, zu glauben, was er wollte, und die Anklage der Republikaner, oder die Entschuldigung der Regierung für wahr anzunehmen.

Aber dieser Artikel hatte wenigstens das Gute, daß er
die geheimen Freunde Morrels, an denen jene Beschuldigung
der Republikaner wahrscheinlich unbemerkt vorüber gegangen
war, auf das Schicksal des Kapitäns aufmerksam machte.
Sie begannen auf's Neue ihre Nachforschungen, deren Re=
sultat sich später herausstellen wird.

Die Gesellschaft der Selbstmörder.

Don Lotario's Umgang in Paris war ein guter, in ge=
wissem Sinne sogar ein gewählter gewesen. In London hatte
sich das geändert. Don Lotario war um viele, viele Stufen
herabgestiegen. Er mußte sogar geheim halten, welche Ge=
sellschaften er besuchte, weil er sonst kaum in einer anderen
geduldet worden wäre.

Und der Grund, aus dem ein von der Natur so be=
gabter Mensch so tief sinken konnte? Die Liebe, die unglück=
liche Liebe, dieselbe, die aus Jenem einen Helden, aus Diesem
einen Dichter, aus einem Anderen einen Schurken, aus dem
Vierten einen Selbstmörder schuf!

Don Lotario war in einer Stimmung, in der ihm die
Welt vollkommen gleichgültig war, aus Paris abgereist. Er
hatte kein anderes Gefühl in seinem Herzen, als daß ihn
Therese, der Graf, der Abbé betrogen hätten und daß er
namenlos elend sei. Selbst Lord Hope zürnte er. Denn
war nicht dieser der Urheber all seines Unglücks?

Der junge Spanier fand weder in dem Zwange einer
unerbittlichen Beschäftigung, weder in der Sorge für Andere,
noch endlich in der Leichtfertigkeit seines eigenen Gemüthes
einen Ableiter für die Qualen, die ihn durchzuckten. Er war
reich, selbstständig, allein auf sich angewiesen und von Natur
mit einem Herzen begabt, das alle Schmerzen tief empfand.

So konnte er also das Fieber des Unglücks frei in seinem Herzen walten lassen. Keine andere Sorge, keine andere Qual verdrängte dasselbe. Er war allein mit der Hölle in seinem Busen.

Die Welt und Alles, woran der Mensch hängt, war ihm nicht blos gleichgültig, sondern sogar zuwider. Welchen Reiz hatte das Leben auch für ihn, wenn Therese es nicht verschönerte? Sich von ihr mit gleichgültigem Auge betrachtet, vielleicht einen Anderen sich vorgezogen zu wissen — das war es, was an seinem Herzen nagte und ihn folterte, was seine Lippen zittern und sein Auge starr machte, so daß seine Reisegefährten scheu vor ihm zurückwichen. Er empfand sogar das Bedürfniß, sich zu rächen — aber an wem? An der Welt? — das war ein weiter Begriff. An Therese — das wäre kleinlich gewesen. Genug, er war so unglücklich, wie nur je ein junger Mensch von ungefähr zwanzig Jahren, der unglücklich liebt. Sein Schmerz war wahrhaft und groß, die Aeußerungen desselben aber waren thöricht und kindisch. Leiden sollen den Mann reifen, nicht erniedrigen.

In London angekommen, ging er zum Banquier, ließ sich eine bedeutende Summe geben und beschloß, sich in den Strudel der größten Stadt der Welt zu stürzen, nicht um sein Unglück zu vergessen — denn das konnte er nicht, sondern nur wie ein Verzweifelnder alle Gefahren desselben kennen zu lernen — ähnlich, wie Einer, der unsterblich ist, sich in alle Todesgefahren stürzt und alle Todesqualen durchkostet mit dem Bewußtsein, doch nicht sterben zu können.

Er machte keinen Besuch bei den Personen, an die er empfohlen war. Er wollte nichts mehr von dem wissen, was mit seinem früheren Leben in Zusammenhang stand. Auf eigene Hand, nur sich selbst überlassen, wollte er seine nutzlosen Tage hinbringen. Die Erinnerung des Abbé Laguidais, daß er ein tüchtiger Mann werden müsse, wenn er nach Theresens Gunst streben wolle, war ihm nicht mehr in

den Sinn gekommen; die Ermahnungen des Lords, die Ver=
sicherungen, die er demselben gegeben, waren vergessen. Lo=
tario kannte nur seinen Schmerz.

So stand er eines Abends in einem Spielhause, in das
ihn ein zufällig gefundener Bekannter, von dessen Wesen er
weiter nichts mußte, geführt. Er spielte hoch und mit solcher
Gleichgültigkeit, mit einer so eisernen Ruhe und Verachtung,
daß er selbst den kalten Engländern auffiel. Das Glück
war ihm sehr günstig. Zehntausend Pfund, seinen ganzen
Gewinn, setzte er gegen die Bank — und verlor. Ruhig,
als wäre nichts geschehen — nicht mit der tödtlichen Ruhe
des Verzweifelnden, nicht mit dem zitternden Lächeln dessen,
der sein Unglück verbergen will — sondern mit der voll=
kommensten Ruhe des Gentleman, der zehn Pfund verloren
hat, ging Lotario vom Spieltisch fort, setzte sich an einen
Tisch, bestellte ein reichliches Souper und speiste mit einer
so vollkommenen Seelenruhe, als wäre nichts geschehen.

— Sind Sie ein Engländer? fragte Jemand, der sich
neben ihn gesetzt hatte.

— Nein, mein Herr, antwortete Lotario, ihn kaum eines
Blickes würdigend.

— Nun, Sie sind würdig, es zu sein! sagte sein Nachbar.

Der junge Spanier konnte ein Lächeln über diese Ar=
roganz nicht unterdrücken.

— Wieso? fragte er. Müssen andere Menschen beson=
dere Verdienste besitzen, um auf der Höhe eines Engländers
zu stehen? Ich meinestheils finde nicht viel Beneidenswer=
thes an Ihren Landsleuten.

— Wie Sie wollen! sagte der Engländer. Ich meinte
nur, daß Ihre Kaltblütigkeit selbst von der eines Engländers
nicht übertroffen werden kann, und das will viel sagen!

— Pah! sagte Don Lotario verächtlich. Kaltblütigkeit?
Wegen einer Summe von zehntausend Pfund? Ich hätte die
Engländer nicht für so kleinlich gehalten, Gewicht darauf zu

legen. Mir meinerseits wären zwanzigtausend Pfund ebenso
gleichgültig gewesen — selbst das Leben!

— Selbst das Leben? wiederholte der Engländer auf=
merksam. Ist Ihnen das so gleichgültig?

— Vollkommen, gleichgültig, erwiederte der Spanier.
Wenn Jemand Muth und Lust genug hätte, es mir zu neh=
men, und wenn er auch nur eine Kleinigkeit dagegen ein=
setzte, so würde ich es hingeben.

— Goddam! rief der Engländer, Sie sind werth, einer
der Unseren, zu sein.

Don Lotario mußte abermals lächeln, doch sah er sich
seinen Nachbar genauer an. Es war ein langer, blonder
Mann, fast nur Haut und Knochen. Man sah die Adern
durch die Haut schimmern. Gekleidet war er auf die feinste
und modernste Weise und sein Aussehen und seine Manieren
verriethen den vollkommenen Gentleman. Uebrigens war das
Don Lotario gleichgültig.

— Einer der Unseren? fragte er. Wie soll ich das
verstehen? Meinen Sie wieder, ein Engländer zu sein?

— Nein, dieses Mal mehr! erwiederte sein Nachbar
mit gedämpfter Stimme. Ich meine ein Engländer par ex-
cellence, ein Mitglied unserer Gesellschaft, der besten in ganz
England.

— Hm! Und welche ist das, wenn ich fragen darf?
meinte Don Lotario.

— Das kann ich Ihnen hier nicht sagen, flüsterte der
Engländer. Aber wollen Sie mitkommen? Sie werden eine
Gesellschaft von Leuten finden, von denen Jeder für das
Leben nicht mehr giebt, als für eine Eierschale. Und daß
Sie werth sind, einer der Unseren zu sein, das habe ich
heut Abend gesehen — vorausgesetzt, daß Sie nicht etwa
enorm reich sind.

— Reich? Nein! Nach englischen Begriffen habe ich
kaum ein Vermögen.

— Gut, um so besser! Dann kommen Sie, sagte der
Engländer. Hier ist meine Karte und ich verlange Ihr
Wort als Gentleman, daß Sie nichts ausplaudern, falls
die Statuten unserer Gesellschaft Ihnen nicht zusagen sollten.

Don Lotario nahm die Karte und warf einen flüchtigen
Blick darauf. Er las den Namen Lord Bilser — einen
Namen, den er schon öfter als den eines erentrischen Man=
nes gehört hatte, der aber nichtsdestoweniger ein Mann von
unbescholtener Ehrenhaftigkeit war. Er gab sein Wort und
folgte dem Lord, dessen Equipage vor der Thür hielt.

Der Wagen rollte nach dem Westend, dem fashionablen
Viertel von London, in dem auch Don Lotario wohnte. Er
hielt vor einem der schönsten Häuser, fuhr dann aber, als
das Thor geöffnet wurde, in den Hof, ohne daß der Lord
ausstieg. Dort erst öffneten einfach, aber fast elegant ge=
kleidete Diener den Kutschenschlag und der Lord führte seinen
neuen Freund in ein Gebäude, das an Pracht und Reich=
thum mit einem Palaste wetteifern konnte.

Als die Beiden in den großen Saal eintraten, in wel=
chem Don Lotario bereits den Ton der Stimmen hörte, war
er überrascht von dem enormen Reichthum, der auch hier
entfaltet war, der aber durchaus nicht der gewöhnlichen eng=
lischen Solidität und dem kalten Glanz der englischen Paläste,
sondern mehr dem Charakter des Orients entsprach. Welche
Schwelgerei, welche Sinnlichkeit, welchen Genuß athmeten
diese Teppiche, diese Statuen, diese Blumen, diese schwellen=
den Polster, diese Düfte, die den Saal durchzogen, diese
reichbedeckte Tafel! Don Lotario staunte, aber nur einen
Augenblick. Er fühlte, daß der Blick seines Begleiters auf
ihm ruhe, und ohne sich großen Zwang anzuthun, nahm er
wieder die Miene der Verachtung und Geringschätzung an,
die ihm in der letzten Zeit eigenthümlich geworden war.

Aber bestand diese Gesellschaft von Leuten, die er hier
sah, wirklich aus Menschen, die für das Leben nicht mehr

gaben, als für eine Eierschale? Don Lotario zählte zwölf Personen vom verschiedensten Aussehen. Die Mehrzahl waren noch junge Leute, blaß, mit dem bekannten Typus lebens= müder Engländer. Zwei Andere fielen durch ihre enorme Korpulenz auf. Alle aber hatten das Wesen von vollendeten Gentlemen, die unter sich sind und sich gehen lassen.

— Mylords, ich habe die Ehre, Ihnen einen neuen Kandidaten vorzustellen, sagte Lord Bilser, Don Lotario mitten in den Saal führend. Ihr Name, mein Herr?

Don Lotario erinnerte sich, daß er dem Lord denselben noch nicht genannt habe, und gab dem Lord seine Karte.

— Ein angenehmer Name! sagte dieser. Also Don Lotario de Toledo — Lord Wiseborne, Lord Castlefort, Lord Beringuer, Graf Beaumont . . .

Und er fuhr fort, dem jungen Spanier die einzelnen Herren vorzustellen. Es war keiner unter ihnen, der nicht Lord, Graf oder Viscount war. Den Beschluß machte ein schmächtiger Herr mit langem, fahlem Haar, der dem Spa= nier als ein Franzose, Graf d'Ernonville vorgestellt wurde, der das Amt eines Kassirers bekleide.

— Ich erinnere mich, Sie in Paris bei Tortoni ge= sehen zu haben, sagte Graf d'Ernonville mit näselnder un= angenehmer Stimme. Ihr Aeußeres fiel mir auf und ich dachte gleich, daß uns der Zufall einst zusammenführen würde. Ich ahnte nicht, daß es in so guter Gesellschaft sein würde.

Don Lotario verbeugte sich. Graf d'Ernonville war ihm ziemlich unangenehm. Dann setzte er sich. Lord Bilser erzählte nun, auf welche Weise er die Bekanntschaft Don Lotario's gemacht habe. Das Benehmen des jungen Man= nes fand allgemeinen Beifall.

— Und nun will ich Ihnen mittheilen, in welcher Ge= sellschaft Sie sich befinden, sagte der Lord. Wir sind die Gesellschaft der Selbstmörder. Jeder von den Herren, die Sie hier sehen, hat sich durch den Eintritt in unsern Verein

verpflichtet, sich selbst das Leben zu nehmen, das Jedem eine
Last ist. Jedem steht es frei, auszuscheiden, wann er will.
Wer jedoch eintritt, muß sein ganzes Vermögen der Gesell=
schaft überlassen und erhält bei seinem Austritt nur die Hälfte
desselben zurück. Es geschieht dies, um die ärmeren Mitglie=
der unserer Gesellschaft an demjenigen Luxus Theil nehmen
zu lassen, der die beste und fast einzige Quelle des Lebens=
überdrusses ist. Denken Sie jedoch nicht, daß unser Verein
nur eine Gesellschaft von Leuten ist, die nicht wissen, was
sie mit dem Leben anfangen sollen. Im Gegentheil, Jeder
von uns weiß besser das Leben zu genießen, als derjenige,
der mit kindischer Furcht an diesem Dasein hängt. Erst dann,
Don Lotario, wenn man entschlossen und Willens ist, das
Leben in jedem Augenblick, in dem es unerträglich ist, weg=
zuwerfen, erst dann lernt man das Leben genießen und jeden
Moment desselben benutzen. Unser Verein besteht seit achtzig
Jahren. Unsere Ahnen stifteten ihn, d. h. nicht unsere Väter,
denn Keiner von uns darf verheirathet sein, sondern die Ahnen
unserer Sitten, und einer von den Stiftern unserer Gesell=
schaft ist über siebenzig Jahr alt geworden. Sie sehen also,
daß es keine Nothwendigkeit ist, sich innerhalb eines bestimm=
ten Zeitraums zu tödten. Sie können in aller Ruhe warten,
bis Ihr Ekel, Ihr Widerwille gegen dieses thierische Dasein
so groß geworden ist, daß der Tod Ihnen als die seligste
und schönste Befreiung erscheint. Wir lassen Ihnen acht
Tage Zeit. In diesen acht Tagen werden Sie unser täg=
licher Gast sein und dann entscheiden, ob Sie uns beitreten
wollen, oder nicht. Jedenfalls aber müssen Sie sich ver=
pflichten, Stillschweigen über diesen Verein zu beobachten.
Die Gesetze verbieten ihn nicht. Wir haben aber einen Ar=
tikel in unseren Statuten, der möglicher Weise gesetzlich an=
gegriffen werden könnte, den nämlich: daß keine Wiederbe=
lebungsversuche angestellt werden dürfen. Wir haben diesen
Artikel absichtlich aufgenommen, weil die Versuche, ein Leben

zurückzurufen, das geendet werden sollte, den Prinzipien unsers Vereins widersprechen und weil wir sie bei Jedem anstellen müßten, denn es ist Pflicht jedes Mitgliedes, sich innerhalb dieses Gebäudes zu tödten. Ich werde Sie später mit den einzelnen Gelegenheiten, sich zu tödten, bekannt machen. Für heute also nehmen Sie als Gast an unserm Tische Platz. Sie werden das Vergnügen haben, der Wahl eines neuen Präsidenten beizuwohnen, da unser Alters=Präsident sich vor acht Tagen getödtet hat.

Die ganze Anrede war weder in einem ernsten noch in einem frivolen Tone gehalten. Lord Bilser hatte eine Sprache anzunehmen gewußt, die dem jungen Manne zuweilen ein Lächeln entlockte, dann aber doch wieder zum Ernste zwang.

Dann begann eine allgemeine Unterhaltung, die sich um die gewöhnlichen Dinge des Lebens drehte. Man sprach von Theater, von der Politik, von Wettrennen, von hübschen Mädchen. Es war dieselbe Unterhaltung, die Don Lotario in jedem anderen Cirkel von reichen Engländern gehört haben würde, nur daß die Urtheile, die Gespräche noch ruhiger, noch leidenschaftsloser waren, als sie ohnehin schon bei den Briten sind. Keiner von diesen Menschen schien mehr einen Tropfen Blut in seinen Adern zu haben.

— Kommen Sie, sagte Lord Bilser dann zu Lotario, ich will Ihnen die Herrlichkeiten dieses Hauses zeigen. Sie sollen einsehen, daß wir uns besser darauf verstehen, zu sterben, als andere Menschen, zu leben. Diese Thür führt in das Kohlenzimmer. Es ist für diejenigen bestimmt, die ihrem Leben durch Erstickung ein Ende machen wollen. Ist es nicht ein niedliches Zimmer?

Don Lotario mußte ihm Recht geben. Er sah keine finstere, unheimliche Zelle, sondern einen großen, schönen Salon mit Teppichen, Sophas, Spiegeln und Gemälden. In einer Ecke standen einige Pfannen mit glühenden Kohlen, deren Dampf sich durch eine Oeffnung verzog. Wurde diese

Oeffnung vermittelst einer Klappe geschlossen, so mußte sich das ganze Zimmer mit Kohlendampf füllen. Die Einrichtung konnte nicht einfacher und bequemer sein.

— Hier ist das zweite Zimmer, sagte Lord Bilser, eine andere Thür öffnend und dem jungen Mann einen zweiten Salon zeigend, der wie der erste und wie alle übrigen sehr schön und hell erleuchtet war. Es ist das Zimmer für diejenigen, die sich vergiften wollen. Jener Schrank dort enthält alle bekannten Gifte und auf jedem befindet sich ein Zettel, welcher anzeigt, in welcher Zeit das Gift wirkt und den Tod herbeiführt. Bis jetzt ist jedoch kein Fall vorgekommen, daß Jemand sich vergiftet hätte, und das ist sehr natürlich. Sich selbst zu vergiften ist unmännlich und unästhetisch, dauert auch viel zu lange und läßt Zeit zum Bereuen. Kommen Sie!

Don Lotario folgte seinem Führer, der jetzt ein drittes Zimmer öffnete.

— Dies ist das Zimmer für diejenigen, die sich erschießen wollen. Sie sehen es aus den verschiedenen Waffen, die überall aufgestellt sind — Pistolen, Flinten, Windbüchsen. Wir haben selbst eine kleine Kanone anschaffen müssen, da Lord Wiseborn versicherte, er würde sich nur durch eine Kanonenkugel tödten. Sein Schädel, meint er, sei für eine Flintenkugel zu hart und durch sein Fett könne nur eine Kanonenkugel dringen.

Lotario erinnerte sich, daß Lord Wiseborn ein sehr großer und dicker Herr war.

— Sehen Sie hier das Zimmer für diejenigen, die sich erstechen wollen, sagte der Lord dann. Wir haben alle möglichen Arten von Dolchen, Schwertern und Nadeln. Im Allgemeinen aber ist dieses Zimmer selten benutzt worden. Doch kommen Sie weiter, wir haben noch mehr zu sehen!

Unter der Führung des Lords setzte Don Lotario seine seltsame Wanderung fort. Der nächste Salon war einer

der intereſſanteſten. Er diente für diejenigen, die ſich erhän=
gen wollten, und alle möglichen Arten, ſich dieſen Tod zu
geben, waren berückſichtigt worden, vom fünfzehn Fuß hohen
Galgen bis zur niedrigen Schlinge, in die man nur den
Kopf zu ſtecken brauchte.

Noch intereſſanter war das nächſte Zimmer, das die
Wünſche derjenigen befriedigte, die ſich durch das Waſſer in
jenes Land befördern wollten, von deſſen Grenzen noch Nie=
mand zurückgekehrt iſt. Es war ein großer Salon, deſſen
Thüren und Fenſter luft= und waſſerdicht anſchloſſen, und in
welchem ſich ein enormes Gefäß befand, daß zum Ertränken
für diejenigen diente, die nicht ſchwimmen konnten. Für die
Schwimmer war die Einrichtung getroffen, daß der ganze
Salon bis an die Decke unter Waſſer geſetzt werden konnte,
ſo daß das Waſſer allmählich ſtieg und dem Sterbenden den
Genuß bereitete, alle Süßigkeit des herannahenden Todes
durchzukoſten.

Das letzte Zimmer endlich war ein Badeſaal mit mar=
mornen Wannen. Er wurde von denen gewählt, die dem
Beiſpiel des Seneca folgen und ſich die Adern im Bade
aufſchneiden wollten.

Endlich führte Lord Bilſer den jungen Mann noch an
ein breites Fenſter.

— Dieſes Fenſter, ſagte er, dient dazu, eine Neigung
zu befriedigen, für die ich wenig Sympathie fühle. Aus
dieſem Fenſter ſtürzen ſich diejenigen, die einen ſolchen Tod
lieben. Es iſt dafür geſorgt worden, daß ſie an ſo viele
Ecken und Kanten anſchlagen, daß ſie unfehlbar todt ſein
müſſen, wenn ſie unten anlangen. Dieſer Tod wird übri=
gens ſelten gewählt.

Don Lotario konnte ſich eines leichten Schauders nicht
erwehren, um ſo mehr, da der Lord mit einer lächelnden
Ruhe ſprach; die grell mit dem Gegenſtande des Geſprächs
kontraſtirte.

— Und welchen Tod würden Sie wählen? fragte der junge Mann darauf.

— Ich bin noch unschlüssig, erwiederte der Lord. Ich schwanke zwischen den drei beliebtesten Todesarten. Entweder schneide ich mir die Adern auf — doch ist mir dieser Tod beinahe zu weibisch, zu süß, oder ich erschieße mich — was gewiß das Männlichste ist, oder ich erhänge mich, wie es einem guten Patrioten geziemt, und ich glaube wohl, daß ich das letztere thun werde, da dieser Tod zu den angenehmsten gehören soll. Lange Zeit nach der Gründung des Vereins war es Sitte, daß die Mitglieder desselben bei dem Tode des Einzelnen gegenwärtig waren. Dieser Gebrauch ist jetzt aufgehoben worden, weil es das Gesetz verbietet, einem Selbstmörder seinen Willen zu lassen.

— Und sagten Sie mir nicht, daß Jeder sich in diesem Gebäude tödten müsse? fragte Don Lotario.

— Ja wohl, erwiederte der Lord. Es sind noch keine Ausnahmen vorgekommen.

— Aber ich wundere mich doch darüber, daß das Gesetz sich nicht einmischt, sagte der junge Mann. Man könnte ja annehmen, daß die Todten hier wider ihren Willen ermordet worden sind.

— Dagegen genügt im Nothfall unser Zeugniß, antwortete Lord Bilser. Es waren stets die angesehensten und ehrenwerthesten Männer der Nation, die zu unserer Gesellschaft gehörten.

Don Lotario schwieg. Für ihn in seiner düstern, menschenfeindlichen Stimmung hatte dies Alles ein eigenthümliches, unheimliches Interesse. Ob er wohl auch hier sterben würde?

— Sie sagten, der Tod durch Vergiftung sei nie vorgekommen? fragte er dann.

— Nein, und wenn es Sie interessirt, so kann ich Ihnen die Zahl der verschiedenen Todesarten statistisch nach-

eisen. Ich habe die Zahlen im Kopfe. Seit Gründung des
Vereins haben demselben — die jetzigen Mitglieder eingerech=
et — 910 Personen angehört. Von diesen tödteten sich die
meisten, 305, durch Erhängen, 228 durch Erschießen, 147
durch Kohlendampf, 87 durch Erstechen oder Kehleabschneiden,
9 im Bade durch Oeffnen der Adern, 57 durch Ertränken
und 14 durch einen Sturz aus dem Fenster. Die Rechnung
stimmt, bis auf Einen, der eine Todesart wählte, die eben
so selten als eigenthümlich ist.

— Und welches war diese? fragte Don Lotario neu=
gierig.

— Er folgte dem Beispiele des Coma, von dem uns
Valerius Maximus erzählt, daß er sich ohne irgend ein an=
deres Zuthun, rein durch seinen Willen und dadurch, daß er
die Arme über die Brust kreuzte und den Athem anhielt, in
wenigen Minuten den Tod gab. Dieses Beispiel ist nicht
weiter nachgeahmt worden. Ich will versuchen, es zu thun,
aber ich glaube kaum, daß es mir gelingen wird. Meine
Lunge ist zu gut. Ich werde es wohl beim Erhängen be=
wenden lassen.

Damit traten sie wieder in den Saal. Lotario betrach=
tete die Gesellschaft vor sich jetzt mit eigenen Blicken. Das
Alles waren zum Theil noch junge und reiche Männer,
Männer aus den ersten Familien des Landes, zum Theil
nicht ohne Verdienste. Und sie waren hier versammelt, um
sich selbst das Leben zu nehmen, das ihnen gleichgültig war
und das sie nicht höher schätzten, als einen alten Mantel,
den man nach Belieben ablegen kann.

Das Gespräch war auf das Theater übergegangen.
Man sprach von der italienischen Oper.

— Haben Sie Donna Eugenia Larsgand schon gesehen?
fragte der dicke Lord Wiseborne den jungen Mann.

— Ich habe noch keine Gelegenheit dazu gehabt, er=
wiederte dieser. Es war mir unmöglich, einen Platz zu

Der Herr der Welt. II.   18

erhalten, so viel Mühe ich mir auch gab. Ist sie wirklich
so ausgezeichnet?

— Brillant, über alle Beschreibung schön, das heißt
nur in tragischen und düsteren Rollen, antwortete der Lord.
Für leichte und angenehme Rollen hat sie kein Talent. Das
erklärt sich freilich aus ihrer Lebensgeschichte. Wissen Sie
nicht, wer sie ist?

— Nein, sagte Don Lotario, ich habe den Namen nie
gehört.

— Der Name ist nur ein Anagramm ihres wirklichen
Namens, sagte Lord Wiseborne. Ihr Vater war ein bekannter Banquier in Paris, ihre Mutter ist vor Kurzem
daselbst durch einen Abenteurer ermordet worden. Sie heißt
Eugenie Danglars.

— Danglars! rief Don Lotario entsetzt und schaudernd,
denn jene Nacht trat ihm in ihrer ganzen Gräßlichkeit wieder vor die Augen. Ach, dann kenne ich den Namen. Ich
habe die Mutter sterben sehen. Es war einer der fürchter-
lichsten Momente meines Lebens.

Man war neugierig, etwas darüber zu erfahren, denn
das Schicksal der Baronesse hatte großes Aufsehen auch in
London gemacht, schon deshalb, weil Donna Eugenia Larsgand deshalb acht Tage ihr Spiel aussetzte. Don Lotario
erzählte also jene Scene.

— Und der Mörder ist nicht ergriffen worden? fragte
Graf d'Ernonville.

— So viel ich weiß, nicht, sagte Lord Bilser. Sein
Gewissen aber wird ihn hinlänglich strafen.

— Glauben Sie? sagte der Graf. Und doch legen Sie
so wenig Werth auf das Leben?

— Auf das eigene — ja! erwiederte der Lord. Es
gehört mir, ich kann damit machen, was ich will. Ich bin
keiner von den Träumern, die da sagen, unser Leben gehöre
der Welt. Aber das Leben eines Anderen ist für mich eine

geheiligte Sache; es ist sein Eigenthum, und ich würde es ihm ebenso wenig nehmen, als ich ihm seinen Rock oder sein Geld stehlen würde.

— Sie haben Recht, vollkommen Recht! sagte Graf d'Ernonville mit seiner langsamen, näselnden Stimme, die Don Lotario ebenso unangenehm war, wie der ganze Mensch — er wußte nicht, weshalb.

— Donna Eugenia ist übrigens sehr hübsch! sagte der dünne Lord Castleford. Ich habe schon den Vorschlag gemacht, daß einer von uns sich in sie verlieben sollte, um des Lebens überdrüssig zu werden.

— Weshalb gerade zu diesem Zwecke? fragte Don Lotario, den die Sängerin zu interessiren begann, da sie die Tochter einer Frau war, die er hatte sterben sehen. Macht denn jede Liebe unglücklich?

— Durchaus nicht, erwiederte Lord Castleford. Aber von Donna Larsgand sagt man, daß ihr Herz kalt sei, wie Eisen oder Marmor, und daß es noch Niemand gelungen sei, sie zu erobern.

— Man behauptet das oft, sagte Lotario. Ob aber mit Grund — das ist die Frage!

— Daß Donna Eugenia einen entschiedenen Widerwillen gegen die Heirath hat, steht fest, sagte Lord Castleford. Denn sie entfloh an dem Tage, an dem ihr Heirathskontrakt unterzeichnet werden sollte. Sie entfloh mit einer Freundin, nur aus Abneigung gegen ihren Verlobten, und seit dieser Zeit hat sie nur der Kunst gelebt. Indessen, wenn ich jenen Vorschlag machte, so war es nur ein Scherz. Ich halte den Tod aus unglücklicher Liebe für sehr albern.

— Das könnte ich nicht sagen! meinte der dicke Lord Wiseborne. Und wenn er albern ist, so ist er jedenfalls sehr qualvoll. Es giebt nichts Tolleres, als unglückliche Liebe. Ich war einmal nahe daran, in die Kohlendampfkammer zu gehen, einer unglücklichen Liebe wegen.

18*

Alle lachten, denn Lord Wiseborne sah durchaus nicht aus, wie Jemand, der aus Liebe sterben könne.

— In der That! sagte der Lord. Aber ich bedachte, daß es unvernünftig sei, einer so dringenden Thatsache wegen zu sterben. Ich beschloß zu warten, bis ich ganz ruhig geworden sei und kalt überlegen könne.

— Das war jedenfalls das Beste, meinte Lord Bilser. Auf diese Weise besitzen wir noch jetzt das unschätzbare Vergnügen Ihrer Gesellschaft. Wissen Sie dagegen, meine Herren, daß ich unseren jungen Freund Lotario im Verdacht habe, daß nur eine unglückliche Liebe ihn zu uns geführt?

Alle sahen auf den jungen Mann, und so kalt er auch scheinen wollte, so konnte er ein Erröthen doch nicht verhindern.

— Es mag sein! sagte er. Aber das ist jetzt vergessen. Ich sehe ein, daß ich thöricht war.

— Aber erzählen Sie, erzählen Sie! rief Graf d'Ernonville mit seiner näselnden Stimme.

Hätte ein Anderer diese Aufforderung an ihn gerichtet, so würde er ihr wahrscheinlich Folge geleistet haben, denn die Jugend ist mit nichts verschwenderischer, als mit Geschichten von unglücklicher Liebe. Aber gegen den Grafen empfand Don Lotario eine unerklärliche Antipathie.

— Es war eine Kleinigkeit! sagte er ablehnend. Es lohnt nicht der Mühe, darüber zu sprechen.

— Dennoch ist die Sache für uns von Wichtigkeit! sagte Lord Bilser lächelnd. Wiseborne hatte Recht, wenn er sagte, es sei unvernünftig, einer so dringenden Thatsache wegen zu sterben. Deshalb wäre es auch unvernünftig, einer so dringenden Thatsache wegen unserer Gesellschaft beizutreten. Wir würden viel Mitglieder haben, wenn wir Jeden aufnehmen wollten, der des Lebens aus unglücklicher Liebe überdrüssig ist. Die Mehrzahl von diesen, oder Alle würden aber ausscheiden. Sollen wir bei Ihnen dasselbe

befürchten? Ich wünsche es nicht. Sie müssen vollständig
geheilt sein, ehe Sie einer der Unserigen werden.

— Nun wohl, sagte Don Lotario, sich zu einem Lächeln
zwingend, ich sehe die Wahrheit Ihrer Worte ein. Aber
wenn nun wirklich noch ein Restchen jener Liebe in meinem
Herzen wäre, wie wollen Sie das herausbringen? Geben
Sie mir einen Rath. Ich werde ihn befolgen.

— Gut! Diese unglückliche Liebe war Ihre erste, wie
ich vermuthen darf?

— Wenigstens die heftigste, antwortete Don Lotario.

— Es giebt nur ein Mittel dagegen — eine zweite
unglückliche Liebe! sagte Lord Bilser. Wenn man auch zum
zweiten Mal unglücklich liebt, so sieht man doch ein — was
man vorher nicht hat glauben wollen — daß es nämlich
möglich ist, eine solche Liebe zu vergessen, und das ist ein
großer und schätzbarer Gewinn. Man kommt dann auch
über die zweite Liebe fort und wird zuletzt kalt. Deshalb
schlage ich Ihnen in unserem eigenen Interesse vor, die Bekanntschaft der Donna Eugenia Larsgand zu machen. Sie
werden dann Ihre erste Schöne vergessen!

— Wohlan! sagte Don Lotario, dessen Herz bebte, obgleich sein Gesicht ruhig war. Geben Sie mir eine Gelegenheit, die Dame kennen zu lernen; ich will versuchen, mich
in sie zu verlieben.

— Gut! Und nun zur Hauptsache! rief Lord Bilser.
Ich bitte um Ihre Aufmerksamkeit, meine Herren! Wir haben einen Präsidenten zu wählen und den Rechenschaftsbericht
unserer Kasse anzuhören. Das Letztere mag zuerst geschehen.
Wollen Sie so freundlich sein, Graf d'Ernonville, eine Pflicht
zu erfüllen, die Sie bereitwillig übernommen haben.

Der Graf erhob sich, mit einem Papier in der Hand,
und gab einen kurzen Bericht über die vorhandenen Summen, die eingelaufenen Zinsen und die Ausgaben. Don
Lotario war auf's Höchste überrascht, daß das Vermögen der

Gesellschaft, das in Papieren und Hypotheken angelegt war, sich auf nicht weniger als anderthalb Millionen Pfund Sterling, also ungefähr zehn Millionen preußische Thaler belief. Und dabei kümmerte sich Niemand um die Verwaltung. Die Lords waren froh, wenn Einer sich der Mühe unterzog, das lästige Geschäft zu übernehmen. Welche Freiheit hatte der Rechnungsführer!

Jedem der Leser wird das Gefühl bekannt sein, das wir empfinden, wenn wir zuweilen eine Landschaft, ein Gesicht sehen, eine Stimme hören. Wir haben eine unbestimmte Ahnung, schon irgend einmal etwas Aehnliches gesehen oder gehört zu haben. Aber trotz aller Anstrengung können wir nicht herausfinden, wo und wann, und zuletzt glauben wir gewöhnlich, daß wir von diesen Dingen geträumt haben.

Aehnlich erging es Don Lotario mit der Stimme und dem Gesicht des Grafen d'Ernonville. Aber so sehr er sich auch bemühte, eine Erinnerung zurückzurufen, es war ihm unmöglich. Daß er diese näselnde Stimme noch nicht gehört hatte, das war gewiß, denn sie würde sich ihm unter allen Umständen eingeprägt haben. Aber einzelne Töne derselben klangen ihm bekannt. Ebenso war es mit dem Gesicht. Lotario hatte es gewiß noch nie gesehen und doch konnte er sich nicht von dem Gedanken losmachen, daß ihm irgendwo etwas Verwandtes begegnet sei. Das Gesicht des Grafen war übrigens sehr nichtssagend und ausdruckslos. Von all' den versammelten Männern schien er derjenige, an dessen Leben am wenigsten gelegen sei. Zugleich konnte er sich des Gedankens nicht erwehren, daß Keiner weniger geeignet sei, die Kasse zu führen. Graf d'Ernonville hatte nicht das Wesen eines Mannes, der gewohnt ist, mit solchen Summen umzugehen.

— Jetzt zur Präsidentenwahl! rief Lord Bilser, als der Rechenschaftsbericht vorüber war und Alle offen gähnten. Ich habe neulich die Verdienste unseres verstorbenen Präsidenten

hervorgehoben. Er hatte uns stets würdig vertreten. Mag
sein Nachfolger ihm darin gleich sein. Was diesen Nach=
folger anbetrifft, so steht mir, als dem ältesten Mitgliede
dieser Gesellschaft — denn ich gehöre ihr die längste Zeit
an — das Recht zu, einen Kandidaten zu nennen. Ich
schlage Graf Beaumont vor. Er hat bei vielen Gelegen=
heiten gezeigt, wie wenig er das Leben achtet, und Beweise
eines Heldenmuthes gegeben, der, wenn ich mit den thörich=
ten Menschen sprechen will, würdig wäre, von einer besseren
Gesellschaft anerkannt zu werden. Indessen ist es nur ein
Vorschlag. Die Gesellschaft mag abstimmen. Weiße Kugeln
sind für, schwarze gegen Graf Beaumont. Don Lotario mag
das Geschäft des Einsammelns übernehmen, damit er doch
zu etwas nützlich ist.

Der junge Mann erhielt eine verschlossene Kapsel, be=
ren Oeffnung eben nur so groß war, um eine kleine Kugel
durchzulassen. Jeder von den zwölf Mitgliedern warf die
seinige hinein.

— Hier haben Sie den Schlüssel zur Kapsel! sagte
Lord Bilser zu Don Lotario. Oeffnen Sie dieselbe und zäh=
len Sie die Kugeln. Sie sind unparteiisch. Wir dürfen
Ihnen also trauen.

Das Ganze war in scherzhaftem Tone gesagt. Don
Lotario öffnete die Kapsel und zählte.

— Zwölf weiße Kugeln! sagte er dann.

— Somit ist Graf Beaumont einstimmig zum Präsi=
denten dieser Gesellschaft gewählt! rief Lord Bilser. Ich kann
nun meinen Dank dafür aussprechen, daß mein Vorschlag
solchen Beifall gefunden!

Jetzt erhob sich Graf Beaumont und Don Lotario faßte
ihn zum ersten Mal schärfer in's Auge. Es war ein Mann
zwischen dreißig und vierzig Jahren, von untadelhafter, wahr=
haft antiker Schönheit. Jeder Zug in seinem Gesichte war
idealisch. Das große blaue Auge war rein und klar, wie

der Frühlingshimmel, aber etwas matt und verschleiert; seine Haut weiß wie Marmor. Nichts Schöneres konnte man sehen, als seinen sanften, sinnenden Mund, und seine Finger und seine Hand hätten — selbst abgesehen von der Schönheit seines Gesichts einem Bildhauer zum Modell dienen können. Ueber sein ganzes Wesen war ein eigenthümlicher Ausdruck von Ruhe und Lässigkeit verbreitet. Er hatte an dem ganzen Abend kaum zwei Worte gesprochen.

— Meine Herren, sagte er mit heller und klarer Stimme. Ich danke Ihnen herzlich für diesen Beweis Ihrer Freundschaft und Achtung. Ich werde es für mein größtes Verdienst halten, der Präsident dieser ausgezeichneten Gesellschaft gewesen zu sein, und wenn ich einst todt bin, so soll man kein anderes Verdienst in meinem Leben anerkennen. Meine Herren, noch einmal, ich danke Ihnen und ich werde mich der Ehre, die Sie mir erwiesen, würdig zeigen.

Damit setzte er sich und die einzelnen Herren traten an ihn heran, um ihm die Hand zu schütteln. Er dankte jedem Einzelnen mit einer wahrhaft bezaubernden Liebenswürdigkeit und Don Lotario glaubte in ihm das Ideal eines schönen und ritterlichen Engländers zu sehen.

— Indem ich nun mein Amt als Präsident antrete, sagte der Graf dann, danke ich zuerst Lord Bilser dafür, daß er mich zum Kandidaten vorgeschlagen. Er wäre des Präsidenten-Amtes würdiger gewesen, und ich glaube, die Versammlung hat mich nur aus Gefälligkeit gegen ihn gewählt. Zweitens danke ich ihm auch für die Einführung des Don Lotario de Toledo. Ich habe indessen noch einige Worte über diesen neuen Kandidaten zu sagen.

Er ist sehr jung, jünger selbst, als Lord Bilser, der mit fünfundzwanzig Jahren in diese Gesellschaft eintrat. Er hat also das Leben noch nicht kennen gelernt und es läßt sich beinahe annehmen, daß nur eine augenblickliche Mißstimmung, die Kränkung einer unglücklichen Liebe ihn uns zugeführt.

Es ist aber nicht unsere Absicht, Mitglieder zu gewinnen, die uns bald verlassen. Wer uns angehört, soll uns prinzipiell und für immer angehören, deshalb schlage ich vor — da die Statuten diesen Punkt frei lassen — daß die Prüfungszeit Don Lotario's auf unbestimmte Frist verlängert werde und daß er vorher seinen ausdrücklichen Willen abzugeben habe, ob er der Unsere werden will. Sind Sie damit einverstanden, meine Herren?

— Vollkommen! tönte es von allen Seiten. Der Präsident hat Recht!

— Ferner bin ich der Ansicht, daß wir es Don Lotario auf jede Weise erleichtern müssen, die Reize und Annehmlichkeiten des Lebens kennen zu lernen, damit er die ganze Wichtigkeit seines Schrittes begreife. Deshalb erhebe ich das, was vorher nur Privatangelegenheit war, zur Sache des Vereins. Don Lotario soll mit Donna Eugenia Larsgand bekannt gemacht werden und wir wollen die Einwirkung dieser Bekanntschaft auf ihn beobachten. Erklärt er dann noch bei seiner Absicht zu beharren, uns anzugehören, erklärt er, daß das Leben ihm gleichgültig sei, so wollen wir ihn den üblichen Proben unterwerfen und seine Aufnahme soll erfolgen!

— Es sei so! sagten Alle und Graf Beaumont setzte sich.

Die Gesellschaft zerstreute sich nun in verschiedene Gruppen, und Don Lotario, dessen Neugierde durch das Vorgefallene gereizt war, erkundigte sich bei Lord Bilser näher nach Donna Eugenia. Er selbst hatte in Paris nur wenig von ihr gehört. Madame Danglars sprach nicht gern von ihr und hatte sie oft kalt und egoistisch genannt. Don Lotario hatte auch nicht umhin gekonnt, diese Aeußerungen gerechtfertigt zu finden. Denn seiner Ansicht nach wäre es die Pflicht einer Tochter gewesen, zu ihrer unglücklichen Mutter zurückzukehren, sie zu trösten und ihre Freundin zu sein.

Lord Bilser wußte übrigens nicht viel von dem Schick=

sale Donna Eugenia's. Sie war nach Italien gegangen und dort mit großem Beifall auf den Bühnen aufgetreten, hatte sich aber aus Rom entfernt, weil sie dort ihren Vater traf, der Geld von ihr erpressen wollte. Unter dem Namen Eugenia Larsgand war sie dann nach Spanien gegangen und von dort nach England gekommen, wo sie in der italienischen Oper Triumphe feierte, wie fast nie eine Sängerin.

Daß sie schön, sehr schön sei, behauptete man allgemein und Lord Bilser bestätigte es. Zugleich aber versicherte man mit Bestimmtheit, daß sie nie einen Mann geliebt habe und von den jungen Männern wurde sie fast nur das Marmorherz genannt. Einzelne Lords hatten wahnsinnige Summen verschwendet, nur um Zutritt zu ihr zu erlangen — vergebens! Sie empfing fast nie Herren, und von diesen nur ältere oder wenigstens solche, die keinen Anspruch auf Liebe machten. Genug, sie war der Gegenstand allgemeiner Aufmerksamkeit.

Dies erfuhr Don Lotario in aller Kürze. Die Gesellschaft erhob sich zum Theil. Man wollte aufbrechen.

— Wo ist Graf Beaumont? fragte Lord Bilser. Wir wollen mit ihm nach Hause fahren. Ich sehe ihn nirgends. Sollte er fort sein, ohne mir Adieu gesagt zu haben?

In diesem Augenblicke trat ein Diener in den Saal.

Graf Beaumont.

— Mylords! sagte er mit ruhiger Stimme. Soeben ist Graf Beaumont in dem Zimmer Nro. 3 todt gefunden worden!

Obgleich alle diese Männer hier versammelt waren, um dem Tod mit der größten Ruhe entgegenzusehen, so durchzuckte diese Nachricht doch Alle wie ein elektrischer Schlag.

Don Lotario war tief erschrocken. Vor wenigen Minuten noch hatte er den Grafen gesehen, seine Schönheit bewundert — und jetzt war er eine Leiche.

Ein tiefes Stillschweigen trat ein. Alle standen ernst und nachdenklich da.

— Nro. 3! sagte Lord Wiseborn. Dann hat er sich erschoffen!

— Meine Herren! sagte Lord Bilser, der sich jetzt von seiner ersten Bestürzung erholt hatte und so ruhig war, wie nur je. Begeben wir uns; den Statuten gemäß, nach dem Ort des Todes, um zu sehen, wie unser Präsident gestorben!

Er schritt voran und die ganze Versammlung, mit ihr Don Lotario, folgte. Der junge Spanier bemerkte übrigens zu seiner Genugthuung, daß dieses Ereigniß doch nicht so leicht und frivol aufgenommen wurde, wie es den Reden der Einzelnen nach hätte geschehen können. Alle Mienen waren ernst und fast feierlich.

Die Thür zu dem Salon wurde geöffnet. Auf dem Sopha saß Graf Beaumont, fast als wenn er lebte. Ein Pistol lag vor ihm auf der Erde, und außer dem Blut, das über sein helles Gilet floß, sah man nichts von einem gewaltsamen Tode.

Während die Herren sich um den Todten gruppirten, betrachtete Don Lotario den Leichnam mit einem düsteren Interesse. Die Augen des Todten waren noch nicht ganz geschlossen, sein Mund war ein wenig geöffnet. Aber er war kaum blasser als gewöhnlich, und auf seinem Gesichte lag dieselbe melancholische Ruhe, wie immer.

Lord Bilser trat sogleich auf ihn zu, um ihm die gebrochenen Augen zu schließen.

— Der Schuß ist durch das Herz gegangen! sagte er dann. Friede sei mit ihm! Ich sehe auf dem Tische Papier und Feder. Wahrscheinlich hat er uns einige Worte zurückgelassen.

Er ging nach dem Tische und entfaltete das Schreiben, das dort lag. Don Lotario sah ihm über die Schulter. Die Schriftzüge waren klar und für einen Mann fast zu zart und schön.

Darauf las Lord Bilser Folgendes:

„Letztes Wort an meine Freunde!

Ich habe mir den Tod gegeben, weil das Leben für mich von gar keinem Werthe ist. Das einzige Ziel, nach dem ich strebte, war das, Präsident der Gesellschaft zu sein. Diese Ehre ist mir zu Theil geworden, und um derselben würdig zu sein, habe ich endlich einen Schritt gethan, den zu vollziehen ich mich lange sehnte. Ich hinterlasse der Gesellschaft meine besten Grüße und bitte dieselbe, über mein Vermögen zu disponiren — wie es auch den Statuten gemäß der Fall sein muß. Nur die Legate, die ich schon bei meiner Aufnahme in die Gesellschaft festgesetzt, bitte ich zu berücksichtigen.

Außerdem wünsche ich, daß mein Name mit keiner anderen Bemerkung in das Buch eingetragen werde, als folgende: Er war Präsident der Gesellschaft und starb am Abende seiner Wahl. Er war der Ehre nicht ganz unwürdig!

Lord Bilser wird die Güte haben, das Medaillon, das man auf dem Tische findet, und die Zeilen, die daneben liegen, an die Adresse abzuliefern, die er kennt

      .   Graf Beaumont.“

Diese Worte wurden mit dem tiefsten Schweigen angehört und drei von den Mitgliedern, die dazu bestimmt waren, übernahmen es, den Todten zu entkleiden und seinen Tod bekannt zu machen. Allmählich entfernten sich die anderen Herren aus dem Zimmer und auch Lord Bilser und Don Lotario kehrten nach dem großen Salon zurück.

— Wir wollen gehen! sagte der Lord darauf zu dem jungen Mann. Sie haben heut Abend genug bei uns gesehen. Wollen Sie meinen Wagen benutzen? Ich möchte Ihnen noch etwas sagen.

Don Lotario nahm das Anerbieten an. Seine Wohnung lag, wie er hörte, in der Nähe derjenigen des Lords. Bald saßen sie zusammen im Wagen.

— Sie haben gehört, was Graf Beaumont in Bezug auf das Medaillon geschrieben! sagte der Lord dann. Ich kann Ihnen das näher erklären. Ich war von je ein Freund des Grafen, obgleich er ein wenig älter ist, und er vertraute mir alle seine Geheimnisse. Ich war sein einziger Freund und er wußte, daß ich nie über seine Angelegenheiten sprechen würde. Ich kannte also sein ganzes Herz. — Er war ein sehr schöner Mann, vielleicht der schönste Mann in London. Aber einige kleine Ausschweifungen in seiner frühesten Jugend abgerechnet, hatte er bis zu seinem fünfundzwanzigsten Jahre nie eine ernstere Liaison gehabt. Dennoch besaß er die Fähigkeit, tief und wahr zu lieben, wie Sie sehen werden. Er lernte eine junge Dame kennen, deren Rang und Reichthum allerdings nicht auf der Höhe des seinigen waren, die aber doch geeignet war, ernstere Huldigungen von ihm anzunehmen. Ich kannte jene Dame und ich möchte sagen, daß ich das Schicksal meines Freundes voraussah. Sie war schön, aber ich hielt sie für unfähig, ernst zu lieben. Sie war kokett, gewöhnt, Gunstbezeugungen zu empfangen und einen Kreis von Anbetern um sich zu haben. Ich wußte, daß sie die Bewerbungen des Grafen im Anfang nur annahm, weil er ein bildschöner und reicher Mann war. Allmählich, als sie seinen edlen Charakter kennen lernte, mochte sie auch wohl Achtung und vielleicht sogar Liebe für ihn empfinden. Aber ihn lieben mit der Hingebung und Aufopferung, die Graf Beaumont verdiente, das konnte sie nicht. Sie verstand ihn nicht, und da sie selbst einer tiefen und wah=

ren·Leidenschaft unfähig war, so ahnte sie auch nichts von
der Gluth, mit welcher Beaumont sie liebte. Sie kokettirte
mit Anderen, sie quälte den Grafen auf eine Weise, die sein
Innerstes aufrieb. Er duldete lange und viel, da er immer
glaubte, daß seine Liebe siegen werde. Endlich, als er an=
fing, einzusehen, daß sie ihn nie glücklich machen würde, zog
er sich zurück. Aber sein Herz war gebrochen.

Dennoch ist es möglich, daß er sich von diesen Schmer=
zen erholt haben würde. Aber jene Dame konnte den Ver=
lust eines so bedeutenden Anbeters nicht ertragen. Vielleicht
empfand sie für ihn auch mehr, als für alle Anderen. Sie
wußte es einzurichten, daß er sie wiedersah, und sie rechnete
auf die Tiefe der Leidenschaft, die er stets für sie empfunden.
Sie täuschte sich nicht. Der Graf sehnte sich danach, sie
wiederzusehen, denn keine andere Neigung war im Stande,
seine Liebe zu ihr zu erlöschen. Er sagte mir oft, daß er
sich die seligen Stunden mit ihr um den Preis des Todes
zurückwünsche. Er ging also in die Falle, die sie ihm legte
— denn es war nur eine Falle; sie hatte keine anderen Ab=
sichten, als, wie alle Koketten, ein Herz nicht zu verlieren,
das sie gefesselt hatte. Das alte Verhältniß wurde erneuert,
vielleicht von beiden Seiten inniger, nur daß Graf Beau=
mont vor der Welt seine Leidenschaft verbarg, um nicht für
schwach und thöricht zu gelten.

Bald darauf hörte ich, daß die Dame in einem inti=
men Verhältnisse zu einem Herrn stehe, dem sie ohne den
Verlust ihrer Ehre nicht angehören konnte, denn er war ein
Verwandter des königlichen Hauses und konnte sie nicht hei=
rathen. Ich wollte nicht der Erste sein, der dem Grafen
diese Nachricht hinterbrachte, und schwieg. Bald darauf er=
öffnete mir Beaumont mit großer Freude, daß seine Geliebte
eingewilligt habe, ihn zu heirathen. Jetzt hielt ich es für
meine Pflicht, zu sprechen, denn ich hatte während der Zeit
die Gewißheit erlangt, daß das Verhältniß mit jenem Prinzen

ein solches geworden sei, daß es die Ehre meines Freundes nicht mehr gestattete, eine Verbindung mit ihr einzugehen. Ich theilte ihm also offen Alles mit, was ich wußte.

Ich denke noch mit Schrecken an die Qualen, die ihm diese Mittheilung verursachte, und ich bereue es beinahe, sein Glück gestört zu haben, denn er war wenigstens in seiner Unwissenheit glücklich. Hätte ich voraussehen können, daß er sich nie trösten würde, so hätte· ich in der That geschwiegen.

Wir Beide waren nun vereint bemüht, die Schritte jener Dame zu bewachen. Endlich, als sie sich unter einem Vorwande nach derselben Gegend begab, in welcher der Prinz für eine Zeit lang seinen Aufenthalt genommen, gelang es mir, Graf Beaumont von der Untreue seiner Geliebten zu überzeugen. Er nahm diese Gewißheit scheinbar ruhig auf, aber ich weiß, daß die Wunde in seinem Herzen nie vernarbt ist. Graf Beaumont löste augenblicklich das Verhältniß auf und reiste nach dem Festlande.

Er kehrte von dort zurück, wie Sie ihn heut gesehen haben, still, melancholisch, aber durch nichts verrathend, daß sein Herz bis auf den Grund zerstört war. Er trat unserem Verein bei — und nun, das ist die Geschichte seines Lebens, denn sein Leben bestand in seiner Liebe. Er hat später nie wieder ein Mädchen angeblickt!

— Und was wurde aus der Dame? fragte Don Lotario düster und ergriffen.

— Sie wurde bald darauf von dem Prinzen verlassen, der sich kein Gewissen daraus machte, ihren Ruf zu kompromittiren. Bald nachher verheirathete sie sich an einen Ausländer, war aber auch diesem Gatten nicht treu. Jetzt ist sie Wittwe und sehr fromm und gottesfürchtig, wie alle diese Damen. Das ist der Lauf der Welt! Das Medaillon und der Brief ist natürlich für sie bestimmt. Da der Brief nicht versiegelt war, so habe ich ihn flüchtig gelesen. Er ist

sehr kurz und ich kann Ihnen den Inhalt flüchtig wieder=
holen:

"Mylady!

Nach fünf Minuten bin ich todt. Ich sterbe mit
dem Gedanken an Sie und mit der Erinnerung, daß
ich die schönsten Stunden meines Lebens an Ihrer
Seite verlebte. Was Sie sonst gethan, verzeihe Ihnen
Gott! Ich habe Ihnen längst verziehen und wünsche
Ihnen noch in meinem Tode Glück und Segen!

Kann es ein edleres und ergreifenderes Lebewohl ge=
ben? Liebte dieser Mann nicht wirklich wahrhaft?

Don Lotario antwortete nicht. Der Wagen hielt vor
seiner Thür.

— Auf morgen! Ich werde Sie abholen! sagte Lord
Bilser. Sie sollen Donna Eugenia kennen lernen! Und
unter uns gesagt — es scheint mir wirklich für Sie noch zu
früh, sich in unsere Gesellschaft aufnehmen zu lassen. War=
ten Sie noch ein wenig!

Der junge Mann drückte mechanisch die Hand, die ihm
der Lord reichte, und stieg zu seinem Zimmer hinauf. Sein
Herz war voll, übervoll. Was hatte er gesehen, was ge=
hört! War Graf Beaumonts Geschichte nicht ein vergrößer=
tes Bild seiner eigenen? Er empfand einen tiefen und schwe=
ren Schmerz in seinem Herzen, ein qualvolles Drängen des
Bluts nach seinen Augen und nach der Stirn. Seine Brust
hob sich schwer unter seinen kurzen Athemzügen.

— Graf Beaumont! Werde ich enden wie Graf Beau=
mont? flüsterte er vor sich hin, und mit einem dumpfen
Schrei, der sich seiner Brust entrang, drückte er die Hände
vor die heiße Stirn.

Druck:
Customized Business Services GmbH
im Auftrag der KNV-Gruppe
Ferdinand-Jühlke-Str. 7
99095 Erfurt